S. FISCHER

THOMAS HÜRLIMANN

HEIMKEHR

Roman

S. FISCHER

Erschienen bei S. FISCHER

© 2018 S. Fischer Verlag GmbH, Hedderichstr. 114,
D-60596 Frankfurt am Main
Gesamtherstellung: CPI books GmbH, Leck
Printed in Germany
ISBN 978-3-10-031557-1

HEIMKEHR

... hoch oben ein Punkt, ein Blinken, ein Zwinkern, ein Stern, ein Satellit oder ein Flugzeug ... Der Wagen liegt auf der Fahrerseite. Ein Vorderrad dreht sich noch, ein paar Schneeflocken zu einer dünnen Flamme aufwirbelnd. Unterm zertrümmerten Kühler kriecht eine Lache hervor, Benzin oder Öl oder beides, glänzend wie ein Fotonegativ. In der milchig zersplitterten Frontscheibe klafft ein Loch, schwarz, von Scherben gezackt, und wie schön, wie tief, wie erhaben ist die Stille! Wind weht, doch ohne Geräusch, der Knall hat meine Hörnerven niederkartätscht, ich bin vollkommen taub. Totenstille im gesamten All. Aber am Seeufer müssen sie den Crash gehört haben, gleich wird die Werksfeuerwehr ausrücken, das Wrack von der Brücke pflücken, die Spuren beseitigen, mich in den Sanitätsraum unserer Gummifabrik schaffen.

Ah, Gottseidank, da kommen sie schon! Ein leuchtender Klumpen kriecht auf mich zu, zerspringt in zwei Augen, gießt einen porigen Glanz über den Asphalt. Ein Auto. Es hält. Es dauert. Viel Zeit habe ich nicht mehr, ich blute, verdammt nochmal, wo bleibt der Fahrer? Der öffnet jetzt den Kofferraum, sucht die Notapotheke, faltet das Pannendreieck auseinander, sage ich mir und zwinge mich zur Ruhe. Warme Tropfen zerplatzen auf den Händen, im Kopf muss ich ein Leck haben, Blut Blut Blut. Egal. Schon schaukeln zwei Schuhe heran, und in den Nachthimmel ragt ein Riese, mächtige Atemwolken in die Frostluft pumpend, leere Sprechblasen. Dann, als liefe der Film rückwärts, werden die beiden Autoaugen wieder zum Lichtklumpen, der über die Brücke zurückweicht, der Dreckskerl haut ab, mit dem Unfall will er nichts zu tun haben. Oder hält er am Ufer wieder an? Beim Friedhof steht eine Telefonkabine, vielleicht alarmiert er von dort aus den Krankenwagen.

Als ich aufstehen will, falle ich hin. Du heilige Scheiße, was ist aus meinem Regenmantel geworden? Ich habe ein völlig fremdes Kostüm an, ein nasses Hemd, einen finster glänzenden Umhang und auf der Stirn eine Krone mit spitzen Dornen. Könnte es ein Traum sein? Eher nicht. Ich bin mir über die Situation im Klaren. Die Sekretärin meines Vaters hat mich angerufen – es muss so gegen sechs Uhr abends gewesen sein. Im Werk wird sie GdV genannt, Gute des Vorzimmers, und wenn sie sich meldete, drohte Unheil. Irgendwas mit dem *Sportboden*. Das sind schwarze Gummimatten, hart, aber elastisch, die ich seinerzeit für den Katalog textiert habe. Auch die Bezeichnung stammt von mir. *Sportboden*. Vor achtzehn Jahren, bei meinem Rausschmiss aus der Fabrik, waren die Matten im Büro des Seniors verlegt, zu Test- und Werbezwecken, dann wurden sie herausgerissen und ins Lager geschafft. Dort hat man sie im Lauf der Jahre vergessen. Es blieb beim Prototyp. Der Sportboden ging nie in Produktion. Sofern ich die Gute heute Abend recht verstanden habe, soll der Senior befohlen haben, die Matten erneut zu verlegen, wieder in seinem Büro, weiß der Teufel, warum. Aber bitte, er kann damit machen, was er will. Er hat das Recht, sein Büro in eine Gummizelle zu verwandeln, worin er lauert wie der Minotauros in seinem Verlies: ER, der Senior, mein Vater. Für Zug und Postauto war es zu spät, also habe ich mir Isidor Quassis Chevy ausgeliehen und bin auf abgefahrenen Gummis bei Nacht und Nebel ins Fräcktal hochgebrettert ...

Lose hängt der Auspuff am Unterboden, einer großen schwarzen, quer in die Straße gestellten Wand. Es stinkt nach Benzin, verschmortem Gummi, durchgebrannten Kabeln. Tatsächlich, das Wrack ist Isidor Quassis Chevy! Das musste ja schiefgehen! Isidor Quassi, der sich selber IQ nennt, ist ein Schwätzer, Schnorrer und Säufer der grässlichsten Sorte und wie alle Säufer ein Wiederholungstäter. Jeden Abend wird in derselben Kneipe am selben Platz dasselbe Quantum vertilgt, wozu dann stets dieselbe Platte läuft und ich den Zuhörer zu geben habe. Bis zum dritten Bier beschwört er seine künftigen Erfolge, beim vierten Bier erklärt er der Welt den Krieg, bedauert den Niedergang der Kultur, beschimpft meinen Senior als Ausbeuter und mich als anal gestörten Scheißer. Dann pflegt er sentimental zu werden: O gute Mutter Gertrud, jammert er, was ist aus deinem Isidor geworden – ein verkrachter Schauspieler! Natürlich erwartet Quassi, dass ich, der Unternehmersohn, seine Zeche bezahle. Abend für Abend. Immer. Und das ist nicht einmal das Schlimmste. Das Schlimmste ist etwas anderes. Das Schlimmste ist: Über dem letzten leeren Humpen lässt Quassi die filzigen Haare, die Unterlippe und aus der Nase einen Tropfen hängen und versieht den täglich wiederholten Monolog mit dem stets gleichen Refrain:

Das Leben. Die Weiber. Ein dummer Zufall. Hätte ich doch. Wäre ich nur. Eigentlich. Aber. Vergiss es …

Nicht einschlafen jetzt. Höchstens ein bisschen ruhen, ein bisschen sitzen, den Rücken ans Geländer gelehnt, und oben im Nachtmeer den in gerader Linie dahinziehenden Punkt betrachten, sein Blinken, sein Zwinkern …

Frostverzuckert verliert sich der Handlauf des Brückengeländers in der Ferne der Uferwälder, lang und länger werdend, sich dehnend wie der Gummi, die väterliche Materie. Alle paar Schritte halte ich inne, lege die Hand an die Stirn, als wolle ich die Augen vor dem Mondschein schützen, und sehe dann für einen Moment den Nebel, der die schmaler werdende Piste in sich einsaugt. Kein Zweifel, weder oben in der Villa noch unten in der Pforte der Fabrik ist das Licht angegangen, nichts rührt sich da vorn, alles scheint zu schlafen, selbst die Gute, auch der Pförtner.

Weiter.

Noch siebzig sechzig fünfzig Meter. Die Pforte ist Tag und Nacht besetzt und die Klingel schrill genug, um das Reptil, wie der Pförtner im Werk genannt wird, zu wecken. Klar, dann werde ich erst mal Geduld aufbringen müssen, bis er die Uniform, die Admiralsmütze und die weißen Glacéhandschuhe angezogen und hinter der Scheibe seinen Platz eingenommen hat. Was für eine Überraschung, würde es aus dem Lautsprecher hallen, willkommen daheim, Herr Junior! Mein Lieber, würde ich antworten, habe dummerweise auf der Brücke ein Auto auf die Seite gelegt. Wäre schrecklich nett von Ihnen, wenn Sie sich darum kümmern würden. Aber seien Sie vorsichtig! Das Wrack könnte jeden

Augenblick in Flammen aufgehen. Und dann informieren Sie die Gute, klar? – Alles klar, Herr Junior.

Übrigens, würde ich der Scheibe leise sagen, benachrichtigen Sie bitte auch die Werksfeuerwehr. Die sollen die Unfallspuren beseitigen, unser Name darf nicht befleckt werden, schon gar nicht mit Blut, die Gummibranche ist heikel, da sind wir uns doch einig. – Selbstverständlich, Herr Junior, würde der Pförtner mir beipflichten, die Rechte militärisch am Mützenschirm. – Ach, da wäre noch etwas. Das Wichtigste hätte ich beinah vergessen. Ich möchte unter keinen Umständen von Doktor Marder verarztet werden, der würde die Sache nur schlimmer machen. Haben wir uns verstanden? Halten Sie um Gotteswillen den Doktor Marder von mir fern. Die Gute wird mir einen Verband anlegen. Gar so schlimm ist es ja nicht.

Weiter.

Weiter, aber ich komme nicht weiter. Mein Umhang behindert mich, ein bodenlanger Umhang wie ein Königsmantel, passend zur Krone auf meinem Kopf – ich ein König! Oder ein Königssohn ... Das Schloss jedoch, die Gummifabrik, verbirgt sich im düsteren Ufernebel. Oder im Blut, das meine Augen füllt. Und die Manteltasche ... so schwer. Ballast, den ich loswerden muss. Eine Flasche! Wodka. Ich trinke keinen Wodka.

Weiter. Weiter, aber wieder wird mir der Purpurmantel zum Verhängnis, ich stolpere über den Saum.

Ein Unfall auf vereister Fahrbahn – das ist schon manchem passiert, mit einer saftigen Buße würde ich davonkommen. Aber jetzt zur Flasche greifen? Danach? *Hinterher* schuldig werden? Was für eine bodenlose Dummheit! Wenn nur der Durst nicht wäre, ein grausamer Durst! Ich ziehe mich am Geländer hoch, hänge mich mit beiden Achseln darüber. Aber bei diesem Schluck wird es bleiben, Ehrenwort! Bei dem einen Schluck! Ätzend sprudelt es mir über die Lippen, in den Rachen, dann öffne ich die klammen Finger, und die Flasche saust pfeilgerade in die Tiefe, zerschellt auf der gefrorenen Wasseroberfläche, lautlos. Ich darf es nicht vergessen: Ich bin auf der langen, schmalen, schnurgeraden Brücke, die auf die väterliche Gummifabrik zuführt, mit dem Geländer kollidiert. Dann ist es mir gelungen, den Wagen zu verlassen, und sollte ich ein bisschen Glück haben, Glück im Unglück, wird bald eine Laterne auf mich zuwanken, unser Pförtner, das Reptil.

Habe ich geschlafen? Höchstens eine Minute. Um Kraft zu tanken. Um auch noch den Rest zu bewältigen, die gut zwanzig Meter bis zum Ufer. Zur Panik besteht kein Anlass. Im Werk sind sie Zwischenfälle gewöhnt. Die Werksfeuerwehr soll die Unfallschäden beseitigen und mir den Sanitätsraum aufschließen, damit ich duschen kann. Danach ein gemeinsames Frühstück mit dem Senior, wir beide in Morgenmänteln, ich mit einem sauberen Stirnverband. Nach achtzehn Jahren haben wir uns einiges zu erzählen.

Die Brücke wird kürzer, die Pforte kommt näher, der Wald- und Erdgeruch wird stärker. Nebel fludert unter der Brücke hindurch, und die Luft … ist sie tatsächlich so frisch, dass sie nach Winterwald schmeckt? Klar, ich bin achtzehn Jahre weg gewesen, da wird sich manches verändert haben, durchaus möglich, dass der Senior mit neuen

Filtern ein besseres Klima erzeugt. Aber. Aber! Aber warum geht nirgendwo das Licht an? Sind auch die Fenster der Villa mit den schwarzen Gummimatten verhängt? Hat mir die Gute nur die halbe Wahrheit gestanden? Ist mein alter Herr im Begriff, sich mit dem Rest seiner Vertrauten, mit der Guten, dem Pforten-Reptil und dem Doktor Marder, seinem Werksarzt, hinter schwarzen Gummischichten einzubunkern? Denn selbst im fettesten Nebel, in der trübsten Dunkelheit hätte jetzt da vorn in leuchtenden Buchstaben unser Name aufschimmern müssen, *Heinrich Übel*. Heinrich Übel! Heinrich Übel senior, warum verbirgst du dich vor mir? Was ist aus deiner Schöpfung geworden? Warum hat sie sich verwandelt in Nebel, in Nacht, in Nichts? Warum?

Weiter.

Nun gut, zugegeben, die Zeiten, da Dr. Übels Verhüterli präsent waren in den Abendtaschen der Schönen, in den Brieftaschen der Lebemänner, an sämtlichen Hoteltresen, in jedem Boudoir, jedem Nachttisch, jedem Necessaire, sind passé: Pillenknick. Mit der Pille blieben Dr. Übels Verhüterli am Lager, wuchsen zu Halden, schon kreisten Geier um die gemauerten Kamine der Fabrik, und dann, über Nacht: Aids. Die Seuche. Der Tod lauerte in den Laken, und wie konnte er bekämpft, wie besiegt werden? Mit *Dr. Übels Verhüterli*. Er war wieder da. Triumphal kehrte er zurück.

Aber was ist das? Du lieber Himmel, bin ich in einer vaterlosen Welt? Das Ufer ist so leer wie die andere Seite des Sees, wo es nur die Total-Tankstelle gibt, den Friedhof und unten im Schilf Calas Wohnwagen. Nur ist dies nicht die andere Seite, dies ist die richtige Seite, ich bin doch nicht blöd, Blutverlust hin oder her. Ich habe versprochen, noch in dieser Nacht heimzukehren, also kehre ich heim, punctum.

Links von der Brücke, gleich da vorn, muss die werkseigene Badeanstalt sein. Der Senior hatte sie seinerzeit errichten lassen, um meiner stets frierenden Mama beizubringen, dass auch das Fräcktal einen Sommer habe: Kabinen, eine Liegewiese, bunte Sonnenschirme, ein Steg, ein Kahn. Leider hatte Mimi die Badeanstalt nur ein einziges Mal benutzt, und mit eigenen Augen hatte ich damals gesehen, was im Liegestuhl von ihr zurückgeblieben war: das weiße Kopftuch, die schwarze Hollywood-Sonnenbrille, die Unterarmtasche aus Krokoleder, die Stöckelschuhe. War sie ertrunken? Oder im Badeanzug aus dem Tal geflohen? Ich habe es nie erfahren. Über Mimi, ihr Verschwinden und ihren Tod durfte nicht geredet werden. Mimi hatte testamentarisch verfügt, man möge ihre Asche über den warmen Wellen des Mittelmeers verstreuen, und so wird es wohl geschehen sein, den letzten Willen wird man ihr erfüllt haben – das war alles, was ich wusste.

Ein paar Jahre lang benutzte man die Badeanstalt zum Testen neuer Produkte, beispielsweise der Flossen (»mit verstellbarer Fersenbindung«) oder unseres Badekappenmodells (»dreistreifig, zweifarbig, mit kurzen Ohrenflügeln«), aber auch damit war irgendwann Schluss. Heutzutage bringen sie die Gummilehrlinge nicht mehr dazu, ins eiskalte Wasser zu steigen und mit den Testprodukten zwei Tode auf einmal zu sterben, erfrierend zu ertrinken oder ertrinkend zu erfrieren. Die Badeanstalt ist zum Nistplatz der

Möwen geworden. Die Möwen, die hier alles vollscheißen, sind erst mit dem künstlichen See ins Hochtal gekommen und haben die einheimischen Raben in die Bannwälder vertrieben, doch haben die Raben ihre angestammten Reviere nie ganz aufgegeben und flattern von den Höhen immer wieder herab, um die Geländer der Brücke zu besetzen. Aber keiner ihrer Späher beäugt meinen Vorstoß, kein Flügel streicht über mich hinweg, Dornröschen total. Oben in den Schneewäldern schlafen die Raben, in der Badeanstalt schlafen die Möwen, in der Villa schläft der Senior, im Pfortenhaus der Pförtner. Alles schläft. Alles ist Finsternis. Als ich mir den Ellbogen anschlage, merke ich, dass ich auf dem Rücken liege. Umdrehen. Aufstehen. Weiter.

Weiter! *Nicht mit sich selber diskutieren, mit sich selber diskutieren macht schwach, zupacken, handeln*, lautet die Devise des Seniors. Zupacken, handeln, kriechen. Und schreien! So laut schreien, dass ich zum ersten Mal seit dem Crash etwas höre. Ich höre es nicht von außen, eher von innen, als würden die Ohren in den Eingeweiden stecken, unter meiner Haut, unter dem bleischweren Mantel … weiter … weiter … nur noch zehn Schritte bis zum Ufer … zum Wegweiser, wo es links zur Badeanstalt geht, rechts zum Dorf, geradeaus zur Pforte, vor die gesenkte Schranke, vor das nächtlich geschlossene Stahltor. Das Blut läuft, mein Puls rast, der Durst ist durch den Wodka noch schrecklicher geworden, aber ich habe das Ende der Brücke erreicht.

Seit wann trage ich, der Sohn der Gummifabrik, Plasticstiefel? Und meine Hände! Eingeschlafen, wohl schon seit einer ganzen Weile. Die Piste ist weiß geworden. Mimi, liebste Mama, wie befiehlt man seinen Händen? Wie bringt man sie dazu, mit der Schelle um Hilfe zu läuten? Ja, ich habe eine Schelle aus der Tasche gezogen, mit Holzgriff. Als wäre ich der Weihnachtsmann!

Unten am Ufer steht Calas Wohnwagen. Vielleicht hat sie einen späten Freier und würde mich hören, aber wie soll ich mich bemerkbar machen? Meine Hände sind die Hände eines Fremden. Ich bin ihnen entglitten. Sie haben mich verlassen. Und das Atmen! Wie schwer es mir fällt. Als würde ich mit dem Würgeengel ringen. In den Adern eisige Kälte. Die Lunge verdickt, aus Gips. Die Kehle wie zugeschnürt. Um mich herum wattige Stille … ein lautloses Sinken der Flocken … ein wenig schlafen jetzt … nicht lang … höchstens eine Minute … und schon verwandelt sich die Kälte in Wärme, leicht fließt der Atem, und habe ich je etwas Schöneres gesehen als diesen Straßenpfosten: vollendete Form, mit einer Kappe aus Schnee?

Wo immer ich bin, was auch passiert ist: Der Name verbindet mich mit meiner früheren Existenz, mit dem Senior, mit unserer Gummifabrik, mit meiner Herkunft. Ich weiß, wie ich heiße. Ich bin mir nicht zum Anonymus geworden. Doch wer sind diese Leute, die mich auf einer Bahre tragen? Halt, möchte ich rufen, stellt mich ab, erklärt mir, was los ist! Da schob sich ein hoher Felsen vor den Abendhimmel, von Häusern überwürfelt, in den Fensterscheiben flüssige Glut, es hupte und ratterte und lärmte, es roch nach Tang und Fisch und Meer, und ich hätte schwören können: Ich bin irgendwo im Süden. Im tiefsten Italien. In einer Stadt am Meer. Aber warum waren die Träger stumm? Warum richtete keiner das Wort an mich? Und wie hoch, wie steil war dieser Felsen!

Auf der schmalen, leicht schaukelnden Bahre schwebte ich in eine düstere, nach Verwesung stinkende Gasse hinein. Hoch oben war der Himmel ein dünner Kanal, weiße Laken tropften, bunte Kleider wehten, Seidenstrümpfe tanzten zwischen den schiefen schwarzen Mauern ein lustiges Ballett. Unten hockten sie auf Strohstühlen vor ihren Bassos, schwarz verschleiert die alten Frauen, die Männer mit sonnenversengten Schädeln. Eitle Friseure präsentierten sich vor ihren Ladengrotten mit gerecktem Kinn und Rasiermesser als lebendem Werbeschild, weißen Schaum auf die Gasse schleudernd. Hier leuchtete eine Barreklame, hier klirrte ein Papagei mit seiner Kette, hier lagen die schweren Brüste einer Hure wie Melonen auf dem Fensterbrett.

Italien. Kein Zweifel, ich war in Italien. Priester trugen schwarze Rundhüte, Kirchenglocken läuteten, ein Portal donnerte zu, kräftige Hände halfen mir von der Bahre, und als es mir gelang, den schweren Schädel etwas zu heben, umgaben mich die hohen Marmorwände eines kühlen Mausoleums. Ein uralter langhagerer Diener stieß mit weißen Stoffhandschuhen das Eisengitter einer altmodischen Liftgondel auf, und langsam glitten wir nach oben ... oder nach unten? Ging es immer tiefer? Ich konnte es nicht sagen. Ich war am Ende ... und vielleicht, ein gefährliches Vielleicht, über das Ende schon hinaus ...

»Seien Sie versichert, Signore, Sie sind hier unter Freunden.«

Eine schwarze Frau, von Kerzenlicht beleuchtet, an meinem Bett. Wird wohl ein Traum sein, sagte ich mir, denn sie trommelte. Sie trommelte! Trommelte und trommelte, monoton und geduldig, monoton und geduldig, bis mir die Augen wieder zufielen. Dann hielt sie mir einen Trinkhalm an die Lippen, Wasser oder Tee, und sagte in die ungewohnte Stille hinein: »Du hast Glück, ragazzu, das ist Laila el qedr, die Nacht der Nächte.«

»Laila?«

»Ja«, sagte sie, »Laila el qedr.«

»Laila el qedr.« Eine Weile überlegte ich. »Ist das Ihr Name?«

Sie schüttelte den Kopf mit der weichen Kinnkaskade und lächelte mit fleischigen dunklen Lippen. »Laila el qedr ist der Name dieser Nacht.«

Ich versuchte mich zu konzentrieren, was schwierig war, mein Kopf war heiß und hohl. Auf die Gefahr hin, mich schrecklich zu blamieren, versuchte ich ebenfalls zu lächeln und sagte: »Laila ist der Name der Nacht?«

»Der Name dieser Nacht. Es ist die Nacht, da die Himmel sich öffnen, die Engel herabsteigen und das Meerwasser trinkbar wird.«

Sie merkte, dass ich nichts begriff. »So sagen wir im Maghreb, im arabischen Afrika. Laila el qedr.«

Wieder begann sie zu trommeln, monoton und geduldig, monoton und geduldig, mal hörte ich den Trommelsang näher, mal ferner.

»Wo bin ich?«

»In Pollazzu.«

Ich tastete nach einer Zigarettenschachtel, die auf meinem Laken lag. »Stift!«

Die Methode ging auf meine Zeit in der Werbeabteilung unserer Fabrik zurück, als ich Einfälle auf zufällig greifbaren Unterlagen festgehalten hatte. Die Frau kramte in ihren Taschen, hielt mir einen Bleistift hin. Ich hob die Hand, krümmte die Finger, packte den Stift.

»Wie heißt die Nacht?«

»Laila el qedr.«

»Und der Ort?«

»Pollazzu.«

»Wo liegt das?«

»An der Südküste.«

»Südküste von was?«

»Sizilien.«

»Bin ich auf Sizilien?«

»Jaja. Schlaf jetzt. Schlaf ein.«

War die Frau real? Real, behauptete die Nase – sie roch nach heißem Fett und Fisch. Eine Zigarette hing ihr aus den dunklen Lippen. Hingegen meinte der Verstand: nicht real, eine Fieber- und Phantasieproduktion. Mit ihren voluminösen Oberschenkeln hielt die Frau eine schlanke, bastumwickelte Trommel fest, und ihre Haut hatte im Kerzenschein einen finsteren Glanz. Ihre linke Hand maß meinen Puls, und die Rechte schlug wieder die Trommel, monoton und geduldig, monoton und geduldig. Nie ließ sie mich los, ihre schwarzen Finger drückten meine Adern wie die Saiten einer weißen Geige. Hie und da, vermutlich in regelmäßigen Abständen, erfüllte Stille den Raum, und ich sollte am Trinkhalm saugen. Dann trommelte sie wieder, monoton und geduldig, monoton und geduldig, als würde ein tropischer Regen auf fette Blätter pladdern …

Irgendwann füllte eine rosige Fläche das offene Fenster. Der Aschenbecher war voller Kippen, Schwaden von Rauch schwebten über dem Bett. Die schwarze Hand trommelte langsamer … langsamer … langsamer … und auch mein Herz, an ihren Rhythmus gewöhnt, schlug ruhiger … ruhiger … ruhiger …

Du heilige Scheiße, warum war der Boden voller Haare? War ich in einem Frisiersalon ohnmächtig geworden? Fasste ich an meine Schädeldecke, hatte ich das Gefühl, etwas mir völlig Fremdes zu berühren, etwas aus Stein, aus

Marmor. Ich patschte drauf rum, erschrak über das ungewohnte Geräusch, dann lag ich wieder reglos, verwirrt, verschwitzt. Die Sonne griff mit Strahlen, die allmählich flacher wurden, durch die Ritzen der geschlossenen Läden. Das Fenster stand offen, und jedes noch so zarte Lüftchen wurde von meinem kahlen Schädel registriert ... eine neue, ungewohnte Empfindung. War da wirklich nur noch nackte Haut? Kein Haar mehr? Tatsächlich, sogar die Flügel einer eckig herumsausenden Fliege erzeugten Turbulenzen, die die Kopfhaut wahrnahm!

Vor dem Fenster würgendes Gurren: Tauben. Aus einem Wandschrank, dessen Tür offenstand, ein giftiger Geruch: Naphtalin. Auf einer Waschkommode ein Glas, Wattebäusche, Gazetücher: wie in einem Spital ...

War ich in einem Spital?

Ich rappelte mich hoch, stieß die Läden auf, und kaum zu glauben, aber wahr, aber wirklich: Mich empfing der mediterrane Frühling. Nah das Tuten einer Dampfersirene, dann, leicht verzögert, ein wehmütiges Echo. Dachziegel in einem schmutzigen Orange. Unten ein Innenhof mit Palmen. Und dort, zwei Etagen tiefer, im Fenster des Seitenflügels, eine Frau, *la donna della finestra* – wer würde da nicht an Italien denken!

Aber der da ... der im Spiegel!

Ich kniff mich in die Wange. Ich schloss die Augen. Ich zählte langsam bis Sieben, dann packte ich mit beiden Händen den Porzellankrug, drückte den Schnabel zwischen die Lippen, goss das nach Chlor riechende Wasser in mich hinein, zu viel, zu gierig. In einem Schwall brach die wässrige Kotze aus mir heraus, in die Schüssel.

Der im Spiegel war ich nicht.

Ich zwinkerte. Er auch: Ich war es doch. Mit einem Kahl-schädel! Und das war nicht einmal das Schlimmste. Das Schlimmste war etwas anderes. Das Schlimmste war: die Narbe – als würde eine schwarze Raupe aus meinem Hirn kriechen …

Wiederholung. Ich bin mir nicht abhandengekommen, ich kenne meinen Namen, den Vornamen, das Geburtsdatum: Heinrich Übel junior, geboren am 21. Dezember 1950 im Fräcktal. Lehrling im väterlichen Werk, dann Kondom-Rei-sender, der im Untergrund des Landes unsere Automaten zu versorgen hatte: Fächer füllen, Kasse leeren. Ein Scheiß-job. Mein Verhältnis zu Zahlen machte mir immer wieder einen Strich durch die Abrechnung, aber als Assistent des Werbechefs unserer Reklameabteilung war ich dann äußerst erfolgreich. Meine Schreibmaschine, eine schon etwas älte-re Remington, schoss jedes O, ob groß oder klein, aus dem Papier, so dass ich bei der Textierung der Produkte weiße Konfetti verstreute. Schon im ersten Jahr gelang es mir, die Gummihose als »Wohlfühlhose« von der Schmuddel-in die Knuddelecke zu schreiben. Auch das schmückende Beiwort für Schnuller habe ich geprägt: »kieferformend«, und die Beschreibung des Ganzkörper-Gummianzugs im letzten von mir zusammengestellten Katalog (vergriffen!) soll bei Fetischisten sprichwörtlich geworden sein: »kühl wie Schnee, glatt wie Glas«. Leider musste mein Text der GdV, der Guten des Vorzimmers, vorgelegt werden, und die genoss es natürlich, sich als Korrektur-Domina aufzuspielen und die sauber getippten Seiten mit ihrer Rotstift-Peitsche zu verunstalten. Hatte ich zum Beispiel geschrieben: Wir möchten unsere geschätzten Kunden daran erinnern, bei der Rückantwort die Bestellnummer nicht zu vergessen, wurde die höfliche Aufforderung von der Guten ins Unverständliche kastriert: Bei RA. Best.Nr. angeben. *Bei RA. Best.Nr. angeben!* – da wird doch der Hund in der Pfanne verrückt! Aus Gründen der product-identity bestand die Gute auf festen Formeln, etwa »reißfest preiswert gefühlsecht« oder »steigert das LE« (Lustempfinden!). Gut, zugegeben, niemand las einen Katalog von vorn bis hinten durch, vielmehr peilte jeder Kunde seinen spezifischen Bereich an, der junge Vater die Kondome, die junge Mutter Wickeltisch-Unterlagen, die Hausfrau Gummiringe für Espressokrüge, der Perverse seine Fetische, das fortgeschrittene Alter die Wohlfühlhose. Und natürlich war die Gute im Recht, wenn sie behauptete, Musik würde aus Wiederholungen bestehen, Bach, Mozart, Schubert: pure Wiederholungskünstler, aber bei jedem zweiten Artikel »preiswert reißfest gefühlsecht« oder »steigert das LE«! – das war doch von Schubert so weit entfernt wie die Gummifabrik vom Saturn! Mein Argument, mit der Schilderung der Produkte müssten wir so elastisch sein wie unsere Materie, der Kautschuk, rang der Guten im besten Fall ein Lächeln ab, denn ER, Heinrich Übel senior, mein Vater, wollte den Katalog so textiert haben wie immer. Es hatte »preiswert reißfest gefühlsecht« oder »steigert das LE!« zu heißen, darüber wurde nicht diskutiert. Wandelte das Herrscherpaar durch die Hallen, der Senior im offenen Weißkittel, sie an seiner Seite, ihr Klemmbrett im Arm, um sich Mängel zu notieren, waberte eine dumpfe Duftschleppe hinter ihr her, ähnlich dem Geruch einer Velohandlung, wo alte und neue Schläuche hängen, denn die Gute war vom Kopf (Haargummi) über die Büste (Gummi-Corselet) und die Schenkel (Gummistrümpfe) bis zu den Füßen (Gummischuhe) gummiert. Ihren Boss verehrte sie unterwürfig bis zur Auslöschung der eigenen Person (eigentlich bestand sie nur aus der alterslosen Gummihaut), und hätte ich es geschafft, dieser Hülle meine Liebe zu schenken, wäre ich heute wohl in der Unternehmensleitung. Meinen Rausschmiss hätte sie bestimmt verhindert, allerdings war ich damals, vor achtzehn Jahren, noch zu unerfahren, um die Simplizität von Machtstrukturen zu erkennen. Wer sich mit der Guten arrangierte, überlebte die Säuberungen – so einfach war das. Deshalb wollte es keiner mit ihr verderben, erst recht nicht der Reklamechef, der es ihrer Gunst verdankte, dass er den Posten halten konnte. Um ja keinen Fehler zu begehen, enthielt er sich jeglicher Tätigkeit. Nie fabrizierte er eine Zeile, nie nahm er das Telefon ab, nie verhandelte er mit der Druckerei oder mit einem Journalisten, der den Senior zu einem Firmenjubiläum interviewen sollte. Zwischen den leeren Pulten mit den abgedeckten Schreibmaschinen saß er im schlecht beheizten Saal der Werbeabteilung und löste mit einem Eifer, der eigentlich zu bewundern war, Kreuzworträtsel. Kam ich als sein Assistent mit dem abgelehnten, von der Guten in ein Schlachtfeld verwandelten Text des neuen Katalogs aus der Zentrale zurück, hob der Reklamechef nicht einmal den Blick, nur den scharf gespitzten Bleistift und fragte: Zentralbegriff bei Kierkegaard, zwölf Buchstaben? Der Assistent hatte damals passen müssen ...

Jetzt wüsste ich es: Wiederholung.

Ich war mir nicht abhandengekommen, ich kannte meinen Namen, den Vornamen, das Geburtsdatum, Heinrich Übel junior, geboren am 21. Dezember 1950 im Fräcktal. Mein Hirn tickte noch, ich lebte, ich atmete, und wenn es mir gelang, das Bein aus dem Bett zu strecken und mit den Zehen die linke Schranktür hin und her zu schieben, bis sie im richtigen Winkel stand, um mit dem Innenspiegel mein Bett zu reflektieren, würde ich einen Schock erfahren. Tatsächlich, auf dem Kissen lag ein Kahlschädel, und das war nicht einmal das Schlimmste. Das Schlimmste war etwas anderes. Das Schlimmste war: die Narbe. Auf der rechten Schläfe – nein, falsch, im Spiegel ist ja alles verkehrt, spiegelverkehrt –, auf der linken Schläfe, die mit einem Desinfektionsmittel orange bemalt war, klebte eine schwarze Raupe. Ich atmete durch, atmete durch, atmete so tief wie möglich durch. Das Zimmer kam mir bekannt vor – als läge ich schon länger hier. Rechter Hand glich der wurmstichige Schrank einem Beichtstuhl, und vorn, rechts vom Fenster, dessen Läden geschlossen waren, erhob sich aus dem Marmortisch einer Waschkommode ein Spiegel mit einer bräunlichen Dämmerung hinter dem Glas. Auf dem Bord lagen Verbände und Salbendosen sowie ein fremdes Necessaire. War es das falsche Zimmer? Auch die Reisetasche und erst recht der dunkle Wintermantel, der beinah die ganze Tür verhängte, gehörten mir nicht. Hm. Sonderbar. Nichts passte zusammen. Geblieben war mir einzig mein Name und mit dem Namen die Herkunft und mit der Herkunft die Gewissheit, dass ich nie ein Necessaire aus rotem Plastic benutzen würde …

Abfall. Vor achtzehn Jahren stand ich auf den schwarzen Gummimatten des sogenannten Sportbodens, vor seinem mächtigen Pult. Dahinter war der Senior eine Masse Finsternis, deren Umrisse von der Pultlampe schwach beschienen wurden. Die etwas seitlich liegenden Augen werden geglüht haben, und wie ich ihn kenne, hat er langsam die Hörner gesenkt und durch die großen feuchten Nüstern ein Schnauben ausgestoßen. Doch war mir von unserer letzten Begegnung nur noch sein Versprechen in Erinnerung, mich, den verlorenen Sohn, in Gnaden wieder aufzunehmen – sofern ich dann einen Doktortitel trage. Und nicht vergessen hatte ich natürlich den Bannfluch, mir in den Rücken gesprochen, als ich ihn verlassen hatte: Mein lieber Abfall, du bist weit vom Stamm gefallen! Den ganzen Rest hatte ich vergessen, Freud würde sagen: *verdrängt.*

Als ich damals in die Werbeabteilung zurückkehrte, war mein Arbeitsplatz bereits geräumt, das Namensschild am Spind abgeschraubt, und der Reklamechef, wie üblich mit seinem Kreuzworträtsel befasst, erklärte mit bedauerndem Unterton, infolge des weiterhin rückläufigen Absatzes sei ihm der Assistent gestrichen worden, die Remington dürfe ich mitnehmen, sie werde hier nicht mehr benötigt. Dann hob er den Bleistift auf Ohrenhöhe und fragte: Abschied, englisch, acht Buchstaben?

Damals hatte ich passen müssen, heute wüsste ich es: Farewell. Bis zum Abend harrte ich schluchzend vor der Tür des Vorzimmers aus, wurde aber nicht mehr empfangen und machte mich schließlich auf den Weg, weinend und wütend und wild entschlossen, es dem Senior heimzuzahlen. Ungefähr in der Mitte der Brücke über den Stausee wollte ich das Geländer überklettern und mich samt der Remington in die Tiefe stürzen, ins eiskalte Wasser. Allerdings hätte diese Tat einen Mut vorausgesetzt, der mir restlos abging, und so war ich nicht am Grund des Stausees gelandet, sondern am anderen Ufer. Ich versteckte mich im gefrorenen Schilf und wartete, bis ein letzter Freier aus der ovalen Tür von Calas Wohnwagen trat, den Hut in die Stirn drückte und in der Nebelnacht verschwand. Dann klopfte ich an und wurde von Cala mit einem Ausruf der Überraschung empfangen: *Was, du* besuchst mich?!

Eine Zeitlang war Cala richtig berühmt gewesen, und es soll heute noch Sammler geben, die für Kataloge mit ihren Fotos einiges hinblättern: Cala von hinten, die Arme in die Hüfte gestützt, die Beine leicht gespreizt, die Haare eine schwarze Flamme nach unten, die drallen Arschbacken in Latex gegossen. Nach Mimis Abgang hörte sie mit dem Modeln auf und übernahm den Haushalt in der Fabrikantenvilla, weshalb man im Werk allgemein davon ausging, dass die schöne Kalabresin meine Stiefmutter würde. Aber das hätte die Gute niemals zugelassen, aus der erhofften Heirat wurde nichts, und schon bald trug das Ex-Mannequin die Gummi-Corselets nicht mehr, um vor der Kamera obszöne Posen einzunehmen, sondern um ihre wachsende Fülle zu bändigen. Wie ihre Brüste wurde sie träge, verbrachte den lieben langen Tag in der überheizten Küche der Villa und ließ sich von ihren Landsleuten – damals war die Belegschaft noch überwiegend italienisch – das Neueste aus dem Werk berichten. Dann saß ich still dabei, über ein Buch gebeugt, und tat, als würde ich lesen. Eines Abends war das Palaver plötzlich verstummt. Alle starrten mich an, und Cala sagte zu ihren Landsleuten, mit einem scheuen Seitenblick auf mich: Wir müssen vorsichtig sein, der Forabut versteht jedes Wort. Forabut ist kalabresisch und heißt Dreckskerl, Feigling, Schweinehund.

Nach ihrer Entlassung war Cala nicht, wie allgemein erwartet, in ihre Heimat zurückgekehrt, sondern im Tal geblieben. Auf der anderen Seite des Sees, der Gummifabrik direkt gegenüber, hatte sie im Kassenhäuschen der aufgelassenen Total-Tankstelle eine Nachtbar eröffnet und unten am Ufer einen Wohnwagen bezogen, an dem nachts, wenn über der Produktionshalle in mannsgroßen Neonlettern der Name Übel flammte, eine rote Laterne leuchtete. An den Abenden kamen ihre Landsleute herüber, heimwehkranke Männer, und an den Sonntagnachmittagen hockten auf den Barhockern die Lehrlinge, um Cala wie ein höheres Wesen anzuglotzen. Als die Einwanderungswelle aus dem Balkan die Italos weggeschwemmt hatte, gingen die Einnahmen der Nachtbar zurück, und die früher so schöne Kalabresin, älter und noch ein bisschen fülliger geworden, verlegte ihre Tätigkeit ganz und gar in den Wohnwagen, der direkt am Wasser, gleich neben der Brücke, aufgebockt war. Hier, auf einer nach Sonnenöl und Fisch riechenden Matratze, hatten die meisten Lehrlinge der Fräcktaler Gummifabrik zum ersten Mal die Liebe praktiziert – bis auf einen. Ja, ein einziger traute sich nicht, im Wohnwagen-Puff seine Unschuld zu verlieren: der Forabut. So lernte ich die nach Sonnenöl und Fisch duftende Matratze erst später kennen, in der Nacht nach meinem Rausschmiss. Damals hatte ich meinen ersten Schwips (von Prosecco und Wodka) und wusste beim Aufwachen nicht mehr, wie die letzten Stunden verlaufen waren. Beide hatten wir an jenem Morgen kaum ein Wort gesprochen, auch darüber nicht, dass mir Cala eine Brieftasche in den Regenmantel geschoben hatte, wie ich später merken sollte: mit mehreren hundert Franken.

Im Postauto, das bei leichtem Schneefall das Hochtal verließ, kippten in den Kurven die Passagiere wie Scheibenwischer hin- und her, und genauso ging es mir mit den Abschiedsgefühlen – sie kippten von einem Extrem ins andere. Einerseits war ich froh, die Fabrik und den Vater verlassen zu können, andererseits ahnte ich voller Wehmut, dass es Jahre dauern würde, bis ich als frisch promovierter Herr Doktor (in welcher Wissenschaft auch immer) zurückkehren durfte. Am Ausgang des Fräcker Tobels spendierte mir Palombi, der Wirt der Alten Post, einen Toast Hawaii, dann begleitete er mich vor die Tür, wo wir unter der pissgelben Bierreklame noch eine Weile stehen blieben. Auch Palombi, ein gebürtiger Sizilianer, hatte früher zur Belegschaft gehört, als Vormann an den Vulkanisationspressen, und war nach seiner Entlassung in der Gegend geblieben, wie Cala, die Kalabresin.

Max. eine Seite. Zürich empfing mich damals nicht unfreundlich. Im Hinterhaus der Grauen Gasse 10 fand ich eine Mansarde, und nach den harten Jahren im väterlichen Werk erschien mir die Universität im wahrsten Wortsinn als Alma Mater, als nährende Mutter, an deren Brüsten ich genüsslich sog. Die Räume waren besser beheizt als jene der Gummifabrik, durch die Wandelgänge wippten BH-lose Studentinnen, in der Mensa sprudelten Fruchtsaftautomaten, in den Seminaren Dozentenmünder. Anders als meine Generationsgenossen, die auf Sit-ins gitarrenklimpernd von einer besseren Welt träumten, war ich mit der vorhandenen durchaus zufrieden und saß oft bis elf Uhr nachts in der Zentralbibliothek, an jenen Pulten, wo sich Lenin durch intensives Hegelstudium auf die Revolution vorbereitet hatte. Meine eigenen Umsturzpläne richteten sich einzig und allein auf mich selbst, und eine Zeitlang sah es ganz danach aus, als würde ich erfolgreich sein. Von einem monatlichen Cheque aus dem Fräcktal alimentiert, trieb ich mich mehrere Semester durch die Hörsäle und Seminare, wurde nie durch Prüfungen belästigt und erwarb mir Kenntnisse in diversen Wissenschaften. Natürlich war ich an Philosophie oder Geschichte stärker interessiert als an Chemie, aber auch da gab es Gebiete, die mich fesselten, etwa die Polymerisation, die Verwandlung von einfachen Molekülen in komplexe chemische Stoffe. Wäre meine Selbst-Revolution geglückt, wäre der neue Junior ein Polymer des alten gewesen, aber Prozesse dieser Art verlaufen kompliziert und meistens mit leimzäher Langsamkeit. Schnell und schneller hingegen floss die Zeit, und wollte ich jemals in die Firma zurückkehren, war das nur mit einem Studienabschluss möglich. Denn unser bekanntestes Produkt waren Dr. Übels Verhüterli, »reißfest preiswert gefühlsecht«, und selbstverständlich sah ich ein, dass auch der Nachfolger von Herrn Dr. Übel senior einen Doktortitel haben musste, um weiterhin die klinische Qualität unserer Produkte zu beglaubigen – das waren wir den Apothekern Drogisten Automatennutzern schuldig. Nur: Über Nacht wird man nicht promoviert (es sei denn, man

ist mein Senior), und das hieß, dass ich nach einem mehr-
jährigen Dasein als Gasthörer der Universität Zürich die
Matura nachholen musste. Gottseidank, der bürokratische
Aufwand für die Anmeldung zur staatlichen Prüfung war
bescheiden. Um zugelassen zu werden, genügte es, ein Formular auszufüllen und diesem einen Lebenslauf *von max.
einer Seite* beizulegen.

Die Remington, mit der ich seinerzeit den Volltreffer
»Wohlfühlhose« gelandet hatte, stand damals seit einigen
Jahren auf dem Tisch meiner Mansarde, mit einer Gummi-
hülle zugedeckt, und erinnerte mich an meinen verzweifelten Gang über die Brücke am Tag meiner Entlassung und an
meine Feigheit – statt am Grund des Stausees war ich auf
Calas Matratze gelandet. Es war ein lauer Sommerabend,
als ich die schwarze Hülle abnahm, und schon bald wirbelten die aus dem Blatt geschossenen Konfettis durch
die Luft wie seinerzeit beim Beschreiben der Gummiartikel.
Mein Lebenslauf beschränkte sich auf wenige Daten: ge-
borem am 21. Dezember 1950 als Sohn des Heinrich Elogus
Übel senior und der Elena Rosa Maria Übel-Katz. Aufgewachsen im Fräcktal, dort Primar- und Sekundarschule,
dann Lehrling in der väterlichen Fabrik und anschließend
motorisierter Vertreter, der im gekachelten Untergrund von
Bahnhöfen Bordellen Autobahntoiletten die Kondomautomaten betreute: Kasse leeren, Fächer füllen. Dann wurde
ich in die Werbeabteilung versetzt, als persönlicher Assistent des Reklamechefs, wo mir beim Textieren des ersten
Katalogs ein absoluter Hit gelang, ein Welthit: Wohlfühlhose, comfy pants! ... Und zugegeben, eigentlich hätte ich
nur noch meine Entlassung und den Umzug nach Zürich

hinzufügen müssen, dann hätte ich das Blatt zusammen mit dem ausgefüllten Formular abgeben können. Eigentlich. Aber. Aber! Aber im Morgengrauen war der Tisch mit den Os übersät, die die Remington aus dem Papier geschossen hatte, war der Boden mit Papieren überstreut, der Aschenbecher mit Kippen überfüllt. Ich spannte das nächste Blatt ein, und das Ergebnis war: noch mehr Papierabfall, noch mehr Asche, noch mehr Konfetti, jedoch nichts an brauchbarer Selbstbeschreibung – als wäre ich ein unbeschriebenes Blatt.

Bei den Germanisten der Universität hatte ich Hugo von Hofmannsthals Brief des Lord Chandos kennengelernt. Der Lord leidet an der Sprache; die Wörter, gesteht er seinem Briefpartner, zerfielen ihm »im Munde wie modrige Pilze«. Das war mir aus der Seele gesprochen – wie der Lord fühlte ich mich von einem Objekt, sobald es schriftlich fixiert wurde, »durch einen brückenlosen Abgrund« getrennt. Ein Beispiel: Die Wassertemperatur des Stausees kletterte im Juli auf etwa zehn Grad, selten höher, aber die werkseigene Badeanstalt war errichtet worden, um Mimi, meiner Mama, die dauernd fröstelte, einen Sommer vorzugaukeln. Von ihrem Atelierfenster aus sollte sie auf frohbunte Sonnenschirme hinuntersehen, auf Liegestühle, auf den Sprungturm, auf lustvoll jauchzende Schwimmer. Das heißt, die Welt nahm die Badeanstalt am eisigen Gewässer gelassen hin, doch kaum stand sie bei mir auf dem Papier, erschien nicht etwa der Erbauer als durchgeknallt, sondern der Autor, der sie beschrieb. Und das war nicht einmal das Schlimmste. Das Schlimmste war etwas anderes. Das Schlimmste war: Wenn ich abends das herrliche Gefühl hatte, den Abgrund zwischen den Dingen und den Wörtern überbrückt zu haben, musste ich am nächsten Morgen mit der Enttäuschung fertig werden, dass ich mich weiter von der Badeanstalt entfernt hatte als je. Über Nacht waren meine Sätze versprödet wie alter Gummi, und so herrlich es war, hie und da vom Hochgefühl eines unerwarteten Gelingens durchschauert zu werden, so bestürzend war es, sich plötzlich mit der Frage konfrontiert zu sehen, wie ich ein Textkonvolut von dreihundertsiebzig Seiten über die werkseigene Badeanstalt im Curriculum Vitae *von max. einer Seite* unterbringen sollte. Da mich die Gute in meiner Katalogverfasser-Phase zu den unsinnigsten Abkürzungen gezwungen hatte, hasste ich Abkürzungen, doch nun wurde der Hass pathologisch. *Max. eine Seite* – die Formel wurde zum Horror. Ich schrieb und schrieb und schrieb, und je mehr ich schrieb, ganze Kladden und Schachteln voll, desto weiter entfernte ich mich vom angestrebten Ziel. Mein Text metastasierte zu einem mehrtausendseitigen Epos, und noch immer zeichnete sich kein Ende ab, ja nicht einmal ein Anfang. Was tun? Ganz einfach, ich würde den Papierberg wegschmeißen, dann ein frisches Blatt in die Walze der Maschine eindrehen, mich am 21. Dezember 1950 auf die Welt bringen und meine bisherige Existenz auf *max. einer Seite* zusammenfassen.

In einer nebligen Nacht stopfte ich sämtliche Ordner Kladden Karteikarten, auch zahllose Zigarettenschachteln und Bierdeckel, auf denen ich Stichworte notiert hatte, in die Abfalltonnen, machte mir am nächsten Morgen mit dem Tauchsieder eine Tasse Nescafé und schrieb die erste Silbe, dummerweise eine Abkürzung: *geb.* Ich stutzte, horchte auf, hörte aus dem Hofschacht Gerumpel, den Einmarsch der Müllmänner, und schon war ich unten, stand mit ausgebreiteten Armen vor den Tonnen und: Finger weg!, schrie ich, das ist kein Abfall, das ist mein Leben!

Die Müllmänner trotteten kopfschüttelnd vom Hof, und für mich begann ein beschwerlicher Opfergang. Ich musste eine Tonne nach der anderen durch das steile Treppenhaus nach oben schleppen, bis unters Dach, und in der Mansarde auskippen. Angelockt vom Gestank, kreischte vor dem offenen Fenster ein Möwenschwarm; heimkehrende Mieter blickten stumm zu mir hoch; das Ehepaar Weideli, das im Haus für Ruhe und Ordnung sorgte, drohte mit der Polizei. Nein, ich war nicht verrückt. Ich wollte die im Lauf der Jahre entstandenen Seiten, die teilweise die Geschichte meiner Ahnen enthielten, aber auch Überlegungen, die das Schreiben betrafen (etwa die Frage, ob man einen Tropfen, der am Brausekopf einer Badeanstalt zu Eis erstarrt ist, immer noch einen *Tropfen* nennen darf), nicht verlieren und nahm nun eine Mülltrennung der besonderen Art vor. Ich trennte den Abfall der Mietskaserne von meinen Texten. Den Abfall (ausgelaugte Teebeutel vollgeschissene Babywindeln Kippen Scherben Schalen Asche sowie eine verwesende, von den Weidelis vergiftete Ratte) brachte ich wieder nach unten in die Tonnen, meine Texte jedoch wurden gesäubert getrocknet gebügelt und nach dem Vorbild des Gummikatalogs in alphabetischer Reihenfolge abgelegt. Diese Arbeit erfüllte mich mit tiefer Befriedigung. Mein Leben, das sich bisher im Uferlosen verloren hatte, bekam auf einmal Konturen und wurde unter Stichworten greifbar. Obwohl der avisierte Doktortitel noch in weiter

Ferne schwebte, wuchs die Zuversicht, dass ich aus meinem Lebenskatalog jene Seite destillieren könnte, die das Prüfungsamt verlangte.

Anfänglich kam ich gut voran. Ich stellte zahlreiche Varianten her und hängte auf dem Dachboden Blatt für Blatt an eine Wäscheleine. Nun gab es meine Biographie nicht nur einmal, sondern hundert Mal, und ich stand vor der Frage, welche Version ich abgeben sollte. Jene Varianten, die mit meiner Geburt begannen, gefielen mir eigentlich am besten, sie waren präzis und übersichtlich, aber wenn zuletzt, beim Rausschmiss aus dem väterlichen Werk, der Abfall vom Stamm fiel (»Abfall, du bist weit vom Stamm gefallen!«), musste natürlich auch der Baum und dessen Wurzelwerk vorgestellt werden. Ohne Sender Katz zu kennen, Mimis Urahn, der unter den summenden Drähten einer Telefonleitung durch den Landozean Galiziens gewandert war, würde man beim besten Willen nicht nachvollziehen können, weshalb Mimi uns verlassen hatte, um über den warmen Wogen des Mittelmeers verstreut zu werden. Ha, und da war ja auch noch der Spitzname des Seniors: *Gummistier!* Der musste natürlich erklärt werden, und auch diese Geschichte führte wieder zu den Wurzeln hinab, zu den Vorfahren väterlicherseits, und zu einem Heini Übel, meinem späteren Senior, der an Nasenringen tobende Stiere aus dem Inferno brennender Ställe gezerrt hatte …

Meinen Lebenskatalog hatte ich damals in Kisten auf dem Dachboden eingelagert, und der Gedanke gefiel mir nicht, dass man sie dem Senior jetzt aushändigen könnte. Es wäre ein böses Erwachen für ihn, aber es war nie meine

Absicht, meinen Erzeuger auf die Anklagebank zu schreiben. Mir war es stets um mein Curriculum Vitae gegangen, um die *max. eine Seite*, die für mich die unterste Sprosse der akademischen Leiter bedeutet hätte – die Zulassung zur Matura –, und sollte sich jemand fragen, weshalb ich sämtliche Umzugskartons Schachteln Hefte Notizbücher auf dem Dachboden zu einem ganzen Papierpalast aufgeschichtet hatte, lautet die Antwort: Ich tat es für Dada.

Dada. In einer kalten Novembernacht waren wir uns zum ersten Mal begegnet. Zwischen zwei Abfalltonnen im Innenhof hatte ein Augenpaar geglüht, reglos, ohne zu blinzeln, und statt weiterzugehen, hatte ich mich eine Weile hingekauert, um dem im Dunkel lauernden Tier die Zeit zu geben, die es brauchte, um mich genau zu studieren. Anderntags erfuhr ich, dass der Kater aus dem nahegelegenen Cabaret Voltaire entlaufen war – dort hatte Hugo Ball den Dadaismus ausgerufen, und so tauften wir Mieter diesen seltsamen Tiger, der ausgerechnet das Haus zum Zeisig (so lautete der alte Name der Grauen Gasse 10) zu seinem neuen Revier erwählt hatte, Dada. Dabei war die Lösung des Rätsels einfach. Anderswo wäre der Kater kaum bemerkt, geschweige denn gefüttert worden, im Zeisig-Haus jedoch hatte er sich durch zwei verbissene Feinde, das Ehepaar Weideli, eine ganze Schar von Sympathisanten erworben. Sämtliche Mieter liebten Dada und taten alles, um ihn durch den Winter zu bringen oder gegen die Weidelis zu verteidigen. Der Krieg wurde gnadenlos geführt. Wer Dada heimlich eine Sardine zusteckte, riskierte die Kündigung, und die Weidelis, die Tag und Nacht auf der Pirsch waren, im Winter beide mit Pelzkappen, empfanden den Kater als Terroristen, der seine Pisse gezielt in jeden Winkel schoss, ihnen, den Weidelis, zuleide. Im Lauf der Zeit hatten sie immer spitzere Nasen bekommen und wussten mittlerweile, wie sich ihr Feind bewegte. Doch so listenreich das Ehepaar vorging, Dada war noch listiger, noch gerissener, und offensichtlich gehörte es zu seiner Strategie, den Jägern seine Überlegenheit zu demonstrieren. Er wollte sie demoralisieren. Er wollte ihnen zeigen: Gegen einen Königstiger wie mich habt ihr keine Chance. Wenn er im Hinterhof auf dem Wellblechdach des Veloständers hockte, hörte er sich geduldig an, was die Weidelis zu ihm hochschrien: Verpisstes, verlaustes Stinktier! Katerscheißblöder! Wir erwischen dich! Wir ziehen dir das Fell ab! Wir nageln dich an die Kellertür! Dann hob er lässig die Vorderpfote, als würde er auf die Armbanduhr blicken, und spazierte über die schmale Mauer, die einen hinteren Hofteil abtrennte, davon. Seine Sicherheit bezog er nicht nur aus seiner Intelligenz, sondern bestimmt auch aus seinem Rückzugsort, dem Papierpalast. In dessen Geheimkammern pflegte er sich von seinen Jagden zu erholen, dort konnte er schlafen, ohne dass sein Schnarchen nach außen drang und die Weidelis auf ihn aufmerksam machte. Denn so fromm die beiden waren, so blutrünstig waren sie auch, und es ist ein bekanntes Phänomen, dass sich gerade die scheinbar Harmlosen, die Furchtsamen und Feigen, über Nacht in Ungeheuer verwandeln – Kriege werden mit Familienvätern und braven, von ihren Müttern gesegneten Söhnen gewonnen … wo war ich gerade?

Ach so, ja: beim Kater –

Im letzten November hatten mir die Kinder der im Parterre wohnenden Italiener zugeraunt: Dada kommt nicht mehr. Die Weidelis, bei denen man nie genau wusste, wer die Frau war, wer der Mann, reckten triumphierend ihre Spitznasen, und in den ersten Adventstagen fragte mich Marcello, der älteste Knabe der italienischen Familie, mit rollenden Tränen, ob Dada jetzt im Katzenhimmel sei. Nein, war er nicht. An einem klirrend kalten Wintermorgen zog sich eine getüpfelte Spur über das verschneite Dach, und in der nächsten Nacht schwebten zwischen den Abfalltonnen wieder die starren, in der Mitte geteilten Augenfunken: Dada! Als wäre nichts gewesen, thronte er am nächsten Tag auf dem gewellten Dach des Veloständers, seinem Lieblingsplatz, und war über das Kommen und Gehen im Hinterhof, über den Jubel der italienischen Kinder, die neckischen Sprüche von Marcello und uns Mietern wie eh und je erhaben. Da knallte oben in der Fassade ein Fenster auf, die Weidelis holten mit einem Putzkübel zum Schwung aus, unter rasenden Katerpfoten wurde das Veloständerdach zum bebenden Donnerblech, und im Hechtsprung entzog sich ein erstaunlich langer fliegender Dada dem Wasservorhang, der dampfend auf die Bühne herabklatschte. Er war wieder davongekommen, er kam immer davon, Kater haben mindestens neun Leben …

Da fiel mir ein, dass Dada vor einiger Zeit, es war an einem kalten Abend, ein nahendes Unheil gerochen hatte – Minuten bevor es eintrat. Als er aus meiner Mansarde schlich und über den Dachfirst des Nachbarhauses davontänzelte, eine schwarze Silhouette vor dem roten Himmel, erscholl von unten, aus dem Treppenhaus, die Doppelstimme der Weidelis: Mieter Übel, Telefon! – Die Gute, sonst kaltschnäuzig und sehr von oben herab, erklärte freundlich, der »Herr Doktor«, mein Vater, habe nach einem harmlosen Sturz in seinem Büro schwarze Gummimatten auslegen lassen, wie in einer Turnhalle oder einem Gymnastikstudio. Eventuell erinnerst du dich an diese Matten, gurrte sie. Du hast sie seinerzeit für den Katalog mit einem griffigen Namen versehen: Sportboden. Vor achtzehn Jahren sei er schon einmal im Büro des Seniors verlegt gewesen, und es spreche für die Qualität der schwarzen Matten, dass sie die lange Lagerung ohne jeden Schaden überstanden hätten. Verstehe, hatte ich jovial geantwortet. Nun hat sich der Herr Doktor eine Beule geholt und hofft, mit dem reaktivierten Sportboden weitere Stürze abzufedern.

Die Aktion war natürlich typisch für den Senior. Im Tiefsten glaubte er an seine Unsterblichkeit und unternahm alles nur Menschenmögliche, um sein kostbares Leben vor Verletzungen und Beschädigungen zu schützen – jetzt also durch eine Tapezierung seines Büros mit lauter Gummimatten. Ich konnte mir ein Schmunzeln nicht verkneifen. Ich soll also heimkehren, sagte ich, nach so langer Abwesenheit!

Die Gute zögerte. Ich vernahm ihr Schnaufen. Dann sagte sie: Ja. Wir freuen uns auf dich. Eine gute Reise, Heinrich, bis bald!

An der Tür hing der Wintermantel, im Schrank ein chemisch gereinigter Anzug. In der Reisetasche fand ich Unterwäsche und Socken. Auf dem Stuhl lag ein frisch gebügeltes Hemd, und vor der Tür stand ein Paar geputzter Gummischuhe. Eine Zeitlang lauschte ich auf das Auf- und Abschnurren des Lifts. Hielt er an, hörte ich die Pause, die Lücke zwischen den Fahrten, und leitete daraus ab, dass es sich mit dem Gedächtnis ähnlich verhielt. Neben den Erinnerungen bewahrte es auch das Vergessene auf, eingeschlossen in eine Kapsel – aber so sehr ich mich bemühte, sie zu knacken, die Kapsel gab nichts heraus, weder meine Reise von Zürich hierher noch den Zwischenfall, bei dem ich mir meine schreckliche Verletzung zugezogen hatte. Ich zog mich an und schwebte mit dem Lift nach unten.

Parterre. Ein überraschend vornehmes Foyer, scharf und kühl nach Desinfektionsmitteln riechend. Marmorwände mit flachen Muschellampen, die Lichtfächer nikotingelb. Von draußen der Lärm einer belebten Gasse, Schreie der Händler, Rattern von Rollern, Glockenläuten. Natürlich sollte jemand, der aus seinem Zimmer kam, eine ungefähre Vorstellung davon haben, wo er war, also setzte ich mich in den bordeauxroten Ledersessel einer Sitzgruppe und bemühte mich, aus dem Haus und seinen Bewohnern klug zu werden. Vier schwarzlockige Mädchen putzten auf allen Vieren den Steinboden.

»Nennen Sie bitte den Namen«, hörte ich mich plötzlich rufen, »den Namen dieser Stadt!« – und von den hohen Marmorwänden hallte das Echo: Namen dieser Stadt …

Hätten mich die vier Schönen ausgelacht, wäre ich nicht beleidigt gewesen. Aber sie lachten nicht. Sie kicherten nicht einmal. Die eine (»Ich bin die Ambra, Signore!«) hatte am Tresen einen Prospekt geholt, die andere (»Ich bin die Laura!«) einen Reiseführer. Eine dritte (»Ich bin die Lily!«) hängte eine Landkarte ab, und eine kleine Gärtnerin, mit grüner Schürze und rotem Kopftuch, die wundervoll nach Erde und ein bisschen nach Schweiß duftete, hauchte mit einem S-Fehlerchen: »Ich bin die Giucy. Ich bin in Pollazzu geboren.«

Ich wusste nicht, ob ich heulen, jubeln oder um Hilfe schreien sollte. Die Insel auf der Landkarte des Reiseführers glich einer Frauenbrust und war umgeben von Bläue, als läge sie im Himmel: Sizilien.

»Hier«, riefen die Mädchen und zeigten mit den Fingern auf einen Punkt in der Nähe des Kaps.

Ah, hier, an der Südküste: »Pollazzu?«

»Sì sì, Pollazzu! Pollazzu!«

Ich war in Pollazzu. Ich hatte mich lokalisiert. Aber der Traum, wenn es denn ein Traum war, ging einfach weiter. Laura (oder Lily? Nein, Ambra!) begann mit dem Staubwedel die obere Rahmenleiste eines Spiegels zu wischen und rieb dabei den Busen so wollüstig am Glas, dass mir Hören und Sehen verging. War noch jemand im Foyer? Diskret sah ich hinter mich. Nein, ich war der einzige – das lüsterne

Reiben der Brüste, der Blick über die Schulter, das Zwinkern der großen schwarzen elegischen Augen galt mir. Bloß gut, dass mich niemand beobachtete ... wie hieß das Kaff?

»Pollazzu«, hauchte das S-Fehlerchen. »Ist der andere tot?«

»Welcher andere?«

»Siehst du«, riefen ihre Kolleginnen, »der Friseur hat's gewusst. Den Herrn könnten die Schweinehunde durch die Olivenpresse drehen, er würde sich mit keinem Wort verraten.«

Ich war mir nicht abhandengekommen, ich kannte meinen Namen, den Vornamen, das Geburtsdatum, Heinrich Übel junior, geboren am 21. Dezember 1950 im Fräcktal. Lehrling der Gummifabrik, Automatenreisender, Katalogverfasser. Seit dem Rausschmiss aus der väterlichen Fabrik (»Mein lieber Abfall, du bist weit vom Stamm gefallen!«) Gasthörer an der Uni Zürich. Der einzige Freund ein Kater; Dada sein Name. Mein Hirn tickte noch, denn mit Sicherheit konnte ich sagen, dass ich den etwas älteren, sehr südländisch aussehenden Herrn, der jetzt kam, noch nie gesehen hatte. Sein schwarzes Haar lag in Wellen nach hinten, und ein strichdünner Schnauz floss ihm wie Tinte aus der stark vorspringenden Nase.

»Die Mädchen sind sauber«, flüsterte er mir ins Ohr, »aber natürlich ist es besser, Sie halten sich weiterhin bedeckt. Wie haben Sie geschlafen?«

»Verzeihung, Signore, woher kennen wir uns?«

»Habt ihr das mitbekommen, meine Schönen? Seht ihr, wie er sich aus der Affäre zieht? Don Pasquale wird begeistert sein. Aus Kalabrien?«

»Nein.«

»Natürlich, natürlich!«

»Nein! Meine Ersatzmutter war aus Kalabrien, aber das ist lange her. Da war ich noch ein Kind. Ich komme aus der Schweiz, aus Zürich.«

»Er ist einfach unschlagbar«, sagte der Herr zu den Mädchen.

Er war, erfuhr ich jetzt, der Friseur, der mich kahlgeschoren hatte, und mehr noch: Offenbar hatte er mir auch die Fäden entfernt, den Eiter ausgewaschen und so den Heilungsprozess eingeleitet. Nur: Daran konnte ich mich nicht erinnern. Was er für mich getan hatte, lag in der Finsternis einer unbekannten Nacht, und die Profession eines einfachen Friseurs oder Barbiers, fand ich, passte auch schlecht zu seiner adeligen Gestalt. Oder war er beides zugleich, ein Friseur und ein Adeliger, der es gewohnt war, auf eine etwas degoutierte Weise auf die moderne Zeit herabzusehen? Unter diversen Verbeugungen zog sich der adlige Friseur zurück, und ich widmete mich wieder dem Reiseführer, den mir eine der Frauen (Laura?) gegeben hatte. Ah hier, Pollazzu. Unten, am Fuß des Felsens, ein alter Fischerhafen, ein Fährterminal sowie ein Industriehafen mit einer Verladestation, um das im Hinterland geförderte Öl zu verschiffen; oben, auf dem Plateau, die Piazza und eine Kathedrale aus dem frühen 18. Jahrhundert. Zu beiden Seiten des Felsens weite Badestrände, weißer Sand, Macchia und Mädchen *... Mädchen, die mit mir flirten!* Quatsch, die meinen nicht mich ... eine Verladestation, um das im Hinterland geförderte Öl zu verschiffen ... Konzentration! Weite Badestrände, weißer Sand, darauf Lily ... oder Giucy? ... nein, frühes 18. Jahrhundert … Laura drehte wieder den Kopf, schaute über die Schulter, zwinkerte mir zu mit ihren großen schwarzen elegischen Augen.

Wenn ich aufwache, schoss es mir durch den Schädel, liege ich in einer Psychiatrischen Klinik.

»Haben Sie gewählt, Signore?«

Ich ergriff die Stoffhand: »Danke«, stieß ich hervor, »danke!«

»Sind Ihnen die Masculini zur Vorspeise genehm?«, erkundigte sich der langhagere alte Diener. »Kleine Sardellen.«

»Doch nicht zum Frühstück, servieren Sie mir die Masculini am Abend!«

Der Alte nickte devot. »Übrigens, passt Ihnen das Hemd? Ist es die richtige Größe?«

Komischer Kauz. Was ging den mein Hemd an. Natürlich passte es … und erneut hatte ich Anlass, mich zu wundern. Das Hemd entsprach keineswegs meinem Geschmack. Egal. Hauptsache, ich war anständig angezogen … Etwas vorgeneigt, die Hand hinter dem Ohr, als würde er Befehle erwarten, blieb der Alte stehen. Hastig durchsuchte ich den Wintermantel, aber die Taschen waren leer, ich konnte ihm leider nichts geben.

Er kicherte: »Ein hervorragender Trick«.

»Verzeihung, was für ein Trick?«

»Nichts in der Tasche zu haben. Die Schweinehunde hätten keine Chance.«

Wo war ich gelandet? In einem Irrenhaus? »Hören Sie, ich würde zu gern wissen, wo ich bin!«

»Unter Freunden. Den Namen unseres Paten werden Sie ja kennen.«

»Sagten Sie Paten?!«

»Der Friseur hat recht.«

»Ich kenne keinen Friseur.«

»Großartig!«

»Wie bitte?«

»Wie glaubwürdig Sie sind.« Er tupfte sich eine Träne der Rührung ab, dann wedelte er mir mit einer Serviette ein paar Fliegen von der geschwollenen Schläfe. »Und so ein Ehrenmal! So ein Zeugnis von Mut und Tapferkeit!«

Durch den länglichen Speisesaal schlurfte er davon. Der Stahlhoden des Zimmerschlüssels pendelte aus meiner Faust, von einem Gummiring umgeben – auch die väterliche Gummifabrik hatte früher solche Gummis im Angebot gehabt, von mir im Katalog »Saturnringe« genannt (von der Guten gestrichen). Mein Hirn tickte, ich hatte meine Tassen im Schrank, aber mit dem Kurzzeitgedächtnis gab es nach wie vor Probleme, deshalb durfte ich den Schlüssel, den stahlhodigen, saturngeringten, niemals aus der Hand geben – die eingeprägte Nummer würde mich jederzeit in mein Zimmer führen, die 43, in der vierten Etage. Ich befand mich in einem Hotel oder einer Pension, so viel stand fest, ebenso der Ort … wie hieß er noch, irgendwas mit Pol… Pol… egal, Hauptsache, ich bekam endlich etwas zu essen! Konzentriert studierte ich das Menüblatt, das mir die weiße, nicht ganz saubere Stoffhand gereicht hatte. Es sprach für die Gediegenheit des Hauses, dass die abendlichen Gänge den Gästen schon beim Frühstück vorgelegt wurden, und vornehm, geradezu fürstlich, war auch der Titelkopf: VV, zwei golden geprägte Lettern, die eine Krone bildeten, darunter der Name des Hotels: Villa Vittoria, Vicolo St. Aita, Pollazzu.

Hinten, beim Office, flappten halbhohe Türen hin und her, wie in einem Western-Saloon, und endlich schob ein auffallend hübscher Jüngling auf einem klapprigen Servierboy das Frühstück heran. Als er den Kaffee einschenkte, spähte er vorsichtig nach links, nach rechts, dann beugte er sich herab und flüsterte: »Die Köchin würde zu gern wissen, wie es Ihnen geht.«

»Gut, danke. Aber warum sollte das die Köchin interessieren?«

Der junge Kellner grinste, als wären wir alte Bekannte. »Großartig, wie Sie es geschafft haben, wieder auf die Beine zu kommen. Werde es der Köchin ausrichten. Sie hatten hohes Fieber. Wer ist Dada?«

»Bitte?«

»Oh, Verzeihung. Wie dumm von mir! Soll nicht mehr vorkommen.« Er spähte nach allen Seiten, dann musterte er meine Schläfe und hauchte: »Großartig!«

»Come?«

»Na das Ding, das man Ihnen verpasst hat.«

»Was für ein Ding?«

Der Alte schlurfte vorüber, und der Junge sagte: »Es stimmt. Der Friseur hat völlig recht. Den können die Schweinehunde durch die Olivenpresse drehen – er würde nicht reden!«

Jetzt reicht's mir, hätte ich beinah gerufen. Warum glotzt ihr dauernd auf meinen Schädel? Ich weiß schließlich selber, dass ich eine Glatze habe – und diese grässliche Narbe! Aber ich schwieg. Wenn man dermaßen beschädigt war wie ich, sollte man keine freche Lippe riskieren. Eine fette Fliege flog meinen Schädel an. Der schöne Jüngling wedelte sie weg.

»War es eine Neununddreißiger?«

Du lieber Himmel, es wurde immer verrückter!

»Das Kaliber«, insistierte er. »Oder eine Zweiunddreißiger?«

Ich machte einen letzten verzweifelten Versuch. »Ich komme aus der Schweiz«, erklärte ich. »Früher war ich Katalogverfasser in der Gummifabrik meines Vaters. Von mir stammt der Ausdruck Wohlfühlhose, im Englischen comfy pants.«

»Ee?«

»Ja, ich bin das misslungenste Produkt meines Seniors, eines erfolgreichen Gummi-Unternehmers. Er hat mich rausgeschmissen. Ich bin nach Zürich gezogen, um zu studieren, aber da ich keine Matura hatte, konnte ich mich nur als Gasthörer immatrikulieren. Vierzig Semester.«

»Was?«

»Quer durch alle Wissenschaften.«

»Wie?«

»Als Gasthörer. So, jetzt wissen Sie, was ich für eine Pfeife bin. Nun möchte ich in Ruhe frühstücken.«

»Frühstücken«, sagte er fassungslos.

Ich nickte. »Oder wie würden Sie das nennen, was wir gerade treiben?«

Wäre das Leben ein Buch, könnte man jetzt zu der Stelle zurückblättern, da ich noch in Zürich gewesen war, im gewohnten Alltag, aber leider bestand ich nicht aus einem Titel und beschriebenen Seiten, sondern trug einen Anzug, der aus einer Caritas-Sammlung stammen könnte und war tausend Kilometer von Kater Dada, meiner Mansarde und meinem Stammlokal, dem Malatesta, entfernt. War ich im Suff gestürzt und mit dem Schädel gegen einen Bordstein geknallt? Nun, auch in Büchern wimmelt es von Lücken, zwangsläufig, sonst würden sie an der Fülle ersticken, und insofern war ich sogar ein wenig im Vorteil. Bücher behalten die Lücken für sich, während ein Gedächtnis die eingekapselten Erinnerungen irgendwann herausgeben würde: Meine Reise hierher war nicht verloren, nur weggesperrt, wie in einer Muschel – zwei Tische weiter wurde gerade ein Teller Muscheln serviert, Muscheln zum Frühstück!

Der Speisesaal glich dem Refektorium eines Klosters. Die Gäste saßen an kleinen Tischen, mit dem Rücken zur weiß gekalkten Wand, so dass sie kauend nach draußen blickten, in den Innenhof, den ich von oben, aus meinem Zimmer (43), gesehen hatte. Unter der Decke hingen die Ventilatoren und Kugellampen, die der Langhagere mit seinem Clownshandschuh anknipste.

In der Hofoase wurden die Palmenwedel zu flachen Schatten, und hätten im Saal nicht die Kugellampen geleuchtet, hätte die ganze Gesellschaft im Finstern gesessen. Kam ein Gewitter auf? Nein, der Jüngste Tag brach an, die Apokalypse! Und niemand reagierte, weder die Kellner noch die Gäste. Die Gäste käuten ungerührt ihren Salat, gelassen wie Kühe auf einer Alpweide, und das Paar zwei Tische weiter machte sich gierig über die Muscheln her, Muscheln zum Frühstück! Briten, vermutete ich. Der Mann, ein Offizierstyp, hatte wohl in den Tropen gedient; die Frau, eine Rothaut mit Pferdegesicht, trank den Weißwein, als hätte ihr ein Zahnarzt zu spülen befohlen. Sogar Grabsteine dürften beredter sein als dieses Paar – Grabsteine teilten wenigstens ihre Namen mit, manchmal hatten sie sogar einen Spruch parat: »Unvergessen«, »Ruhe sanft«, »Was aber bleibet, ist die Liebe«. Gewiss, die Briten hatten nicht einmal beim Untergang ihres Weltreichs mit der Wimper gezuckt, aber derart gelassen die plötzliche Finsternis hinzunehmen – das war denn doch etwas übertrieben. Von den Italienern nicht zu reden. Würde da draußen wirklich das Ende anrollen, wären die längst über alle Berge. Ein Witz fiel mir ein. Durchsage im Autoradio: Achtung, Achtung, auf der N 3 kommt Ihnen ein Geisterfahrer entgegen! Sagt der Mann am Steuer: Was heißt hier einer? Hunderte!

Kein Witz. *Ich* war der Geist.

Hatte mich in der Zeit vertan. Hatte den Abend mit dem Morgen verwechselt. Was sie servierten, war die Cena. Verstört taumelte ich aus dem Saal, und noch bevor ich den Lift erreichte, öffnete mir der alte Diener mit den weißen Clownshandschuhen die rasselnden Gittertüren.

»Soll Sie vom Friseur grüßen lassen«, flüsterte er.

»Von wem?«

Lange schwarze Koteletten, die Wangen gepudert, auf den spröden Lippen etwas Rouge.

»Ihr Kalabresen habt es faustdick hinter den Ohren«, bemerkte der Alte grinsend.

»Meine Kinderfrau war Kalabresin. Cala haben wir sie genannt. Sie mag auf mich abgefärbt haben, aber …«

»Hätten wir mehr von Ihrer Sorte« – er zog die Gittertür zu –, »würden wir es den Schweinehunden zeigen. Passassi 'na buona nuttata, signore, wünsche angenehm zu ruhen, mein Herr!«

Die langhagere Gestalt tauchte in der Tiefe der Marmorhalle ab.

Zum Frühstück gab es arabischen Kaffee sowie ein nordeuropäisches Buffet (frische Brötchen Butter Konfitüre Ei Salami Thunfisch Pecorino). Der junge Schönling mit der olivdunklen Haut, den blonden Locken, den blau glühenden Augen servierte mir einen Krug frisch gepressten Orangensaft. Ein Mädchen (Laura? Lily? Ambra? Giucy?) wischte den Boden, und kaum war der Kellner im Office verschwunden, kauerte sie an meiner Seite und haspelte im Telegrammstil ihr Leben herunter: Armut in den Bergen, Wolken von Fliegen, bimmelnde Schafherden, keine Disco, ein zudringlicher Onkel, Flucht in die Stadt und hier, in der Villa Vittoria, das ewige Putzen. Aber nach der Cena sei sie frei …

Eine Packung Nazionale lag auf meinem Tisch, und leicht verwundert stellte ich fest, dass der Aschenbecher zwei Kippen enthielt. War das Hotel … wie hieß es noch … Villa Villa … ach so, ja: Vittoria! Villa Vittoria, nicht gar so ordentlich, wie ich gemeint hatte? Oder litt ich immer noch unter kleinen Absencen? Hatte ich selbst diese Zigaretten geraucht? Himmel, da gab es wichtigere Fragen. Zum Beispiel die, wie ich hierhergekommen war. Auf einer Bahre, behauptete Laura (oder Lily?, nein Ambra!). Am Strand hätten sie mich aufgelesen, draußen vor der Stadt. Aha. Am Strand. Wie Robinson. Robinson auf Sizilien. Allerdings hatte ich keine Erinnerung an einen Sturm. War mein Dreimaster an einem Riff zerschellt? Zwischen meinem früheren Leben und der Insel klaffte eine Lücke. Da war: nichts. Aber es *war*, dieses Nichts. Irgendwie musste ich die Passage bewältigt haben, eine Reise von Zürich nach Sizilien.

Sizilien, entnahm ich dem Reiseführer, kenne keine Mitte, weder in der Natur noch in den Baustilen. An den Küsten hätten die Griechen ihre filigransten Tempel hinterlassen, die Staufer die plumpsten Kastelle, und nirgendwo wäre der Barock wollüstiger ausgewuchert als in den hiesigen Kathedralen. Sizilien, das sei Üppigkeit oder Wüste, Ausbruch oder Erstarrung, Glutstrom oder Asche, Leben oder Tod. Alles schlage ins Extrem aus, auch die Achtung vor dem Fremden, denn seit Urzeiten glaube man an den Seelenwandel und halte es insgeheim für möglich, dass der Fremde gar nicht fremd, sondern ein Einheimischer sei, wiedergekehrt aus dem Jenseits. Was für ein Unsinn! Meine Verletzung legte den Schluss nahe, dass ich verunglückt und aus unerfindlichen Gründen aus dem Spital abgehauen war. Deshalb die falschen Klamotten! Ich hatte sie vermutlich aus irgendeinem Spind entwendet, war dann zum Bahnhof getaumelt, in einen nach Süden ablegenden Nachtzug gestürzt und erst hier, in der Villa Vittoria, wieder zu mir gekommen – mit einer schrecklichen Narbe an der Schläfe. Infolge eines traumatischen Geschehens litt ich an einer retrograden Amnesie. Retrograd: rückwärts. In meinem Rücken gähnte der Abgrund. Hinter mir riss mein Zeitfaden ab, aber völlig hoffnungslos war die Lage nicht, eine Kapsel voller Erinnerungen enthielt meine jüngste Vergangenheit und würde sie früher oder später herausgeben.

Ich bückte mich, um die Serviette aufzuheben, und in dieser Haltung, unterm Tisch, die Hand ausgestreckt, blieb ich hängen. Die Morgenschöne kauerte mit einem Putzlappen auf allen Vieren, sah mich durch das Gitter der Stuhl- und Tischbeine unverwandt an. Dachte natürlich, die meint nicht mich, die meint einen anderen, doch wo hätte es unter diesen Tischen einen anderen geben sollen? Ich richtete mich auf. Sie wrang den Putzlappen aus, klatschte ihn auf die Steinfliesen, und dann ließ sie ihren Hintern derart verführerisch wiegen, dass ich mich nach vorn beugte, über den Tisch, um verschämt zu beobachten, wie sie die Steinplatten unter den Fenstern zum Glänzen brachte, als wolle sie sich darin spiegeln. Sie schien meinen Blick zu spüren, drehte ihr Köpfchen, zwinkerte mir zu mit ihren großen schwarzen elegischen Augen.

»So gegen halb neun, Signore, unten am Hafen?«

Mein Kahlschädel überzog sich mit winzigen Schweißtropfen. Ich schämte mich dafür, tupfte sie mit der Serviette ab und war froh, dass ich mit der Schönen nicht allein blieb. Das britische Ehepaar erschien, nahm stumm sein Frühstück ein, und als es mit einem Lunchpaket abmarschierte, zuckte bei meinem Anblick tatsächlich der Mundwinkel der Frau, während ihr Gatte eine Augenbraue etwas höher schob. Diese für britische Verhältnisse geradezu überbordende Reaktion galt wohl meiner Revolverfresse. Es war die Fresse eines Schlägers. Zum Dreinschlagen. Und zugegeben, ich konnte die Briten weitaus besser verstehen als die Einheimischen, die mich – aus welchen Gründen auch immer – anstarrten wie ein höheres Wesen. An der Rezeption plauderte der junge Kellner mit dem alten Diener.

»Signori, können Sie mir vielleicht sagen, wie ich hierhergekommen bin – mit der Bahn? Oder mit einer Fähre?«

Der Alte grinste mit tausend Falten im welken Gesicht. »Siehst du«, wandte er sich zum Jungen, »so wird das gemacht!«

In der Hofoase waren die Mandelbäume erblüht, ein balsamischer Duft strömte in den Speisesaal, und kaum hatte ich mich gesetzt, reichte mir die weiße Stoffhand des Langhageren ein bauchiges Glas, worin dunkler Rotwein funkelte. Nun gut, so was soll vorkommen, aber. Aber. Aber! Aber die ungewohnten Vorfälle häuften sich, und sie passten einfach nicht zu jenem Heinrich Übel junior, der ich zeit meines Lebens gewesen war. Einer wie ich hätte nicht auf dem Stein vor der italienischen Stiefelspitze landen sollen, sondern in einer Schweizer Rehaklinik: um auf festmontierten Sätteln Kilometer abzustrampeln, im gewärmten Pool einen Reigen zu hüpfen und in der Gruppentherapie eine garantiert nikotinfreie Partnerin für ein gemeinsames Restleben kennenzulernen. Ja, dafür wäre ich haargenau der richtige Typ … *haargenau?* Dieses Wort sollte ich mir künftig verkneifen.

Der junge Kellner wieselte heran und schob mir diskret eine Zigarettenschachtel auf den Tisch. »Von der Köchin«, flüsterte er. »Soll ich Ihnen geben.«

Und weg war er. Eine Schachtel Nazionale, nicht meine Sorte, und, du lieber Himmel, hatte *ich* das geschrieben? Es sah ganz danach aus – in meiner Katalogverfasserzeit hatte ich mir angewöhnt, Einfälle auf Zigarettenschachteln festzuhalten. Laa…, am Schluss noch ein a. Laa…a. Kannte ich eine Lara? Nein, das war ein l! Laila!

Laila? Kein Anschluss unter dieser Nummer. Kein Bild zu diesem Namen. Nada, niente, nothing. Ah, hier stand ja noch etwas! Pol…, dechiffrierte ich mit einiger Mühe. Pol… – war das überhaupt ein Wort? Den Nord- oder Südpol würde ich ja nicht gemeint haben … Pollazzu! Natürlich! Jemand wird mir gesagt haben, dass ich in Pollazzu war, ich wollte den Namen notieren und war dabei unterbrochen worden, so dass die restlichen Silben fehlten. Gottseidank, nun war die Lücke nicht mehr leer. Irgendwo unterwegs, auf der Reise von Zürich nach Pollazzu, musste ich einer Laila begegnet sein. Ich hatte nur diesen Namen, sonst nichts. Irgendwann musste meine kaum schreibfähige Hand dort »Laila« und »Pol…« fast unlesbar hingezittert haben – vielleicht in einem Spital, kurz nach dem Aufwachen aus der Narkose, oder in einem Schnellzug, auf einer Fähre oder in einem der berüchtigten italienischen Überlandbusse. Also hatte ich mit »Pol« vermutlich doch nicht Pollazzu gemeint, denn dass ich in Pollazzu war, hatte ich ja erst hier, in der Villa Vittoria, erfahren. Da fragte es sich natürlich, wie das zusammenhing, »Laila« und »Pol«. Eine Frau dieses Namens war mir nie über den Weg gelaufen, und wenn es sie in meinem Vorleben nicht gab, dann konnte ich nur hoffen, dass sie früher oder später den Lift besteigen und aus dem Dunkel des passiven Gedächtnisses hochfahren würde ins aktive, in die klare Helle der oberen Etagen. Ach, du bist Laila? Sei mir willkommen, schöner Geist!

Ich hielt es für möglich, dass ich weiterhin an Absencen litt, und wagte es nicht, das Haus zu verlassen. Das Schlimme an den plötzlichen Lücken ist ja, dass man sie erst hinterher bemerkt. Rauchte ich, wie ich meinte, die erste Zigarette, lagen bereits drei Kippen im Aschenbecher – die erste war die vierte! Ich nahm mir vor, aufmerksamer zu sein. Ich beschäftigte mich intensiv mit dem Reiseführer und merkte beim Auswendiglernen, dass ich täglich besser wurde. Obwohl das Gedächtnis noch immer ein bisschen löchrig war, blieb das Wichtigste doch hängen, etwa die leidige Tatsache, dass ich von Reisegesellschaften, die für zwei oder drei Nächte hier abstiegen, um mit dicken Lunchpaketen in die Gegend auszuschwärmen, nach Ragusa, nach Noto oder in die Nekropolis auf der Hochebene von Pantalica, bewitzelt wurde. Klar, auch ich fand meine Schlägerfresse, gelinde gesagt, gewöhnungsbedürftig. Die Fremden, die sich über mich mokierten, und das britische Paar, das es penetrant vermied, meinen Frankensteinhöcker mit den immer noch leicht nässenden, von Fliegen umschwärmten Wundlippen ein weiteres Mal in den Blick zu nehmen, verstand ich gut. Vor dem Spiegel reagierte ich ähnlich, aber. Aber! Aber verdammt nochmal, was war mit den Einheimischen los?

An einem Abend, da sie mir als Primo eine Soglia servierten, nur mit etwas Zitrone, zum Secondo eine Kaninchenpastete, hob der Herr zu meiner Linken sein Glas, glotzte auf meine Schläfe und sagte: »Complimenti!«

Aus ihm sprach die Gastfreundschaft, die hier seit mythischen Zeiten als oberstes Gesetz galt. Er sah offenbar einen Gezeichneten in mir, einen vom Schicksal schwer Geschlagenen, und bezeugte meinem Elend seine Achtung. Ich gab ihm mit einem matten Nicken zu verstehen, dass ich seine Ehrerbietung zu schätzen wisse, worauf sich die beiden

Nachbarn würdevoll als Kapitäne vorstellten. »Seekapitäne«, betonte der Bärtige zur Linken, und der zur Rechten: »Shanghai, Hongkong, der ganze Ferne Osten. Wissen Sie, Sie erinnern uns an die gute alte Zeit – als wir Männer noch Männer waren.«

Und dann kam es richtig schlimm –

Die meisten Gäste hatten bereits den knusprigen Salat vertilgt, da klirrte plötzlich die Glastür auf, und unter voller Takelage segelte eine ältere Fregatte herein, hochbusig, breithüftig, in schwarze Seide gehüllt. Sie wurde von zwei Töchtern eskortiert und hatte im Kielwasser ein Beiboot, den kleinen, runden, jeden Gast grüßenden Gatten. Das Geschwader nahm Platz. Aus Cefalù, erfuhr ich durch den Nachbarn zur Linken, und der Herr zur Rechten ergänzte: zum Begräbnis eines Onkels. Bitte sehr, mich gingen diese Dinge nichts an, lieber widmete ich mich wieder meinem Gedächtnistraining – indem ich an den Reiseführer dachte und die wichtigsten Stichworte zu Sizilien repetierte: Empedokles' Seelenwandel, Platons Ideenlehre, Goethes Urpflanze, Pirandellos Commedia. Dann ging ich zur Geschichte über und stellte mit Befriedigung fest, dass mein Hirn die Schläfenspaltung offenbar ohne Nachwehen überstanden hatte: Griechen Karthager Römer Vandalen Goten Byzantiner Normannen Schwaben Spanier Franzosen, leierte ich auswendig herunter, mit einem leisen Wispern, wie ein brevierender Priester. Schließlich Mussolinis Schwarzhemden, die deutsche Wehrmacht und anno 43 die Amis. Eroberer Sieger Schänder – und was hatten sie hinterlassen? Tempel Kathedralen Kastelle, niedergebrannte Dörfer schädelkahle Hügel und götterschöne Menschen, Menschen,

56

deren Haut arabisch dunkel war, die germanisch blondes Haar hatten, italienische Locken, kalifornische Zähne und in den Augen das Blau der sie umgebenden Meere – im Osten das Ionische, im Norden die Straße von Messina, im Westen das Tyrrhenische, im Süden das Afrikanische: Götter wie er dort, der schöne Kellner, der sich gerade den Gästen aus Cefalù näherte, zwei Teller auf jedem Arm. Natürlich hatte ich erwartet, dass die beiden Töchter ihr Entzücken auf den blonden Adonis werfen würden, aber nein, das gesamte Geschwader richtete seine Fernrohre auf mich. Auf mich! Dann senkten alle vier die Augenlider, und ihre Wangen verfärbten sich ins Rosige. *Ein Erröten beim Anblick meiner Person, ja wo gibt's denn so was!* Glich ich zufällig einem berühmten Tenor, Schlagersänger, TV-Moderator oder einem *in ganz Italien von der Polente gesuchten Verbrecher?!* Der Kapitän zur Linken flüsterte, er sei gern bereit, das Rendezvous mit den beiden jungen Damen aus Cefalù, deren Blicke mir bestimmt nicht entgangen seien, zu arrangieren.

»Signore«, zischte ich, »wofür halten Sie mich!«

Da ließ der Kapitän zur Rechten aus dem grauen Bart ein Meckern hören: »Ee, verstehe, man würde die Mamma vorziehen? Ich denke, auch das würde sich arrangieren lassen. Um zehn in der Hafenbar?«

»Nein danke!«, rief ich entrüstet, stieß den Stuhl zurück, warf die Serviette auf den Tisch … und aus. Aus! Als wollte ich die Bewunderung meiner Person schlagartig und endgültig abstellen, hockte ich plötzlich auf dem Hintern, und das Schlimme war: Niemand lachte. Der Saal dachte nicht daran, mich für einen Trottel zu halten, sondern bedauerte schweigend mein Missgeschick. Dann nahten aus dem Office rasche Schritte und Küchengerüche. Eine Frau wie eine schwarze Tonne, in afrikanische Gewänder gehüllt, auf dem Kopf einen Turban, funkelnde Ringe an den Ohren, Augen wie Pingpongbälle, langte mit rosahellen Händen, zu denen ich ängstlich aufblickte, nach meiner Schläfe. Ich begriff: Das musste die Köchin sein, die sich für mein Wohlergehen interessierte. Und hatte sie mir nicht die Zigarettenschachtel geben lassen? Aber warum? Weil sie Laila war?

Die da, die dicke Köchin – Laila?

Die pensionierten Seekapitäne hoben nacheinander das Glas, und am samthäutig weichen Arm der Köchin schlurfte ich aus dem Saal. Weit kamen wir nicht. Im Foyer drückte sie mich in einen Ledersessel, besorgte sich hinter dem Rezeptionstresen eine Lupe und begann mit einer genauen Untersuchung meiner Narbe. Dabei fiel ein Wort, das ich nicht verstand, es war wohl arabisch und klang wie Qualle … Quader … Quelle. El qedr?

»Ja«, sagte die Frau, »es war die Nacht der Nächte. Ich habe deinen Puls in eine Trommel übertragen. Am Morgen warst du fieberfrei, der Friseur konnte dich kahlscheren, dann haben wir dir die Fäden entfernt.«

Ich verbrachte in der Villa Vittoria ruhige, angenehme Tage, und so ganz allmählich gewöhnte ich mich an meine Revolverfresse. Tauchte sie aus einem Spiegel vor mir auf, erschrak ich, als schwimme ein Hai auf mich zu – doch mit einem freundlichen Grinsen. Längst grüßten wir einander: Guten Morgen, Signore. Guten Morgen, Signore. Auch riskierten wir immer öfter ein Festhalten der Blicke, und zu gern hätte ich gewusst, was sich hinter der gerunzelten Stirn verbarg. Aber die fest verschlossene Kapsel in meinem Gedächtnis behielt das Geheimnis meiner Verletzung für sich.

Nun gut, es gab Indizien. Auch wenn sich die Wundlippen mehr und mehr verschlossen, teilten sie unmissverständlich mit, dass ich verunglückt war, denn ich konnte mir beim besten Willen nicht vorstellen, dass ich mich bei einer tätlichen Auseinandersetzung verletzt hatte, dazu fehlte mir schlicht und einfach alles: der Mut, die Kraft, die Männlichkeit. Aber warum behielt die Kapsel den Unfall für sich? Handelte es sich um ein Trauma? Oder um eine Verdrängung? Meine Klamotten ließen auf eine überstürzte Flucht schließen. Auch meine Notiz deutete in diese Richtung. *Pol!* Vermutlich war ich derart beduselt gewesen, dass ich es für nötig gehalten hatte, eine Warnung an mich selbst zu verfassen. Hau ab! Flieh weiter! Die *Poli*zei verfolgt dich! Der Respekt, den ich bei den Hiesigen genoss, stützte diesen Verdacht. Der Friseur war davon überzeugt gewesen, die Kahlscherung schütze mich vor meinen Verfolgern – als wäre man hinter mir her. Hinter mir, dem Angsthasen? Ich, dessen Wesen so weich und harmoniebedürftig war, dass ich einer Fliege auch dann nichts zuleide tat, wenn sie immer wieder meine Narbe anflog? Nein, die Inselbewohner lagen absolut daneben. Einer wie ich hatte nicht das Zeug dazu, in eine heiße Geschichte verwickelt zu werden. Auch war ich das Gegenteil eines Frauentyps und durfte reinen Herzens behaupten, dass ich zum Objekt der Begierde nicht taugte. Weder Bullen noch Weiber waren je hinter mir her gewesen, und würde man Maureen, meine Ex, um eine Beschreibung meiner Person bitten, würde sie vermutlich mit einem verlegenen Lächeln bekennen, sie könne sich nicht mehr an mich erinnern …

Die Frau, die sich in der Halle unaufgefordert zu mir in die Sitzgruppe gesetzt hatte, war nicht Maureen, natürlich nicht, aber derselbe Typ, nämlich eine Nervensäge. Als Mann sollte man sogleich verduften, sauve qui peut, rette sich wer kann! Ich blieb sitzen, was mich nicht erstaunte – auch damals, als ich Maureen über den Weg gelaufen war, hatte ich meinen Fluchtinstinkt unterdrückt. Aber damals hatte ich den Gedanken, den ich jetzt hinter der gerunzelten Stirn der Revolverfresse dachte, nicht im Ansatz zu denken gewagt: dass derartige Nervensägen mit ihrem Leben spielen. Diese Frau schwäbelte dem Teufel ein Ohr ab. Sie sagte »Städtle«, »Böötle«, »Palmengärtle« und beteuerte, auf der Suche nach ihrem Selbst zu sein. Schließlich schob ich den Zeitungsvorhang etwas beiseite und musste zur Kenntnis nehmen: Die unmögliche Person hatte eine Ponyfrisur, trug einen kaum gürtelbreiten Minirock (der das Dreieck eines hellblauen Höschens sehen ließ) und teilte mit meiner Ex nicht nur den Typ, sondern auch das Alter.

Es war ein Samstagabend. Ich hatte mich wie ein Hoteldetektiv hinter einer Zeitung versteckt, um das Kommen und Gehen der Gäste zu beobachten, wie üblich in der Hoffnung, mit Landsleuten in Kontakt zu kommen – ich brauchte dringend einen kleinen Kredit.

Die Schwäbin fand den Schriftsteller Böll »ganz ganz toll«, den US-Imperialismus »ganz ganz schrecklich«. Noch schrecklicher sei allerdings das menschliche Klima in der

Filiale Nagold der Baden-Württembergischen Sparkasse, und dann wurden ihre Geständnisse derart intim, dass ich am liebsten wieder hinter meiner Zeitung verschwunden wäre. Sie bekannte ihre Mitschuld an Auschwitz und merkte an, dass ihr Papa, ein ökologisch ausgerichteter Pfarrer, dem inneren Widerstand angehört habe, trotz Parteimitgliedschaft, damals hätten eben alle eintreten müssen, auch Heinrich Böll.

»Was hältst du von Wilhelm Reich? Er ist der Erfinder der Orgasmuswanne«, erklärte sie begeistert und fügte unter Tränen hinzu: »Jude. *Jude!* Dass es immer die Juden sind, die so schreckliche Dinge erfinden müssen!«

Jetzt war ich wirklich erschüttert. Nicht wegen des Themas. Auschwitz und Orgasmuswanne, das war ihre Geschichte, nicht meine. Mich erschütterte etwas anderes. Mich erschütterte der Verdacht, dass ich dieser überkandidelten Person schon einmal begegnet sein könnte: auf der Reise, vielleicht auf dem Oberdeck einer Fähre, unter südlichen Sternen – deshalb ihre intimen Geständnisse! Wie nah kannten wir uns? Sehr nah? Du heilige Scheiße, könnte das *Laila* sein? Aber dann hätte sie mich erkennen müssen – sie litt ja nicht, wie ich, an einer Amnesie. Oder ging sie davon aus, es sei gar nicht nötig, unsere Bekanntschaft zu erwähnen – weil wir uns nur *allzu gut kannten?*

Am nächsten Morgen saß die Schwäbin an meinem Tisch und teilte mir mit, sie sehe sich leider gezwungen, im Dienst des Weltfriedens weiterzureisen. Sie flehte mich an, auf einer Ansichtskarte an die Nagolder Sparkassen-Filiale einen Gruß beizusteuern und brach, als ich ihr nicht sofort zu Willen war, in ein wüstes Schimpfen aus. Ich wäre vor Scham fast gestorben und unterzeichnete, um sie loszuwerden, als Isidor Quassi, mit dem ich im Malatesta die Abende zu verbringen pflegte.

»Wie heißen Sie, *Quassi*?«

Zu dumm, dass ich mit diesem idiotischen Namen unterzeichnet hatte, nicht als Meier oder Müller.

»Quassi!«, prustete die Schwäbin. »Gibt's den Namen öfter bei euch? Quassis hämer net im Schwabeländle.«

Ich betete darum, dass sie endlich ihre Mission antrat, aber vorher musste noch der ganze Saal mitbekommen, wie sie erneut in ihre Klagen ausbrach, wie sie »Orgasmus«, »Reich« und »Auschwitz« rief, alles wild durcheinander, und mich anschließend fragte, ob ich ein »Jüdle« sei.

»Wie kommen Sie denn auf die Idee!«

»Wilhelm Reich musste in die Staaten fliehen. Die fliehen alle, die Juden. Auch du hast so was G'hetztes im Blick.«

»Ich?«

»Ja, Quassi. Was hast du ausgefressen?«

Zum Glück war sie an einer Antwort nicht interessiert, sondern sprang auf und nahm unter Tränen Küssen Umarmungen von mir Abschied.

»Ich kenne sie nicht«, stammelte ich nach allen Seiten, »ich bin dieser Frau nie begegnet.«

Nachdem sie mit einem Tramper-Rucksack, an dem mehrere Peace-Wimpel flatterten, davongehüpft war, stand ich noch den ganzen Tag unter Schock – ich hielt es nun für möglich, dass die Kapsel mit meinen verlorenen Erinnerungen eine gefährliche Wundertüte sein konnte. Gegen das, was sie herausgeben würde, war ich machtlos. Ich musste es akzeptieren – auch dann, wenn sie mich eines Verbrechens schuldig sprechen würde. Aber. Aber! Aber Quassi musste in irgendeinem Zusammenhang mit meinem Unfall stehen, denn mein Unbewusstes hatte die Chance genutzt, seinen Namen aus der Tiefe der Verdrängung wie eine Sumpfblase hochzuspülen – und *blubb!* – hatte er auf der Karte an die Sparkassen-Kollegen der Schwäbin gestanden: Isidor Quassi. Das war nicht zufällig passiert. Zum ersten Mal hatte sich die Kapsel ein bisschen geöffnet. Quassi, flüsterte sie, Chevrolet … Rosthaufen … abgefahrene Reifen!

Mit der Zeit kehrten die verschwundenen Episoden zurück. Ich erinnerte mich an einen babylonischen Turm aus farbigen Hauswürfeln und an eine tiefe, nachtdunkle Gassenschlucht, über der im Rinnsal des Himmels ein Punkt geschwommen war, ein Stern oder ein Satellit oder ein Flugzeug …, und dann war da der Trommelklang, der Trommelsang, monoton und geduldig, und links von der Waschkommode ein Fenster mit einer rosigen Dämmerung, aus der die Scheiben der Bettpfosten glänzend hervortraten. Alle vier Mädchen (Ambra, Laura, Lily, Guicy) mussten mir erzählen, wie mich ein Fischer draußen vor der Stadt gefunden hatte, und eines Nachts, da ich stundenlang wach lag, stellte sich auch zu dieser Episode eine Erinnerung ein. Ich sah im nassen Meersaum eine Fährte … teilweise von den Wellenzungen weggeleckt … aber durfte ich meinem Gedächtnis trauen? Oder hatte sich aus den Berichten der Mädchen und aus dem Robinson eine Vision entwickelt, die mit der Realität gar nichts zu tun hatte?

Ich führte ein herrliches Leben, trank die besten Weine, verspeiste die zartesten Fische, und zerknüllte ich die leere Zigarettenschachtel, wurde mir umgehend eine neue gebracht. Das war schon deshalb erstaunlich, weil ich tagsüber auf meinem Zimmer (43) blieb. Ich verweigerte das Geplauder mit Gästen; ich konnte mir nur mit Mühe die Namen des Personals oder die Anzahl der dienstbaren Geister merken; ich war außerstande, Trinkgelder zu verteilen – und die Folge? Achtung Respekt Bewunderung. In der Villa Vittoria glaubten mittlerweile alle, es sei mir gelungen, unerkannt an Land zu kommen, und gab ich zu, an meine Reise keine Erinnerung zu haben, hielten sie mein Stottern ebenfalls für höchste Raffinesse. Er ist wie der junge Don Pasquale, hieß es dann, oder: Er macht es wie der große Lombardo, der jede Razzia der SS überstanden hat. Dabei spielte ich mich nie als Held auf, sondern sagte, was ich auch vor einem Verhörrichter sagen würde: Ich habe keine Ahnung, was passiert ist, aber meiner Narbe kann ich entnehmen, dass ich einen tüchtigen Schlag abbekommen habe. Mehr, tut mir leid, weiß ich nicht ...

Mehr wusste ich wirklich nicht, allerdings hatte ich eine Theorie, weshalb ich gerade hier, am Afrikanischen Meer, gestrandet war. Die Theorie war reine Spekulation, und nahm man den Begriff speculum, Spiegel, wörtlich, so bildete sich darin Mimi ab. Mimi, meine Mama, hatte sich im Testament gewünscht, man möge ihre Asche über den warmen Wellen des Mittelmeers verstreuen.

In meiner Erinnerung war Mimi ein Wesen ohne Fleisch und bestand nur noch aus den paar Dingen, die sie in der Badeanstalt der Gummifabrik zurückgelassen hatte: dem weißen Kopftuch, der schwarzen Hollywood-Sonnenbrille, der Unterarmtasche aus Krokoleder und den Stöckelschuhen. Aber gerade ihr Vergänglichstes, ihre leicht rauchige Stimme, die mir wieder und wieder den Robinson vorgelesen hatte, war in meinem Kopf lebendig geblieben, lebendig bis zum heutigen Tag, so dass es Mimi gewesen sein könnte, Mimis Stimme, die mich auf diese Insel geführt hatte, an diesen Strand, vor ihr Grab im Meer … aber wo hatte meine Robinsonade begonnen? Wo lag das Wrack von Quassis Chevy, aus dem ich wie Robinson lebend herausgekommen war?

Eine klare Frage verlangte eine klare Antwort, und durch einen einzigen Anruf würde ich sie einholen. Die Gute in der Fabrik war über alles auf dem Laufenden. Sie beschäftigte Spitzel, hatte Kontakte zur Polizei, und da sie die Intima des Seniors war (»meine rechte Hand«, wie er zu sagen pflegte), würde ich im Gespräch mit ihr gleich zwei Fliegen mit einer Klappe schlagen können (ich lag im Zimmer 43, wo ich von der ewig gleichen Fliege belästigt wurde). Fliege eins: die Lösung meiner Finanzprobleme. Fliege zwei: die Klärung meiner Reise nach Sizilien. Ich würde mich zu meiner Amnesie bekennen und mich dann vorsichtig erkundigen, weshalb ich die Schweiz verlassen hatte. Allerdings war ein Auslandstelefonat von der Villa Vittoria aus nicht möglich, für eine Verbindung zum Festland war die S. E. T. zuständig, die Società Elettrici Telefonici in der Neustadt, auf der Rückseite des Felsens, kurz: Ich hockte in der Falle. Um dort zu telefonieren, brauchte ich Geld, und weshalb wollte ich telefonieren? Um Geld aufzutreiben!

65

Es war zum Verrücktwerden. Seit Tagen wollte ich in der Zentrale der Gummifabrik anrufen, bei der Guten, und seit Tagen war ich zu feig, um die Villa Vittoria zu verlassen und mich ins italienische Gewühl zu stürzen. Aber heute würde ich es schaffen. Ich musste es schaffen, und tatsächlich – nach der zweiten Tasse Kaffee und der vierten (nein, der siebten) Zigarette – brach ich auf.

Ich brach auf … und betrat die Biblioteca.

Die Biblioteca des Hotels, die zugleich als Schreibsalon diente, lag auf der anderen Seite des Speisesaals, der Marmorhalle gegenüber, und natürlich war mir sofort klar: Du bist in die verkehrte Richtung gegangen. An schmalen Pültchen brannten chartreusegrüne Lämpchen, und befriedigt strichen meine Finger über die Schreibtischunterlagen aus Naturkautschuk, schwarz, glatt, einseitig chloriniert. Das waren noch Zeiten gewesen, als man hier mit mitternachtsblauer Tinte lange Briefe geschrieben und die noch feuchten Zeilen mit einer Löschpapierwiege getrocknet hatte! Viel Plüsch aus dem 19. Jahrhundert. Ein mehliger Geruch, als habe man einen alten Folianten aufgeschlagen, Vorhangkordeln wie Taue, goldgerahmte Gemälde, eine langsam tickende Wanduhr, ein Fernsehapparat, aus dem ein entzündetes Gewirr von Kabeln wucherte, ein Waffenschrein mit antiken Flinten und einer Pistole, die in einer samtgepolsterten Schatulle lag (oder ein Revolver, ich hatte von diesen Dingen keine Ahnung!) – und auf der Kante des Billardtisches ein Buch, ein alter Schmöker über Sizilien. Eine Seite war am unteren Eck eingefalzt. Ich pflegte diese Methode ebenfalls anzuwenden, und als ich die Stelle aufschlug, die mein Vorgänger mit dem Eselsohr bezeichnet hatte, hatte ich das merkwürdige Gefühl, ein anderer Gast habe die gleichen Interessen wie ich. Ah, um Polyphem ging's, um den einäugigen Riesen aus dem achten Buch der Odyssee. Ich begann zu lesen, voller Spannung, ob ich am Schluss des Kapitels noch wissen würde, wie es angefangen hatte, und wie das mit Büchern so ging: Auf einmal packen sie dich. Auf einmal bist du Odysseus (wie du früher Robinson warst) und watest, von langer Seefahrt ausgehungert, erschöpft ans östliche Ufer Siziliens. Aus einem Felsenschlund duftet es würzig nach Schafskäse, und brüllend wie eine heutige Reisegruppe dringst du mit deinen Gefährten in die antike Höhlenkäserei ein. Polyphem schlachtet einige von euch ab, aber als listiger Odysseus machst du den Riesen besoffen, wartest, bis er eingeschlafen ist, und rammst ihm dann einen glühenden Pfahl in seinen Augenrüssel. Dies sei die Kernszene der sizilianischen Literatur, vor allem der Commedia, las ich: »Ihr tausendfach variiertes Thema ist die Blendung, respektive die *Verblendung*. Typisches Beispiel: Ein alter Geizhals verliebt sich in ein junges Mädchen und glaubt wider alle Vernunft, seine Liebe würde erwidert.«

Von Zeit zu Zeit ließ eine Wanduhr ein Rasseln hören, wie Atem aus einer kranken Lunge, und irgendwann weckten mich sanfte, silbrig helle Stundenschläge aus einem Nickerchen. Mein Blick fiel ins offene Buch mit der eingeknickten Seite. Vermutlich bist du dein eigener Vorgänger gewesen, sagte ich mir – als du mit einem noch löchrigen Gedächtnis deine ersten Streifzüge durch das Haus unternommen hast. Ich bügelte mit dem Daumen das Eselsohr glatt, schob das Buch ins Regal, und Gottseidank, als ich am nächsten Tag wiederkam, wusste ich noch: In diesem Schmöker hast du gestern das Wort »Verblendung« entdeckt. Ich sank in einen Sessel und fragte mich, ob ich der sizilianischen Krankheit erlegen sei, der Verblendung. War es Verblendung, im Friseur und in den beiden Kellnern mir besonders geneigte Gestalten zu sehen? War es Verblendung, zu glauben, die vier Morgenschönen würden meinetwegen ihre Reize ausspielen?

»Empedokles«, hauchte *la donna della finestra*, die ich bisher nur von weitem gesehen hatte, beugte sich über meine Schulter und sah in das aufgeschlagene Buch, »hat noch vor Buddha den Seelenwandel gelehrt. Und durch seine Auferstehung beglaubigt!«

»Sagten Sie Auferstehung, Signora?«

»Pst!«, machte sie. »Nicht so laut! Diese Dinge sind heikel! Der Kirche missfällt es, dass wir hier auf Sizilien den ganzen Zirkus schon einmal gehabt haben, vier Jahrhunderte vor Christus. Es war alles dabei: ein langhaariger Guru mit Sandalen, zwölf Hippiejünger, der vorzeitige Abgang und die Auferstehung.«

»Glauben Sie an diese Geschichte?«

»Aber gewiss doch. Nach der Auferstehung werden wir alle dreiunddreißig sein, wie unser Herr Jesus Christus, so steht es bei den Kirchenvätern geschrieben. Stellen Sie sich vor: ich wieder jung, Don Pasquale wieder jung!«

La donna della finestra war mir in die Biblioteca gefolgt und legte es offensichtlich auf einen Flirt an. Ich erklärte etwas humorlos, dass ich mir eine allgemeine Auferstehung nicht vorstellen könne, schon gar nicht auf Sizilien. Kröchen hier alle aus den Gräbern, wie alt auch immer, würde das Eiland unter der Heerschar der Auferstandenen zusammenkrachen wie eine morsche Bühne.

Mein Zynismus beeindruckte sie keineswegs. Die Massen-Auferstehung habe bekanntlich das Christentum verkündet, erklärte sie trocken, im Grunde eine Art Sozialismus, der erste Traum einer klassenlosen Gesellschaft, alle gleich, sogar altersgleich, die Mutter nicht älter als die Tochter, der Sohn nicht jünger als der Vater. Die Armen hätten die Erlösung schon immer im Kollektiv gesucht. Dagegen habe sie nichts, schon gar nichts gegen eine Auffrischung ihres Teints, allerdings würde sie eine persönliche, nicht an ein bestimmtes Datum gebundene Auferstehung vorziehen.

»Sie meinen den Seelenwandel?«

»Ja, ich meine den Seelenwandel.«

»Sie wollen doch nicht behaupten, Signora, dass Sie auf diesen Unsinn hereinfallen!«

»In den Grabkammern von Pantalica fand man neben Waffen und Krügen auch Spiegel. Warum hätten sie den Toten diese Dinge mitgeben sollen, wenn es drüben nicht weiterginge?«

»Ein Drüben gibt es nicht«, sagte ich mit einem süffisanten Grinsen.

»Mag sein. Ich bin mir da nicht so sicher. Immerhin werden seit Jahrtausenden Friedhöfe angelegt, und es stirbt sich entschieden leichter, wenn man auf eine Fortsetzung hoffen darf. Übrigens – ich komme gerade von Don Pasquale. Er liegt in den letzten Zügen.«

»Und hofft?«

»Natürlich.«

»Illusion, Signora.«

»Empedokles war anderer Meinung.«

»Auch Philosophen können irren.«

»Da mögen Sie recht haben, aber Empedokles war ein typischer Sizilianer und hatte den Mut, seine Lehre mit dem eigenen Leben zu beglaubigen. Gerade Sie sollten das verstehen.«

»Wieso gerade ich?«

Mit einem koketten Aufblick fixierte sie meine Narbe. Offensichtlich hatte sie Mitleid mit mir.

Ich fragte: »Was soll am Denken des Empedokles mutig sein?«

»Mutig war sein Handeln. Er hat sich Kopf voran in den brodelnden Ätna gestürzt.«

»Sah man ihn wieder?«

Sie überhörte den Einwand. »Empedokles war sich seiner Sache sehr sicher. Seinen Träumen hat er entnommen, dass er schon mehrere Leben gelebt hatte, etwa als junges Mädchen oder, wie er schreibt, als flutentauchender Fisch.

»Träume sind kein Beweis, Signora.«

»Haben Sie noch nie geträumt, ein Mädchen zu sein?«

»Nein.«

»Oder ein Fisch?«

»Signora, wenn ich mir vorstelle, wir könnten dereinst in eine Dose gepresst werden, als Thunfisch in Olivenöl, wird mir schlecht!«

»Mir auch. Weil ich ja damit rechnen muss, dass dies tatsächlich geschehen könnte. Die Villa Vittoria besitzt übrigens eine Kostbarkeit von unschätzbarem Wert: die Sandale des Empedokles«, erklärte sie ungerührt. »Nach seiner Auferstehung hat er sie beim Abstieg vom Ätna verloren.

Sie ist nicht größer als eine Kindersandale, damals waren die Menschen ja kleiner, und ganz verkohlt.«

Am Montagvormittag borgte ich mir beim jungen Kellner zehntausend Lire (er gab sie mir mit Freuden, dankbar für das Vertrauen) und rannte hinaus – ich brauchte jetzt dringend die Telefonverbindung zum Festland, es wurde allmählich Zeit, meine Unfalltheorie zu verifizieren. Aber du heilige Scheiße, nach all den Tagen in der kühlen Stille der Villa Vittoria war ich dem italienischen Lärm nicht gewachsen! Was immer sie hier taten, hatte den einzigen Zweck, den Geräuschpegel in die Höhe zu jagen. Früchte verkauften sie, um Preise ausrufen zu können; Auto fuhren sie, weil sich die Hupe mit der Faust bearbeiten ließ – und dann ihre Roller, die Vespas, die Lambrettas, die dreirädrigen Apes mit ihren schwankenden Ladungen! Wenn sie in der engen Schlucht der Gasse aneinander vorbeidrängten, kläfften sie wie bösartige Hunde, ratterten viel zu schnell bergab oder rauchend bergauf. Ein armes Maultier, von einem Brüllaffen am Strick gezogen, schleppte auf dem Rücken ein Riesengeschwür aus lauter Kassettenrekordern, alle auf vollste Lautstärke gedreht, Verdi Rossini Adriano Celentano. In jeder Bar liefen zwei oder drei Fernseher, natürlich mit verschiedenen Programmen, die sich gegenseitig übertrumpften. In den Bassos schrien sie in Telefonhörer, als müssten sie jedes Wort durch die Leitungen pressen. Die Fassaden schwarz, teilweise verschimmelt, die Fenster voller Frauen, keifend lachend lästernd lockend, Brüste wie Melonen, auf die Simse gelegt – »na, wie wär's, Signore?«

Du lieber Himmel, hatte ich diese Nutte schon einmal gesehen, etwa in einem Traum? Oder in einem früheren Leben? Wandelten wir wirklich weiter? Ging es von einer Existenz in die andere? Hoch oben floss blau das Rinnsal des Himmels, von Drähten durchgestrichen und verhängt mit Blusen Laken Strümpfen Büstenhaltern. Wie bunte Fahnen hingen sie über krepierenden Fischen, die am Fuß der Häuser auf improvisierten Verkaufstischen schutzlos den Griffen der Käufer, dem Geschrei der Händler, dem Anschwärmen von Fliegen ausgesetzt waren. Ihre roten runden Augen glotzten, und hilflos schnappten die Münder nach den Tropfen, mit denen das schmelzende Eis ihre Qual verlängerte. Ich schwankte, ich torkelte und war auf einmal überzeugt: Eines Abends hatte mich die Gute nach Hause gerufen, in die Fabrik, zum Vater. Für eine Fahrt mit Bahn und Postauto war es zu spät gewesen, einen eigenen Wagen besaß ich nicht, also hatte ich mir Quassis Chevy ausgeliehen, war bei Nacht und Nebel ins alpine Fräcktal hochgebrettert, hatte auf seifiger Unterlage die Herrschaft über den Wagen verloren, war gegen das Brückengeländer geschlittert und – *Crash!* Aber wie war es weitergegangen? Wie hatte sich meine Robinsonade fortgesetzt? Na, wie im Buch. Wie es Mimi mir vorgelesen hatte. Ich war aus dem Wrack gestiegen und auf die Insel gelangt …

Es wurde Abend, bis ich zur Villa Vittoria zurückfand, genauer gesagt: Ich hatte mehrmals vor dem Haus gestanden, doch gab es sich von außen derart bescheiden, dass ich einfach nicht glauben wollte, an der richtigen Adresse zu sein. Die Kellerfenster zugemauert, die Fassade schmal wie ein

Handtuch. Sämtliche Läden geschlossen, finstere Vierecke. Aber als ich in meiner Verzweiflung schließlich doch die Klingel drückte, klickte das Portal aus dem Schloss, und der alte Langhagere ließ mich eintreten. Ich sank in einen Ledersessel. Wie üblich schwiegen in ihrer Sitzgruppe die britischen Grabsteine, er mit einer alten Times, sie mit einer Patience beschäftigt; wie üblich waren Ambra Laura Lily Giucy am Putzen, und nach all dem Lärm und dem Dreck da draußen empfand ich die Stille der Marmorhalle und den Desinfektionsgeruch als Labsal. Ich atmete durch, atmete durch, atmete so tief wie möglich durch – und erst jetzt, nach so vielen Tagen des Nichtwissens und Wähnens, kam ich auf die naheliegende Idee, meine Narbe zu interpretieren: sie in einem dämmrigen Spiegel an der Marmorwand zu *lesen*. Eine erhellende Lektüre. Erkenntnis. Einsicht. Die Schwellung hatte abgenommen, und die beiden Wundlippen, an denen wieder die Fliegen leckten, waren recht gut verheilt. Trotzdem konnte ich sehen, dass mich ein Dilettant vernäht haben musste … ein Dilettant? Der Doktor Marder, unser Werksarzt, war leider ein bisschen behindert, ein bisschen blind. Um seinen Weg über das Areal der Gummifabrik zu finden, musste er sich mit einem Schirm, über dessen Stahlspitze keine Gumminoppe gestülpt war, vorantasten. Näherte sich Marder, tickerte und tackerte es, klickerte und klackerte, und wehe, wenn man ihm vor die Brille mit den dicken, rundrilligen Gläsern geriet! Schiefe Schultern, verkrüppelte Gelenke, humpelnde Arbeiter, diverse Grabsteine und nicht zuletzt die fehlenden Ohren des Pforten-Reptils (rechts hatte er nur noch ein Löchlein, links ein geknüpftes Zipfelchen) bezeugten

Marders ärztliche Tätigkeit, sein redliches Bemühen, trotz eingeschränkter Sehwerkzeuge zu helfen, wo er konnte. Bei seinen Operationen musste ihm eine Lupe hingehalten werden, so schwer und groß wie eine Bratpfanne, und die Gute soll bei einer Weihnachtsfeier in der Kantine zugegeben haben, dass der Doktor Marder selbst durch die Vergrößerung nicht sehr viel mehr erblicken würde als einen Blutnebel, worin seine Gummifinger zufällig erwischte Hautlappen zusammenflickten.

Volltreffer. Durch die Narbe war ich mir auf die Fährte gekommen. Marder musste mich nach dem Crash verarztet haben, und in meinem Fall hatte seine Handschrift einen unschätzbaren Vorteil. Ich konnte daraus meine Schlüsse ziehen. Der Unfallort lag höchstwahrscheinlich in der Nähe der Fabrik. Denn wenn es mich dort erwischt hatte, war ich mit Sicherheit im Sanitätsraum der Gummifabrik gelandet, auf der OP-Liege vom Werksarzt, unter der Bratpfannen-Lupe, und war diese Überlegung richtig, dann würde meine Pannenserie ungefähr so ausgesehen haben: Panne eins: Man hat mich telefonisch ins Fräcktal gerufen (freiwillig hätte ich diese Fahrt niemals unternommen, schon gar nicht mit einem geliehenen Auto). Panne zwei: Da es bereits zu spät war, um in Unter-Fräck das letzte Postauto zu erwischen, habe ich mir Isidor Quassis Chevrolet geliehen. Panne drei: Auf der Brücke über dem Fräcktaler Stausee hatte sich Eis gebildet, ich habe die Herrschaft über den Wagen verloren oder bin mit einem entgegenkommenden Fahrzeug kollidiert, beispielsweise mit einem Motorrad, das ich im Schneetreiben zu spät erkannt habe. Panne vier: Von der Werksfeuerwehr in den Saniraum gebracht, bin ich unter Marders Bratpfannen-Lupe geraten und von ihm genäht worden. Panne fünf: Als ich realisiert hatte, wo ich lag, habe ich irgendwelche Kleidungsstücke zusammengerafft und bin abgehauen. Panne sechs: Im erschütterten Gehirn lief die Endlosspule mit der immer noch lebendigen Stimme meiner längst im Mittelmeer begrabenen Mutter, und die hatte mich quer durch mein Fieberdelirium und die Amnesie nach Sizilien gelotst, an den winterlich einsamen Strand des Afrikanischen Meers. Hier war ich dann gefunden worden, und damit begann die siebte und schlimmste Panne: Die schwarze Köchin trommelte mein Fieber herunter, der vornehme Friseur schor mich kahl, zog die Fäden, reinigte die Wunde, und mittlerweile hielt halb Pollazzu ausgerechnet mich, den gerupften Pechvogel, für einen Mann, vor dem sie die Gläser hoben und die Wimpern senkten.

Lauter Pannen, und mir bescherten sie das herrlichste Leben!

Rasch gewöhnte ich mich an den hiesigen Brauch, jeden Vormittag die verspiegelte, schon von weitem nach Parfüm duftende Salongrotte meines Friseurs und Narbendoktors aufzusuchen und jedes Mal zu erleben, wie die eingeseiften, heftig mit ihrem Spiegelbild debattierenden Kunden bei meinem Eintritt erstarrten. Dann wurde ich zum Lederthron geführt, in die richtige Höhe gepumpt und wie ein Patient erster Klasse vom Chef persönlich eingeschäumt, mit dem Messer beschabt und anschließend mit einer blitzenden Wolke umhüllt. Spazierte ich zum Hafen hinunter, zogen die Alten, die auf ihren Strohsesseln hockten, die Wollmützen von den Häuptern, schwarz verschleierte

Frauen kreuzten die steckendünnen Arme vor der Brust, murmelten Segensworte und verneigten sich in Ehrfurcht. Da wurde mir ein Marzipanrübchen zugesteckt, dort eine Pflaume, in den Cantinas sollte ich ein Glas Wein trinken, der Blumenhändler heftete mir eine rote Gardenie ans Revers, und dem Schuhputzer war es eine Ehre, diverse Bürsten um meine Schuhe flitzen zu lassen. Nach dem Mittag genoss ich eine längere Siesta, am frühen Abend absolvierte ich meinen zweiten Gang, setzte mich der Kathedrale gegenüber ins Grancaffè Garibaldi und erlernte die italienische Kunst, das Leben in seiner Buntheit an mir vorüberfließen zu lassen. Abends servierte man mir im Speisesaal eine Spezialität des Hauses, eine *tunnida*, dazu gab es einen kühlen Weißen, und von links und von rechts prosteten mir die Seekapitäne mit erhobenen Gläsern zu. Danach erfolgte mein dritter und letzter Gang. Ich nahm in der Hafenbar meinen Platz ein, und auf hohen Stöckelschuhen tänzelten die Grazien an mir vorüber, Ambra Laura Lily Giucy, mir zuzwinkernd mit ihren großen schwarzen elegischen Augen. Fröhliche Abendglocken, ausfahrende Fischer, ein eleganter Corso, und kehrte ich ins Hotel zurück, fand ich auf meinem Zimmer stets einen Imbiss vor, eine Karaffe Rotwein und eine Schale mit Früchten, manchmal auch ein paar Blumen und eine parfümierte Karte, die mich um ein Rendezvous ersuchte (*la donna della finestra* hieß Mafalda und war die Geliebte des sterbenden Paten).

Da hatten mir die Weiber zeitlebens Unglück gebracht, von Mimi, die viel zu früh verstorben war, über Cala, meine Ersatzmutter, und die Gute, die sich als meine Stiefmutter verstand, bis zu Maureen, meiner Ex, und auf einmal

begehrten sie mich! Da hatte ich stets den Schwanz eingezogen, hatte vor dem Senior, vor dem Reklamechef und
im Malatesta vor Quassi abgeduckt, hatte mir Abend für
Abend seinen Monolog angehört, hatte mich als anal gestörten Scheißer und Vatersöhnchen beschimpfen lassen,
hatte trotzdem seine Zeche und dazu für seine Mutter Gertrud den Parteibeitrag beglichen, und war es endlich Mitternacht geworden, hatte ich zu allem Übel auch noch den
Refrain seines Monologs ertragen, stets den gleichen: Das
Leben. Die Weiber. Ein dummer Zufall. Hätte ich doch.
Wäre ich nur. Eigentlich. Aber. Vergiss es … und hier galt
ich als ein wahrer Mann, der seinen Feinden die Stirn bot!

Durch die steile Gasse, über deren Kopfsteinpflaster schon
Empedokles Platon Goethe Garibaldi gewandelt waren,
kehrte ich ins Hotel zurück. Als ich mich dem Portal näherte, klickte es mit einem Summen aus dem Schloss. Der
schöne junge Kellner, Piddu war sein Name, versah den
Nachtdienst, und während er mit der einen Hand geschickt
meinen Schlüssel vom Brett angelte, fuhr die andere fort,
im gelben, von Faltern durchtanzten Lichtschein einer
Petroleumlampe in einem Album zu blättern. Es enthielt
Artikel über den großen Turi Giuliano, den Ruhm und die
Ehre Siziliens. Giulianos Wams, seine Moleskinhose und
die Pistole würden in einer Kirche aufbewahrt, erklärte
Piddu, wie Reliquien, das Wams aus rotem Samt, die Ein-
schusslöcher vorn.

»Vorn.«

»Natürlich. Wer das Zeug zum Mann hat, begegnet dem
Tod von Angesicht zu Angesicht«, sagte Piddu und zeigte

mit seinen kräftigen Zähnen ein breites Grinsen. Dann schlug er wieder die aufgequollenen Seiten um, vollgeklebt mit Zeitungsausschnitten, und faselte, wie glücklich man sei, einen wahren Giuliano im Haus zu haben. Ein alter Diener drückte mir bei den beiden Marmorgöttinnen, zwischen denen die Treppe begann, eine Taschenlampe in die Hand, und als ich meine Etage erreichte, empfing mich ein weiterer Diener, der »Respekt, Respekt!« murmelte.

Amüsiert begab ich mich auf mein Zimmer. Diese Sizilianer, man glaubt es nicht! Am Fenster paffte ich eine letzte Zigarette und sah in den Sternenhimmel. Natürlich machte es mir Spaß, mit der glühenden Asche mitzuspielen im großen Geflimmer. Von der verrückten Mafalda, *la donna della finestra*, wieder ein Billet d'amour – ihre Tür, deutete sie an, sei nicht abgeschlossen. Ein anderer hätte die Einladung bestimmt angenommen, aber ich hatte meine Entscheidung getroffen, morgen würde ich die nötigen Maßnahmen zur Heimreise treffen. Meine sizilianische Mission war beendet. Ich würde der Guten den Auftrag erteilen, mir telegraphisch einen Vorbezug auf mein Erbe zu überweisen, damit würde ich die Schulden begleichen, um mich dann mit Würde und Anstand von der glücklichsten Periode meines Lebens zu verabschieden. Das alte Wort galt noch immer: Wer Sizilien erleben wollte, musste es träumen, und das war mir gelungen. Passassi 'na buona nuttata, meine über alles geliebte, paradiesische Insel!

Wie üblich ließ ich mir an diesem phantastischen Frühlingsmorgen das Frühstück schmecken. In der Hofoase schäumten die Büsche in voller Blüte, die Pomelien leuchteten, eine Amsel sang, der Springbrunnen plätscherte, und durch die weit offenen Fenster wehte ein balsamischer Duft herein. In der schönen Zeit, deren Ende ich heute einleiten würde, hatte ich natürlich auch die Kunst des Kaffeetrinkens erlernt. Man schaufelte mindestens zwei Löffelchen Zucker ins Tässchen und rührte erst einmal um und um und um. Dann fasste man den Henkel und gestand sich ein, dass das Leben nur ein Schäumchen war auf einem Schluck schwarzer Nacht. Dieser Gedanke ließ einen unwillkürlich den Blick zu den Göttern heben, der Kopf kippte in den Nacken, die Augen klappten zu, und mit tiefen Zügen sog die Nase das süßbittere Aroma des unter ihr schwebenden Tässchens ein. Damit war die entscheidende Phase erreicht, man wurde ganz und gar zum Gaumen, zu einer gespannten Erwartung – aber ach, kurz war das Glück, rasch genossen, schon vorbei.

»Der Pate will dich sehen«, sagte Piddu.

In den Kellern der Villa Vittoria herrschte Katakombenluft, in einer Waschküche, die vom Gesang halbnackter Wäscherinnen erfüllt war, schritten wir durch Dampfwolken, in den Saalfluchten blendete Mittagslicht, hinter den geschlossenen Läden einer Veranda roch die warme Düsternis wie Honig. Verwandelt in ein ehrfürchtiges Staunen, blieb ich plötzlich stehen – was für ein Raum! An den Wänden schimmerten flaumige Farben; die hohen Gewölbe waren mit mythologischen Szenen ausgemalt; über einer langen Tafel hing ein Lüster aus Kristall. Ich wagte kaum zu atmen, so schön war alles, so edel, so alt. Das Tischtuch aus Brokat, das Besteck aus Silber, die Servietten gestärkt, die Vasen voller Blumen, alle in Blüte, die Schalen voller

Früchte, alle frisch. Auf einem altarähnlichen Buffet, das viel zu schwer war, um jemals von Eroberern weggeschleppt zu werden, waren zwischen hellblauen und rosafarbenen Bonbonieren die Fotos der Ahnen versammelt: Brautpaare Offiziere Priester, lauter Auswanderer in eine andere Welt, die im bräunlichen Nebel gilbender Fotos zu ovalen Larven verblassten. Balkontüren standen offen, der Wind verschlang die weißen Gardinen zu tanzenden Säulen, und in einem Deckchair auf dem Balkon, als wäre er bereits aufgebahrt, lag der Pate. Eine schmale, knochige Hand winkte mich näher.

»Que bella«, stieß Don Pasquale heiser hervor, »que bella cicatrice! *Was für eine schöne Narbe!*«

»Es war ein Unfall«, gestand ich.

Eine Weile blieb es still. Der Hafen schlief, auch die Stadt, auch das Haus. Rasselnd ging der Atem des Sterbenden.

»So«, sprach er nach längerem Schweigen.

Ich lüpfte die Achseln, ich nickte, ich grinste. »Ursprünglich war es nur eine Vermutung«, fügte ich hinzu, »aber jetzt habe ich einen eindeutigen Beweis. Ich bin mit dem Kopf in eine Frontscheibe gekracht. Sehen Sie? Aus meinem Schädel wachsen neuerdings kleine Splitter. Sollte man sie genauer untersuchen, würde man höchstwahrscheinlich feststellen, dass es ein amerikanischer Schlitten war, ein Chevrolet.«

»Ein Chevrolet«, wiederholte der Sterbende, und über seine Züge huschte ein Leuchten.

»Die Narbe war in einem furchtbaren Zustand. Daraus habe ich abgeleitet, dass mich ein Dilettant vernäht haben muss. Der Werksarzt unserer Gummifabrik benötigt zum Operieren eine bratpfannengroße Lupe ...«

»Eine Lupe«, wiederholte der Pate.

»Ja. Mehr weiß ich auch nicht, offen gestanden. Es gibt nur diese Indizien: ein paar Glassplitter und der Zustand der Narbe«, erklärte ich kleinmütig.

Die vom Deckchair herabhängende Hand kraulte eine Dogge. Mit traurigen, rötlich nassen Augen schaute sie zum Sterbenden hoch, dann kroch sie im Rückwärtsgang davon, die Schnauze am Boden, der Hintern gereckt, mit wedelndem Schwanz. Weitere Doggen lauerten weiter hinten, mit gespitzten Ohren und hechelnden Zungen. Mir schwante Schlimmes. Nur eine große Persönlichkeit oder eine brutale Zucht brachte Hunde dazu, sich rückwärts zu entfernen – das kannte ich von Zuhause. Ob ich auf die Knie fallen und unter Tränen um Gnade bitten sollte?

Da schlug der Don auf einmal die Decke zurück, schlüpfte in Pantoffeln und bewegte sich mit schlurfenden Schritten ins Hausinnere, wo zwei Dienergreise das Portal zu einem anschließenden Saal aufrissen. Vom Friseur und Piddu unter die Arme gefasst, wurde ich mitgeschleift, und als mir plötzlich ein Meterband um den Hals geschlungen wurde, wäre ich vor Schreck beinah ohnmächtig geworden. Aber der alte Don wollte mich keineswegs erwürgen, er nahm meine Maße: die Schulterbreite, die Beinlänge, die Arme, die Taille, die Schrittgröße, wobei er, vom Husten unterbrochen, die seltsamsten Befehle bellte: »Kniebeuge! Spreizschritt! Faschistengruß! Kommunistenfaust! Hände hoch! Hände runter!« Vor lauter Zuckungen völlig durcheinander, begriff ich zu spät, was der Wahnsinnige vorhatte.

Er schien tatsächlich entschlossen zu sein, mir einen italienischen Maßanzug anzudrehen! Signori, hätte ich einwenden sollen, eine solche Anschaffung geht über meine Verhältnisse, doch im Moment, da ich Luft holte, um mich mit irgendeiner Ausrede (Übelkeit!) aus der Affäre zu ziehen, setzte überraschend der Friseur zu einer Rede über die Hasenplage an. Auch jetzt sei sie wieder ausgebrochen, klagte er mit gefalteten Händen, »überall knabbern die verdammten Biester an den Zitrusbäumchen, und wo bleiben die Männer, die mit einer Lupara für Ordnung sorgen?! Verschwunden. Verschwunden! Wir müssen die Stämme mit Kalk bestreichen, ganze Plantagen werden geweißelt, so tief sind wir gesunken, was für eine Schande!« – Und der tintenblaue Schnauzstrich unter der großen Nase krümmte sich angewidert.

»Don Pasquale«, brachte ich endlich hervor, »ich bin ein armer Mann.«

»Ecco«, rief der Pate, »Kalabrese, da haben wir's!«

»Ihre Gurgel hat Sie verraten«, fügte der Friseur mit einem höhnischen Unterton hinzu.

»Meine Gurgel? Wieso die Gurgel?«

»Der Adamsapfel.«

»Mein Adams…?«

Abfall, hätte ich beinah gesagt. Wie seinerzeit, bei meinem Rausschmiss aus der Gummifabrik, der Senior es gesagt hatte: *Mein lieber Abfall, du bist weit vom Stamm gefallen.*

»Ja«, beeilte sich der Friseur zu erklären, »im Adamsapfel haben wir eine Art Lügendetektor. Wer lügt, der schluckt. Unbewusst natürlich. Ein Reflex. Kaum dass die Lüge unse-

82

rer Zunge entsprungen ist, möchten wir sie in den Kehlkopf zurückholen.«

»Verdammt, habe ich …?«

Der Pate nickte: »Ja, Kalabrese, du hast geschluckt.«

»Gleichzeitig sind Ihre Augen etwas kleiner geworden, härter, dunkler«, erklärte der Friseur fachmännisch. »Der Schwindler will sehen, ob ihm seine Lüge abgenommen wird … Übrigens: Was halten Sie von diesem Modell? Es passt perfekt zu Ihren markanten Zügen!«

Er schob mir eine Sonnenbrille ins Gesicht, dann wurde ein Foulard um meinen Hals geschlungen, und mit einem Blick zum Paten holte sich der Friseur die Erlaubnis, weitere Erläuterungen abzugeben. Die Tarnung der verräterischen Reflexe habe man der Kirche abgeschaut, Priester würden sogenannte Kalkkragen tragen und bei kritischen Fragen, etwa jener, ob sie an ein Jenseits glaubten oder an die Auferstehung im Fleisch, die Augenlider senken.

»Die Foulards«, bemerkte der Friseur, »sind selbstverständlich aus Seide.«

»Ein Mann muss anständig gekleidet sein«, sagte Don Pasquale.

»Wie kommen Sie darauf, ausgerechnet in mir einen Mann zu sehen?«, rief ich verzweifelt.

»Wegen der Narbe.«

»Wegen der Narbe?!«

»Komm her, Kalabrese, schau mich an. Auch ich habe es gewagt, mich dem Tod frontal zu stellen. Wir Männer tragen unsere Male im Gesicht.«

Es verschlug mir die Sprache.

Die ganze Zeit hatte ich mein Mal vor mir hergetragen

und nicht gemerkt, was es bewirkte. Blind war ich gewesen, blinder als Doktor Marder. Ich hatte die absurdesten Vermutungen angestellt und ums Verrecken nicht erkennen wollen, wieso halb Pollazzu derart intensiv auf mich reagierte. Jetzt wusste ich es. Wegen der Narbe war ich zur Berühmtheit geworden, und wie sie mich auf den Sockel gestellt hatte, würde sie mich nun herunterholen. Seht diesen Hochstapler, würden sie höhnen, diesen Schänder der Ehre – seine Narbe geht auf einen simplen Autounfall zurück!

»Deine Zimmernummer, Kalabrese?«, fragte der Pate.

»Dreiundvierzig«, entfuhr es mir – und damit war der Handel perfekt. »Piddu, wenn du dem Kalabresen eine einzige Krawattennadel klaust, haue ich deine Eier in die Pfanne!«

»Aber Onkel«, protestierte Piddu, »ich klaue doch nicht!« Und schluckte. Schluckte so heftig, dass sein Adamsapfel hüpfte.

»Es ist die alte Geschichte«, zischte der Friseur. »Auf einen Großen folgt stets ein Trottel, der alles verspielt.«

Ahnen. Die Geschichte der Familie Katz begann in der Tiefe der Jahre, irgendwo in Galizien, dem ärmsten Kronland der Habsburger Monarchie. Das Städtchen, in dem Sender Katz seine Schneiderwerkstatt betrieben hatte, lag am Fuß der Karpaten, doch verdiente er *a bisserl zu viel, um zu sterben, a bisserl zu wenig, um zu leben,* und wollte er im trüben Zwischen von Leben und Tod nicht versauern, musste er den Weg ins gelobte Land antreten. Seine Gasse floss wie ein Bach in die Ebene hinaus, wo sie in der flachen Unendlichkeit verrann, und obwohl Sender der Unendlichkeit, wenn sie nicht bei Gott, sondern geographisch war, misstraute, schraubte er eines Tages das Firmenschild ab, packte es mit der Schere, dem Nadelkissen, den Gebetsriemen in den Koffer und folgte dem staubigen Bach. Nach Westen zog er, immer nach Westen, auf den Abend zu, in die sinkende Sonne hinein, und als das Sträßchen in der Ebene versickerte, folgte er einer Telefonleitung, über die wie mit dem Geigenbogen der Wind strich. Senders Wanderstab soll ganz und gar aus Wasser bestanden haben, ein glitzernder Strahl. Er hielt den Wanderer aufrecht, half ihm über die Grenzen, stillte seinen Durst, und eines Tages schlug er Wurzeln. Es war gerade Frühling geworden, und eigentlich hatte Sender vor, auch dieses Land zu durchziehen, nach Havre zu gelangen und von dort nach Amerika, in die Neue Welt. Der Stab jedoch hatte sich entschieden, und so kräftig wie er Wurzeln trieb, trieb er bald Äste und Blätter. Sender wusste sehr wohl, dass es hier keine zehn Juden gab, die es für eine Synagoge brauchte, aber dennoch gehorchte er dem Stab, baute im Schatten des Baums eine Hütte, hängte das Schild über die Tür und betrieb sein Handwerk. Was er verdiente, ernährte Frau und Sohn, er selbst jedoch, der fleißige Schneider, geriet wieder ins Zwischen von a bisserl zu wenig und a bisserl zu viel, weshalb er sein Heimweh nach der Unendlichkeit nutzte, um sich mehr und mehr ins Geistige zu flüchten. Wieder wurde er zum Wanderer, nun in den seraphischen Sphären, und es war das Glück seines Alters, dass sein Sohn das Geschäft übernahm. Der Sohn war strebsamer als der Vater: In kürzester Zeit machte er aus der Werkstatt ein Atelier, aus der Schneiderei eine

Konfektion, aus dem Handwerk eine Kunst. Er war in jeder Hinsicht erfolgreich und kam schon in jungen Jahren zu Reichtum und Ruhm. Seidenkatz wurde er genannt, und wie Sender, der Urahn, hatte auch Seidenkatz, der Nachfolger, nur einen einzigen Sohn, meinen Großvater. Der war ein typischer Erbe, spielte gern Schach und ziemlich gut Geige, gondelte in der Welt herum, überlebte Schiffsuntergänge und einen Sandsturm in der Sahara. Nachdem das Seidenkatzische Vermögen aufgezehrt war, heiratete er (nicht ganz freiwillig) die Tochter eines Geschäftspartners aus der Textilbranche. Sarah, eine geborene Singer, trat bald nach der Hochzeit zum Katholizismus über und verstieg sich in den Wahn, dem neuen Glauben nicht zu genügen. Fromm wie ein Kartäuser, betete sie jeden Tag den Rosenkranz, und als sie fast nur noch aus Andachten und Psalmen bestand, begann sie schrecklich zu husten. Ihrer Tochter hatte sie den Namen Elena Rosa Maria gegeben und damit vollbracht, wozu sie sich durch den neuen Glauben verpflichtet fühlte: dem jüdischen Stamm der Katzen einen katholischen Zweig aufzupfropfen.

Elena Rosa Maria wurde von ihrem Vater Mimi genannt. Sie war hübsch, begabt und ziemlich frech. Mit einem Hosenkostüm, das er ihr auf den schlanken Leib geschneidert hatte, war sie schon in jungen Jahren eine Berühmtheit. Man kannte sie im Städtchen, es lag an einem weichen See im Schweizer Mittelland, und jedermann konnte sehen, dass sie am Sonntag die Messe besuchte, in eine schwarze Marquisette gehüllt, die der berühmte Seidenkatz, ihr Großvater, entworfen hatte. Ihre Mutter Sarah war in ihrer Anwesenheit erstickt – sämtliche Romane und Klaviernoten, die die Mutter hinterlassen hatte, waren mit herausgehusteten bräunlichen Blutspritzern besprenkelt, die in den Büchern Buchstaben verfälschten und in den Noten Melodien verzerrten. Aber weder an die Mutter noch an deren Bluthusten und Ersticken konnte sich Mimi erinnern. Sarahs Tod war aus Mimis Gedächtnis getilgt. Getilgt? Vielleicht sage ich besser: eingekapselt (wie meine Reise nach Sizilien). Denn das Gedächtnis besteht nicht nur aus Erinnerungen, es bewahrt auch das Vergessen auf, und das Vergessene blieb Mimi auf den Fersen. Als anno '39 der Krieg ausbrach – sie besuchte damals die erste Klasse des kantonalen Gymnasiums –, litt sie darunter, dass die Männer in aller Öffentlichkeit ihren Kodder loswerden mussten. Das Aussondern von Kautabak war zu jener Zeit gang und gäbe, niemand störte sich daran, nur Mimi Katz, die katholisch getaufte Tochter des jüdischen Herrenkonfektionärs, brachte das Spucken mit dem Weltgeschehen in Verbindung. Heimtückische Bürger, behauptete sie keck, manifestierten mit bräunlicher Tabakspucke ihren Judenhass. Wirklich?

Moshe Katz, ihr Vater, teilte die Ängste seiner Tochter nicht. Man sei hier auf Schweizer Boden, meinte er, nicht draußen im Reich. Angenommen, der eine oder andere hätte Mimi tatsächlich eine Backenladung hinterhergeschickt: Spätestens nach der Kesselschlacht von Stalingrad wäre damit Schluss gewesen. Seitdem das Kriegsglück gewechselt hatte, predigte selbst der Stadtpfarrer, vordem ein begeisterter Anhänger Mussolinis, Jesus sei ein Hebräer gewesen, und wer sich mit einer Hakenkreuz-Fahne auf den Einmarsch der deutschen Truppen vorbereitet hatte, versuchte sie schleunigst zu verbrennen. Mimi, in ihre Schleier gehüllt, floh nach der Messe trotzdem die Kirchentreppe hinunter. Hinter mir, klagte sie seufzend, fliegt Spucke aufs Pflaster – und nie, nicht ein einziges Mal, blickte sie über ihre Schulter zurück. Offensichtlich wollte sie nicht wissen, ob ihre Ängste eine reale Ursache hatten. Der alte Katz war überzeugt, dass seine Tochter von den Furien der Vergangenheit gehetzt wurde, vom Bluthusten der erstickenden Mama, aber natürlich konnte er nicht ganz ausschließen, dass hinter der auffälligen Gymnasiastin, die zum Hosenkleid eine rote Baskenmütze trug und über den Rücken die schwarze Haarglocke schwingen ließ, tatsächlich ausgespuckt wurde.

Ihre Initialen deckten sich: M. K. – Moshe Katz, Mimi Katz –, und wenn meine spätere Mama jemals verliebt war, dann in ihren alten, vornehmen, stets nach Lavendelwasser riechenden Vater. Eines Morgens vergaß sie, das Badezimmer abzuschließen; er platzte herein, und statt sich zu entschuldigen, blieb er stehen und sah zu, wie sie sich schminkte. Für die Lippen benutzte sie einen Stift ihrer Mama und für die Wimpern eine schwarze Tusche, die sie mit etwas Speichel vermengte. Dann reckte sie das Kinn dem Spiegel entgegen und pinselte die speichelversetzte Tusche an ihre langen schwarzen gekrümmten Wimpern. Die Spucke, vor der sie auf den Straßen floh, malte sich Mimi hier vor die Augen …

… und zeigte das nicht, wie sehr ich nach der Mutter geraten war, nicht nach dem Vater? Ja, mir war mit der Narbe etwas Ähnliches passiert, und es war Don Pasquale, der sterbende

Pate, der mir die verblendeten Augen geöffnet hatte. Durch ihn wusste ich nun, dass ich für die Wirkung meiner Narbe blind gewesen war. Was alle gesehen hatten – ich hatte es nicht gesehen, nicht einmal im Spiegel. Wie ein Tor war ich herumgewandelt, und um mir die Hochachtung zu erklären, die sie mir hier entgegenbrachten, hatte ich sogar in die metaphysische Kiste gegriffen: Hier gehe es nicht mit rechten Dingen zu, hatte ich gedacht. Zu meiner Entschuldigung konnte ich höchstens vorbringen, dass schon mancher, der vom Festland angereist war, auf der Insel sein blaues Wunder erlebt hatte. Die nordisch kühle, von der Aufklärung domestizierte Vernunft hielt dem Ausfluss der vulkanischen Tiefe oder der Macht der Sterne, die nachts hinter dem finster glänzenden Meer heraufbrodelten, auf die Dauer nicht stand. Gewiss, anfänglich hatte man noch gelacht – ausgerechnet Empedokles und seine verkohlte *Sandale* sollte den Weiterwandel beglaubigen! Aber so ganz allmählich blieb einem das Lachen in der Kehle stecken.

Auf dem Lederthron des Friseurs war mir aus dem Fundus meines Gasthörer-Wissens eingefallen, dass der Beruf eines Figaros ursprünglich ein hohes Priesteramt gewesen war. Im alten Ägypten hatte der Oberpriester neue Gläubige mit einer Kahlrasur getauft. In der Tonsur der Mönche, auch in der Scherung von Häftlingen oder Rekruten hatte sich der Brauch bis zum heutigen Tag erhalten – der Novize soll das neue Leben kahl beginnen, kahl wie ein neugeborenes Baby.

Ja, in gewissen Augenblicken, in der verspiegelten Tempelgrotte des Friseurs, unterm Sternenhimmel, am Meer oder in der Gasse, wenn alle die Hüte zogen oder die Köpfe

senkten, wenn sie mir ihre Gaben zusteckten oder Segensworte murmelten, hatte ich nicht mehr daran gezweifelt,
der Haut des alten Juniors entschlüpft und ein neuer
Mensch geworden zu sein, gewissermaßen mein eigener
Nachfolger, eine Art Ex-, Post- oder Über-Übel, aber dann
war ich dem Paten vorgestellt worden, und der empfand
für den Abkömmling einer Schneider-Dynastie offensichtlich eine untergründige Sympathie. Er hatte mich sehend
gemacht. Er hatte mir den Splitter aus den Augen operiert.
Lieber Freund, hatte er mir beigebracht, es ist die Narbe,
die dich hier zu einer Berühmtheit werden ließ – und damit
war ich geheilt.

Der Pate erwartete seinen Tod auf dem Balkon, im Deckchair. Die Hände vom Rosenkranz umwickelt, das eingefal-
lene Mündchen wie vernäht, die Augen in den Höhlen groß
und staunend. Der Friseur hatte auf einem tuchbedeckten
Tisch seine Instrumente aufgebaut, chirurgische Messer,
die Antisepticum-Dose, Fläschchen mit Chloroform und
flüssigem Morphium. Auch ein staubsaugerähnlicher Apparat gehörte dazu, mit dem er, wie er gewichtig flüsterte,
das demnächst sich auflösende Lungengewebe absaugen
werde. Seinen wahren Beruf jedoch verrieten allerlei Pu-
derquasten Pinsel Schälchen Parfüms und Kristallflakons
(mit einem erdroten Gummiball). Nach dem Exitus würde
er seinen langjährigen Klienten ein letztes Mal rasieren,
dann würde er ihm die Zähne einsetzen, den Unterkiefer
fixieren, die Totenmaske schminken. Monsignore Florio,
der Priester, hatte sein Werk bereits verrichtet und gab sich
im Bewusstsein, dass Don Pasquales Seele von ihren Sün-

den reingewaschen war, unter einem Sonnenschirm diskret schnarchend der Siesta hin. Drinnen im Saal waren drei alte Schneider an der Arbeit – aber nicht etwa, um das Totenhemd zu nähen: Der Pate und Herrenkonfektionär wollte sein letztes Geschäft, meinen Anzug, wie versprochen zum Abschluss bringen. Das provisorisch zusammengenähte Jackett bekleidete eine Stehbüste, das eine Hosenbein lag auf dem Tisch, das andere wurde gerade gebügelt. Einer der Schneider beteuerte nach der Begrüßung, er und ich würden aus derselben Gegend stammen, er höre es am Dialekt. Sie irren sich, Signore, antwortete ich zum hundertsten Mal, mein Italienisch hab ich von einem kalabresischen Kindermädchen in der Schweiz.

Der Friseur zwinkerte den Schneidern zu: Na, hab ich's euch nicht gesagt? Dann walzerte er mit mir von einem Schneider zum andern – man musste sich mit dem Anprobieren etwas beeilen, denn draußen auf dem Balkon wurde das Schnaufen zum Röcheln. Vom ersten Schneider bekam ich ein Hosenbein, vom zweiten einen Ärmel, vom dritten eine halbfertige Schulter übergezogen, geschwind glitt alles über meine Glieder, wurde mit Kreide bestrichelt oder mit Nadeln abgesteckt, dann flatterten die Teile auf den Tisch zurück, wurden abgeändert, noch einmal geplättet und neu zusammengenäht, bis alles genau passte. Am späten Nachmittag erschien mit einem hohen Turban die schwarze Köchin, um den abgemagerten, insektenhaft klein gewordenen Leib des Paten vom letzten irdischen Ballast, einem Blasenkatheter, zu befreien. Uns Männer schickte sie an die Balkonbrüstung – bei der intimen Handlung, die das Geschlecht enthüllte, sollte keiner zuschauen. Hoch über dem Hafen standen wir stumm in einer Reihe, jeder in seine Gedanken versunken. Aus den Augenwinkeln bemerkte ich, wie links und rechts von mir die Schultern zuckten, die Tränen flossen, die Nasen schniesten, und fast tat es mir leid, dass ich so ganz anders fühlte als meine sizilianischen Freunde.

Eine leichte Brise strich wie eine Liebkosung über meinen Kahlschädel. Die schwarze Köchin und der Friseur hatten gute Arbeit geleistet. Zwar blieb die Platte kahl, wohl für immer, da wuchs nichts mehr, aber der Höcker war weg, die Wundlippen hatten sich geschlossen, und das war nicht einmal das Wichtigste. Das Wichtigste war etwas anderes. Das Wichtigste war: Endlich wusste ich, dass die Hochachtung, die mir entgegengebracht wurde, eine natürliche Ursache hatte, meine Narbe, und sollte ich immer noch der Meinung sein, es gehe hier nicht mit rechten Dingen zu, dann brauchte ich nur hinter mich zu blicken, auf den sterbenden Paten. Wo gestorben wurde, befand man sich auf der Seite des Lebens.

Ich atmete durch, atmete durch, atmete so tief wie möglich durch. Meine metaphysischen Ängste waren endgültig erloschen. Wahrscheinlich war es ganz einfach: Auf der Herreise hatte man mir diesen Ort empfohlen, und wie in guten alten Katalogverfasserzeiten hatte ich die Nazionale-Schachtel als Gedächtnisstütze benutzt. »Pol« stand für Pollazzu. Ein Rätsel nach dem andern verlor seine Bedeutung. Blieb noch *Laila*. Aber sollte sie in der Kapsel bleiben, wäre das nicht weiter schlimm – auf diese Weise wurde ich davor bewahrt, in eine Liebesgeschichte hineinzustolpern. Laila addio!

Das Röcheln in meinem Rücken wurde lauter. Die Tränen der alten Diener flossen heftiger, denn sie wussten natürlich, dass mit dem Paten auch ihre Zeit enden würde. Ich dagegen fühlte eine Heiterkeit, wie ich sie noch nie erlebt hatte. Am liebsten hätte ich laut gelacht. Verkohlte Sandale, Weiterwandel, Jenseits – ich konnte es nur wiederholen: alles Unsinn. Wahnsinn. Im besten Fall Poesie, meinetwegen Religion, jedenfalls nichts für einen aufgeklärten modernen Geist.

Um acht Uhr abends trat Monsignore Florio mit der violetten Stola und dem Ziborium ans Sterbelager.

»Mein Sohn«, sprach er, während die Sonne ein blutiges Ziffernblatt wurde, »du warst ein tapferer Mann. Du hast die Schwarzhemden bekämpft und dem großen Lombardo Schutz und Obdach geboten. Du warst der Familie ein wahrer Capo, deinen Freunden ein treuer Freund. Dein Wort hat gegolten. Wer mit dir Geschäfte machte, konnte sich auf deinen Handschlag verlassen, und nie bist du an einem Bettler vorübergegangen, ohne einen Obolus zu entrichten. Pasquale Salgàri, diese Kerze hat bei deiner Taufe zum ersten Mal gebrannt. Dann brannte sie zu deiner Heiligen Kommunion und zu deiner Firmung, sie brannte bei deiner Heirat mit Donna Elvira, die dir schon vor Jahrzehnten vorausgegangen ist, und gestern Nacht, als ich dir die Sterbesakramente erteilte, brannte sie zum vorletzten Mal. Jetzt ist sie bis auf einen winzigen Rest geschmolzen, doch brennt sie noch, und so möge sie dir voranleuchten auf die andere Seite des Seins. Deine Sünden sind dir vergeben. Du hast den Lauf vollendet, und als dein Freund und Beichtvater darf ich dir versichern, dich erwartet drüben die Krone der

Gerechtigkeit. Denn du stirbst im Namen Jesu Christi, im Namen des allmächtigen Vaters, im Namen des Heiligen Geistes, im Namen der seligen Jungfrau und Gottesmutter Maria, im Namen der Engel und Erzengel, im Namen der Throne und Herrschaften, im Namen der Fürsten und Mächte, im Namen der Cherubim und Seraphim, im Namen der Patriarchen und Propheten, der heiligen Lehrer des Gesetzes, der Märtyrer und Bekenner und aller Heiligen, die dich, Pasquale Salgàri ... ah, schon wieder! Immer diese verfluchten Fliegen! Da lebt er noch und schon ...« Monsignore Florio hob die Hand zu einem wuchtigen Segen und sprach, was man als geborener Übel mit zwiespältigen Gefühlen vernahm: »In nomine patris ...«

Der Sterbende rührte mich, weil er ein Schneider war, wie meine Ahnen mütterlicherseits. Mimis Großvater war der berühmte Seidenkatz gewesen, und Sender, der Ur-Katz, hatte den Tod auf dem Tisch seiner Werkstatt erlitten, im Schneidersitz, die erloschenen Augen über einem Stück Seide. Ich war der Enkel eines Schneidergeschlechts, aber ich war auch der Sohn des Gummistiers, der sein Werk aus dem Nichts geschaffen hatte, wie Don Pasquale. Beide, der Don und der Senior, hatten in ihrer Jugend zu enge Stiefel tragen müssen. Ihre Zehen waren ein bisschen verkrüppelt, doch das hatte sie nicht gehindert, ihren Weg zu gehen, den steilen Weg bis ganz nach oben.

Als sich die Sonne wie ein Ball zum Horizont wälzte, trugen zwei alte Diener das Schallbecken herbei. Monsignore Florio warf die Steinkugel hinein, und alle lauschten andächtig dem Ton nach, der, wie sie glaubten, niemals enden würde.

Hörten ihn die Menschen nicht mehr, hörten ihn noch die Hunde; hörten ihn die Hunde nicht mehr, hörten ihn noch die Fledermäuse; hörten ihn die Fledermäuse nicht mehr, hörten ihn noch die Engel, und hörten ihn auch die Engel nicht mehr, würde er in Gott ruhen.

Don Pasquale erbrach weiße Fransen, sein Lungengewebe löste sich auf. Der Friseur schlüpfte in Gummihandschuhe und wollte den Rüssel des Saugers in den Rachen des Sterbenden einführen, doch hielt ich ihn davon ab. Don Pasquale hatte bemerkt, dass ich wie ein Vogel mit nackten Beinen im neuen Gefieder stand – ohne Hose.

»Wo bleibt die Hose«, rief ich ungewohnt herrisch, »zieht mir endlich die Hose an, verdammt nochmal!«

»Die Hose!«, zischte der Friseur.

»Die Hose!«, wisperten die Schneider, und schon kam sie angeflogen – wie von Wespen gehetzt rollten zwei Diener ein mobiles Spiegel-Triptychon auf den Balkon hinaus.

Ich schnippte erneut: »Den Hut!«

»Den Hut!«

»Den Hut!«

Ein federleichtes Gebilde landete auf meinem Schädel und zwei weitere Diener, beide auf den Knien, schoben mir ein perfekt passendes Paar Schuhe über die Füße – ein italienisches Modell, weiches Leder, wunderbar angenehm. Zugleich griff von links der Gummihandschuh des Friseurs im Spiegelbild, und mit einem leichten Ruck wurde die Krempe meines Huts etwas nach vorn gezogen, nach unten, über die Narbe. Ecco! Dreifach gespiegelt stand ich vor mir selbst. Meine Rechte schmiegte sich um den Griff eines Schirms, den mir einer der Diener hinhielt, und zuletzt wurde mir auch noch ein beiger Regenmantel über die Schulter gelegt. Ich atmete durch, atmete durch, atmete so tief wie möglich durch. Dann nahm ich mit lässiger Gebärde die dargereichte Sonnenbrille vom Nickeltablett, schob sie als Verbrecherbalken in die Visage und reckte mich in Pose. Wie hieß das sizilianische Wort für bello? Beddu. Der Respekt, der mir seit Wochen entgegengebracht wurde – jetzt vermochte ich ihn zu teilen. Ja, jetzt war ich wer – sogar vor mir selbst.

Röcheln riss mich aus meinen Gedanken, und mit der gebotenen Vorsicht setzte ich mich an den Rand des Deckchairs, in dem Don Pasquale noch immer den Tod erwartete, die dünnen Arme eng am Leib, die hochgewölbten, leichenfahlen Lider geschlossen. Ich hielt ihm den Ärmel hin, worauf der Sterbende, als würde er sich noch für ein paar letzte Minuten am Leben festhalten wollen, den Stoff zwischen Daumen und Zeigefinger nahm. Der Schneider prüfte sein Werk – wie er's bei Abertausenden von Jacketts und Hosen und Mänteln, einst als Lehrling, später als Gehilfe, dann als Meister gemacht hatte. Und er sah, dass es gut war. Die Berührung durchfuhr mich wie ein Schmerz, und sein Atem, der nur noch stockend ging, schien meine Seele mit einer Kraft zu versehen, die mir die Brust wie ein Segel blähte. Keine kleinmütige Hühnerbrust mehr, eine Heldenbrust.

Ich legte die welke Hand wie eine Rose auf das Laken zurück, und der Pate bekam nun den schielenden Blick der Scheidenden. Das eine Auge blickte noch ins Diesseits, das andere bereits ins Nichts.

»San Purgatorio soll läuten!«, befahl er.

Der Langhagere, der in den letzten Minuten zum Greis verfallen war, stolperte vom Balkon ins Innere, riss den Hörer vom Wandtelefon und krächzte: »Läuten! Jetzt gleich! Sofort!«

Im Hafen erstarben die Geräusche. In den Gassen wurde es still. Monsignore Florio kniete am Sterbelager nieder, in den gefalteten Händen das Ziborium mit der Hostie, die Wangen unter der modern gestylten Sonnenbrille glitzernd vor Tränen. Schon verkündeten die schweren, tiefen, über die Bucht hinaushallenden Glockenschläge Don Pasquales Tod, aber noch lebte er, noch zuckte seine Halsschlagader.

»An wen«, hauchte er mit versiegender Stimme, »dürfen wir die Rechnung senden?«

»An Dr. Heinrich Übel, Gummiwerke Fräcktal, Schweiz.«

Es war keine Lüge, nicht einmal ein Bluff. Das Geld für den Anzug würde später vom »Herrn Doktor« kommen, und sollte doch eine kleine Hochstapelei im Spiel gewesen sein, war der Abfall nicht weit vom Stamm gefallen. Übel senior hatte seiner jugoslawischen Uni nämlich nur zwei kurze Besuche abgestattet: das erste Mal, um der Philosophischen Fakultät einen Güterwaggon voller Kondome anzubieten, das zweite Mal, um nach erfolgter Lieferung im festlich geschmückten Audimax seinen Doktortitel entgegenzunehmen.

Irgendwo im Haus jaulte ein Hund, und nachdem Don Pasquale den schweren Glockenschlägen noch eine Weile gelauscht hatte, starb er der vorzeitigen, von ihm selbst angeordneten Verkündigung seines Ablebens erlöst lächelnd hinterher.

Die Diener verharrten mit wächsernen Gesichtern, mit

hängenden Armen. Die schwarze Köchin drückte der Leiche die Augen zu, und die kleine Giucy, die ihr zur Hand ging, klebte sie mit Heftpflastern fest. Nach dem Verhallen der Totenglocke wölbte sich über die Stadt eine heilige Stille. Der Abendverkehr ruhte, der Corso stand. Von Osten schob sich die Nacht heran, das Meer wurde finster und hinter dem Horizont sprühten Sterne auf wie Funken aus einem Vulkan.

Der Saal hatte sich bis in den letzten Winkel gefüllt, alle in schwarz, mit brennenden Kerzen. Als ich den Paten auf dem Balkon verließ, öffnete sich mir eine Gasse. Ambra Laura Lily Giucy senkten ihre Blicke; die Tanten, die wie verschleierte Mumien auf Polstersesseln saßen, unterbrachen ihr Wimmern; die Herren verneigten sich, und Piddu, der Erbe des Paten, sagte, sich verbeugend: »Baciamo le mani a vossia, dutturi – Herr Doktor, wir küssen Ihnen die Hände.«

Ich zog die Krempe des Federleichten mit Zeigefinger und Daumen leicht nach vorn, nach unten, über die Narbe. Der enggerollte Herrenschirm schmiegte sich perfekt in meine Hand, und der Sommeranzug passte mir so gut wie der frisch erworbene Doktortitel. Der Vater würde mich wohl nicht mehr erwarten, aber es gab da ein paar Fragen, die ich möglichst rasch klären wollte. Wie hatte die Unfallnacht geendet – warum war ich erst hier, am südlichsten Punkt Siziliens, zu mir gekommen?

Das Grancaffè Garibaldi lag an der Piazza, gegenüber der Kathedrale und den alten Palästen mit ihrer Kolonnade. Von Zeit zu Zeit flogen die Tauben eine Platzrunde, wie ein riesiger Bumerang am Ausgangsort zur Landung ansetzend, und im gewaltigen Gemäuer der Kathedrale rieselte der Zerfall, der weiterrieseln würde bis zum Jüngsten Tag. Die Frauen schritten sehr stolz, sehr aufrecht über den Platz, und der wahre Inselherrscher, Helios Hyperion, ließ einen Knopf nach dem andern an ihren Blusen aufspringen – es war Sommer geworden. Manchmal herrschte an den weiß gedeckten Tischen vor dem Garibaldi ein reges Palaver, allerdings war mir nicht verborgen geblieben, dass dieses lärm- und redselige Volk die wichtigen Dinge stumm besprach: mit Handzeichen und einem Mienenspiel von vitaler Vielfalt. Sie kräuselten die Stirn, hoben die Augenbrauen, schoben die Unterlippe vor oder zogen den Schnauzstrich in eine Gerade, die mal Verachtung, mal Zustimmung signalisierte. Ihre Augen sah man nie, die waren hinter schwarzen Sonnenbrillen verborgen. Erfreut nahm ich zur Kenntnis, dass mich Don Pasquales Anzug perfekt ins hiesige Männerbild einfügte. Sanken die Zeitungen der Cafégäste, ließ auch ich die Zeitungsfahne sinken und sah wie die Reeder Advokaten Thunfischfabrikanten über den Rand der Brille hinweg den vorbeistöckelnden Schönheiten nach.

Als ich am Sterbebett Don Pasquales gesagt hatte, die Rechnung würde von Dr. Heinrich Übel bezahlt, meinte ich natürlich den Senior, und insofern war mir durchaus bewusst, dass ich meinen neuen Doktortitel nicht ganz zu Recht trug. Aber! Aber ich hatte in Zürich so viele Jahre als fleißiger Gasthörer verbracht, sogar an diversen Fakultäten, selbst an der Theologischen, dass meine Bildung für zwei Dissertationen gereicht hätte. Im übrigen schaut man einem geschenkten Gaul nicht ins Maul, und war es denn nicht die Alma Mater vitae, die Universität des Lebens, die mich promoviert hatte? Ecco! Da wäre es doch zu lächerlich gewesen, wenn ich erklärt hätte, wer oder was ich *nicht* sei.

»Noch einen Kaffee, Dutturi?«

Ich brauchte nicht einmal zu nicken.

In der Kunst, ihn zu trinken, war ich schon fast perfekt: zwei Löffelchen Zucker ins Tässchen, dann den Henkel fassen, zu den Göttern aufschauen (noch war das Sonnensegel nicht aufgezogen), das süßbittere Aroma einatmen, ganz und gar zum Gaumen werden, zu einer gespannten Erwartung, und ach, kurz war das Glück, rasch genossen, schon vorbei.

»Noch eine Tasse, Dutturi?«

Dass ich immer noch hier war, hatte einen einfachen Grund. Ich hatte mich verpflichtet gefühlt (und so war es auch von mir erwartet worden), an Don Pasquales Begräbnis teilzunehmen. Bereut hatte ich dies nicht, denn so konnte ich noch einmal das alte Sizilien erleben, in seiner ganzen Pracht und komödiantischen Jenseitsgläubigkeit: die Pferde mit Kokarden geschmückt, die rumpelnde Kutsche ein Blumentraum, der Sarg zwischen Glasscheiben, die

Leiche wie Schneewittchen mit roten Lippen und schwarzen Wimpern. Blechmusikanten, opernhaft schluchzende Weiber, Carabinieri mit Dreispitz und Säbel, die Zöglinge des Istituto Don Bosco mit klerikalen Rundhüten, die Freunde der Freunde mit Sonnenbrillen, greise Hirten mit Knotenstock und Flinte und in der Hauptrolle Monsignore Florio, der am offenen Grab, einem Marmortempel, durch sein Megaphon brüllte, drüben sei das wahre Leben – wobei mit Drüben natürlich nicht die afrikanische Küste gemeint war, sondern das Reich der Schatten. Ich hätte gut daran getan, das Abschiedsfest für den alten Paten auch als Abschiedsfest für mich zu verstehen. Dass ich dann noch drei weitere Wochen blieb, geschah Piddu zuliebe. Er hatte mich angefleht, seine ersten Tage als neuer Padrone zu begleiten, in der offiziellen Funktion eines Consigliere, eines Beraters. Anfänglich hatte ich mich gesträubt – die Heimat rief, ich wollte nach Hause, aber als ich ein weiteres Mal aufbrach, um wenigstens ein telefonisches Lebenszeichen von mir zu geben, wurde ich an der Rezeption wiederum abgefangen und von Ambra und Giucy in die Biblioteca geführt. Hier saß, die Sonnenbrille im gelockten Haar, Don Piddu. Im Kamin lag ein Haufen Rechnungen. Er fachte ein Zündholz an, hielt es mir hin. Viel Zeit zu überlegen hatte ich nicht. Bevor ich mir die Finger verbrannte, warf ich das Zündholz auf den Haufen. Er fing Feuer, meine Schulden wurden zu Asche.

»Drei Wochen«, sagte ich, »kann ich noch bleiben.« Und küsste ihm den Ring, den bisher Don Pasquale getragen hatte.

Unser erster öffentlicher Auftritt – Piddu als neuer Pate,

ich als sein Consigliere, der Friseur als unser Soldat – war die Hochzeit einer Cousine Salgàri mit einem italienischen Parlamentsabgeordneten.

Nach dem feierlichen Hochamt, wiederum zelebriert von Monsignore Florio, tafelte die ganze Gesellschaft am Meer, an einer langen üppigen Tafel. Wie auf Sizilien üblich, wurde mit Lust geschmaust, und bei all den Reden und der fröhlichen Musik hatte niemand bemerkt, dass die uralte Tante Giulia schon seit längerem schwieg. Als man ihr den Fisch servierte, kippte sie ein wenig zur Seite, und etwas später – man war bereits beim Secondo Piatto – schrie ein Kind: Tante Giulia, warum vertreibst du die Fliegen nicht? – Herzschlag. Aber sollte man deswegen die Tafel aufheben, die Feier abbrechen, auf den Tanz verzichten, die Braut erschrecken? Piddu wusste eine bessere Lösung. Er erteilte den Soldaten den Befehl, der Leiche ein Tuch übers Haupt zu legen, wie über einen Käfig, wenn das Vögelchen schlafen soll, und so konnte das Mahl ohne Unterbrechung fortgesetzt werden. Fröhlich tanzte man die Tarantella, und unter ihrem Tüll, obgleich etwas fahl und von immer mehr Fliegen heimgesucht, gab Tante Giulia mit einem seligen Lächeln kund, dass sie ihre Bedenken gegen den Bräutigam zurückgenommen hatte. Als im Westen die Sonne versank, bestieg das glückliche Brautpaar eine Limousine mit getönten Scheiben und schaukelte zwischen den Dünen davon. Alle winkten, die Herren mit ihren Servietten, die Damen mit Taschentüchern, die Kinder mit Papierschlangen, auguri, auguri! Einzig Tante Giulia blieb sitzen, vor sich eine geschälte Orange, ein Tässchen Kaffee und ein Gläschen von jenem Likör, an dem sie zeitlebens gern genippt hatte.

Als Monsignore Florio, der Friseur, die schwarze Köchin, die Seekapitäne und ich das Hochzeitsfest in der anhebenden Nacht mit Zigarre und Grappa verklingen ließen, gab ich bekannt, dass ich am Ende des Monats abreisen würde, zurück in die Heimat, und diesmal war ich sicher: Ich würde es schaffen. Diesmal käme ich von der Insel weg. Ich kehrte heim zum Vater.

Erst war sie nur ein Punkt, ein rötlicher Knopf im blauen Meer. Dann näherte sich die Schwimmerin dem Ufer und entstieg mit ihren Kupferhaaren nackt den schäumenden Wellen. Nur ein Glitzern kleidete sie, und wie eine Schleppe folgte ihr eine dünne Tropfenspur über den Strand, die Düne hoch, in den Himmel hinein …, aber nur Sekunden später tauchte sie wieder auf, direkt vor mir und jetzt in ein Badetuch gehüllt, und lächelte scheu. War sonst noch jemand am Strand?

Nein, sie meinte mich, wir waren allein, allein im Licht –

»No italiano«, sagte sie, »deutsch!«

Und lächelte wieder.

Lächelte mich an.

Mich lächelte sie an.

»Auf Sizilien«, sagte ich, »hat Empedokles den Seelenwandel verkündet, Platon die Wirklichkeit der Ideen gelehrt, Goethe die Urpflanze gesucht, Pirandello Komödien geschrieben.«

Sie war offensichtlich froh, dass ich ihre Sprache beherrschte, und beeindruckt von meinem Wissen.

»Man hätte Sie noch ein paar Tage im Krankenhaus behalten müssen«, sagte sie und blickte ängstlich auf meine Schläfe.

»Ich war nicht im Krankenhaus.«

»Nein?«

»Ein Friseur hat mich verarztet.«

»Es geht bei euch im Westen weit schlimmer zu, als sie es uns beigebracht haben. Eine medizinische Versorgung durch Friseure, nein, wirklich, so etwas lässt sich nur der Kapitalismus einfallen. Bei uns wären Sie in einer Poliklinik versorgt worden. Hat er Sie wenigstens desinfiziert?«

»Wer?«

»Der Friseur.«

»Keine Ahnung ... Hungrig von langer Seefahrt«, nahm ich den Faden wieder auf, »machten sich Odysseus und seine Gefährten über den Pecorino her. Wollten fressen und wurden dann gefressen. Vom Riesen Polyphem. Aber Odysseus wird ja der Listenreiche genannt, auch Odysseus facundus, der geschickte Unterhalter. Er hat dem Polyphem das einzige Auge ausgestochen.«

»Ach du grüne Nudel!«

»Mit einem glühenden Pfahl. Die grausame Episode ist die Kernszene der sizilianischen Literatur, vor allem der Commedia.«

Allmählich gewann ich an Sicherheit – und machte das einzig Richtige, Bildung zog bei Frauen immer.

»Die sizilianische Commedia handelt von der Blendung, respektive der *Ver*blendung. Beispiel: Ein alter Esel verliebt sich in eine junge Schöne und bildet sich ein, seine Liebe würde erwidert. Sizilianer haben etwas Naives, müssen Sie wissen. Die finden ihre einfach gestrickten Schwänke lustig und glauben an den Weiterwandel der Seele in diversen Gestalten, als Strauch, Stern, Philosoph, junges Mädchen oder Thunfisch.«

»Ist nicht wahr!«

»Doch doch.«

»Glauben Sie das auch?«

»Nein. Ich bin ja nicht verrückt.«

»Ich glaube an den Sozialismus«, sagte die Frau. »Ich glaube daran, dass in der klassenlosen Gesellschaft alle Menschen glücklich werden, auch ein armer Kerl wie du.«

Voller Mitleid sah sie mich an. Ich hielt ihr meine Zigaretten hin. Sie nahm sich eine. Ich gab ihr Feuer. Wir rauchten. Mir war klar, jetzt sollte ich ihr meinen Namen sagen, aber wer stellte sich schon gern als Übel vor … weg.

Sie war weg! Ich stürzte ihr nach, und tatsächlich, auf der nächsten Kuppe war noch vor kurzem jemand gewesen. Vier Vertiefungen steckten im Sand ein unberührtes Quadrat ab – als habe hier ein Sessel gestanden. Ein Sessel? Dass sich irgendeine durchgeknallte Principessa ihren Sessel von der Dienerschaft durch die Pampa hinterhertragen und auf dieser Düne unter ihr Derrière schieben ließ, hielt ich für ausgeschlossen, so verrückt waren nicht einmal die sizilianischen Komödianten. Was hatte hier gestanden? Ein quadratischer Ballonkorb mit vier Füßen? Oder ein kleines, vierstelziges Raumschiff? Um die Quadratfläche herum wimmelte es von Abdrücken. Die Sohlen porös. Auffällig porös. Mindere Gummiware. Kein Zweifel, diese Abdrücke stammten von Bata-Sandalen aus der ČSSR. Ein billiges Massenprodukt. Als es damals auf den Westmarkt kam, hatte es die Preise derart unterboten, dass man im Fräcktal auf einer riesigen Halde unverkäuflicher Gummilatschen sitzengeblieben war. Zwar hatte ich die Bata-Katastrophe nicht mehr im Werk erlebt, aber dass diese Ost-Sandale die erste große Niederlage der westlichen Gummibranche war – noch vor dem Pillen-Waterloo! – hatte man auch in Zürich mitbekommen.

Über meinem Nacken krächzten Möwen, und ich ertappte mich dabei, wie ich den Himmel absuchte – entschwebte sie gerade in einem Ballon, die Kupferrothaarige? Oder düste sie in einem Ufo zu ihrem Heimatstern zurück? Da! Als wäre sie tatsächlich einem Raumschiff entstiegen, trug sie plötzlich eine Uniform: eine blaue Bluse und einen weißen Plisseerock. Weiß waren auch die Plasticstiefel (keine Bata-Sandalen!), und die Mütze hatte sie keck auf das noch feuchte, rötlichdunkle Haar gesetzt, ebenfalls blau, wie ein Schiffchen. Also doch: eine Halluzination? Ich schloss die Augen, zählte bis sieben, sie war immer noch da. In Uniform. Kam sie vielleicht aus dem Norden? Eine Dänin? Eine Baltin? Nein, überlegte ich fieberhaft, eher eine Russin aus jenem Landozean, wo die Ackerfurchen im Unendlichen verrannen. Sie hatte hohe Wangenknochen, und ihre grauen, etwas katzenhaften Augen musterten mich neugierig … *Pol!* Eine Polin!

Ich riskierte es: »Heißen Sie Laila?«

»Vielleicht sollten wir in den Schatten gehen«, sagte sie freundlich und führte mich zu der Cabanna am Fuß der Dünen, wo sie ihre Uniform angezogen hatte. »Von der Partei?«

»Wie bitte?«

»Dein Deutsch, Genosse.«

»Wie kommen Sie denn auf die Idee!«

»Für einen Sizilianer ist es ziemlich gut.«

Wir setzten uns auf die schmale Veranda der nach frischer Farbe riechenden Cabanna. Die hohe Sonne versilberte das Meer; der weite leere Strand sah aus wie Schnee; in den Dünen tosten die Grillen.

»War's ein Autounfall?«

»Ja«, gestand ich verdutzt. »Im letzten Winter. Auf einer Brücke. Sehen Sie mir das an?«

Sie reichte mir eine Blechflasche, aus der ich gierig trank.

»Ich bin eigentlich schon unterwegs«, sprudelte ich zwischen den Schlucken hervor. »Auf der Heimreise. Habe bereits das Ticket. Aber die Fähre legt erst am Abend ab, kurz nach Sieben. Ins Hotel wollte ich nicht zurück, also habe ich in der Hafenbar meine Reisetasche abgestellt und mich auf einen kleinen Spaziergang gemacht. Irgendwo hier am Strand haben sie mich seinerzeit aufgelesen – da wollte ich noch mal hin. Zum Abschied.«

Als ich ihr die Flasche zurückgab, fiel mein Blick auf eine eingestanzte Beschriftung, die mich restlos aus meinem Koordinatensystem warf. »VEB Funkwerke Berlin-Köpenick« stand auf einem Schildchen, und das war so real wie die Flasche.

Sie nahm ebenfalls einen Schluck, wischte sich mit dem Handrücken die Lippen ab und fragte: »Weißt du, was ein Aktivist ist?«

Ich schüttelte den Kopf.

Sie sah mich erwartungsvoll an. »Ich bin einer, sagte sie stolz, »sogar ein dreifacher.«

»Dreifacher was?«

107

»Aktivist, mehrmals ausgezeichnet. Meine Verdienste hängen am Werkseingang, mit Farbfoto im Schaukasten. Das ist in den Betrieben so üblich, auch bei uns, im VEB Funkwerke Berlin-Köpenick. Der Parteisekretär des Betriebs, der Genosse Kress, hat mich für diesen Auslandseinsatz empfohlen. Bei unserer Planung muss es manchmal sehr schnell gehen, rucki-zucki, deshalb lernen wir schon bei den Jungen Pionieren, später auch im Betrieb, zugunsten des sozialistischen Fortschritts zu improvisieren. Am Mittwoch hat der erste Kontakt mit dem Genossen Delegationsleiter stattgefunden, ein gegenseitiges Beschnuppern, natürlich im Beisein vom Genossen Parteisekretär Kress, und schon am nächsten Tag, am Donnerstag, trifft der Einsatzbefehl ein. Schon am nächsten Tag!«, rief sie lachend, »kannst du dir das vorstellen? Vom Kulturabend der FDJ direkt an die Front! Oh, das ist mir jetzt rausgerutscht. Behalt's für dich. Ist geheim.«

Isidor Quassi hatte mich zwei oder drei Mal zur Sitzung einer K-Gruppe mitgenommen, die im Keller der Zürichberg-Villa eines revolutionären Studenten ihre Versammlungen abhielt, Resolutionen gegen den US-Imperialismus verfasste und zu Schulungszwecken Filme zeigte: Rotarmisten im Stechschritt, winkende Traktoristen, singende Matrosen sowie reihenweise Mädchen mit Kopftüchern, die wogende Getreidefelder absichelten, alle jung, alle stramm, voller Zuversicht und Zukunft, unterlegt mit schwermütiger Musik.

Jetzt fragte ich höflich, ob ich noch einen Schluck nehmen dürfe, setzte die Flasche an, schloss die Augen, und als ich sie wieder öffnete, war die Komsomolzin keineswegs, wie ich insgeheim erwartet hatte, verschwunden.

»Unsere Republik ist der erste Friedensstaat auf deutschem Boden«, jubelte sie. »Entwicklungsbedingt haben wir noch mit kleinen Mängeln zu kämpfen, aber die Klassiker lehren uns, dass es aufwärts geht.«

»Was für Klassiker ...«

»Marx, Engels, Lenin! Sie haben wissenschaftlich bewiesen, dass dem internationalen Sozialismus die Zukunft gehört. Dafür steht auch die Jahrhundert-Erfindung unserer Genossen vom VEB Funkwerke. Trink noch einen Schluck!«

Ich gehorchte. Ich blinzelte. Dann besann ich mich auf meinen neuen Status, den Dutturi, und fragte sie gefasst, sogar leicht von oben herab, was für eine »Jahrhundert-Erfindung« sie meine.

»Ein neuartiges Telefoniesystem. Drahtlos. Ohne Leitungen. In Moçambique und Mexico hat sich das System bereits bewährt, in beiden Ländern haben wir für den Sozialismus einen wichtigen Sieg errungen.«

»In Mexico?«

»Und Moçambique. Ihr im Westen seid so rückständig, dass es kracht. Ein historisch überholter Feudaladel beutet euch aus, und der durchschnittliche Campesino ist derart arm, dass er die Telefonleitungen als Zäune für die hungernden Herden zweckentfremdet.«

»Was für Telefonleitungen?!«

»Mann, bist du schwer von Kapee! Gemeinsam mit den Genossen unserer Delegation erfülle ich den Auftrag, euch unser System zu verkaufen.«

»Den Sozialismus«, sagte ich dumpf.

»Nein, das bahnbrechend neue Telefoniesystem!«

»Entschuldigen Sie, aber was hat der Sozialismus mit dem Telefonieren zu tun?«

»Die Delegation für ökonomische Sondermaßnahmen zwecks Devisenbeschaffung«, zwang sie sich zur Geduld, »wurde in den Westen gesandt, um die Erfindung der Genossen der Forschungsabteilung des VEB Funkwerke Berlin-Köpenick nach Moçambique und Mexico jetzt auch bei euch auf den Markt zu bringen. Das hab ich dir eben erklärt, Genosse, du musst lernen, besser aufzupassen. Meine Aufgabe ist es, das Interesse für unser Erzeugnis zu wecken.«

»Für Telefonleitungen …?«

»Nein, eben nicht!«, rief sie verzweifelt. »Keine Leitungen!«

»Keine?«

»Das System ist drahtlos.«

»Drahtlos?«

»Ja«, jubelte sie wieder und klatschte in die Hände, »eine absolute Neuheit! Mit unserem Telefoniesystem könnt ihr Sizilianos fröhlich durch die Gegend spazieren und euch von jedem beliebigen Punkt aus in bestehende Netze einschalten.«

»Über Funk.«

»Nein, nicht über Funk. Es ist ein normales Telefon.«

»Das geht doch nicht!«

»Im Sozialismus schon«, dozierte sie. »Wenn ihr schlau seid, partizipiert ihr an unserem Fortschritt. Schau dir nur den leeren Strand an! Bei uns an der Ostsee stehen überall Ferienwohnheime für Werktätige. Vorhin war ich im Meer. Als einzige!«

Sie griff in ihr Haar, das sie am Hinterkopf zu einem Knoten geschlungen hatte. Es war immer noch etwas feucht – und mich beschlich das Gefühl, dieses Mädchen schon einmal gesehen zu haben, vielleicht nicht in der Realität, aber in einem Film, auf einem Bild, in einem Traum oder auf meiner Reise nach Sizilien, die immer noch in der Gedächtniskapsel steckte.

»Trink aus«, befahl sie und hielt mir die Flasche an die brandigen Lippen, als wäre ich zu krank oder zu kaputt, um sie selbst zu halten. »Das Meer hat mindestens fünfzehn Grad. Wieso niemand reingeht, ist mir ein Rätsel.«

Ich versuchte es noch mal: »Sie gehören also zu einer Delegation …«

»Mann, brauchst du's schriftlich? Wir sind hier, um euch den sozialistischen Fortschritt zu bringen. Eine ökonomische Sondermaßnahme …«

»Zwecks Devisenbeschaffung, das hab ich verstanden. Wo sind denn die übrigen Mitglieder dieser äh … Delegation?«

»Hinter den Dünen. Aufgrund des fehlerhaften Kartenmaterials – bei euch stimmt ja nichts – haben wir uns verlaufen. Der Genosse Delegationsleiter hat eine Ruhepause angeordnet.«

Es war heiß; die Steine schienen zu schmelzen; am Horizont klebten Frachter. Linkerhand ragte das Kap in die versilberte Bläue hinaus, und im Westen zitterte der Stadtfelsen in der Nachmittagshitze.

»Vor mir hat die Valerie Miske den Job gemacht«, erklärte sie. »In Moçambique lief alles gut, aber in Mexico kam es dann zu Problemen.« Leise sagte sie: »Sie hat sich abgesetzt, die Miske, dieses Luder. Republikflucht! Jetzt tut es ihr bestimmt leid. Jetzt muss sie im Westen bleiben, die dumme Kuh.«

»Nun ja, gar so schrecklich, wie Sie denken …«

»Nicht schrecklich?« Sie sah mich entrüstet an. Dann berührte sie mit dem Zeigefinger meine Narbe. »Tut das weh?«

»Nein nein. Der Friseur und die Köchin …«

»Was für eine Köchin?!«

»Sie hat mir das Fieber weggetrommelt.«

»Ick glob, meen Schwein pfeift«, rief sie aus. »Der Kapitalismus steckt tatsächlich in der vom Genossen Parteisekretär Kress dargestellten Fäulnisphase.« Sie sprang auf, sah kurz hinter die Cabanna. »Hast du noch ne Fluppe für mich?«

Ich bot ihr eine an, war jedoch außerstande, ihr Feuer zu geben, zu heftig zitterte die Hand. Eine größere Welle donnerte heran, schlug auf, verflachte in der milchigen Gischt, zog sich im rollenden Kies zurück.

»Westzigaretten!«, sagte sie versonnen, fügte jedoch rasch hinzu, sie wolle lieber nicht wissen, wie die armen sizilianischen Campesinos bei der Tabakernte ausgebeutet würden.

»Ihr habt doch auch Zigaretten«, wagte ich scheu zu bemerken.

»Natürlich. Bessere als ihr. Aber unsere Erntearbeiter leisten einen freiwilligen Beitrag zum Werden und Wachsen der sozialistischen Gemeinschaft. Unsere Erntearbeiter repräsentieren die herrschende Klasse. Wie sollen sie da Ausgebeutete sein?«

Sie lächelte mich von der Seite an, ich sah die leicht offenen Lippen, und diese Lippen … mein Gott, meine Platte war feucht geworden wie eine Hundeschnauze!

»Hörst du mir überhaupt zu, Genosse?«

»Ja. Nein. Verzeihung ...«

Und während sie wie ein Sprechautomat weiter ihr Loblied auf den Sozialismus abspulte, begriff ich immerhin, dass sie mit Berlin das *östliche* Berlin meinte, die Hauptstadt der DDR. Von diesem Land hinterm Eisernen Vorhang kannte ich höchstens Klischees aus düsteren Agentenfilmen: leere Schaufenster, graue Straßen, schmutzige Schneeflecken, rote Bänder mit Parteiparolen und Gaslaternen, in deren Licht die wenigen Passanten schräge Schatten über die vom Krieg beschädigten Fassaden warfen – das Sparta der Neuzeit. Diese Aktivistin jedoch schien ihre Staatskaserne als Paradies zu empfinden und hörte nicht auf, von ihrer Tanzgruppe im »Haus der Jungen Talente« zu schwärmen, besonders vom Genossen Tanzgruppenleiter, den sie zärtlich »unser Matthias« nannte. Dabei schien es sich um einen überzeugten Kommunisten zu handeln, der sich offensichtlich nicht nur beim freiwilligen Ernteeinsatz und als Arrangeur von Tanznummern hervortat. Man konnte sich vorstellen, was nach den Proben abging. Denn so fremd sie mir war, ihren Typus glaubte ich zu kennen – aus der Gummifabrik. Dort hatte es in meiner Lehrlingszeit von solchen Mädchen gewimmelt, und hatte man zufällig beobachtet, wie sie nach Arbeitsschluss ihre Hintern auf die Velosättel schwangen, war man im Bild. Flittchen! Ich würde mich von denen nie mehr demütigen, nie mehr erniedrigen lassen. Eifersucht, das war einmal. Vergangen vergessen vorbei. Künftig sollte das Leben an mir vorüberfließen, ich würde es aus sicherer Distanz beobachten ...

»Ich habe unserm Matthias versprochen«, beendete sie

ihren Bericht, »dass ich die vorgeschriebenen Trainings-
einheiten auch im ökonomischen Sondereinsatz einhalte.
Willst du zuschauen? Zwei Einheiten muss ich noch ab-
tanzen.«

»Ich würde gern bleiben, wirklich … Aber ich darf unter
keinen Umständen die Fähre verpassen. Vielen Dank.«

»Wofür?«

»Für das Wasser.«

»Gern geschehen«, rief sie und begann zu tanzen. In der
Bläue kapriolten Lerchen, und ich hatte den Eindruck, eine
nach der anderen würde herabsegeln und sich auf ihre ausgestreckten, sanft balancierenden Arme setzen. Die Uniform war ihr Tanzkostüm. Sie trainierte für den nächsten
Auftritt, ging jetzt in die Hocke und drehte sich, die Hacken in den Sand schlagend, schnell und immer schneller
im Kreis – bis sie hinfiel. Und mit leicht gespreizten Beinen
auf der Düne saß, lachend.

»Ich bin hingefallen.«

»Ich fand Sie gut.«

»Unser Matthias wäre anderer Meinung.«

»Ja«, sagte ich. Und dann noch einmal: »Ja.«

»Ja«, sagte sie.

Ja, und dann machte ich einen Fehler. O, es war kein
großer Fehler, nur ein kleiner, aber hinterher hätte ich mir
am liebsten die Zunge abgebissen. Ich gestand ihr, früher
einen ähnlichen Job gehabt zu haben wie sie: »Ich bin in
der Reklameabteilung einer Gummifabrik tätig gewesen.
Meine Aufgabe war es, den jährlich erscheinenden Katalog
zu textieren, die ganze Palette des menschlichen Daseins,
vom Schnuller bis zur Wohlfühlhose …«

»Wohlfühlhose?!«

»Ja, Wohlfühlhose.«

»Ihr seid ja völlig bescheuert. Wohlfühlhose! Glaub mir, so ein Quark fällt nur einem kranken kapitalistischen Hirn ein. Hast du den Ausdruck erfunden?«

»Ich? Wohlfühlhose? Nein nein, was denken Sie!« Ich schluckte. »Der Begriff ist in unsrer Branche geläufig, auch im englischsprachigen Raum. Wir haben damals festgestellt, dass Inkontinente am Telefon ungern eine Gummihose bestellen.

»Du bist feucht.«

»Wie ... wo ...«

»Auf deiner Platte!«

»Feucht?«

»Ja«, sagte sie kichernd. »Lusttröpfchen!«

»Lu...«, ich riss mir das Foulard vom Hals und wischte damit den Kahlschädel ab. Dann zog ich den Hut so tief über die Ohren, dass sie seitwärts abknickten.

»Im Sozialismus haben wir die Sexualität naturwissenschaftlich geklärt«, fuhr sie ungerührt fort, »und die Moral durch Hygiene ersetzt. Gummis, weißt du, waren bei uns nie besonders beliebt. In der erfolgreichen sozialistischen Produktion sind wir über diese Materie sowieso hinaus. Im Funkwerk verwenden wir die Erzeugnisse der Genossen aus dem VEB Plaste und Elaste. Manchmal trifft man sich zu Gemeinschaftsabenden, oder wir begleiten die Brigade aus Schkopau in eine lehrreiche Brecht-Aufführung. Wohlfühlhose! Ich fass es nicht! So ne Gummihose zwickt doch!«

»Ein bisschen vielleicht.«

»Na bitte! Wohlfühlhose! Dass das eine Lüge ist, würde

bei uns der Dümmste merken. Im Sozialismus, Genosse, haben wir uns der Wahrheit verschrieben. Dazu gehört, dass wir kleine Mängel offen ansprechen. Sie sind, soweit noch vorhanden, an die historische Stufe gebunden und sollen gemeinsam mit der Partei und den ihr verbundenen Massenorganisationen überwunden werden. Euer System hat mehrere Jahrhunderte Zeit gehabt, um sich zu entwickeln und imperialistisch durchzusetzen, aber jetzt sind wir an der Reihe! Im Bereich der Telefonie werden wir euch endgültig abhängen, das heißt, in eurer End- und Fäulnisphase zurücklassen … Huhu, Genosse Delegationsleiter!«, rief sie einem Mann zu, der wie ein Stoßtruppführer im Grabenkrieg von der Macchia her die Düne eroberte. Als würde er zum Angriff winken, fuchtelte er mit dem Arm, worauf eine Verbindung von Mensch und Möbel zum Vorschein kam. Auf der Düne angelangt, wälzte der Mensch das Möbel vom Buckel, und nun stand dort oben ein Ohrensessel. Jawohl: ein Ohrensessel. Ein Ohrensessel aus einem bürgerlichen Wohnzimmer stand mitten im wogenden Strandhafer unter dem blauen Himmel. Die beiden Genossen, der Stoßtruppführer und der Sesselschlepper trugen Bata-Sandalen – schwarze Lederjoppen, kurze Hosen und Bata-Sandalen! Der Sesselschlepper plumpste in den Sand; der Delegationsleiter nahm Platz, richtete den Feldstecher zum Horizont und trommelte mit den Fingern auf die Armlehnen. Auf einmal klingelte es.

»Es klingelt«, sagte ich.

»Natürlich«, rief die Schöne, »der Ohrensessel ist ein Telefon.«

Ich schloss für einen Moment die Augen. Ich zählte bis

Sieben. Ruhig bleiben. Durchatmen. »Was haben Sie gesagt?«

»Dass ihr keine Chance habt, ihr im Westen. Dass wir im Bereich der drahtlosen Telefonie den Markt in der spätkapitalistischen Hemisphäre erobern werden.«

»Drahtlos.«

»Ja«, sagte sie, »drahtlos.«

»Und das Möbel dort ist kein Ohrensessel ...«

»Selbstverständlich ist der Ohrensessel ein Ohrensessel! Was soll das denn sonst sein?«

»Nein nein, der Sessel ist ein Sessel, das kann ich schon erkennen ...«

»Aber du hörst schlecht, vermutlich von deinem Unfall. Hast du kein Hörgerät?« Ihr Kopf kippte nach links, nach rechts. »Bei euch herrscht natürlich Batterienmangel. Da hat es keinen Sinn, die Dinger einzustöpseln.«

»Ja, das heißt, nein ...«

»In der Volkstanzgruppe haben wir eine, die praktisch taub ist, Nancy Trampe. Die Trampe ist mit unseren technisch ausgereiften Hörhilfen ausgerüstet und besitzt einen Sonderausweis, der ihr bei entwicklungsbedingten Versorgungsengpässen den Bezug von Batterien erleichtert. Ach du grüne Nudel! Dass ihr dermaßen auf dem Hund seid, hätte ich denn doch nicht gedacht! Wohlfühlhose! Und keine Hörgeräte trotz Taubheit.«

»Na ja, so schlimm ist es auch wieder nicht ...«

»Nicht schlimm? Die Ausbeuter haben dir das Gehör gestohlen, und du findest es nicht schlimm?«

In ihre Augen traten Tränen, ihre Finger berührten meine Ohren, und sollte der Kapitalismus je einen Sinn gehabt haben, dann in dieser Weltsekunde, da er der schönen Aktivistin Anlass gab, mich als dessen Opfer zu beweinen und meine Ohren zu berühren.

Auf der Düne meldete der Stoßtruppführer in den schwarzen Telefonhörer, den er der Armlehne des Sessels entnommen hatte: »Kupferschmidt, Delegation für ökonomische Sondermaßnahmen! Südküste Siziliens, nahe Pollazzu, am Afrikanischen Meer! 16 Uhr 57 Ortszeit!« Der Rest der Meldung wurde von heranrollenden Wogen überdonnert, doch konnte ich deutlich sehen, wie er das Gespräch nach einigen Sätzen beendete und den Telefonhörer wieder in der hochgeklappten Armlehne des Sessels verstaute.

»Habe begriffen«, stotterte ich lachend, »mit dem Ohrensessel kann man telefonieren.«

»Ja«, schrie sie in meine vermeintlich tauben Ohren, »unser Telefoniesystem ist weltweit einzigartig und wird das Wesen der Kommunikation vollständig verändern!«

»Sozialistischer Fortschritt«, erklärte der Genosse Delegationsleiter, dem der vertraute Umgang seiner Genossin mit dem Fremden zu missfallen schien. »Möglichkeit, sich in jedes normale Telefonnetz einzuwählen. Teilnehmerstation garantiert internationale Verbindung. Weltsensation!«

»Drahtlos«, sagte ich.

Sie, die Hände vor dem Mund zum Trichter geformt: »Ja, drahtlos! Siehst du irgendwo Leitungen? Er kann ein bisschen deutsch«, wandte sie sich an den Delegationsleiter, »hat aber Probleme mit dem Hören, Folge eines Autounfalls.«

»Haben uns in der Pampa verlaufen«, brüllte der Delegationsleiter. »Untaugliches Kartenmaterial. Skandalöse Zustände.«

»End- und Fäulnisphase«, ergänzte die Aktivistin.

»Wo soll's denn hingehen, Herr Oberst?«, wollte ich wissen.

»Genosse Oberst«, korrigierte er mich. »Nach Pollazzu! Wichtiger Geschäftstermin. Dringend.«

»Immer am Meer entlang. Dann kommen Sie direkt zum Hafen.«

»Genosse Peschke«, befahl der Oberst, »Zielrichtung Hafen! Aufladen! Abmarsch!«

»Im Schulterschluss mit dem friedliebenden sowjetischen Brudervolk wollen wir den Prozess des sozialistischen Wachsens und Werdens weiterführen«, knurrte der Sesselschlepper, lud sich den Ohrensessel auf den Rücken und stand dann in gebückter Stellung parat, geduldig wie ein Esel. Delegationsleiter Kupferschmidt hingegen ärgerte sich über seine Genossin, die beim Umziehen ein sozialistisches Liedlein trällerte, aus dem Spanischen Bürgerkrieg: »Halt stand, rotes Madrid!« Schließlich erklärte er genervt, die vom VEB Möbelwerke Gera produzierten Ohrensessel hätte man in den neuen Plattenbauten durch keine Tür gekriegt, nicht einmal dann, wenn man die Holzfüße abgesägt hätte. Also habe man die gepolsterten Ungetüme anderweitig verarbeiten müssen, und nach langen Diskussionen sei auf Funktionärsebene entschieden worden, das Telefoniesystem, für das man noch keine Fassung gehabt habe, in die überflüssigen Ohrensessel einzubauen.

Als Ehemaliger der Gummifabrik konnte ich seinen Unwillen nachvollziehen. Nicht immer war richtig, was oben angeordnet wurde, und auf einmal fiel mir ein, dass mir die Gute am Telefon gesagt hatte, der Senior habe die seinerzeit von mir textierten Gummimatten aus dem Lager holen und erneut in seinem Büro verlegen lassen. Ach ja, unser Lager! Ein betrübliches Abbild der geschäftlichen Entwicklung, war es in der vergangenen Dekade immer voller geworden: tonnenweise Dr. Übels Verhüterli mit abgelaufenem Datum; ganze Halden von Dr. Übels Gummisandalen, verdrängt durch den östlichen Preisbrecher; faltbare Gummibadewannen (für bessere Herren), rote Gummi-Corselets (für vollschlanke Frauen), graue Gummimäntel (für Polizisten im Einsatz) sowie Hunderte von »Erikas«, ein in den fünfziger Jahren produziertes, an der Eiform orientiertes Kinderwagenmodell. Ihr aufklappbares Regendach, die Plane, die Räder sowie die Karosserie waren entweder gummiert oder ganz aus Gummi, was im anbrechenden Plastozän zu einem Verkaufsflop geführt hatte – die moderne Mutter wollte ihr Baby lieber in einem Plasticgehäuse herumfahren und hatte unsere Erika boykottiert. Klar, die moderne Mutter würde nicht im Traum daran denken, einen plüschigen Ohrensessel als Telefon zu benutzen, für die permanente Kommunikation jedoch wäre sie sicher zu haben – wenn sie das System in einer Erika vor sich herschieben könnte! Ich fand meine Idee ziemlich gut und holte schon Luft, um mich dem Genossen Delegationsleiter als Übel vorzustellen, Unternehmersohn, Erbe einer Fabrik mit freien Kapazitäten, aber da trat die Schöne heraus, immer noch ihr »Halt stand, rotes Madrid!« auf den Lippen. Sie trug jetzt wie die beiden Genossen eine schwarze Lederjoppe, ein weißes Sommerhütchen und grässliche Bata-Latschen mit bedecktem Spann und verstellbarer Schnallenbindung. Die weißen Stiefel und ihre Uniform hatte sie in der Sporttasche verstaut, das gerollte Badetuch klemmte sie unter die Achsel.

»Ihr Kapitalisten werft uns immer gleich die Mauer vor«, rief sie mir zu, »und verkennt dabei völlig, dass sie eine nötige Entwicklungsstufe im sozialistischen Fortschrittsprozess darstellt. Sobald unsere Republik kein Baby mehr ist, wird sie ohne Laufgitter auskommen! Mach's gut, Siziliano!«

»Im Schulterschluss mit dem friedliebenden sowjetischen Brudervolk«, knurrte der Sesselschlepper unterm Sessel hervor, »wollen wir den Prozess des sozialistischen Wachsens und Werdens weiterführen.«

Offenbar war dies sein einziger Satz, doch schien er stets zu passen. Die Delegation entfernte sich am Meer entlang, der Genosse Oberst voran, an seiner Seite die Schöne, dahinter der Ohrensessel, die Rückenlehne nach unten gedreht, so dass er wie ein aufrechter Riesenkäfer mit gelblichem Rückenpanzer auf zwei stark behaarten Waden durch die Wellenzungen davonwatschelte. Da meine Fähre erst in zwei Stunden ablegen würde, erstieg ich die höchste Düne, um ihnen nachzuschauen. Ich hatte die Begegnung mit der Delegation nicht geträumt, die vier Vertiefungen im Sand zu meinen Füßen bezeugten, dass hier der Ohrensessel gestanden hatte … der Ohrensessel, der ein Telefon war. Auch ein paar Abdrücke von Bata-Sandalen waren im rieselnden Sand noch zu erkennen, und unten, vor der Cabanna, fand ich ein paar Kippen … Kippen von Zigaretten, die ich mit Laila geraucht hatte … Laila? Nein, das war nicht Laila, aber dennoch hatte ich das sonderbare Gefühl,

die Frau mit den kupferroten Haaren, den leicht schlitzigen
Augen (Katzenaugen!) und den hohen Wangenknochen
von irgendwoher zu kennen. Die Stapfen der Bata-Sandalen bildeten im feuchten, von den Wellen geplätteten
Meersaum eine Fährte, die von der Gischt allmählich gelöscht wurde. In der Macchia tosten die Grillen. Hoch
über der Brandung segelten Möwen mit starren, plötzlich
zuckenden Flügelspitzen, Schatten im Licht.

Ich verpasste die Fähre – mit voller Absicht. Ich hätte es
nicht übers Herz gebracht, Pollazzu zu verlassen, ohne die
Schöne noch einmal gesehen zu haben. In der Villa Vittoria
war die Nummer 43 zum Glück noch frei, und auch im Speisesaal bekam ich am Abend den alten Platz wieder, meinen
Einzeltisch zwischen den graubärtigen Seekapitänen.

Nach der Cena, da ich mit ihnen eine Zigarre rauchte,
nahm mich einer der beiden zur Seite und flüsterte: »Dutturi, sind Sie Piddus wegen zurückgekommen? Der arme
Junge ist in einem fürchterlichen Zustand.«

»Du lieber Himmel, was ist passiert?«

»Eine klassische Regression«, meinte der andere. »Vermutlich ist er dem schweren Amt, das ihm sein Onkel hinterlassen hat, nicht gewachsen. Er ist wieder zum Jungen
geworden, der den Brunnenesel antreibt.«

Ich eilte durch die langen, teilweise noch winterfeuchten
Gänge zum hintersten Hof, wo ich, hinter dem haarigen
Stamm einer Palme versteckt, erst einmal die Lage über-
blicken wollte. Der psychologisierende Seekapitän hatte
recht. Das war nicht mehr der junge Pate, sondern ein
Häufchen Elend, das reglos in die Flammen eines kleinen

122

Feuers starrte. Nach dem Tod von Don Pasquale hatte mir Piddu erzählt, wie eisenhart er erzogen worden war – sein Onkel hatte ihn gezwungen, hier im Hof die Nächte zu verbringen, sommers wie winters. Um den Ziehbrunnen trottete ein alter Esel und sorgte dafür, dass aus einem tiefen, jahrhundertealten Schacht das Wasser hochgeschafft wurde. Natürlich hätte man sich eine Motorpumpe leisten können, aber für Don Pasquale und die älteren Insulaner war der Rundumlauf des Esels ein Symbol, das auf das Geheimnis der Schöpfung verwies, auf das große Kreisen der Sterne und der Zeit. Wir Menschen, soll er Piddu gelehrt haben, sind wie Tage und Nächte, wie der Frühling und der Herbst, wir kommen und gehen, gehen und kommen. Aber das störrische Tier pflegte öfter stehen zu bleiben, und es war der höllische Job des Knaben gewesen, ihn mit Tritten und Steinen am Laufen zu halten. Ich trat aus dem Dunkel.

»Consigliere«, schrie Piddu verzweifelt, »ich habe mich verliebt!«

»Wer ...«

»Ich!«

»Sie?«

»Ja, Consigliere, es war ... es ist ... Madonna biniditta, wenn Sie wüssten, was ich heute Abend erlebt habe! Ich bin ... ich war ...«

»Himmelarsch, was ist los mit Ihnen?«

»Sie war ... sie ist ... also wenn Sie die gesehen hätten, Sie würden ... Sie könnten ...« Er schlug die Hände vors Gesicht. Er winselte. »O Consigliere, tausend Dank, dass Sie zurückgekehrt sind. Ich muss es jemandem sagen. Ich halt es nicht mehr aus. Es hat mich erwischt.«

»Sie haben sich verliebt.«

»Ja.«

»In Mafalda?«

»Sind Sie verrückt? Mafalda war die Letzte vom Alten.«

»In Giucy?«

»In eine Fremde«, sprach er traurig und leise. »In eine Deutsche.«

Im ersten Moment kam mir der furchtbare Gedanke, der schöne Jüngling könnte sich ebenfalls in die schöne Funkwerkerin verliebt haben, aber würde sich eine kluge, für den Sozialismus engagierte Frau in so einen Trottel verlieben? Nie und nimmer. Oder doch? Durchatmen, einfach durchatmen, so tief wie möglich durchatmen. O, ich kannte das Syndrom. Mit der Liebe kam die Eifersucht. Mit der Liebe tat sich nicht nur der Himmel, sondern auch die Hölle auf, und ich konnte nur hoffen, dass ich mich täuschte. Der Esel war stehen geblieben.

Piddu nahm einen Stein von einem Haufen und sagte drohend: »Ich hätte Sie dringend gebraucht. Als Dolmetsch! Jetzt ist es zu spät, aber morgen begleiten Sie mich. Verstanden? Ihr Vertrag als Consigliere ist um eine Woche verlängert. Sie werden für mich übersetzen.«

Er holte aus und schleuderte den Stein mit Schwung in die Flanke des armen Esels. Entsetzt wandte ich mich ab.

»Vom Italienischen ins Deutsche?«

»Ja, und vom Deutschen ins Italienische.«

Der Esel stand im Mondschein am Ziehbrunnen. Er rührte sich nicht. Er trug eine Art Narrenkappe: einen Kartoffelsack, den man ihm über den Schädel gestülpt und am Hals zugebunden hatte – als Fliegenschutz oder damit ihm die Einsicht in sein bitteres Los erspart blieb. Ich empfand Mitleid mit ihm, doch war ich viel zu verwirrt, um Piddu daran zu hindern, einen weiteren Stein vom Haufen zu pflücken. Vermutlich war der Gedanke, wir könnten uns in dieselbe Frau verliebt haben, eine pure Wahnidee, aber leider wusste ich aus bitterer Erfahrung, dass die Liebe eine Schaukel ist, die den Verliebten zwischen übertriebenen Ängsten und gleisnerischen Hoffnungen hin und her wirft. Zum Beispiel meine Liebe zu Mimi. Oder die Liebe zu Maureen! Liebe? Eher ein Schleudertrauma! In meinen Armen hatte Maureen von Isidor Quassi geschwärmt und seufzend behauptet, er sei der Mann ihres Lebens. Ich hatte es hinnehmen müssen, dass sie seine Wäsche wusch, seine Mutter Gertrud betreute, seine Korrespondenz mit den Behörden erledigte, ihn auf die Sozialämter begleitete und auch von mir verlangte, dass ich diesen Säufer und Schnorrer finanziell unterstützte. Aber Maureen hatte wenigstens eine leichte Behinderung, ein Hinkefüßchen, das sie ein wenig zugänglicher machte, während die Schöne aus dem Osten topfit war, eine trainierte Tänzerin, durch Eisbäder gestählt, mit breiten Schultern, strammen Schenkeln, festen Waden. So eine wollte gepackt und genommen werden, und, du heilige Scheiße, von einer Sekunde zur andern war ich so liebeskrank wie der dumme Piddu. Auch der zweite Stein traf das bockstarr stehende Tier mit voller Wucht; durch seine Flanke lief ein Zittern.

»Es ist lange her«, begann Piddu auf einmal zu erzählen, »ich war damals noch ein Knabe, etwa fünf Jahre alt. Die Mamma und ich haben das Dorf in aller Frühe verlassen, sie mit einem Koffer auf dem Kopf. Es war ein heißer Tag mitten im Sommer. Ich war glücklich, darauf hatte ich mich seit Tagen gefreut – mit der Mamma in die Stadt zu reisen, zu den großen Häusern und den großen Schiffen. Als der Bus kam, hat sie mich geküsst, dann ist sie eingestiegen, und der Bus fuhr mit einer langen Staubwolke davon. Ich blieb allein zurück, am Rand der Landstraße. Nachts war es bitterkalt. Die wenigen Autos sind vorbeigefahren. Ich habe in einer Steinhütte geschlafen. Am nächsten Tag hat neben mir eine Limousine angehalten, mit getönten Scheiben. Die hintere hat sich geöffnet.«

»Don Pasquale?«

Piddu nickte. »Der Kofferraum ist automatisch aufgeklappt. Ich bin hineingeklettert.«

Eine Weile schwieg er, den Blick ins Feuer gerichtet, dann senkte er die langen blonden Wimpern und sagte mit zitternden Lippen: »Ich habe meine Mamma nicht verraten. Sie haben sie trotzdem gefunden, im Bett ihres Kerls. Don Pasquale hat dem Kerl in die Stirn geschossen. Dann hat er die Mamma an den Haaren ans Meer geschleift und ihren Kopf an einem Felsen zerschmettert.«

»Meine Mutter ist ebenfalls verschwunden«, sagte ich nach einem längeren Schweigen, worin die Flammen knisterten, die Funken knallten. »Sie hieß Mimi. Ich war damals sieben. Wir haben ein ähnliches Schicksal.«

»Haben Sie sie wiedergesehen?«

»Sie haben ihre Asche über dem Meer verstreut. Da sieht man sich nicht wieder.«

Auf einmal knarrte es. Der Esel stemmte sich in die Zugstange, und über dem runden Brunnentrog begann sich ein flaches Holzkreuz zu drehen, das eine Kette von Krügen

antrieb, die das Wasser aus dem Brunnenschacht herauf-
baggerten.

»Piddu«, sagte ich, den Tränen nah, »ich habe mich
ebenfalls verliebt.«

»Ah, ich verstehe. Deshalb sind Sie nicht abgereist. Sie
wollen sie wiedersehen.«

Er zog aus seiner Hirtentasche eine Flasche und setzte sie
an. »Meine«, bemerkte er, »hat einen tollen Busen.«

»Meine einen tollen Hintern.«

»Und der Busen?«

»Niedlich.«

Er reichte mir die Flasche. Wein aus der Vulkanerde.

»Consigliere«, sagte er und fand plötzlich sein Lachen
wieder, »dann kann es nicht dieselbe sein! Meine hat *so*
einen Busen!«

»Wenn das stimmt, dann ... dann wäre das großartig!
Meine ist eher der andere Typ.«

Er, lachend: »Flach wie ein Brett?«

»Nicht wie ein Brett, aber dezent.«

»Dann kann deine nicht meine sein«, jubelte er.

Lachen Umarmung Schulterklopfen. Und erneut Erstar-
ren. Wieder eine Schrecksekunde. Jeder nahm den andern
ins Visier, mit angehaltenem Atem. »Wo hast du sie kennengelernt?«, wollte er wissen.

»Am Meer. Heute Nachmittag. Wann bist du deiner begegnet?«

»Heute Abend. Bei einem Geschäftsessen der Freunde.
Offizieller Gast war ein Oberst aus Deutschland-Ost, dem
Land hinter der Mauer.« Er kicherte. »Consigliere, du wür-
dest es nicht glauben ...«

»Dieser Oberst wollte euch eine Weltneuheit andrehen, einen Ohrensessel, der eigentlich ein Telefon ist. Oder umgekehrt.«

»Ee?«

»Das Telefon ist ein Ohrensessel.«

Er fixierte mich und sagte: »Du bist gut informiert, Consigliere.«

Krug um Krug fuhr klappernd am Brunnen herauf und kippte, langsam den Zenit überkriechend, sein Wasser in eine Holzrinne ab, um dann mit hohlem schwarzen Maul und tropfendem Schlammbart in den Schacht zurückzukehren. Der Mond bestrahlte die Palmen, den Brunnen und das geduldig rundumlaufende Zugtier mit eisigem Licht. Die Holzrinne verteilte silberne Rinnsale zwischen die schwarzen Büsche des Innenhofs, verwirrend wie ein großes Strickmuster, und je mehr in der Erde versickerte, desto betörender duftete das Paradies. Piddu hockte sich wieder hin und wickelte sich wie ein wachender Hirte in seine Decken.

»Die Wahrheit ist«, sagte er, »meine liebt einen andern.«

»Hat sie dir das gesagt?«

»Ich wollte sie küssen. Sie hat mich zurückgestoßen.«

Ich machte mir keine Illusionen. Noch war alles offen. Noch stand unser Glück in den Sternen. Aber hatte sie nicht für mich getanzt? Hatte sie mir beim Abschied nicht gewinkt und zugewinkert? Ja, hatte sie. Amor hatte einen Volltreffer erzielt. Der Pfeil war durch beide Herzen gegangen und würde sie nun für immer zusammenheften. Die! Keine andere. Sie ist es. Der! Kein anderer. Er ist es. Jedenfalls hatte sie von Piddus Avancen nichts wissen wollen. Hau ab, wird sie geschrien haben, du kommst um eine

Stunde zu spät, ich bin eben dem Mann meiner Träume begegnet … auf Deutsch natürlich, aber in einer Tonlage, die selbst der Sizilianer verstand. Als Konkurrent fiel er aus. Ich stupste ihn an, lachend:»Mensch Piddu, du kannst doch jede haben!«

»Jede?«

»Ja, jede. Mit einer Ausnahme natürlich. Weißt du zufällig, wer dir dein Busenwunder weggeschnappt hat?«

»Nein. Aber ich vermute, es ist ein älterer Mann.«

»So?«, rief ich viel zu hoffnungsfroh.»Wie kommst du darauf?«

»Consigliere, was mache ich falsch? Wie kommt es, dass jeder andere bei den Weibern mehr Chancen hat als ich?«

»Hast du je in den Spiegel geschaut?«

»Macht doch jeder.«

»Na also.«

»Also was.«

»Griechen«, erklärte ich und tupfte ihm mit meinem Foulard die Tränen von den Wangen.»Griechen, Karthager, Römer, Vandalen, Goten, Byzantiner, Sarazenen, Normannen, Schwaben, Spanier, Franzosen, dann Mussolinis Schwarzhemden, die SS, die Wehrmacht und schließlich die kaugummikauenden Charlies der US-Armee. Kapiert?«

»Nein.«

»Sieger und Schänder«, fuhr ich fort,»Tempel, Trümmer, Kathedralen, dunkle Kastelle, kahle Hügel, ausgebrannte Dörfer und götterschöne Menschen. Menschen mit vielfach gemischtem Blut. Menschen, deren Haut arabisch dunkel ist. Menschen, die nordisch blondes Haar haben, italienische Locken, kalifornische Zähne und Augen, aus denen das Blau der sie umgebenden Meere leuchtet. Piddu, eines Tages wird die Richtige kommen!

»Consigliere, glaubst du das wirklich?«

»Ja«, stieß ich hervor. »Das sagt dir ein Mann, der weiß, wie Weiberherzen ticken.«

»Consigliere, du bist ein Genie. Morgen gehen wir zu ihr. Du wirst mein Mund sein. Noch eine Flasche?«

Zwei. Drei. Vier. Er holte die Flaschen in einem nahen Keller, und die Sauferei ging weiter, mit Wein, mit Grappa, mit Likör. Was für ein Zufall! Wir beide, beide am selben Nachmittag, wir konnten es nicht fassen, ich noch weniger als er. Ich machte Piddu vor, wie sie für mich am Meer getanzt hatte, für mich ganz allein, in der Fülle des Lichts, auf den ausgestreckten Armen die Lerchen wiegend, ein sozialistischer Engel vor der unendlichen Bläue; und Piddu stolzierte mit wiegenden Hüften und klimpernden Wimpern vor mir auf und ab, bis er in einem Rosenbeet auf die Nase fiel, brüllend vor Lachen.

Heißhungrig verschlang ich in den frühen Morgenstunden eine Käseplatte, die er in der Küche geholt hatte, und versuchte, zwischen den Bissen mein Wissen über die Polymerisation weiterzugeben. Ich musste das Wort mehrmals buchstabieren: »Poly. Meri. Sati. On. Verstehst du?«

»No.«

»Du bist verliebt, und auf einmal ist die Welt völlig verwandelt, auf einmal besteht sie einzig und allein aus deinem Mädchen.«

»Du bist ja ein Poet«, rief Piddu.

Und ich, mit gesenkten Wimpern: »Nicht ich, Piddu, nicht ich.« Gehaucht, seufzend: »Aus mir dichtet die Liebe.«

Und die Flaschen leerten sich, eine nach der anderen, und es war das Leben, das wir tranken, das Leben mit all seinen Höhenflügen und Abstürzen, mit seinen Freuden und Leiden, seiner Süße, seiner Bitternis. Beide spürten wir, was für eine Gnade die Liebe ist, was für eine Gnade und was für eine Strafe, denn »Glück und Glas«, zitierte ich auf Deutsch, »wie schnell bricht das. Goethe, im Faust.«

»Wer?«

»Goethe! Toller Bursche, echter Klassiker. War auch mal hier, im schönsten Frühling, hat die Urpflanze gesucht und im April 1787, vor gut zweihundert Jahren, hat er sie in den weichen Umarmungen einer drallen Puttana gefunden. – Piddu, was ist denn? Weinst du wieder?«

Er legte mir schluchzend den Arm um die Schultern. »Consigliere, ich wäre so gern wie du. So gebildet, so klug, so mutig …«

»How many roads must a man walk down«, sang ich mit der heiseren Stimme des Betrunkenen, »before they call him a man. Glaub mir, auch ich bin diese Straßen gegangen. Auch ich habe schwere Zeiten erlebt … Maureen, meine Ex, hat dauernd von einem Isidor Quassi geschwärmt. Quassi sei im Bett ein Hirsch, hat sie behauptet. Ein Hirsch, dennoch zärtlich.«

»Du hast die Frau erwürgt.«

»Natürlich.«

»Salulle!«

Sein Kopf sank schielend auf meinen Schoß. Duft der Blüten, Kühle der Nacht, irgendwann ein Motorrad, fernes Gebell, allmählich verebbend und wieder Stille. Über den Dächern rotierten drei Mondsicheln, eine lunarische Trinität, die an die dreifache Aktivistin erinnerte, und weil sie nicht hier war, streichelte ich ersatzweise den Lockenkopf Piddus. Wir lagen nun beide im taufeuchten Gras, und wie froh war ich, dass der Esel brav seinen Gang absolvierte, im Kreis, immer im Kreis, so dass er von Steinwürfen verschont blieb.

Als hoch oben ein Punkt durch das Nachtmeer fuhr, ein Blinken, ein Zwinkern, ein Satellit oder ein Flugzeug, kehrte auf einmal die Erinnerung an den Unfall zurück. Also doch! Meine Ahnung bestätigte sich. Der verlorene Sohn war nach Hause gerufen worden, er hatte sich Quassis Wagen ausgeliehen, war auf abgefahrenen Sommerreifen ins Fräcktal hochgebrettert und auf der vereisten Brücke über den Stausee mit vollem Karacho gegen das Geländer gekracht. Dann hatte ich, vom Schlag beduselt, rücklings auf der Piste gelegen und mit erstaunten Augen die kosmische Pracht empfangen, genau wie jetzt, im nächtlichen Paradies, das für den armen Esel die Hölle war. Sobald das Drehkreuz nicht mehr knarrte, die Kette nicht mehr quietschte, die kippenden Krüge nicht mehr klackten, würde die Stille Piddu wecken, und wie in seinen bitteren Knabenjahren, als er hier die kalten Winternächte verbracht hatte, würde er seine Steine schmeißen, bis sich der Esel mit seiner Narrenkappe in die Zugstange stemmte. Dann begann es zu tagen, aus der bleichen Hausfassade mit den dunklen Läden wimmerte ein Wecker, eine Toilettenspülung röhrte, eine Amsel sang, und immer noch trottete der Esel um den runden Brunnentrog, verschwand nach hinten, kam nach vorn, verschwand und kam, verschwand und kam, wieder und wieder. Sein Gestänge hatte ihm den Rücken wund gescheuert, und im blutkrustigen Sattel saß ein durchsichtiger, fortwährend sich verändernder Reiter aus sausenden sirrenden schwirrenden Fliegen ...

Unsere Seele, lässt Platon Sokrates sagen, sei ewig und habe demzufolge in vorgeburtlichen Räumen schon alles geschaut, auch das Urbild der Liebsten, die Anima. Bei der Geburt verliere die Seele ihr Wissen, gewisse Ahnungen jedoch, vage Erinnerungen an das im Ideenhimmel Geschaute, würden ihr erhalten bleiben, und widerfahre einem das Glück, hienieden einem Wesen zu begegnen, das die Anima verkörpere, sei einem blitzartig klar: Die! Keine andere. Sie ist es.

Sie war es.

Ja, mit Platon war ich nun überzeugt, dass der Mensch eine Seele hatte und nicht, wie die Seelenmechaniker behaupteten, einen Triebmotor. Die Lehren Platons, Thomas von Aquins oder C. G. Jungs, des von Vater Freud abgefallenen Lieblingsjüngers, begannen mich zu faszinieren, und gern war ich bereit, mit ihnen – und gegen Freud – zu glauben, dass die Seele imstande sei, die im Ewigen geschaute Anima in der Welt wiederzufinden. Die! Keine andere. Sie ist es.

Sie war es. Sie war es! Aber warum musste ein Gummimann wie ich ausgerechnet einer Frau verfallen, die »Plaste« sagte und sich über die Wohlfühlhose lustig machte? Warum verknallte sich ein Bürgersohn in eine Sozialistin, für die Hygiene wichtiger war als Moral? So eine rote Socke war die ultimative Panne und der totalste Totalschaden –

und das größte nur denkbare Glück. Ja, alles war sie, schlicht und einfach alles. Was an Gefühlen Trieben Wünschen in mir war – die dreifache Aktivistin hatte es wachgerufen. Kaum erschienen, schwebte sie als Heilige über meinem Altar, erschien mir als Mutter meiner Kinder, lockte mich als Puttana in eine wollüstige Umarmung. Die! Keine andere. Sie ist es. Und was tat sie? Behandelte mich wie Luft. Als wäre ich nicht vorhanden.

Drei Tage nach unserer Begegnung am Meer und meinem anschließenden Besäufnis mit Piddu war ich in die S. E. T. geeilt, um erneut meine Abreise einzuleiten. Bisher war ich um meine Dolmetscherdienste herumgekommen (ich hatte mich krankgemeldet), aber um sicher zu gehen, niemals als Mund des jungen Pärchens tätig sein zu müssen, sah ich in der Flucht meine einzige Rettung. Leider sollte es anders kommen. Ganz anders.

Die Wartenden in der Telefonagentur saßen in der Marmorhalle auf einer langen Doppelbank, viele alt, die meisten vom Land, einige dösend, andere essend. Hinter den dicken, teils beschlagenen Bullaugen der Kabinentüren fuchtelten sie an den Telefonapparaten wie Passagiere eines untergehenden Ozeanriesen. Bauern zogen vor mir die Strohhüte, alte verschleierte Weiber murmelten Segensworte, und der S. E. T.-Vorsteher, der, seine Ärmelschoner abstreifend, aus dem Schalter schlüpfte, bat mich dringend, ihm ins Italienische zu übersetzen, was dieser Herr – er zeigte auf Oberst Kupferschmidt, den Leiter der DDR-Delegation für ökonomische Sondermaßnahmen – von ihm wolle. Der Sachverhalt war rasch geklärt. Kupferschmidt plante die Abreise, genau wie ich. Ein Kutter sollte die Delegation samt Ohrensessel ans gegenüberliegende Meeresufer bringen, nach Algier. Von dort aus würden sie dann mit der Interflug, der Fluggesellschaft der DDR, hinter den Eisernen Vorhang zurückkehren. Statt mit der Guten zu telefonieren, war ich Kupferschmidt mit meinen Sprachkenntnissen behilflich, die nötigen Telefonate zu erledigen, damit die Delegation schon am nächsten Tag Pollazzu verlassen konnte.

Ein großer Fehler war es nicht, nur ein kleiner, und zugegeben: Als ich den Fehler beging, kam ich mir unglaublich clever vor. Denn ich gedachte mein Wissen nutzbringend anzuwenden, nahm gemäß dem väterlichen Erfolgsprinzip *nicht mit sich selber diskutieren, mit sich selber diskutieren macht schwach, zupacken, handeln!* die nächste Fähre nach Malta, und erst als aus der silbernen Morgensee ein noch dunstverhangener Felsen auftauchte, begann ich mich zu fragen, weshalb in Algier gelingen sollte, was ich in Pollazzu vergeblich versucht hatte, nämlich mit der Geliebten ein zweites Mal in Kontakt zu kommen. Glaubte ich im Ernst, im Gewühl einer Abfertigungshalle kämen wir uns näher?

Ja, ich hatte meine Tassen im Schrank. Sie waren beim Crash durcheinandergeschüttelt, nicht aber zerdeppert worden. Ich tickte wieder richtig. Ich war entschlossen, die verpatzte Heimkehr ins Fräcktal im zweiten Anlauf zu schaffen. An dieser Absicht hielt ich fest. Nach Hause, lautete die Devise, vers père, zum Vater, und dass ich ihm jetzt den Rücken zuwandte, dass ich die andere Richtung einschlug, nach Süden, brachte mich plötzlich auf den

Gedanken, nach dem Unfall könnte ich ebenfalls in die falsche Richtung gegangen sein. Hatte ich versucht, ans gegenüberliegende Ufer zu gelangen, vielleicht, weil bei der Postauto-Haltestelle eine Telefonkabine stand? Von dort aus hätte ich den Krankenwagen alarmieren können und einen Arzt mit intakten Sehwerkzeugen. Ich wäre nicht auf Marders OP-Liege und unter der bratpfannengroßen Lupe gelandet, mit anderen Worten: Ich hätte mit der Wahl dieser Seite meine Überlebenschancen deutlich erhöht. Auch Calas Wohnwagen befand sich dort, direkt bei der Brücke, unten am Wasser ... und, du lieber Himmel, war ich derart verliebt und brünstig hinter meiner Aktivistin her, weil sie ein wenig Cala glich?

Und dann war da noch etwas – kein Wissen, nicht einmal ein Gefühl, höchstens eine Ahnung. Oder der Schatten einer Ahnung. Als es auf der Brücke gekracht hatte, war diese Frau fast tausend Kilometer von der Unfallstelle entfernt gewesen. Hinter dem Eisernen Vorhang hatte sie ihr sozialistisches Einheitsleben geführt: die Norm übererfüllen, als Aktivist ausgezeichnet werden, die marxistischen Klassiker lesen, Brecht-Stücke anschauen (ohne zu gähnen) und nackt in der eisigen Ostsee baden (ohne zu frieren). Mit mir hatte dies nicht das Geringste zu tun. Und trotzdem. Und dennoch. Wollte ich hinter das Geheimnis meines Unfalls kommen, ging das nur mit ihrer Hilfe.

Bereits auf Malta erlosch die Magie der Narbe, und nachdem sie mich ein bisschen ausgeraubt hatten, warfen sie mich auf einen Seelenverkäufer, der mit einer Herde brüllender Stiere an die afrikanische Küste dampfte, nach

Algier. Ihre Papiere, Monsieur? – Leider verloren, aber wenn Sie mir gestatten, die Schweizer Botschaft …

Wieder war ich ein Niemand. Als ich durch eine Hintertür ins Freie gestoßen wurde, hatte das Gassenpflaster im Mondschein einen seidenen Glanz. In brodelnden Kesseln tanzten abgehackte Hammelköpfe. Männer mit Turbanen hockten vor einer Silberschmiede, verschleierte Frauen huschten vorüber. Ob mich ein guter Dämon hier zu meinem Engel führte – und der Engel zum Geheimnis meines Unfalls?

Ganze Tage verbrachte ich auf Felsen, die Aussicht über die Küste boten; systematisch suchte ich die schmutzigen Strände ab und stieg immer wieder auf Dünen – vielleicht hatte der Ohrensessel auch hier seine Fußabdrücke hinterlassen. Nichts. Keine Spur. Nicht die Lerchen, nicht die Fischer, nicht die auf ihren Eseln vorübertrabenden Bauern konnten mir weiterhelfen. Lief im Hafen ein Kutter ein, belauschte ich in den Hafenkaschemmen Seeleute, die von Sizilien herübergekommen waren, und eines Nachmittags erkundigte ich mich bei ostdeutschen Matrosen, ob sie irgendetwas von einer Delegation aus ihrem Heimatland wüssten. Sie nahmen mich mit an Bord, Runde folgte auf Runde, Wodka auf Wodka.

»Auf die internationale Solidarität!«, rief ich begeistert, »auf die Werktätigen des VEB Funkwerke Berlin-Köpenick und ihre bahnbrechende Erfindung: das erste frei herumspazierende Telefon der Welt!«

Runde fünf. Oder war es schon die sechste?

Ich, vom Trunk befeuert: »Genossen, eure Erfindung ist der wahre Sozialismus. Jeder ist durch seinen Ohrensessel jederzeit mit jedem verbunden. Eine Internationale der Telefonierenden! Gesprächsbereitschaft auf Massenbasis! Aber wenn ihr auf dem Weltmarkt Erfolg haben wollt, müsst ihr den Apparat in eine leichtere Umhüllung packen. Leichter, schmucker, handlicher.«

Runde sechs ... oder schon die siebte?

»Hauptsache, ihr argumentiert nicht mit Erdbeben, geklauten Weidezäunen und einer rückständigen Landbevölkerung. Negative Werbung zieht nie. Werbung, Genossen, ist bejahende Dichtung. Werbung feiert! Gestaltet einen Katalog! Beschreibt euer Telefoniesystem! Erläutert die Vorteile! Erklärt die Funktionsweise! Und Achtung, jetzt kommt's – macht die schöne Funkwerkerin zum Covergirl!«

Da ich mich nach Oberst Kupferschmidt erkundigt hatte, wurde ein Funker namens Kleinschmidt geholt. Als geschulter Marxist legte er dar, dass im Sozialismus so etwas wie eine Anima nicht existiere, Beweis: Er, der Genosse Funker Kleinschmidt, habe sich schon mehrmals verliebt, in jedem Hafen in eine andere. Allzu verschieden seien die wohl nicht gewesen, vielmehr stets der gleiche Typ, argumentierte ich. Dann erwogen wir, eine Funkverbindung mit der Delegation herzustellen, und trotz Trunkenheit brachte ich eine ziemlich präzise Schilderung des neuartigen Telefonapparats zustande: vier Holzfüße, Armlehnen, gelber Plasteüberzug.

»Gelb wie Senf?«, fragte Genosse Funker Kleinschmidt, »oder gelb wie Gänsekacke?«

Als ich unter dem Tisch der Mannschaftsmesse zu mir kam, hatten wir die Meerenge von Gibraltar bereits passiert. Ich torkelte an Deck, kam aber zu spät, um mich mit

geschwenktem Hut von Europa zu verabschieden. Die weiße Brandungslinie, an der wir entlangdampften, blieb immer gleich, dahinter wölbten sich sandige Buckel, Dünen
der Sahara. Tage später glitten Baumskelette vorüber, die
Steppe, und als der Fahrtwind schwer wurde, schwer von
Schwüle, ein dichter Mangrovenwald. Manchmal rollte
und stampfte der Frachter, und schälte ich mich bei Tages-
anbruch aus der Decke, wankte ich mit flauem Magen an
die Reling. Im nächsten Hafen wies mich der Kapitän von
Bord, und als sich die lange flache Rauchfahne des Frachters hinter den Horizont entfernte, hockte ich auf einem
verrosteten Poller und musste mir eingestehen, dass ich
ohne Papiere in irgendeinem westafrikanischen Staat gestrandet war.

Menschen sah ich keine im Hafen, die Kais waren leer, die
Blechschuppen Lagerhäuser Verwaltungsgebäude heruntergekommen. Während ich mich nach einer Unterkunft
umsah, rumpelte ein Kleintransporter heran. Der Fahrer-
kabine entschlüpfte eine weiße Nonne und rief mir zu, ich
müsse mich beeilen, das Flussboot würde gleich ablegen.
Hafenarbeiter schleppten aus einer Lagerhalle eine Holzkiste herbei, und von allen Seiten wurde mir beteuert, die
Kiste habe seit Wochen darauf gewartet, von mir ins Lan-
desinnere gebracht zu werden. Ah ja, wirklich? Sie nickten.
In Afrika sagten die Dinge, wo's langgeht, also folgte ich
der Kiste und begab mich an Bord. An der Anlegestelle
tanzte flatternd die Nonne.

»Der Herr ist mit Ihnen«, schrie sie mir nach, »er wird
Sie beschützen, Halleluja, Halleluja!«

Halleluja! Zu meiner grenzenlosen Überraschung (hier war alles grenzenlos) hatte ich die Fährte der Delegation wiedergefunden, denn natürlich (hier waren Wunder normal) musste sich in der Holzkiste der telefonierende Ohrensessel befinden. Bei Sonnenuntergang bewegte sich das überlastete Flussboot auf einen Tunneleingang zu, und mit einem leisen Tuckern glitten wir hinein in ein dunkles, hie und da von Vögeln durchschrilltes Gewölbe aus uralten Bäumen. Der schwarze Captain lud mich gastfreundlich zu einem Whisky ein, und so fühlte ich mich verpflichtet, ihn über mein ungewöhnliches Transportgut ins Bild zu setzen.

»Könnte sein, Captain, dass demnächst das Telefon klingelt.«

»Die letzte Station haben wir eben passiert«, erklärte der Captain. »Bis zur nächsten sind es drei Tage.«

»Das ist ja der Witz, Captain. Ich bin auf eine Station nicht angewiesen – mein Telefon habe ich bei mir, dort in der Kiste.«

»Sie sind ganz sicher, dass Sie den Captain nicht verarschen wollen?«

»Absolut. Ich möchte Sie ins Vertrauen ziehen. Sie sollen nicht erschrecken, wenn es auf einmal klingelt.«

»Hm«, machte der Captain und kratzte sich nachdenklich unter seiner Mütze, »das ist die verrückteste Ansprache, die ich je gehört habe.«

Am nächsten Morgen wurde ich samt Frachtgut an einer Anlegestelle abgesetzt. Der Steg gehörte zu einer alten Kautschukplantage. Da ich wusste, dass die Gentlemen auf Formen hielten, rasierte ich mit einer Glasscherbe meine Bartstoppeln. I'm the inventor of the comfy pants, würde ich mich vorstellen, wir Fräcktaler Burschen sorgen dafür, dass eure Baumtränen unter die Leute kommen ... Ein schmaler Pfad führte zur Plantage, durch das Dickicht die Uferböschung hinauf, doch wollte ich mein Transportgut nicht allein lassen – die Delegation könnte ja versuchen, durch einen Anruf mit ihrem Verkaufsobjekt in Kontakt zu kommen. Denn groß, afrikanisch groß, war die Sehnsucht nach meiner Aktivistin, und je heißer feuchter schlapper die Luft wurde, desto verzweifelter hoffte ich, es möge im Innern der Kiste endlich klingeln. Dabei machte ich mir über den Charakter der Schönen keine Illusionen. Wenn man sich nur oberflächlich kannte, kannte man sich am besten. Da sah man das Klischee und wusste genau, woran man war. Aus Parteitreue liebte sie die grauen Lehrstücke von Bertolt Brecht; aus Parteitreue stieg sie in die eisige Ostsee; aus Parteitreue gab sie sich dem Volkstanz hin (vermutlich auch »unserem Matthias«). Nein, sie war nicht jene Laila, deren Namen ich mir einst auf der Zigarettenschachtel notiert hatte, wir hatten uns vor der zufälligen Begegnung am Strand noch nie gesehen ... und dennoch. Und trotzdem. Von irgendwoher musste ich sie kennen, und dieses Irgendwo konnte nur der Ideenhimmel Platons sein, und wenn wir uns dort begegnet waren, dann musste jetzt ... jetzt ... jetzt der Ohrensessel klingeln: Sag mir, wo du bist, Darling, ich bin gleich bei dir ... Es fehlte nicht viel und ich hörte ihre Stimme tatsächlich. Meinen Kahlschädel überzog es mit Lusttropfen, und meine Augen begannen vor lauter Gier zu schielen. Darling, ich kann nicht mehr. Ohne dich muss ich sterben. Aber die Kiste blieb stumm.

Fern rollte ein erster Donner, Wellen klatschten über

den Steg, und als ein erstes Brett aus der Kiste brach, kam leider nicht nicht der Ohrensessel zum Vorschein, sondern ein elektrisches Harmonium – laut Frachtzettel von einer Pfarrei in Oberbayern, Deutschland, an ein Missionshaus im afrikanischen Busch adressiert. Im Augenblick, da mein Gelächter explodierte, explodierte auch das Gewitter, und was für ein Gewitter. Innerhalb von Sekunden war der Fluss mit Stalagmiten aufspritzenden Wassers übersät; von fleischigen Blättern flossen ganze Bäche; der Wald rauschte und toste, schluchzte und schrie und jaulte und brauste. Ich schob mich samt Reisetasche die glitschige Uferböschung hinauf, und als der Regen so plötzlich aufhörte, wie er ge-kommen war, brach unten auf dem Steg das enthüllte Harmonium durch die morschen Planken und wurde vom lehmgelben Strom verschlungen.

Die schwarzen Menschen mit den großen weißen Augen be-antworteten Fragen stets mit Ja. Ja, sagten sie, diese Straße bringt dich zur Grenze. Sie führte in die falsche Richtung, sollte ich später merken, aber dort war ich an die Grenze meiner Kraft gelangt, an die Grenze meiner Geduld, an die Grenze meiner Sinne, denn nach langen Fahrten schien ich wieder in der Hafenstadt angekommen zu sein, wo ich das Flussboot bestiegen hatte. Als wäre ich in die Vergangen-heit zurückgekehrt, fing das Warten von vorn an, am selben Ort, die Zeit verlor erst den Sinn und dann den Fluss. Lang-halsige Vögel segelten über den Sumpf, schädelgroße Blüten trieben darin, schlagartig wurde es Nacht, und fragte ich, wann das Flussboot wiederkomme, sagten sie: morgen. War mein Afrika ein langes Träumen? Machte ich eine ähnliche

Reise wie die Opiumraucher, die in ihren Höhlen Jahrhunderte durchwandelten? Ob Traum oder Realität, hier konnte ich nicht bleiben, hier herrschte Krieg, die wenigen Kolonialgebäude waren Ruinen, und wer noch gehen konnte, haute ab: Mütter mit kleinen Kindern behängt, volle Körbe auf den Köpfen, die Alten und Siechen an Krücken, eine endlose Kolonne. Einen Alten, der sich am Fuß eines gesprengten Betondenkmals auf seinen Stock stützte, fragte ich, ob morgen ein Bus in die Hauptstadt fahre. Ja, meinte er, bei Sonnenaufgang. Der Bus fuhr dann tatsächlich, allerdings bei Sonnenuntergang und nicht in die Hauptstadt. Je heißer die Sonnenluft, desto stärker fror ich, aber je sinnloser mein Herumirren, je verzweifelter mein Warten, desto stärker wurde eine Stimme, die mir einflüsterte, ich sei auf dem richtigen Weg …

Ja, das war meine afrikanische Erkenntnis: Der Crash hatte sich auf der Brücke ereignet. Ich war aus dem Wrack gekrochen und hatte dem Pforten-Reptil, dem blinden Werksarzt Doktor Marder, dem Senior und der Guten den Rücken zugedreht, um auf der anderen Seite des Sees entweder Calas Wohnwagen oder die Telefonkabine zu erreichen. Aber am Ende der Brücke waren meine Kräfte erlahmt, und nachdem ich zum dritten Mal über den Saum meines sonderbar langen Mantels gestolpert war, hatte ich mich auf die Straße gesetzt, den Rücken ans Geländer gelehnt, die Beine leicht gespreizt, und war von Sternen, die im Herabsinken zu Flocken wurden, lautlos eingeschneit worden. Keine Panik? Keine Angst vor dem Nichts? Kein letzter Versuch, um Hilfe zu schreien? Doch! In der tiefen Tasche meines Mantels hatte ich eine Schelle gefunden

… mit Holzgriff … wie sie von Weihnachtsmännern geschwungen wurden. Irgendwo zwischen Zürich und dem Fräcktal musste ich meinen beigen Regenmantel gegen den roten Kapuzenmantel ausgewechselt haben – das war keine Halluzination eines Fiebernden, keine Phantasieproduktion, das war eine Tatsache! Ich hatte verletzt am Ende der Brücke gehockt – als Weihnachtsmann.

»Sie sind nicht Übel.«

Es war kein großer Fehler, nur ein kleiner … Um über die Grenzen zu gelangen, reiste ich schon länger mit einem gefälschten Pass. Allerdings lautete er auf meinen richtigen Namen – ich hatte ja keinen Grund, mich zu verleugnen –, und dass mein Doktortitel durch den Pass amtlich wurde, konnte mir nur recht sein. Sollte der Vater bezweifeln, dass ich promoviert hatte, würde ich ihm den Pass vorlegen. Jetzt lag er auf dem Schreibtisch eines Schweizer Zollbeamten. Bei der Einreise in meine Heimat hatten mich meine lieben Landsleute aus dem Zug geholt. Verwundert war ich nicht. Mein italienischer Anzug strotzte vor Schmutz und schlotterte am abgemagerten, vom Fieber ausgezehrten Leib. Einzig mein Schirm verriet den Herrn von Welt, er war tropentauglich und hatte den Trip durch die Urwälder und Steppen ohne Beschädigung überstanden.

»Sie sind nicht Übel«, wiederholte der Fettwanst von Zöllner, der mit dem Rücken zum Fenster saß. Er sog an einem braunen dicken Stumpen und brachte mir genüsslich das Signalement des Übel Heinrich junior zur Kenntnis – die Stadtpolizei Zürich hatte es ihm soeben telefonisch durchgegeben: geboren am 21. Dezember 1950, schulterlanges Haar, achtzig Kilo, keine besonderen Kennzeichen.

»Sie«, sagte er paffend, »sind kahl wie eine Glühbirne,

bringen keine sechzig auf die Waage und haben an der linken Schläfe ein besonderes Kennzeichen. Wer immer Sie sind, Übel sind Sie nicht. Dieser Pass«, er warf ihn auf den Tisch, »ist eine billige Fälschung.«

Es war ein Samstagabend, der Arrest überfüllt, keine Zelle mehr frei, weshalb ich nach Cadenazzo überführt und im Zoll-Lager für unzureichend geimpfte Tiere festgesetzt wurde. Immerhin hatten sie sich für diese Maßnahme entschuldigt, und ich merkte gleich, dass Knobel, mein Wärter, eine Seele von Mensch war. Er brachte mir Tee (gegen Quittung) und beteuerte, dass ich unmöglich der sein könne, für den ich mich ausgab. Jener Übel Heinrich junior, der wegen nicht zurückgebrachter Bibliotheksbücher eine Anzeige am Hals habe, hause in einer billigen Mansarde in Zürich und habe weder Einkommen noch Beruf.

»Sie hingegen, Signore«, sagte Knobel, »sind ein Herr von Welt.«

»Würden Sie bitte wiederholen, was Sie eben gesagt haben«, sagte ich verdutzt. »Übel ist wegen nicht zurückgebrachter Bibliotheksbücher zur Fahndung ausgeschrieben?!«

»Ja«, bestätigte Knobel.

»Nicht wegen eines Autounfalls?«

»Von einem Autounfall weiß ich nichts«, gestand Knobel treuherzig. »So läuft das halt bei uns. Liegt eine Anzeige vor, müssen wir den Betreffenden festnehmen.«

»Mann, ich *bin* Übel! Bin Schweizer«, schwor ich mit drei gereckten Fingern, »und bin Übel!«

Doch was immer ich unternahm, um meine Identität nachzuweisen, bestätigte Knobel nur in der Annahme, ich sei ein besonders abgefeimter Mafioso. Schließlich stimmte ich »s Vreneli ab em Guggisberg« an, und statt endlich zu kapieren, dass ich Übel war, stieg ich in Knobels Achtung noch höher.

»Herr Toktor«, rief er, »ein Schweizer könnte es nicht besser!«

Nun gut, dachte ich, wenn er mich unbedingt für einen italienischen Gauner halten will – das kann er haben. Wie jeder Beamte, dessen hauptsächliche Tätigkeit im Absitzen der Zeit bestand, hatte Knobel ein Set Karten in der Uniformtasche, nichts war ihm lieber als ein Spielchen, und gern streckte er mir fünfzig Franken vor (gegen Quittung). Als wir die Einsätze erhöhten, kam er samt Stuhl und Stumpen in meinen Käfig, und so sehr er sich anstrengte: Ich gewann. Ab Mitternacht spielte auch Knobels Ablösung mit, ein Tessiner aus dem Mendrisiotto. Nach jeder zweiten Runde stellten sie mich mit erhobenen Armen und gespreizten Beinen an die Gitterstäbe; sie zogen mir die Hosen herunter, sahen in die Arschfalte, bohrten mir den Finger ins Rektum.

»Er spielt falsch«, riefen sie, »es geht nicht mit rechten Dingen zu.«

Sie konnten nicht lügen, die armen Schlucker! Was ich bei Don Pasquale gelernt hatte, galt auch für das Spiel. Ihr Adamsapfel verriet sie. Nahmen sie eine gute Karte auf, wahrten sie ihre Pokermiene; hatten sie ein schlechtes Blatt, mit dem sie mich bluffen wollten, schluckten sie ihre Lüge hinunter. Die Petroleumfunzel, die in einem Falter- und Mückenschwarm über dem Spieltisch hing, beleuchtete ihre Adamsäpfel, und es war eine Freude zu sehen, wie ein versuchter Bluff ihren Schluckreflex auslöste – dann ging ich mit. Nickte der Adam nicht, hatten sie ein gutes Blatt – und ich stieg aus.

Paradox, nicht wahr? Da saß ich neben einer Schafherde im Käfig und war frei. Gegen Übel, wie mir die beiden Zöllner versicherten, lag nur eine Lappalie vor. Er schuldete der Zentralbibliothek Zürich einen Betrag für nicht retournierte Bücher.

Am Sonntagabend machten Knobel und der Mann aus dem Mendrisiotto einen letzten Versuch, Verlorenes zurückzuholen, und am Montagmorgen eskortierten sie mich in aller Herrgottsfrühe zu einem Zug, der Richtung Gotthard ablegte. Der Deal nützte beiden Seiten. Ich hatte ihnen meinen Gewinn zurückerstattet, sie ließen mich illegal einreisen. Farewell, Gentlemen! Ich fühlte mich ziemlich gut. Als erstes würde ich in Zürich den lang vermissten Dada begrüßen, dann ins Fräcktal weiterfahren und mehrere Fliegen mit einer Klappe schlagen. Fliege eins: mich mit dem Vater versöhnen. Fliege zwei: die noch offenen Fragen zum Unfall klären. Fliege drei: dem Senior die drahtlose Telefonie schmackhaft machen und so ein Wiedersehen mit dem sozialistischen Engel in die Wege leiten.

Bei leichtem Nieselregen kam ich in Zürich an und lief hier gleich einem alten Bekannten in die Arme: Bruno, dem Kellner des Malatesta, wo ich zahllose Abende mit Isidor Quassi verbracht hatte.

»Hallo, Bruno, altes Haus!«

Er glotzte kurz, dann verschwand er, ohne sich umzusehen, im Gewühl des Limmatquais. Bruno war an mir vorübergezogen, als wäre ich ein Geist …

»Das war seine Mansarde, hier hat er gewohnt.«

An der Tür ein Zettel, vom Dunst des Treppenhauses fettig geworden, darauf der Name, kaum noch lesbar, vor achtzehn Jahren auf der Remington getippt: Heinrich Übel junior (das o herausgeschossen). Mit einem rasselnden Schlüsselbund öffnete die Weideli die Tür und ließ mich eintreten in eine Vergangenheit, die mir zugleich vertraut und fremd erschien. Der Tisch war leer – bedeckt nur mit dem Konfettiteppich aus kleinen und großen Os. Eine Matratze, ein Schlafsack, Konservendosen als Aschenbecher, ein schmutziges Glas, worin ein Tauchsieder steckte, und auf dem Fensterbrett vier Reißzwecken – nach der Trennung von Maureen hatte ich ihr Foto von der Wand genommen und die Fetzen dem Wind übergeben, der sie über die Dächer davongeweht hatte.

»Wissen Sie, wann er verschwunden ist?«

»Im vergangenen Februar.«

»Sind Sie sicher?«

»Ja. Ich kann mich sogar noch an den Abend erinnern, als die Sekretärin seines Vaters angerufen hat. Eine sehr charmante Person. Sie hat mich höflich gebeten, den Mieter Übel bittschön an den Apparat zu holen.«

»Worum ging's?«

»Als Hausabwarte sind wir sehr diskret, mein Gatte und ich.« Wie eine Nonne schlug die Weideli die Augen nieder. »In die Angelegenheiten unserer Mieter mischen wir uns nicht ein. Sind Sie ein Freund von ihm?«

Ich schob die Unterlippe vor.

Sie wischte aus der Tür, ans Treppengeländer, sah kurz nach unten. »Meinen Sie, dass er …?«

150

Ich hob die Schultern.

»Ja. Das hat auch der Schauspieler vermutet. Von dem hat er nämlich den Wagen gehabt. Ebenfalls ein Penner. Wie der Mieter Übel.«

»Schwarzer Anzug, Schädelglatze, ein Halbkranz langer dünner Haare?«

»Genau. Der war's.«

»Quassi heißt der Kerl.«

»Früher hat er Übel regelmäßig abgeholt. Dann sind sie saufen gegangen, ins Malatesta.«

»Gesoffen hat nur der Schauspieler.«

»Sein Vater, ein Fabrikant, soll Übel enterbt haben.«

»Das ist mir neu.«

»Völlig zurecht, wenn Sie mich fragen. So einer schafft es, ein Vermögen in Nullkommanix durchzubringen ...«

Wieder eilte die Weideli zum Geländer, blickte nach unten, kehrte zurück und erklärte im Brustton der sittlich Empörten: »Der alte Übel kommt dauernd im Fernsehen. *Tut es! Tut es! Tut es!* Als wär der Mensch ein Tier! Bin ich ein Tier?« Sie bleckte eine blitzende Oberleiste. »Der Junior sollte damals sofort zum Vater kommen. Als er den Hörer aufgehängt hat, war er ganz bleich. Mein Mann und ich waren gerade beim Abendessen. Ich hab dem Mieter Übel ebenfalls einen Teller geschöpft, Brennnesselsuppe. Deshalb weiß ich, dass es Februar war – zu der Zeit ist es schwierig, verwertbare Büschel zu pflücken.«

»Können Sie sich erinnern, wie spät es war?«

»Etwa halb sechs. Während Übel die Suppe gegessen hat, ist unten im Hof der Schauspieler aufgetaucht, wie jeden Abend.«

»Quassi.«

»Aber Mieter Übel musste erst die Suppe fertigessen. Da ist Quassi wieder abgehauen. Von dem könnten wir Ihnen Dinge erzählen, die glauben Sie nicht. Das ist ein ganz Abgefeimter, und erst seine Mutter!«

»Übel löffelte also die Suppe aus. Und dann, Signora?«

»Dann ging er ins Malatesta. Mit den öffentlichen Verkehrsmitteln wäre er an diesem Abend nicht mehr ins Fräcktal gekommen.«

Ich trat ans Fenster, sah in den grauen Vormittag hinaus.

»Und weiter? Mir gegenüber können Sie offen reden, Signora. Wenn Sie als Informantin anonym bleiben möchten, können wir Ihnen das selbstverständlich garantieren.«

»Ist eine Belohnung drin?«

Ich schob wieder die Unterlippe vor.

»Um Übel herum war es nicht sauber. Das zeigt ja auch seine Bekanntschaft mit dem Schauspieler. Aber am besten erkundigen Sie sich bei den Italienern. Ganz unten, Parterre rechts. *Er* ist soweit in Ordnung, Polier bei Zerrutti.«

»Und die Frau? Nur keine Hemmungen, Signora …«

»Weideli.«

»Weideli. Sie sind eine vertrauenswürdige Person.«

»Mit garantiertem Quellenschutz?« Erneut huschte sie ans Geländer, war aber sofort wieder da und zeigte durch das Fenster nach unten in den Hofschacht: »Wenn der Mann der Italienischen auf dem Bau ist, läuft da so manches. Mehr sag ich nicht. Auch der Schauspieler war vernarrt in sie.«

»Und sie in ihn?«

»Wo denken Sie hin! Dass der kein Geld hat, merkt doch jede.«

Ich nahm eine Reißzwecke vom mehligen Fensterbrett und verblüffte die Weideli mit der Bemerkung, auf dem Tisch habe eine Schreibmaschine gestanden, eine Remington.

Sie fuhr entrüstet zurück. »Was – kostbar war die?!«

»Wer sie gestohlen hat, könnte Ärger bekommen.«

»Der Schauspieler war's, dieser Quassi! Er hat behauptet, sein Freund hätte ihm die Maschine vermacht.«

Unwillkürlich hatte ich den Federleichten abgenommen. »Moment mal, liebe verehrte Signora! Hat Quassi tatsächlich … *vermacht* gesagt?«

Sie nickte. »Wörtlich! Dabei ist mir klargeworden: Den Übel hat's erwischt. Tot. Sind Sie im Fischhandel?«

Verdammt, die alte Jägerin roch den Lachs, den ich für Dada gekauft hatte! Wir starrten einander an, und endlich erkannte ich, was mich an ihr schon die ganze Zeit befremdete: das Gebiss. Es war zu groß im hageren Gesicht. Und zu sauber, wie das von ihr gewartete Haus. Und zu neu und so blitzend wie die Äuglein, die mich misstrauisch musterten. Eigentlich hatte ich noch einen Blick in den Dachboden werfen wollen, auf die Umzugskartons mit Heinrich Übels Lebenskatalog, aber dann sah ich doch davon ab – zu riskant! Der Papierpalast war die Schutzburg von Dada; tief im Innern bewohnte er sein Gemach. Und obwohl er kaum so unvorsichtig sein würde, dem Feind sein Versteck zu verraten, war es doch besser, ich kam später ohne die Weideli wieder. Sie bückte sich zum Kissen auf dem Bett hinunter und entdeckte ein weißes Schnauzhaar.

»Wenn ich dieses Stinktier erwische!«, zischte sie. »Sind Sie ein Verwandter von ihm?«

»Wie bitte?«

»Wegen der Augen«, sagte sie. »Sie haben den gleichen Blick. Und die Braue, die linke! Genau wie beim Übel! Merken Sie nicht, wie Sie Ihre Braue dauernd hochschieben?«

»Ah ja, wirklich?«

Gebleckte Zähne, funkelnde Äuglein.

»Und statt anständig zu antworten, wie es sich gehört«, meinte die Weideli hinterhältig, »hat er meistens *Ah ja, wirklich* gesagt. Wie die Juden. Wenn Sie einen Juden etwas fragen, antwortet der Jud mit einer Gegenfrage.«

»Ah ja …?«

Ich musste aufpassen. Die Abwartin Weideli war gerissener als jeder Zollbeamte. Auch machte sich der eingepackte Lachs immer stärker bemerkbar (vor allem für den hungrigen Dada in seinem Palast hinter der Blechtür), aber statt treppab zu verschwinden, hievte ich wieder die Augenbraue in die Stirn, die linke, wie Übel. Mir war etwas Komisches eingefallen: Lazarus. Don Florio hatte ihn beim Begräbnis des Paten als prominenten Zeugen für den Weiterwandel der Seele beschworen. Unser Herr Jesus Christus, hatte er durch sein Megaphon gescheppert, habe Lazarus erst am vierten Tag von den Toten auferweckt, weshalb der Leib schon etwas gedunsen und die Haut bleichgrünlich verwest gewesen sei. Kein leichtes Schicksal! Lazarus, so Don Florio, hänge seit seiner Auferstehung in Hafenstädten am Mittelmeer herum, und zwar stets in der Nähe der Fischstände, wo sein Verwesungsgeruch nicht weiter auffalle … wo war ich gerade?

Ach ja, beim Lachs. Ich musste die Gefahrenzone so bald

als möglich verlassen, sonst wurde der arme Palastbewohner da drüben noch wahnsinnig. Auch war es gar nicht nötig, das Verhör mit der Weideli fortzusetzen. Ihre Aussagen bestätigten meine Unfallversion, das war für mich das Wichtigste: An einem Abend im Februar hatten sie mich an den Telefonapparat ihrer Wohnung geholt, und nach einem tapfer heruntergewürgten Teller Brennesselsuppe war ich ins Malatesta geeilt, um Quassis Chevy auszuleihen. Also konnte ich davon ausgehen, dass auch der Rest stimmte: die Fahrt ins verwinterte Hochtal und der Crash auf der Brücke. Alles drängte einer sauberen Lösung entgegen. Das Dumme war nur, dass ich noch nicht zur zweiten Heimkehr aufbrechen durfte, denn zu allem Übel roch ich nicht nur nach Fisch, ich roch auch nach Schaf, nach der eingepferchten Herde im Zoll-Lager von Cadenazzo – ich böckelte, wie man im Schweizerdeutschen sagt, und was die Weideli von dieser Duftnote hielt, war mir klar. Sie passte schlecht zum vornehmen Italiener, als der ich mich bei ihr eingeführt hatte, jedoch bestens zu Übel junior, dem notorischen Pannenheini.

»Wenigstens keine Kakerlaken«, bemerkte sie bitter. »In seinem Briefkasten steckt die Kündigung. Geht bis Ultimo keine Miete ein, kommt der ganze Karsumpel auf den Müll.«

Sie zog den Stecker des Tauchsieders und der Bettleuchte heraus und lehnte sich dann, um die Läden zuzuziehen, mit ausgestreckten Armen aus dem Fenster – als wollte sie wie eine Hexe davonfliegen. Ich überlegte, ob ich es vielleicht doch riskieren konnte, die Bücher, die ich der Bibliothek schuldete, mitzunehmen – dem frechen Quassi war es ja auch gelungen, sich die Remington unter den Nagel zu reißen.

»Signora, die Ausleihfrist dieser Bücher ist schon seit Dezember abgelaufen. Wenn Sie nichts dagegen haben, bringe ich sie zurück. Rechtlich gehören sie der Bibliothek, nicht Ihrem Mieter.«

»Hinaus mit Ihnen, ich habe meine Zeit nicht gestohlen.«

Die Tür zur Mansarde wurde verriegelt, und mit zwei spitzen Fingern löste sie den angeklebten Zettel ab. Auf einen Protest verzichtete ich. Es traf ja zu: Einen »Heinrich Übel junior« gab es nicht mehr. Im Treppenhaus sollte ich wie ein Delinquent vorangehen; sie folgte mir mit klirrendem Schlüsselbund. Auf der zweiten Etage vernahm ich im Rücken ein Kichern.

»Mieter Dill hat gemeint, Übel sei vielleicht ein Dichter gewesen«, sagte die Weideli.

»Ah ja …?«

»Eines Nachts hat er Tausende von Seiten in die Abfalltonnen gestopft. Schreiben, hat Mieter Dill gesagt, könne jeder Trottel, nur ein Dichter könne wegschmeißen.«

»Da ist was dran, Signora …«

»Weideli«, tönte es misstrauisch in meinem Rücken.

Es war wohl besser, ich verzichtete auf weitere Fragen und haute ab.

»Es soll ja öfter vorkommen«, setzte sie hinzu, »dass sie eine Pfeife nach dem Tod zum Genie ausrufen. Durchaus möglich, dass das auch mit Mieter Übel passiert.«

»Ah ja …?«

»Eine Pfeife war er nämlich.«

Auf der ersten Etage blieb sie stehen, die Arme unter der Brust verschränkt, ein dürres Denkmal hiesiger Rechtschaffenheit. Ich lüpfte den Federleichten. Auf dem Dachboden würden jetzt zwei Augen funkeln ... Dada!

Einige Köpfe ragten aus den Fassaden, wie für die Guillotine auf die Simse gelegt, und glotzten neugierig herab. Achtzehn Jahre hatte ich hier verbracht, doch war mir das Haus zum Zeisig mit seiner Mansarde, der misstrauischen Weideli, dem düsteren Treppenhaus, der pingeligen Sauberkeit und dem aus einem früheren Jahrhundert übrig gebliebenen Sandsteinbrunnen im Hinterhof so fremd geworden, als gehörte es in eine andere Zeit. Das Wasser sprudelte durch ein Flintenrohr, das die letzte Kugel vor zwei Jahrhunderten abgefeuert hatte, und bestimmt scheute das Abwarte-Ehepaar Weideli keine Mühe, das Rohr weiterhin in rostfreiem Zustand zu halten. Peinlich sauber waren auch die Abfalltonnen, die Kellerfenster, die an Metzgerhaken aufgehängten Velos. Schmutzig erschien nur der Himmel. Über dem Hofschacht sabberte aus grauen Wolkengebirgen eitriges Licht. Ob ich es wagen durfte, den Lachs hinter die Tonnen zu schmuggeln? Aus der ersten Etage des Vorderhauses wehte ein dünnes Klimpern. Mieter Dill. Dill spielte seit Jahren dasselbe Stück. Buxtehude. Ich hörte ihm eine Weile zu und fragte mich, was ihn dazu gebracht haben könnte, in mir einen Dichter zu sehen – etwa das jahrelange Geklapper der Remington? Ach ja, meine liebe Schreibmaschine! Der dreiste Quassi hatte sie aus dem Haus getragen und verhökert – für ein paar Biere. Nicht die Fremde war fremd, fremd war die Heimat, die man draußen für immer verlor. Das hatten schon Odysseus, Robinson und all die anderen, die eines Tages zurückgekehrt waren, bitter erfahren müssen. On ne revient jamais. Man blieb draußen. Für immer.

Die Köpfe an den Fenstern waren verschwunden. Ich huschte hinter die Mülltonnen und deponierte mein Geschenk. Wenig später vernahm ich ein leises Maunzen. Dada war der einzige, der den Rückkehrer wiedererkannte.

Als sich Augen an meinen Rücken hefteten, wusste ich sofort, wer es war: der Mann der schönen Italienerin aus der Parterrewohnung. Ich wusste zudem, dass er im Küchenfenster lehnen würde, und rechnete damit, als Landsmann angesprochen zu werden. Ich wandte mich langsam um. Ich erwiderte seine Neugier mit einem Blick aus meiner Sonnenbrille und erzeugte die erwartete Reaktion.

»Signore«, sagte er auf Italienisch, »Sie sehen aus, als wären Sie eben angekommen. Mit dem Nachtzug?«

Hinter der Küche der Parterrewohnung lag das Kinderzimmer, wie ein Tonstudio mit Matratzen und Eierkartons ausgepolstert, denn der italienische Lärm sollte nicht in die Schweizer Stille dringen. Doch plötzlich explodierte Geschrei, sämtliche Bambini platzten heraus, hinter ihnen die Mamma, ein Baby an der Brust, und so plötzlich, wie es laut geworden war, wurde es wieder still. Neben dem kleinen dicken Bauarbeiter war sie eine Schönheit, groß und stolz, mit einem Turm aus schwarzen Haaren. Sie glich Sophia Loren, deren Mann, der berühmte Filmproduzent Carlo Ponti, genauso klein und bullig war wie der Polier, der noch immer im Fenster lehnte, die Pulle in der mehligen Betonpranke. Ich hatte mich nie getraut, die Loren anzusprechen, selbst für einen Gruß war ich zu scheu gewesen, und hatten an der Wäschespinne ihre Dessous gehangen, schwarze Seidenstrümpfe Schlüpfer Strapse, war ich mit heißen Ohren daran vorbeigeschlichen …

Ich warf einen Blick auf die Fingernägel der linken Hand. Ich rieb die Nägel am Revers. Ich ließ mir Zeit. Ich schnippte einen der kleineren Jungen herbei und übergab ihm die Reisetasche. Sophia Loren hatte eben ihr Kleines gestillt, und der winzige Popo saß wie ein Pfirsich auf Mammas schwarz behaartem Unterarm. Es wurde Zeit, mich zu legitimieren. Ich griff mit der umgekehrten Schwurhand zum Federleichten, nahm ihn an die Brust und präsentierte meine Narbe.

»Zu Hause nennen sie mich Dutturi«, sagte ich mit belegter Stimme.

Die Magie der Narbe – bei diesen Itakern wirkte sie wieder. Unter seinem Bartschatten wurde Ponti kreidebleich, und Sophia Loren legte los wie eine Primadonna: »Warum bietest du ihm nichts an, siehst du nicht, dass der Signore eine weite Reise hinter sich hat? Und nimm endlich die Milch vom Herd, sie kocht gleich über!«

Ein kokettes Lächeln erschien auf ihren vollen Lippen.

»Signora«, sprach ich, »vermutlich denken Sie, dass ich aus Sizilien komme. Und dass wir dort nichts als Schafe haben, Fliegen und Schafe. Stimmt schon. Aber den verdammten Schafsgeruch haben mir die Schweizer verpasst. An der Grenze. Im Zoll-Lager. Die Schweinehunde haben mich übers Wochenende festgehalten.«

»Wir können Ihren Anzug ins Baur en ville bringen«,

schlug sie vor. »Ein Grandhotel, nicht weit von hier. In drei Stunden haben Sie ihn wieder.«

»In einer Stunde, Signora.«

Nach einem hektischen Flüsterdialog beeilte sich das Ehepaar, seine Kinderschar auf mich zuzuschieben, als wäre ich der Weihnachtsmann. Ein Mädchen nach dem andern knickste; die Buben brachten keinen Laut hervor. Ich dankte der Mamma, an der das Baby schlief, mit einem anerkennenden Blick. Wie immer ihr Privatleben aussehen mochte, ihre Brut hatte sie im Griff – und neben dem kleinen dicken Ponti, der auf schwarzen Stummelzähnen grinste, war sie wirklich eine Schönheit, zumindest für den italienischen Geschmack.

»Wir leben in beengten Verhältnissen, Dutturi, schauen Sie nicht auf das Chaos«, entschuldigte sie sich. »Darf ich Sie hereinbitten? Es ist uns eine Ehre!«

Ich löste meine goldenen Manschettenknöpfe, schüttelte sie wie Pokerwürfel in den hohlen Händen, ließ sie auf das Fenstersims kullern: »Für dich, Ponti.«

Ich schob mit dem Fuß einen Haufen Spielzeug beiseite und stellte mich gleich neben der Tür an die Wand, so dass ich im Spiegel über dem geschirrgefüllten Spülbecken den Hof im Blick hatte. Ich hielt Ponti die Zigarettenschachtel hin. Er klaubte eine heraus, seine Finger zitterten. Ich deutete mit dem Daumen über die Schulter, auf die gegenüberliegende Fassade.

»Kannten Sie den Mann, der ganz oben wohnte, in der Mansarde?«

»Ja«, meinte Sophia Loren, »vom Sehen. Manchmal hat er im Hof einen alten Kater gefüttert.«

»Lebt er noch?«

»Der aus der Mansarde?«

»Der Kater.«

Ein großer Fehler war es nicht, nur ein kleiner, aber Sophia Loren weitete auf einmal ihre Nasenflügel: ein Italiener, der Katzen liebt? Ein ehrenwerter Herr, der nach Schafen riecht? Ich musste auf der Hut sein. »Der Kater ist aus der Spiegelgasse zu uns gekommen«, erklärte Ponti und goss die schäumende Milch in die vielen Tassen.

»Dada!«, riefen die Kinder, »er heißt Dada!«

Eine Minute später trollte sich die Schar in die Schule.

»Wie war er denn so«, fragte ich, »der Mann, den ich suche?«

»Ein Spanner«, sagte eine junge Stimme aus dem Elternschlafzimmer. »Er hat stundenlang im Fenster gelegen. Mit einem Opernglas!«

Kein Zweifel, das war Marcello, der Älteste! Ungeniert gab er sich auf Mammas zerwühltem Bett der Selbstbefriedigung hin. Ich zog diskret die Tür zu.

»Haben Sie eine Ahnung, was mit ihm passiert ist?«

»Nein«, beschied mich die Loren. »Sein Mädchen war noch zwei- oder dreimal hier. Die mit dem Hinkebein.«

»Maureen. Sie haben sich vor gut zwei Jahren getrennt. Was wollte sie?«

»Sie hat uns dasselbe gefragt wie Sie. Ob wir wissen, was mit ihm passiert ist.«

»Was haben Sie geantwortet?«

»Das gleiche wie Ihnen: dass er verschwunden ist.«

Ich trat ans Fenster, legte die Hände auf den Rücken, sagte leise: »Das klingt ja, als wäre er bei seinem Unfall ...«

»War es ein Unfall?«

Es begann zu regnen, in der engen Parterrewohnung wurde es dunkler.

»Wie machen wir's mit dem Anzug, Signora?«

»Marcello bringt ihn zur Reinigung. Er muss sich nur noch die Zähne putzen. Ee, Marcello, hast du gehört? Und zieh ein frisches Hemd an! Haben Sie schon ein Zimmer, Dutturi?«

Ich suchte mit den Augen den Hof ab, die schwarzen Tonnen, den Veloständer, die zinnenbesetzte Mauer.

Die Loren trat hinter mich und flüsterte: »Ganz in der Nähe gibt es ein sicheres Haus, das Hotel Moderne. Es gehört Don Sturzo. Mein Mann kann Ihnen dort ein Zimmer organisieren.«

Da ich so gut wie pleite war, ging ich auf den Vorschlag ein. Wenn mich Ponti im Moderne als respektierte Person einführte, konnte das nur von Vorteil sein. Er streckte mir seine Betonfaust hin, die ich natürlich übersah, und machte sich auf den Weg. Das Baby schlief im Kinderwagen, dem Modell Erika aus unserer Produktion. Vor einer kitschig bunten, mit einem Rosenkranz umwickelten Madonna brannte eine Kerze und versah Sophia Loren mit einer zart goldenen Aura. Sie servierte mir einen italienischen Kaffee.

»War's ein Autounfall?«, kam sie auf Übel zurück.

Ich rührte den Zucker um, hielt mir das Tässchen unter die Nase, legte den Kopf in den Nacken, schloss die Augen, atmete das Aroma ein, und ach, kurz war das Glück, rasch genossen, schon vorbei.

»Noch eine Tasse, Dutturi?«

»Danke, Signora. Erst mal eine Zigarette!«

Sie steckte sich ebenfalls eine an. Nach einem längeren Schweigen blies sie den Rauch durch die Nase und sagte: »Ich hab sofort gespürt, wer Sie sind.«

Unterlippe vorschieben.

»Der Rächer«, sagte sie.

Omertà!

»Dutturi, mit mir können Sie offen reden. Don Sturzo gehören hier in der Gegend die meisten Läden. Für einige soll er bald eine Nachtkonzession erhalten.«

»Donnerwetter, die Protestantenstadt wird munter!«

»Auf den Straßen will er Cafés eröffnen.«

»Wenn nur der Regen nicht wäre!«

»Und die Jugos!«, zischte die Loren. »Letzthin ist Sturzo von einer Nutte gekommen. Er öffnet die Tür seines Maserati, da rutscht eine Tonne Kieselsteine heraus, wie von der Ladefläche eines Lastwagens. Die Kiesel haben ihn glatt von den Beinen geholt. Hilflos hat er im Kies gelegen, zugedeckt bis zum Hals.«

»Die Jugos …«

»Serben. Bald gehört ihnen ganz Zürich. Nicht weit von hier ist eine Apotheke. Dort können Sie ein Rezept abgeben, mit einem Namen drauf. Innerhalb von drei Tagen erscheint der Name in der Zeitung: als Todesanzeige.«

»Wieviel?«

»Zwischen fünf und zehn Mille. Aber seit der Don mit einer Schweizerin verheiratet ist, hat er sich aus diesem Geschäft zurückgezogen. Das ist jetzt alles in serbischer Hand. Offiziell sind die Sturzo-Strässles nur noch im Weinhandel tätig, und wenn alles klappt, haben sie bald ihre Straßencafés. Aber gewisse Dinge müssen natürlich erledigt werden. Die Schmach mit dem Kies in seinem Maserati kann er nicht auf sich sitzen lassen. Geben Sie's zu, Dutturi, Sie sind der Mann, der die Sache in Ordnung bringt.«

Fast unheimlich: Ich hatte in den wenigen Stunden nach meiner Ankunft mehr über Zürich erfahren als Übel in zwei Jahrzehnten.

Ich sagte: »Signora, Sie würden meinem Boss gefallen. Der mag kluge Mädchen.«

»Es ist lange her, Dutturi, dass man mich so genannt hat.«

»Dann kommen Sie nicht mit den richtigen Leuten zusammen.«

»Jetzt schon«, flüsterte sie, und betörend umfing mich ihr Duft, ein Cocktail aus leicht säuerlicher Milch Seife Schminke Schweiß Zigarettenrauch.

»Ich arbeite nicht für Sturzo. Mein Job ist es, den Fall des Mansardenmieters aufzuklären. Wann haben Sie ihn zuletzt gesehen?«

»Keine Ahnung«, sagte sie. Und hörbar schluckte sie ihre Lüge hinunter. Damit stand für mich fest, dass mir auch Sophia Loren, wie vorhin die Weideli, etwas verheimlichte.

Sie sagte: »Es geht mich zwar nichts an, Dutturi, aber ich finde, Sie sollten eine Dusche nehmen.«

»Signora, ich war über das ganze Wochenende in dem verdammten Zoll-Lager, direkt neben einem Pferch voller Schafe.«

Sie strich mit dem Zeigefinger über meine Narbe. »Ich mag Männer, die dem Tod in die Fresse geblickt haben … und tief in die Herzen der Frauen.«

Die echte Sophia Loren hätte den Satz nicht besser hinbekommen.

Das fensterlose Elternschlafzimmer bestand aus einem zerwühlten Doppelbett, diversen Schränken, einem hölzernen Kruzifix und einem Rennvelo, das an der Wand lehnte. In meiner Schläfe setzte ein Klopfen ein; die Glatze überzog sich mit Tropfen … Lusttropfen, hätte die Aktivistin gesagt.

»Die nächste Stunde haben wir für uns«, sagte die Loren.

»Und der Junge?«

»Marcello? Der weiß, was sich gehört.«

Als Übel junior hatte ich ganze Nächte lang von dieser Frau geträumt, von ihren breiten Hüften, den vollen Brüsten, den stark behaarten Armen, und es war mein heißer Wunsch gewesen, ihre an der Wäschespinne tropfenden Dessous mit Daumen und Zeigefinger zu befühlen, aber nie, nicht einmal in finsterer Nacht, wenn ich angesoffen aus dem Malatesta gekommen war, hatte ich mich getraut, unter diesen Baum mit den verbotenen Früchten zu treten.

Sie fragte: »Hast du Übel gekannt?«

»Ja und nein. Alles in allem, würde ich meinen, war er besser als sein Ruf. Er hat es nicht leicht gehabt. Als er sieben war und das Einmaleins lernen sollte, ist seine Mama gestorben. Ihr Tod ist ein Geheimnis, und es gab eine Zeit, da er durch Zürich gezogen ist, um nach ihr zu suchen. Sie hat Aquarelle gemalt, und er hat immer gehofft, in den vielen Galerien auf ihre Spur zu stoßen. Aber irgendwann hat er einsehen müssen, dass er ein Phantom jagt. Sie wissen, wer sein Vater ist?«

»O ja, der kommt dauernd im Fernsehen. Er sagt, wir sollen es tun …« Ein verschämtes Kichern. »Tut es mit meinen Verhüterli!«

»Im letzten Februar wurde der Junior nach Hause gerufen, bei Nacht und Nebel. Dabei ist er verunglückt. Nicht weit vom Ziel. Auf einer Brücke. Vermutlich hat er noch versucht, ans Ufer zu kommen, zu einem Wohnwagen«, hörte ich mich zu meiner Überraschung sagen. »Die Frau im Wohnwagen war früher seine Kinderfrau, eine Kalabresin, Cala wird sie genannt. Als Mannequin hat sie ganze Kataloge der Gummifabrik gefüllt.« Ich legte zwei Finger unter Sophias Kinn, hob es ein wenig an und sagte: »Du gleichst ihr.«

»Dem Model?«

Ich ließ die Finger unter ihrem Kinn. »Sophia hat er dich genannt.«

»Sophia?«

Ich nickte. »Scheint so, als hättest du ihn an Sophia Loren erinnert. Von ihm waren auch die Rosen. Auf dem Fensterbrett, etwa alle zwei Monate.«

»Nein«, sagte sie, »die Rosen waren von Quassi. Aber mit dem wollte ich nichts zu tun haben. Quassi hat die Rosen vom Friedhof gestohlen.«

»Ah ja, wirklich?«

»Manchmal hat noch die Beileidskarte im Bouquet gesteckt.«

»Dieser Idiot!«, entfuhr es mir, und zum ersten Mal hatte ich das Gefühl, von jenem Übel, der ich gewesen war, abgespalten zu sein. Denn mir, dem jetzigen Übel, würde kaum widerfahren, was dem früheren widerfahren war: Zuerst übersieht er im geklauten Blumenbouquet die Trauerkarte, und dann merkt er nicht einmal, dass sich Quassi Sophia Loren gegenüber als der großzügige Kavalier aufspielt. Ich hockte auf der Bettkante, sie trat vor mich hin und wandte mir den gewölbten Hintern zu, auf dem wie ein Schmetterling der Schürzenknoten lag. Sie erwartete, dass ich ihn löste, aber statt an der Schlaufe zu ziehen, schob ich mich am reglos wartenden Gesäß vorbei vom Bett und setzte mich wieder in die düstere Küche. Ich hörte, wie sie aus ihren Kleidern schlüpfte. Dann trat sie in den Dessous, die für Übel am verbotenen Baum der Wäschespinne gehangen hatten, in die Tür.

»Auf meinen Mann können wir uns verlassen. Dem ist klar, dass die Mamma ab und zu mal eine heftige Nummer nötig hat.«

Sie setzte sich neben mich, legte ihre warme weiche Hand auf meine: »Dutturi«, hauchte sie, »glaub mir, wir sind allein. Marcello bringt deinen Anzug in die Reinigung.«

»Es ist mir wichtig, dass Sie es wissen … dass du es weißt, Sophia. Die Rosen waren von Übel. Ubel«, korrigierte ich mich, denn Italiener brachten kein »ü« zustande. »Ubel hat dich heimlich verehrt. Sehr keusch, sehr diskret und immer aus der Ferne. Nah war er dir nur …«

»Mit dem Opernglas?«

»In seinen Gedichten.«

»Ist das wahr?«

»Dein Atem riecht wie Frühlingswind … dein Leib wie Honig … schön bist du wie der Mond in der vierzehnten Nacht.«

»Hat *er* das gedichtet?«

Unter meiner Sonnenbrille rannen Tränen hervor.

Sie, ebenfalls schluchzend: »Aber dann war er ja …«

»Un poeta.«

»Veramente un poeta!«

Das Baby schlief, im Mäulchen einen Schnuller, den ich vor Jahrzehnten textiert hatte (kieferformend!). Regentropfen krochen über die schmierige Fensterscheibe. Der Hof glänzte nass. Der frühere Übel rückte in immer weitere Fernen, Sophia jedoch fand ihn zunehmend romantischer und weckte eine sonderbare Eifersucht in mir: Eifersucht auf mich selbst, den Junior.

»Dutturi«, flüsterte sie, »Ubel wird nicht mehr kommen. Nie mehr.«

»Bist du sicher?«

»Ja«, sagte sie, »beide sind weg.«

»Beide?«

»Ubel und Dada.«

»Das stimmt nicht!«, rief Marcello. »Dada ist noch hier!«

Mit einem Geschirrtuch ihren Busen bedeckend und ihrem Sohn alle sieben Plagen Ägyptens an den Buckel wünschend, floh die Loren ins Schlafzimmer. Eine Spülung rumpelte, und aus dem engen, mit Staubsauger, Besen und einem Gipsheiligen vollgestellten Klosett trat im seidenen Pyjama Marcello. Er hatte sich in meiner Abwesenheit zu einem Riesenbaby entwickelt, vollgestopft mit Pizza und Polenta und Pasta, kratzte sich mit den fetten Fingern an der Wampe und meinte: »Spanner, das war eine ziemlich miese Show. Mir kannst du nichts vormachen. Willkommen zu Hause.«

Hotel Moderne, Zimmer 34, sechs Stunden später. Ich stand im Bademantel am Fenster, den federleichten Hut auf dem Kopf, die Krempe in die Stirn gezogen, eine Fluppe im Mundwinkel und wartete auf Marcello, das Riesenbaby. Ihm würde seine Frechheit noch leidtun – draußen in der Welt hatte ich gelernt, in solchen Fällen für klare Verhältnisse zu sorgen. Aber mein Problem war nicht Marcello, sondern diese Stadt. Ich befand mich nicht mehr in Afrika, wo um diese Zeit das Leben wogte, wo es würzig nach Feuer, Hammelfett und scharfen Gewürzen duftete und wo einem bestimmt irgendein alter Tropenhengst über den Weg lief, der sich bei einem Pokerspielchen bis aufs Hemd ausnehmen ließ. Da draußen war auch nicht Pollazzu, wo jetzt die Fischerflotte ausfuhr und in der Hafenbar dem Dutturi der erste Negroni serviert würde. Da draußen schrie keiner, da hupte keiner, es knatterten keine Apes und tuckerten keine Vespas, da floss der Abendverkehr mit ruhiger Regelmäßigkeit durch den dezent fallenden Regen. Die Passanten, viele mit Schirmen, eilten wie Schlafwandler ihren Zielen zu. Schon nahm die Frequenz ab. Bald würde die Stadt leer sein, Feierabend.

Marcello, der mir den chemisch gereinigten Anzug bringen sollte, schien es nicht besonders eilig zu haben – er ahnte ja noch nicht, dass der Übel von früher, der sich von einem Dreckskerl wie ihm als Spanner titulieren ließ, passé war, und in dieser Hinsicht war meine Verwandlung ein Segen. Aber sie hatte auch eine Schattenseite, und wagte ich es, mich darauf einzulassen, verlor die in der Scheibe gespiegelte Fresse ihre Selbstsicherheit. Was war am Ende der Unfallnacht passiert? Hatte ich tatsächlich als Weihnachtsmann am Brückengeländer gehockt, den Holzstiel einer Schelle in der erstarrten Hand?

So könnte es abgelaufen sein: Nachdem ich mich aus dem Wrack befreit hatte, war ich auf die andere Seite des Sees gegangen, zu Cala, meiner kalabresischen Ersatzmutter. Cala könnte dann von der Telefonkabine aus Palombi zu Hilfe gerufen haben. Palombi, ein gebürtiger Sizilianer, war zum Erstaunen aller nach seiner Entlassung aus der Fabrik in der Gegend geblieben – am Eingang zum Fräcker Tobel hatte er die Alte Post gepachtet. Früher waren Cala und Palombi ein Paar gewesen, und im Unterschied zu den anderen Angestellten hatten mich beide gemocht. Deshalb hielt ich es für möglich, dass sie mich gerettet, mit Klamotten versehen, über die Grenze spediert und vor der Wut des Stiers in Sicherheit gebracht hatten, logischerweise in ihre Heimat, wo ich dann nach einigen Tagen oder Wochen aus der schlag- und schockbedingten Amnesie erwacht und ins Bewusstsein zurückgekehrt war.

Etwas störte mich an dieser Hypothese: der Gang ans andere Ufer, weg vom Vater und hin zu Cala. Denn dies legte den Schluss nahe, dass ich das Wrack in Fahrtrichtung verlassen hatte, was wiederum bedeuten würde, dass ich nicht auf der Hin-, sondern auf der Rückfahrt verunglückt war. In diesem Fall hätte die Heimkehr des verlorenen Sohns bereits stattgefunden – und wieder einmal wäre alles schiefgelaufen. Nach einer Auseinandersetzung mit dem Vater hätte ich mich hinters Steuer geklemmt, hätte auf die Tube gedrückt und wäre draußen auf der Brücke gekentert.

21 Uhr. Im Ampellicht bildeten sich orangene Teiche auf dem nassen Asphalt, wurden gelöscht geworfen gelöscht geworfen, alles andere hingegen wirkte in dieser Stadt wie

sediert: der Verkehr, der Regen, der Fluss, auch der auf- und
absteigende Lift oder andere Geräusche des Hotels. »Marcello, der Dutturi schätzt es nicht, mit dem Würstli in der
Mansarde verwechselt zu werden!«, übte ich den Satz, mit
dem ich ihn empfangen würde, aber er klopfte nicht, der
vollgefressene Forabut, und ohne meinen Anzug würde
ich da draußen keine Chance haben – in Pontis Sonntagsgewand, das mir Sophia Loren für den Gang ins Moderne
ausgeliehen hatte, sah ich aus wie ein Fremdarbeiter. Sollte
ich mich in Ponti getäuscht haben? Oder in Sophia Loren?
Hatte das schöne Biest Don Sturzo alarmiert? Es war ihr zuzutrauen. Im Unterschied zu den hiesigen Italo-Männchen
hatte sie Format und war bestimmt hell genug, hinter meiner Person ein Geheimnis zu vermuten, das den hiesigen
Paten interessieren könnte.

Als das Riesenbaby neben meinem Bett den gereinigten
Anzug aus der Hülle löste, zeigte der digitale Wecker 23:02.
Ergab in der Quersumme Sieben. Ich schnellte auf die Beine.

»Du bist spät, mein Freund.«

»Die Wäscherei im Baur en ville bestand auf Bezahlung.
Hier ist die Rechnung«, sagte Marcello und stopfte die knisternde Verpackung in den Abfallkorb. »Wenn Sie so gütig
sein wollen, Dutturi …«

Er krümmte sich. Und kotzte ein wenig. Lag dann wimmernd in der Ecke. Mit beiden Händen hielt er seine Eier;
ich hatte sie ihm mit dem Knie ein bisschen gequetscht.

»Weißt du, Marcello«, sagte ich, auf dem Bett sitzend, an
die Wand gelehnt, eine Zigarette paffend, »Schweinehunde

mag man nicht bei uns auf Sizilien. Ihr habt euren Boss auf der Straße liegen lassen, auf dem Rücken, eingebettet von Kieselsteinen. Da darf es euch nicht erstaunen, wenn die Jugos frech werden, vor allem die Serben …«

Stöhnend stemmte er sich auf alle Viere.

Ich sagte: »Darf ich dich um einen Gefallen bitten? Ich bin etwas spät dran, und ich glaube nicht, dass ich es heute noch schaffe, alle meine Angelegenheiten zu erledigen.«

Allmählich bekam er wieder Luft. Ich ging ins Bad.

»Der Typ, den ich suche, heißt Ubel, und das letzte, was wir zuverlässig von ihm wissen, ist, dass er sich ein Auto ausgeliehen hat – von einem gewissen Quassi, einem Schauspieler und Schnorrer. IQ wird er genannt, sieht aus wie eine abgetakelte Vogelscheuche, mit einer Halbglatze, langen Strähnen und einer Goldrandbrille – der linke Bügel ist mit einem Heftpflaster geflickt.«

Im Zimmer blieb es still.

»Wo liegt das Problem, Marcello?«

»Wenn ich den Ober im Malatesta um einen Gefallen bitten soll, entschuldigen Sie, Dutturi, da muss ich dem eine Kleinigkeit geben. Für die chemische Reinigung …«

»Das ist eine gute Idee, Marcello. Tu das. Gib ihm eine Kleinigkeit.«

Er kniete immer noch auf dem Teppich. Ich setzte den Hut auf.

»Mach jetzt deine Kotze weg. Und lass das Fenster offen. Es könnte später werden, bis ich wiederkomme, aber dann erwarte ich deinen Rapport, mein Freund. Hör dich um. Für mich ist alles wichtig, was du über Ubel und Quas-

172

si im Malatesta erfährst. Vor allem möchte ich wissen, was aus Ubel geworden ist. Es kann ja nicht sein …«, unter der Tür blieb ich stehen, »… dass sich der Spanner in Luft aufgelöst hat.«

»Da haben Sie recht, Dutturi«, keuchte er.

»Marcello«, fragte ich freundlich, »was ist mit Dada los?«

»Ich weiß es nicht. Nachdem der Spanner aus der Mansarde verschwunden war, verschwand auch Dada. Dann kam er wieder, aber irgendwie anders, wie verwandelt.«

»Bist du sicher, dass es Dada ist?«

»Eigentlich schon«, meinte Marcello. »Tagsüber versteckt er sich auf dem Dachboden, genau wie früher, als der Spanner noch da war.« Er krümmte sich erneut. Und kotzte noch ein bisschen. Und kauerte wieder, wie vorhin, auf allen Vieren vor dem Bett. »Dutturi«, wimmerte er, »Sie sind so gut zu mir.«

Außer zwei oder drei Hundehaltern, die ihre Vierbeiner Gassi führten, war niemand mehr unterwegs. Am Himmel kein Mond, keine Sterne. Kaum Geräusche, nur unter den Straßen, wo die gepanzerten Tresortrakte all der Banken eine zweite, noch reichere Stadt bildeten, setzte sich im Kanalisationssystem das Regenrauschen fort. Am Limmatquai hingen an jedem Hauseingang Tafeln mit den Sprechstundenzeiten der Seelenklempner. Ebenso zahlreich waren Zahnarztpraxen und Apotheken. Bei einer fuhr gerade ein Taxi vor. Ein Herr mit Aktenkoffer stieg aus, blickte sich ängstlich um, deckte mit dem Hut das Gesicht ab, drückte die Nachtklingel, worauf sich ein schmales Fensterchen öffnete, ein gelblicher Gummihandschuh

173

das Rezept entgegennahm und das Taxi mit dem Herrn davonraste. Ich stellte mir schaudernd vor, wie der notierte Name drei Tage später ein letztes Mal auftauchen würde: in einer Todesanzeige der NZZ. Und auf einem schlichten Holzkreuz.

Hirschenplatz! Der Name erinnerte mich an Quassi (im Bett ein Hirsch, hatte Maureen gesagt, dennoch zärtlich!). Und wer klebte auf der Litfaßsäule, hinter der ich mich verbarg? – überlebensgroß der Vater: *Tut es mit meinen Verhüterli!* Ich wartete, bis Marcello kam und im Malatesta verschwand. Nach zwei Minuten stand er wieder auf der Straße, stopfte die Hände in die Taschen und eilte davon. Viel dürfte er nicht erfahren haben, aber Hauptsache, er hatte meinen Befehl ausgeführt – es war entschieden besser, den verschlagenen Dickwanst nicht zum Feind, sondern zum Freund zu haben. Endlich hatte es aufgehört zu regnen, ich schüttelte das Wasser vom Schirm, klappte ihn ein und machte ihn wieder zu einem enggerollten, eleganten Stab. Nur noch wenige Passanten – ein Besoffener, ein Freier und Nutten in Netzstrümpfen, Lackstiefeln, Hotpants. Punkt halb eins tauchte aus dem dunklen Malatesta Bruno auf, vom Kunstkritiker des Tagesanzeigers begleitet, und schloss seinen Laden ab. Ich wusste natürlich, wohin sich die beiden begeben würden: zu Ellen Ypsi-Feuz, bei der sich Nacht für Nacht die Zürcher TV-, Kunst- und Psychoszene einfand. Ellens künstlerische Talente wurden allgemein als mäßig taxiert, doch besaß sie den Ehrgeiz, den Willen, die Kraft und die Aura, stets den Mittelpunkt zu bilden, von berühmteren Kollegen, Kritikern und Galeristen hofiert zu werden und ihre Fäden zu ziehen, und zugegeben, auch ich hatte davon profitiert – ich hatte Ellen meine Mansarde zu verdanken. Und Maureen.

Ich trat hinter der Litfaßsäule hervor, verabschiedete mich mit gelüpftem Hut von Vater Übel, der in Überlebensgröße für seine Verhüterli warb, und folgte Ober Bruno und dem Kunstkritiker des Tagesanzeigers durch den verebbenden Nachtbetrieb zu Ellen. Die Wahrscheinlichkeit war hoch, dass ich dort neben viel Prominenz auch ihre Assistentin antreffen würde: Maureen, meine Ex.

Da sah ich ihn. Etwa zehn Meter entfernt. Im Dunkel einer Seitengasse. Ohne zu blinzeln glühten die beiden Augen, starre Scheiben. Am liebsten wäre ich in die Hocke gegangen, um ihn heranschleichen zu lassen, aber in diesem Augenblick bog ein Mädchen im Latexmäntelchen um die Ecke und humpelte die Gasse herab – mit einem Cowboyhut. Es war Maureen, keine andere als Maureen, meine Ex, ebenfalls auf dem Weg zu Ellen. Auf ihrem Hinkefuß schob sie sich auf mich zu.

Ich riss den Schirm in die Höhe: »Hallo, Maureen!«

Ohne Reaktion zog sie vorüber – als wäre ich ein Gespenst. Ich erstarrte mit dem Schirm – und konnte, meiner Ex nachglotzend, trotzdem wahrnehmen, dass Dada mich nachahmte. Wie ich den Schirm hisste, hisste er den Schwanz. Maureens Schritte entfernten sich ins Dunkel. Dann senkte ich den Schirm, Dada senkte den Schweif, und beide gingen wir aufeinander zu.

»Ich bin von einer längeren Reise zurück«, sagte ich. »Hast du den Lachs gefunden?«

Ein lautloser Satz, ein huschender Schatten – und die

Gasse war leer, auf den Pflastersteinen ein finsterer Glanz. Dada war verschwunden. Man steigt nicht zweimal in denselben Fluss, sagt Heraklit. In eine verlassene Heimat kehrt man nie zurück.

Ellen. Ellen Ypsi, damals eine brotlose Künstlerin, hatte einen gewissen Päuli Feuz geheiratet, einen Architekten und Immobilienbesitzer, der durch sie zu einem neuen Namen gekommen war. »Mein Pablo«, wie sie ihn zu nennen liebte, kaufte für Ellen ein altes Riegelhaus im Niederdorf, schachtete es bis zum Grundwasser aus und verwandelte das Innere in eine hochmoderne Galerie inklusive Atelier und Loft. Hier schmusten Börsianer mit Lyrikerinnen, Coiffeure diskutierten mit Schauspieleleven, Jungpoeten verliebten sich in die Damen der literarischen Kommission, und Läuchli-Burger, der Stadtrat, schwang zugleich das Tanzbein und die linke Faust. Ebenso berühmt wie der radikal linke Stadtrat waren die Dichter Traxel & Moff. Beide kümmerten sich rührend um Ellen. Beide schlichen wie sedierte Leoparden an den Bücherregalen entlang (diskret überprüfend, ob ihre neuesten Werke vorhanden waren), und beide brachten das Kunststück fertig, den andern vollständig zu ignorieren, was die Szene aber nicht hinderte, Traxel & Moff als Paar zu handeln, quasi als Doppelnamen, wie Lindt & Sprüngli.

Nachdem ich etwa ein Jahr bei Ellen verkehrt hatte, wagte ich es, dem Dichter Traxel mit brandheißen Ohren zu gestehen, ich sei der Schöpfer der Wohlfühlhose. Traxel hielt mich für einen Jungautor, der ihm einen Roman andrehen wollte, und riet mir (ein wenig lallend), mich an den Kollegen Moff zu wenden, der kümmere sich mit Begeisterung um den literarischen Nachwuchs. Sonst war ich mit den hier verkehrenden Größen nie ins Gespräch gekommen, zwei oder drei Mal jedoch hatte Ellen, die Hausherrin, die im Hintergrund Herumstehenden gebeten, gegen ihren Mann eine Partie Pingpong zu verlieren – mein Pablo braucht dringend ein positives Erlebnis, ich bin einfach zu stark für ihn! Weiß Gott, mit mir hatte sich der richtige gemeldet. Ich war zum Verlieren geboren und musste in den Matches gegen Pablo Feuz keineswegs tiefstapeln. So hilflos der Gatte hopste und seinen Schläger am Bällchen vorbeifuchtelte – ich hopste und fuchtelte noch hilfloser, und das wollte etwas heißen, denn es waren die letzten Partien des zunehmend blasseren müderen dünneren Pablo Feuz. Den Namen seiner Krankheit hatte man nur geflüstert, und es war schon beeindruckend, wie es bald darauf der Witwe gelang, das Begräbnis ihres Immobilien-Gatten zu einem nationalen Ereignis aufzubauschen und sogar in die Tagesschau zu hieven. Schwarz verschleiert und mit riesiger Sonnenbrille trat sie in tragischer Pose an die Grube, links von Traxel & Moff gestützt, rechts von Läuchli-Burger und Professor Dr. Dr. Huldrich »Hully« Bloom, dem berühmten Chef der Psychiatrischen Universitätsklinik »Burghölzli«. Traxel hatte Tränen in den Augen, Moff blickte betroffen, Bloom wirkte erschüttert und Läuchli-Burger, der radikal linke Stadtrat, rief mit seiner weinerlich hohen Stimme in die Kamera, im Gedenken an den verdienstvollen Genossen Feuz werde man den revolutionären Kampf für eine gerechtere Welt fortsetzen. Danach fuhr die versammelte TV-, Kunst- und Psychoszene in einer langen Wagenkolonne mit schwarzem Flor ins Niederdorf, wo Ellen im untersten Geschoss der Galerie einen Gedenkraum eingerichtet hatte und die Trauerfeierlichkeiten in die gewohnte Party übergehen konnten. Wie die Journale anderntags berichteten, hatte die Witwe eine Foto-Collage mit dem Titel »Meine drei Pablos« enthüllen lassen – Pablo Neruda, Pablo Picasso, Pablo Feuz –, und kein geringerer als der Feuilletonchef der NZZ hatte Moffs improvisierte Trauerrede als »bewegenden Beleg einer forensischen Fraternité« ins Blatt gehoben.

Die Feuz erbte vom Dahingerafften nicht nur Banktresore voller Schwarzgeld, sondern auch diverse Immobilien, das Galeriehaus im Niederdorf sowie eine Sammlung von gut dotierten Objekten (Bill Beuys Tinguely Twombly). Die Größen zeigten sich zwar nicht persönlich, standen aber mit der Hausherrin in Kontakt und umgaben sie mit der Gloriole der internationalen Avantgarde. Deshalb waren immer alle da: der Feuilletonchef der NZZ (mit weißem Pudel), Traxel & Moff (einander ignorierend), Stadtrat Läuchli-Burger, der große Psycho-Bloom sowie die übliche Schar von Seelenklempnern Kameramännern Kunstenthusiasten Freiheitskämpfern Journalisten Malern Literaten. Stets gab es schwärzlich verschrumpelte Mini-Bananen aus Nicaragua und einen Wein, den italienische Genossen gekeltert hatten – wer sich bei Ellen verköstigte, kämpfte für die Dritte Welt. Seit dem Hinscheiden ihres Pablo war das Engagement der Witwe noch großzügiger, noch selbstloser geworden. Sie hatte irgendeiner Guerillagruppe in Südamerika einen Panzer gesponsert und von einem marxistischen Jesuiten auf ihren Namen taufen lassen. Der

Frontverlauf im fernen Urwald wurde von Ellens besten Freundinnen auf einer Landkarte abgesteckt, natürlich mit Fähnchen, die Ellen selbst entworfen hatte, so dass die Zürcher TV-, Kunst- und Psychoszene im Bild war, wo Ellen Ypsi-Feuz gerade durch den Dschungel rasselte. Bei neuen Meldungen vom Kriegsschauplatz pflegte die Sponsorin mit der Linken nach Moff, mit der Rechten nach Traxel zu greifen, die besten Freundinnen begannen die Hyperventilierende vielhändig zu streicheln, und mit brechender Stimme sprach sie in die Stille hinein: Genossinnen und Genossen, ich bin ein sentimentales Huhn. Kunstpause. Schniefen. Dann gehaucht: Man hat uns soeben mitgeteilt, dass ich El Toboso eingenommen habe. Mit dem Ich war ihr Panzer gemeint, man applaudierte, einige mit feuchten Augen, und meistens fanden sich zwei New Yorker Installationskünstler, die eine hemmungslos schluchzende Ellen nach oben führten, in ihre Privaträume.

Maureen. An jenem Abend, der mir damals zum Verhängnis werden sollte, bestand die Partygesellschaft um zwei Uhr nachts fast nur noch aus Schwarzen. Dass sie von einer feministischen Lektorin und vom radikal linken Stadtrat Läuchli-Burger unentwegt mit »Ho-Bro!«-Schreien gefeiert wurden, schienen sie kaum zu registrieren – sie bewegten sich in lasziver Zeitlupe durch ihre Heroinwelten. In den Toiletten drückten die Junkies ihre Schüsse ab; in der Küche kreierten Ellens beste Freundinnen eine Spaghettisauce für die hungrigen Freiheitskämpfer; ich selbst kippte aus den überall herumstehenden Pappbechern Reste in mich hinein, den scheußlichen Wein der toskanischen

Landkommune. So war ich leider nicht mehr nüchtern genug, um zu bemerken, dass ich im Saal, der Ellens See-rosen-Phase dokumentierte, in eine Falle tappte. Ein Mäd-chen mit Pippi-Langstrumpf-Zöpfen hatte aus der Konsole, die die von Ellen geschaffene Feuz-Büste trug, eine vor-sorglich versteckte Weinflasche hervorgezaubert. Ich hielt reflexartig den leeren Becher hin, und schon war ich ge-zwungen, mir eine ganze Biographie anzuhören: Geburt in »Frisco«, Collegegirl an der Ostküste, Kunststudentin in Rom, Motorradunfall am Gotthard, seither in der Schweiz, erst als Psychotherapierte, dann als Psychotherapeutin, nun als Ellens Assistentin. Etwa um drei Uhr früh tauchte dann noch eine dubiose Erscheinung auf, ein Säufer mit Halb-glatze und Goldrandbrille, und die Kleine mit den Zöpfen jubelte: Ich bin seine Ex! Ich liebe ihn immer noch! IQ ist der Mann meines Lebens!

Um fünf begleitete ich an jenem Sommermorgen das amerikanische Plappermäulchen, von dem ich inzwischen wusste, dass es Maureen hieß, zum Taxistand. Bevor sie ein-stieg, sollte ich unbedingt meinen Namen nennen, aber das fiel mir schwer – wer gab sich schon gern als Übel zu erkennen. Vielleicht sollten wir deine Namensneurose thematisieren, meinte Maureen. Nein danke, hätte ich rufen sollen, denn in diesem Moment schob die Sonne ihre Strahlen über die Dächer und enthüllte, dass die sehnige Hand, mit der das scheinbar so junge Mädchen die Zigaret-te zu den Lippen führte, einer alternden Frau gehörte. Ciao, sagte ich. Und küsste sie.

Unsere Beziehung bestand aus einem einzigen Thema: Isidor Quassi. Spazierten wir am Seeufer entlang, mochte die Stimmung noch so schön sein – im besten Fall war sie eine Erinnerung an den Herbstnachmittag, den Maureen mit Quassi erlebt hatte. Wollte ich sie küssen, stieß sie mich zurück und hielt mir vor, wie gut Quassi im Bett gewesen sei (ein Hirsch, dennoch zärtlich). Quassi Quassi Quassi, immer wieder Quassi! Unsere Barbesuche wurden trostloser monotoner öder. Zu jedem Glas Champagner pfiff sie sich ein Psychopharmakon ein, das auch Quassi bevorzugte, und kam es mal vor, dass Maureen nicht von IQs Kindheit, IQs Ideen oder IQs Depressionen schwärmte (angeblich war er der Lieblingspatient vom großen Bloom), schimpfte sie wie ein Rohrspatz über die Ypsi-Feuz. Aber Maureens Hass auf die Chefin hinderte sie nicht daran, um fünf Uhr früh die Kotze der Junkies aus den Toiletten zu waschen, die leeren Flaschen wegzuräumen, die Steinböden zu schrubben und für Ellen das Frühstück zu bereiten. An der Stirn der Feuz-Büste (»Mein Pablo«) haftete jeweils der Zettel mit der Wunschliste: »Schätzchen«, stand da geschrieben, »bisschen saubermachen, gell? Frische Croissants, und für Läuchli-Burger ein Müsli mit Magerquark. Küsschen, Ellen.«

Dass aus unserer Beziehung keine Liebe wurde, war meine Schuld. Ich war einfach zu schwach und zu feig, um endlich über den Schatten meines Vorgängers zu springen. Vielleicht brachte ich zur Not ein paar Zärtlichkeiten zustande (Maureens Rücken tätscheln, den Hinterkopf streicheln, mit den Zöpfen spielen), aber alles Hirschbullige ging mir ab. Eines Nachts, es war im späten November, drückte ich Maureen in einer engen Gasse gegen die Brandmauer eines Kinos, stülpte ihr den Rock über die Hüften, riss das Höschen herunter und knöpfte an ihrem nackten, von einer

Straßenlaterne bestrahlten Hintern meinen Hosenstall auf. Maureen verharrte in gebückter Haltung und fuhr fort, Quassis unglaubliche Liebeskünste zu loben – ein Hirsch, dennoch zärtlich!

Und das war nicht einmal das Schlimmste. Das Schlimmste war etwas anderes. Das Schlimmste war: Der notorisch blanke Quassi ging davon aus, dass ich ihm mit der Geliebten auch die Sponsorin geraubt hatte und demzufolge von nun an für die Finanzierung seiner Räusche zuständig war. Eine Katastrophe! Durch meine Bekanntschaft mit Maureen hatte ich mir einen Mühlstein um den Hals gehängt, den ich kaum zu tragen vermochte, und obwohl die kleine, mehrfach geliftete, mehrfach therapierte und auf dem linken Füßchen ein wenig humpelnde Maureen immerzu von meinem potenten Vorgänger schwärmte, hätte ich die Abende natürlich lieber mit ihr verbracht als mit ihm. Nur ging das kaum. Quassi, die Vogelscheuche, pflanzte sich Abend für Abend im Hinterhof des Zeisig-Hauses auf und krächzte dann meinen Namen zu mir herauf, bis ich die Nerven verlor, mein letztes Geld zusammenkratzte und wie ein Irrer das Treppenhaus hinunterraste.

Säufer sind die wahren Wiederholungstäter, und wenn es je einen Wiederholer gegeben hatte, der sein Wiederholen ins Extrem trieb, dann war es Isidor Quassi. Jeden Abend wurde in derselben Kneipe am selben Platz dasselbe Quantum vertilgt, und natürlich lief dazu stets dieselbe Platte, immer wieder dieselbe Platte, Abend für Abend dieselbe Platte. Bis zum dritten Bier beschwor er seine künftigen Erfolge, beim vierten Bier war es mit der Euphorie vorbei, und augenrollend drohte der verhinderte Mephisto, die

Welt werde sich noch wundern, er könne auch anders, und wie! Nach der Drohphase erfolgte dann das allmähliche Ermüden, verbunden mit einem Hinübergleiten ins Sentimentale. O gute Mutter Gertrud, jammerte Quassi dann jedes Mal, was ist aus deinem Isidor geworden – ein genialer Hamlet, der vor Warenhäusern als Weihnachtsmann herumstehen muss! Mutter Gertrud war eine Sozialdemokratin vom linken Flügel, der ich regelmäßig den Parteibeitrag auslegte – und wer bezahlte Abend für Abend die Zeche? Immer ich, der Junior des schwerreichen Ausbeuters. Dann stuhlte der griesgrämige Ober Bruno auf, die abgeschraubten Bierhähne lagen wie Stahlgebisse in Wassergläsern, und Quassi ließ über dem letzten leeren Humpen die Haare, und aus der vorgestülpten Unterlippe jenen Refrain fallen, mit dem der Monolog jeweils ausklang: Das Leben. Die Weiber. Ein dummer Zufall. Hätte ich doch. Wäre ich nur. Eigentlich. Aber. Vergiss es …

War es unter diesen tristen Umständen nicht verständlich, dass meine akademische Laufbahn stagnierte – dass ich es einfach nicht schaffte, meine scheiternde Existenz »auf max. einer Seite« zusammenzufassen? Faul war ich nicht, im Gegenteil, eher zu fleißig. Allein meine Beschreibung der werkseigenen Badeanstalt war in der letzten Fassung meines Lebenslaufs zu einem dreihundertsiebzigseitigen Kapitel aufgequollen, nicht zuletzt deshalb, weil ich beim Versuch, hinter das Geheimnis von Mimis Verschwinden zu kommen, in ein gefährliches Dunkel gesogen wurde. Ich berichtete, wie ich mich auf die Suche nach Mimis Aquarellen gemacht hatte, nach ihren zart zerfransenden Wasserwolken. Ich gab zu, dass ich in Zürichs Galerien Museen

Bibliotheken Zeitungsarchiven Trödel- und Ramschläden nichts, aber auch gar nichts von ihr gefunden hatte, nirgendwo ein Bild, der Name verschollen, keine einzige Spur, und das hieß ja wohl: Sie war tatsächlich tot. So verlor ich mich in einer längeren Abhandlung über die Sehnsucht und dichtete eine Art Abgesang: »Mimis italienische Reise«. Am Schluss meines Textes ließ ich Palombi, damals noch Vormann an den Vulkanisationspressen in der Fabrik, einen Kahn mit männlich festen Ruderstößen durch die Brandung stoßen und im Abendlicht vor Sizilien Mimis Asche verstreuen. Farewell, dear little Mimi!

Kurz: Meine Beschreibungen nahmen immer größere Dimensionen an, und so wurde ich eines Nachts, nachdem ich von einer trostlosen Malatesta-Sitzung heimgekehrt war, vor Dadas starren Augen zum Vernichter meiner selbst. Ich ließ Vaters Wort wahr werden. Der weit vom Stamm gefallene Abfall stopfte sein Leben in die Abfalltonnen. Aber dann besann ich mich anders, sammelte alles wieder ein, brachte das Chaos in eine alphabetische Reihenfolge und heftete es in Leitzordnern ab. Eine wahre Herkules-Arbeit! Recycling! Ich wurde zum Abfallverwerter meiner selbst. Ich ordnete meine Existenz.

An diesem Abend waren alle anwesend: der Feuilletonchef der NZZ (mit weißem Pudel), Traxel & Moff (einander ignorierend), der radikal linke Läuchli-Burger, der große Bloom plus sämtliche Salonlöwen der Zürcher TV-, Kunst- und Psychoszene. Wie immer gab es die schwärzlich verschrumpelten Mini-Bananen und die Weinkanister der italienischen Genossen, weshalb Insider wie der Feuilletonchef oder Traxel sich anderweitig verköstigten. Schlichen sie zu den Bücherregalen, um einen bewundernden Blick auf ihre eigenen Werke zu werfen, gönnten sie sich einen diskreten Schluck aus dem Flachmann. Maureen fand ich nirgendwo, weder ganz oben, in der Nähe von Ellens Privaträumen, noch ganz unten, im Gedenkraum für den verstorbenen Pablo Feuz. »Ich suche das Mädchen aus Frisco«, sagte ich nach allen Seiten, »die Kleine mit dem Fuß« – aber die Promis nahmen mich nicht zur Kenntnis. Fügte ich, den Federleichten lüpfend, hinzu, mit Quassis altem Chevy verunglückt zu sein, hatte sich der Angesprochene bereits verdrückt – allerdings musste ich zugeben, dass ich einen ziemlich penetranten Geruch verströmte. Als ich vorhin im Hof des Zeisig-Hauses nachgeschaut hatte, ob Dada den Lachs gefressen habe, war ich bitter enttäuscht worden. Mein Geschenk hatte unberührt hinter den Abfalltonnen gelegen, also hatte ich es kurz entschlossen in die Tasche des Regenmantels gesteckt, und, du heilige Scheiße, ich roch, ich stank! Ich stank immer stärker, je heißer es wurde, und eigentlich hatte ich gerade vor, mich zu verdrücken, als plötzlich Isidor Quassi erschien, im wehenden Paletot auf die Gastgeberin zustürmte, sein Wagner-Barett ans Herz drückte, das Haupt senkte und darum bat, ihr seine neue Liebe vorstellen zu dürfen.

»Aber das ist ja«, kreischte Ellen, »unsere Meteo-Fee!«

Es war wirklich und wahrhaftig die Meteo-Fee, das blonde TV-Girl, das der Nation allabendlich das Wetter ansagte. Die Fee grinste mit unentwegt gebleckter Zahnleiste und entlockte Ellen ein Quieken der Begeisterung: »O bester IQ, o schönste Fee! Lasst euch umarmen, ihr zwei!«

Ich kannte Quassi als abgetakelte Vogelscheuche und verfolgte daher hinter meiner Sonnenbrille und dem in die Stirn gezogenen Hut einigermaßen verwundert seinen Auftritt. War es ihm doch noch gelungen, in einer Vorabendserie eine Rolle zu ergattern? Der ewige Schnorrer verstand es perfekt, mich zu ignorieren. Er sah nicht einmal an mir vorbei, er sah durch mich hindurch, als wäre ich aus Glas. Ich hätte ihn gern darauf angesprochen, dass ich auf seinen abgefahrenen Gummis beinah in den Tod geschlittert war. Auch interessierte es mich, wie sich eigentlich seine Versicherung zu meinem Crash verhielt, doch musste ich einsehen, dass ich für Quassi nicht mehr existierte. An der Seite der Fee schien er bereits in der Zukunft seines TV-Ruhms zu schweben.

Um zwei Uhr nachts bestand die Partygesellschaft nur noch aus den üblichen Junkies, aus drei vier besten Freundinnen, aus der feministischen Lektorin, die hinter einem schwarzen Panther her war, und aus Läuchli-Burger, der beim narzisstischen Tanz vor einem Spiegel lässig die erhobene linke Faust schüttelte. Ich kippte aus diversen Kanistern die Reste des scheußlichen Weins in mich hinein und hielt dabei Ausschau nach einem alten Bekannten, bei dem ich mich nach Maureen erkundigen wollte. Doch selbst Ellens beste Freundinnen huschten an mir vorüber, als wäre ich gar nicht vorhanden, oder saßen im Yoga-Sitz vor einem Ypsi-Feuzischen Kunstobjekt, um vor dem Schlafengehen noch ein wenig zu meditieren.

Auf der Suche nach einem freien Sofa oder wenigstens einer Sitzgelegenheit landete ich im Seerosen-Saal, wo ich seinerzeit Maureen kennengelernt hatte. In der Konsole der Pablo-Büste war diesmal keine Weinflasche versteckt, und an der Stirn des aufgespießten Marmorhauptes mit den hundeartig hängenden Wangen und den toten Augenscheiben haftete auch kein gelber Einkaufszettel – meine Ex war wohl schon nach Hause gegangen.

Zwei späte Gäste teilten sich einen Joint: Bruno, der griesgrämige Malatesta-Ober, und der Kunstkritiker des Tagesanzeigers. Dass sie sich gut verstanden, war mir von früher bekannt, und ich wusste, dass beide ihren Job nicht ausstehen konnten. Der Ober musste einen Schwätzer wie Quassi bedienen; der Kritiker sah sich infolge linker Solidarität gezwungen, die Werke der Ypsi-Feuz zu preisen. Kiffend unterhielten sie sich über Traxel & Moff, über den Pudel des Feuilletonchefs der NZZ, über die Götter der nationalen Sendeanstalt ... und dann kamen sie doch tatsächlich auf Übel junior zu sprechen! Oder täuschte ich mich? Produzierte ich ihre Stimmen selber? War alles Einbildung?

Nun mache er seinen Drecksjob seit vierzig Jahren, schimpfte der alte Bruno, und im Lauf der Zeit habe er schon so manchen Frosch erlebt. Eigentlich seien die meisten Malatesta-Gäste Frösche. Kaum auszuhalten. Und doch gebe es Unterschiede. Quassi sei noch schrecklicher als alle anderen – dass der eines Tages über die Mattscheibe flimmern werde, liege in der Natur der Sache. Je weniger Hirn, je größer die Klappe, desto sicherer lande man in der Sendeanstalt.

Der Kunstkritiker kicherte, und der Ober sagte kopfschüttelnd: »Aber der Erbärmlichste aller Frösche war der Junior vom Verhüterli-Übel. Abend für Abend hat Quassi auf den eingequatscht, hat ihn als Herrensöhnchen und als Krüppelficker verhöhnt, und wer, glauben Sie, hat am Schluss bezahlt?«

»Der Verhüterli-Frosch«, gluckste der Kunstkritiker.

»Ja, der Verhüterli-Frosch. Immer und ohne Ausnahme der Verhüterli-Frosch!«

Der Kritiker, wiederum kichernd: »Hat man eine Ahnung, was aus ihm geworden ist?«

Bruno deutete auf die riesigen Gemälde und meinte: »Mir wird schlecht von dem Geschmier.«

»Ellens Seerosen-Phase«, sagte der Kritiker und klappte über den dunklen Tränensäcken die Augenlider zu. Eine Weile blieb es still. Ellens Seerosen hingen wie abgehackte Elefantenohren an den Wänden, triefend von Blut.

»Der Verhüterli-Frosch ist bei einem Autounfall ums Leben gekommen«, bemerkte schließlich der Ober, worauf der Kritiker mit einem somnambulen Grinsen hinzufügte, für Frösche sei es ein typisches Schicksal, auf ihren Wanderungen plattgefahren zu werden.

»Aber kein Wort zu Ellen! Sonst kratzt sie die Frösche von der Piste und patscht sie hier an die Wände.«

»Zu ihren Seerosen«, sagte Bruno mit Kennermiene, »würden plattgefahrene Frösche passen.«

Ich ging mit offenem Regenmantel auf die beiden zu, und kaum zu glauben, aber wahr, aber wirklich: Sie zeigten keine Reaktion. Waren die zu bekifft, um mich wahrzunehmen? Oder hatte ich mich tatsächlich in ein Phantom verwandelt? War ich nicht mehr Materie, nur noch Geist? Nein, in der faltigen Visage des alten Griesgrams Bruno tat sich was. Seine Nüstern weiteten sich. Der verkniffene Mund formte

das Wort: »Fisch.« Pause. »Verdorbener Fisch!« Beide sogen
sich am Joint die Lungen voll, hielten den Rauch möglichst
lang zurück, und als sie ihn schließlich ihren Nasenlöchern
entströmen ließen, übertraf die süßliche Graswolke den Gestank aus meiner Manteltasche. Ich drehte auf dem Absatz
um und verzog mich nach unten, nach ganz unten, in den
Gedenkraum für den toten Pablo Feuz.

Früher hätte ich mich über Ellens Arrangement höchstens ein bisschen mokiert, jetzt jedoch, durch das Gespräch von Malatesta-Ober und Kunstkritiker verunsichert,
musste ich angewidert zur Kenntnis nehmen, dass Ellen vor
keiner Peinlichkeit zurückschreckte, um ihren Pablo durch
die Kunst (also künstlich) am Leben zu erhalten. Der an der
Seuche Verstorbene war hier allgegenwärtig. Fotos zeigten
ihn am Zeichentisch, an Bord einer Yacht, auf einer Bau-
stelle, mit dem jungen Stadtrat Läuchli-Burger, zwischen
Traxel & Moff und natürlich in Ellens Armen, zu Ellens
Füßen, mit Ellen auf dem Künstlerball – sie als Kleopatra,
er als Cäsar –, oder auf den schönsten Plätzen dieser Welt,
in Venedig, New York, Singapur, vor dem Matterhorn und
am Rosenmontag auf der Düsseldorfer Kö. Die berühmte
Collage zeigte Ellen »mit meinen drei Pablos« (Picasso Neruda Feuz), und dann war da auch noch jener Film, der in
einer Endlosschleife die Trauerrede brachte, die der Dichter
Moff in diesem Raum gehalten hatte. Der »bewegende Beweis einer forensischen Fraternité« (so der Feuilletonchef
in der NZZ) war inhaltlich völlig banal. Feuz habe hauptsächlich in die Tiefe gebaut, salbaderte Moff, wodurch er
das Bescheidenheitsgebot des Zürcher Reformators erfüllt
und seiner Vaterstadt zugleich eine neue Dimension hin-

zugefügt habe, die Tiefendimension. Dann kam der Redner im Film auf die Witwe zu sprechen, Pablos Partnerin und Muse, und legte in ebenso langen Satzgirlanden dar, dass Ellens Kunst von ihren Anfängen über die Seerosen-Phase bis zu den Installationen – für Europa, für Nicaragua, für vietnamesische Waisenkinder – stets ein Appell gewesen sei, eine Mahnung, ein selbstloser Akt sozialistischer Solidarität: »Und dafür gebührt dir, Ellen, der tiefe Dank von uns allen.« Aber kaum hatte Moff den Applaus mit demütiger Gebärde an die aufschluchzende Witwe weitergereicht, begann die Endlosschleife von neuem, musste Moff wieder dieselben Sätze sagen, wieder Ellen loben, wieder ihre Phasen aufzählen, und mit jedem Durchlauf hallte die Gedankenleere der Moff'schen Rede hohler und höhnischer von den Wänden. »Dafür gebührt dir, Ellen, der tiefe Dank von uns allen«, tönte es zum fünften oder sechsten Mal aus den Lautsprechern, und wie sollte mir, dem vierzigsemestrigen Gasthörer der Uni Zürich, angesichts dieser sinnlosen Perpetuierung nicht der arme Sisyphos einfallen? Oder die Töchter des Danaos, die auf ihren Häuptern lecke Krüge durch die Unterwelt tragen? Oder Tantalos, der vergeblich nach den Trauben greift? Oder Oknos, der aus Schilfrispen ein Seil knüpft, dessen Ende ein Esel wegfrisst? Der Wahnsinn dieser Repetitionen hatte Methode, auch bei der Totenrede, die in Wahrheit Ellen feierte, Ellen und die Seerosen-Phase und (schon wieder!) ihr Engagement für Europa Nicaragua die vietnamesischen Waisenkinder, und »dafür gebührt dir, Ellen, der tiefe Dank von uns allen. Dafür gebührt dir, Ellen, der tiefe Dank von uns allen … Dafür gebührt dir, Ellen, der tiefe Dank von uns allen«. Obwohl ich nun schon zum siebten Mal gesehen hatte, wie Moff die Linke lässig in die Tasche steckte und mit der Rechten die erloschene Pfeife aus dem Mund nahm, blieb ich am Geflimmer der Projektion kleben wie eine Fliege am Fliegenpapier und verfolgte zum achten, zum neunten, zum zehnten Mal, wie er den Applaus mit einer Verbeugung an die Witwe weiterreichte. Gleich danach steckte er die Linke wieder in die Tasche, nahm die erloschene Pfeife wieder aus dem Mund, strafte wieder den Kollegen Traxel, der zum Flachmann griff, mit einem strengen Blick. Traxel nahm den Schluck, Ellen schüttelte den Kopf, die besten Freundinnen seufzten, und ein weiteres Mal pries der Dichter Moff den Genossen Feuz für die Dimension, die er seiner Vaterstadt erschlossen habe: die Tiefendimension.

Ich war schon auf der Straße, als ich sie sah: Maureen, meine Ex.

Mir war sofort klar: Vor gut einer Stunde hatte bei ihr das Telefon geklingelt. Darling, würde Ellen gejammert haben, du weißt doch, dass du mir von allen Freundinnen die liebste bist. Hier sieht es schrecklich aus, das reine Schlachtfeld, was soll ich bloß tun, stell dir vor, Läuchli-Burger, der Chef der Kunstkommission, kommt zum Frühstück, bittebitte, lass mich nicht im Stich, gell?

Als ich mit Maureen liiert gewesen war, war von mir erwartet worden, dass ich mich an den Aufräumarbeiten beteiligte, und natürlich hatte ich's getan, meiner Maureen zuliebe. Gemeinsam hatten wir die Kotze aus den Toiletten gewaschen, die leeren Flaschen weggeräumt, die Steinböden geschrubbt, das Frühstück für Ellen und den radikal linken Stadtrat zubereitet. Aber diese Zeiten waren vorbei, endgültig: Ich war nicht mehr der alte Junior.

»Hallo Liebling«, sagte ich aus dem Mundwinkel, in dem eine Fluppe klebte, und trat dann etwas zur Seite, um sie mit ihrem Cowboyhut und im schwarz glänzenden Latexmäntelchen an mir vorbeihumpeln zu lassen. Das Klopfen der Plateausohle hallte durch die Gasse. Dann begann im Galeriehaus ein Staubsauger zu röhren, und ... da!

»Dada!«

Ich machte einen Schritt auf ihn zu – und kniete dann mit dem stinkenden Lachs in der nächtlich leeren Gasse. Dada war verschwunden. Auch für ihn, wie für Maureen, schien ich Luft zu sein ... Wahrhaftig, on ne revient jamais. Man kehrt nie zurück. Nie.

Das Malatesta am nächsten Tag, gegen Abend. Wie eh und je roch es nach kaltem Zigarettenrauch, aus dem angeschlossenen Restaurant nach Essen, aus dem Keller nach alten Weinfässern und aus der Toilette nach der verstopften Pissrinne. Natürlich hielten sie mich auch hier für einen Fremden, ich jedoch war über alles auf dem Laufenden, wie ein kleiner Gott. Am hintersten Tisch hockte die alte Dame. Sie glich ein wenig Tante Giulia aus Pollazzu, die an Piddus Hochzeitstafel verschieden war, und mümmelte in die Leere. Der griesgrämige Bruno wischte mit einem schmierigen Lappen den Tresen, und der Kunstkritiker des Tagesanzeigers hockte wie üblich vor einem weißen Blatt, kaute am Kuli und wartete ebenso verzweifelt wie vergeblich auf eine Inspiration, um eine Eloge auf die

Ypsi-Feuz verfassen zu können. Tja, und dort stand der Tisch, an dem wir jeweils gesessen hatten, Quassi und ich, die beiden Saufkumpane, die in diesem trostlosen Laden ihre Abende verbracht hatten. Ich dachte nicht daran, die Initiative zu ergreifen, steckte den tropfenden Schirm in den Ständer und betrachtete eingehend meine Fingernägel.

»Könnte es sein«, machte sich Bruno an mich heran, »dass wir uns gestern Nacht begegnet sind?«

Ich schob die Unterlippe vor.

»Natürlich nicht, Signore, verzeihen Sie!«

Ich klappte die Augen zu.

»Wir haben uns nie gesehen«, beteuerte er.

Ich deutete ein Nicken an, schob den Hut etwas in den Nacken, um die Narbe sichtbar werden zu lassen, und schon verlor Bruno die Nerven.

»Hören Sie«, meinte er hastig, »ich gebe alles zu. In der Kasse fehlen zweihundert Eier, aber ich hätte die Summe ersetzt, schon heute, Ehrenwort! Ich bin doch kein Dieb, das weiß Don Sturzo. Man hat mir Tropfen empfohlen, für meinen Magen, ziemlich teuer, müssen Sie wissen, und da dachte ich …«

Er verstummte.

»Kennst du einen gewissen Quassi?«

Er schien zu überlegen.

»Schauspieler«, sagte ich. »Soll in deinem dreckigen Laden verkehrt haben.«

»Schauspieler!«, höhnte Bruno, »Schauspieler war der höchstens in seiner Wunschvorstellung. Wenn's hochkommt, darf er auf bunten Nachmittagen in Alters- und

Pflegeheimen Gedichte aufsagen. Notorisch pleite. Knödel-stimme. Ein stadtbekannter Schnorrer. Hat fast überall Lo-kalverbot. Seine Mutter übrigens auch. Die schluckt noch mehr als der Sohn.«

Er klaubte sich eine Nazionale aus meiner Packung, sah sich die gleich darauf glühende Aschenspitze an, blies den Rauch aus und sagte: »Tut verdammt gut, sich wieder einmal eine Nazionale reinzuziehen. Schmeckt nach Hei-mat.«

»Ja, Bruno«, sagte ich leise, »schmeckt nach Heimat. Obwohl: Draußen verliert man die Heimat. Man verliert sie an die Vergangenheit. Und an die Erinnerungen. Und vor allem verliert man sie an die Zukunft – eines fernen Tages möchte man ja zurück.«

»Nach Hause.«

»Nach Hause. Aber weißt du, Bruno, ein Zuhause darf man nie verlassen. Ein verlassenes Zuhause löst sich in Luft auf. Willst du noch eine? Auf Vorrat? Steck sie dir hinters Ohr. Übrigens, zu Hause nennen sie mich Dutturi. Wir in-teressieren uns für einen gewissen Ubel. Ubel Enrico. Il figlio dell Verhuterli-Ubel.«

»Soll tot sein, hab ich flüstern gehört. Autounfall.«

»Tot«, wiederholte ich elegisch und sah ebenfalls dem Rauch nach, den ich zur Decke blies. Vor der schmierigen Scheibe stand eine Nutte, Lederstiefel bis zu den Hüften, dazu ein Damenschirm. Der Regen fiel stärker. Nur wenige Passanten, keine Freier – der Betrieb im Niederdorf begann erst nach Einbruch der Dämmerung, wenn die Bar- und Puffreklamen aufflammten.

»Die Freunde sagen, Ubel sei mit Quassis Chevy gekentert. Oben im Fräcktal. Auf vereister Piste. Ich könnte mir vorstellen«, raunte ich Bruno zu, »dass sich Quassi, der Schweinehund, nach dem Verschwinden seines Sponsors bei dir nicht mehr blicken ließ.«

»Einmal ist er noch erschienen.«

»Hat er bezahlt?«

»Mit einer Schreibmaschine.«

»Mit einer Remington …«

»Gebraucht, angeblich in bestem Zustand.«

»Mit Gummiunterlage und Gummiabdeckung.«

»Genau.« Bruno tupfte nervös die Asche seiner Zigarette ab. »Aber sagen Sie, Dutturi, woher wissen Sie …?«

»Dass es eine Remington war? Mein Freund, wir wissen noch viel mehr, zum Beispiel, dass diese Remington jedes O aus dem Blatt schießt.«

Brunos rötliche Äuglein glotzten. »Ich habe mit dieser Sache nichts zu tun, Dutturi, Ehrenwort, ich …«

»Schon gut, Bruno, scheiß dir nicht in die Hose. Sag mir einfach, was du weißt.«

»Quassis Mutter Gertrud war wieder einmal blank …«

»Sie konnte den Parteibeitrag nicht bezahlen.«

»Dutturi, den Quatsch mit dem Parteibeitrag hat nur Ubel geglaubt. Aus der Partei ist die rausgeflogen, wegen Linksabweichung. Eine überzeugte Leninistin. Die will uns alle an den Laternen baumeln sehen, vor allem den Ubel, der ihr dauernd sein Geld in den faltigen Arsch geschoben hat. Aber an jenem Abend, Ubels letztem, hat er immerhin etwas bekommen für sein Geld. Quassi gab ihm die Schlüssel für seinen Wagen.«

»Wann ist er losgefahren?«

»Etwa um acht. Als er ging, war der Laden noch leer.«

»Bist du sicher?«

»Außer den beiden Fröschen war einzig die alte Dame da. Die ist immer da. Senile Demenz.«

»Lieber, ich bin sicher, Quassi hat Ubel auch an diesem Abend zugetextet, und zwar mit einem Monolog, Bruno, mit einem Monolog, der unsereinen zum Mörder machen würde!«

»Ich kenne diesen Monolog«, gestand Bruno. »War Ubel beim Hinkefuß, hat Quassi mich zugetextet.«

»Dich?«

»Ja, mich. Am Tresen.«

»Er quatschte?«

»Und quatschte. Quatschte, bis mir schlecht wurde.«

»Du willst doch nicht behaupten, dass du dir den Stuss angehört hast?«

»Doch«, gestand der Griesgram leise. »Am späteren Abend ist hier einiges los, da zapfe ich die Biere …«

»Und Quassi hat die ganze Zeit auf dich eingequatscht?«

»Bis zur Polizeistunde. Dann ist er immer abgehauen. Und die Rechnung ging auf den Verhuterli.«

»Bruno, man soll es nicht für möglich halten, dass es solche Schlappschwänze gibt.«

»Nicht jeder ist wie Sie, Dutturi.« Er schenkte mir ein unterwürfiges Grinsen. »Mich hat Quassi krankgemacht. Magenkrebs. Unheilbar. Hätte es mal mit einer Therapie versuchen sollen, wie die Schweizer, aber das kostet einen Haufen Geld. Und wozu? Man kann einen Quassi nicht wegtherapieren.«

»Magenkrebs.«

»Ja«, sagte Bruno, »bei der OP haben sie gleich wieder zugenäht. Nichts mehr zu machen.«

Vor der großen Scheibe bewegten sich die Lederstiefel sieben Schritte nach links, sieben Schritte nach rechts. Sieben links, sieben rechts. Und Regen ... Regen ... immer fiel Regen in dieser Stadt.

»Wieviel Zeit haben sie dir gegeben?«

»Ungefähr ein Jahr.«

»Mensch Bruno, dann hau ab! Noch heute!«

Er schüttelte den alten müden grauen Kopf: »Sie haben es ja selbst gesagt, Dutturi. Keiner ist je zurückgekehrt. Don Sturzo hat mir versprochen, dass er ein schönes Zimmer für mich organisiert und mir das Essen ins Spital bringen lässt, all die guten Dinge aus der Heimat, Pulpo mit etwas Zitrone, eine Kaninchenpastete, Involtini ...« Er zuckte zusammen. Dann krümmte er sich, auf seine Stirn trat Schweiß.

»Der Magen?«

»Der Krebs«, sagte Bruno. »Aber wissen Sie, Dutturi, angenehm sterben – das schafft nicht jeder. Werden Sie ihn abmurksen?«

»Quassi? Weiß nicht. Kann sein.«

»Die Schreibmaschine hat jetzt Quassis Mutter. Damit will sie ihre Memoiren tippen.«

Er krümmte sich wieder, spuckte die Serviette voll, bat um eine weitere Zigarette, und während ich ihm Feuer gab, begann er doch tatsächlich, jene Geschichte zu erzählen, die mir hier, an diesem Tisch, schon tausend Mal um die Ohren geflogen war. Tja, das hatte ich nun von meiner Göttlichkeit. Was ich in- und auswendig wusste, was ich kaum noch aushielt, was ich zum Kotzen fand, wurde mir vom alten Bruno ein weiteres Mal serviert – die unglaublliche Geschichte des hochbegabten Isidor Quassi.

Quassi, Isidor. IQ hatte das Gymnasium mit fünfzehn verlassen und war dann wegen mathematischer Hochbegabung ohne Matura zum Studium zugelassen worden. Professoren sollen um ihn herumgesessen haben wie die Tempelpriester um den jungen Jesus, und nachdem er beim Versuch, über den Zürichsee zu wandeln, beinah ertrunken wäre, kam er in die Psychiatrische Uniklinik Burghölzli, von ihren Insassen liebevoll Burg genannt. Hier avancierte er zum Lieblingspatienten des großen Bloom, lernte mehrere Mitarbeiter des Schweizer Fernsehens kennen und hörte durch sie von der berühmten Ellen Ypsi-Feuz. Kaum draußen, machte er sich an sie heran und durfte fortan auf Ellens Partys die Rolle des Proleten spielen, mit einer leninistischen Mutter, die noch mehr soff als ihr Sohn. Einem On-dit zufolge war er eine Zeitlang mit Ellen liiert, soll ihr dann aber doch zu prollig gewesen sein, weshalb sie ihn mitsamt seiner Schauspielergarderobe an ihre Assistentin weitergab. Den im Bett zärtlichen Hirschbullen nahm Maureen mit Freuden, die diversen Kostüme jedoch, die er immer mitschleppte, waren auch ihr zu schmuddelig. Der Zufall wollte es, dass die Ypsi-Feuz gerade zu jener Zeit ihren Chevy abstoßen wollte – er war, noch aus Feuzischen Zeiten stammend, ein schrottreifer Rosthaufen –, und so heckte sie die Idee aus, Quassi zu einer mobilen Garderobe zu verhelfen: den Kofferraum des Chevys. Das hatte lauter Vorteile. Fuhr Quassi nun zu den bunten Nachmittagen in Pfarr- und Pflegeheimen, wo er als Rezitator auftrat, hatte er seine Kostüme stets dabei, und vor allem: Sie hingen nun nicht mehr als Liebeshindernis zwischen Quassi und Maureen.

»Maureen«, erklärte Bruno und hauchte mir seinen säuerlichen Magengeruch ins Gesicht, »ist es mit Quassi ergangen wie ihrer Chefin. Eines Tages konnte sie sein Gelaber nicht mehr ertragen.«

»Ich weiß, Bruno, ich weiß«, versuchte ich ihn am Weiterreden zu hindern, »dann war sie mit Ubel liiert, hat aber nach wie vor Quassi geliebt. Sie begleitete Quassi auf die Sozialämter, wusch Quassis Wäsche, kümmerte sich um Mutter Gertrud, und hatte sie mal ein bisschen Zeit für Ubel, war es spät in der Nacht, an der Bar des Odeon.«

Inzwischen war Brunos Gehilfe zum Dienst angetreten. Ivo hieß er, war Kroate und lebte seinen Hass auf den faulen Kollegen durch einen demonstrativen Diensteifer aus. Er servierte der Dementen einen neuen Roten, dem Kunstkritiker einen neuen Weißen, uns ein Bier und den Stammgästen, die inzwischen eingelaufen waren, ihr erstes Gesöff. Klar, jetzt hätte ich aufstehen und gehen sollen, aber irgendwie tat es mir wohl, gemeinsam mit Bruno auf Quassi zu schimpfen. Zudem war mir der arme Krebs nicht unsympathisch, und natürlich wollte ich herausfinden, was Übel an seinem letzten Abend in Zürich getrieben hatte. Um acht sollte ich von Quassi die Autoschlüssel erhalten haben, doch würde das bedeuten, dass ich nicht mitten in der Nacht, sondern schon am späteren Abend, etwa zum Dessert des Dinners, in der Villa des Vaters eingetroffen wäre. Denkbar, gewiss. Nur: Etwas in mir sträubte sich gegen diese Vorstellung. Nach meinem Gefühl – einem dumpfen, aber doch hartnäckigen Gefühl – war ich zu einer Zeit verunglückt, da alles geschlafen hatte.

»Weißt du, Bruno«, sagte ich, »Ubel war schlicht und einfach zu feig, um bei Maureen über den dicken Schatten seines Vorgängers zu springen. Das einzige, was er zur Not zustande brachte, waren ein paar hilflose Versuche. Eines Nachts, es war im späten November, hat er sie in einer engen Gasse gegen die Brandmauer eines Kinos gedrückt und an ihrem nackten, von einer Straßenlaterne bestrahlten Hinterteil seinen Hosenstall aufgeknöpft …«

»Das hat er getan?«, fragte Bruno ungläubig.

»Ja. Ein einziges Mal.«

»Und die Kleine?«

»Hat sich brav gebückt, hörte dabei aber nicht auf, von Quassi zu schwärmen. Ein Hirsch, hat sie gesagt, dennoch zärtlich! Und das war nicht einmal das Schlimmste. Das Schlimmste war etwas anderes. Das Schlimmste war: Ubel ließ sich tatsächlich einreden, er habe Quassi mit der Liebsten auch die Geldquelle weggenommen, und fühlte sich demzufolge verpflichtet, ihn finanziell zu unterstützen. Deshalb kümmerte er sich kaum um Maureen, sondern kam Abend für Abend hierher und ließ Quassis unsäglichen Monolog über sich ergehen.«

»Immer dieselbe Leier«, sagte Bruno. »Abend für Abend.«

Das Malatesta füllte sich, nach zehn wurde auch Bruno im Service gebraucht, und zur Polizeistunde war es dann soweit, dass ich vor dem letzten leeren Humpen hockte und mir die Unterlippe samt Kinnlade nach unten hing. Ivo und die Stammgäste verdrückten sich, und während Bruno die Stühle auf die Tische stellte, drehte der Kunstkritiker mit dem letzten Blatt seines Stenoblocks den Joint, den er sich dann bei Ellen reinziehen würde. Dass darauf der einzige Satz stand, den er in all den Stunden fabriziert hatte, schien ihm egal zu sein. Die demente alte Dame wohnte im Haus, und Bruno, der sie zum Abschied auf beide Wangen küsste, entließ sie durch einen Hinterausgang aus dem dunklen Lokal. »Denk dran, deinen Johnny zu füttern!«, rief er ihr nach. Johnny war ein Papagei, der das Motorengeräusch des Frachters, der ihn vor Jahrzehnten über die Meere nach Europa transportiert hatte, täuschend echt nachahmen konnte.

Bruno nahm meinen Federleichten und steckte einen Hunderter ins Hutband.

»Gut, Bruno«, beschied ich ihn freundlich. »Damit ist die Sache in Ordnung. Ich werde Don Sturzo ausrichten, du hättest mit den zweihundert fehlenden Eiern nichts zu tun.«

»Dutturi«, sagte er hüstelnd, »Sie sind ein echter Freund. Ich danke Ihnen.«

»Gern geschehen, Bruno. Weißt du, ich war auch mal unten. Ich kenne das Leben. Das Leben. Die Weiber. Ein dummer Zufall. Hätte ich doch. Wäre ich nur. Eigentlich. Aber. Vergiss es …«

Wie der Name verriet, war das Hotel Moderne hoffnungslos von gestern. Es gehörte zum Imperium Don Sturzos, und einmal am Tag, um fünf Uhr nachmittags, kam seine Gattin vorbei, um die Bücher zu kontrollieren, die Küche zu inspizieren, die Scheine aus der Kasse zu raffen sowie dem italienischen Personal die Leviten zu lesen. Ich beschwerte mich bei ihr über den Zustand der Toiletten (sie lagen ihr besonders am Herzen und waren das Sauberste am ganzen Laden), und siehe da, die von Dada übernommene Strategie, durch einen einzigen Feind eine ganze Schar von Freunden zu gewinnen, führte zuverlässig zum Erfolg. Sobald mir Don Sturzos Gattin (Sophia Loren hatte sie als »protestantischen Zahnstocher« bezeichnet) ihre Abscheu bekundete, war ich im Moderne der allseits geschätzte Dutturi. Weder verlangten sie den Pass zu sehen, noch erheischten sie ein Trinkgeld, und es war ihnen eine Ehre, meine Wünsche zu erfüllen. Sie alle, der Concierge, der Koch, der an Gicht leidende Nachtportier hatten das geliebte Italien in ihrer Jugend verlassen und versammelten sich an den Sonntagen am Bahnhof, um den südwärts abgehenden Zügen nachzuträumen. Ihre Heimat, das war eine getreppte Gasse in einem Gebirgsdorf oder eine Promenade am blauen Meer, auf der hübsche Mädchen den Corso machten, doch während die Träume jung blieben, lagen vom schönen

Italien, das sie einst verlassen hatten, nur noch Bruchstücke herum – wie die Steintrommeln zerbrochener Säulen der einstigen Tempel. Tja, und dann kam der Dutturi in ihr Haus, sprach ein altmodisches, mit sizilianischen Einsprengseln versetztes Kalabresisch, trug einen klassischen Sommeranzug, verstand aus einem Schluck Kaffee eine Zeremonie zu machen, war dem protestantischen Zahnstocher ein Dorn im Auge und ihnen allen, dem Concierge dem Koch dem Nachtportier, ein Wohlgefallen: ihr Heimweh, Gestalt geworden.

Es war neun Uhr abends. Die Nachteule hatte bereits ihren Posten bezogen und begleitete mich unter Verbeugungen an die Tür. Ich, den Regenmantel über die Schulter gelegt, zog den Federleichten etwas tiefer in die Stirn und hängte mir eine Fluppe in den Mundwinkel. Auch heute hatte ich nach dem Frühstück wieder einen Fisch geklaut (in der Delicatessa-Abteilung des Globus) und hoffte natürlich, im Lauf der Nacht irgendwo Dada zu begegnen.

Die Nachteule gab mir Feuer: »Schönen Abend, Dutturi, bis später!«

Wieder hing ich im Malatesta am Tresen und hatte den Eindruck, Bruno, der ab zehn einen vollen Laden hatte, mit meinem Gequatsche auf die Nerven zu gehen. Doch war ich nicht zum Vergnügen hier – ich wollte endlich Klarheit über meine Fahrt ins Fräcktal bekommen. Laut Bruno hatte ich das Malatesta um acht Uhr abends verlassen, aber mein Gefühl beharrte darauf, dass ich bei Nacht und Nebel, also erst Stunden später, verunglückt war. Bruno konnte mir leider nicht weiterhelfen. Er hatte keine Ahnung, wohin ich vom Malatesta aus gegangen war. In Frage kam ein Besuch im Galeriehaus – ich könnte versucht haben, dort jemanden anzupumpen, möglicherweise Maureen, meine Ex, und am besten wäre es wohl gewesen, Maureen einem kleinen Verhör zu unterziehen. Ob ich das Galeriehaus aufsuchten sollte? Bestimmt würde sie um diese Zeit auf Ellens Party sein, aber wieder hatte ich eine Schnitte Lachs in der Tasche, wieder stank ich nach Fisch, und so blieb ich auf dem Hirschenplatz stehen, allein mit meinem überlebensgroßen Senior auf der Litfaßsäule – »Tut es mit meinen Verhüterli!«

Aus einem der Hinterhöfe war ein Jaulen zu hören, dann wurde es wieder still, und ich stellte mir vor, wie Papagei Johnny in der muffigen Wohnung der alten Dame aus dem Malatesta in ein dumpfes Dröhnen verfallen würde, in die Nachahmung einer Schiffsturbine, um so wieder über die Meere zu fahren und heimzukehren zu seiner Insel. Afrika, das unendliche, lag hinter mir wie ein Traum. Weggewesen war ich nicht länger als ein halbes Jahr, und doch kam ich mir jetzt, in der vertrauten Umgebung, so fremd vor, dass es mich fröstelte. Was hatte ich noch mit dem *Heinrich Übel junior* zu tun, vor dessen Briefkasten ich schließlich stand? Hoch oben, auf dem Dachboden, war der Papierpalast eingelagert; fünf Umzugskartons enthielten die Ordner mit meinem Lebenskatalog, und aus Schachteln Kisten Koffern würden die Seiten hervorquellen wie hier unten die Rechnungen und Mahnungen aus meinem Briefkasten. Der Erbauer des Papierpalastes war jetzt *un homme sans papiers*. Kein Pass, keine Schlüssel. Daheim – und fremd. Fremd in der vertrauten Umgebung. Das Sprudeln des Hofbrunnens sammelte Stille um sich.

Ich stieg das Treppenhaus hinauf und knackte gegenüber der geschlossenen Mansarde die Brandschutztür zum Dachboden. Hier wollte ich Dada aufspüren oder geduldig auf ihn warten, denn sollte er unterwegs sein, würde er spätestens im Morgengrauen über die Dächer zurückkehren in sein sicheres Versteck. Stille ... ein Rascheln ... wieder die Stille ... und helahopp!

»Also doch, alter Freund, du kennst mich noch!«

Gähnen. Dann Recken und Strecken. Offensichtlich hatte Dada wundervoll geschlafen und war durch mein Stochern und Bohren im verrosteten Schlüsselloch geweckt worden. Ich setzte mich auf ein ausrangiertes Kanapee, Dada hockte sich auf eine verstaubte Kommode, und beide lauschten wir konzentriert nach unten, denn das spitznasige Abwarte-Ehepaar kannte das Haus derart gut, dass es imstande war, jedes Knarren einer Stufe, jedes Ächzen des Geländers zu vermeiden und synchron die Treppe hinaufzuschleichen. Den Palast konnte ich im Dunkel des Dachbodens so wenig erkennen wie meine an einer Leine aufgehängten hundert Lebensläufe. Wie früher vermischte sich der Teer- und Holzduft vergangener Sommer mit dem mehligen Geruch der schneeartig schimmernden Staubschicht. Ich hatte im Warenhaus Jelmoli, vor dem Quassi in der Adventszeit mit klingelnder Schelle den Weihnachtsmann gab, nicht nur den Lachs, sondern auch eine Dose Katzenfutter mitlaufen lassen, stach mit dem Messer den Deckel auf, klaubte das Fleisch heraus und servierte dem misstrauisch lauernden Kater auf dem Untersatz einer alten

Ständerlampe eine schmackhafte, selbst meiner Menschennase wohlriechende Mahlzeit.

Effekt? Null. Im Schein des Nachthimmels, der durch eine Dachluke hereinsah, blieben die Augenscheiben starr. Kein Blinzeln, kein Schnurren. Eine Statue aus schwarzem Marmor. Ich kauerte mich hin, verschränkte die Hände auf dem Rücken und wandte den Blick deutlich von ihm weg, eine Haltung, durch die ich ihm signalisierte, keine feindlichen Absichten zu hegen. In dieser Beziehung sind Katzen wie Sizilianer. Aug in Aug heißt Angriff, wegschauen heißt abducken. Also wartete ich inmitten von Seemannskisten in der Demutshaltung ... wartete geduldig ... und wartete ... und wartete ... vergeblich. Dada rührte sich nicht. Irgendwie kam er mir dünner vor, auch jünger, aber natürlich könnte er während meiner Abwesenheit abgenommen haben, schließlich hatte ihn der Zuverlässigste seiner Futterknechte längere Zeit im Stich gelassen.

In Afrika war ich am Rand der Sahara mit einem alten Marabu ins Gespräch gekommen. Neben uns hatte eine Katze geschlafen, zu einer Pelzkugel geformt, und der Marabu hatte mir erklärt, auf diese Weise schütze sich das frömmste aller Tiere vor seinen gefährlichsten Feinden – aus der Vogelperspektive gleiche die schlafende Katze einer gerollten Schlange. Ich hatte den weisen Mann gefragt, weshalb der Islam die Katzen für fromm halte, und seine Antwort war: weil sie so sauber seien. Katzen würden sogar ihre Nachgeburt verschlingen, und bevor sie die Moschee aufsuchten, nähmen sie mit dem roten Zünglein die den Gläubigen auferlegten Waschungen vor. Deshalb soll der Prophet eine Katze gestreichelt haben, »und weißt du«, wandte ich mich an Dada, »seither tragt ihr Tiger fünf schwarze Streifen auf dem Rücken: ein allerhöchstes, vom Propheten verliehenes Rangabzeichen. Ein hohes Tier mit fünf Streifen bist auch du, ich achte und liebe dich und hätte es eigentlich verdient, von dir etwas gnädiger behandelt zu werden. Warum fremdelst du vor mir? Warum beäugst du mich, ohne zu blinzeln, ohne zu maunzen? Bist du am Ende gar nicht Dada? Bist du vielleicht sein Sohn? Oder muss ich andersherum fragen: Bleibst du auf Distanz, weil ich … nicht mehr Übel bin?«

Irgendwo rauschte eine Spülung, gellte ein Wecker. Dann begannen Tauben zu gurren, flatterten mit schnalzenden Flügeln ins Freie und drehten überm Hof ihre erste Runde. Der Morgen graute – und auf einmal sah ich es. An der Leine hingen nur noch wenige meiner Lebensläufe, und wo früher der Papierpalast gestanden hatte, war – nichts. Leere. Lücke. Staub.

»Wieso hätten wir ihn daran hindern sollen, die Kisten abzutransportieren? Er war der rechtmäßige Besitzer«, blaffte mich die Weideli an. »Der ganze Karsumpel hat ihm gehört. Damit konnte er machen, was er wollte, und eins sag ich Ihnen gleich: Mein Weideli und ich waren froh, schon aus Feuerschutzgründen, dass er den Papierhaufen abtransportiert hat.«

»Langsam, Signora, eins nach dem andern. Wer hat die Kisten abtransportiert?«

»Übel.«

»Wie bitte?«

»Zusammen mit dem Mieter Dill.«

»Wie, mit dem Mieter Dill …?«

»Sind Sie schwer von Begriff? Mieter Dill hat Übel geholfen, den Kram ins Auto zu schleppen.«

»Dieter Mill …«

»Mieter Dill.«

»Mieter Dill war ihm behilflich … seinen Papierpalast zu verladen?«

Weideli männlich saß am Küchentisch, einen Teller Suppe vor sich, den Löffel in der Rechten; Weideli weiblich hatte sich in seinem Rücken postiert; ich, ihnen gegenüber, lehnte am Buffet.

»Signore Weideli«, konzentrierte ich mich auf ihn. »Sie erinnern sich doch bestimmt an den Tag, da der Mansardenmieter verschwunden ist. Es war im späten Februar, grau der Himmel, die Scheiben beschlagen, auf dem Herd köchelte die Suppe, und hier, auf dem Buffet … tatsächlich, da liegt es ja! … lag auch damals das große Buch, aufgeschlagen wie die Bibel auf dem Altar.«

»Das protestantische Kochbuch für den Kanton Zürich«, sagte die Weideli schuldbewusst.

»Da klingelte im Flur das Telefon …«

»Ja«, bestätigte sie eifrig. »Das hab ich Ihnen schon beim letzten Mal erzählt. Eine Dame war's, die Sekretärin von Übels Vater. Sie hat mich gebeten, den Junior an den Apparat zu holen. Den eigenen Anschluss hatten sie ihm ja schon vor Monaten gekappt.«

»Übels Vater«, presste Weideli männlich hervor, »ist der Alte im Weißkittel, der dauernd im Fernsehen kommt. Tut es! Tut es! Tut es!«

»Wenn unsere Mieter telefonieren, hören wir natürlich

208

nicht zu«, nahm sie wieder das Wort, »aber als der Mieter Übel aufgehängt hat, war er ganz bleich. Da haben wir ihm einen Teller hingestellt. Eine Brennnesselsuppe. Können Sie sich nicht erinnern?«

»Ich? Nein ...doch! Natürlich, Signora, natürlich erinnere ich mich, dass wir uns darüber unterhalten haben, oben, in seiner Mansarde.«

Der Mann ließ den Löffel schweben. Sie fixierte mich. Ich trug sicherheitshalber die Sonnenbrille, trotz des düsteren Regentags, und hielt es für besser, den Kahlschädel mit der Narbe ins volle Licht der Küchenlampe zu setzen.

»Wissen Sie noch«, fragte ich leise, »wie spät es damals war, als der Anruf kam?«

»Etwa halb sechs«, antwortete Weideli weiblich. »Während Übel die Suppe gegessen hat, ist unten im Hof der schreckliche Schauspieler aufgetaucht.«

»Quassi«, zischte Weideli männlich.

»Ja«, bestätigte sie, »Quassi. Aber Übel musste erst die Suppe fertigessen, und Quassi ist abgehauen.«

»Ist Übel von Ihnen aus direkt ins Malatesta gegangen?«

Die Weideli nickte: »Etwa um neun ist er dann mit Quassis Chevy vorgefahren. Direkt vor dem Eingang zum Vorderhaus. Im Parkverbot.«

Ich opferte einen von Brunos Hundertern. Sie schnappte danach, entblößte für einen Moment die Backenzähne. Dann schlich sie auf leisen Sohlen zum Fenster, zog es einen Spalt weit auf, deutete auf die gegenüberliegende Fassade und sagte: »Hören Sie? Das ist der Mieter Dill. Um diese Zeit übt er am Spinett. Er hat viel Dreck am Stecken, stimmt's, Weideli?«

Vorstehende Zähne, große Ohren, gefärbte gelbe Locken wie Butterröllchen. Ein T-Shirt mit rosa Elefanten, eine hüftlange Strickjacke, Röhrenhosen, Plüschpantoffeln. Dills Dackel hieß Fifi und diente ihm wohl dazu, über Kinderspielplätze zu spazieren, ohne Verdacht zu erregen. Ein böses Kind, ein alter Clown. Einer, der ein Leben lang den Kürzeren gezogen hatte. Und einer, beteuerte er, der stets bereit sei, den Mitmenschen Gutes zu tun. Das habe er auch in jener Nacht im Februar getan, als Übel mit Quassis Chevy vorgefahren war.

»In bester Absicht, nicht wahr, Dill?«

»Ja«, winselte Dill. »Die Kartonkisten haben Übel gehört. Wieso soll es da falsch gewesen sein, ihm beim Tragen zu helfen? Er wollte sie seinem Vater zeigen.«

»Ah ja, wirklich?« Meine Augenbraue wölbte sich in die Stirn.

»Sie als Italiener werden den Senior nicht kennen«, erklärte Dill. »Hierzulande ist er eine bekannte Persönlichkeit. Er warnt in allen Medien vor ungeschütztem Verkehr und empfiehlt der Bevölkerung den Gebrauch von ...«, er räusperte sich, »... Sie wissen schon.«

Ich hatte es mir in der Stube der Weidelis auf dem Sofa bequem gemacht. Vor mir stand schuldbewusst der vorgeladene Mieter Dill. Weideli männlich saß im TV-Sessel, Weideli weiblich lehnte mit verschränkten Armen am Fenstersims.

Ich fragte: »Wann sind Sie Übel an jenem Abend begegnet?«

»Etwa um neun«, antwortete Dill.

»Die Aussage ist korrekt«, versetzte Weideli weiblich.

»Um neun kommt der Mieter Dill ein letztes Mal mit Fifi herunter.«

»Sie sind also mit Fifi heruntergekommen«, bemühte ich mich um einen strengen Verhörton, »da fährt der Mieter Übel mit Quassis Wagen vor.«

»Jawohl«, bestätigte Dill. »Er hat Schiss gehabt, ohne akademischen Abschluss vor den Vater zu treten. Deshalb hat er den Wagen organisiert. Er wollte seinem Vater zeigen, wie fleißig er war in all den Jahren.«

»Wieso hat sich das Einladen der Kartons dermaßen verzögert?«

»Übel musste gewisse Texte aussondern.«

»Eins nach dem andern, Dieter Mill.«

»Mieter Dill.«

»Mieter Dill. Wenn ich Ihre Aussage richtig interpretiere, wollte Übel nicht mit leeren Händen vor dem Vater erscheinen. Hat er sich Ihnen gegenüber so geäußert?«

Dill schwieg verstockt. Ich fixierte ihn durch die Sonnenbrille. »Mein Job ist es, Übels Unfall zu klären. Da gibt es einiges, was Fragen aufwirft. War das Buxtehude, vorhin?«

»Ja. Übel war der einzige, der sich für mein Spiel interessiert hat. Vor einigen Jahren waren wir zusammen in der Oper, L'Orfeo von Monteverdi. Ob ihm die Musik gefallen hat, weiß ich nicht, aber die Operngläser fand er niedlich. Ich hab ihm eins zu Weihnachten geschenkt.«

»Was soll dieses Gequatsche, Mill!«

»Dill.«

»Dill. Haben Sie immer noch nicht kapiert, dass ich es verdammt ernst meine? Übel hat also seine Schriften zensiert. Ein Teil davon blieb hier.«

»Ein kleiner Teil. Die meisten Kisten haben wir hinuntergeschleppt, eine elende Plackerei.«

»Hat Ihnen Übel erzählt, warum man ihn nach Hause bestellt hat?«

»Ja. Sein Vater« ... er räusperte sich ... »Sie wissen schon« ... er schluckte ... »war gestürzt.«

»Das können wir bestätigen«, warf die Weideli ein, ihr neues Gebiss bleckend.

Ihr Mann bleckte sein Gebiss ebenfalls: »Andauernd kommt dieser Übel im Fernsehen. Und schauen Sie sich in der Stadt um, Signore – da hängt er überall. Tut es! Tut es!«

»Der alte Übel war also gestürzt«, kam ich auf meine Frage zurück. »Schlimm?«

»Nein«, antwortete Dill. »Sein Sohn hat mehrmals betont, der Sturz sei harmlos gewesen.«

»Warum wurde er dann nach Hause gerufen? Können Sie mir diesen Widerspruch erklären?«

»Hören Sie«, protestierte Dill, »mich gehen die Übels nichts an. Ich bin zu dieser Geschichte gekommen wie die Jungfrau zum Kind.«

»An Ihrer Stelle würde ich das Wort Kind nicht in den Mund nehmen. Und glauben Sie mir: Die Bullen sind bei ihren Verhören weniger zimperlich. Die ziehen Ihnen erst die Zunge aus dem Maul und dann Ihr Wissen.«

»Signore«, bat Dill weinerlich, »nicht die Polizei! Bitte!«

»Dann reden Sie, verdammt nochmal! Spucken Sie aus, was Sie wissen. Wenn der Sturz des Alten harmlos war, wie Sie sagen, wird er nicht der Grund für den Anruf gewesen sein. Was folgt daraus? Oben im Fräcktal war etwas passiert. Etwas Ungewöhnliches. Etwas Beunruhigendes. Deshalb der Anruf. Deshalb die dringende Bitte der Sekretärin, der Sohn möge umgehend antanzen. Mann, Dill! Sie beide haben stundenlang die Papiere durchgesehen. Da wird er Ihnen doch gesagt haben, weshalb er sich so eine Heidenmühe gibt, den Alten zufrieden zu stellen.«

Dill nickte, kam zwei Schritte auf mich zu und sagte verschämt: »Nach seinem Sturz hat Herr Doktor Übel alte Gummimatten aus dem Lager holen lassen …«

»Ich verstehe. Der Herr wollte sich vor künftigen Stürzen schützen. Also hat er befohlen, sein Büro mit den schwarzen Matten des sogenannten Sportbodens auszukleiden – er hat die Zentrale in eine Gummizelle verwandelt. Wir könnten auch sagen: in einen Darkroom.«

»Mit Sauereien«, winselte das bunt gekleidete Männchen, »habe ich nichts zu tun.«

»Ah ja, wirklich?«

Er war weiß geworden. »Hören Sie«, stieß er mit zitternder Unterlippe hervor, »der Dill war Buchhalter bei Lindt & Sprüngli. Der Dill hat keinen einzigen Tag gefehlt. Der Dill hat darauf verzichtet, dass sie ihm die Überstunden bezahlen, und warum? Weil er ein guter Mensch ist. Weil er helfen will. Darum! Sonst war da nichts, das schwöre ich – Marcello lügt!«

»Dem haben Sie höchstens mal eine Tafel Schokolade geschenkt, nicht wahr, Dieter Mill?«

»Zum Geburtstag.«

»Und zu Ostern einen Schokoladenhasen und Schokoladeneier, und im Januar bekam er all die Schokoladen-Weihnachtsmänner, die ihr Scheißkerle von Lindt & Sprüngli im Weihnachtsgeschäft nicht losgeworden seid.«

Meine Wut war echt. Wut auf mich! Vor der Abfahrt ins Fräcktal hatte ich feiger Frosch drei geschlagene Stunden meinen Katalog durchgesehen und vieles aussortiert.

»Wann war Übel damit fertig?«

Das bunte Männchen war jetzt völlig durcheinander. Wischte an der Strickjacke die Schweißhände ab. Glotzte grinste sabberte. »Er musste auch die Lebensläufe durchsehen«, stotterte der Zeuge, der plötzlich zum Angeklagten geworden war. »Die hingen an einer Leine, mehr als hundert, glaube ich. Natürlich kam sein Vater darin vor, und ich nehme an, als eher negative Figur. Aber das meiste hat er mitgenommen. Nur: Im Kofferraum des Chevys war dafür kein Platz. Der war randvoll mit Kostümen und Requisiten.«

Wieder bleckten beide Weidelis die neuen Zähne: »Schauspieler!«

»Und Rezitator, meist auf bunten Nachmittagen in Pfarr- und Altersheimen«, fuhr Dill beflissen fort. »Aber in seiner Wohnung hat er für die Garderobe keinen Platz gehabt. Deshalb waren sämtliche Kostüme im Chevy eingelagert, auch die Requisiten. Kronen, Schwerter, Toupets, und natürlich alles, was er für das einzige Engagement braucht, das ihm ein bisschen Geld bringt. Quassi ist der Weihnachtsmann vor dem Warenhaus Jelmoli.«

»So so«, sagte ich nachdenklich. »Quassi ist der Weihnachtsmann vor dem Warenhaus Jelmoli. Mit einer Schelle? Ruft er Sonderangebote aus?«

»Ja«, meinten die Weidelis im Chor, »alle Jahre wieder!«

»Habt ihr die Garderobe ausgeladen, um Platz für die Kisten zu haben?«

»Nein«, antwortete Dill, »das meiste haben wir auf dem Rücksitz untergebracht. Den Rest, diverse Schachteln und Tüten, auf dem Vordersitz.«

»Was habt ihr mit den aussortierten Artikeln gemacht?«

»Die blieben auf dem Dachboden. Etwa um Mitternacht ist er losgefahren. Ich musste ihm noch einen Zehner pumpen. Für Benzin. Er war völlig blank.«

»Dill«, sagte ich heiser, »seit wann werden Sie von Marcello erpresst?«

»Schon länger. Aber da war nichts. Ich hab ihn nur ein bisschen geknufft.«

»Künftig wird Sie der Kerl in Ruhe lassen, das verspreche ich Ihnen.« Ich setzte den Federleichten auf, erhob mich.

»Signora«, sagte ich leise, »sollten Sie Dada auch nur ein Schnauzhaar krümmen, schlage ich Weidelis Eier in die Pfanne.«

Dill lächelte schadenfroh, Weideli männlich erschrak, aber Weideli weiblich ließ sich durch die Drohung nicht beeindrucken.

»Signore, der Kater ist mit Übel verschwunden.«

Die nächsten Tage galten der Vorbereitung der Heimkehr. Inzwischen war ich überzeugt, im Februar auf der Rückfahrt von der Brücke, nicht auf der Hinfahrt, verunglückt zu sein. Also musste ich davon ausgehen, dass mein erster Versuch, den Senior nach achtzehn Jahren wiederzusehen, schiefgelaufen war, und fasste den Entschluss, nach dem bewährten Brauch der Freunde der Freunde einen Soldaten mitzunehmen. Meine Wahl fiel auf Marcello, den ältesten Sohn der Sophia Loren aus dem Erdgeschoss. Gegen Abend, wenn er Schulaufgaben machen sollte, erschien er jeweils im Hotel Moderne und erwartete, dass ich meine Faust in seiner Wampe versenkte. Das konnte er haben, mir machte es Spaß, den fetten Kerl in seine Schranken zu weisen, und ihm schien es ein Bedürfnis zu sein, zu mir aufzuschauen wie ein Hund zu seinem Herrn. Als Italo hatte er eine panische Angst vor der Hölle, und ich machte sie noch ein wenig heißer, noch ein wenig schrecklicher (mit Details aus Dantes Commedia). Wenn er aber ob all der Qualen zu zittern und zu schwitzen und wie ein Hund zu winseln anfing, warf ich ihm eine Zigarette zu und erklärte lachend, die Mittelmeerantike hätte eine ganz andere Vorstellung vom Jenseits gehabt als das christliche Mittelalter. Für die Griechen, dozierte ich, im Morgenmantel am Fenstersims lehnend, den Federleichten auf dem Kopf, sei der Erebos ein ins Schattenhafte prolongiertes Diesseits gewesen, denn niemand sei dort verbrannt, gegrillt oder mit glühenden Zangen gezwackt worden. Da habe weder Heulen noch Zähneknirschen geherrscht, und kein Feuer habe gebrannt, um den armen Seelen die Sünden wegzubrennen. Nichts davon! Sisyphos sei kein Verbrecher gewesen – es sei denn, man werfe ihm vor, den Tod überlistet zu haben, aber dann müsse man sämtliche Ärzte und selbst den auferstandenen Christus eines Verbrechens beschuldigen.

»Daraus ziehe ich den Schluss«, sagte ich, den Hut in den Nacken schiebend, »dass die Toten der alten Griechen etwas fortführen, was sie schon im Leben gemacht haben. Sisyphos hat vermutlich mit der Schwerkraft experimentiert, und natürlich eignet sich ein physikalisches Experiment hervorragend dazu, im Schattenreich ad infinitum wiederholt zu werden. Hast du begriffen, Dicker? Im Leben trainieren wir uns irgendeine Repetition an, die wir dann mitnehmen auf die andere Seite.«

»Dutturi«, sagte Marcello überglücklich, »ich werde drüben ewig wichsen.«

Aber ich hatte ihn nicht nur von seiner Höllenpanik erlöst, ich verhalf ihm auch zu einem neuen Outfit – seit meiner Einkleidung durch den Paten wusste ich ja, dass ein italienischer Maßanzug selbst einen Übel junior zum Mann machte, und so kam Marcello zur Freude seiner Mamma bei Grieder Les boutiques in der Zürcher Bahnhofstrasse zu einer kompletten Ausstattung: Hut, Anzug, Regenmantel, Seidenschal, Lederhandschuhe, italienische Schuhe. Monsieur Daniel höchstpersönlich bediente uns, und natürlich beantwortete ich die Frage nach der Rechnung mit den gleichen Worten wie einst in Pollazzu: »Geht an Dr. Heinrich Übel, Gummifabrik, Fräcktal.«

Dann musste noch eine letzte Hürde überwunden werden. Marcello hatte mir verraten, dass seine Mamma mit dem Gedanken spielte, das Verschwinden des Mansardenmieters den Bullen zu melden und eine Vermisstenanzeige aufzugeben. Ich trug Marcello auf, dies zu verhindern, und die noble Art, wie er den Auftrag erfüllte, bewies mir, dass ich den Richtigen zum Soldaten erwählt hatte. An einem Morgen lag ein Strauß roter Rosen vor der Parterrewohnung, und die Loren ließ mir durch den Concierge des Moderne ausrichten, Übel lebe – er habe ihr Rosen geschickt, genau wie früher. Damit war die Gefahr einer Vermisstenanzeige fürs Erste gebannt, die letzte Hürde genommen, der Heimkehr stand nichts mehr im Weg.

An einem trüben Vormittag im späten September trat ich die Reise in die Berge an, diesmal in Begleitung meines jungen Soldaten, der nun seine Gurgel hinter einem Foulard, die Augen hinter einer undurchdringlichen Sonnenbrille verbarg. Um 09 Uhr 20 betraten wir das Theorielokal einer Fahrschule. Eine Wand war mit Verkehrsschildern vollgehängt; Marcello deutete auf »Links abbiegen verboten«, und die Blondierte, die an ihren Nägeln herumfeilte, verwies uns auf die Wartestühle – der nächste Wagen werde uns mitnehmen.

Marcello erledigte hie und da kleine Aufträge für Don Sturzo, deshalb wusste er, wie der Zürcher Pate seine Geschäfte abwickelte: über bestehende Systeme, wie etwa über die Apotheken. Zwar hatte Sturzo den lukrativen Zweig der Liquidierungen (aus Rücksicht auf den protestantischen Zahnstocher an seiner Seite) den Serben überlassen, aber auch die hielten sich weiterhin an das bewährte Prinzip. Dass die vermeintliche Unterschrift des Arztes auf dem Rezept in Wirklichkeit der Name des Opfers war, wäre bei einer Razzia nicht einmal dem klügsten Bullen aufgefallen, und natürlich wirkte jemand, der aus einer Apotheke trat, völlig harmlos – jedenfalls erweckte er nicht den Verdacht, soeben den Auftrag zur Ermordung eines Geschäftspartners oder seiner Ehefrau erteilt zu haben. Auch das Theorielokal einer Fahrschule konnte man unauffällig aufsuchen, auch hier verkehrten, wie in einer Apotheke, die unterschiedlichsten Leute, Ausländer wie Inländer, und da die Wagen von den frühen Morgen- bis in die späten Abendstunden unterwegs waren, eigneten sie sich hervorragend für Kurierdienste. Dabei erhielten die Fahrschüler ihren normalen Unterricht (und transportieren, ohne es zu wissen, Koffer voller Koks oder Schwarzgeld zu einem von Don Sturzos Klienten).

Angelo, der Fahrlehrer, der uns mitnahm, war ein alternder Itaker und seine Schülerin eine Dame der besseren Gesellschaft. Die Dame quälte den Opel fluchend wie ein Rossknecht durch die City, und Marcello, der sich in seine Rolle rasch einfühlte, machte Angelo klar, dass wir einen besseren Lift wünschten. Die Dame wurde zu einem Parkplatz gelotst, auf dem ein anderer Fahrschüler gerade das Rückwärts-Einparken übte. Marcello und ich stiegen um und strandeten gut eine Stunde später, es ging bereits auf elf zu, in den stillen Straßen einer Vorortgemeinde (irgendwo in Adliswil). Nach diversen Telefonaten mit der Blondierten in der Fahrschule, die vermutlich immer noch an ihren Nägeln feilte, fuhr gegen zwei ein weiterer Wagen vor, mit einem Priester als Fahrschüler. Der Priester kroch so ängstlich über die N 3, als glaube er nicht an den heiligen Christophorus, dessen Medaille am Armaturenbrett haftete. Bei einer Esso-Tankstelle stiegen wir aus. Marcello suchte eine Telefonkabine auf, um den nächsten Wagen zu organisieren, und plötzlich fiel mir ein, dass ich im letzten Februar hier getankt und den Mann an der Kasse gefragt hatte, ob ich es wagen dürfe, mit Sommerreifen ins Fräcktal hinaufzufahren. Jetzt saß ein anderer an der Kasse als in jener Nacht, doch kaum war mir dies bewusst geworden, hatte ich die Szene von damals klar vor Augen. Der Nachtwart, der mit seinen Fettwülsten dem Michelin-Männchen geglichen hatte, war auf eine Plauderei aus gewesen und hatte mich vor dem Winter, der mich weiter oben erwarten würde, gewarnt. Mit Sommerreifen, hatte das Michelin-Männchen entrüstet ausgerufen, bleiben Sie im Fräcker Tobel liegen. Miserable Straßenverhältnisse. Schnee und Eis!

Sehr gut. Wenn ich einen Ort berührte, an dem ich auf meiner Unglücksfahrt vorbeigekommen war, öffnete die Gedächtniskapsel ihren sonst so verschlossenen Mund und gab die verlorenen Informationen heraus. Also weiter, ab ins Fräcker Tobel, aber leider mussten wir bald feststellen, dass Sturzos Fahrschulsystem seine Tücken hatte. Ehe wir uns versahen, befanden wir uns wieder auf der Fahrt nach Zürich, wo wir infolge eines Staus erst am frühen Abend eintrafen. Nun war es natürlich zu spät, um erneut die Richtung zu wechseln und mit irgendeinem Fahrschulwagen wenigstens bis zum Eingang des Tobels vorzustoßen – wir mussten meine Heimkehr auf den nächsten Tag verschieben. Vor dem Moderne verabschiedeten wir uns, beide etwas geknickt, und dann unterlief mir leider ein Fehler. Es war kein großer Fehler, nur ein kleiner, doch sollte er Folgen haben, schlimme Folgen ...

Ihre Hand, die unablässig die Asche von einer Zigarette tupfte, war eine sehnige Kralle, und alt waren auch die Augen, getrübt von Alkohol Einsamkeit Glückstabletten. Nachdem sie mich registriert hatte, wandte sie den Kopf in einer langsamen Drehung wieder dem Finger zu, der weiter die Zigarette beklopfte.

»Wir kennen uns«, sagte ich.

»Was für eine plumpe Anmache«, sagte sie. »Sprichst du deutsch?«

»Sogar schweizerdeutsch.«

»Ich bin Amerikanerin.«

»Aus Frisco.«

»Du hast gute Ohren, Secondo.«

Secondo wurde ein hierzulande geborener Nachkomme italienischer Einwanderer genannt. Auch sie, sagte Maureen, sei Immigrantin, und dann, als würde sie schlagartig erwachen, legte sie los, genau wie damals, vor sieben Jahren, als wir uns hier, im Seerosen-Saal der Ellen Ypsi-Feuz, zum ersten Mal begegnet waren.

Dass ich an diesem Abend nach der Odyssee mit den Fahrlehrern noch einmal in die Galerie gekommen war, hatte mit meiner Finanzknappheit zu tun. Ich war darauf angewiesen, einen Gimpel zu finden, der mir das Geld für den Ausflug zum Vater vorschoss – und erwischte Maureen, meine Ex. Maureen würde mir bestimmt etwas Geld vorstrecken. Bis es jedoch soweit war, musste ich wohl oder übel das Märchen über mich ergehen lassen, das sie mir schon seinerzeit erzählt hatte: eine Variante zu »Hans im Glück« der Brüder Grimm.

Maureen im Glück. Nachdem sie am College ihren Geschichtslehrer verführt hatte, setzte sich Maureen nach Europa ab, wollte Malerin werden, reiste durch Italien, landete in Neapel, lernte einen deutschen Motorradfahrer kennen, schwang sich auf dessen Rücksitz und brauste über den Gotthard-Pass ins nächste Glück hinein. Der Motorradfahrer starb an der Unfallstelle, in Maureens Armen, und der Chirurg, der ihren Fuß, wenn auch verkürzt, gerettet hatte, hielt noch im Spital um ihre Hand an. Er richtete ihr ein Atelier ein, doch der frühere Pinselschwung war weg, eine Therapie folgte auf die andere, wobei Maureen mit Hilfe ihrer Therapeuten herausfand, dass sie als Sturzgeburt zur Welt gekommen war, nur wenige Tage nach Pearl Harbour, dem Sturzangriff der Japaner auf die US-amerikanische Flotte. Dabei ging es weniger um die geographische Frage, wie ein Angriff auf Hawaii eine Kindheit in San Francisco versaut haben könnte, vielmehr darum, was Maureen *fühle*, wenn sie ihre Stürze thematisiere: den Sturz ins Leben, vom Motorrad, in die Ehe. Die innerlich Verletzte bat ihren Mann, den Chirurgen, um ein Facelifting, aber was im Praxisalltag stets gelang – bei der eigenen Gattin verrutschte das Messer. Als man die Verbände entfernte, hatte sie durch eine leichte Verzerrung der äußeren Augenwinkel einen Touch ins verhasst Fernöstliche, die Ehe wurde geschieden, und Maureen, der Pinselei überdrüssig, wurde Therapeutin. Natürlich hatte sie wieder Glück, ihr Atelier für Maltherapie war auf Anhieb erfolgreich. Die Patienten übergossen sich eimerweise mit Farbe und wälzten sich wie New Yorker Happening-Künstler über ausgelegte Papierbahnen. Dumm war nur, dass sich die Nachbarn über Orgien beschwerten, worauf die Stadtpolizei Zürich, mit dem Begriff Analphase überfordert, dem bunten Treiben ein Ende setzte. Pech gehabt? Ach was, Maureen schaffte es, ein weiteres Tauschgeschäft zu ihren Ungunsten abzuwickeln. Als Maltherapeutin war sie in den Bannkreis der Ypsi-Feuz geraten. Die war zu jener Zeit noch mit Quassi liiert, aber nach einem Besuch Tinguelys, der über Ellens Lover die Nase gerümpft haben soll, suchte sie nach einer eleganten Lösung, sich der kompromittierenden Beziehung zu entledigen. Klar, da war ihr Maureen gerade recht gekommen. Maureen, die seit dem Motorradunfall am Gotthard einen verkürzten linken Fuß hatte, hinkte gewissermaßen dem Glück hinterher und verliebte sich ausschließlich in Männer, die sie für noch unglücklicher hielt als sich selbst. Ihr Bestreben war es, diese Männer zu erlösen – und sich, die Erlöserin, mit ihnen. Beider Dunkel sollte sich zum Licht addieren – für Ellen Ypsi-Feuz ein gefundenes Fressen, und natürlich gelang es ihr im Handumdrehen, durch ihre besten Freundinnen eine scheinbar zufällige Begegnung der sturzgeschädigten Amerikanerin mit einem psychisch labilen Genie zu arrangieren. In Ellens Schlafzimmer, wo Maureen ein bisschen aufräumen sollte, war ein gewisser Quassi gerade dabei, seine Socken zu suchen …

»Schau«, sagte Maureen jetzt zu mir und schüttete auf einem Glastisch im Seerosen-Saal ihr Täschchen aus, »sein Bild hab ich immer dabei.«

»Fürchte, ich weiß Bescheid. Im Bett ein Hirsch.«

»Nein«, entgegnete sie, »ein Hirsch war er nicht. Zumindest nicht so, wie sich das ein Italiener vorstellt.« Sie fischte ein graues Automatenfoto aus dem Müll ihrer Handtasche: »Das ist er.«

Ich starrte auf das Foto. Ich schluckte. Ich schloss für einen Moment die Augen. Dann starrte ich wieder auf das Foto, das einen jüngeren Mann mit langen Haaren zeigte: mich. Besser gesagt: Heinrich Übel junior.

»Ja«, wiederholte Maureen mit dem versonnenen Lächeln einer selig Entrückten, »er war die große Liebe meines Lebens. Dabei hätte ich mich nie und nimmer auf ihn einlassen dürfen. Als Psychologin hab ich den Problemfall sofort gerochen. Sein Vater hat mit Gummis einen Haufen Geld gescheffelt, Senior hat er ihn immer genannt, natürlich ohne zu merken, dass er sich dadurch zum ewigen Junior erniedrigte. Seine Mom, hat er mir einreden wollen, sei früh gestorben, als er drei oder vier war ...«

»Sieben«, stieß ich hervor.

»Tagsüber hat er sich gern auf Friedhöfen herumgetrieben, und kam ich von Ellen nach Hause, hat er mich mit einem verlegenen Lächeln erwartet, hundert rote Rosen im Arm, Friedhofsrosen.«

»In denen noch die Trauerkarte gesteckt hat!«

»Ja, manchmal war er ein bisschen schusselig.« Sie wischte sich eine Träne aus den japanischen Augen. »Ich hab ihn immer noch lieb. Ganz ganz fest lieb. Er war der Mann meines Lebens.«

»Quassi.«

»Nein, *Henry*!«

Ich nahm ihr das Automatenfoto aus der Hand: »Du meinst diesen Typen da?«

»Ja!«

»Aber das ist doch ... Übel!«

»Bist du blöd? Natürlich ist das Übel. Henry Übel junior.«

Sie schob ihren Müll ins Täschchen zurück ... und ich, völlig verdattert, glotzte auf die Seerosen an den Wänden, die in blutigen Tümpeln schwammen. Von oben war Applaus zu hören. Als Ellens Assistentin, meinte Maureen, müsste sie eigentlich an der Feier teilnehmen.

»Was für eine Feier?«

»Das weißt du nicht, Secondo? Die ganze Stadt spricht davon. Ellen hat eine Ehrengabe der Jüdischen Kultusgemeinde erhalten. Für ihre Bekenntnis-Birke. Die Juden liiieben Ellen. Was ist los, gehst du schon?«

»Brauche frische Luft«, rief ich ihr zu.

Weg, einfach nur weg. Weg von der quasselnden Maureen, weg vom Automatenfoto, weg von der bekennenden Ypsi-Feuz! Doch war da kein Durchkommen, sogar im Treppenhaus standen sie dicht gedrängt und lauschten ergriffen einer spontanen Ansprache des Dichters Moff, der gerade ins Mikro raunte, Ellens Kunst sei von der Seerosen-Phase über die Solidaritätsbekundungen zu Nicaragua und Europa bis zur Anerkennung der Aidsopfer ein denkwürdiges Ringen um Zeitgenossenschaft gewesen, das nun in der Versöhnung mit der eigenen Herkunft einen unerwarteten Gipfelpunkt erreiche (Raunen). Ein strafender Blick auf Traxel, der gerade seinen Flachmann zückte, dann holte Moff die Pfeife aus der Tasche, schenkte der Runde ein Lächeln und schloss mit den Worten: »Und dafür gebührt dir, liebe Ellen, der tiefe Dank von uns allen.«

Ellen wurde von allen Seiten gedrückt und geküsst; der Feuilletonchef der NZZ bahnte sich einen Weg zum Redner; Traxel soff den Flachmann leer; Moff gab dem Kunstkritiker des Tagesanzeigers ein Statement (»Zürich kann auf seine Ellen stolz sein!«), und als es mir endlich gelang, in den Türbereich vorzudringen, prallte ich mit dem radikal linken Stadtrat Läuchli-Burger zusammen, der völlig aus dem Häuschen war. »Ellen wird gleich ein jüdisches Lied singen«, jubelte er, »gemeinsam mit Rabbi Bodenheimer!« Dann drängte er sich im Gewühl zur Geehrten durch, die, glücklich heulend, von den vielen Händen der besten Freundinnen gestreichelt wurde. Erst draußen, in der herbstkühlen Nacht, merkte ich, dass Maureen die Feier gemeinsam mit mir verlassen hatte.

In dieser Gasse war ich einst zu feig gewesen, um endlich über den Schatten meines Vorgängers Quassi zu springen. Ich hatte es dabei belassen, Maureen gegen die Brandmauer des Kinos zu drücken und an ihrem nackten, von einer Straßenlaterne bestrahlten Hinterteil meinen Hosenstall aufzuknöpfen.

Am schönsten seien die gemeinsamen Herbstspaziergänge gewesen, hauchte Maureen, Dunst über dem See, die Berge fern, welkende Blumen, fallendes Laub, raschelnde Schritte. »Und weißt du, Secondo, niemand konnte besser zuhören als Henry. Henry hat mich zuhörend angenommen. *Ah ja, wirklich?*, hat er immer gesagt, nicht mehr, nur diese drei Worte, aber wieviel hat er damit ausgedrückt! In diesem *Ah ja, wirklich?* war seine ganze Persönlichkeit, seine Anteilnahme am Sosein des Partners, sein tiefes Mitgefühl, sein Verständnis für die Frau.«

»Ah ja, wirklich?«

»Ja«, gestand Maureen unter Tränen. »Das Glück war zum Greifen nah. Wir hätten nur zugreifen müssen.«

»Das war nicht so einfach.«

»Doch«, rief sie trotzig. »Wir liebten uns. Er verstand

meine Bedürfnisse. Er wollte mich heiraten. Er schenkte mir Blumen. Dass es nicht geklappt hat, war ganz allein meine Schuld.«

»Ah ja, wirklich?«

»Ich bin wieder zur Mutti geworden. Wie bei Quassi.«

Im Odeon, einem Nachtlokal, das bis zwei Uhr offen war, setzten wir uns an die Bar. Bestimmt hatte Quassi auch hier gewaltige Schulden, und sollte einer der Kellner hinter meiner Italomaske den Verhüterli-Sohn und ehemaligen Quassi-Kumpan identifizieren, würden sie nichts unversucht lassen, um durch mich an ihren Zaster zu kommen. Der Anstand gebot es, Maureen auf diese Möglichkeit hinzuweisen: »Hör zu, Puppe, wenn hier gleich die Fäuste fliegen, nimmst du dein Täschchen und haust ab.«

»Warum sollten denn die Fäuste fliegen?«

»Wegen Quassi.«

»Quassi«, schrie Maureen wie von der Tarantel gestochen, »komm mir nicht mit Quassi! Sollte er dir mal begegnen: wegrennen, Secondo, einfach wegrennen!«

»Aber du hast doch darauf bestanden, dass an Weihnachten auch Mutter Gertrud eingeladen wird ...«

»Ja, was für eine Dummheit! Die beiden haben den ganzen Sekt weggesoffen, und als wir sie endlich losgeworden sind, hat die alte Gertrud in den Hof gepisst.« Wütend klopfte Maureen mit ihrem alten Finger auf die Zigarette, starrte eine Weile vor sich hin und sagte dann, wieder dem Weinen nah: »Wenn wir uns nicht getrennt hätten, würde Henry bestimmt noch leben.«

Ich tupfte ihr die zerlaufende Wimperntusche von der

Wange: »Es war halt vorbei, Maureen. Da kann man nichts machen.«

»Secondo, ich weiß bis heute nicht, wie es passiert ist.«

»Es war im Park am See.«

»Nein, wir waren hier.«

»Ah ja, wirklich?«

»Ja, hier im Odeon. An diesem Tresen. Dann haben wir ein Taxi genommen. Ich war etwas beschwipst, deshalb hab ich Henry meine Tasche gegeben, damit er den Taxifahrer bezahlt. Dann hat er mich nach oben gebracht, in die Wohnung. Ich musste dringend aufs Klo, hab mein Mäntelchen fallen lassen, und weißt du, Secondo, das war typisch Henry – er kam rein, um das Mäntelchen aufzuhängen und im Schlafzimmer das Licht anzumachen.«

»Da hat er die Fotos von Quassi entdeckt.«

»Kann sein …«

»Und du hast Henry zum hundertsten Mal um die Ohren gehauen, wie gut dieser Quassi im Bett sei. Ein Hirsch, hast du gesagt, dennoch zärtlich.«

»Mann! Er hätte mich einfach aufs Bett werfen müssen.«

»Hat er nicht?«

»Nein. Von Quassi hat er gesprochen. Er war's, der damit angefangen hat. Er wollte mir unbedingt einreden, dass Quassi im Bett bestimmt besser sei als er – ein Hirsch.«

»Aber so doof kann man doch gar nicht sein!«

»Doof? Henry hat an meine Bedürfnisse gedacht. Dann lagen wir beide auf dem Rücken, beide nackt, er mit einem runden Aschenbecher auf dem Bauch … und aus.«

»Wie aus?«

»Unsere Liebe, die Beziehung, die Partnerschaft. Er ist aufgestanden und gegangen. Weil er sich geschämt hat, glaube ich.«

»Moment, das ist doch im Park geschehen, am See, abends, im Nebel!«

»Wie, was …«

»Na, die Trennung! Und mit Scham hatte es nichts zu tun. Wieso soll er sich geschämt haben?«

Sie trank ihre Sektflöte leer.

»Das geht dich einen Dreck an«, sagte sie betrunken. »Er hat sich geschämt, ein Übel zu sein, der Junior eines Verhüterli-Fabrikanten.«

Eine Weile schwiegen wir, beide in Erinnerungen versunken, doch waren es Erinnerungen, die überhaupt nicht zusammenpassten. Sie, die amerikanische Realistin, ließ die Geschichte in einem Aschenbecher zu Asche werden, bei mir, einem abendländischen Romantiker, endete sie im düsteren Nebel eines Parks am See – ohne Streit, einfach so. Wie zwei Duellanten hatten wir uns den Rücken zugedreht und waren dann in schnurgerader Linie auseinandergegangen, beide Fuß vor Fuß setzend, sie in die eine Richtung, ich in die andere. Klar, bei einem Duell wäre man nach einer bestimmten Strecke stehen geblieben, hätte sich umgedreht, mit der Pistole das Gegenüber anvisiert, aber selbst dann, wenn wir bewaffnet gewesen wären, hatte uns damals die Kraft zum Krümmen des Fingers gefehlt. Wie die Liebe war auch unser Hass erloschen, und im wortlosen Entschluss, unser Verhältnis zu beenden, waren wir uns zum ersten Mal einig gewesen. Während Maureen nordwärts davongehumpelt war, mit ihrem Spezialstiefel ein rasch sich entfernendes Klopfen erzeugend, hatte ich mich südwärts abgesetzt, den Mantelkragen hochgeschlagen, die Hände in die Taschen gestopft …

Jetzt schob sie mir das Täschchen zu: »Bezahlst du für uns?«

Wir nahmen ein Taxi, und dass ich dem Fahrer die Adresse nennen konnte, fiel Maureen nicht auf – so sehr war sie in ihr Leid versunken, in ihre Trauer um den verlorenen Übel. Wir hielten vor dem Haus, in dem sie wohnte, und wieder, wie im Odeon, bezahlte ich mit Geld aus ihrer Handtasche. Das Taxi wendete, und bald war das Sirren der Reifen auf der nassen Straße verklungen. Das Retourgeld hatte ich vorsorglich eingesteckt, und natürlich wäre es am klügsten gewesen, damit unverzüglich abzuhauen. Doch aus einer Straßenlampe regneten Silbernadeln auf Maureen herab, und ich, von Mitleid gepackt, durchwühlte ein weiteres Mal ihre Handtasche: jetzt, um den Haustürschlüssel auszugraben. Dass ich das schwankende Mädchen dann auch noch die Treppen hochbrachte, bis vor ihre Wohnung, wo ich ein drittes Mal im Müll kramte, bis ich zwischen Tampons und unbezahlten Rechnungen den Wohnungsschlüssel fand, war kein Fehler, höchstens Anstand. Ich lüpfte den Hut.

»Ciao Bella. War schön, dich kennenzulernen«, sagte ich. Und küsste sie.

Sie wand sich aus der Umarmung, humpelte ins Bad, setzte sich aufs Klo, ließ es sprudeln und rief: »Sag mal, Secondo, habt ihr euch gekannt?«

»Den Verhüterli-Sohn hat niemand gekannt«, rief ich ins erleuchtete Bad.

»Ja, ich war wohl die Einzige. Ich hatte ihn so lieb. Und jetzt ist er tot.«

»Woher weißt du das?«

Die Spülung rauschte.

»Quassi behauptet, er hätte ihn gesehen. Auch andere wollen ihn gesehen haben, ein- oder zweimal sogar bei Ellen. Aber sie täuschen sich. Würde Henry noch leben, hätte er sich längst gemeldet. Dann wäre er an deiner Stelle.«

»Er.«

»Ja, er, mein Henry. Und du, Secondo, hättest nicht den Hauch einer Chance.«

»Ah ja, wirklich?«

Ich betrat den Flur, doch nur, um ihr Mäntelchen aufzuhängen und im Schlafzimmer das Licht anzumachen. An der Innenseite der Tür hing der blau-weiß gestreifte Morgenmantel, er hatte Quassi gehört, gleich würde sein Name fallen und mir zum raschen Abgang verhelfen.

Da sagte Maureen, ohne zu schlucken: »Schau, da hängt Henrys Morgenmantel! Zieh ihn an, er passt dir bestimmt.«

Und auf einmal verströmte dieselbe Maureen, die in den Umarmungen des Juniors fad wie Papier gerochen hatte, den Vanillegeruch eines jungen Kätzchens. Auf meiner Glatze bildeten sich Lusttropfen, alles an mir begann zu zittern, der Atem ging schneller. Sie war aus dem Rock geschlüpft und legte sich rücklings aufs Bett, direkt vor mich hin, so dass sich im dünnen Stoff ihres Höschens der Vliesschatten zeigte wie Seegras unter Wasser. Aber ich konnte mir beim besten Willen nicht vorstellen, dass sie mich begehrte. Diese Frau mochte ihre Männer immer erst hinterher: nie, wenn sie da waren, erst, wenn sie weg waren. Wenn sie vor dem Schatten des Vorgängers kapituliert hatten und in ihrer Erinnerung zu Objekten wurden, über die sie beliebig verfügen konnte. Maureens Liebe war exisch.

»Willst du dich nicht ausziehen, Secondo?«

Ich studierte ihre Fotogalerie: Maureen, mit Bubikopf, im Dartmouth-College; Maureen mit einem Motorradfahrer in Lederkluft, vermutlich dem Deutschen, der am Gotthard den Tod gefunden hatte; Maureen mit dem Chirurgen, ihrem Ehemann; Maureen mit mehreren Therapeuten, auf einem Psychokongress; Maureen mit Quassi und Maureen mit Übel, und, du heilige Scheiße, seine lange Mähne, sein doofes Grinsen, die etwas schiefe Haltung, die abgetragenen Klamotten, der verzagte Ausdruck zeigten den geborenen Versager.

Sie hatte sich auf den Bettrand gesetzt, nestelte am Spezialschuh.

»Bei Henry«, kicherte sie, »hab ich ihn anbehalten müssen.«

»Ah ja, wirklich?«

»Hör auf, ihn nachzuäffen! Bei dir klingt's nur komisch.«

Ich stand etwa zwei Meter von ihr entfernt, vom Vanillegeruch zugleich angezogen und abgestoßen. Höchste Zeit, mich zu verabschieden!

»Warum hast du den Schuh anbehalten müssen?«

»Henry mochte Mädchen mit kleinen Defekten. Weil er selber einen hatte.«

»Ah ja, wirklich?«

Auf einer Digitaluhr klickten die Zahlen; in der Tiefe fuhr ein Auto vorüber; Regen sprühte an die Scheiben.

Ich sagte kalt: »In deiner Fotogalerie fehlt jemand.«

»Ellen.«

Ich nickte.

»Seine Mommy hängt man nicht auf.«

»Verkleidest du dich deshalb als Pippi-Girl – um Mommys Töchterlein zu sein?«

»So hat mich Henry immer genannt, Pippi-Girl! Von Pippi Langstrumpf … Secondo, wer bist du?«

Ich studierte meine Fingernägel, und so ganz allmählich kapierte sie, dass ich nicht der Typ war, den sie mit dem Verweis auf den Vorgänger einschüchtern konnte – ich *war* der Vorgänger. Ich war mein eigener Vorgänger und mein eigener Nachfolger und wusste alles über sie – wie ein Gott. Ich stand vor dem Bett, schweigend, schnaufend, mit feuchter Platte und zog langsam die Sonnenbrille aus der Visage. Ihre Züge verzerrten sich. Sie wurde blass. So blass, als hätte ich sie mit einem Kübel Kalk übergossen. Meine Maske durchschaute sie nicht, noch nicht, aber den Ernst der Lage hatte sie begriffen.

»Ich möchte jetzt schlafen«, sagte sie.

»Ich bin nicht betrunken, falls du das meinst. Drei Negroni.«

»Und ziemlich viel Wodka.«

»Die paar Russen kratzen mich nicht.«

»Warum hast du dich im Galeriehaus weggeknallt?«

»Weil mir Ellens Bekenntnis-Birke auf den Senkel ging. Und dein Gesülze über Übel. Übel war eine Pfeife! Übel war eine lächerliche Pfeife!«

»Bitte geh jetzt«, flehte sie, »bitte …«

Sie hatte recht, ich musste gehen. In einem von Don Sturzos illegalen Schnapsläden konnte ich noch ein paar

Drinks in mich hineinschütten, ein paar Pokerrunden gewinnen, den früheren Übel vergessen. Die Digitaluhr klickte; der Regen lief in schrägen Schnüren über die Scheibe. Ich sah mich nach meinem Hut um, ich nahm ihn vom Bett, ich wollte ihn aufsetzen, noch hatte ich mich unter Kontrolle.

»Vielleicht sieht man sich bei Gelegenheit wieder. Ciao. Cara!«

Da machte sie einen Fehler. Es war kein großer Fehler, nur ein kleiner. Sie öffnete meine Hose, holte meinen Schwanz raus und sagte, ihn wie ein Mikro in ihrer Hand haltend: »Ich blas dir einen.«

… und du lieber Himmel, was ging da ab? Ich stieg mit dem Wagen, den Atem anhaltend, in die Senkrechte, dann rasselte das Brückengeländer wie eine Bahnschranke nieder und fand samt der Piste in die richtige Lage zurück, in die gewohnte Ordnung, in die gültige Geographie. Ich aber, zu einem göttlichen Auge geworden, sah vom Himmelsgewölbe herab zu, wie tief unter mir ein spielzeugkleines Auto auf einer langen schmalen schnurgeraden Brücke weitertorkelte, wie es von den Rädern aufs Dach und dann auf die Seite schlug, wobei mein Körper, den ich aus guten Gründen verlassen hatte, in embryonaler Krümmung und zeitlupenhaft langsam durch die enge Wagenkabine segelte. Ich war gleichzeitig oben im Kosmos und drinnen in der Kabine und konnte alles genau verfolgen, kein Detail entging mir, auch nicht der Kater, der sich auf einer parallelen Flugbahn ebenfalls der Frontscheibe näherte. Du heilige Scheiße, war ich nicht allein verunglückt? Hatte mich Dada begleitet?

Zu meiner grenzenlosen Verwunderung hielt ich nicht das Steuer in den Händen, sondern umklammerte Maureens Hals. Zugegeben, Maureens Kichern war mir auf die Nerven gegangen. Ich lebte schließlich ein neues, gutes Leben. Sophia Loren würde sofort mit mir ins Bett hüpfen. Ihrem Marcello konnte ich nach Belieben die Wampe polieren. Die Weidelis hüteten sich, mir frech zu kommen. Die Truppe im Moderne behandelte mich mit dem Respekt, den ein weitgereister Mann mit akademischem Titel verdiente, und als Psychologin hätte Maureen eigentlich wissen müssen, dass ich ihr Kichern nicht dulden würde. Seit Pollazzu war ich ein Mann – das hatte nun auch meine Ex zur Kenntnis zu nehmen.

Schwer und plump hing Maureen in meiner Umklammerung, und als ich sie losließ, rutschte sie schlaff zu Boden. Vor dem Bett blieb sie rücklings liegen. Ohne das misslungene Facelifting, fand ich, hätte sie recht schöne Augen gehabt, groß und dunkel …

Unter-Fräck, auch Fräck-Station genannt, war im Mittelalter eine Richt- und Schädelstätte gewesen, mit dem abschreckenden Namen Galgen-Fräck, und wie das Kaff zu jener Zeit unterm Balken mit der Strickschlaufe gelegen hatte, lag es heutzutage unter der vierspurigen, von hohen Betonpfeilern getragenen Autobahn. Ein unaufhörliches Rauschen durchzog den Himmel, doch war das nicht der Regen, es war der abendliche Verkehr der N 3. Unter den Betonpisten war alles staubbedeckt, die Schaufenster eingeschlagen, die Häuser nur noch zum Teil bewohnt. Bei der Station lagen drei Güterwaggons an der Rampe, und Häftlinge in orangenen Overalls luden Zementsäcke aus, von zwei Aufsehern bewacht – der Knast lag etwas weiter hinten im Fräcker Tobel.

Wieder hatten Marcello und ich einige Male den Fahrschulwagen wechseln müssen, aber wenigstens waren wir bis hierher gelangt und konnten in etwa zwei Stunden das letzte Postauto nehmen, das uns direkt zur Gummifabrik bringen würde – sie hatte eine eigene Haltestelle. Die Pause passte in meinen Plan. Hier, am Eingang zum Tobel, lag die Alte Post, die von Palombi gepachtete Gastwirtschaft, und im selben Moment, da ich die rot-weiß-geringelte Schranke gesehen hatte, die bei Wasser- oder Lawinenalarm die Einfahrt versperrte, war etwas Ähnliches geschehen wie

236

vor einigen Tagen vor dem Kassenkäfig der Esso-Tankstelle. Berührte ich einen Ort, den ich auch in der Unfallnacht berührt hatte, kehrte die Erinnerung zurück. Was ich in der Amnesie verloren hatte, war offensichtlich nicht tot, nur begraben, so dass es mir jetzt, da ich die pissgelbe Bierreklame der Gastwirtschaft und die offene Schranke betrachtete, wie Schuppen von den Augen fiel. Damals im Februar war die Schranke geschlossen gewesen, deshalb hatte ich angehalten und war dann in die Gaststube gegangen …

Jetzt betrat ich sie wieder, gemeinsam mit Marcello, meinem Soldaten, und es war mir, als würde ich auf eigenen Spuren wandeln und nicht nur dem Palombi von heute, sondern zugleich auch jenem vom Februar gegenübertreten. Der von heute erkannte mich nicht, und natürlich war das eine perfekte Voraussetzung für das, was ich vorhatte.

Am Stammtisch der Alten Post hockten Aufseher vom nahen Knast sowie ein paar Ehemalige der Gummifabrik. Von der Decke hingen Reklame-Mobiles, deren Werbeflächen vom Zugwind, den die offene Tür hereingelassen hatte, für ein paar Sekunden bewegt wurden. Sie warben für einen Toast Hawaii und hatten hier schon gehangen, als Palombi dem vom Senior rausgeschmissenen Junior einen solchen Toast als Frühstück ausgegeben hatte – meine Nase erinnerte sich an den Geruch nach verbrannten Socken. Du lieber Himmel, wie lange das her war, achtzehn Jahre, ein halbes Leben! Damals war ich am frühen Morgen von hier aus nach Zürich gereist, im Gepäck nur ein schwarzes Gummi-Necessaire und die Schreibmaschine, und wäre im letzten Februar die verdammte Schranke nicht geschlossen gewesen, wäre vermutlich alles anders gekommen ...

Auch das Aquarium gab es noch. Die Goldfische waren orange wie die Häftlinge und rührten sich im trüben Wasser wohl nur noch, wenn die Turbinen des Kraftwerks rotierten – es befand sich ebenfalls im Tobel, gleich hinter dem Knast, und war als leises Bodenzittern fühlbar.

Marcello bezog neben der Tür seinen Posten: Hut auf dem Kopf, schwarze Sonnenbrille, der Mantel offen, die Wampe vorgewölbt – das Riesenbaby hatte sich glaubwürdig in einen Soldaten verwandelt.

Palombi, der Gastwirt, stellte zwei Schnapsgläser auf den Tisch und erwartete mit einem unterwürfigen Gesichtsausdruck, dass ich ihm gegenüber Platz nahm.

»Was möchtest du trinken, Amico?«

»Wodka.«

Wodka! – und schon war ich mitten im Geschehen jener Februarnacht ...

Folgendes war damals passiert: Kurz nach zwölf hatte Cala für einen ihrer Freier bei Palombi telefonisch eine Flasche Wodka bestellt, und wie in solchen Fällen üblich, hatte der die Schranke heruntergekurbelt. Ein simples Verfahren – der nächste Fahrer musste anhalten und erkundigte sich in der Gastwirtschaft, warum die Straße gesperrt sei. Bei dieser Gelegenheit bat man ihn, den von Cala bestellten Russen mitzunehmen und oben im Fräcktal, beim Wohnwagen, abzuliefern. Hilfeleistungen dieser Art waren im Gebirge gang und gäbe. Es hätte nur nicht den Junior treffen dürfen ...

Palombi holte die beschlagene Flasche aus dem Kühlschrank, goss die beiden Gläser voll. Ich nahm Platz, hängte mir eine Fluppe in den Mundwinkel, ließ mir von Marcello Feuer geben. Die mühsame Anreise schien sich gelohnt zu haben – weil wir im Wagen einer Fahrschule vorgefahren waren, hielt uns Palombi für eine Abordnung von Don Sturzo.

»Wir hatten einen schlechten Sommer, einen verdammt schlechten Sommer, Amico«, flüsterte er. »Ich wäre dir dankbar, wenn du Don ...«

»Keine Namen!«

»Verzeihung!« Noch leiser: »Sobald ich kann, werde ich zahlen, das schwöre ich, mit Zins und Zinseszinsen!«

»Trink!«

Er trank.

Ich nahm den Federleichten ab, und Palombi, dem Sizilianer, war natürlich klar, was meine Narbe besagte.

»Trink!«

Er trank. Ich deutete auf die Flasche, er schenkte wieder ein.

»Trink!«

Er trank. Er hatte begriffen, was von ihm erwartet wurde: auffüllen und austrinken. Und wieder auffüllen, wieder austrinken und so weiter und so fort. Die Stammtischler, die kein Italienisch verstanden, konzentrierten sich demonstrativ auf ihre Bierhumpen, und erleichtert nahm ich zur Kenntnis, dass sich ihre Hunde, die unter den Tischen lagerten, damit begnügten, den ungewohnten Vorgang zu beobachten, rot die Augen, hechelnd die Zungen, um die blutnassen Hälse eine Schlaufe mit nach innen gewendeten Dornen (Galgen-Fräck!).

Ich hatte mein Glas nicht angerührt und schob es Palombi wie eine Schachfigur unter die großporige violette Säufernase.

»Trink!«

»Genug«, flehte Palombi, »ich kotze gleich.«

Ich sah seelenruhig auf meine Fingernägel, rieb sie am Revers.

»Trink!«

Er trank, und sein »Sallule!« klang wie das Echo aus jener Nacht, die ich mit Piddu im hintersten Hof der Villa Vittoria verbracht hatte.

»Trink!«

Er trank.

»Erinnerst du dich an den jungen Übel?«

»Klar, Amico. Vor seinem Unfall war er hier. Er sollte doch den Wodka mitnehmen – für die Stauseenutte. Deshalb war die Schranke zu, verstehst du? So haben wir's immer gemacht. Wenn die Nutte Nachschub brauchte, hat sie aus der Telefonkabine angerufen, ich hab die Schranke heruntergelassen, und der erste, der anhielt, ist auf einen Sprung hereingekommen, um den Wodka mitzunehmen. Oben hat er sein Geld dann zurückbekommen. Amico …« Er beugte sich über den Tisch und schielte mich mit rotfeuchten Augen an, triefend vor Schweiß: »Es war ein verdammter Zufall, dass es gerade Übel getroffen hat!«

»Verstehe«, sagte ich. »Übel war blank. Was habt ihr mit ihm gemacht?«

Aber das brauchte er nicht zu sagen. Das sagte mir die Kapsel in meinem Kopf. Und es war nicht schön, was sie herausgab: Übel hatte Palombi zeigen wollen, dass er nach dem Tanken an der Esso-Station beim besten Willen nicht in der Lage wäre, das Geld für den Wodka auszulegen. Vielleicht hätte ihm Palombi auch so geglaubt, aber nein, der Pannenheini hatte dem Gastwirt sein Portemonnaie hingehalten, in dem tatsächlich kein Geld, jedoch der Führerschein steckte. Sieh an, hatte Palombi gesagt, der Junior …

Ich füllte sein Glas erneut.

»Amico«, flehte er, »warum bist du hier? Was wollt ihr von mir?«

»Wir wollen wissen, was damals mit dem Junior passiert ist.«

»Er hat ein bisschen aus der Nase geblutet«, stotterte Palombi, »das war alles.«

»Der Reihe nach, Forabut. Du hast ihn gezwungen, sich dort in die Tür zu stellen?«

»Kann sein. So genau weiß ich es nicht mehr.«

»Mit heruntergelassenen Hosen …«

Wir sprachen jetzt Deutsch, und gespannt verfolgten die Gäste das Verhör. Auch die Hunde unter dem Stammtisch reagierten, ich konnte nur hoffen, dass Marcello, der sich sogar vor Dills Fifi fürchtete, die Nerven behielt.

Ich sagte: »Als der junge Heinrich Übel vor achtzehn Jahren das Tal verlassen hat …«

»Mit seiner Schreibmaschine.«

»… hast du ihm einen heißen Tipp gegeben – er solle in Zürich im Galeriehaus der Ypsi-Feuz vorbeischauen.«

»Bei mir konnte er frühstücken.«

»Einen Toast Hawaii.«

»Das wisst ihr?«

»Wir wissen alles.«

»Ich hab ihn gemocht, das kannst du mir glauben«, beteuerte Palombi. »Sein Alter ist mit mir genauso verfahren wie mit ihm. Auch mich hat er rausgeschmissen.«

»Lass die alten Geschichten. Uns interessiert, was im Februar abgelaufen ist. Cala war auf dem Trockenen und hat bei dir eine Flasche Wodka bestellt.«

»Ja. Ich ließ die Schranke herunter, der Junior musste anhalten. Er kam rein und fragte, ob im Tobel eine Rutsche abgegangen sei.«

»Das war eure erste Begegnung nach achtzehn Jahren?«

»Gesehen hatten wir uns nach seinem Rausschmiss tatsächlich nicht mehr, aber alle paar Wochen hat er angerufen.«

»Was hat er?«

»Wenn er besoffen war.«

»Hat Übel angerufen … hier, in der Alten Post?«

»Frag die Leute am Stammtisch, die können es bezeugen. Der Idiot hat mir einreden wollen, ich hätte die Asche seiner Mamma nach Sizilien gebracht.«

»Palombi, du bist Sizilianer.«

»Natürlich.«

Ich goss ihm wieder ein. »Gib zu, dass du nur wenige Tage nach Mimis Tod abgereist bist: auf die Insel.«

»Aber doch nicht mit der Asche der Frau des Chefs!« Palombi stieß ein raues Lachen aus. »Jetzt fängst du auch noch mit dem Unsinn an!«

»Palombi«, sagte ich, »Mimi wollte nicht im kalten Fräcktal begraben werden. Das hat in ihrem Testament gestanden. Der Wunsch musste erfüllt werden!«

Und wieder riss die Kapsel die Klappe auf und schrie mit Palombis versoffener Stimme: Ich kann diesen Scheiß nicht mehr hören, du Wichser, los, stell dich dort in die Tür! Hosen runter! Bücken! Und ich sah vor mir, wie Übel sich in den offenen Eingang stellt, die Hosen unter die Knie stößt und sich nach vorn bückt. Mit hängenden Haaren und gerecktem Arsch wagt er es nicht mehr, sich zu rühren – ein Anlauf, ein Fußtritt und seine Innereien explodieren. Dann fliegt er durch die Tür ins Freie. Rutscht bäuchlings über die Steinstufen hinab. Wie ein Schlitten. Dunkel. Als Übel die Augen wieder öffnet, schimmert ein gelber Mond über ihm, die Bierreklame der Alten Post, und direkt vor seinen Augen glänzt eine finstere Lache, sein Blut. Aber es ist Blut aus der Nase, nicht weiter schlimm, und allmählich begreift er, was passiert ist. Ein Rausschmiss wie damals vor achtzehn Jahren, aus dem Werk des Seniors – nur ein bisschen brutaler. Ein Stiefel steckt in seinem Arsch. Ein Stiefel wie eine Axt. Hat ihm den Rücken gespalten. Lässt sich nicht entfernen. Ist aber kein Stiefel, sondern der brennende Schmerz, den Palombis Fußtritt hinterlassen hat, und eine fette Ladung Scheiße. Palombi hat ihm die Scheiße aus den Därmen getreten …

Ich atmete durch, atmete durch, atmete so tief wie möglich durch. Die Erinnerung war zurückgekehrt, und im selben Augenblick wurde mir klar, weshalb mich Palombi derart brutal aus der Gaststube geschossen hatte. Er wollte auf Mimi und Mimis Asche nicht mehr angesprochen werden. Er wollte von der Fabrik und von den Übels nichts mehr hören. Und als Süditaliener und Vulkanmensch neigte er natürlich zu Ausbrüchen – daran war schon seine Liebe zu

Cala gescheitert. Von Eifersucht gequält, hatte er sie Tag und Nacht observiert, hatte sie grün und blau geschlagen und einmal fast erwürgt.

Weniger gut verstand ich mich selbst, den früheren Übel. Er war äußerst unsanft vor der Alten Post gelandet, und ich würde jede Wette eingehen, dass ich in meiner heutigen Fassung mit vollgeschissener Hose zurück in den Chevy gekrabbelt und umgekehrt wäre. Der Übel von damals jedoch hatte sich anders entschieden: Er fühlt sich dem Vater verpflichtet. Er denkt nicht daran, seine Pannenfahrt abzubrechen, sondern bleibt auf sein Ziel fixiert. Auf allen Vieren kriecht er hinters Haus, fischt zerknüllte Papierservietten aus der Abfalltonne und pflückt damit die Scheiße vom Hintern. Dann stakst er auf steifen Beinen zur Schranke, wobei ihm auch noch die Pisse abgeht, am Bein entlang in den Schuh – und spätestens jetzt hätte er kapieren müssen: Halt! Stopp! Keine Weiterfahrt ins Verrecktal! Als ängstlicher Typ war er für Zeichen nicht blind, doch kaum berührt er die Barriere, schnellt sie in die Senkrechte – die Schlucht ist offen, der Weg in den Untergang frei. Vorsichtig lädt er den brennenden Hintern auf dem Fahrersitz ab. Der Schaft der Axt wird allmählich etwas weicher, aber er hat immer noch das Gefühl, Palombi habe ihn mit seinem Tritt gespalten. Durch einen Tränenvorhang erblickt er im Rückspiegel die Wodkaflasche; Palombi hat sie vor die Eingangstreppe gestellt, in den gelben Mondschein der Bierreklame. Übel lässt den Chevy ein paar Meter zurückrollen, stößt die Tür auf, fällt beinah aus dem Wagen, doch gelingt es ihm, den Russen an Bord zu holen. Im Gasthaus Grölen Ländlermusik Gebell. Übel muss sich übergeben. Mimi, sagt er, ist in einer Urne entkommen. Ihr Grab ist das Mittelmeer vor der Küste Siziliens ...

Ja, so musste es gewesen sein: Durch eine Fülle von Licht fuhr ich ins Tal hinein – hohe Strahler beleuchteten die Knastmauer, die Umspannstation, das Wasserkraftwerk, dann wurde es dunkel feucht steil. Beim Sägewerk verpasste ich die letzte Möglichkeit zur Wende. Weiter oben schneite es, nasse Flocken klatschten gegen die Scheibe, die Temperatur im Wagen sank, es ging in die Berge, in den tiefen Winter hinauf. Unter klaren Sternen erreichte ich das Hochtal. Die Brücke über den See war bei diesen Wetterverhältnissen tückisch, aber die Panik packte mich aus einem anderen Grund. Der Pförtner würde zum Wandtelefon greifen und in die Zentrale melden: Der Herr Sohn ist da – er stinkt wie die Pest. Nein, so durfte ich nicht heimkehren. Mit vollen Hosen an die Brust des Vaters sinken, es wäre zu peinlich.

Da, auf einmal, ein Maunzen. Dada?

Nein, kein Dada, ich hatte mich wohl verhört, aber der Rückspiegel hatte mir die Umzugskartons gezeigt, und sogleich fiel mir ein, warum ich sie nicht im Kofferraum transportierte: weil der Quassis Theatergarderobe enthielt. Das war die Lösung, die Rettung. Ich fuhr am rechten Ufer entlang bis zur aufgelassenen Total-Tankstelle, wo ich den Wagen vor den Zapfsäulen abstellte. Tatsächlich, wie in einem Sarg lagen im Kofferraum Kostüme und Requisiten, obenauf der Weihnachtsmann (ein roter Umhang, ein Bischofsstab, ein weißer Rauschebart, weiße Stoffhandschuhe, ein Paar Stiefel, eine Handglocke mit Holzgriff) sowie Bertolt Brecht (die berühmte Brille, eine Zigarre aus Holz, ein grauer Mao-Kittel, ein Toupet mit schwarzen Stirnfransen). Ich öffnete alle vier Türen, um den Chevy auszulüften, dann befreite ich mich von den vollgeschissenen Hosen, säuberte mir mit Schnee und Wodka den Hintern, legte mir den roten Mantel um und stieg in die Stiefel, weiße Stulpenstiefel aus Plastic. Gottseidank, den Pestgeruch war ich losgeworden. Ich zog auch die weißen Stoffhandschuhe an. Die Glocke steckte ich in die eine Tasche, in die andere die Wodkaflasche. Cala hatte mir seinerzeit eine Brieftasche geschenkt, und sollte ich Glück haben, ein bisschen Glück im Unglück, hatte sie vielleicht einen Anzug für mich, zumindest ein frisches Hemd und eine Hose, so dass ich nicht im roten Umhang vor den Vater treten musste. Über das vom Schnee befreite Treppchen wagte ich mich zum Wasser hinab, vor den Wohnwagen. Die rote Laterne war gelöscht, im Fensteroval schimmerte Licht. Ich schwang die Schelle, als wäre ich Quassi vor dem Jelmoli, dann pochte ich mit dem Bischofsstab gegen die Plexiglasscheibe. Erst vor kurzem musste ein Freier gekommen sein – Fußstapfen führten vom Ende der Treppe auf den Wagen zu. Wer bist du?, fragte Cala gedämpft. Der Osterhase, antwortete ich und hielt, als eine Hand den puppenstubigen Vorhang einen Spalt öffnete, den Russen vor das ovale Fenster …

Jetzt sahen die Berge in der Abenddämmerung wie Altgummihalden aus; im Westen, wo der Staudamm die beiden abflachenden Gebirgszüge wie eine Schnalle zusammenhielt, war es noch hell, aber am oberen Ende des Sees stieß der Fräckmont seinen breiten, schon verschneiten Gipfel wie eine Faust in den rötlichen Abendhimmel hinauf.

Marcello und ich hatten das Postauto beim Friedhof verlassen, worauf es am See entlang bis Vorder-Fräck weitergefahren war. Dort hatte es gewendet, war bis zur Abzweigung zurückgekehrt und entfernte sich nun über die lange schmale schnurgerade Piste über den See. Die roten Rücklichter verschmolzen; das Sirren der Reifen verklang. Wie doch die Zeit verging! Über diese Brücke war ich nach meiner Entlassung vor achtzehn Jahren ins Leben hinausmarschiert, mein Abschiedsgeschenk schleppend, die Remington, die mit jedem Schritt schwerer geworden war …

Über eine Schilfwand war Wäsche zum Trocknen ausgehängt, Frotteetücher und Dessous. Eben war Cala aus dem Wohnwagen getreten, doch blieb sie hinter der Schilfwand unsichtbar, wie eine Puppenspielerin. Dann kehrte sie mit der eingesammelten Wäsche in den Wohnwagen zurück. Aus dem ovalen Fenster ergoss sich gelbliches Licht in den noch frühen Abend, und eine Weile blieb es so still, dass ich das eigene Schnaufen vernahm.

Ich ging zur Haltestelle zurück und warf einen Blick in die Telefonkabine. An diesem Apparat hatte Cala im Februar bei Palombi den Wodka bestellt (wahrscheinlich für einen Freier), und sollte ich mich nach dem Crash an dieses Ufer geschleppt haben, hätte ich hier die Notrufnummer wählen können – ohne Münzen. Fünf dicke Telefonbücher hingen wie eine Ziehharmonika an der Rückwand. Säuische Kritzeleien, hingeschmierte Schwänze, Sprüche gegen den Gummistier. Der Boden eine Platte aus geriffeltem Stahl. Die Scheibe schmutzig, dahinter die allmählich eindunkelnde Landschaft. Könnte ich in dieser Kabine die Polizei alarmiert haben? Oder einen Arzt mit intakten Sehwerkzeugen? Gib Antwort, Gedächtniskapsel! Wir stehen unmittelbar vor der Lösung unseres Falls – jetzt musst du mir nur noch sagen, wer der Freier war, der in jener Nacht meine liebe Ersatzmutter besucht hatte. Kannte ich ihn?

Omertà. Vor dem Wohnwagen riss meine Erinnerung ab. Mit letzter Sicherheit wusste ich nur: Ich hatte den Wodka vor die ovale Plexiglasscheibe gehalten, dann hatte es auf der Brücke geknallt, worauf ich nach einem langen Dunkel im Abendgewühl einer Stadt erwacht war – auf Sizilien, am untersten Zipfel des Kontinents …

Nachdenklich verließ ich die Kabine, ging ein paar Schritte an der Friedhofsmauer entlang, sah durch das Gittertor auf die flackernden Lichter – von Marcello keine Spur. Nirgendwo ein Mensch, nicht einmal ein Hund. Auf dem Vordach der ehemaligen Tankstelle eine Reihe von Schattenvögeln, doch stumm, reglos, wie ausgestopft.

»Marcello? Marcello, wo bist du!«

Die in Kartoffelsäcke verschnürten Zapfsäulen sahen aus wie Mumien. Schwärzliche Schneehaufen lagen herum – der Winter begann hier oben früh. Ich drückte die halb offene Tür zum ehemaligen Kassenhäuschen auf, schob einen pappensteifen Filzvorhang beiseite, rief leise, fast flehend: »Marcello, wo steckst du?«

Im Schein des Feuerzeugs erkannte ich meine verkackte Hose, die ich damals ausgezogen und hier zurückgelassen hatte.

»Marcello! Da bist du ja!«

»Dutturi, ich dachte, Sie gehen in den Wohnwagen. Da wollte ich nicht mit.«

Sein Mut hatte ihn verlassen. Er hockte wie ein Häufchen Elend am Fuß des verstaubten, von Spinnweben verhangenen Tresens von Calas ehemaliger Nachtbar.

»Marcello«, sagte ich lächelnd, »unsere Wege trennen sich nun. In der Telefonkabine kannst du dir einen Fahrlehrer organisieren. Er soll dich abholen und ins Unterland bringen. Grazie per la compagnia. Du warst ein guter Soldat, du hast die Probe bestanden.«

»Wollen Sie nicht mitkommen?«, fragte er, als wir das Kassenhäuschen verließen. »Die Nacht könnte kalt werden.«

»Nein, ich habe in die andere Richtung zu gehen.«

»Über die Brücke.«

»Ja, über die Brücke.«

»Glauben Sie, dass er in der Fabrik ist?«

»Wen meinst du?«

»Übel.«

»Senior oder junior?«

Marcello hob die runden Achseln.

»Wenn wir uns wiedersehen«, sagte ich und streckte ihm die Hand hin, »erzähl ich dir die ganze Geschichte. Übrigens, bist du sicher, dass deine Mamma wegen Übel junior keine Vermisstenanzeige aufgegeben hat?«

»Ich habe ihr doch den Rosenstrauß vor die Schwelle gelegt. Er steht auf ihrem Nachttisch. Ich glaube«, sagte Marcello und es tönte ein bisschen eifersüchtig, »sie ist immer noch in ihren Poeta verknallt.«

»Hauptsache, sie lässt die Polizei aus dem Spiel. Es genügt, wenn ich hinter ihm her bin. Mach's gut, mein Freund!«

»Tut mir leid, Dutturi«, presste er hervor, »aber die Mamma wäre sehr enttäuscht …«

Ich hielt die Luft an. »Nur zu, Dicker!«

Marcello, Tränen auf den Wangen, rammte mir mit voller Wucht die Faust in den Magen. Ich ging langsam in die Knie, wie in Zeitlupe, würgte ein bisschen, spuckte und kotzte und sah dann durch einen Tränenschleier meinen Soldaten über den leeren Platz davonwatscheln. Wir waren quitt. Ich könnte auch sagen: Er hatte die Lektion verstanden. Dank mir war er zu einem Kerl gereift, der sich nichts gefallen ließ. Vor den Mumien der Tanksäulen änderte er die Richtung. Er ging nicht auf die Telefonkabine zu, sondern, ein Winken andeutend, zum Wohnwagen hinunter. Cala war derselbe Typ wie seine Mamma, ein weiches fülliges Weib, ganz nach dem italienischen Geschmack, und mir war natürlich klar, weshalb mein Soldat seine Meinung geändert hatte. Der junge Ödipus nutzte die Stausee-Jokaste, um ein Mann zu werden.

Das Gebirge im tiefen Schweigen. Erstarrte Wogen, vor vierhundert Millionen Jahren entstanden und geduldig darauf wartend, in weiteren vierhundert Millionen Jahren zu verebben. Zeitlos. Ewig. Und mittendrin ER, der Gummi-Minotaurus, der nach einem harmlosen Sturz die Vergänglichkeit gespürt und sein Büro mit den schwarzen Matten zu einem Darkroom ausgepolstert hatte. Das von den Bergen eingefasste Staubecken reflektierte rötlich-silbern den Dämmerungshimmel, worin weich und zart ein paar erste Sterne hingen. Drüben in der Fabrik flammte der Name Übel in Neonbuchstaben, und in Parallelen, die sich am Ufer zu berühren schienen, führten die Brückengeländer darauf zu. Eigentlich hatte ich vorgehabt, kurz bei Cala vorbeizuschauen und mit ihrer Hilfe die immer noch bestehende Erinnerungslücke zu füllen, aber die Nutte war nun besetzt – wie vor einem halben Jahr. Ich zog die Krempe des Federleichten in die Stirn, über die Narbe. Trotz der Dämmerung behielt ich die Sonnenbrille an: Sollte sich der Pförtner weigern, den fremden Itaker über die Situation im Werk zu informieren, konnte ich den Verbrecherbalken immer noch aus dem Gesicht ziehen. Ja, nun begann das letzte Stück meiner Heimkehr, präziser gesagt: der Wiederholung meiner Heimkehr. Bis zur Mitte der Brücke hatte ich es auch im Februar gebracht, entweder auf der Hin- oder auf der Rückfahrt.

Dass jemand zu Fuß den See überquerte, kam nur selten vor – und so ganz allmählich wurde mir klar, warum. Warf ich einen Blick zurück, auf den Friedhof, die Tankstelle und unten im Schilf auf das Drachenei des Wohnwagens, worin jetzt das fette Riesenbaby seine Premiere erlebte, war ich erstaunt, wie weit das Ufer schon zurücklag. Sah ich aber geradeaus, schien sich die Piste, die über das stromähnliche Gewässer auf die Fabrik zuführte, wie ein Gummiband zu dehnen – und als schließlich die Laternen angingen, eine regelmäßige Reihe von Bogenlampen, gewann ich den Eindruck, zwischen den beiden Ufern schon ewig unterwegs zu sein. Sollte ich umkehren und vor dem Wohnwagen warten, bis Marcello fertig war? Vermutlich wäre es das Klügste, aber ich blieb auf mein Ziel fixiert, genau wie vor sieben Monaten. Ich wollte heim. Ich ging hinüber.

Ich ging hinüber –

Und blieb doch immer wieder stehen, um einen Blick

auf die Gipfel zu werfen, auf das ferne Gebirge, dem unser Geschlecht entstammte. Von dort oben kamen wir, aus der magischen Welt der milchig blauen Gletscher, der schwarzen Wasser, der eingeschneiten Hütten, der gewittergrünen Föhnhimmel.

Herkunft. Ein Ur-Übel soll vor Jahr und Tag einer von ihm angeschossenen Gemse nachgestiegen sein, und als sie in die Steilrechte entfloh, ritzte er sich die Fußsohlen auf, um sich mit seinem Blut an die Wand zu leimen. Im Hochnebel, aus dem er nie mehr zurückkehrte, war er dann zum *Ungesichtigen* geworden und geisterte seither mit Flinte und dem Grauen Hund über die Grate. Wo die Übelalp gelegen hatte, wurde im Lauf der Jahrhunderte vergessen. Sie musste ein nasser, verkrauteter Boden gewesen sein und war irgendwann mit einer Gerölllawine lochab gefahren, die einen sagen: am Fräckmont, andere: am Gnofer Stock, am Golzer, am Gorner, an der Guffernplangg. Uns, die wir von der Übelalp den Namen haben, genügte die im Landbuch verschriftlichte Tatsache, dass wir eigenes Land besessen hatten, id est: dass wir Talleute waren, Einheimische. Mein Urgroßvater war nach seiner Herkunft Ab-Übler genannt worden und war als Maronibrater durch die Täler der Inneren Schweiz gezogen. Den Kessel und ein goldenes Ohrringlein vererbte er an seinen einzigen Sohn, meinen Großvater väterlicherseits. Der wurde ebenfalls nach der verschwundenen Alp benannt, hatte mit seiner dunklen Haut und den glutigen Augen wie ein Zigeuner ausgesehen, war in allerlei Händel verwickelt und ging, es muss um die Jahrhundertwende gewesen sein, von den

Kastanien zum Kautschuk über. So blieb er nach Art der Ab-Übler dem Feuer treu, doch war aus dem Brater ein Sieder geworden, der im schwarzen Kessel Altgummiabfälle verkochte. Der heiße Brei wurde auf Platten verstrichen und im gletschermilchigen Wasser der Fräck, die damals noch in Windungen die Talsohle durchfloss, abgekühlt und gehärtet. Daraus fräste er Sohlen aus und verarbeitete sie zu Stiefeln, die wasserdicht, rutschfest und mit Hasenfell gefüttert waren. Zweimal im Jahr zog er durchs Unterland, um Gummiabfälle einzusammeln, und es war auf einer dieser Touren, dass er einen Sohn gezeugt hatte, meinen späteren Vater.

Übel senior. Madame Indergand führte im Schwyzer Patrizierhaus ein strenges Regiment, unterhielt einen Ziergarten, spielte Klavier, las französische Romane, doch habe sie, ließ ihr Gatte, ein angesehener Bank- und Regierungsrat gelegentlich durchblicken, einen unfruchtbaren Schoß. An einem Nachmittag im August, da alles am Heuen und sie allein im Haus war, bimmelte im Innenhof eine Schelle. Aaalt-Gummi-Abfälle, rief eine raue Stimme, Aaalt-Gummi-Abfälle!

Hinter dem Vorhang ihres Salons riskierte Madame einen Blick in den Hof hinab, sah das pechschwarze Haar, die Kohlenaugen, das am Ohr blitzende Ringlein, und bestimmt war ihr eingefallen, was sich die Mägde über diesen Alpen-Zigeuner erzählten: dass sein Urahn der Ungesichtige sei. Die Indergand ging nach unten, trat ins Portal und hob mit beiden Händen ihre Röcke über den angeblich toten Schoß. Der Rufer steckte die Schelle in den Gürtel, und zwischen Tür und Angel hat er sie genommen, mit harten Stößen, schnaubend, keuchend, ohne ein Wort. Sechs Monate gingen ins Land, und auf einmal wussten alle, dass der Herr Bank- und Regierungsrat, der sein Haupt auf einem gesteiften Kragen trug, in den Lenden lahm war, ein Fisch. Denn in der richtigen Erwartung, dass man ihrem Erzeugnis den fremden Erzeuger ansehen würde, hatte die Indergand alles gestanden. Ich war allein im Haus, bekannte sie unter Tränen, ich hab mich gegen den Ab-Übler, dieses Ungeheuer, nicht wehren können.

Im Mai, zur Zeit der großen Schneeschmelze, knatterte vom Unterland ein Automobil ins Fräcktal hinauf, fuhr am Pfarrhaus vorbei und hinterm Dorf auf die Weide hinaus, wo in einer Flusswindung eine verrußte Hütte stand, mit einem stets qualmenden Ofenrohr: die Gummisiederei meines Großvaters. Dem Fond entstieg ein vornehmer Herr, offenbar auf Tarnung bedacht, denn er hatte den Homburg tief in die Stirn gezogen, deckte mit dem Handschuh das Gesicht ab und verschwand in der niederen Tür. Der Chauffeur hingegen schien seinen Auftritt zu genießen. Vor den staunenden Augen der Dörfler, die dem Automobil nachgeeilt waren, klappte er am Heck das Reserverad herunter, hob eine Wiege aus dem Wagen und trug sie dem Herrn hinterher. Dieser, ein Kapitalist reinsten Wassers, pflegte die Dinge mit Geld zu regeln, im Politischen wie im Privaten. Er legte ein Bündel Hunderternoten neben die Wiege, dann drehte er dem verrußten Sieder den Rücken zu und widmete sich der Landschaft, stumm wie ein Fisch.

Der mit der Verhandlung beauftragte Chauffeur soll die

Summe dreimal erhöht haben, doch wurde das Angebot vom bockigen Ab-Übler, meinem Großvater, abgelehnt, so dass es ganz danach aussah, als müsste der am Fenster postierte Rat Indergand seinen Bastard wieder mitnehmen. Es kam anders – durch die Hunde. Sie witterten, dass das Knäblein in der Wiege am Verdursten war, ein Winseln hob an, ein Jaulen, und da der Ab-Übler den Tod ums Verrecken nicht in der Siederei haben wollte, hatte er schließlich die Hand ausgestreckt. Es gilt, hatte er zum Chauffeur gesagt, der Bub kann bleiben.

Aus einem Gummi, der eigentlich für eine Güllepumpe bestimmt war, formte der Sieder einen Schoppenaufsatz, kochte Kälbermilch, würzte sie mit Kräutern, gab noch eine Träne Trester hinein, und das Wunder geschah: Am Gumminippel saugte sich der Bub zurück ins Leben. Er konnte mit drei bis hundert zählen, führte mit sieben das Geschäft, erweiterte das Sortiment, erhöhte die Preise, und wie ihn die Dinge liebten (die Karten die Würfel das Geld), liebten ihn auch die Tiere, vor allem die Hunde. Sie waren seine Beschützer, seine Herolde, seine Nachhut, seine Geschwister, seine ersten Angestellten und vorzügliche Jagdgehilfen. Eines Tages führten sie ihn auf eine Blutspur und ihr entlang auf eine Alp, die bereits winterfest verschlossen war. Dort fand er eine halbverhungerte, von einem Fangeisen verletzte Füchsin. Der junge Sieder zückte sein Messer, doch ein Blick aus den schlitzigen, schon todesgrauen Augen der Füchsin hinderte ihn daran, sie abzustechen. Es gilt, sagte er zu den Hunden, sie soll leben. Um die Halbverhungerte tränken zu können, stellte er im Wettlauf mit dem Tod eine Saugvorrichtung her, seinen ersten, später patentierten Gummischnuller. Die Füchsin kam wieder zu Kräften, legte sich eines Nachts an die Tür, hob mit der Vorderpfote den Riegel aus der Angel und glitt dann wie ein Schatten den hellblauen Schneehang hinauf – sie kehrte heim in die Winterwälder.

Der Sommer war kurz, schon im September wurde das Hochtal eingewintert, und überall traten die Jäger vor die Häuser, um mit ihren Feldstechern die Spuren zu beobachten. Auch die beiden Gummisieder, der alte und der junge, mein Großvater und mein Vater, hatten das Jagen im Blut und überquerten in den letzten Septembertagen mit ihren Hunden die Baumgrenze. Hoch oben gerieten sie in einen heftigen Streit. Der Alte fürchtete den rötlichgrauen Himmel, während der Junge, von den geifernden Hunden gelockt, eine am Morgen aufgenommene Fährte unter keinen Umständen aufgeben wollte; sie verhieß einen etwa achtzehnpfündigen Fuchs, bereits im silbernen Winterfell. Sie trennten sich, und der Junge ging allein weiter. Das einsetzende Schneegestöber war entsetzlich, zwei Hunde gingen verloren, und am liebsten hätte sich der Jäger zum Rudel gelegt, das am Fuß eines Felsens in einer Mulde zusammengekrochen war. Da, von einer Sekunde zur anderen, legte sich der Sturm, und er stand im glitzernden Tiefschnee unter dem unendlichen Gewölbe der Gebirgsnacht. Größer und weiter war seine Welt noch nie gewesen. Und nie mehr sollte er eine solche Stille erleben, nie mehr eine solche Andacht empfinden. Der Schöpfer, pflegte er später zu erzählen, hat mir seine Schöpfung offenbart.

Auf einmal spürte er einen Blick auf sich, und als er, die Flinte im Anschlag, vorsichtig den Kopf drehte, stand über ihm auf dem Felsen, als wäre sie aus dem Sternenfeld getreten, schlank und schön seine Füchsin.

Er schoss. Das Rudel hechelte los, doch vergeblich, hinter dem Felsen lag ein roter Damenhut, sonst nichts. Die Geschichte machte die Runde, und im Frohsinn, wo an den Abenden auch die beiden Sieder hockten, der alte und der junge, jeder den Haken einer Tabakspfeife im Mundschlitz, höhnte der Pfarrer, es sei dieser Damenhut so erstunken und erlogen wie der achtzehnpfündige Winterfuchs. Dein Jesus, versetzte der alte Sieder, ist übers Wasser gelaufen. Und der junge sagte: Wer gibt?

Mein späterer Vater war ein Aufsteiger von Anfang an. In einem Automobil war er als Neugeborener aus dem Unterland heraufgekommen, weshalb ihn der Pfarrer nach der Nottaufe nicht, wie seine Vorväter, mit einem »Ab« versehen, sondern als reinen Übel ins Taufregister eingetragen hatte, mit den Vornamen Heinrich Elogus. Später hieß es dann, mit der Ankunft des Bastards habe im Fräcktal eine neue Zeit begonnen, denn jener Bank- und Regierungsrat Indergand, der das Kind im Automobil hochgebracht hatte, war wirklich ein Fisch, nicht nur in den Lenden, auch im Wesen. In der Siederei hatte er stumm am Fenster gestanden, die Hände auf dem Rücken, hatte das milchige Schäumen der Fräck betrachtet, das Tosen der Wasserfälle vernommen und sich überlegt, dass am schmalen Talausgang nur eine Sperre nötig wäre, um den kargen Boden in eine Energie- und Geldquelle zu verwandeln. Der Fisch wollte sein Wasser haben, und er hatte sein Wasser bekommen ...

Feuer. Als die Zeitung berichtete, ein Konsortium habe den Plan gefasst, die Fräck aufzustauen, war man einhellig der Ansicht, gegen den Willen einer ganzen Talschaft sei das Projekt nicht durchsetzbar. Eine junge Lehrerin, die sich mit ihrer Russenbluse als Bolschewikin bekannte, organisierte den Widerstand, gegen den Feuerteufel jedoch war sie machtlos. Der junge Sieder, der beim ersten Brand zufällig in der Nähe gewesen war, hatte das Vieh im letzten Augenblick gerettet. Man lobte seinen Mut, und seine Hunde, die das Feuer gewittert hatten, bekamen einen Wurstkranz. Eine Woche später brannte der zweite Hof, und wer entstieg den Flammen, in jeder Faust den Nasenring eines brüllenden Stiers? – der junge Sieder, auch diesmal, wie er den Bauern erklärte, von seinen Hunden alarmiert. Der dritte Hof brannte in der folgenden Nacht, und wie im Morgengrauen der Gluthaufen erlosch, erlosch der Widerstand der Bauern – die Staumauer konnte gebaut werden.

Anno '38 stand sie bereits, und weiter talaufwärts, auf der Höhe des Dorfs, wuchs eine ganze Reihe von Eiffeltürmen aus dem Boden, die Pfeiler der Brücke über den See. Aber die Talleute, die seit Jahrhunderten hier hausten, wurden sich nicht einig, wo sie künftig siedeln sollten, am Nord- oder am Südhang, und so entstand das neue Fräck in zwei Hälften, die eine diesseits, die andere jenseits der Brücke. Hier kam die Kirche hin, dort der Friedhof, und da sie nicht auf ihre verlassene Heimat blicken wollten – eine modrige Brühe bedeckte bereits die Talsohle –, wandten sie ihre Türen und Stubenfenster hüben wie drüben den Hängen zu.

Ein einziger blieb unten im Tal, der letzte Ab-Übler,

mein Großvater. In einer Brandruine war seine Tabakspfeife gefunden worden, aber deshalb hielt ihn niemand für
den Zündler. Ein derart plumper Fehler, meinte man in den
Halbdörfern, wäre dem verschlagenen Jäger nie passiert.
Warum er trotzdem im neuen See sein Grab suchte – dieses
Geheimnis hatte er mitgenommen. Zum Brandstifter wurde
der Föhn erklärt; der galt im Juristischen als Naturgewalt
und enthob die Versicherungen ihrer Zahlungspflicht.

An einem Märzabend setzte das Tauwetter ein. Die Wasserfälle, während des Winters zu Segeln aus Glas gefroren,
wurden wieder lebendig. Sie barsten, sie klirrten, sie tosten;
die Gassen im verlassenen Dorf verwandelten sich in Wild-
bäche; auf dem alten Friedhof wurden die leeren Gräber
vollgeschäumt, und als der steigende Wasserspiegel die
Glockenstube des Kirchturms erreichte, drang von dort ein
verzweifeltes Bellen herauf. Hassan, der treue Hund meines
Großvaters, war in den Turm geflohen. Aber auch der Turm
versank, nun herrschte Stille, und langsam, von den Bächen
mit Forellen gespeist, von den Wäldern grün, vom Himmel
blau gefärbt, wuchs aus der Tiefe der See empor. Das Fräcktal war zum Grab geworden, doch war es ein schönes Grab,
und in den beiden Halbdörfern, die sich hüben wie drüben
in den Hang duckten, mit fensterlosen Hausmauern zum
See hin, mussten sie staunend zur Kenntnis nehmen: Ein
einziger hatte die Schönheit der neuen Landschaft voraus-
gesehen. Dieser eine war der einst vom Automobil ins Tal
hochgebrachte Bastard. War er mit Brandstiftungen zu Geld
gekommen? Hatte er sich von Anfang an mit dem Konsortium verbündet und so jene Kapitalherren kennengelernt,
die ihm dann zu Krediten verhalfen?

Seine Gummifabrik war ein Prachtbau, und anders als die beiden Halbdörfer, die zum Ufer hin Abwehrmauern bildeten, nur von einer Kloscharte oder einer Kellerluke durchbrochen, sah sie mit allen Fenstern, dem Portal und der Pforte zum Tal hinaus. Als die Fabrik eingesegnet wurde, waren die bösen Mäuler verstummt. Die Lehrerin mit der Russenbluse, die die Bauern zum Widerstand gegen den Stausee aufgerufen hatte, konvertierte zur Chefsekretärin, schon bald GdV genannt, Gute des Vorzimmers, und die Talleute, die ihre Höfe oder Werkstätten verloren hatten, zogen als Arbeiter in die Produktionshallen ein. Vom ersoffenen Ab-Übler, meinem Großvater, sprach niemand mehr, und nur in den Föhnnächten, wenn die im See gespiegelte Neonschrift über der Fabrik zu roten Flammen verzerrt wurde, hatte sich vielleicht der eine oder andere seine Gedanken gemacht. Nun gut, denkbar war es ja, dass der junge Übel das Vieh nicht aus Tierliebe gerettet hatte, sondern um Brandmale als vorzeigbare Wunden erscheinen zu lassen – es wäre ein Vorgehen nach Siederart gewesen: Man nutzte das Feuer zur Wandlung, man stieg als Phönix aus der Asche …

Verdutzt blieb ich stehen, zog langsam die Sonnenbrille aus dem Gesicht. Der Weihnachtsmann! Hier, behauptete die Erinnerung, hatte ich im letzten Februar gehockt, den Holzgriff der Schelle in der Hand, weiße Plasticstiefel an den Füßen, der rote Mantel nass vom Blut. Bisher hatte sich meine Vernunft gegen den Weihnachtsmann – fast hätte ich gesagt: mit Händen und Füßen – gewehrt. Seit der heutigen Begegnung mit Palombi jedoch begann ich der

Vernunft zu misstrauen. Durch Quassis Theatergarderobe, die ich damals im Chevy mitgeführt hatte, war der Weihnachtsmann in den Bereich des Realmöglichen gerückt. Ich könnte das Wrack tatsächlich in diesem Kostüm verlassen und mich hier ans Geländer gehockt haben …

Er wartete weiter vorn, und im Widerschein des nun brandroten Abendhimmels waren seine Augen zwei erstarrte Funken: Dada! Mein lieber guter Dada. Ich kauerte mich hin, wandte den Blick von ihm ab, verschränkte die Hände hinterm Rücken und blieb in dieser Haltung, bis er sich entschloss, auf lautlosen Pfoten heranzutapern. »Na, alter Knabe, haben wir uns endlich gefunden?«

Er blickte stur.

»Ich hab dich in Zürich vermutet, in deinem alten Revier, aber die ganze Zeit war mir klar: Mein Dada hat sich verändert. Na bitte. Ich hatte recht. Wahrscheinlich bin ich in Zürich einem deiner Söhne begegnet. Komm, zeig dich. Wie siehst du aus? Ist dein Pelz in Ordnung? Füttert dich jemand?«

Er hob die Schnauze, ich den Blick – eine schattendunkle Möwe glitt über uns hinweg, doch lautlos, kein Krächzen, kaum Wind, nur das Quarren eines Wasservogels, ein ängstlicher Warnruf. Dann strich Dada schnurrend um meine Beine, und ich war ihm von Herzen dankbar, dass er mir meine monatelange Abwesenheit verzieh – vielleicht, weil er glücklich war, im abgelegenen Tal nicht mehr allein zu sein.

»Bist du im Februar als blinder Passagier mit Übel ins Fräcktal gereist? Hast du im Papierpalast so tief gepennt, dass du den Abtransport gar nicht bemerkt hast?«

Nein, einem Dada unterliefen keine Pannen. Auch hatten die Umzugskartons vor dem Einladen längere Zeit auf der Gasse gestanden, so dass es ihm ohne weiteres möglich gewesen wäre, sein Versteck noch vor der Abfahrt zu verlassen. Der schlaue Kater jedoch war im Innern seiner Papiergemächer geblieben, ohne sich zu rühren, und das bedeutete: Er hatte Übel freiwillig in den Crash begleitet. Nein, nicht in den Crash – er könnte den Zwischenhalt an den Zapfsäulen, als Übel den stinkenden Wagen ausgelüftet hatte, benutzt haben, um sich rechtzeitig in Sicherheit zu bringen – wie die Katzen von Messina vor dem Ausbruch des Erdbebens. Der Keeper der Hafenbar in Pollazzu hatte mir die Geschichte serviert, und ich habe keinen Grund, sie anzuzweifeln. Drei Tage, bevor es im vulkanischen Boden zu rumoren begann, waren sämtliche Katzen Messinas auf einen nahen Berg gezogen, um dort in düsterer Schweigsamkeit den Untergang ihrer Stadt zu erwarten. Natürlich gab es drüben, am Tankstellenufer, genug Erhöhungen für einen Ausblick auf die lange schmale schnurgerade Piste. Dada könnte auf der Friedhofsmauer gehockt und von dort aus beobachtet haben, wie sich seine Vision der Katastrophe in Realität verwandelte.

Da! Dada hielt inne, etwa zehn Schritte voraus. Er hockte sich auf die Piste, reckte die Hinterpfote und begann, die Schnauze dem Popo zugedreht, hastig am Löchlein zu lecken. Vorsichtig ging ich näher. Tatsächlich, hier war ein Stück der Leitplanke glänzend neu, auch hatte man das Geländer ausgebessert, einige Streben ersetzt, andere frisch gestrichen. Der Kreis hatte sich geschlossen. Ich war an den Unfallort zurückgekehrt. Als stünde ich vor einem Grab, nahm ich den Hut ab. Die Stelle lag ungefähr in der Mitte zwischen den beiden Halbdörfern, über dem versunkenen Ur-Fräck, und bei einem Polizeiverhör hätte ich sogar sagen können, wo genau ich gelegen und hoch über mir ein Blinken gesichtet hatte, diesen Punkt, der in gerader Linie durch das Nachtmeer gefahren war … Dann hatte ich mich am Geländer auf die Beine gehievt, hatte die Achseln über das Geländer gehängt, und, du lieber Himmel, was fiel ihm ein, dem ewigen Pannenheini? Er setzte die Wodkaflasche an! Er machte sich hinterher zum Säufer, nach dem Unfall!

Ich schloss die Augen, zählte langsam bis sieben. Ruhig bleiben. Keine Panik. Als ich bei der Einreise in die Schweiz verhaftet worden war, hatte die Nachfrage in Zürich ergeben, dass gegen Übel junior zwar eine Anzeige vorlag, aber nicht wegen eines Autounfalls im alkoholisierten Zustand, sondern wegen nicht retournierter Bibliotheksbücher. Gottseidank, meine bodenlose Dummheit, mich hinterher mit Wodka abzufüllen, hatte keine Folgen gehabt – jedenfalls nicht bei den Behörden. Ich wischte mir den Schweiß ab. Die Pannenserie wurde immer länger, ich konnte mich nur wundern, dass ich die Unfallnacht überlebt hatte …

Aber hatte ich sie tatsächlich überlebt? Nein, der alte Junior existierte nicht mehr. Dort am Ufer, beim Wohnwagen, riss der Zeitfaden ab. Vermutlich war Cala damals im Morgenmantel in der Tür erschienen, und als der Weihnachtsmann gesehen hatte, wer bei ihr auf der Matratze lag, war er mit der Wodkaflasche abgehauen. Warum? Wer könnte Calas Freier gewesen sein? Ich musste einen Blick ins Innere des Wohnwagens geworfen und den Freier erkannt haben, das stand außer Zweifel, sonst wäre ich nicht geflohen, ohne Cala die sehnsüchtig erwartete Flasche zu übergeben. Und dass ich aus dieser Flasche getrunken hatte, stand fest, da konnte ich mich auf das wiedererwachte Gedächtnis verlassen. Gab es auch eine Erinnerung an Dada? Oder an den nach dem Unfall auf der Brücke verstreuten Papierpalast? Offensichtlich nicht. Dada war vermutlich bei der Total-Tankstelle aus dem Wagen geschlüpft. Ich war allein verunglückt, ohne einen blinden Passagier – jedoch mit all meinen Kartons und Kisten, und sollte die Werksfeuerwehr den gekenterten Wagen von der Brücke gepflückt haben, dann hatten sie auch dessen Inhalt eingesammelt, die mehrtausendseitige Biographie des Heinrich Übel junior!

Mir wurde flau. Meine Hand griff zum Geländer. Seit mehr als einem halben Jahr lag vermutlich dem Vater mein gesamtes Werk vor, und sollte er noch halbwegs bei Verstand sein, was aufgrund des illuminierten Namens auf dem Fabrikgebäude anzunehmen war, würde er inzwischen den Sohn besser kennen als dieser sich selbst. Und vor allem: Er konnte schwarz auf weiß nachlesen, wie sein Spitzname lautete: Gummistier – und dass er wie ein Phönix aus der Asche der von ihm abgefackelten Ställe aufgestiegen war zu Ruhm und Reichtum.

Wieder schoss eine Vogelpatrouille über uns hinweg, und ich bemerkte, dass sich an diesem düsteren Ort, wo für mich ein neues Leben begonnen hatte, auch Dada unwohl fühlte. Hoffentlich brauste jetzt kein Motorrad heran. In den Schwaden, die aus der Seefläche kochten, könnte es uns glatt über den Haufen fahren. Zum Glück blieb alles

264

still. Nur die Wellen leckten an den Brückenpfeilern, und in fernen Seitentälern sangen die Wasserfälle ihr eintöniges Lied. Zwar hatte ich laut Aussage des Zeugen Dill eine Säuberung meiner Texte vorgenommen, aber natürlich würde der Alte aus den Artikeln eine Anklage herausgelesen haben, eine Verurteilung seiner Gestalt und seiner Schöpfung. Das hatte ich nun davon, dass ich mich in seine Psyche eingefühlt, sein Werden und Wirken geschildert hatte, die ewig gleichen Tage.

Strudel. Früh um fünf absolvierte er auf einer Gummimatte seine Morgengymnastik, um acht hielt er die »kleine Lage« ab (er, die Gute, die Kader der Fabrik), um vier verabschiedete er die Lastwagen, dann zog er mit seinen Hunden durch die Bannwälder, von einem Raben, der für ihn spähte, über den Wipfeln begleitet. Nach Einbruch der Dämmerung tauchte er im neuen Frohsinn auf (das alte Gasthaus lag am Grund des Stausees), setzte sich an den Stammtisch, spielte Karten und gewann. Er gewann immer, als Spieler war er unschlagbar. Um Mitternacht sank er ins Bett, dafür brauchte er keine Uhr, er selbst war eine. Fünf Minuten später schnarchte er. Ein König, sagte die Gute, müsse schlafen können. Der Senior konnte es, auch seine Nacht hatte er im Griff, die tote Mimi wurde niemals vorgelassen – keine Träume! Anderntags begann dann alles wieder von vorn, wieder und wieder, vom frühen Morgen bis Mitternacht: Auf dem reißenden Strom der Zeit sollte sein Tag ein Strudel sein – kreisen wollte er, nicht mit dem Strom treiben, nicht weggeschwemmt werden. Das war ja auch der Zweck all der Gummihäute: glatt zu bleiben, glatt

265

wie Glas, kühl wie Schnee, faltenfrei. Ich bin immer, lautete seine Devise, ich bin ewig.

Es lag förmlich in der Luft: Schon ein winziger Zwischenfall, etwa ein harmloser Sturz, würde genügen, um ihn aus
den eingefahrenen Zusammenhängen zu werfen, ein Stier
war schließlich kein Hase, der nach einem Purzelbaum einfach weiterhoppelte – kippte ein Stier, kippte viel! Ein Stier,
einmal gekentert, alle Viere von sich gestreckt, klebte auch
nach einem völlig harmlosen Straucheln tonnenschwer
am Boden und hörte schon die Ketten rasseln, an denen
sie ihn im Schlachthaus hochziehen würden. Deshalb die
heftige Reaktion auf den kleinen Zwischenfall. Gute!, wird
er gebrüllt haben, rufen Sie sofort meinen Sohn an … er
soll herkommen! Und zugegeben: So etwas hatte ich mir
doch seit meinem Rausschmiss gewünscht! Eines Tages sollte er auf mich angewiesen sein. Eines Tages sollten sich die
Machtverhältnisse umkehren, eines Tages wollte ich ihm
Paroli bieten. Und weiß der Teufel, in Pollazzu hatte ich
mich vom ewigen Pannenheini in einen notorischen Ge-
winner polymerisiert. Ich war eben sein Sohn – die Karten
und die Würfel liebten uns …

Wieder stutzte ich. Um diese Zeit hätte er eigentlich
im neuen Frohsinn sitzen müssen, aber oben in der Villa
brannte Licht. Bei einem Gewohnheitstier verhieß das
nichts Gutes. Etwas stimmte nicht. Das heilige Gesetz war
außer Kraft, im Werk herrschte der Ausnahmezustand. Si-
cherlich, vom Sturz würde er sich mittlerweile erholt haben
– zudem hatte er die schwarzen Gummimatten verlegen lassen und sich so vor weiteren Verletzungen geschützt – aber

in seinen alten Alltag hatte er offensichtlich nicht mehr zurückgefunden – jetzt, da es dämmerte und die Brücken-lampen eine Lichtergirlande zum Ufer zogen, war er nicht, wie üblich, beim Kartenspiel im Frohsinn: Er hielt sich in der Villa auf. Weiter.

Ein Zurück kam nicht in Frage. Es hätte mich angewidert, bei Calas Wohnwagen einen seligen Marcello anzutreffen … und bitte, war ich draußen in der Welt nicht ein Mann geworden? Ich würde meinen Weg, meinen Heimweg, zu Ende gehen. Ich würde mich dem Leser meiner Biographie stellen …

»Dada!«, rief ich, »komm!«

Er wollte nicht weiter. Er hockte sich kerzengerade auf seinen Hintern.

»Dada«, wiederholte ich, »so komm schon, die Brücke ist gefährlich!«

Ah, jetzt folgte er mir. Wir machten ein paar Schritte, als ich im erleuchteten Fenster der Villa auf einmal einen Schatten sah. Der Vater. Er musste es sein. Vermutlich mit einem Feldstecher bewaffnet, so dass er mich jedes Mal, wenn ich den Lichtkreis einer Bogenlampe betrat, deut-lich erkennen konnte. Unwillkürlich blieb ich stehen und hisste, um ihn zu grüßen, den Schirm. Da blieb auch Dada stehen und reckte den Schwanz. So verharrten wir, und mir fiel ein, dass ich über dieses Zeichen schon einmal mit einem Kater kommuniziert hatte, kurz nach meiner Ankunft in Zürich, in der nächtlichen Gasse, vor dem Galeriehaus der Ypsi-Feuz. Damals hatte ich mit dem gezückten Schirm die an mir vorüberhumpelnde Maureen gegrüßt, und nein, an die wollte ich jetzt nicht denken. Ich senkte den Schirm,

Dada den Schweif, und siehe da, die Verständigung klappte. Wir setzten unseren Weg fort.

Nach einigen Metern blieb Dada erneut stehen, wieder mit einer Schwanzkerze: Achtung, Gefahr! Ich tat es ihm nach, zückte den Schirm, die Augen zum Ufer gerichtet, auf die Villa im Hang über dem Werk, wo im Schlafzimmerfenster der Schatten stand, der Schatten des Vaters.

»Dada«, flüsterte ich (als könne der Senior mich durch seinen Feldstecher hören), »so komm doch endlich! Wir werden beobachtet. Er sieht uns. In seinem Fernglas sind wir so nah, als stünden wir direkt vor ihm.«

Und auf einmal begriff ich, blitzartig: Es war umgekehrt, jaja, umgekehrt, in der Katerwelt trug *ich* den Namen Dada! Für ihn waren meine Aussagen Selbstaussagen, meine Ausrufe Selbstausrufe. Deshalb seine Hochnäsigkeit, sein Überlegenheitsgefühl, seine leichte Verachtung der ach so beschränkten Menschen. Was für eine Erkenntnis, was für eine Einsicht! Dass ich erst jetzt auf diese Idee kam! Es war doch so einfach! Der Mensch hatte auf alles einen Namen geklebt, wie ein Preisschild. Du dort oben, sagte der Mensch, bist der Große Bär. Du, steilrechte Wand, bist der Fräckmont. Du der Gnofer Stock, du die Golzern, der Gorner, die Gufferplangg. Du bist der Fräcktaler Stausee, und du, unsichtbare Dorfruine am Grund, wirst uns im Namen erhalten bleiben wie die lochab gefahrene Übel-Alp. Oben in der Villa erwartet mich der Gummistier, und du, mein lieber Katerfreund, bist Dada. Zumindest glauben wir Menschen, dass du Dada bist. Weil wir dich Dada getauft haben und dich Dada rufen. Ihr Katzen jedoch, klug wie ihr seid, achtet auf Zurufe so wenig wie auf Befehle. Ihr seid keine Hunde, und ruft man euch einen Namen zu, wundert ihr euch, warum die Menschen dauernd von sich selbst als Dada oder Tiger oder Büsi oder Miezilein sprechen.

»Danke, mein Freund. Endlich habe ich kapiert, wer von uns beiden Dada heißt: ich – nicht du. Hab ich recht?«

Ich atmete durch, atmete durch, atmete so tief wie möglich durch. Ich hatte keinen Sprung in der Schüssel. Mein Schädel hatte sich vom Sturz in die Scheibe erholt, die Gehirnerschütterung war verheilt, die Amnesie praktisch verschwunden. Was ich eben herausgefunden hatte, war keine Wahnproduktion, vielmehr eine fundamentale Wahrheit. Wer immer dem Kater einen Namen gab, gab den Namen nicht ihm, sondern sich selbst …

»Dada!«

Pardon, das war ja ich.

»Kater! Kater Namenlos! Kater Anonymus!«

Da! Tic-tic, tic-tic klang's aus einer ziehenden Nebelschwade, tic-tic, tic-tic fuhr die Stahlspitze des Blindenschirms über die Streben des Brückengeländers, tic-tic, tic-tic kam langsam der Doktor Marder auf mich zu … ich wischte zur Seite … tic-tic, tic-tic tackerte er blind an mir vorüber, um dann als stummer Schatten in der Dämmerung zu verschwinden. Begab er sich zu Cala? War er, der Doktor Marder, unser Werksarzt, der Freier gewesen, der in der Unglücksnacht auf den Wodka gewartet hatte?

Als das Tickern verklungen war, huschte der Kater hinter der Leitplanke hervor, richtete die Augenscheiben wieder auf mich und sagte leicht näselnd und mit einem koketten Zittern der Schnauzhaare, er finde den protestantischen Geständniszwang furchtbar langweilig.

War ich im Begriff, den Verstand zu verlieren? Ich schloss die Augen. Ich kniff mich in die Wange. Ich sagte mir: Sprechen kann nur der Mensch, nicht das Tier.

»Wie bitte?«

»Ja«, miaute er, »zum Gähnen. Natürlich ist die Abwartin Weideli ein Stinktier, aber warum muss sie es immer wieder bekennen? Und warum immer so laut?«

Mir verschlug es die Sprache. Du heilige Scheiße, wenn der Vater im Feldstecher mitbekam, dass sein Sohn mit einem Kater redete! Aber ich konnte es beim besten Willen nicht leugnen, wir sprachen miteinander, und endlich verstand ich, weshalb der Kater unbeteiligt auf dem Wellblechdach des Veloständers zu thronen pflegte, wenn die Weidelis ihre Drohungen zu ihm hinaufbrüllten. In seinem Verständnis legte die Abwartin (sie litt seit Jahren an Verstopfung) jedes Mal ein Bekenntnis ab. Stinktier!, schrie sie zu ihm hinauf und meinte damit, wie der Kater glaubte, sich selbst. Sich selbst!

Er nickte degoutiert. »Sie könnte doch etwas diskreter sein«, bemerkte er näselnd. »Etwas zurückhaltender. Weniger Schreie in eigener Sache ...«

»Kater Anonymus«, ahmte ich unfreiwillig seinen Ton nach, »ich fürchte, ich bin im Begriff, den Verstand zu verlieren ...«

»Nein nein«, miaute er, »ganz im Gegenteil. Du näherst dich der Wahrheit.«

»Quassis Chevy hatte abgefahrene Gummis.«

»Gewiss, gewiss. Aber du solltest dich fragen, was danach passiert ist.«

»Nach dem Crash?«

»Ja. Der Sturz in die Frontscheibe war nur der Anfang.«

»Wovon?«

»Einer Reise.«

»Auf die Insel. In den Frühling, in die Auferstehung und in eine neue Existenz!«

»Du siehst aus wie ein beschnittener Schwanz«, erklärte der Kater pathetisch, »und bist ein Gott.«

In der Pforte war es dunkel, und als ich mit dem Schirmgriff gegen die Scheibe pochte, meinte ich, darin mein Spiegelbild zu sehen. Das Reptil war's, unser Pförtner. Er stand mir reglos gegenüber, ebenfalls mit einer Sonnenbrille und mit einer etwas zu großen Mütze, auf der die Initialen des Seniors prangten: HÜ. Aus dem rostigen Lautsprecher unterm Vordach tröpfelte Kondenswasser wie Tau aus einem Blumenkelch, dann ertönte ein leises Rauschen und schließlich die Aufforderung: »Ausweis!«

Eine Tischlampe wurde angeknipst. Das Reptil nahm vor dem aufgeschlagenen Pfortenbuch Platz, beugte sich über ein Mikro und wiederholte, als ich langsam den Hut vom Schädel nahm: »Ihren Ausweis, wird's bald!«

»Sehen Sie den Weißkittel an der Wand?«

»Meinen Sie den auf dem Plakat?«, hallte es aus dem Lautsprecher unterm Vordach.

»Seinen Doktortitel hat er in Sarajevo gekauft – für einen Güterwaggon voller Kondome.«

»Sie halten sich wohl für ziemlich schlau.«

»Es ist ein Angebot. Vor etwa sieben Monaten hatte ich auf der Brücke einen Unfall, übrigens mit dem Wagen eines

Isidor Quassi, Schauspieler, Zürich. Auch das wird sich verifizieren lassen.«

»Jetzt mal langsam, mein Freund …«

»Ich bin es.«

»Sie haben gerade da draußen Selbstgespräche geführt.«

»Ich führe keine Selbstgespräche.«

»Ich habe Sie beobachtet. Mit dem Feldstecher!«

»Langsam. Wenn du glaubst, ich hätte einen im Tee, irrst du dich. Übrigens, draußen auf der Brücke bin ich dem Doktor Marder begegnet. Wo ging er hin, zu Cala?«

Die weißen Handschuhe griffen zu den Scheiben und zogen sie einen Spalt weit auseinander. Er zog die Sonnenbrille aus dem leichenfahlen, aus lauter Hautlappen zusammengeflickten Gesicht und sagte scharf: »Jetzt will ich dir etwas sagen, Itaker. An Übel junior habe ich eine klare Erinnerung: schulterlanges Haar, achtzig Kilo, keine besonderen Kennzeichen. Und du«, sagte er, sich zurücklehnend, »bist kahl wie eine Billardkugel, bringst keine sechzig Kilo auf die Waage und hast an der linken Schläfe einen schlecht vernähten Spalt. Wer immer du bist, der Junior bist du nicht.«

»Jetzt will ich dir etwas sagen, mein Freund. Früher bist du ein prachtvolles Mannsbild gewesen. Dann bist du bei einem nächtlichen Kontrollgang in die brodelnde Gummimasse gestürzt und hast viele Monate in einer Spezialklinik verbringen müssen, wie eine Mumie eingebunden. Als du eines Tages zurückgekehrt bist, haben dich nur die Hunde des Seniors erkannt. Seither hockst du hinter deinen Scheiben und überwachst den täglichen Verkehr. Der junge Heinrich hat dich beinah für einen Freund gehalten. In seiner Lehrlingszeit war er häufig bei dir, dann haben sich die Scheiben einen Spalt weit geöffnet, und dein lippenloser Mund hat Heinrich erzählt, was du in der Klinik erlebt hast. Nach dem Erwachen aus dem Koma hast du geglaubt, in der Hölle zu sein. Erinnerst du dich?«

Das Reptil deutete ein Nicken an.

»Manchmal hat dich in der Spezialklinik ein Engel besucht. Er hat sich schon im Hereinkommen das Höschen unterm Rock hervorgezogen. Ein einziges deiner Organe war nicht bandagiert, da hat sich der Engel draufgesetzt, röchelnd vor Lust. Weißt du noch, was du zu Heinrich gesagt hast? Der Engel hat die Hölle in den Himmel verwandelt.«

Schuldbewusst nahm das Reptil die Mütze an die Brust, senkte den haarlosen Schädel.

»Herr Junior«, sagte er ängstlich, »in diesen Februarnächten ist das Eis voller Spannungen. Da kracht es dauernd. Sie wissen doch: Bei meinem Unfall sind mir beide Ohren verbrannt. Und das Fenster war leider geschlossen.«

»Du hast vom Crash nichts mitbekommen.«

Das Reptil nickte.

Ich sagte: »Das war ein Fehler. Aber du bist eine ehrliche Haut. Mein Consigliere ist auch dieser Meinung.«

»Ihr Consigliere?«

»Der Kater. Dort auf deiner Pritsche. Er muss durch die Hintertür reingekommen sein.«

»Seit der Unfallnacht wohnt er bei mir.« Ein Grinsen verzerrte das zusammengeflickte Antlitz. »Er kennt Sie, nicht wahr? Er ist Ihnen entgegengegangen.«

»Eine letzte Frage. Ich war vor sieben Monaten schon einmal hier …«

»Ja«, rief das Reptil, »als Weihnachtsmann!«

»Hältst du es für möglich, dass ich mich so dem Vater präsentiert habe?«

»Keine Ahnung. Sie haben das Fenster heruntergekurbelt und den Wagen nicht verlassen. Schon bei der Anfahrt waren Sie in Eile, irgendwie gehetzt. Nach gut einer Stunde kamen Sie zurück und haben wie ein Verrückter auf die Hupe gedrückt.«

»War ich auf der Flucht?«

»Könnte sein, Herr Junior, könnte sein …«

Ich tätschelte seine Wange. Mit seinen Hinweisen hatte er diverse Lücken gefüllt. Ich wusste jetzt: Bereits im Februar war der verlorene Sohn heimgekehrt. Die Begegnung mit meinem Vater hatte offenbar nur kurz gedauert, dann war der Chevy wieder an der Pforte vorbeigebraust, und damit stand fest: Der Unfall hatte sich bei der zweiten Überquerung der Brücke ereignet, auf der Rückfahrt nach Zürich.

»Geht er nicht mehr in den Frohsinn?«

»Normalerweise schon.«

»Heute nicht?«

»Er ist auf dem Sprung nach Berlin.«

»Sag bloß, er will verreisen.«

»Ja. Mit dem gesamten Kader. Zum Siebten Internationalen Gummikongress.«

Ich zog die Hutkrempe in die Stirn, deutete auf das Pfortenbuch und sagte: »Unter Vermerk schreibst du: Zweite Heimkehr des verlorenen Sohns, unmittelbar vor der Abreise des Allmächtigen zum Berliner Gummikongress.«

Die Schranke klappte hoch, das Tor ging auf, ich betrat das Areal.

Einen Stier soll man bei den Hörnern packen – also machte ich mich gleich auf den Weg. Leuchtende Bogenlampen und Bergahornbäume säumten die Auffahrt. Ein kalter Wind hatte die Nebelschwaden vertrieben, es klarte auf, und je höher ich kam, desto besser konnte ich das Tal, den See, die Lichtergirlande der Brücke und das tiefer gelegene Werk überblicken. Um die gemauerten Schornsteine segelten Vögel, und wie früher, in meiner Kindheit, roch es brenzlig nach verschmorendem Gummi. Die Villa war oben am Hang ein länglicher Kasten, sachliche Moderne, Flachdach, Beton, Glas, ein Portal aus Stahl und ein Vorplatz mit dem weitläufigen Zwinger. Das Rudel der mondweißen Hunde drängte ans Gitter, gab jedoch keinen Laut von sich – ich war Blut von seinem Blut, Fleisch von seinem Fleisch. Trotzdem wurden meine Schritte langsamer, denn so richtig es sein mochte, nach langen Umwegen endlich im Ziel einzulaufen, so falsch wäre es, mitten in die Reisevorbereitungen hineinzuplatzen. Wenn mich nicht alles täuschte, war ich hier das letzte Mal als Weihnachtsmann erschienen und musste unbedingt verhindern, dass auch der zweite Versuch einer Heimkehr scheiterte. Ich ließ die Villa links liegen und stieg durch den schon nächtigen, nasskalten Park den immer steileren Hang hinauf zu Mimis Atelier, wo ich nach dem bewährten Motto *nicht mit sich selber diskutieren, mit sich selber diskutieren macht schwach, zupacken, handeln!* die Tür eintrat.

Eine modrig riechende Leere. Alles ausgeräumt. Nichts

mehr da. Zum Tal hinaus ein großes Fenster, durch den vielen Regen mit einer schmierigen Schicht bedeckt; der Bretterboden mit Mehl überstreut, ein ewiger Winter. Spinnenfäden tote Fliegen Käfer Ameisen.

»Hier«, flüsterte ich, »hat der Flügel gestanden, und hier, neben dem Ofen, war das Sofa, wo sie tagsüber gelegen hat wie eine Katze.«

Atelier. Kam der Doktor Marder zum Vierhändigspielen, tastete er sich mit seinem Blindenschirm den Hang herauf, pochte dann mit dem Schirmgriff gegen die große Scheibe, worauf Mimi, die auf dem Sofa lag, unter eine seidene Decke schlüpfte. Heinrich, rief sie, bist du's? Draußen war der lange schwarze Mantel ein Flattern vor dem wolkendurchsausten Himmel; in der Linken hielt Marder den Lederkoffer, in der Rechten den Schirm; seine Brillengläser sahen aus wie die Böden von Bierflaschen, und wenn er sie ganz nah an die Scheibe hielt, wagten Mimi und Heinrich kaum zu atmen. Im Atelier stieß Marder gegen sämtliche Möbel, und hatte er sich am Vortag mit einem Blumenbouquet angekündigt, geschah es hin und wieder, dass er über den eigenen Strauß fiel – zufällig hatte die Vase im Eingang gestanden. Trotzdem bemühte sich Marder, mit Heinrich in ein gutes Verhältnis zu kommen, und hatte ihm zum fünften Geburtstag eine elektrische Eisenbahn geschenkt, eine Dampflok mit Kohletender, zwei Waggons und einem Transformator. Die runden Schienen bildeten um das vordere Flügelbein herum einen Kreis, und während Mimi und Marder ihre Sonate spielten, beobachtete Heinrich die sinnlose Fahrt seines Zügleins: ums Flügelbein herum, immer ums Flügelbein herum. Von den beiden Spielern sah er nur die untere Partie: die weißen Hosen des Doktors und Mimis Strümpfe, die mal aus Nylon waren, mal aus Seide, mal aus Gummi (eine Neuentwicklung, die sie testen sollte), doch schon bald war Heinrichs Ohr fein genug, um genau zu merken, wenn die beiden Spieler vom Vierhändigen ins Dreihändige wechselten. Mehrmals war er auf Zehenspitzen nach vorn geschlichen, allerdings vergeblich – stets blickten Marder und Mimi ein wenig schielend ins Notenheft und hatten ihre Hände züchtig auf den Tasten. Heinrich war sich über seine Gefühle nicht ganz im Klaren. Sollte er eifersüchtig sein oder doch eher stolz, dass er ihnen auf die Schliche gekommen war? Sein Musikgehör wurde besser mit jeder Sonate, mit jedem Nocturne. Die Töne teilten ihm mit, wie Marder in Mimis Haaren wühlte und wie Mimi die Hand, die sie von den Tasten genommen hatte, um Marders Nacken legte.

Wochenlang ging alles gut, die Bewegungen des Gummistiers waren ja bekannt, sein Tagesablauf wiederholte sich, und das vierhändig spielende Paar wurde mutiger, fahrlässiger, gieriger in seiner Verliebtheit.

Hatte ich damals geahnt, was passieren würde? Eigentlich schon, im ganzen Werk wurde ja gemunkelt, der Stier habe Absatzprobleme und verlasse hie und da seinen geregelten Tag, um Arbeiter in flagranti beim Nichtstun zu erwischen, aber Marder hatte Mimi, die flüsternd das Allerschlimmste befürchtete, beruhigt. Er werde den Stier rechtzeitig bemerken, hatte Marder beteuert, als Blinder vermöge er mit den Ohren zu sehen (wie ich unter dem Flügel). Eines Abends, da man den Stier in den Bannwäldern vermutete (aus denen tatsächlich das Gebell seiner Hunde erscholl), tat sich im Rücken der beiden Pianisten die Tür auf. Ich lag bäuchlings vor dem Flügelbein und sah vom bodenlangen roten Gummimantel nur die untere Partie. Der Mantel näherte sich der Klavierbank, das Liebespaar jedoch war so tief in sein Doppelspiel versunken, dass es im Nacken weder die aus dem Park hereinfließende Herbstkühle noch den heißen Atem aus den großen feuchten Stiernüstern bemerkte ...

Als jetzt unten auf dem Areal die Flutstrahler aufflammten, war das ein schlechtes Zeichen. Alarm! Das Reptil hatte zum Wandtelefon gegriffen und meine Ankunft gemeldet. Der Senior wusste, dass ich hier war – und würde nicht losfahren, bevor er mich gesehen hatte. Mit dem Gedanken, dass ich nicht mehr sein misslungenstes Erzeugnis war, nicht mehr der weit vom Stamm gefallene Abfall, vielmehr ein Herr Doktor, der unseren Produkten auch in Zukunft einen wissenschaftlichen Hintergrund garantieren würde, machte ich mir den nötigen Mut, um mich ins Unvermeidliche zu schicken. Ich war der verlorene Sohn, er der verlorene Vater, und es war uns bestimmt, einander wiederzusehen.

Eine Windfahne und ein Kreis von Bodenlampen markierten den Landeplatz für den Helikopter – bei einem Herzinfarkt oder einem weiteren Sturz würde umgehend ein Ärzteteam einfliegen. In den Kreis waren die Initialen gemalt: HÜ. HÜ auch an der Stahltür und am Hundezwinger, und würde ich eintreten, ginge ich über Teppiche, in denen sich ein einziges Muster wiederholte: HÜ.

Der Senior war von Abbreviaturen seiner selbst umgeben: HÜ HÜ HÜ. Ob die Hunde witterten, dass ich noch vor kurzem den Kater gestreichelt hatte? Hinter dem Gitter ein nervöses Hecheln. Die Villa ein Raumschiff unterm Sternenhimmel. Die erste Etage voll erleuchtet … ein Schatten! Wieder der Schatten! Das bedeutete nichts Gutes. Ganz klar, er hatte alle meine Artikel gelesen, von A (Atelier) über G (Gummistier) und M (Marder, Mimi) bis Z (Zahlen, Zero, Ziel). Ich rannte los, hangabwärts, und Gottseidank, niemand verfolgte mich, kein Reptil, keiner von der Werksfeuerwehr, weder einer der Mondhunde noch ein Scheinwerfer.

HÜ: Die beiden Initialen bildeten ein Portal, über dem in dauernder Nervosität vielfarbig eine Leuchtschrift blinkte: SHOWROOM! SHOWROOM! SHOWROOM! Früher hatte man in dieser Halle Tausende von Artikeln gelagert, doch schien sich der rückläufige Absatz auch im Versand bemerkbar gemacht zu haben, weshalb der Senior von der Ökonomie zur Ästhetik übergegangen war. Die Produktionsstätte hatte er in ein Kino, die Versandhalle in einen Showroom umgestalten lassen, das untergehende Kautschukreich transzendierte in die Kunst. Als ich näherkam, glitten die Initialen auf der Glastür automatisch auseinander, das H trennte sich vom Ü, und durch einen Tunnel aus bunten Gummimatten sog es mich hinein. Folgte man den Matten, ging man auf eine rechteckige Bar zu, die unter einem Zeltdach voller Scheinwerfer und Lautsprecher das Zentrum der riesigen Halle bildete: die HÜ-Lounge. Keine Gäste, leere Hocker. Ich nahm trotzdem Platz, denn ein schwarzer Keeper in weißer Uniform kontrollierte anhand einer Liste seinen Flaschenbestand.

»Sir«, sagte ich in seinen Rücken, »wenn Sie mir etwas zu trinken anbieten, würde ich nicht nein sagen, Sir.«

Der Keeper sah auf sein Klemmbrett, dann aufs Regal, wo in langen Reihen die Flaschen standen: soundsoviele Bacardis Camparis Cinzanos Gordon's Martinis. Gott je, er war ein Afrikaner, und ich war das Warten seit Afrika gewohnt, ich gab dem Burschen die Zeit, die er brauchte. Aber ich hatte Durst.

»Darf ich Sie einen Augenblick um Ihre geschätzte Aufmerksamkeit bitten, Sir?«

Blick auf die Liste, zum Regal, auf die Liste, zum Regal. Auch die Frau, die sich an einem Indoor-Pool das üppige Fleisch bräunen ließ, war ein bisschen sonderbar. Zwischen vierzig und fünfzig, schätzte ich, hochtoupierte Betonfrisur, blondiert, busig. Ich könnte lässig hinüberschlendern, sie ein bisschen anmachen und mir vorstellen, die Üppige sei meine Aktivistin aus den sizilianischen Dünen – in etwa zwanzig Jahren. Darling, würde sie sagen, wie war dein Tag? Komm, setz dich her. Weißt du, ich habe eben daran gedacht, wie wir uns seinerzeit kennengelernt haben …

Sie lag vollkommen reglos in ihrem Liegestuhl, die Beine leicht geöffnet, mit vorstehenden Augen und einem runden Mundloch: eine Gummipuppe (aus dem erotischen Angebot). Angewidert wandte ich mich ab und unternahm eine letzte Anstrengung, dem Kontrollfreak an der Bar meine Anwesenheit zu vermitteln.

»Sir«, sagte ich, »sehen Sie das Wandtelefon? Was würden Sie davon halten, wenn ich gleich die Zwozwozwo anrufe, die Nummer der Guten?«

Der schwarze Keeper in der blütenweißen Uniform sah auf sein Klemmbrett, dann zum Regal: soundsoviele Bacardis Camparis Cinzanos Gordon's Martinis. Gut, als früherer Katalogverfasser hatte ich ein gewisses Verständnis für den Mann. Auch ein Katalogverfasser kontrolliert, hält fest, ordnet ein. Aber irgendwann musste es genug sein, verdammt nochmal!

»Du stellst mir jetzt sofort einen doppelten Wodka vor die Nase«, brüllte ich in seinen Rücken, »oder Big Daddy wird erfahren, wie du mit deinen Gästen umgehst! Hast du kapiert?«

Soundsoviele Bacardis Camparis Cinzanos Gordon's Martinis. Du lieber Himmel, war dieser Keeper eine Art Sisyphos? Gehörte er zur Riege der Wiederholungstäter?

Da! Dada!

Nein, Quatsch, es war ja umgekehrt – Dada war ich! Über den langen leeren Tresen kam er auf mich zu, doch schien ihn der Kontrollfreak nicht zu bemerken, er war gefangen in der permanenten Repetition: Soundsoviele Bacardis Camparis Cinzanos Gordon's Martinis …

Eine Gruppe Vertreter und höherer Angestellter stürmte in die Bar, alle in Wintermänteln, mit Schals und Handschuhen, und der schwarze Keeper, den sie Charlie riefen, war auf einmal bereit, seinen Job zu machen. Alle hoben die Gläser und prosteten sich zu.

Neben mir hatte sich der Chef der Vertreter auf den Hocker geschwungen und erklärte Charlie, man habe seit gut einer Stunde im abfahrbereiten VW-Bus gewartet, doch nun hätten sie genug, nun brauchten sie etwas zu trinken, die Gute habe es erlaubt. Sicherheitshalber zog ich die Hutkrempe etwas nach vorn, aber ich rechnete nicht damit, identifiziert zu werden. Der einzige, der den Junior näher gekannt hatte, schlug wie üblich sein Rätselheft auf und erkundigte sich nach einem Wort, das ihm nicht einfiel.

»Eigentlich hätten wir schon vor einer Stunde starten sollen«, sagte ein Vertreter, »ein wichtiger Termin hat den Boss aufgehalten.«

Charlie hakte an einem Wandapparat den Hörer ein. »In fünf Minuten kommen sie«, meldete er dem Kader.

»Mit wem hast du gesprochen?«, fragte der Erste Gummi-Ingenieur, »mit der Guten?«

Charlie nickte. »Der Junior ist aufgetaucht«, verkündete er, ein abgetrocknetes Glas ins Licht haltend. »Er soll auf dem Gelände sein.«

Ein erregtes Palaver brach aus, und soviel ich mitbekam, wurde die Nachricht von den meisten in Zweifel gezogen. Offensichtlich war man im Werk der Meinung, der Junior sei verschollen, und zwar für immer. Sein letzter noch bekannter Aufenthaltsort, meinte wichtigtuerisch ein Kadermann, sei eine Hafenstadt an der Südspitze Siziliens gewesen, danach habe sich seine Spur verloren. Das Telefon begann erneut zu wimmern und alles verstummte. Wieder nahm Charlie den Hörer ab, lauschte kurz, legte die Rechte auf die Sprechmuschel und flüsterte: »Sie kommen!«

»Sie kommen«, schrien die Vertreter durcheinander. »Bye bye, Charlie, in einer Woche sind wir zurück!«

Wie der aufbrechende Tross trat ich vor das Portal hinaus. Als hinter der getönten Scheibe der Senior im Wagen vorüberglitt, fuhr mir ein Schauder über den Rücken. Ob er mich aus den Augenwinkeln erblickt hatte? Es wäre ihm zuzutrauen. Doch ließ er nicht anhalten, unten an der Pforte klirrte die Schranke hoch, das Reptil klappte heraus, die Rechte salutierend an der Mütze, und die beiden Wagen, der Mercedes mit der HÜ-Standarte und dahinter der VW-Bus, entfernten sich über die Brücke in die sternenklare Nacht hinaus. Ich kehrte an den Tresen zurück und war mit dem schwarzen Barkeeper in seiner hübschen weißen Uniform wieder allein. Nein, da war noch jemand …

»Der schlaue Charlie hat registriert, dass wir uns kennen«, sagte der Kater, der an meiner Seite auf dem gummierten Barhocker saß. »Daraus hat er den richtigen Schluss gezogen. Stimmt's, Charlie?«

Der Keeper fuhr fort, die geleerten Gläser abzuräumen. Eine automatische Beleuchtung hatte es über dem Pool Abend werden lassen, so dass er zu einem blau leuchtenden Würfel wurde. Die Gummipuppe im Liegestuhl schien zu schlafen; ein Mückenschwarm war vermutlich echt.

Der Kater fragte: »Bist du mit deiner Unfall-Rekonstruktion weitergekommen?«

»Und wie!«, antwortete ich stolz. »Nach einem an sich harmlosen Sturz des Seniors sollte ich nach Hause kommen. Ich borgte mir Quassis Wagen, und um nicht mit leeren Händen vor dem Vater zu erscheinen, habe ich meine gesammelten Werke mitgenommen. Gegen Mitternacht fuhren wir los.«

»Ich als blinder Passagier.«

283

»Unser Pech: Vor dem Tobel war die Schranke zu, die Auffahrt ins Tal gesperrt. Ich gehe in die Gastwirtschaft, um mich zu erkundigen, was los ist, und was dann passiert ist, wirst du ja mitbekommen haben.«

»Arschtritt, Kostümwechsel, Weiterfahrt als Weihnachtsmann. Offensichtlich hast du einen Hang zur Klamotte«, kommentierte der Kater und strich ein ums andere Mal mit der Zunge über seinen Pelz. »Dann bist du zur Villa hochgefahren und hast dich mit dem Senior getroffen. Wie ist das Wiedersehen verlaufen?«

»Keine Ahnung. Das Reptil sagt aus, nach gut einer Stunde sei ich abgehauen. Zurück nach Zürich.«

»Crash.«

»Crash.«

»Und kaum zu glauben«, meinte der Kater nachdenklich, »das war noch nicht die letzte Panne. Nach dem Unfall bist du in die falsche Richtung gegangen, nicht zur Fabrik, zum Friedhofsufer!«

»Vielleicht das berühmte Glück im Unglück – im Wohnwagen befand sich als nächtlicher Freier unser Werksarzt, der Doktor Marder, und wie meine Narbe zeigt, hat er mich notdürftig genäht.« Ich hob den Hut und präsentierte die Schläfe: »Marders Handschrift!«

»Zuerst«, sagte der Kater stolz, »hat sich der Doktor Marder um mich gekümmert.«

»Soll das heißen, du warst bei der Kollision im Auto?«

»Ich habe die ganze Zeit im Papierpalast gelegen. Ich wollte dich nicht allein lassen.«

»Bist du verletzt worden?«

»Hier.«

Er legte sich auf die Seite und leckte mit langen, geduldigen Zungenstrichen den Bauch.

Ich beugte mich zu ihm hinunter und fragte leise: »Kannst du mir sagen, wie die Nacht geendet hat?«

Der Hocker neben mir war leer, und Charlie, der schwarze Sisyphos der väterlichen Showroom-Lounge, fuhr fort, seinen Bestand zu kontrollieren: soundsoviele Bacardis Camparis Cinzanos Gordon's Martinis.

Als mir das Reptil an der Pforte zugeflüstert hatte, der Alte sei im Begriff zu verreisen, war mir sofort klar gewesen, dass sein Ziel der bevorstehende Gummikongress sein würde – er gehörte zu seinen Ausnahmeterminen. Im Oktober besuchte er die Branchenmesse, danach ging er auf die Hochwildjagd, und alle drei Jahre nahm er am internationalen Kongress teil, um bei der Eröffnung eine Rede zu halten, die ihm sein Junior einst geschrieben hatte. Natürlich würde ich jetzt ebenfalls nach Berlin fliegen und demnächst, vielleicht schon übermorgen, nicht nur den Vater, sondern auch den sozialistischen Engel wiedersehen. Amor vincit omnia, die Liebe ist eine Himmelsmacht. War man füreinander bestimmt, würde man zusammenkommen, wo auch immer, diesseits oder jenseits der Mauer.

Aber Berlin drohte an meinen fehlenden Papieren zu scheitern. Um drei Uhr nachmittags musste ich in Zürich am Flughafen sein, sonst flogen sie ohne mich ab. Der frühere Übel hätte natürlich aufgegeben, ich nicht. Ich überlegte, wie ich zu einem Pass kommen könnte, und nach kurzem Schlaf im Hotel Moderne ging ich nach unten, ließ mir von der Nachteule das Frühstück zubereiten und überflog als erstes die Todesanzeigen in der NZZ. »Gott dem Herrn hat es in seinem unerforschlichen Ratschluss gefallen, meinen innigst geliebten Gatten aus dem tätigen

Leben abzuberufen« – dank Sophia Loren wusste ich, was diese Formulierung besagte: Der Name des Toten hatte vor einigen Tagen auf einem Killer-Rezept gestanden. Sehr gut, damit ließ sich arbeiten. Ich hämmerte im Büro des Moderne eine Eloge auf Ellen Ypsi-Feuz in eine Underwood, und schon um neun Uhr vormittags hatte ich den Mann gefunden, den ich mit der Eloge für meine Zwecke einspannen wollte: den Kunstkritiker des Tagesanzeigers. Er hockte wachsbleich im Malatesta, vor den schwärzlichen Augensäcken ein Glas Bier und zu seinen Füßen einen Haufen zerknüllter Blätter – Zeugen seiner anhaltenden Unfähigkeit, Ellens neuestes Werk positiv zu besprechen. Den Schreibblock hatte er aufgebraucht, den Karton in Fetzen zerrissen, und im rauchverhangenen Halbdunkel war er nur noch ein Schatten seiner selbst. Ich schob ihm meinen Text unter die Nase. Er starrte auf das Blatt, er las. Dann las er die erste Seite noch mal. Dann fuhr er mit dem nikotingelben Zeigefinger den Titel entlang: »Am Beispiel der Bekenntnis-Birke. Über die sozialistische Solidaritätskunst der Ellen Ypsi-Feuz.« Er warf ein paar Aspirin ein, spülte sie mit Bier hinunter, las den Titel erneut, doch schien er immer noch zu befürchten, mein Text könne der zarte Anfang seines Deliriums sein. Nachdem die zittrige Hand zum Bierglas gegriffen hatte, fragte er verzweifelt, ob *ich* diesen Scheiß geschrieben habe.

»Der Scheiß«, raunte ich ihm zu, »gehört dir. Du kannst ihn unter deinem Namen veröffentlichen.«

»Was willst du dafür?«

»Wir besuchen zusammen eine Abdankungsfeier. Wenn ich dir die Hand auf die Schulter lege, nickst du.«

Er steckte meine Blätter hastig ein. »Ist das alles?«

»Ja. Aber ich warne dich, Amico. Spielst du nicht mit, ist dies dein letzter Text.«

Um die Ecke erwartete uns Carlo Ponti, Sophias Mann, ausnahmsweise mit Hut und Regenmantel, aus dessen Ärmeln die Betonpranken hervorsahen. Marcello war aus dem Fräctal noch nicht zurückgekehrt, deshalb hatte ich seinen Vater als Soldaten aufgeboten. Er verfrachtete den Kunstkritiker in den Fond eines Fahrschulwagens, und der Fahrlehrer, wieder ein alter Itaker, leitete seine Schülerin routiniert durch den Vormittagsverkehr. Nach einem Zwischenstopp bei einem Fotoautomaten, wo ich mir Passbilder blitzen ließ, wechselten wir vom Niederdorf auf die andere Seite der Limmat.

Als wir zum Gotteshaus St. Peter hochfuhren, kroch eine stadtbekannte Limousine vor uns her. Von außen sah sie aus wie ein billiger Mercedes Diesel, ein 190er, die Türen jedoch waren gepanzert, und unter der Kühlerhaube brodelte der Motor einer Edelkarosse. Ein protestantisches Tarnmobil – denn wie lautet das erste Gebot der Zwinglianer und Calvinisten? Du sollst nicht großtun vor deinen Brüdern und Schwestern (und schon gar nicht vor deinen sozialdemokratischen Wählerinnen und Wählern). Einzig der Herr soll sehen, was du auf der Seite hast: auf der Bank, im Tresor oder unter der Kühlerhaube. Sei bescheiden. Sei diskret. Und bei Gott, das war man hier! Anders als auf Sizilien, wo bei einem Begräbnis eine Blasmusik schmetterte, wo wiehernde Pferde mit Federbüschen nickten und hinter dem festlich geschmückten Sarg die Weiber schluchzten, strebten die hiesigen Trauergäste geisterleise auf das Gotteshaus zu. Um ja das Pflaster nicht zu zerkratzen – und sich selber zu erhöhen! –, verzichteten die Frauen auf Stöckelschuhe, und über die Schirmspitzen der Männer waren Gumminoppen gestülpt. Viele hatten Mappen dabei, als schlichen sie ins Büro, und selbst die Witwe bemühte sich, dem Anlass keine übertriebene Bedeutung beizumessen, vielmehr den Ratschluss des Herrn in Demut zu akzeptieren (auch wenn sich der Herr serbischer Killerkommandos bediente). Ein Pastor im Talar trat in das offene Portal; sein Bäffchen bedeckte seinen Adamsapfel, den körpereigenen Lügenindikator, und die langen, sorgfältig geföhnten Haare bezeugten, dass er den Kapitalismus kritisch hinterfragte. Mit runden, von Psychopharmaka gedämpften Bewegungen inszenierte er eine umarmende Begrüßung der Witwe; den beiden Kindern wurde für einen Moment die Hand auf die Schulter gelegt.

Ellen Ypsi-Feuz, von ihren besten Freundinnen begleitet, zog gleich hinter den Angehörigen in die Kirche ein. Der protestantische Zahnstocher, Don Sturzos Gattin, warf mir einen überraschten Blick zu – sie fragte sich wohl, was der Gast aus dem Moderne auf dieser Party verloren habe, und zugegeben, ihr Misstrauen war berechtigt.

Ich war gekommen, um den Mann zu stellen, der dem protestantischen Tarnmobil entstiegen war, den radikal linken Stadtrat Läuchli-Burger. Von meinem Soldaten flankiert, an der Hand den leicht schwankenden Kunstkritiker, machte ich mich im Strom der Trauergäste an ihn heran. Als Läuchli-Burger unsere schwarzen Sonnenbrillen registrierte, schien er sofort zu begreifen, was die Stunde geschlagen hatte. Er zögerte kurz, dann setzte er den Weg in die Kirche fort – auf Hilferufe, das war ihm selbstverständlich klar, würde man hier höchstens mit einem degoutierten Wegblicken reagieren. In diesen Kreisen durfte man nicht auffallen, Maß musste man halten, ein gesundes Maß an Anstand und bürgerlicher Zurückhaltung, auch bei einer Beerdigung, auch bei einer Entführung.

Mit Läuchli-Burger betraten Ponti und ich das Gotteshaus. Es war innen kahl und klirrend kalt, ein ewiger Frost. Kein Tupfer Farbe, keine Zier, kein Bild – das Gebäude huldigte geradezu pompös der Bescheidenheitsdevise des Protestantengottes. Lautlos schloss sich das Portal. Andacht neigte die Häupter. Der Pastor verkündete mit bescheiden geschlossenen Lidern eine Nummer aus dem Gesangbuch, und es ertönte, unterstützt von einer diskreten Orgel, »Eine feste Burg ist unser Gott«.

Ich nutzte die drei gewimmerten Strophen, um Läuchli-Burger meine Forderung zu unterbreiten: »Ich brauche einen Pass auf den Namen Heinrich Übel junior.«

Reglos nach vorn blickend, zur Urne, die ohne Blumenschmuck auf einem Sockel stand, hörte mir der Stadtrat zu.

»Amico«, beendete ich meine Ansprache, »wir wissen, dass du nicht so ahnungslos bist, wie du dich gibst. Die Apotheke, wo man das Killer-Rezept abgegeben hat, ist dir und deinen Bullen bekannt.«

Läuchli-Burger fragte emotionslos: »Wollen Sie damit an die Presse?«

Ich legte dem Kunstkritiker die Rechte auf die Schulter. Der Kritiker nickte. Der Stadtrat kapierte.

»Bis wann müssen Sie den Pass haben?«

»Um drei muss er am Flughafen sein.«

Läuchli-Burger schüttelte den Kopf. »So schnell geht das nicht.«

Unterdessen hatte der sedierte Pastor, der immer wieder die geföhnte Haarwelle in den Nacken schüttelte, ein »mit dem Verstorbenen befreundetes Glied der Gemeinde« in den Chor gebeten, und es erstaunte mich nicht im Geringsten, dass dieses Glied der Dichter Moff war. In bekannter Manier setzte er dazu an, dem so unerwartet, so überraschend, so plötzlich Dahingegangenen einen »Trauerkranz zu winden«. Er schilderte ihn als liebenden Gatten, als besorgten Familienvater, als unauffälligen Devisenhändler und insbesondere als aufrechten Sozialdemokraten. Er hob das stille Wirken im Hintergrund hervor und sprach, die Lider und die Stimme senkend, von einem Dasein in Demut, einer Existenz in frommer Ergebenheit: »Der nun Dahingegangene verstand sich selbst als Diener, sein Dasein als Dienst.«

Wie Moff anschließend vom Verblichenen auf die Ypsi-Feuz kam, auf ihre Aids-Tanne und die Bekenntnis-Birke, verpasste ich leider – Ponti und ich hatten den Stadtrat in die Mitte genommen und begannen mit der Bearbeitung. Ich stieß ihm meinen linken Absatz auf den Fuß, Läuchli-Burger kippte leicht nach vorn, und als er sich mit der Linken abstützte, geriet diese unter die grau vermörtelte Pranke des Poliers. Der drückte zu.

»Entweder bekomme ich den Pass, Herr Stadtrat, oder Ihre Finger werden platt wie Löffelchen!«

Der Schweiß brach ihm aus, doch war sein zwinglianisches Über-Ich stärker als der Schmerz. Er hielt durch. Er biss die Zähne zusammen. Er gab keinen Ton von sich, und während Moff im aufgeweichten Timbre der Betroffenheit die Schlusskurve erreichte – »und dafür gebührt dir, Ellen, der tiefe Dank von uns allen!« –, steckte ich Läuchli-Burger ein gefaltetes, am frühen Morgen auf der Underwood getipptes Blatt mit meinen Daten sowie die noch etwas feuchten Passbilder aus dem Automaten zu.

»Sollten sie mich am Zoll in irgendeiner Weise behelligen, wirst du morgen die Schlagzeile sein, nicht wahr, Amico?«, sagte ich beim Verlassen der Kirchenbank und legte dem Kunstkritiker abermals die Rechte auf die Schulter. Den Kunstkritiker drängte es, mit der Eloge auf Ellen in die Redaktion zu eilen, und mit einem weiteren Nicken machte er den Deal perfekt.

Nur wenige Passagiere verteilten sich in der Kabine der verlotterten Pan-Am-Maschine, und sei es, dass die Hostess am Terminal meinen Namen mit der Gummifabrik in Verbindung gebracht hatte, sei es, dass ich per Zufall an diesen Sitz geraten war: Am Fenster brütete der Reklamechef über einem Kreuzworträtsel. Zwei Reihen hinter uns verlor sich der Rest der Delegation: die Gute, der Gummi-Ingenieur, der jugoslawische Versandleiter sowie zwei weitere Herren, vermutlich ebenfalls Jugos, die erst nach meiner Zeit in Kaderpositionen aufgerückt waren. Dass ER ganz vorn saß, im VIP-Bereich, kam mir entgegen – ich wollte ihm nicht inmitten seiner Leute begegnen. Niemand erkannte mich, auch nicht der Rätsellöser. Als wir den Gurt umschnallten, fragte er über den leeren Mittelsitz hinweg: »Bezeichnung für das sowjetisch besetzte Deutschland, sieben Buchstaben«?

»Ostzone.«

»Es könnte kalt werden«, meinte der Reklamechef, und tatsächlich, es wurde kalt. Westberlin, die von einer Mauer umgebene Halbstadt, lag wie eine Insel im roten Meer, einer unendlichen Ebene. In Bodennähe, schon über den Dächern und Straßen, wurden die Turbulenzen so heftig, dass der Vogel klapperte, als würde er in tausend Teile zerbersten, doch kamen wir heil herunter und wurden von einem hellen und sauberen Flughafen empfangen: Berlin Tegel. Mir schwante Schlimmes. Fallen verraten sich durch freundliche Eingänge.

Vor einigen Jahren war es hier im Westteil zu Aufständen gekommen. Polizei-Kavallerie war auf demonstrierende Studenten losgeritten, zwar nicht mit gezogenen Säbeln, aber mit Gummiknüppeln, weshalb die Zöllner die Fräcktaler Gummiwerke freundlich durchwinkten – ein kurzer Blick in den Musterkoffer hatte uns die Stadt geöffnet. Überall wölbten sich Wampen, glänzten runde Wangen, füllten gewaltige Ärsche den glänzenden Hosenboden – wenn der Kessel eingenommen würde, wollten die Westberliner offenbar genug Fettreserven haben, um im Sozialismus zu überleben. Niemand hatte etwas dagegen, dass ich ebenfalls in den Hilton-Bus einstieg – ohne die nötigen Unterlagen. Diesmal setzte mich der Zufall neben die Gute, und aus scheuen Blickkontakten entwickelte sich rasch ein oberflächliches Gespräch.

»Sind Sie im Verkauf tätig?«, fragte sie. »Ist es Ihr erster Kongress?«

Der Portier des Hilton glich Peter Lorre, dem Mörder in »M«, allerdings war er ebenfalls gegen eine allfällige Eroberung durch die Bolschewiken mit Fettpolstern gewappnet, stopfte gerade einen Schokoladenriegel in sich hinein und heftete seine Basedow-Augen wie Blutegel an das ausgeladene Gepäck. Als er auf den Koffern die HÜ-Initialen entdeckte, machte er mit vollem Maul eine Bemerkung über »Verhüterli aus dem Schwyzerländle« und beging dann noch den Fehler, den Senior nicht mit dem akademischen Titel anzusprechen. Die Gute wurde angewiesen, sich unverzüglich über den Empfang zu beschweren, worauf sich ein fetter, schweißtriefender, mit einer Serviette die Mundwinkel abtupfender Hotelmanager beim Senior entschuldigte. Ich wies meinen Pass vor und zog ein Gesicht, als sei bei der Buchung etwas schiefgelaufen. Der Manager, eine weitere Intervention der Guten befürchtend, musterte mich zwar mit scheelen Blicken – seine Erfahrung sagte ihm wohl, dass ich log –, aber er wies einen ebenfalls kauenden Rezeptionisten an, mir im eigentlich ausgebuchten Haus ein Zimmer zu geben: »Der junge Mann gehört zu den Kongressteilnehmern.«

»Meine Rechnung übernehmen die Übel-Werke, Fräcktal, Schweiz.«

»Doktor Übel-Werke«, sagte der Portier höhnisch und griff nach meiner Reisetasche.

Der Kongress fand in einem futuristischen Gebäude statt, einer Stahlkonstruktion aus aneinandergefügten Hangars, die im Innern von riesigen Röhren durchzogen wurden. Die »mutige Architektur« (Kongressunterlagen) sollte die Zukunft der Weststadt symbolisieren, ging jedoch bereits in einen rostigen Zerfall über. Dr. Heinrich Übel fiel wie immer die Ehre zu, bei der Eröffnung als Vertreter der mittelständischen Unternehmer ein Grußwort zu halten, und da ich den Text ja kannte (ich hatte ihn vor gut zwanzig Jahren verfasst), setzte ich mich in eine der letzten Reihen, stülpte einen Kopfhörer über die Ohren und dämpfte die Rede durch den fernöstlichen Singsang einer Simultanübersetzung. Beim anschließenden Stehempfang konnte ich verfolgen, wie der Stier Politikern und Presseleuten vollmundig erklärte, auch das Dorf Fräck sei infolge eines Staudammbaus geteilt worden, und weil die Gute offenbar befürchtete, er könne in seiner Folklore fortfahren, sagte sie kokett: »Aber Herr Doktor, die Teilung Berlins lässt sich damit nicht vergleichen, sie ist einzigartig!«

Sein Deutsch war kehlig rau, sein Französisch ein Kauderwelsch, das Englisch eine Katastrophe, doch war diesem Mann die Haupteigenschaft seiner Materie eigen: die Elastizität. Er war ein Bauer, der über dem feisten Nacken seinen Doktorhut schwenkte, und ein Geschäftsmann, der farbig erzählte, wie er als junger Wilderer einer geschossenen Gemse das Blut vom Hals geleckt habe. Nach allen Seiten schüttelte er Hände, scherzte mit britischen Kautschukpflanzern, knüpfte Kontakte, ließ die Gute Verabredungen treffen, und einer Journalistin diktierte er in den Block, wie er aus dem kargen Boden eines Alpentals ein europaweit operierendes Unternehmen gestampft habe. »Wissen Sie«, raunte er der Dame zu, »ich habe ein todsicheres Motto – nicht mit sich selber diskutieren, mit sich selber diskutieren macht schwach, zupacken, handeln!«

Ab elf Uhr nachts traf man sich in der Hilton-Bar, wo der Senior wieder seine Sprüche zum Besten gab (ich kannte sie seit Kindertagen): »Habe in meiner Person stets dem Allgemeinen gedient, der freien Marktwirtschaft, der Gum-

mibranche, dem christlichen Abendland!«, und da er groß-
zügig Whiskyrunden schmiss, war er bald von den letzten
Ausläufern des britischen Gummiadels umgeben, ehemaligen Plantagenbesitzern, die in den Höllen von Borneo
oder Burma zu skurrilen, von der Malaria ausgezehrten Ge-
spenstern geworden waren. »Ein Hoch auf Henry Malice
and his comfy pants!«, rief ein gewisser Bradbury, worauf die
britischen Pflanzer »He is a jolly good fellow« anstimmten.
Auch ein paar alte Kapitäne, die mit ihren Kähnen auf der
Gummilinie gefahren waren, scharten sich um den Senior,
und vom Rand her konnte ich beobachten, wie der Stier
mit zunehmender Betrunkenheit müder wurde, matter, me-
lancholischer. Erstaunlich war dies nicht. Es hatte an seinen
Nerven gezehrt, von den Banken gejagt zu werden. Es hatte
ihn zermürbt, der Guten zu befehlen, die regelmäßigen
Überweisungen an mich einzustellen (selbstverständlich im
Wissen, dass sie ihn hinterging und den Erben nicht ver-
hungern ließ). Als dann infolge der Pille- und der Plastik-
Hausse alles auf eine Havarie der Firma zulief, hatte er das
unverschämte Glück des Spielers: Die Seuche kam, und auf
einmal war das Verhüterli, eben noch als »Ladenhüterli«
verhöhnt, le dernier cri, der letzte Schrei, der absolute
Hit. Die Ypsi-Feuz dekorierte damit ihre Solidaritätstanne
(»Meinem Pablo in solidarischer Liebe«), der schwärzlich
düstere Rauch der Fräcktaler Schornsteine verschwand aus
den TV-Berichten, und die morsche, von Möwen verkackte
Badeanstalt musste nicht länger als Symbol eines Nieder-
gangs herhalten – Dr. Heinrich Übel leuchtete wieder, und
wie er leuchtete, mit mannshohen, rotflammenden Neonlettern war sein Name in den Himmel geschrieben!

Aber. Aber die steigenden Absatzzahlen, die besseren Bilanzen, die freundlichen Bilder verdankte er der Angst vor der Ansteckung, und damit war der schlaue Tod, den er in seinem Ewigkeitswahn ausgeschlossen hatte, doch noch bei ihm eingedrungen. Gewiss, schon im ersten Quartal hatte sich die Partnerschaft mit der Seuche ausgezahlt, und fast hätte man meinen können, dem Reklamechef sei es gelungen, dem Boss ein neues Image zu verpassen: Als Alm-Öhi im Weißkittel stand er zwischen gesunden Tannen und verhieß den Menschen im Unterland, sie dürften »es tun« – »tut es mit meinen Verhüterli!« Sein neuer Partner, der Tod, trat bei solchen Aktionen nicht in Erscheinung, er war so unsichtbar wie der über die Grate geisternde Ur-Übel, und genau das war gefährlich: seine Unsichtbarkeit. Das Nichts – jetzt war es da.

Und dann im letzten Februar der dumme Sturz. Eine harmlose Beule. Um weiteren Stürzen die Gefährlichkeit zu nehmen, ließ er den alten Sportboden wieder auslegen, und als die schwarzen Gummimatten, wie von ihm angeordnet, das gesamte Büro auskleideten, als sie auch die Wände bedeckten, die Fenster, die Türen, die Spiegel, musste er feststellen, dass er sich sein eigenes Grab geschaffen hatte. Der Tod war sichtbar geworden. Er schloss ihn ein. Da packte den Stier die Panik. Er wollte sich befreien. Er schrie nach dem Sohn. Der wollte dem Vater zeigen, dass er in all den Jahren nicht untätig war. Er schaffte fast seinen gesamten Papierpalast in den Wagen (holte so den Kater als blinden Passagier an Bord) und verließ Zürich gegen Mitternacht. Auf der N 3 kaum Verkehr, noch verlief alles nach Plan, und wäre genug Benzin im Tank gewesen … aber eben: Es kam anders. Die Schranke vor dem Fräcker Tobel war schon geschlossen, ich war außerstande gewesen, das Geld für den Wodka vorzustrecken, wurde von Palombi in den Arsch getreten, musste die vollgekackte Hose ausziehen und verkleidete mich mit Quassis Kostüm als Weihnachtsmann …

Durch das Hotelfoyer trottete der Stier jetzt auf die Lifte zu, die Hörner gesenkt, die Augen trüb – alt war er geworden, schwerfällig, langsam. Als er die Kabine betrat, drehte er sich nicht um. Seine Zeit war vorbei, und das lag nicht nur an ihm. Im Plastozän hatte der Kautschuk ausgespielt – das machte der Gummikongress, der in dieser verlorenen Halbstadt abgehalten werden musste, auf trostlose Weise deutlich. Wenn Bradbury einen weiteren Witz über die comfy pants abschoss, tönte das Lachen der ehemaligen Kautschukpflanzer gezwungen. Den greisen Kapitänen sank das Haupt auf die Brust. Die Bar begann sich zu leeren. Um zwei Uhr nachts schwammen nur noch ein paar asiatische Pornohändler wie Haie durch das schummrige Bargewässer, und zwei sich verbeugende Japaner steckten der Guten Visitenkarten zu, auf denen sie ihre Zimmernummer notiert hatten. Die Gute warf die Kärtchen zerfetzt in einen Aschenbecher, trat mit ihrem Glas an meine Seite und fragte: »Sind Sie nicht der Mann aus dem Bus? Trinken wir noch einen?«

Wenn ich mich richtig erinnere, hatte ich ihr irgendeinen Unsinn über meine Zeit in den Tropen erzählt, und Bradbury, auf der Suche nach einem letzten Spender, behauptete steif und fest, er habe mir »draußen« mal geholfen.

»Sir«, sagte er, »hätte gegen eine Revanche nichts einzuwenden, Sir.«

Als ich schließlich zu den Liften torkelte, trat hinter einer Säule der Reklamechef hervor, das Rätselheft in der Rechten, mit gezücktem Stift: »Stammvater, sieben Buchstaben?«

Erst unter der Dusche fiel es mir ein: Abraham.

Am nächsten Vormittag hörte ich mir einige Referate an, und hätte ich noch nicht gewusst, was Langeweile ist – jetzt hätte ich es erfahren. Ein Professor der Kieferorthopädie äußerte Bedenken gegen Gummischnuller; schwedische Product-Designer stellten Fetische vor; eine Gewerkschaftsfunktionärin plädierte für mehr Mitbestimmung, »auch und gerade in der Gummi-Industrie«, und eine schwangere Biologin in Latzhosen forderte die Kautschukgewinnung aus Löwenzahn. Das Mittagessen wurde von der Berliner-Kindl-Brauerei gesponsert: eine Pulle Bier sowie eine currygepuderte Wurst mit Ketchup und Mayonnaise, die man in zwei Varianten haben konnte: mit oder ohne Darm – wie die Einheimischen sagten: mit oder »mit ohne«. Wieder fiel mir der Heißhunger der Insulaner auf, und nicht nur die Kellnerinnen, auch die Gattinnen der Politiker, die weiblichen Abgeordneten und sogar die Nutten sahen aus wie Dreihundertpfund-Walküren einer Wagner-Oper. Dass sich der Senior diesen Termin schenkte, konnte ich nachvollziehen, aber dass er auch danach fehlte, in der Halle auf dem Messegelände, fand ich doch etwas seltsam. Zudem störte es mich, dass sich der Reklamechef wieder an meine Fersen heftete (etwa im Auftrag des Seniors?), und das Schlimmste war: Ich verwickelte mich in ein Techtelmechtel mit Pepita.

Pepita gehörte zum Tross des Seniors und moderierte die

Show der Fräcktaler Gummiwerke. Ihre Auftritte erfolgten in stündlichen Abständen und gingen im Gewoge von Ansagen und Schlagermusik unter. Vor der Bühne, ihr direkt zu Füßen, drängte sich eine Masse lüsterner Männer. Im ersten Moment hatte ich gemeint, es gebe auch hagere Westberliner, doch waren es Gastarbeiter aus einem der türkischen Ghettos.

»Liebe Berlinerinnen, liebe Berliner«, flötete Pepita ins Mikro, »im Namen von Herrn Doktor Übel darf ich euch zurufen, wie glücklich wir sind, hier bei euch sein zu dürfen, im freien Berlin.«

Am Abend fand in einem bayerischen Festzelt eine Gummi-Revue statt, dazu Blechmusik, Bierschwemme, Miss-Gummi-Wahlen, Tombola, Polonaisen. Irgendwann, es musste gegen Mitternacht gewesen sein, hockte ich in der menschenleeren Ausstellungshalle allein im Stand der Übel-Werke. Ich war eingenickt – und plötzlich schmiegte sich Pepita an mich.

Pepita, die unter dem Silbermantel in einen Ganzkörperanzug gepresst war, wollte reden, nur ein bisschen reden. Ich hörte ihr geduldig zu, und während in den Oberlichtern der Halle nächtliche Wolkengebirge vorüberzogen, kamen wir einander näher. Für mich sei die Messe bestimmt eine aufregende Sache, meinte Pepita, den Handrücken elegisch an die Stirn gelegt, sie hingegen habe schon alles erlebt, alles durchgemacht, alles durchgestanden, auch in Städten, die noch trister seien als Westberlin, zum Beispiel Mülheim an der Ruhr, wo sie sich eines Nachts in der Fußgängerzone verlaufen und erst nach langem Herumirren durch eine doppelspurige Straßenunterführung zur Pension gefunden habe.

»Versteh mich bitte nicht falsch«, flötete Pepita, »ich will mich über meine Rolle nicht beschweren. Ich liebe mein Publikum, und das Publikum liebt mich, du hast es ja erlebt, aber leider bin ich nur noch auf der Bühne das junge Häschen. Ich sehne mich nach einer fairen Partnerschaft. Ich wünsche mir einen Mann, dem ich das Herz ausschütten kann und der mich auch mal in den Arm nimmt, wenn ich erschöpft nach Hause komme. Meinst du, ein einziger in unserer Gummifabrik hat eine Ahnung, wer ich wirklich bin?«

»Die Gute«, sagte ich lächelnd.

»Die Gute, o ja. Stets und ständig muss ich die Gute sein! Die gute Gute, die Tag und Nacht dafür sorgt, dass unser Dampfer auf Kurs bleibt. Aber hat sich je einer gefragt, ob sie auch einen Namen hat, die Gute? Du, sag jetzt nicht Pepita! Pepita ist mein Künstlername! Die Pepita bin ich für mein Publikum, für die Leute in Liverpool, Zagreb, Mülheim an der Ruhr und Westberlin.«

»Auch für deinen Chef bist du die Gute«, warf ich ein.

»Ja, natürlich. Gute hier, Gute da! Gute geh, Gute mach! Du glaubst doch nicht im Ernst, dass der Herr Doktor Übel weiß, wie ich wirklich heiße.«

Ich hob die Schultern.

»Ingeburg«, gestand sie und brach in ein hemmungsloses Schluchzen aus, »Ingeburg!«

Ich bebte vor Verlangen, möglichst bald nach drüben zu gehen, nach Köpenick, zu meinem sozialistischen Engel, und insofern war es gewiss ein Fehler, auf der Taxifahrt ins Hilton die Zärtlichkeiten der Guten zu erwidern, zumindest ein bisschen. Doch waren wir beide angesäuselt, und ich hatte wahrhaftig einen Grund, mir die heimliche Leitung des Unternehmens geneigt zu machen: Ohne ihre Zustimmung käme der Vertrag mit den Funkwerkern in Köpenick niemals zustande. Der Fahrer, der seine Wampe nur mit Mühe hinterm Steuer unterzubringen vermochte, meinte feixend: »Echt anregend, so'n Kongress, wa!«

Die Fahrt zum Hilton führte durch die halbe Halbstadt, weshalb ihm die Gute erlaubte, bei einer Wurstbude am Bahnhof Zoo einen Zwischenhalt einzulegen. Dort hingen noch andere Taxler am Tresen, und es war erstaunlich, wie rasch unser Mann zwei Würste verdrückte und einen Jägermeister hinterher schüttete.

»Woran denkst du?«, fragte die Gute.

Ich konnte es ihr nicht sagen. Der Gedanke war mir selber ein bisschen peinlich. Vielleicht hatten die Fresser der Weststadt, die die Eroberung durch die Roten fürchteten, gar nicht so unrecht. Vielleicht herrschte drüben tatsächlich ein gewisser Mangel – und zu peinlich, ich würde morgen mit leeren Händen kommen, ohne Schweizer Schokolade! Verschämt löste ich mich von der Guten, hatte sie aber gleich wieder an der Backe und war froh, als wir endlich das Hilton erreichten. Der Fahrer bugsierte seine weit über den Hosenbund herabhängende Wampe aus dem Taxi und gestand mir zwinkernd, an der Bar eine Handvoll Salznüsschen ergattern zu wollen. Wie gestern um diese Zeit schwammen dort die Haie herum, im Foyer röhrten Staubsauger, und in einer Sitzgruppe saß der Reklamechef, sein Heft auf dem Schoß. Er, das Reptil und der blinde Marder hatten als einzige alle Säuberungen im Werk überstanden, und da der Reklamechef nicht gerade durch Fleiß, schon gar nicht durch Einfälle glänzte, drängte sich der Verdacht auf, dass er dem Boss als geheimer Informant dienen könnte. Im Lift zückte der Reklamechef sein Heft und fragte maliziös: »Unglückliche Verbindung, elf Buchstaben?«

Ich musste passen. Die Gute wusste es. »Mesalliance«, sagte sie pikiert.

Statt auf die Zimmer zu gehen, um noch etwas Schlaf zu bekommen, landeten wir zu dritt auf einer Party, die ein Porno-Khan aus Hongkong in seiner Suite veranstaltete. Es wurde gekokst gesoffen gekifft, und eh ich mich versah, landete ich mit der Guten und einer Pulle Sekt auf einer Ottomane. Sie, immer noch gummiert und im Silbermantel, redete wieder auf mich ein ... und redete und redete, und, du lieber Himmel, ich war es ja gewöhnt, von meinen Mitmenschen zugetextet zu werden. Zuerst hatte mich der Senior mit seinen Weisheiten abgefüllt, dann war ich der Beichtvater meiner Ersatzmutter Cala geworden, und hatte ich im Malatesta Isidor Quassi gegenübergehockt, konnte ich sicher sein, dass sein Monolog mit der stets gleichen Klage enden würde: Das Leben. Die Weiber. Ein dummer Zufall. Hätte ich doch. Wäre ich nur. Eigentlich. Aber. Vergiss es ... kurz, als Lebensmüllschlucker war ich hart im Nehmen. Ich flocht nur hie und da ein »Ah ja, wirklich?« ein, legte meine Hand auf ihre, nickte, seufzte, schwieg – und das war leider ein Fehler. Kein großer Fehler, nur ein kleiner, aber auch er sollte Folgen haben.

»So gut wie du«, seufzte die Gute, »hat mich noch keiner verstanden.«

Erst jetzt – und offensichtlich zu spät – bekam ich mit, wovon sie seit längerem sprach.

»Ich habe alles versucht«, erzählte sie gerade, »um unser Zusammensein ein wenig aufzumöbeln. Einmal habe ich sogar ein Inserat aufgegeben: Kinderloses Paar sucht Gleichgesinnte für gemeinsame Silvesterfeier. Ein Ehepaar aus Wiedikon hat sich gemeldet. Nette Leute. Sie fünffache Mutter, er Orchestermusiker und einiges jünger. Aber die Wiedikoner hatten »sexuelle Aktivitäten« erwartet, vor allem die fünffache Mutter, und natürlich war das mit dem armen Junior nicht zu machen.«

»Was …«

»Sex«, sagte sie spitz.

Das Gespräch erstarb. Wir nuckelten an der Sektpulle, und wäre in diesem Moment nicht das Mondgesicht des Reklamechefs über uns aufgegangen, hätte ich wohl den Abgang geschafft. Er stand im Rücken der Ottomane und fragte maliziös: »Zentralbegriff bei Freud, sechs Buchstaben?«

»Libido«, jauchzte die Gute, worauf der Reklamechef grinsend abtauchte. Auch andere verzogen sich, die Orgie begann zu ermatten. Der Porno-Khan lag rücklings auf dem Bett, eingerahmt von zwei schnarchenden Walküren im aufgeschnürten Dirndl. Vor uns kauerte ein kleiner Malaie und gab uns mit Gesten zu verstehen, dass er uns beim Ficken zuschauen wollte. Sollten wir vielleicht die Nummer wiederholen, die Ingeburg und Heinrich einst gespielt hatten? Ich erinnerte mich kaum an jene Zeit, aber vollständig ließ sie sich leider nicht vergessen. Im zweiten Jahr meiner Tätigkeit in der Werbeabteilung war ich nach einer Weihnachtsfeier in der Betriebskantine im Bett der GdV gelandet und bis in den Februar hinein ihr Liebhaber geblieben. Sie hatte mich mütterlich umhegt und umgarnt, doch war ich auf ihre Kosewörtchen und Kartoffelpüfferchen nicht hereingefallen. Durch mich hindurch hatte sie meinen Erzeuger geliebt, ihren Animus, den Stier. Mich hingegen – sie hatte es vorhin durchblicken lassen – hielt sie im Grunde für das misslungene Erzeugnis dieses Erzeugers, ähnlich wertlos wie die jahrelang im Lager abgelegten Gummimatten – zu weich, zu wenig elastisch, anfällig für eine frühzeitige Versprödung.

Da klingelte nah ein Telefon, und auf einmal drückte der Malaie zu unseren Füßen ein klobiges Plastikgehäuse an sein Gesicht: mit einer Tastatur, einem runden Sprechgitter sowie einer kleinen, dicken, gummigenoppten Antenne. Hastig redete er los, chinesisch oder malaiisch, und kaum zu glauben, aber wahr, aber wirklich: Ich sehnte mich derart nach der Aktivistin, dass ich mir einbildete, der Malaie telefoniere – drahtlos.

»Verzeih, ich muss ins Bett«, befreite ich mich von Ingeburg.

»Würdest du so lieb sein, mich auf mein Zimmer zu begleiten?«

Als wir die Suite verließen, telefonierte der kleine Malaie noch immer, und, du heilige Scheiße, jetzt hielt auch der Porno-Khan, der sich wieder über die Walküre hermachte, ein telefonartiges Plastikgehäuse an seinen Schädel! Redete der Khan auf die Walküre ein? Nein, die Walküre bumste er, aber trotzdem schien er abwechselnd konzentriert zu lauschen und konzentriert zu sprechen, und zwar in das fahlweiße, leicht abgeknickte Ding hinein. Brach da plötzlich die drahtlose Telefonie aus? Ach was, besoffen war ich. Oder bekifft. Und vor allem derart verliebt, dass ich einer

Wunschphantasie erlag: ich mit der Aktivistin verheiratet und die Welt telefonierte drahtlos!

»Kommst du endlich?«

Am Arm führte ich die Gute durch die öden Hilton-Gänge, und es überraschte mich keineswegs, dass wir am Lift dem Reklamechef begegneten.

Ich: »Bedeutende Persönlichkeit, zwei Großbuchstaben?«

Der Reklamechef: »ER!«

»Lassen Sie ihn grüßen, gute Nacht.«

Vor Ingeburgs Zimmer bedankte ich mich für den schönen Abend.

»So nimm doch wenigstens den Hut ab, du ungehobelter Pflanzer!«, schimpfte sie mit einem koketten Augenaufschlag.

Ich gehorchte.

Sie betrachtete meinen Kahlschädel: »Wenn ich bloß wüsste, an wen du mich erinnerst!«

»Vielleicht an Heinrich?« – und schon war es zu spät, mein Bekenntnis durch ein schiefes Grinsen zu relativieren.

Sie zog mich ins Zimmer und lehnte sich mit dem Rücken gegen die Tür. »Du bist kein Kautschukpflanzer«, versetzte sie scharf, »du warst nie in Afrika.«

»Meinst du?«

»Zur Sache. Worum geht's?«

»Um den Unfall des Juniors.«

Sie schüttelte den Kopf: »Keine Chance, Mister, die Akte ist geschlossen, der Fall erledigt.«

»Ihr habt ihn halbtot nach Sizilien spediert.«

306

»In seinem Interesse. Er war sturzbetrunken.«

»Das stimmt nicht.«

»O doch. Der Junior hatte eine Fahne. Eine fürchterliche Fahne. Marder hat ihn notdürftig verarztet. Am nächsten Abend brachten wir ihn nach Zürich.«

»Erst am nächsten Abend ...«

»Vorher war er nicht transportfähig. Die Gummibranche ist heikel«, erklärte sie schnippisch. »Wir produzieren Hygieneartikel. Ein Unfall infolge Trunkenheit wäre fatal gewesen. Auf den Namen Heinrich Übel durfte nichts kommen.«

»Wie wurde er nach Sizilien transportiert?«

»Im Nachtzug. Er hat direkte Wagen bis Reggio. Von dort war es nur noch ein Sprung auf die Insel.«

»Wer hat ihn begleitet?«

»Cala und Palombi. Cala stammt aus Kalabrien, Palombi aus Sizilien. Die beiden kennen sich dort unten aus. Palombi hat ihn bei einem Onkel einquartiert, irgendwo im Süden.«

»Das ist mir neu.«

»Der Onkel ist zuverlässig, verschwiegen wie ein Grab, aber in den Nächten meistens draußen, auf dem Meer. Ein Fischer. Als Heinrich wieder halbwegs bei Kräften war, ist er auf und davon.«

»Wie die verletzte Füchsin.«

»Was für eine Füchsin?«

»Ach, das ist eine alte Geschichte.«

Die Gute griff mit der Rechten zur Spange, die ihren silbernen Umhang am Hals zusammenhielt: »Schnüffelnase, für wen arbeitest du?«

»Damit wir uns richtig verstehen, Herzchen, ich bin nicht hinter Heinrich her, um ihm etwas anzuhängen. Ich …«, sagte ich, »… bin Heinrichs Mann.«

»Das Reptil behauptet, am Abend unserer Abreise nach Berlin sei er in die Fabrik zurückgekehrt«, sagte sie.

»Heinrich?«

»Ja, Heinrich. Also liegt die Vermutung nahe, dass du hinter ihm her bist.«

»Klingt irgendwie plausibel«, gab ich zu.

»Du bist nicht sein Mann, Schnüffelnase. Du verfolgst ihn.«

»Lassen wir das mal beiseite, Herzchen.« Ich zog die Hutkrempe etwas tiefer in die Stirn. »Mich interessiert vor allem der Weihnachtsmann.«

»Zu dumm«, rief sie plötzlich und schüttete wie Maureen ihre Handtasche aus. »Hast du ein Verhüterli dabei? Ich habe alle verschenkt.«

»Heinrich«, insistierte ich, blieb aber am Fenster stehen, so dass ich vor dem Morgengrauen ein Schatten für sie war, »ist als Weihnachtsmann in der Villa erschienen. Im Februar!«

Ich lachte, sie nicht. Im Zwielicht der Dämmerung ragte ein alter Kopf aus dem faltenlosen, bläulich schimmernden Gummileib. Der Inhalt ihrer Handtasche lag verstreut auf dem Bett, und ich hatte wieder einmal Anlass, mich zu wundern, was für seltsame Dinge Damen mit sich herumschleppten. Maureen hatte es fertiggebracht, in der mitgeführten Mülldeponie sogar ihre Wohnungs- und Autoschlüssel zu verlieren. Calas Handtasche hatte ein Innenleben enthüllt, vor dem einem angst werden konnte, und obwohl in meinen Erinnerungen Mimi eine Leerstelle war, eine Person ohne Haut, das Gesicht nur ein Kopftuch mit Sonnenbrille, enthielt mein Gedächtnis einen ganzen Haufen von Dingen, die sie in die schmale Unterarmtasche gestopft hatte: Tampons Tabletten Radiergummis Haarspangen Kohlestifte Nagelfeilen Büroklammern Fotos Strafzettel Kerzenstummel sowie eine Haarbürste mit silbernem Griff. Bei der Guten herrschte im Vorzimmer die peinlichste Ordnung, doch nur auf dem Schreibtisch, nicht in ihrer Handtasche, da brodelte das Chaos.

»Wenn du wissen willst, was mit dem Weihnachtsmann los war, musst du den Stier fragen«, unterbrach sie meine Gedanken. »Auf der Sightseeing-Tour ergibt sich bestimmt eine Gelegenheit.«

»Glaubst du, dass er dabei ist?«

»Ich denke schon. Irgendwo an der Mauer will er fotografiert werden, an derselben Stelle, wo sie Kennedy fotografiert haben. Soll ich die Gummihaut anbehalten? Oder machst du's lieber ohne?«

»Mit ohne«, sagte ich, legte den Hut ab und ließ mich in einen Sessel fallen. »Pass auf, Herzchen. Die Geschichte geht so: Im letzten Februar holt sich dein Chef bei einem harmlosen Sturz eine Beule. Da er befürchtet, er könne demnächst wieder hinfallen, lässt er sein Büro mit den alten Gummimatten des niemals in Produktion gegangenen Sportbodens in eine Gummizelle verwandeln. Kein großer Fehler, aber einer mit Folgen. Um sich seine Unsterblichkeit zu erhalten, hat er sich in sein Grab eingeschlossen. Die Zentrale ist zum Mausoleum geworden, mit dir, der Vorzimmerdame, als Cerberus – der dreiköpfige Hund mit

Schlangenschwänzen, der das Tor zum Erebos hütet. Die Kommenden wedelt er an, doch lässt er niemanden heraus. A propos Anwedeln: Du hast Heinrich telefonisch nach Hause bestellt, warum hast du ihn dann nicht erwartet?«

»Ich wollte ihn abfangen, oben, vor der Villa, aber als er aus dem Wagen gestiegen ist …«

»Als Weihnachtsmann.«

Sie zuckte zusammen.

»Vor dem Weihnachtsmann«, scherzte ich, »brauchen anständige Mädchen keine Angst zu haben. Bei denen lässt er die Rute im Sack. Oder bist du vielleicht nicht so brav, wie du dich gibst, hm?«

»Spar dir deine Witze.«

»Das Kostüm war eine Panne.«

»O nein: Absicht!«

»Für wie blöd hältst du ihn?«, blaffte ich sie an. »Er kam unterwegs in Schwierigkeiten. Deshalb musste er sich umziehen. Ich habe die zerrissene Hose in der Total-Tankstelle gefunden, im Kassenhäuschen.«

»Lass uns von etwas anderem reden«, bat sie und zupfte sich die Handschuhe von den Fingern.

»Der verlorene Sohn kam im falschen Kostüm zum Vater. Das war lächerlich, zugestanden, aber ohne Bedeutung.«

»Von diesen Dingen weiß ich nichts«, sagte sie.

»Es könnte der entscheidende Punkt sein«, sagte ich. »Raus damit, Herzchen, Klartext!«

Stille lastete im Raum. Die Nacht steckte nur noch in den gelben Lichtflecken der Lampen.

»Heinrich«, flüsterte sie, »hat den Wagen mit Absicht gegen das Geländer gefahren.«

»Du spinnst.«

»Hör zu. Nach der kurzen Unterredung mit dem Vater ...«

»Eine Stunde hat sie gedauert.«

»Wer sagt das?«

»Das Reptil.«

»Es waren nicht mal fünf Minuten. Dann ist er davongestürzt.«

»Immer noch im Kostüm?«

Sie fixierte mich. Dann fragte sie hinterhältig: »Woher hast du eigentlich den Schmiss?«

»Geht es um tutti, stehe ich meinen Mann.«

»Ja«, meinte sie mit einem falschen Lächeln, »du hast einen gierigen Blick hinter deiner Brille. Willst du sie nicht endlich abnehmen ... und die Handschuhe ausziehen?«

Sie hatte es geschafft, meinen Unfall wieder in ein Rätsel zu verwandeln, aber du lieber Himmel, was war von ihren Behauptungen zu halten? Durfte ich ihr trauen? War der Umhang des Weihnachtsmanns tatsächlich das rote Tuch, das zwischen Junior und Senior zu einer Auseinandersetzung geführt hatte?

Ich konnte es kaum glauben, und von der Guten, das spürte ich, war in dieser Sache nichts mehr zu erfahren. Sie war ihrem Boss in Treue ergeben, und nicht einmal dann, wenn ich mich als der Junior outete, würde sie auf meine Seite wechseln, denn die GdV war eine Konvertitin, und Konvertiten, wer wüsste es nicht, pflegen die neue Religion zu übertreiben. Die Geschichte hatte ich nicht von ihr selbst, sondern vom Doktor Marder erfahren – er spielte darin eine entscheidende Rolle.

GdV, Gute des Vorzimmers. Als damals ruchbar geworden war, dass ein Konsortium den Bau der Talsperre plane, hatte eine junge Primarlehrerin gemeinsam mit einem jungen Vikar den Widerstand gegen das Projekt organisiert. Anfänglich mit Erfolg. Die Zeitungen gaben dem Konsortium keine Chance. Aber dann war der erste Stall in Flammen aufgegangen, und die bischöfliche Kanzlei soll durch ein anonymes Telefonat erfahren haben, dass die Lehrerin Sowjetblusen trage. Sowjetblusen! – das war in der streng katholischen Innerschweiz ein größerer Skandal als das Gerücht, die Lehrerin würde vom Vikar ein Kind erwarten. Der Vikar floh ins Unterland, wo er die schwarze Soutane mit dem Weißkittel des Medizinstudenten vertauschte und über dem Mikroskop seine Augen vollends zerstörte. Die Armee erklärte ihn für untauglich, die Verlobung mit der Tochter eines Landarztes wurde annulliert, für eine Praxis fehlte ihm das Geld. Also kehrte er anno '49 ins Tal zurück, nun als Doktor med. Mit den dicken Brillengläsern dürfte er nicht mehr allzuviel gesehen haben, doch immerhin genug, um bei der Rückkehr seinen Augen nicht zu trauen. Ein länglicher See spiegelte den Himmel; eine Brücke verband die beiden Längsufer; eine Fabrik ließ aus ziegelsteinroten Schornsteinen Rauchfahnen wehen, und das ursprüngliche Dorf hatte sich in zwei Hälften geteilt, in Vorder- und Hinter-Fräck. Einzig das Wirtshausschild am Frohsinn, ein schmiedeeiserner Pan, kam Marder, als er sich direkt darunter stellte und die Brille nach oben richtete, vertraut vor. Auch die Gaststube kannte er, es war ja die gleiche wie früher, vor der Flut hierher versetzt – und hier, am alten Stammtisch, wurde ihm endlich gesteckt, was aus der Agitatorin gegen den Staudamm geworden war: die GdV, die Gute des Vorzimmers der neuen Gummifabrik. Mit dem Blindenschirm ertastete sich Marder den Weg in die Zentrale. Ihre Stimme erkannte er wieder, doch bei hochgeschobener Brille und vorgeneigtem Oberkörper hielt er es schlicht für undenkbar, dass die steife Gestalt hinterm Pult seine frühere Kombattantin sein könnte. Fräulein, will er sie gefragt haben, wo finde ich die Lehrerin, mit der ich seinerzeit gegen den Staudamm gekämpft habe?

Ich löste mich vom Fenster, machte einen Schritt auf die Gute zu. Sie verströmte ihren Gummigeruch, aber die Selbstsicherheit war von ihr abgeglitten wie das seidene Mäntelchen. »Die ganze Brücke war voller Ordner, voller Papiere«, kehrte sie unvermittelt zu meinem Unfall zurück. »Als hätte es Heinrich darauf angelegt, seine Geschichten zu veröffentlichen.«

»Wer hat die Papiere nach dem Crash eingesammelt?«

»Die Werksfeuerwehr.«

»Du hättest dich darum kümmern sollen!«, schrie ich sie an. »Heinrich hat dem Alten nur die Arbeitsleistung zeigen wollen, nicht die einzelnen Artikel. Der Text selbst war weder für dich noch für ihn bestimmt!«

»Mitten in den Papieren lag ein verletzter Kater.«

»Ist das wahr?«

»Ja«, brachte sie unter Tränen hervor. »Ich dachte, er stirbt.«

313

Ich stand mit Hut, Mantel und Handschuhen vor der Guten, die schluchzend auf der Bettkante saß. Sie hat den Kater gerettet, schoss es mir durchs Hirn, sie trägt ihren Namen zu Recht. Die Gute ist wirklich gut.

Sie sagte: »Ich bin über die Brücke zurückgerannt, mit dem blutenden Tier im Arm.«

Ich wiederholte es wie ein Gebet: »Du bist über die Brücke zurückgerannt, mit dem blutenden Tier im Arm …«

»Am nächsten Morgen hat ihm unser Werksarzt eine lange Wunde genäht, unten am Bauch. Drei Tage und drei Nächte kämpfte der Kater um sein Leben. Trank Wasser gegen sein Fieber. Erbrach sich. Schien tot zu sein. War vielleicht tot. Wachte wieder auf und leckte das Erbrochene weg. Es war schrecklich, schrecklich … und dann, auf einmal, hat er sich gereckt und gestreckt und ist mit hoch erhobenem Schwanz aus dem Saniraum hinausspaziert. Seither macht er einen großen Bogen um diesen Ort. Der Geruch ist ihm unangenehm, vermutlich auch der Mardergeruch – den Heinrich übrigens ziemlich treffend beschrieben hat, als eine Mischung aus Chloroform, Lavendel, Zigarre.«

Ums Haar hätte ich mich für das Lob bedankt, aber die Rührung übermannte mich. Meine Augen füllten sich mit Wasser.

»Danke«, sagte ich leise. »Danke, dass du dem Kater das Leben gerettet hast.«

Sie starrte mich an.

»Du bist es«, rief sie schluchzend. »Du bist Heinrich.«

Dann fiel sie mir um den Hals, zitternd am ganzen Leib. Sie wurde in der Fabrik von allen gefürchtet, doch nun kam sie mir vor wie ein schutzbedürftiges Mädchen. Ich streichelte sie ungeschickt – meine Hand ekelte sich vor der klebrigen Gummihaut.

»Ingeburg«, sagte ich, »du hast alles richtig gemacht.«

»Nein. Ich hätte mich um *dich* kümmern müssen. Wir dachten, dass du noch im Wagen bist. Die Werksfeuerwehr hat eine Tür aufgeschweißt, vorsichtig, um dich nicht zu verletzen ...«

»Es hat heftig geschneit in jener Nacht.«

»Zwanzig Zentimeter Neuschnee. Wäre ich an der Unfallstelle geblieben, hätte ich bestimmt gemerkt, dass da eine Blutspur war ... eine Fährte aus roten Tropfen ... sie ging zum Friedhofsufer ...«

»Es war die falsche Richtung, Ingeburg. Und auch die längere Strecke.«

»Ja«, sagte sie traurig. »Nach der Begegnung mit dem Vater hattest du wohl keine andere Wahl. Ich hätte es wissen müssen.« Sie heulte jetzt hemmungslos. »Aber ich dachte, du bist tot, eingeschlossen im Wrack. Ich wollte nicht warten, bis sie endlich die Tür aufgeschweißt haben ...«

»Da hast du den blutenden Kater über die lange Brücke zur Pforte getragen.«

»Ich kann ein Tier nicht leiden sehen, Heinrich. Es drückt mir das Herz ab.«

»Ingeburg«, ich legte ihr zwei Finger unters Kinn und hob es ein wenig an. »Fürchte dich nicht! Es wird alles gut. Drüben im Osten haben sie ein Patent, mit dem wir die Welt erobern werden. In unserem Kinderwagenmodell »Erika« plärrt nicht das Baby, da klingelt in Zukunft das Telefon!«

»Wie hübsch! Ein klingelndes Baby! Nimm deine Hände weg, Heinrich, am Hals bin ich ein bisschen kitzlig!«

Schrill lachte sie auf, dann verging ihr das Lachen, und als ich die Tür zuzog, lag die alte Gummipuppe rücklings auf dem Doppelbett.

Am Vormittag wieder das übliche Programm: Referate Modeschauen Podiumsdiskussionen, und nach einem Stehimbiss mit Bier und Bouletten, diesmal unter der Ägide des Regierenden Bürgermeisters, wurde der gesamte Gummikongress in Busse verladen. Unser Stadtführer stellte sich als Ex-Scharführer der SS vor. Er stand vorn beim Chauffeur im Mittelgang und hielt das Mikro mit einer Kunsthand aus schwarzem Hartgummi, was allgemein mit Wohlgefallen registriert wurde. Der rechte Ärmel des schwarzen Ledermantels steckte flach in der Seitentasche, und eine schwarze Augenklappe machte ihn zu einem Kyklopen, der uns die gleiche Verachtung entgegenbrachte wie Polyphem, sein sizilianischer Urahn, den ersten Inseltouristen, als die unter der Führung des listenreichen Odysseus in die Höhlenkäserei hineingetrampelt waren.

»Werte Gäste des freien Berlin«, bellte der Ex-SS-Mann aus den Lautsprechern, »war in Stalingrad. Gehörte zu den letzten, die rausgekommen sind. Weiß, was ein Kessel ist. Dass mir der Iwan den Arm weggeschossen hat, kam mir seinerzeit gelegen. Hat mir den Hitlergruß erspart!«

Gelächter und Applaus. Dann fuhren wir los, quer durch die Stadt, wobei der einarmige Scharführer einen Abriss über Berlins jüngere Geschichte ins Mikro schnarrte: Roaring Twenties, Tingeltangel, blauer Engel, Inflation,

Kommunisten, Putschisten, die hinkende Luxemburg, der verlogene Liebknecht, Brecht und Konsorten, Adolf räumt auf, Speer plant die neue Stadt, kolossale Großartigkeit, Reichskanzlei und Führerbunker, erste Bomben fallen, erste Straßen brennen, der Iwan dringt ein, wütet asiatisch, pflügt sich durch Weiberschöße, Leben in Ruinen, Lucky Strikes als Währung, der Schwarzhandel, die Luftbrücke, die Bonner D-Mark, aber Berlin bleibt Berlin.

Applaus. Als wir in eine Seitenstraße des Kurfürstendamms einbogen, wies er auf die oberste Etage eines Gebäudes hin. »Dort haben sie Willy Brandt die Miezen hinjebracht, jede Nacht 'n halbes Dutzend! Willy war ein verdammter Sozi, hat aber mehr vernascht als die Kennedy-Brüder.« Bei einem Zwischenhalt vor dem dunklen Reichstag: »Auf diesem Platz war anno '33 janz Berlin versammelt, unter ihnen auch mein Vati, SA-Mann der ersten Stunde. Hunderttausende haben geschrien: Lieber Führer, sei so nett, zeige dir am Fensterbrett!« In der Potsdamer Straße: »Hier haben wir Puffs für jeden Jeschmack, besonders zu empfehlen: Mutter Ilse – bei der hängt die Peitsche am Schaukelstuhl!« Johlen Gelächter Applaus, und weiter ging's, vorbei an Wurstständen, wo sie Grillhähnchen verschlangen, die »Gummiadler« genannt würden – »hoho!«, freuten wir uns, »Gummiadler!« –, durch menschenleere Straßen, über breite Brücken, an rostwässrigen Kanälen entlang. Als unser Bus durch die südöstlichen Quartiere rumpelte, ließ er den Fahrer an einigen Stellen die Hupe drücken, worauf oben in den Fassaden Fenster aufsprangen und bärtige Revoluzzer leere Bierpullen nach uns warfen. Sie zerplatzten auf dem Kopfsteinpflaster, und mit einem heiseren Lachen teilte der SS-Scharführer mit, wie er mit diesen Lumpenkerlen umgehen würde – »Fahrkarte Moskau einfach!« Heftiger Applaus. Dann besichtigten wir direkt an der Mauer eine Kneipe, die auch John F. Kennedy besichtigt hatte, Litfin ihr Name, und natürlich ließ sich der Senior die Gelegenheit nicht entgehen, an diesem geschichtsträchtigen Außenposten der freien Welt fotografiert zu werden. »Dr. Heinrich Übel auf den Spuren des amerikanischen Präsidenten«, diktierte er dem Reklamechef ins Rätselheft.

Der Potsdamer Platz, einst das pulsierende Herz von Groß-Berlin, war seit dem Krieg eine schmutzige Brache, vermülltes Niemandsland mit Krähen und Ratten. Die meisten Gummileute dachten nicht daran, den warmen Bus zu verlassen, der Senior jedoch stürmte eine hölzerne Treppe hinauf, mit wehendem Gummimantel, um sich hoch oben auf der Aussichtsplattform wie ein Denkmal vor den rötlichen Dämmerungshimmel zu stellen. Wir folgten ihm: die Gute, der Versandleiter, der Chefingenieur, der Reklamechef, ebenso die beiden Models, die unseren Katalog verteilt hatten, und zum Schluss, etwas langsamer, ich.

Eisiger Wind empfing uns auf der gezimmerten Hochbühne, und ich wäre nicht erstaunt gewesen, wenn der Senior sogleich den Rückzug angeordnet hätte, aber nein, an der Balustrade schaute er feldherrlich hinüber in die andere Welt. Sie schien ihn derart zu faszinieren, dass er sogar vergaß, die Gute zu loben. Die hatte trotz einer Nacht ohne Schlaf an alles gedacht und gab jedem von uns einen gummierten Regenschutz. Während sie mir hineinhalf, gurrte sie von hinten: »Hast du gut geschlafen, Darling?«

»Und du, Herzchen?«

»Wir werden glücklich sein«, hauchte sie, packte plötzlich meine Hand und rief: »Da kommen sie wieder! Schick sie weg! Schaff sie mir vom Hals!«

Zwei kleine Japaner eilten die Holztreppe hoch – es waren die beiden, die der Guten an der Hilton-Bar ihre Visitenkarten mit der Zimmernummer zugesteckt hatten. Als ich versuchte, sie am Betreten der Plattform zu hindern, drängten sie – einer links, einer rechts – an mir vorbei und verfielen vor der Guten in eine ganze Serie von Verbeugungen. Die Gute spannte ihren Schirm auf (die Stahlspitze gummigenoppt), hielt ihn über den Stier und erklärte den Japanern, Herr Doktor Übel habe sich dankenswerterweise bereit erklärt, an diesem symbolträchtigen Ort ein Statement abzugeben.

»Was für ein Statement?«, fragte er verblüfft.

»Unsere Freunde aus dem Reich der aufgehenden Sonne möchten wissen, was die europäische Gummibranche von der deutschen Teilung hält.«

»Aha«, sagte er und straffte sich. »Unsere Meinung zur deutschen Teilung.«

Alles nickte.

»Werte japanische Freunde«, begann der Stier, »in meiner Person habe ich nie dem eigenen Wohl, sondern stets der Allgemeinheit gedient: dem freien Unternehmertum, dem christlichen Abendland, der Gummibranche, den bürgerlichen Werten. Aufgewachsen bin ich in den einfachsten Verhältnissen. Gewohnt haben wir in der Siederei«, fuhr er fort, allmählich an Fassung gewinnend, in Fahrt kommend. »Sie lag in einer Flussbiegung hinterm Dorf, und wenn es

319

Winter wurde, zogen auch die Tiere bei uns ein, Ziegen Hühner Hunde. Es war eine schöne Kindheit, ein Leben auf der Alp und in den Bergen. Ging ich mit dem Vater auf die Jagd, leckte ich den Gemsen das Blut von der Schusswunde – das war mein ganzer Proviant. Die Schule habe ich meistens geschwänzt, berufsbedingt. Ich zog durchs Unterland, um Altgummi einzusammeln, und glaubt mir, es war ein schweres Stück Arbeit, die beladene Karre durch das Tobel ins Tal zu schleppen – davon hab ich meinen Nacken und die Muskeln. Früh erkannte ich: Nur das Wasser kann uns retten. Ich sah voraus: Der Stausee wird zu einer Energie- und Geldquelle, nicht nur für das Konsortium, auch für uns Einheimische. Als das Wasser stieg, stand die Fabrik.«

»Dr. Henry Malice«, unterbrach ihn die Gute, »regrets the German division.«

Die beiden Japaner verbeugten sich wieder.

»Yes«, brüllte der Stier, »the German division is bullshit! Abgelehnt! Und überhaupt, was die Berliner als große Nummer verkaufen, haben wir im Fräcktal schon anno 38 hinbekommen. Unser Dorf ist in zwei Hälften geteilt: drüben der Friedhof, hüben mein Werk …« Auf einmal verlor er seine Haltung, riss sich den Kragen auf, taumelte zur Balustrade. »Ich mache mir keine Illusionen mehr«, stieß er hervor, »ich weiß jetzt, was die Teilung von Dörfern, von Städten bedeutet. Wir haben gemeint, wir könnten den Tod, den großen Unsichtbaren, negieren. Was für ein Irrtum! Er ist schlauer als wir. Er schafft sich seine Denkmäler. Er teilt Dörfer und Städte, um uns zu sagen: Es gibt ein Hüben und ein Drüben. Es gibt diese und die andere Welt. Die deutsche Grenze, geschätzte japanische Freunde …«, plötzlich verstummte er und starrte wie gebannt auf meine Narbe.

»Herr Dr. Übel«, erklärte ich, »hat die deutsche Grenze zum Schweizer Fräcktal in Bezug gesetzt. Er erkennt in ihr die Narbe im Antlitz einer todesvergessenen Welt.«

Von unten brüllte der SS-Scharführer, wir sollten endlich kommen, »dalli dalli, verdammte Touri-Bande dort oben!«, dann rannte er zum Bus und hangelte sich aufs Trittbrett, als würde er wieder als letzter aus dem Kessel von Stalingrad hinausgefahren. Winkend flatterte der lose Ärmel, und über die von Reifenspuren zerfurchte Platzbrache schaukelte der fröhlich singende Gummikongress davon. Wir blieben mit dem Stier auf der Plattform zurück.

Direkt unter ihm verlief die vordere Mauer, dahinter der sandige Todesstreifen, gespickt mit Panzersperren und Stacheldrahtrollen, alles in kalkweißes Licht getaucht, auch die zweite Mauer mit ihren trostlosen Betonplatten. Aber die Oststadt lag im Dunkel – als würden sie ihren gesamten Strom für die Grenze verbrauchen. Die Fenster in den Fassaden zugemauert, die Schornsteine abgetragen, die Traufen demontiert. Gewölk sauste über uns hinweg, vom Widerschein der Industriekombinate in ein giftiges Rotgelb verfärbt, ein deutscher Himmel im Tiefflug, und schon um diese Zeit, am späten Nachmittag, hatte der Eiserne Vorhang etwas Nächtliches. Auf dem Dach eines Wachtturms brannte ein Scheinwerfer. In der vieleckigen Beobachtungskanzel war eine Scheibe hochgeklappt, darin ein Schatten, ein Grenzsoldat, vor dem Gesicht etwas Blitzendes, wahrscheinlich ein Fernglas – der Volksarmist fragte sich wohl, was uns auf dem zugigen Ausguck festhielt, und zugegeben, das hätte ich auch gern gewusst. Ich war in Gedanken noch immer bei der Rede meines Vaters – als hätte er sie für mich gehalten. Es ließ sich nicht übersehen: Beide hatten wir uns verwandelt. Aus mir war ein Mann, aus ihm ein sterbender Stier geworden. Gut möglich, dass sein Untergang mit dem harmlosen Sturz in seinem Büro begonnen hatte. Nichts war passiert, aber: es *war*, dieses Nichts. Und es blieb an ihm kleben.

»Hört ihr?«, rief er auf einmal, »hört ihr, wie es knattert?«

Eine Grenzpatrouille war's, ein olivgrüner Kübelwagen mit rotem Sowjetstern, der über eine schmale Piste aus Betonplatten durch den Sperrgürtel tuckerte.

Ich trat an seine Seite. »Sir«, sagte ich, »das ist ein ausgeleierter Keilriemen! Versprödetes Gummimaterial!«

»Gute Ohren, junger Mann. Bin derselben Meinung. Wer sind Sie?«

»Vater, ich bin dein Sohn.«

Der Senior lauschte wieder auf das sich entfernende Tuckern, als habe er mich nicht gehört, und murmelte dann, dass da drüben ein riesiger Markt auf ihn warte.

»Als Lieferant von Keilriemen?«, fragte ich.

»Unter anderem. Wenn sie nicht einmal genug Gummi für ihre Militärfahrzeuge haben, sind sie in einer desolaten Lage.«

Nun, da war ich im Besitz einer besseren Idee, einer Jahrhundertidee, und wenn der Alte die Chance witterte, auf einen Schlag sämtliche Erika-Kinderwagen loszuwerden, ging er bestimmt darauf ein. Ob ich es wagen durfte, die Aktion an dieser symbolträchtigen Stelle zu lancieren? Die wichtigste Stimme hatte ich ja bereits gewonnen; in ihrer Verliebtheit würde mich die Gute begeistert unterstützen. *Nicht mit sich selber diskutieren*, ermahnte ich mich, *mit sich selber diskutieren macht schwach, zupacken handeln!*, aber in diesem Augenblick näherte sich ein hoher schleifender Ton und verhinderte, dass ich mit meinem Plan herausrückte und den Stier so davon überzeugte, dass ich Fleisch von seinem Fleisch war, Blut von seinem Blut, nicht sein misslungenstes Produkt, sondern ein Unternehmer wie er.

Der Sandstreifen sei vermint, erläuterte der Versandleiter, für Menschen lebensgefährlich, nicht jedoch für gewisse Tiere – Dachse und Hasen würden hier, mitten in der Großstadt, einen mehr oder weniger geschützten Lebensraum vorfinden. Tatsächlich, ein Feldhase hoppelte übers Gelände, vom Lichtteich eines Suchscheinwerfers verfolgt, der Ton wurde laut und lauter, ein gellendes Sirren – ein Schäferhund war an einen langen, quer durch den Todesstreifen gespannten Draht geleint und hetzte hinter dem Hasen her. Gleich würde die Geifer verspritzende Schnauze zuschnappen, doch nein, im letzten Moment schlug der Hase einen Haken – und der Hund schoss an seiner Drahtleitung geradeaus ins Leere. Nun ruhte der Lichtteich. Im kalkweißen Oval lag dampfend der Hund. Der Hase war ihm entkommen. Mir gegenüber stand der Stier.

»Junger Mann, ich möchte jetzt wissen, wer Sie sind.«

»Dein Sohn, Sir.«

»Mein Sohn ist tot.«

Ostzonaler Grenzkontrollpunkt, Arrestzelle, 23 Uhr. Vor dem vergitterten Fenster huschten Schatten durch das Flutlicht, alle in dieselbe Richtung, zurück in den Westen. Demnächst würden beide Seiten die Sektorengrenze dichtmachen. Der Übergang wurde bereits mit spanischen Reitern und doppelten Stacheldrahtrollen abgesperrt – für die letzten Rückkehrer war vermutlich nur noch ein schmaler Durchgang offen, die Autokolonne hatte sich aufgelöst, mein Tagesvisum lief ab.

Da ging die Tür auf.

Die rechte Hand des Mannes hielt meinen Pass. Blick aufs Foto, dann auf mich, wieder aufs Foto.

»Übel Heinrich junior?«

»Jawohl.«

»Geburtsdatum?«

»21. Dezember 1950.«

»Kress«, stellte er sich vor. »Parteisekretär VEB Funkwerke Berlin-Köpenick.« Er beugte sich zu meinem Ohr und flüsterte: »Wollten Sie in Köpenick nicht jemanden treffen, Herr Doktor Übel? Folgen Sie mir!«

Ich war jetzt hinter der Dornenhecke: im Innern von Dornröschens grauem Schloss.

Kress führte mich durch den dunklen Sperrkreis in eine düstere Straße hinein.

Eigenartigerweise benahm er sich wie ein Verfolgter, warf Seitenblicke in die Hauseingänge, sprach mit Flüsterstimme, wich einem Passanten aus, und bald hatte auch ich den Eindruck, die Rachen der Haustore würden uns mit Haut und Haar verschlingen wollen. In einer Seitenstraße hüllte sich ein kleines Auto bei laufendem Motor, aber stehend, in seine Abgase. Als wir näherkamen, erkannte ich die Ladung, die mit Gummiriemen auf das Autodach geschnallt war: den Ohrensessel. Er lag auf dem Rücken, streckte die vier Füße nach vorn, die Seitenlehne war aufgeklappt, und am Hörer des Telefoniesystems hing Oberst Kupferschmidt, auf Sizilien Leiter der Delegation für ökonomische Sondermaßnahmen.

»Nein, Dörte«, rief der Oberst in die neblige Nacht hinaus, »rein dienstlich! Sondereinsatz! Schätze, in gut einer Stunde ... wenn wir den Sizilianer im Gästehaus abgeliefert haben ... Die Genossen lassen grüßen. Ende.«

Der Hörer wurde in der Armlehne verstaut. Der Oberst musterte mich. Handschlag. Einsteigen.

»Lieber Herr Doktor Übel«, bemerkte Kupferschmidt, als wir uns in der winzigen Kabine mit geduckten Köpfen unterzubringen versuchten, »saubere Arbeit. Glückwunsch. Sie haben den einzig noch möglichen Weg gewählt, um mit uns in Kontakt zu treten.«

»Entschuldigen Sie, Genosse Oberst, ich habe keine Ahnung, wovon Sie reden.«

»Vom Bürgerkrieg! Von der Konterrevolution! Wir stecken bis zum Hals in der Scheiße ... Peschke, Tube durch!«

Der Wagen tuckerte los.

»Genosse Oberst«, versuchte ich meine Mission zu erklären, »ich bin zu Ihnen gekommen, weil ich zwischen dem VEB Funkwerke Berlin-Köpenick und den Heinrich-Übel-Werken, Fräcktal, Schweiz, eine internationale Geschäftsverbindung anbahnen möchte.«

Ein bitteres Lachen: »Erstens, lieber Doktor Übel, befinden Sie sich seit 23 Uhr illegal auf dem Territorium der DDR. Zweitens könnten schon in wenigen Stunden auch Kress, ich und der Genosse Peschke illegal sein. Uns allen, der gesamten Partei und sämtlichen Staatorganen, droht die Entmachtung. Aber keine Bange, Doktor Übel. Mit uns können Sie offen reden … Wir wissen Bescheid.«

Auf der Hutablage klebte ein Plastehund – »unser Trabi-Dackel«, wie mir Kress zuflüsterte. Der Trabi-Dackel schüttelte unentwegt den Kopf, als könne er einfach nicht begreifen, dass die Allee, die im Rückfenster immer länger wurde, trotz leuchtender Kandelaber vollkommen leer war. Kein anderer Wagen, kein Passant, nur hie und da ein Militärposten, an dem wir salutierend vorüberglitten. Es ging ostwärts, tief und immer tiefer hinein in einen Albtraum, den ich selber in Gang gesetzt hatte.

Ich fasste mir ein Herz und fragte: »Genosse Oberst, worüber wissen Sie Bescheid?«

»Nachdem wir erfahren haben«, antwortete der Oberst, »dass Sie in Westberlin am Gummikongress teilnehmen, haben wir Sie erwartet, lieber Doktor. Sie kommen verdammt spät. Unsere Friedensrepublik ist dem Untergang geweiht, aber was hätten wir tun sollen – sämtliche Pastoren und Jesus-Sandalen verhaften und ins Umerziehungslager stecken?«

Wie der Trabi-Dackel in meinem Nacken konnte ich nur

noch den Kopf schütteln. War ich einem Paranoiker in die Fänge geraten? Wurde ich gerade entführt? Bevor ich dazu kam, die Genossen zu bitten, mir klipp und klar zu sagen, was sie mit mir vorhatten, rumpelte der Trabi durch ein Schlagloch, die Sitze ächzten, wir hopsten, und über uns dingelte und klingelte der Ohrensessel.

»Peschke, rechts ran!«, befahl der Oberst.

Die Bremsen quietschten. Wir alle, die Köpfe einziehend, starrten zur Frontscheibe hoch, über der zwei nach vorn gerutschte Holzfüße bedrohlich kippelten, um dann doch hängen zu bleiben – die Gummizüge hatten gehalten.

Der Oberst schnellte aus dem Wagen und brüllte: »Nein, Dörte, die Genossin Montag ist nicht dabei, nur der Sizilianer! Praktisch taub. Keine Hörhilfen. Wenigstens kann er ein bisschen Deutsch … Bis gleich, mein Schatz. Die Genossen lassen grüßen. Ende.«

Wieder im Trabi, der stotternd, stöhnend, tuckernd anfuhr, meinte der Oberst: »Wir rechnen damit, dass die Konterrevolutionäre in den nächsten Stunden losschlagen. Hoffen wir, dass es Ihnen gelingt, die beiden Mädchen noch vor dem Untergang in den Westen zu schaffen.«

Wie bitte? Was hatte er gesagt? Ich sollte Mädchen in den Westen bringen? Mein Koordinatensystem löste sich mehr und mehr auf, und ich fragte mich bang, in was für eine Panne ich gerade hineingekarrt wurde.

Der Oberst wandte sich nach hinten: »Hat Ihnen Kress gesagt, dass er Paulas Vater ist?«

»Verzeihen Sie, Genosse Oberst, wer ist Paula?«

»Die Tochter der Montag.«

Es wurde immer verrückter. Die Schlaglöcher nahmen

zu. Wir hopsten, als würden wir zu viert ein wildes Pferd reiten.

»Mo Montag«, rief Kupferschmidt, den es gerade wieder hochwarf, »war das für die Werbung zuständige Mitglied der Delegation für ökonomische Sondermaßnahmen. Sie sind sich auf Sizilien begegnet. Die Montag hielt damals große Stücke auf Sie. Ein echter Sizilianer, hat sie gemeint.«

»Auch über Ihr Schreiben hat Sie sich gefreut«, ergänzte Kress.

»Sie sind uns seinerzeit bis Algier nachgereist«, fuhr der Oberst fort, in den Rückspiegel grinsend. »Zu einer Begegnung hat's nicht mehr gereicht, Ihr Verhalten jedoch war deutlich genug.«

»Wollen Sie damit andeuten, dass …?«

»Nicht andeuten. Beim preußischen Militär spricht man Klartext. Auf Sizilien haben Sie gegen den Kellner den Kürzeren gezogen.«

»Ist das wahr?«

»Natürlich. Doch waren wir sicher, dass einer wie Sie nicht aufgibt. Sohn eines Unternehmers, von Jugend auf gewöhnt, dass seine Wünsche erfüllt werden. So einer, haben wir uns gesagt, bleibt dran. Dann ist Ihr Brief eingetroffen. Damit war klar, dass wir Sie richtig eingeschätzt haben. Sie sind bis über beide Ohren verknallt.«

»Der Brief war nicht für Sie bestimmt, Genosse Oberst.«

»Stimmt, adressiert war er an den Genossen Parteisekretär Kress.«

»Mit der Bitte um Weiterleitung«, protestierte ich.

»Ist gestern erfolgt«, meldete Kress, »die Adressatin hat sich gefreut.«

Auf dem Trabidach schrillte wieder das Telefon.

»Jetzt reicht's«, rief Kupferschmidt, »jetzt kann die Dörte was erleben!«

Zum ersten Mal kam mir der Verdacht, das mobile System könnte nicht gar so segensreich sein, wie ich es mir in meinen Unternehmerträumen ausgemalt hatte.

»Nein, Dörte«, brüllte der aus dem Wagen geschnellte Oberst in den Hörer. »So weit gehen die nicht! Sind schließlich Pfaffen. Du wirst mit ein paar Jahren Lagerhaft wegkommen ... Nicht Sibirien ... Hohenschönhausen, vermute ich ... angenehme Zellen, gute Küche, aber hör jetzt endlich auf, mich dauernd anzurufen! Das macht die Lage nicht besser! ... In gut einer Stunde ... Was? Natürlich bist du mein Zuckerpüppchen. Offiziers-Ehrenwort! Die Genossen lassen grüßen. Ende.«

»Meine Herren«, sagte ich und lehnte mich zurück, »ich denke, Sie haben den richtigen Mann ausgewählt. Ich werde alles nur Mögliche unternehmen, um die Genossin Montag und ihre Tochter Paula in den Westen zu bringen ... sofern das tatsächlich nötig sein sollte ...« Ich räusperte mich: »Angreifende Pastoren kann ich nämlich nicht sehen. Sind Sie sicher, dass der erste Friedensstaat auf deutschem Boden in Auflösung begriffen ist?«

Die Eingangshalle des Gästehauses Wachregiment Feliks Dzierszynski hätte eher zu einer Kaserne gepasst. Der Wachhabende hinter einem Pult, darauf eine gummierte Unterlage, eine Tischlampe, ein Telefonapparat – die gleiche Ausstattung wie in der Baracke am Grenzkontrollpunkt. An den Wänden behördliche Mitteilungen: Winterdienst,

Wachablösung, Telefonnummern diverser Behörden sowie Maßnahmen im Angriffsfall der Nato-Truppen. Der Oberst fragte den Wachhabenden, ob sie ein Paar Würstchen für mich hätten, doch gab es hier nicht einmal Wasser – im ganzen Gästehaus stank es nach Fäkalien und scharfer Desinfektion. Als ich auf eine plastebezogene Wandbank sinken wollte, zog mich der Oberst weg und machte mit Gesten klar, dass überall Wanzen steckten: in den Wänden, in den Ecken, in den Nischen, aber auch in den Blumenkübeln, die grünliche Büschel enthielten. Wir setzten uns in die Mitte der Halle an einen Campingtisch, und zugegeben, ein bisschen amüsiert hat es mich schon: Der Oberst und Kress gingen davon aus, dass nicht mehr die Stasi ihre Horchposten unterhielt, sondern bereits der Geheimdienst der künftigen Macht. Der Unterdrückungsapparat hatte die Seiten gewechselt und wandte sich nun gegen die, die ihn geschaffen hatten.

Der Wachhabende stellte uns eine ganze Batterie von Flaschen hin, den Rest seines Bestands: Wodka aus der Sowjetunion, Weinbrand aus Aserbaidschan, Sekt von der Krim sowie süßen Rotwein (»Rosenthaler Kadarka«), süßen Weißwein (»Murfatlar«) und einen »gemixten Roten« namens »Stierblut«.

»Was wir nicht wegsaufen«, meinte der Oberst, »wird den Pastoren in die Hände fallen. An die Arbeit, Genossen!«

Wir begannen mit Wodka …

Was blieb mir anderes übrig? Ich trank kräftig mit. Zumindest für diese Nacht saß ich im Gästehaus des Wachregiments fest und würde mein Dornröschen nicht wachküssen können. Und das war nicht einmal das Schlimmste.

Das Schlimmste war etwas anderes. Das Schlimmste war: Oberst Kupferschmidt ließ durchblicken, dass er sich auf Sizilien ebenfalls in die Genossin Montag verliebt hatte, genau wie ich, nasdrowje! Seither würden über seiner Ehe dunkle Wolken hängen, gestand er treuherzig, und leider verstehe es seine Dörte vorzüglich, das mobile Telefoniesystem für ihre Zwecke zu nutzen.

»Genossen«, entrüstete sich der Oberst, »ich kann kaum noch einen Schritt machen, ohne dass es klingelt!«

Bei der zweiten Flasche begann der Oberst zu jammern, dass er im Alter von fünfzig Jahren plötzlich am Abgrund stehe, bei der dritten beschwor er mit leuchtenden Augen die »friedliebende Sowjetunion«, vergoss ein paar Tränen und schüttelte immer wieder die Faust gegen einen Feind, den er den »Großen Desorganisator« nannte. »Das soll man mir mal erklären«, schimpfte Kupferschmidt, »wieso der wissenschaftlich bewiesene Weltgeist den historischen Irrtum zulässt, dass der Große Desorganisator die erste Friedensrepublik auf deutschem Boden den Pastoren ausliefert, nasdrowje!«

Nasdrowje. Mir rief das russische Feuerwasser meine Unfallnacht in Erinnerung. Ich war nüchtern mit dem Brückengeländer kollidiert – und hatte mich danach mit Wodka abgefüllt. Danach! So etwas fiel nur Heinrich Übel junior ein – oder dem Großen Desorganisator. Cala und Marder hatten wohl meine Fahne gerochen und könnten mich aus diesem Grund über die Grenze gebracht und irgendwo auf Sizilien, in Palombis Heimat, versteckt haben. Aber. Aber! Aber warum lebte ich seit dem Crash ein anderes Leben als davor? Was hatte diese Wandlung bewirkt?

Hoppla! Wie seinerzeit am Brückengeländer war mir plötzlich die Flasche aus der Hand geschlüpft, doch diesmal war da unten kein vereister Stausee, sondern ein Linoleumboden, worin sich ein kleiner Gulli befand. Hm. Interessant. Ich zog den Deckel aus der Fassung, und tatsächlich, an seiner Unterseite haftete eine winzige Mikroscheibe, eine Wanze. Ich riss sie ab und taumelte zum Schreibtisch, wo ich den Wachhabenden um ein Bett anflehte. Er versicherte mir, in einem der Schlafsäle sei ein Platz für mich reserviert: im Bett eines Genossen aus Jugoslawien. Ich bat ihn höflich, mir ein Bett »mit ohne Jugoslawen« zu geben, doch da war nichts zu wollen – infolge irgendwelcher Jubiläumsfeierlichkeiten war die gesamte Hauptstadt der DDR ausgebucht. Der Wachhabende führte mich an den Campingtisch zurück, wo er Weinbrand in vier Wassergläser goss. Ich ergab mich in mein Schicksal, kippte ein ganzes Glas in den Rachen, sah an der Decke die Neonröhren wie Raketen herumfahren und erwiderte die Toasts der Genossen: »Auf die internationale Solidarität! Auf die Völkerfreundschaft! Auf eine glorreiche Wiederkehr des Sozialismus!«

»Ein offiziersmäßiges!«, brüllte Kupferschmidt aufspringend.

Und wir, die Gläser hebend: »Zicke zacke zicke zacke hoi hoi hoi!«

»Ex!«

»Nachladen!«

»Vor allem dürft ihr niemals schweigen«, flüsterte der Oberst. »Wer schweigt, hat geheime Gedanken. Deshalb rate ich euch: Lest ihre Zeitungen. Äußert euch im Sinn ihrer Leitartikler. Ihr werdet sehen, alle schreiben das Gleiche, Intelligenz erfordert das Nachplappern nicht. Aber redet, Genossen, macht das Maul auf, seid nicht stumm!«

»Und ja niemanden grüßen«, riet der Parteisekretär Kress, ebenfalls flüsternd. »Im Funkwerk habe ich stets beobachtet, wie sie einander grüßten. Grüßte die X den Y, aber nicht den Z, konnte ich daraus meine Schlüsse ziehen – die Netze haben sich sofort gezeigt. Mich werden sie an die Wand stellen, ich mach mir da keine Illusionen.«

»Ich hau ab«, sagte der Wachhabende. »Eines Tages rollt der Weltgeist wieder für uns.«

»Nein«, rief der Oberst, »abhauen darfst du nicht! Damit würdest du dich sofort verdächtig machen. Deine einzige Chance besteht darin, dich so zu verhalten, als würdest du von der Säuberung nichts mitbekommen. Wenn du dich absonderst, zeigst du den Pastoren, dass du zu uns gehörst – auf den Lastwagen und ab ins Lager!«

»Meinen Leuten in den Funkwerken«, erzählte der Parteisekretär, »hab ich empfohlen, die Bücherregale zu säubern, vor allem die Klassiker, Marx Engels Lenin. Die Montag hat geheult wie ein Schlosshund.«

»Sagen Sie bloß, sie hat die Klassiker in den Ofen gesteckt?«, entrüstete sich der Oberst. »Was seid ihr doch für Anfänger! In einer Zeit des Umsturzes darf man überhaupt nichts verbrennen, nicht mal einen Notizzettel. Wenn du jetzt irgendwo ein Feuer machst, und sei es in deinem Kohleofen, wird das von der Vorsitzenden des Hauskollektivs sofort der Partei ... ich meine natürlich den Pastoren gemeldet. Tja, dann ist sie dran, die Montag. Die werden behaupten, sie habe Dokumente beseitigt.«

»Hat sie aber nicht«, meinte Kress kleinlaut.

»Hat sie nicht! Soll sie erst mal beweisen, dass sie nicht hat! Wer Dokumente beseitigt, wird automatisch der Spionage verdächtigt, nasdrowje!«

»Genosse Oberst, Telefon!«, meldete Peschke, und der Oberst, als habe er sich in seine alte Machtfülle hineingeredet, empfahl sich mit einem Zusammenschlagen der Hacken, die flache Rechte am Mützenrand.

»Bitte mich zu entschuldigen – die Gemahlin!«

»Lieber Doktor Übel«, lallte der Parteisekretär, »etwas Dümmeres als das mobile Telefoniesystem haben unsere Forscher und Entwickler nie hervorgebracht. Eine typische Endzeit-Idee! Jeder Genosse mit seiner Genossin verbunden, jeder Werktätige mit der Zentrale, jeder Parteisekretär mit dem ZK! Auf die Dauer hält das kein Schwein aus.«

»Genosse Parteisekretär, ich würde Ihnen zu einem etwas moderneren Design raten. Nichts gegen einen gemütlichen Ohrensessel, aber das Gehäuse müsste handlicher sein, finde ich. Handlicher und mobiler.«

»Denken Sie an einen Rollstuhl?«

»Nein, an unser Kinderwagenmodell Erika. Eiförmig, mit halbbedeckten weißen Gummireifen, gummierter Schiebeleiste und ausfaltbarem Dach, einseitig chloriniert, garantiert wasserabweisend.«

»Mann, vergessen Sie Ihre Erikas! Das geht schon gar nicht. Nie und nimmer.«

»Warum nicht?«

»Glauben Sie im Ernst, das gesamte ZK schiebt einen Kinderwagen vor sich her? Das wäre ganz im Sinn des Großen Desorganisators! Dem ist alles recht, was uns lächerlich macht. Deshalb soll doch die Jugendbahn gefeiert werden!«

»Was für eine Jugendbahn?«

»Die jugoslawische! Nie von ihr gehört?«

Ich schüttelte den Kopf.

»Kommunistische Jugendbrigaden aus aller Welt haben die Bahnstrecke nach dem Zweiten Weltkrieg gebaut«, erklärte Kress verzweifelt, »irgendwo in den Bergen Bosniens.«

»Seit wann liegt Bosnien in der DDR?«

»Das ist ja der Punkt, Herr Doktor Übel! Bosnien liegt in Jugoslawien, aber wir sollen für die die Jubiläumsfeier ausrichten. Ich brauche Ihnen wohl nicht zu sagen, wer diesen feinen Plan ausgeheckt hat. Lass die ostdeutschen Kommunisten vor der Weltöffentlichkeit lächerlich werden, hat sich der Große Desorganisator gesagt, dann gehen sie von selber unter. So ist es allen großen Reichen ergangen. Zu guter Letzt wurden sie weggelacht.«

Der Oberst, im knallenden Stechschritt vom Sesseltelefonat zurückgekehrt, baute sich vor einem betonierten Blumenkübel auf, worin er eine Wanze wähnte, und brüllte: »Wir haben unser Bestes gegeben. Wir haben die Zukunft geschaffen, und eins kann ich euch sagen, euch Mietlingen und Agenten des Großen Desorganisators, eines Tages wird man auf unsere Zukunft zurückgreifen ... Dörte wieder?«

»Jawohl, Genosse Oberst!«, meldete ein verschneiter Genosse Peschke im Eingang.

»Ex.«

»Ex.«

Plumps! Hatte mich erhoben, wurde vom Schwindel ergriffen, fiel auf den Stuhl zurück. »Ich sollte mal«, sagte ich dumpf.

Der Wachhabende, der sich tapfer abmühte, eine Flasche Rosenthaler Kadarka zu öffnen, setzte zu einer längeren Erklärung an, weshalb die Benutzung der Toilette mit gewissen Schwierigkeiten verbunden sei, und irgendwie begriff ich: Auch die Toilettenverstopfung hatte mit den Jubiläumsfeierlichkeiten für die jugoslawische Jugendbahn zu tun. Die ehemaligen Brigadisten hatten durch die Doppel- und Dreifachbelegung von Pensions- und Hotelbetten die Kanalisation lahmgelegt.

»Alle Pötte voll«, sagte der Wachhabende, »wenn du geschissen hast, greifst du zum Pömpel!«

»Pömpel, Genosse Wachthabender?«

»Ein Holzstiel mit Gummiglocke. Damit stopfst du deine Scheiße ins Abflussrohr. Dann weißes Pulver drüber, Sonderlieferung aus Leuna. Mir soll keiner nachsagen, ich hätte mein Gästehaus nicht besenrein übergeben.« Er warf einen flüchtigen Blick nach draußen, wo der Oberst an der Nabelschnur des Ohrensessel-Telefons auf und ab tanzte, und flüsterte: »Ich war stets einer von euch. Gegen den Sozialismus! Gegen die Zukunft! Wenn du in deiner Fabrik einen Job für mich hast, wäre das eine feine Sache. Pömpel rechts vom Klo! Pulver nicht vergessen!«

Die Toiletten befanden sich im Untergeschoss, der Gestank wurde schon im Flur unerträglich, und ich konnte nicht verhindern, dass er mich … an Maureen erinnerte. Du lieber Himmel, dachte ich entsetzt, inzwischen könnte ihr Verwesungsgeruch ins Treppenhaus gedrungen sein und Alarm ausgelöst haben … oder war sie nur bewusstlos gewesen?

Kotzen, pömpeln, Pulver aus Leuna drüber, verflucht

scharfes Zeug, erneutes Würgen, tränende Augen. Drehte verzweifelt am Wasserhahn, doch im Gestänge antwortete nur ein Klopfen, ein Stottern – als würde pures Nichts herausgepustet. Da hatte ich mich aufgemacht, um in Dornröschens Schloss einzudringen, und was geschah? Die Hecke wurde immer dichter, immer gefährlicher. Den beiden Verrückten, die mich ins Turmgemach führen wollten, ging es wohl weniger um die Rettung der Genossin Montag, vielmehr – wie dem Wachhabenden – um die eigene Person. Sie sahen in mir die Chance, im Kapitalismus zu überleben. Ich sollte erst meine Liebste und ihre Tochter in Sicherheit bringen und dann Kress und Kupferschmidt zu einer neuen Existenz verhelfen. Aber nun war aus der verstopften Toilette des Gästehauses ein Gespenst aufgestiegen: Maureen! Sollten sie in Zürich am Hals ihrer Leiche die rötlichen Abdrücke meiner Daumen entdeckt haben, hatten sie mich vermutlich international zur Fahndung ausgeschrieben – und meine Verhaftung wäre nur noch eine Frage der Zeit. In einem Spiegel glotzte mich schon das Fahndungsbild an. Wachsbleich, rötlicher Narbenstrich – jeder Zöllner, jeder Polizist, jeder Passant würde mich auf Anhieb identifizieren können.

Als ich in die Eingangshalle zurückkehrte, war der Wachhabende verschwunden und Kress, der Parteisekretär im schwarzen Ledermantel, auf ein Bündel von Geräuschen reduziert – als säße da ein altes, leerstehendes Haus, worin Türen knarrten, Wind jammerte, ein Gespenst umging. Kupferschmidt telefonierte wieder, und der Genosse Peschke, der seit Stunden in eisiger Nacht auf Posto stand, glich einem der Kämpfer in der Endschlacht um Stalingrad.

Schwankend stand vor mir der Genosse Oberst. An ihm tauten Schneeflocken. »Ihr Treffen mit der Montag ist auf morgen Nachmittag terminiert. Auf dem Alex. Alexanderplatz! Dort geht das Kulturprogramm zum Jubiläum der Jugendbahn über die Bühne.«

»Wird sie tanzen?«

»Jawoll! Große Eröffnungsnummer. Die Montag als Dampflok!«

»Genossen, ihr könnt auf mich zählen!«

Samstag. Frühstück im Gästehaus Wachregiment Feliks Dzierzynski. Wodka Weinbrand Krimsekt (infolge Wassermangel). Anschließend in Bussen (wie beim Gummikongress) Fahrt in die Innenstadt: die Jugoslawen und ich. An Bord eine gehobene Stimmung (infolge Alkohol). Kein Wind mehr, kein Schnee, ein gelblichbrauner Dunst, der Sonnenball ungesund und fahl. Einer am Mikro erklärte, zum Kulturprogramm werde ein Abgesandter aus Moskau erwartet, der Genosse Roshdestwenski, worauf wir alle in ein rhythmisches Klatschen verfielen. Einmal überholten wir ein Trüpplein von Jesushaarigen mit Transparenten, und vor einer Backsteinkirche brannte ein Feuer, um das ein Pastor und seine Getreuen einen Kreis bildeten, einander an den Händen haltend wie Kinder beim Reigentanz. Unsere Fröhlichkeit verflog. Nirgendwo Passanten, kaum Verkehr, auch tagsüber war es hier wie in der Nacht. Das Straßenbild ein Stahlstich, farbig nur die roten Parolenbänder, alles andere Grau in Grau. Fuhr unsere Kolonne im Kreis? Nicht gerade im Kreis, doch umfuhren wir in größeren Bögen die Kirchen.

Palast der Republik, 11 Uhr 15. Offizieller Empfang durch den zuständigen Minister. FDJ-Mädels trugen die gleiche Uniform wie meine Aktivistin auf der Düne am Afrikanischen Meer: blaues Käppi, blaue Bluse, roter Gürtel, weißer Plisseerock, weiße Plastestiefel. Die Glühfäden, die seit dem Erwachen durch mein Blickfeld zuckten, wurden seltener und erloschen dann ganz. Von der Nacht an der Seite des jugoslawischen Jugendbahn-Veteranen waren nur noch Fetzen übrig, wirre Bilder eines Traums, worin Maureens Leiche mitspielte, die sich durch das Schlüsselloch ihrer Wohnung in den Hausflur zwängte. Die Gefahr war allerdings real. Sofern die Genossen tatsächlich von mir erwarteten, dass ich Mo Montag und ihre Tochter Paula in den Westen brachte, könnte die Grenzpassage zur Falle werden. Die Ypsi-Feuz, öffentlichkeitsgeil wie sie war, würde alle Hebel in Bewegung setzen, um den Mörder ihrer Assistentin vor die Kameras der Welt zu zerren … oder war ich jetzt ebenfalls paranoid, wie die Genossen?

Der Minister beschwor in seinen Begrüßungsworten die »Hydra des Kapitalismus«, »das Rad der Geschichte«, »die Leistung der internationalen Jugendbrigaden«, »die sozialistische Zukunft« – mit anderen Worten: Es schien die Republik noch zu geben, der befürchtete Angriff der Pastoren war fürs erste ausgeblieben.

Am auffälligsten benahmen sich die aus der ganzen Welt angereisten Künstler, die gleich nach dem Ministerempfang das »sozialistische Kulturprogramm« bestreiten würden: Trommler aus Afrika, Panflötisten aus Chile, ein Operntenor aus Italien. Auch Traxel & Moff entdeckte ich im Gedränge eines hektischen Sich-Begrüßens, Um-den-

Hals-Fallens und Weißt-du-noch-damals-Rufens: mein unglaublicher Erfolg in Fiesole, mein grandioser Auftritt in Leningrad, mein Durchbruch in Prag, Tränen und Gelächter, Namen von Orten, von Toten, von Triumphen. Dann wieder Reden, von mehreren Dolmetschern übersetzt, so dass sie sich ins Endlose zogen, und ach, es war kein großer Fehler, nur ein kleiner, und doch sollte er Folgen haben: »Edel« stand auf dem Flaschenetikett des ausgeschenkten Weinbrands ... nasdrowje!

Moff brauchte bei seiner Rede keine Dolmetscher, denn er sprach in verschiedenen Zungen und genoss es, den kargen Inhalt durch die Übersetzungen aufzuplustern. Er hatte die Linke lässig in die Tasche gesteckt, hielt mit der Rechten die Pfeife und teilte viermal hintereinander mit, wie stolz er sei, dass nach dem Zweiten Weltkrieg auch aus seinem Land, der kapitalistischen Schweiz, ein aufrechtes Fähnlein junger Brigadisten in die Berge Bosniens gezogen wäre, um mit Hacken, Pickeln, Dynamit und einem unerschütterlichen Glauben an die Zukunft des Sozialismus die Jugendbahn zu errichten.

»Genosse Minister, Genossinnen, Genossen«, schloss Moff seine Rede ab, »wir schätzen uns glücklich, dass der Abgesandte aus Moskau, unser aller Freund Roshdestwenski, das Jubiläum mit seiner persönlichen Anwesenheit zu einem historischen Ereignis erheben wird, und dafür gebührt dir, lieber Genosse Rosh, der tiefe Dank von uns allen.«

Langanhaltendes rhythmisches Klatschen, insgesamt viermal, wobei Moff den Applaus nach jeder Sprachversion an den tumb dahockenden, abwesend wirkenden, vermutlich mit Beruhigungsmitteln vollgepumpten Minister weitergab.

Obwohl nur beschworen und noch gar nicht angekommen, löste der Abgesandte aus Moskau Begeisterung aus, und sollte einer (ich) von dieser Weltpersönlichkeit noch nichts gehört haben, wurde er rasch eines besseren belehrt: Vorsitzender der Auslandskommission im sowjetischen Allunionsverband! Entdecker des Liedermachers Wyssozki! Leitartikler im »Wassertransport«! Wesentlicher Lyriker!

Nach dem fünften Glas war ich wieder breit.

»Dich«, sagte der Dichter Traxel, »kenne ich.«

»Aus Zürich, nehme ich an. Wir könnten uns bei Ellen begegnet sein.«

»Italiener?«

»Sizilianer. Wäre mir angenehm, du würdest mich Dutturi nennen.«

»Komm, trinken wir noch einen, Dutturi. Ich bin der Traxel, ein berühmter Volksdichter, und schon sehr viel länger mit dem Roshdestwenski befreundet als der Moff. Ich und der Rosh haben schon Lyrik über die sozialistische Zukunft fabriziert, da hat der Moff noch bis zum Hals in seiner bourgeoisen Sonett-Phase gesteckt.«

»Darf ich dich etwas fragen, Genosse Traxel?«

»Bist Germanist? Willst über mich schreiben?«

»Darüber reden wir noch. Was mich interessiert ...«

»Zufällig hab ich meine neuen Volkslieder dabei, eben erschienen. Aus dem Volk, für das Volk! Bemerkenswert, hat die Kritik gesagt, be-mer-kens-wert!« Er winkte eine FDJlerin herbei, pflückte zwei Gläser vom Tablett, drückte mir eins in die Hand. »So jung kommen wir nicht mehr zusammen, hoch die Tassen!«

Wodka. Wieder Wodka. Wie auf der Brücke und wie vor einigen Stunden im schauerlichen Gästehaus. Er brannte, als hätte ich eine Flamme geschluckt, aber wenigstens konnte ich nun das Thema ansprechen, das mich seit gestern Nacht im Würgegriff hatte.

»Genosse Traxel«, fragte ich vorsichtig, »ist dir eine gewisse Maureen bekannt, die Assistentin der Ypsi-Feuz?«

»Meinst du die mit dem Fuß?«

»Ja. Eine gebürtige Amerikanerin. Aus Frisco.«

»Stimmt«, rief Traxel. »Maureen. War früher mal mit dem schrecklichen Schauspieler Quassi zusammen.«

»Dann mit dem jungen Übel.«

»So? Davon weiß ich nichts.«

»Aber ich. Wie geht es ihr? Ist sie immer noch Ellens rechte Hand?«

»Ich glaube ja«, meinte Traxel und entnahm seiner speckigen, mit Manuskripten und Flachmännern gefüllten Tasche eine Art Telefonapparat, mit einer gummierten Antenne, die etwa so lang und dick war wie ein Zeigefinger. »Am besten rufen wir in Zürich an. Da kannst du sie gleich selber fragen.«

»Wie ... was ...«

»Na, diese Maureen«, versetzte Traxel, und begann, auf die beleuchteten Ziffern einzutippen. »Da staunst du, gell? Eine asiatische Firma hat das Ding auf dem Weltkongress für Poesie in Toronto verteilt.« Er hielt es eine Weile ans Ohr. »Kein Anschluss. Liegt vermutlich am Osten.«

»Soll das heißen … dieses Ding da … kaum größer als eine Banane … ist ein Telefon?!«

»Ja«, erklärte Traxel. »Drahtlos.«

»Drahtlos …«

»Mit der Verbindung klappt's nicht immer, aber immer öfter.«

»Immer öfter …«

»He, Dutturi, wohin gehst? Fängt das Kulturprogramm an?«

Ich stolperte treppab, kam ins Taumeln, fing mich auf, rannte weiter. Das Gebäude schwankte, auch die Treppe – ich war breit.

Und unten. Ganz unten. Nur leider nicht in den Toiletten, sondern in einer Waschküche, und als ich den Kopf samt Hut in die Trommel einer Waschmaschine steckte, kam es mir vor, als würde ich wieder in jene Spirale eintauchen, die sich in den kreisenden Sternenfeldern über der Brücke und gestern Nacht im Abflussrohr der verstopften Gästehaustoilette offenbart hatte. Das drahtlose Telefon war bereits erfunden und in handlicher Form auf dem Markt. Mit meiner unternehmerischen Glanzidee kam ich zu spät, um Jahre zu spät, und damit war der große Traum meines Lebens, der mich seit meiner Begegnung mit der Funkwerkerin durch die Welt getragen hatte, geplatzt. Bruchlandung eines Phantasieballons. Da war ich überzeugt gewesen, mit dem Einbau des ostdeutschen Telefoniesystems in unsere überflüssigen Erikas einen Beitrag zur Ost-West-Verständigung zu leisten; da hatte ich unerschütterlich geglaubt, die Gummifabrik in die Zukunft führen und dem Senior beweisen zu können, dass ich imstande sei, seine Nachfolge anzutreten;

da hatte ich mir noch gestern Nacht im Bett des jugoslawischen Jugendbahn-Veteranen vorgestellt, wie wir unsere
Neuheit vorstellen würden: Die ostdeutsche Funkwerkerin
und ich, der Juniorchef der Fräcktaler Gummiwerke, schieben als glückliche Eltern den Kinderwagen mit dem läutenden Telefonbaby vor die Kameras der Welt … und jetzt das!
Kein Triumph, ein Absturz. Als Pannenproduzent war ich
eine Großbegabung.

Während die Wogen aus mir herausbrachen, kam es mir
vor, als würde mein Sommerhut irgendwo da unten, sehr
weit unten, in den Abgrund gesogen … Addio, addio! Mein
Hut! Mein lieber, mich behütender sizilianischer Hut! Ich
hatte ihn vollgekotzt. Ich konnte ihn nicht mehr aufsetzen.
Sollte die Fahndung nach mir angelaufen sein, würde man
mich sofort erkennen. Seht, das ist er, da geht er, der Mann
mit der Narbe!

Alexanderplatz, 15 Uhr. Am Tempelfries über der großen
Bühne flammte ein roter Stern, eine Fanfare ertönte, und
nach einem Gezerre an der Zeltplane, die den Zuschauer-
bereich umschloss, gelang es einigen Volkspolizisten, rechts
von der Bühne eine Öffnung herzustellen, durch die eine
Truppe von Jugendbahn-Veteranen mit Schaufeln und Pickeln, viele an Krücken, manche in Rollstühlen, in die
Arena einzogen. Dazu donnerte aus den in Viererbündeln
an den Masten hängenden Lautsprechersärgen Partisanen-
gesang, der immer wieder von einer Durchsage unterbrochen wurde: Die jugoslawische Delegation möge sich
unverzüglich melden. Schließlich schnappte sich einer der
Brigadisten das Mikro und teilte dem Platz mit Halleffekt

mit, die Partei weigere sich, ihm ein künstliches Hüftgelenk zu finanzieren, das sei eine verdammte Sauerei-ei-ei. Schon kletterte ein zweiter auf die Bühne, entriss dem ersten das Mikro und richtete tränenreiche Grüße an seine Verwandtschaft, insbesondere an Vetter Bohumil, heute Wurstfabrikant in Milwaukee-kee-kee. Nachdem die Technik den Ton abgeschaltet hatte, konnte der Vettern-Grüßer überwältigt werden, und der Hüftgeschädigte, fröhlich ins Publikum winkend, wurde von zwei stämmigen Rotkreuzschwestern hinter die Plane geschleift. Als die Genossen der jugoslawischen Delegation endlich um das Mikro versammelt waren, stellte sich heraus, dass es sich um Genossen aus Bulgarien handelte. Sie mussten die Bühne umgehend räumen, und wieder hallte von sämtlichen Häuserfronten um den Alexanderplatz der verzweifelte Ruf nach den Genossen Macek, Stojadinovic und Zikica-ca-ca (in den Westen abgehauen, wurde gemunkelt). Kam das TV-Team in die Nähe der Jugendbahn-Veteranen, hoben die reflexhaft die linke Faust oder versuchten, einen Pickel in die Kamera zu halten.

Plötzlich ein Pfiff, ein wehmütiges Tuten, das Rollen von Rädern, und mit schwenkenden Hüften zog eine Dampflok einen jubelnden Zug frischer Mädels und fescher Jungs auf die Bühne, alle mit Spaten und Pickeln, straff im Fahrtwind die roten Banner, rot ihre Halstücher und rot ihre Wangen, rot und gesund und durchglüht von einem Glauben, der beim Bau der Jugendbahn Berge versetzt und Tunnel gebohrt und Abgründe überwunden hatte. Auf der Felskanzel, die sie umtanzten, erhob sich denkmalsgleich der Genosse Lenin und wies mit gerecktem Kinn und ausgestrecktem

Arm, in der Hand die Mütze, auf die Endstation der Jugendbahn, leuchtend wie das himmlische Jerusalem.

Mich hielt nichts mehr auf meinem Platz, wie vom
Zauberstab berührt schwebte ich nach vorn, auf die Bühne, zur Lok, doch bevor ich sie erreichte, rutschte Lenin
von der Kanzel und stürmte auf mich zu, der Tanzgruppenleiter, »unser Matthias«, und kaum zu glauben, statt mich
mit einem Faustschlag auf die Bretter zu strecken, ergriff er
meine Hand – um sie zu schütteln! Herzlich! Ein Wiedersehen befreundeter Genossen! Schon standen wir zu dritt
an der Rampe, ich, Mo Montag als Dampflok und Lenin,
der das Mikro vom Ständer riss und aus den Lautsprechersärgen meine Titel hervordonnern ließ: »Persönlicher Abgesandter des Genossen Generalsekretär des ZK der KPdSU!
Vorsitzender der Auslandskommission im Allunionsverband! Entdecker des Volkssängers Wyssozki! Leitartikler
im »Wassertransport«! Wesentlicher Lyriker! Veteranen der
Jugendbahn, Werktätige, Kunstschaffende, Genossinnen
und Genossen, heißen wir den Genossen Roshdestwenski,
das wahre sozialistische Vorbild, im ersten Friedensstaat auf
deutschem Boden willkommen!«

Ich stand neben der Dampflok an der Rampe. Der peinlichste Moment meines Lebens war auch der glücklichste.

Mo, ich liebe dich. Und wie ich dich liebe. In der Men-
schensprache gibt es kein Wort dafür, denn die Gewissheit,
dass wir füreinander bestimmt sind, kommt aus unsagbaren
Tiefen, aus dem Jenseits der Zeit, aus pränatalen Räumen.
Du meine Anima. Ich dein Animus. Ja, unsterblich ist unsere Liebe, daran kann auch dein Kostüm nichts ändern:

die Dampflok, die mit breiten Gurten an deinen Schultern hängt. Zwar steht ihr schwarzer Dampfkessel mit den drei leuchtenden Lampen, den beiden Puffern und dem schwarz verrußten Kamin, aus dem eine Rauchfahne aus Watte quillt, als Hindernis zwischen uns. Wollte ich dich umarmen, käme ich nur seitlich an dich heran und müsste meinen Kopf erst noch durch das Fenster der Lokführerkabine strecken. Aber das macht nichts, Mo, unsere Umarmung ist bereits vollzogen, vor und hinter aller Zeit. Mein Traum hat sich erfüllt, und nie mehr wird mein Leben heiliger sein und tiefer reichen als in der Enge dieser Kulissengasse. Hilflos stehen wir den auftretenden Künstlern im Weg, und leider bin ich viel zu ungeschickt, um das störrische, aus Holz und Karton gebastelte Gehäuse von dir abzuschnallen, weshalb der italienische Tenor, dieser Koloss, dessen Wampe beinah so weit vorsteht wie der Bug deiner Lokomotive, beinahe seinen Auftritt verpasst. In nervöser Not drückt er uns in die nachgiebige Kulissenwand, dann ist er draußen, in der Scheinwerfersonne, und beginnt zärtlich zu singen – es ist die Arie, die ewig gleiche, von Liebe und Tod.

Die Arie von Liebe und Tod –

Mo, meine Anima, mein Aktivist, mein Dornröschen, warum bin ich dir nach Afrika gefolgt? Weshalb hat mich der Internationale Gummikongress in deine Nähe geführt? Was hat es zu bedeuten, dass wir uns auf der anderen Seite des Eisernen Vorhangs wiedersehen? Mo, eigentlich wollte ich nur herausfinden, was in jener Unfallnacht geschehen ist. Wie ich überlebt habe. Und wieso die Welt seither eine ganz andere ist: zugleich schrecklicher und, dank dir, schöner. Verstehst du, was der Tenor singt? Begreifst du, warum mein Herz bis zum Zerspringen klopft? Bist du, Liebste, der Schleier, der meine Wahrheit enthüllt?

Als der Tenor endete, war es still, atemlos still, und in diese Stille hinein wiederholte er die letzte Strophe, inniger als je. Wir lauschten verzückt. Ich drückte Mo mit aller Kraft an mich, presste ihren Dampfkessel wie eine Ziehharmonika zusammen, durchbrach mit der Stirn die durchsichtigen Fensterfolien des Lokführerstandes und tauchte ein in den dunklen Sternenkranz ihrer großen grauen Augen.

Irgendwann gelangten wir über einen Notausgang ins Freie. Dienstbare Vopos halfen Mo, sich der Trümmer ihrer Lokomotive zu entledigen, und in einem Wohnwagen, der neben der Bühne aufgestellt war, konnte sie sich abschminken. Sie musste ihre Tochter Paula vom Kindergarten abholen und schlug mir vor, sie ein Stück zu begleiten – so könnten wir über alles miteinander reden. Sie ging davon aus, dass ich taub war, wie schon in den Dünen, und damit ich sie trotz fehlender Hörgeräte verstehen konnte, begleitete sie ihre Worte mit überdeutlichen Gesten: »Danke! Für Brief!«

»Du musst nicht schreien, Mo, ich habe mich von meinem Autounfall erholt.«

»Du siehst nicht gerade gesund aus, Genosse.«

»Ich habe zuviel getrunken. Die frische Luft wird mir guttun.« Ich legte die Hand auf ihren Unterarm und sagte: »Entschuldige, dass ich den Brief an Kress geschickt habe. Es war die einzige Möglichkeit, dich zu erreichen. Du hattest auf Sizilien seinen Namen genannt, deinen kenne ich erst seit gestern.«

»Hat Kress dir gesagt, dass er der Vater unserer Tochter ist?«

»Der Oberst hat es mir gesagt. Wann hast du erfahren, dass ich hier bin?«

»Gestern Nachmittag. Sie haben mir mitgeteilt, dass du am Grenzkontrollpunkt nach mir gefragt hast.«

»Die Grenzbeamten sollten mir sagen, wie ich nach Köpenick hinauskomme. In diesem Zusammenhang ist dann der Name Kress gefallen.«

»Ihn hättest du besser herausgehalten.«

»Ich habe mich im Brief sehr zurückhaltend ausgedrückt. Warum er dir bis gestern vorenthalten wurde, ist mir ein Rätsel.«

»Die Partei weiß am besten, was für uns gut ist. Wir sind ihr dankbar, wenn sie uns vor Ausflüssen des kapitalistischen Auslands bewahrt.«

»Mo, lass das bitte, ja? Sofern Kupferschmidt nicht vollkommen hinüber ist, sieht es für euch momentan nicht gerade gut aus.«

»Kleine Rückschritte im dialektischen Prozess.«

»So klein sind sie nicht, die Rückschritte. Der Große Desorganisator scheint euch langsam, aber sicher die Luft abzudrehen. Vergiss nicht, sein offizieller Abgesandter ist in meiner Gestalt auf der Bühne erschienen!«

Sie kicherte. »Hoffentlich bekommt unser Matthias keinen Ärger.«

»Vielleicht hat er längst die Seiten gewechselt. Vielleicht hat er uns an die Rampe geholt, weil er das Spiel des Großen Desorganisators spielt.«

»Matthias? Du bist ja verrückt. Unserem Matthias ist es

349

gelungen, den Individualismus und den Subjektivismus in sich vollständig zu überwinden. Er verkörpert den Willen der Partei wie kein anderer. Er repräsentiert in vorbildlicher Weise die Zukunft der sozialistischen ...«

»Liebst du ihn?«

»Nein.«

»Liebst du den Oberst?«

»Auch nicht.«

»Aber der Oberst liebt dich. Zumindest ist Dörte Kupferschmidt dieser Ansicht. Alle sieben Minuten läutet der Ohrensessel.«

»Ph!«, machte sie abschätzig. »Die Dörte hätte halt begreifen müssen, was die Partei von ihr erwartet, nämlich ein Ehe- und Sexualleben, das es ihrem Mann erlaubt, seine Kräfte voll und ganz in den Dienst ...«

»Mo, wenn ich die Genossen richtig verstanden habe, liegt ihnen sehr viel an deinem Schicksal. Kupferschmidt und Kress befürchten das Schlimmste.«

Sie hakte sich unter, und mit einem Blick über die Schulter sah ich, dass uns über den leeren grauen Platz eine ganze Truppe von Mo-Verehrern folgte: Oberst Kupferschmidt, Parteifunktionär Kress, der italienische Tenor und, etwa fünfzig Schritt zurück, der auf Peschkes Beinen watschelnde, unentwegt klingelnde Ohrensessel.

»Diese Kleingläubigen!«, empörte sich Mo. »Dass der Weltgeist zur klassenlosen Gesellschaft emporrollt, haben unsere Klassiker wissenschaftlich bewiesen. Das hat sogar Paula kapiert. Den Sozialismus in seinem Lauf hält weder Ochs noch Esel auf.« Verschämt wischte sie mit dem Handrücken eine Träne aus den Augen, vermutlich im Gedenken an ihre Klassikerbände, die sie in den Ofen gesteckt hatte. »Komm, beeilen wir uns! Paula wartet.«

Ich hielt sie zurück. »Mo, deine Genossen haben mich gebeten, dich und deine Tochter in den Westen zu bringen. Aber wenn ich dich so reden höre, habe ich meine Zweifel, ob du dein Paradies verlassen willst.«

Ein Lächeln glitt über ihre Züge, scheu senkte sie den Blick und fragte: »Hast du schon mal von Platon gehört?«

Der Name Platon aus Mos Mund! Es haute mich um. Es verschlug mir die Sprache. Ich war völlig perplex. Hatte sie am Ende recht – war mein Gehör derart angeschlagen, dass ich ihm nicht mehr trauen durfte? Ich riss mich zusammen. Ich fasste sie in den Blick.

»Mo, hast du tatsächlich Platon gesagt?«

»Ja. Plaa-toon!«, rief sie. »Hör-ge-rä-te!«

»Ich werde mich bemühen, aber sag mir bitte, wie kommst du ausgerechnet auf Platon?«

»Unser Matthias hat von ihm gesprochen, im Zusammenhang mit einer Tanznummer zum vierzigsten Jahrestag der Republik. Du kannst dir nicht vorstellen, wie herrlich es war, die ganze Hauptstadt beflaggt, auf der Karl-Marx-Allee eine riesige Parade, die NVA im Stechschritt, Raketen, Düsenflugzeuge …«

»Bleiben wir noch einen Moment bei Platon. Was weißt du von ihm?«

»Er hat behauptet, jedes Liebespaar sei ursprünglich eine Einheit gewesen. Selbstverständlich lehnen wir eine solche Idee ab. Als Kommunist ist man kein halber, sondern ein ganzer Mensch, und unsere Ergänzung finden wir in der Partei. War dieser Platon nicht Sizilianer?«

»Grieche. Aus Athen. Aber eine Zeitlang hat er den Tyrannen von Syrakus beraten. Von Platon stammt die Ideenlehre. Ideen, lehrt er, sind das eigentlich Wirkliche. Wir sind nur ihre Abbilder. Schatten, könnte man sagen. Insofern drückt die Sage von der ursprünglichen Einheit nicht unbedingt seine Philosophie aus. Platon hat diese Geschichte dem Komödiendichter Aristophanes in den Mund gelegt.«

»Irgendwie stimmt die Sage«, sagte Mo mit einem verzückten Lächeln. »Vor allem, wenn die männliche Hälfte ein Sizilianer ist.«

»Verzeih, Mo, sagtest du Sizilianer?«

»Mann, ich kann doch nicht die ganze Zeit schreien! Ja! Ich habe Sizilianer gesagt! Ich habe gesagt: In Sachen Liebe hat Aristophanes recht. Als ich Piddu begegnet bin, hab ich sofort gewusst …«

»Der! Kein anderer. Er ist es.«

»Genau. Bei dem hab ich weiche Knie bekommen.«

»Weiche Knie …« Ich taumelte, riss mich zusammen, fragte mit einem dümmlichen Grinsen: »Wissen Kress und Kupferschmidt von deiner Liebe?«

»Eigentlich schon. Aber der Oberst ist schrecklich eingebildet. Der kann sich gar nicht vorstellen, dass man die weichen Knie bei einem anderen bekommt.«

»Und Kress?«

»Kress liebt Paula. Er hat sich im Lauf der Zeit damit abgefunden, dass ich nicht sein Besitz bin.«

»Du gehörst der Partei.«

»Jedenfalls habe ich mich nach Kräften bemüht, ein guter Pionier und ein fleißiger Aktivist zu sein. Kurz vor Sizilien habe ich die Ehrenmedaille der FDJ für die Festigung der brüderlichen Beziehungen bekommen. Dann wurde ich in die Delegation für ökonomische Sondermaßnahmen berufen. Tja, und dann ist es passiert.«

»Deine Knie wurden weich.«

Sie sah verträumt in die Ferne, um Mund und Augen das verzückte Lächeln.

»Wo war das?«

»In dieser schrecklichen Pension. Jeden Tag Spaghetti und Salat und Muscheln und Teigtaschen und Fisch und all diese Dinge. Du kannst dir nicht vorstellen, wie ich mich nach einem Eimer Kartoffelsalat aus unserer Werkskantine gesehnt habe.«

»Wie habt ihr euch verständigt, Piddu und du?«

»Ein Zimmermädchen hat ein bisschen gedolmetscht.«

»Wie bitte?«

»Wenn wir zusammen waren.«

»Ihr wart zusammen?«

»Wundert dich das?«

»Nein nein, eigentlich nicht …«, ich schluckte »… ich finde nur, dass zur Liebe … und zu den weichen Knien … wie soll ich sagen … eine gewisse Intimität …«

»Ach, du meinst die Dolmetscherin!« Sie kicherte. »Nur vorher. Und nachher. Beim Bumsen waren wir unter uns. Aber das ist schon länger her, mehr als ein halbes Jahr.«

»Seither hast du nichts mehr von ihm gehört?«

»Ja«, sagte sie, den Tränen nah, »seither habe ich nichts mehr von ihm gehört.«

»Mein armes Kind, was musst du gelitten haben!«

»O liebster, bester Doktor, du bist der erste, der mich versteht.« Sie strich über meine feuchte Platte. »Weißt du, es ist so furchtbar schwer, den Subjektivismus in sich auszurotten. Ich war schon ziemlich weit. Meine Gefühle haben sich fast ausschließlich auf die Partei gerichtet … na ja, ein bisschen auch auf Paula, aber hauptsächlich deshalb, weil ich in ihr das Unterpfand der sozialistischen Zukunft erkenne. Im Werk und in der Partei waren sie einstimmig der Meinung, mein Klassenstandpunkt sei gefestigt. Und dann – nein! Es hätte mir nie und nimmer passieren dürfen. Wenn wir die Dolmetscherin nicht hatten, verstand ich kein Wort von ihm, nicht einmal Ja oder Nein. Und wie eitel er war, wie eingebildet! Stell dir vor, er glaubte, auf das Lesen der Klassiker verzichten zu können!«

»Ist nicht wahr!«

»Auf seinem Nachttisch lag die Bibel, ein von der Wissenschaft widerlegter Schmöker mit den absurdesten Behauptungen. Und weißt du, was das Allerschlimmste war?«

»Er konnte nicht einmal das Kommunistische Manifest auswendig.«

»Er ließ seine Socken an.«

»Wie bitte?«

»Beim Vögeln.«

»Nein!«

»Wollsocken.«

»Aber das ist ja …«

»Pervers«, sagte sie streng. »Und überall Krümel, Brösel, ausgespuckte Kerne!«

»Auch im Bett?«

»Ich werde ihn umerziehen müssen.«

»Ob sich das lohnt?«

»Nie im Leben, Piddu ist ein Macho aus der Spätphase des Kapitalismus ... und ich ...«

»Und du?«

»Ich dumme Kuh ...«, schluchzend umschlang sie mich »... ich liebe ihn. Wir lieben uns beide. Piddu ist meine männliche Hälfte.«

Ich verlor den Kampf gegen die Tränen.

»Mo«, sagte ich tonlos, »ich werde meinen Auftrag erfüllen. Ich bringe dich und deine Tochter nach Sizilien. In die Villa Vittoria. Zu ihm.«

Als ich mir mit dem Taschentuch die Schweißtropfen von der Glatze reiben wollte, erwischte ich meinen Talisman: die zerknautschte Zigarettenschachtel, die ich nach meinem Erwachen in der Villa Vittoria bekritzelt hatte, *Laila. Pol.* Nein, sie war nicht Laila, natürlich nicht, wir hatten uns vor der Begegnung am Strand auf dieser Welt noch nie gesehen. Aber sie entsprach dem Bild, das ich in mir trug, und erfüllte eine Sehnsucht, die erst durch sie geweckt worden war. Wären wir uns nicht begegnet, hätte das Bild die Dunkelkammer nie verlassen und wäre mit mir begraben worden.

Da huschte auf einmal ein Schatten an uns vorbei, im schwarzen Ledermantel, den Hut tief ins Gesicht gezogen: Kress. Er murmelte Mo etwas zu, und schon war er weg, in der grauen Leere untergetaucht.

Sie schmiegte sich noch enger an mich und flüsterte: »Kress meint, eine weitere Übernachtung im Gästehaus Feliks Dzierzynski sei zu riskant. Willst du zu uns kommen?«

»Zu dir und Paula?«

»Ja. Übrigens, sobald wir drüben sind, musst du dich nicht mehr um uns kümmern. Ich werde den Weg nach Sizilien allein finden. Als Kommunistin ist man überall zu Hause.«

»Wie sollen wir denn über die Mauer kommen?«

»Kupferschmidt hat mir erzählt, dass du als echter Mafioso einen Schweizer Pass hast. Vielleicht hilft uns deine Botschaft.«

»Mo, ich fürchte, dieser Weg ist uns versperrt. Ich bin leider kein unbeschriebenes Blatt. Nach mir wird gefahndet.«

Sie sah mich von der Seite an, und ich, von allen guten Geistern verlassen, hörte mich tatsächlich sagen: »Meine Ex wurde erwürgt.«

Auf einmal stand ich mutterseelenallein auf der leeren Straße – Mo hatte mich stehenlassen. Hielt sie mich für einen Mörder? Ein S-Bahn-Zug, der mit leuchtenden Fenstern in die Ferne glitt, ratterte wie ein sterbendes Herz. Ich hatte Hunger und Durst und nicht den Hauch einer Ahnung, wo ich die Nacht verbringen könnte – meine Lage war katastrophal. Schließlich ging ich an den Gleisen entlang zurück – Richtung Alex. An einer Kreuzung lauerte ein kleiner Wagen, worin zwei Zigaretten glühten, doch kam ich daran vorbei, ohne dass die Türen aufklappten. Nachdem ich etwa einen Kilometer gegangen war, ertönte wieder das Rattern, doch anders im Klang, als beginne das Herz erneut zu schlagen, erregter von Atemzug zu Atemzug – und zu meiner übergroßen Freude durfte ich feststellen, dass ich in übeltypischer Weise die verkehrte Richtung eingeschlagen hatte. Direkt vor mir trat Mo aus einem Gebäude, an der Hand ein kleines Mädchen.

Die beiden waren fröhlich. Die Kleine improvisierte einen Tanz. Sie klatschte in ihre Händchen und sang zum Entzücken der Mama: »Eene meene mupskaja, Lenins Frau hieß Krupskaja.«

Die Wohnung in der Schliemannstraße war eng und etwas düster, denn die Möblierung stammte noch von der Vormieterin, der Tante des Parteifunktionärs Kress. Tante Kress, Witwe eines in Stalingrad Gefallenen und nach dem Untergang des Dritten Reichs eine überzeugte Antifaschistin, hatte in den Aufbaujahren ihren Neffen bei sich aufgenommen, und als der Neffe in der Jungaktivistin Montag eine Freundin gefunden hatte, wurde die Tante krank und starb. Das Wohnungsamt überschrieb die Wohnung auf die partei- und staatstreue Kleinfamilie, aber nach Paulas Geburt hatte Mos Begeisterung für den fanatischen Funktionär nachgelassen, und man kam überein, sich zu trennen. Mo hatte als PG, Aktivist und junge Mutter beim Wohnungsamt gute Karten, sie durfte den Mietvertrag der Tante übernehmen, und damit begann, wie sie mir eines Abends erzählte, die beste Zeit ihrer Beziehung. Kress, der in einer übertriebenen Liebe zu Paula die Zweifel an seiner Vaterschaft niederrang (Paula erwies sich als sehr musikalisch), war ein jederzeit abrufbarer Babysitter und machte es der ehrgeizigen Genossin Montag möglich, sich im Marxismus-Leninismus weiterzubilden, Studienfahrten in die paradiesische Sowjetunion zu unternehmen und im »Haus der Jungen Talente« ihre Tanzlust mit dem (sehr musikalischen) Matthias auszuleben. Wenn Kress hier übernachtete, schlief er auf dem Diwan – wie fast alles in der von Krimskrams überschwemmten Wohnung gehörte er zum Besitz der Tante und verströmte mit roten Nackenrollen und silbernen Kordeln ein orientalisches Flair. Man lag auf dem plüschbezogenen Möbel wie ein Pascha … oder sollte ich ehrlicherweise sagen: wie ein Eunuch? Mo brachte ihre Tochter frühmorgens in den Kindergarten und kehrte, ausgelaugt vom langen Arbeitseinsatz, von Parteiveranstaltungen, Fortbildungskursen oder ihrem Tanztraining, erst zu später Stunde zurück, auf ihrer Schulter das Köpflein der schlafenden Paula.

Ich war am Ziel. Ich war bei der Liebsten. Ich wohnte in ihren Gerüchen, aß ihre Soleier und hörte, wenn sie schlief, ihre Atemzüge. Ich glaubte sie immer besser, immer intimer zu kennen. Ich stellte fest, dass sie keine BHs trug und dass es im Bücherregal eine nicht verstaubte Lücke gab – noch vor kurzem mussten dort einige Bände der dunkelblauen Marx-Engels-Gesamtausgabe gestanden haben. Tagsüber kniete ich vor ihrem leeren Bett. Ich betete die Abwesende an, mein Tag war Warten, Warten auf Mo, und wurde der Schlüssel endlich ins Loch gestochert, lag auf ihrer Schulter das Köpflein der schlafenden Paula.

Die Franzosen sind der Meinung, dass in einer Paarbeziehung stets nur einer liebt – der andere wird geliebt. Ich war der Liebende, Mo die Geliebte, aber trotzdem gab ich die Hoffnung nicht auf, dass wir früher oder später doch zusammenfinden und Platons Fügung erfüllen würden. Lag ich nicht auf dem Diwan, stand ich am Küchenfenster und starrte in den Hinterhof hinaus, über dem der Himmel nie richtig hell und schon am frühen Nachmittag dunkel wurde. Alle paar Stunden schob ich ein Brikett in den Ofen, eingewickelt in ein Blatt des Neuen Deutschland, und wenn ich sicher sein konnte, dass sich niemand im Treppenhaus aufhielt, schlich ich auf Socken zur Außentoilette, die sich eine halbe Etage tiefer befand. Auf die Straße wagte ich mich nicht, denn wieder, wie auf Sizilien, lebte ich illegal in einem fremden Land – allerdings bestand zwischen der Fremde Siziliens und jener in Berlin ein Unterschied. Sizilianer waren bis heute davon überzeugt, ein vom Festland oder von den Weltmeeren Zugereister könnte in einer früheren Existenz einer der Ihren gewesen sein: ein Wiederkehrer. Deshalb war am Fremden fremd nur sein Äußeres, niemals seine Seele, und so würde sich ein Sizilianer eher die Zunge herausreißen, als den Gast, der prinzipiell als Freund angesehen wurde, zu verraten. Hier jedoch herrschte der fleißig befolgte Brauch, Abweichungen von der Norm unverzüglich (und selbstverständlich anonym) den Staats- und Parteiorganen zu melden. Hier roch es nicht nur nach Bohnerwachs, Ofenrauch und Kohlsuppen, hier roch's nach Denunziation.

Eines Nachmittags, als ich mich in der kalten Kabause der Außentoilette auf die Schüssel gesetzt hatte, näherten sich Schritte … hurtige … von alten Beinen … die Nachbarin! Sie musste bemerkt haben, dass in der Tanten-Wohnung ein ungemeldeter Bewohner steckte, und, du heilige Scheiße, jetzt hatte sie den Beweis! Ich zog die Spülung, betrat den Flur – niemand.

Mo kam wie üblich um Mitternacht nach Hause, auf der Schulter das schlafende Köpflein, und natürlich erzählte ich ihr von der gespenstischen Begegnung. Sie wurde kreideweiß und begann, nachdem sie die Kleine ins Bett gelegt hatte, hektisch einen Koffer zu packen – ebenfalls aus dem Besitz der Tante, aus Karton, mit Lederkappen. Mo rechnete damit, im Morgengrauen abgeholt zu werden, und stellte den Koffer in der Garderobe parat. Ich wollte sie fragen, vor wem sie sich fürchtete – vor den Pastoren oder vor ihrer eigenen Partei –, aber Mo war so erschöpft, dass sie sich sofort ins Schlafzimmer zurückzog. In dieser Nacht schlief sie in ihren Kleidern, und ich, von ihrer Angst angesteckt, folgte ihrem Beispiel. Ich legte mich angezogen auf den orientalischen Diwan, vom italienischen Regenmantel zugedeckt, an meiner Seite der enggerollte Schirm. Als ich am nächsten Morgen erwachte, war es bereits hell, und zu meiner großen Erleichterung stand der Koffer noch in der Garderobe. Unsere Feinde, wer immer sie sein mochten, gaben uns einen weiteren Tag.

Meine Beurteilung der Lage schwankte von Stunde zu Stunde. Hatte ich mich an der deutschen Stalingrad-Psychose infiziert? Bildete ich mir den Kessel nur ein – oder gab es die Pastoren, die mit ihren Brüdern und Schwestern den Ring um die Halbstadt schlossen, tatsächlich? Von einer gemeinsamen Flucht in den Westen war nicht mehr die Rede – dennoch ließ mich Mo weiter bei sich wohnen. Nicht aus Neigung. Ihre Freundlichkeit war auf wenige Worte reduziert. Im Bücheregal hatte ich einen getrockneten Seestern entdeckt, wohl eine Erinnerung an Sizilien, und den Göttern sei's geklagt: Im Vergleich mit Mos Traummann schnitt ich schlecht ab. Er blond und gelockt, ich mit einer Glatze und taub; er jung und munter, voller Tatendrang; ich schon älter, bald vierzig und per Steckbrief gesucht; seine sonnengebräunte Haut verriet den Sarazenen, meine bleiche Visage die Alkoholexzesse; seine Augen waren blau und glühend, meine blieben hinter der Sonnenbrille unsichtbar; er war der geborene Lover, ich der geborene Verlierer. Schöne Aussichten! Und nur ein einziger, fahler Hoffnungsstrahl: dass Mo mit dem Umsturz rechnete – wie Kupferschmidt und Kress – und in mir ihren Retter sah, den etwas abgetakelten Sizilianer, der sie und ihre Tochter in seine Heimat bringen würde, zum jungen Geliebten. Wie das allerdings gehen sollte, war mir schleierhaft. Der Eiserne Vorhang war eine unüberwindbare Grenze, denn in meinem Fall verbot sich ein Gang zur Schweizer Botschaft von selbst. Übel, würde es heißen, Sie werden beschuldigt, in Zürich Ihre Ex erwürgt zu haben. Nach Ihnen wird international gefahndet. Sie sind verhaftet.

In regelmäßigen Abständen ging die Nachbarin zur Außentoilette, abends kehrten die Werktätigen von der Arbeit oder von ihren Versammlungen zurück, und gegen Mitternacht erschien Mo, auf der Schulter das schlafende Köpflein. Also gab es so etwas wie Zukunft: das Rauschen der Spülung, die Schritte der Heimkehrer, das Stochern des Schlüssels im Schloss … aber war eine Zukunft, an die man sich erinnern konnte, wirklich Zukunft?

Eines Nachmittags kam ich auf die Idee, einen neuen Katalog herzustellen. Das war aus mehreren Gründen sinnvoll. Zum einen musste ich damit rechnen, dass der Papierpalast die Tobsucht des Gummistiers nicht überlebt hatte, zum andern war seit dem Crash viel geschehen, und abgesehen davon, dass es mir eine Lust sein würde, Mo in diversen Artikeln festzuhalten: Schreibend konnte ich besser denken. Ja, nur schreibend konnte ich herausfinden, wie mein Unfall geendet hatte und was der Grund war, weshalb ich mich seit dem Erwachen in Pollazzu als ein neuer Mensch in einer Welt bewegte, die zwar noch die alte, aber doch auf mysteriöse Weise verwandelt war.

Ich schob den Küchentisch ans Fenster, strich die Seiten eines aufgestöberten Schulhefts glatt, befeuchtete mit der Zungenspitze einen kurzen Bleistift und begann wieder von vorn, mit A wie Abkürzung.

Abkürzung. Mir verhasst. Beispiele: HÜ (Heinrich Übel); LE (Lustempfinden); RA (Rückantwort) Best.Nr. (Bestellnummer). Noch schlimmer: Ex für ehemalige Partnerin. Am allerschlimmsten: geb. – gest.

Anamnese. Medizinisch: die Erforschung der Ursachen einer Krankheit; bei mir: die Erforschung der Gründe für meine Reise durch eine verwandelte Welt.

Anamnesis. Erinnerung, Wieder-Erinnerung. Ein Wieder- und Zurückholen dessen, was die Seele vor unserer Geburt geschaut hat. Denn, lehrt Platon, das Vollkommene kann nicht aus der sinnlichen Erfahrung stammen. Macht man aber die sinnliche Erfahrung der Liebe, wird einem die Liebe an sich zuteil, die Vollkommenheit. Liebe, hat Jean Paul gesagt, ist angewandte Unendlichkeit.

Babaluna. Ihre Vorfahren waren adlige Tataren, die im Kaukasus reiche Güter besessen hatten. Diese Gesellschaft hatte niemals gearbeitet, Geld war ja vorhanden, also hatte man sich stets ein wenig gelangweilt, hatte Karten gespielt und auf Bällen getanzt und die Sommer jeweils in Baden-Baden verbracht, in einer Demimonde der müden Eleganz, der Bäder, Trinkhallen und Spieltische. Noch Mos Großmutter war im Reichtum aufgewachsen und von französischen Fräuleins erzogen worden. Sie hätte einen Baron Walitzky heiraten sollen, einiges älter als sie, etwas vertrottelt, aber vermögend. Der Baron war mit seinen Heiratsversuchen schon häufig gescheitert, insgesamt etwa siebzehnmal, weshalb das ganze Gouvernement hoffte, diesmal möge es endlich klappen. Als der Baron Walitzky die junge Frau offiziell um ihre Hand bat, begann sie zu schluchzen. Baron, stieß sie hervor, ich kann Sie unmöglich heiraten! Warum?, fragte der Baron Walitzky verdutzt. Weil ich mich nie nie nie an Ihr Gesicht gewöhnen könnte, antwortete die junge Frau.

Mitten im Ersten Weltkrieg heiratete sie dann einen mausarmen Bezirksarzt aus Achtirka, einen Balten namens Montag, und was bei der Hochzeit von der adligen Verwandtschaft als Mesalliance beschnödet wurde, sollte sich schon bald als kluger Schachzug erweisen. In Petersburg brach die Revolution aus, und Lenins ausgestreckter Arm, in der Hand die Mütze, wies der Masse die blutschlüpfrige Straße in die Zukunft.

Als Mos Mutter, die den einzigen Sohn der Montags geheiratet hatte, schwanger wurde, ging sie zu einem Juden, der sich in der Zukunft auskannte. Deine Tochter, sprach der Jude, wird sein wie ein leuchtendes Gestirn. Von ihrer adligen Herkunft wusste Mo nichts, aber ihre Puppen mussten stets Prinzessinnen sein.

Mos Papa war ein aufrechter Parteigenosse. Er erzog Mo im Geist des Kommunismus und erzählte ihr von Ernst Thälmann, dem proletarischen Kämpfer und Helden, den die Faschisten im KZ Buchenwald umgebracht hatten. Die Liebe der Tochter galt dem Vater, denn die Mutter hasste Abweichungen von der Norm, weshalb sie Mos Haar mit Kämmen zu zähmen versuchte.

In ihr Album schrieb Mo: Ich wünsche mir, als Frau ungefähr das zu werden, was Paris als Stadt ist. Als sie sieben war, drapierte sie sich mit den Spitzen ihrer Großmutter, die seinerzeit den Baron Walitzky abgewiesen hatte, flocht Blumen in ihr wildlockiges Haar und führte im Hinterhof der Mietskaserne ganz allein ein Ballett auf.

Baba ist ein tatarisches Wort, luna heißt Mond, und sollte Mo eines Tages erfahren, dass dies ihr wahrer Name ist, wird sie nicht erstaunt sein.

»Was hast du da zusammenfabuliert«, rief Mo lachend, »ich bin doch keine Tatarin! Mama war nie bei einem Juden, und im Kinderheim gab es keine Puppen, schon gar keine Prinzessinnen. Aber die Geschichte mit diesem Baron Walitzky … merkwürdig! So ist es mir auch schon ergangen, sogar schon öfter. Ich hab jemanden angesehen und gleich gewusst: O nein, an dieses Gesicht könnte ich mich nie nie nie gewöhnen!«

Auf einmal rannen Tränen aus ihren etwas schlitzigen grauen Augen über die hochknochigen Wangen.

»Dutturi«, sagte sie leise, »es stimmt. Ich war Papas Liebling. Als kleines Mädchen musste ich zuschauen, wie sie ihn abgeholt haben. Aber weißt du, Papa war selber schuld. Die

Partei durfte seine subjektivistisch-egozentrische Zurück-
gebliebenheit nicht tolerieren. Sie musste an die Zukunft
denken.«

»Hast du ihn wiedergesehen?«

»Nein«, sagte sie ungerührt. »Unterstützt vom Hauskol-
lektiv, hat mich meine Mutter ins Kinderheim gegeben.
Dort lernten wir, unsere wahren Eltern zu lieben: die Partei. Ich werde sie immer lieben. Seinen Eltern hält man die
Treue.«

»Mo«, sagte Paula, die am Spülbecken die Zähne geputzt
hatte, »komm jetzt! Es ist gleich sechs. Du musst mich in
den Kindergarten bringen.«

An diesem Abend setzte sich Mo zu mir auf den Diwan.
Würden wir es endlich schaffen, miteinander zu reden? Zu
meiner Freude legte sie eine Decke über unsere Beine, ergriff meine Hand und fragte nach einem längeren Schweigen: »Bist du mir böse?«

»Warum soll ich dir böse sein?«

»Weil ich Piddu liebe.«

»Piddu und ich waren Freunde, Mo. Um ihm Mut zu
machen, habe ich alle Eroberer seiner Insel aufgezählt,
Griechen Karthager Römer Vandalen Goten Byzantiner
Sarazenen Normannen Schwaben Spanier Franzosen. Und
was haben sie hinterlassen, habe ich ihn gefragt, was war
das Resultat ihrer Eroberung? Götterschöne Menschen!
Menschen mit vielfach gemischtem Blut. Menschen mit
nordisch blondem Haar, arabisch dunkler Haut, italienischen Locken, kalifornischen Zähnen und Augen, aus
denen das Blau der sie umgebenden Meere leuchtet. Du bist

der Mann, habe ich ihm eingebleut, von dem die Weiber träumen. Und ich habe mich nicht getäuscht, Mo. Ich sah euer Glück kommen.«

Sie gab mir einen scheuen Kuss.

»Ich bin der verblendete Dutturi, und ihr seid das junge Paar, beide zum Niederknien, zum Anbeten schön.«

Sie gab mir noch einen Kuss, etwas weniger scheu. Auf dem Tisch brannte eine Kerze, die den Raum mit dem orientalischen Diwan in eine schummrige Höhle verwandelte. Die Flamme knisterte, und ich zögerte, die Stille zu verletzen.

»Mo«, sagte ich schließlich, »du warst sehr ehrlich zu mir. Ich wollte, ich könnte es dir gegenüber auch sein.«

»Hast du sie umgebracht?«

»Es ist keine schöne Geschichte«, wich ich ihrer Frage aus. »Hat dir Kupferschmidt gesagt, warum ich nach Berlin gekommen bin?«

Sie nickte. »Drüben war irgend so ein Kongress.«

»Der Siebte Internationale Gummikongress. Ich bin der Sohn«, würgte ich hervor, »der Sohn eines ausbeuterischen Kapitalisten aus dem Bankenland Schweiz, und bis zu meinem Rausschmiss, der allerdings schon einige Jahre her ist, war ich in unserer Werbeabteilung tätig.«

»Ich hab's geahnt«, empörte sie sich, »schon auf Sizilien. Du bist der Erfinder der Wohlfühlhose!«

»Nein, erfunden wurde sie von unseren Forschern und Entwicklern. Von mir stammt nur der Name. Comfy pants hat sich international durchgesetzt.«

»Umso schlimmer! Eine Schutzhose für Inkontinente als

wohliges Gefühl zu verkaufen – das ist doch der Gipfel der kapitalistischen Verlogenheit!«

»Wir Menschen neigen dazu, Dinge zu beschönigen. Ihr sprecht doch auch vom Friedensstaat – und in den Wachtürmen am Todesstreifen haben sie Maschinengewehre.«

»Ist das dein Ernst? Willst du den ersten Friedensstaat auf deutschem Boden mit einer Windelhose für alte Pisser vergleichen?«

»Nein nein, das war nicht meine Absicht, entschuldige.«

»Comfy pants! So darfst du einer Kommunistin nicht kommen. Euren Illusionismus weisen wir auf das Entschiedenste zurück. Als Pioniere, Aktivisten und Soldaten des Friedens …«

»Mo«, unterbrach ich sie, »wir Menschen sehen nicht nur mit den Augen, wir sehen mit der Seele. Wir sehen das, was wir uns wünschen. In den Funkwerken, hast du mir gestanden, jagt eine Vollversammlung die andere. Gearbeitet wird kaum noch. Das Büro des Parteisekretärs ist verwüstet worden, die Akten verrotten im Novemberregen. Und was zeigt sich deiner Seele? Das Paradies. Die sozialistische Zukunft. Ein Friedensstaat, worin alle glücklich sind. Ich will dir nicht wehtun, Mo. Ich will damit nur sagen, dass wir beide zwar im selben Wohnzimmer sitzen, auf demselben Diwan, aber eine völlig verschiedene Wirklichkeit erleben. Seit einiger Zeit – genauer gesagt seit Sizilien – begegne ich meiner Wirklichkeit ein bisschen skeptisch. Schon dort, auf der Insel, waren alle schrecklich nett zu mir. Zu nett. In Zürich hätte sich Sophia Loren liebend gern für mich ausgezogen – ich meine natürlich eine Italienerin, die der Loren ein bisschen gleicht.«

»Ach so«, sagte Mo.

»Tja, und jetzt sitze ich mit der Schönsten der Schönen auf dem Diwan.«

»Dein Glück, dass es für beide derselbe ist.«

»Mo, meine Reise ist noch nicht zu Ende, aber ich fühle: Du wirst mir helfen, das Ziel zu finden.«

»Ist es die Liebe?«

»Ja. Es könnte die Liebe sein ...«

Mo verfiel in ein düsteres Schweigen, und so kam ich doch noch dazu, von der väterlichen Gummifabrik, von meiner Gasthörer-Existenz in Zürich und von meinem Lebenskatalog zu berichten, in dem ich meine Erfahrungen und Erkenntnisse aufgezeichnet und alphabetisch geordnet hatte. »Und stell dir vor, auch wenn dieser Katalog nicht mehr existieren sollte – in meiner Hirnbibliothek« ... ich tippte an die Stirn ... »ist er immer noch vorhanden, da kann ich ihn jederzeit konsultieren.«

Sie gestand mir, dass sie erst letzthin die Bände ihrer Marx-Engels-Gesamtausgabe verbrannt hätte, aber in ihrer eigenen Hirnbibliothek wohl nicht mehr alles nachlesen könnte.

»Mo, es war im letzten Februar – anfang Februar, um genau zu sein. Mein Senior ist im Büro hingefallen, und um künftigen Stürzen die Gefährlichkeit zu nehmen, ließ er überall schwarze Gummimatten verlegen, ein Erzeugnis, das nie in Produktion gegangen ist. Das Material – von mir seinerzeit als Sportboden bezeichnet – hat sich in einer Testphase als zu weich erwiesen.«

»Das Problem kennen wir«, versetzte Mo seufzend.

»Es war kein großer Fehler, nur ein kleiner, doch der

Fehler sollte Folgen haben. Um sich seine Unsterblichkeit zu erhalten, hat er sich in sein eigenes Grab eingeschlossen, und als ihm dies bewusst geworden ist, geriet er in Panik. Die GdV, die Gute des Vorzimmers, bestellte mich telefonisch nach Hause, und wenn ich jetzt alle Hindernisse aufzähle, die sich meiner Heimkehr in den Weg gestellt haben, nimmt die Geschichte kein Ende.«

Sie lächelte. »Es ist doch gemütlich. Sollte ich einschlafen, darfst du nicht traurig sein. Dann höre ich dir im Traum zu.«

»Begonnen hatte es mit einer Brennnesselsuppe in der Wohnung meines Hausmeisterpaars in Zürich«, setzte ich wieder an. »Bei diesen Weidelis könnte man wirklich von einem Einheitswesen reden. Beiden wurde letzthin ein künstliches Gebiss eingesetzt, das gleiche Modell. Sie begegnen dir mit synchron gebleckten Zähnen.«

»Du warst bei der Brennnesselsuppe.«

»Ja. Diese Suppe verhinderte, dass ich das Postauto erwischte, und da ich der Guten versprochen hatte, noch in dieser Nacht in der Fabrik aufzutauchen ...«

»Hast du etwas mit dieser ...?«

»Guten? Aber nein!« Ich schluckte. »Die Gute, auch GdV, Gute des Vorzimmers genannt, ist die rechte Hand meines Vaters. Ihm zuliebe packt sie sich von Kopf bis Fuß in unsere Produkte ein. Sie riecht wie ein Kondom. Eine richtige Gumminonne, und weißt du, warum? Weil sie eine Konvertitin ist. Konvertiten übertreiben immer. Früher, als sie noch Lehrerin war, hat sie gegen den Stausee agitiert. In ihrer Russenbluse sah sie aus wie eine sowjetische Komsomolzin ...« Ich wischte mir den Schweiß ab. Dass sich da eben eine Verbindung zwischen Mo und der Guten ergeben hatte, gefiel mir nicht.

»Wo war ich?«

»Du hattest der Gumminonne versprochen, noch in dieser Nacht nach Hause zu kommen.«

»Also habe ich von einem Freund den Wagen ausgeliehen und bin etwa um Mitternacht losgefahren.«

»Warum so spät?«

»Ach, das ist wieder eine Geschichte für sich. Ich wollte dem Vater zeigen, dass ich in all den Jahren als Gasthörer doch nicht untätig war. Wie gesagt, ich hatte mein Leben in einem Katalog festgehalten, in unzähligen Artikeln. Die Umzugskartons mit den Seiten haben einen ganzen Papierpalast ergeben, und einen großen Teil davon habe ich damals mitgenommen. Allerdings waren nicht alle Artikel für den Vater bestimmt, und so habe ich vorher einiges ausgesondert. Zensur ist ein mühseliges Geschäft, es hat sich hingezogen, und jetzt – festhalten, meine Liebe, fasten your seat belt!«

Sie schmiegte sich an mich.

»Auf dieser Fahrt bin ich von einer Panne in die andere gerasselt. Lauter dumme Zufälle, könnte man meinen, aber ich halte es eher mit dem Theologen, der gemeint hat, es wäre sehr viel schwieriger, sich eine Schöpfung vorzustellen, die nicht gemäß göttlicher Vorsehung, sondern nach dem Zufallsprinzip funktionieren würde. Stell dir vor, das Gesetz der Schwerkraft wäre plötzlich nicht mehr gültig!«

Sie lachte. »Wär doch lustig!«

»Meinst du?«

»Wir würden schwerelos in der Wohnung herumschwimmen. Wie Astronauten in der Raumkapsel!«

Mo schlüpfte unter der Decke hervor und öffnete einen Spalt weit die Schlafzimmertür. Dann winkte sie mich dazu, und gemeinsam betrachteten wir den Schlaf der Kleinen – vielleicht war die Schwerkraft in ihren Träumen aufgehoben, und sie schwamm, mit dem Daumen im Mündchen, durch ferne Sternenwelten.

Wir setzten uns wieder auf den Diwan, legten wie vorhin die Decke über uns, und ich fuhr in meinem Unfallbericht fort.

»Hör zu. Da gab es, oben im Fräcktal, eine Nutte, die einen durstigen Freier hatte. Es gab unten, am Eingang zum Fräcker Tobel, eine Gastwirtschaft, die Alte Post, und dort gab es einen Wirt, der bei Lawinenabgängen oder bei Hochwasser mittels einer Schranke die Straße sperren konnte. Die Schranke wurde auch für andere Zwecke benutzt, und jetzt musst du sehr genau zuhören, jetzt kommt's auf jedes Detail an. Mitten in der Nacht hatte die Nutte für einen durstigen Freier eine Flasche Wodka bestellt, worauf der Gastwirt, ein gewisser Palombi, die Schranke herunterließ. Damit sollte das nächste Auto, das noch ins Tal hochwollte, zum Halten gezwungen werden, und wer, glaubst du, ist diesem Auto entstiegen?«

»Du.«

Ich nickte.

»Zufall!«

»Oder Vorsehung. Ihr glaubt ja auch an einen vernünftig voranrollenden Weltgeist.«

»Du hast anhalten müssen.«

»Ich musste anhalten, betrat die Gastwirtschaft und wur-de gebeten, die von der Nutte bestellte Flasche mitzuneh-men und oben im Fräcktal beim Wohnwagen abzuliefern. Wäre es so gelaufen, nichts wäre passiert.«

»Aber?«

»Der Wirt hat darauf bestanden, dass ich die Flasche be-zahle. Bei der Ablieferung hätte ich das Geld zurückerhal-ten, verstehst du? Eigentlich war es keine große Geschichte. Mein Pech war nur: Ich war blank. Und wie sich nun her-ausstellte, hatte ich in den Monaten zuvor diesen Palombi mit nächtlichen Anrufen genervt.«

»Du hast ihn gekannt?«

»Ja. Er war früher in der Fabrik unser Vormann gewesen, an den Vulkanisationspressen, aber wenn ich dir jetzt auch noch erzähle, dass dieser Palombi die Urne meiner Mutter nach Sizilien gebracht und ihre Asche über den warmen Wogen des Mittelmeers verstreut hat ...«

»Heinrich, so werden wir nie fertig!«

»Das sag ich ja.«

»Du warst beim Geld.«

»Richtig. Kurz zuvor hatte ich meine letzten Franken in ein paar Liter Benzin investiert. Das war möglich, weil mir in Zürich mein Nachbar Dill zwanzig Franken gepumpt hat. Dill, von den Weidelis stets als Mieter Dill bezeich-net, was in meinem Hirn infolge einer idiotischen Vertau-schung des ersten Buchstabens immer wieder zu Dieter Mill wird ...«

»Aufhören!«

»Verzeih. Ich war bei Palombi. Er hat kurzen Prozess mit mir gemacht. Es war der brutalste Rausschmiss meines

Lebens. Er hat mir die Scheiße aus den Därmen getreten.«

»Das ist ja grauenhaft!«

»Nicht wahr? So sind die mit dem Junior umgegangen, und Achtung, jetzt kommt wieder die Vorsehung ins Spiel! Der ausgeliehene Wagen, ein Chevrolet, hat einem Schauspieler gehört, einem gewissen Quassi. Er tritt unter anderem als Bertolt Brecht auf ...«

»O, als Brecht!«, rief Mo entzückt.

»Ja, mit einem Toupet, einem Mao-Kittel, der berühmten Brille und einer Zigarre aus Holz. Seine Garderobe hat dieser Quassi stets dabei, im Kofferraum. Ich stank wie die Pest. Meine Hose musste ich ausziehen. Da kam mir das Kostüm im Kofferraum natürlich wie gerufen.«

»Du hast dich als Brecht verkleidet?«

»Mo, es war scheißkalt dort oben. Tiefer Winter. Trotzdem hast du nicht ganz unrecht. Als Brecht hätte mich der Vater vermutlich eher akzeptiert. Es kam zum Krach, doch klafft da leider ein Loch. Retrograde Amnesie. Ich kann mich an das Gespräch mit dem Alten nicht mehr erinnern, wohl aber daran, dass ich abgehauen bin, fluchtartig.«

»Zu schnell.«

»Auf vereister Brücke.«

»Du baust einen Unfall und segelst in die Frontscheibe. Armer Heinrich. Erzähl weiter.«

»Viel gibt es da nicht mehr zu erzählen. Ich habe mich ans gegenüberliegende Ufer geschleppt, von ihm weg, zum Wohnwagen-Puff Calas. Auch Cala hat früher zur Belegschaft gehört, wie Palombi ...«

»Warum lächelst du?«, fragte Mo.

»Du gleichst ihr ein wenig.«

»Dieser Cala?«

»Ja.«

»Ist sie schön?«

»Sie war es. Früher hat sie als Gummi-Model gearbeitet, und bei gewissen Sammlern … lassen wir das.«

Ich wollte nicht darüber reden, auch nicht darüber nachdenken, dass es sowohl zwischen Mo und der Guten, als auch zwischen Mo und Cala Verbindungen zu geben schien. Mo war offensichtlich die Frau, die alle meine Frauen in sich versammelte.

Ich sagte: »Ich hatte beim Crash viel Blut verloren. Und dummerweise …«

»Sag mir alles, hm?«

»Bei meinem Gang über die Brücke habe ich die Flasche aus dem Mantel gezogen, den für den Freier bestimmten Wodka, und kräftig zugelangt.«

»Nach dem Crash?!«

»Mo, ich hatte einen grauenhaften Durst.«

»Mein armer Liebling.«

»In der Tasche des Mantels hatte ich eine kleine Schelle gefunden … damit wollte ich läuten … Cala alarmieren …«

»Die Frau im Wohnwagen! Hat sie dich gerettet?«

Mo drückte meinen Kopf an ihren Busen; ihr Atem bewegte mich wie die Wellen einer sanften Flut. Mo war jetzt alle meine Frauen, und ich war ihr Freier, ihr Liebhaber, ihr Sohn. Hätte uns jemand gesehen, wären wir ihm als Pietà erschienen. Sie sitzend, ich liegend, in ihren Armen geborgen. Die Wanduhr der Tante lief schon seit Jahren nicht mehr; in der Wohnung war es so still wie in einer Grabhöhle …

»Mo, ich fühle mich sehr wohl, so wohl wie noch nie in meinem Leben. Es ist schön, deinen Atem zu spüren, deinen Duft zu riechen, deine Wärme zu fühlen ...«

»Als Roshdestwenski warst du großartig«, sagte sie, »und jetzt lass uns schlafen, hm?«

»Mo«, hörte ich mich sagen, über meine eigenen Worte erschreckend, »sie haben zu Recht gejubelt ...«

»Bist du der Abgesandte aus Moskau?«, fragte sie schelmisch.

»Nein. Aber je länger ich bei dir bin, desto eher glaube ich, dass die Wirklichkeit geteilt ist – wie Deutschland. Es gibt ein Hüben und ein Drüben, ein Davor und ein Danach, und schau mich an, Mo: Ich sehe aus wie ein Schwanz und bin in Wahrheit ein Gott. Ich verstehe die Sprache der Katzen und weiß: Alles ist umgekehrt. Wir sind auf der anderen Seite.«

Mit schlafverklebten Äuglein stand Paula in der Schlafzimmertür.

»Schenkst du mir eine Prinzessin?«, fragte sie gähnend. »Ich möchte eine Prinzessin haben.«

Als ich am nächsten Morgen erwachte, fand ich auf dem Küchentisch einen kurzen Brief: »Lieber Heinrich, ich bitte dich, die Wohnung im Lauf des Tages zu verlassen. Liebe Grüße, auch von Paula. Mo.

PS: Bei uns würde man dir in einer Poliklinik helfen, dein Unfalltrauma zu verarbeiten.«

In meiner italienischen Aufmachung durfte ich mich nicht auf die Straße wagen, aber von Mimis Seite her, den Katzen, war ich ein Abkömmling von Kleidermachern und hatte in

Sachen Kostüm schon immer Glück gehabt. Ich entnahm dem Schrank der Tante einen grauen dicken Wintermantel, den sie vermutlich als Trümmerfrau in den kargen Jahren des Wiederaufbaus getragen hatte – über den Hüften konnte man durch Seitenschlitze in sackähnliche Taschen greifen, perfekt geeignet zum Hamstern von zufällig oder auf dem Schwarzmarkt ergatterten Nahrungsmitteln. Den Federleichten hatte ich in der Trommel der Waschmaschine des Ministeriums zurückgelassen, und es schmerzte mich, nun auch noch auf den italienischen Regenmantel verzichten zu müssen, doch wohin immer ich mich wenden würde: Meine ersten Schritte führten durch die Oststadt, und ich durfte im tristen Straßenbild nicht auffallen.

Um mein besonderes Merkmal, die Narbe, zum Verschwinden zu bringen, assortierte ich zum Mantel einen Glockenhut im Gatsby-Stil, der bis zu den Augenbrauen reichte. Er ließ sich über den Schädel ziehen wie ein Kondom, denn in den zwanziger Jahren war man noch in offenen Benzinkutschen gefahren, und die moderne Dame, die ohne Verdeck am Volant gesessen hatte, bevorzugte Hutmodelle, die vom Wind nicht weggerissen wurden. Auch beim wilden Charleston hatten sie ihre Glocke getragen, und – du lieber Himmel! –, damit sah ich nun doch etwas zu verwegen aus.

Gab es auch Rasierzeug in der Wohnung? Ah, sehr gut! Alles, was ich brauchte, war vorhanden: ein Stück Kernseife, ein Pinsel, ein Nassrasierer. Ich machte mich an die Arbeit, und während aus dem Dutturi eine Tunte wurde, vielmehr eine Tante, die kesse Kress aus den wilden Zwanzigern, mit einer Gatsbyglocke aus dunkelbraunem Filz und einer dunkelroten Stoffrose über dem rechten Ohr, kam es mit der sich allmählich verabschiedenden Revolverfresse zu einem interessanten Dialog.

Erinnert du dich noch an unsere erste Begegnung?, fragte die Revolverfresse.

O ja, sagte ich, vorsichtig am Bart schabend, wie könnte ich diesen Moment vergessen. Es war auf Sizilien, in der Villa Vittoria. Als du mich aus dem Spiegel der Waschkommode angeglotzt hast, bin ich fast in Ohnmacht gefallen. Der Kahlschädel mit der Raupe war mir völlig fremd.

Vor dem Spiegel stand der Junior, und wen hat er gesehen?

Den Sizilianer, antwortete ich, das Rasieren unterbrechend.

Der Sizilianer, der mich jetzt aus dem Spiegel anschaute, nickte. Dann sagte er mit seiner rauen Flüsterstimme: Ende August hat der Schweizer Zoll einen Mann geschnappt, der sich als Heinrich Übel ausgab. Richtig?

Ja.

Der wahre Heinrich Übel konnte dieser Mann nicht sein, haben sich die Zöllner gesagt, denn warum hätte der Echte einen gefälschten Pass mit dem eigenen Namen vorweisen sollen?

Aus Eitelkeit, erwiderte ich. Um seinen neu erworbenen Doktortitel amtlich dokumentiert zu haben.

Aber das wissen nur du und ich, versicherte der Sizilianer, sonst weiß es niemand. Über seine Züge huschte ein schiefes Grinsen. Ahnst du, was ich dir sagen will? Ein sizilianischer Mafioso war beim Versuch, mit einer gefälschten Identität in die Schweiz einzureisen, verhaftet und über das

378

Wochenende arretiert worden. Am Montag hätte man ihn dann der Polizei überstellt – zur Abklärung der noch offenen Fragen. Nur: Am Montagmorgen war der Mann verduftet, und nach allen Regeln der Kunst wäre der Vorgang in den Akten verstaubt. Doch es sollte anders kommen. Einige Wochen später finden sie in einer Wohnung in Zürich die Leiche einer gebürtigen Amerikanerin – und was entdecken sie am Hals dieser Leiche?

Daumenabdrücke, sagte ich.

Daumenabdrücke, sagte der Sizilianer. Denn selbstverständlich bin ich bei meiner Festnahme am Zoll polizeilich erfasst worden, mit allem Drum und Dran, auch mit Fingerabdrücken, und siehe da, die Abdrücke am Hals der Amerikanerin, einer Maureen Phoebe Dexter, stimmen bis auf die letzte Rille mit den Abdrücken des illegal in die Schweiz eingereisten Sizilianers überein. Was folgt daraus? Ganz einfach. Wenn ich es war, der Sizilianer, der die besagte Maureen erwürgt hat, kannst du es nicht gewesen sein. Ist doch logisch, oder?

Ja, gab ich zu.

Ich bin dein Alibi, Heinrich Übel. Und wenn ich jetzt verschwinde, nehme ich deine Übeltat mit. Sie verschwindet mit mir.

Sie verschwindet mit dir …

Aber Vorsicht! Deine Narbe könnte dich verraten. Wie sie dich großgemacht hat, könnte sie dich auch kleinkriegen. Addio!

Addio …

Moment! Ist dir am Mantel der Tante nichts aufgefallen?

Mann, flüsterte ich, du hast recht.

Ich trennte mit einer Nagelschere unten beim Saum das Innenfutter auf und glaubte meinen Augen nicht zu trauen: Gold, von der Tante gehortet. Wie wertvoll die Münzen waren, entzog sich meiner Kenntnis, und leider konnte ich den Sizilianer nicht mehr fragen. Als ich mir den Seifenschaum wegwischte, war er verschwunden – mitsamt dem Mord an Maureen.

Es war wieder soweit: Ich musste mir eine neue Gestalt aneignen ... wozu mir allerdings noch einiges fehlte: ein Zigarettenhalter aus Elfenbein, rote Schminke, etwas Puder, längere Wimpern, ein koketter Blick. Auch musste ich lernen, mich weiblicher zu bewegen. Ob mir ein Hüftgürtel dabei helfen würde? Oder Mos Wollstrümpfe? Hauptsache, ich war nicht mehr arm, denn hier, wo sie die Spielregeln des Kapitalismus abgeschafft hatten, würden meine Goldmünzen bestimmt ihren Zauber entfalten. Zwar wusste ich nicht, wie es mit mir weitergehen würde, aber selbst ein Empedokles soll vor seinem Abflug in den Krater des Ätnas gemeinsam mit seinen Hippie-Jüngern ein letztes Abendmahl veranstaltet haben. Ein Abendmahl musste es nicht sein, Jünger hatte ich auch nicht, doch bevor ich diese Welt verließ – ein Leben ohne Mo war für mich sinnlos –, wollte ich wenigstens ein Paar Würstchen essen.

Plötzlich ein Ticken – als wäre in der kaputten Wanduhr die Zeit angesprungen. Ich hielt vor Schreck den Atem an und starrte auf die Tür. Anhand des Zeigefingers, den ich zum Haken krümmte, stellte ich fest, dass man in der Regel auf Brusthöhe anklopft – als wollte man seinen Herzschlag verstärken. Also musste das Wesen vor der Tür ziemlich klein sein, denn um sein zartes Klöpfeln zu vernehmen, musste ich mich bücken.

»Ist da jemand?«

Als Antwort wieder das Klöpfeln. Da zog ich die Tür auf, erst nur einen Spalt, dann weit, vor Überraschung sprachlos –

»Paula!«

Sie huschte in die Wohnung.

»Warum kommst du her? Habt ihr im Kindergarten schon Feierabend?«

»Ja«, sagte sie.

Sie schüttelte ihr Köpflein, wischte mit dem Handrücken die Tränen weg, wandte sich ab.

»Du bist abgehauen.«

Sie nickte.

»Warum?«

»Weil ich eine Puppe will!«, rief sie wütend.

Ich erhob mich seufzend. Ob es mir passte oder nicht, ich musste das Kind zurückbringen – sofern das überhaupt noch möglich war. Es konnte ja sein, dass sich die Lage inzwischen zugespitzt hatte und die Pastoren und ihre Sandalenjünger aus ihren Kirchen hervorbrechen würden.

»So so, eine Puppe willst du haben.«

Wieder nickte Paula: »Auch die Mama hat eine Puppe gehabt.«

»Nein, eben nicht.«

»Mama hat es in deinem Heft gelesen«, sagte Paula.

»Das stimmt. Im Heft steht es.«

»Ich wünsche mir eine Prinzessin«, sagte Paula, »mit blauen Augen, blonden Haaren und einem Krönchen.«

Aus weiter Entfernung vernahmen wir das Scheppern eines Lautsprechers: »Alles aussteigen! Der Zug endet hier.« Als wir um eine Ecke bogen, sahen wir den Zug stehen, denn auf diesem Streckenabschnitt fuhr die U-Bahn als Hochbahn, und die Station hing wie der Deckaufbau eines gestrandeten Ozeandampfers zwischen den Häuserzeilen über der Straße. Gusseiserne Laternen wuchsen aus dem Asphalt und ließen in den Glashauben ein armseliges Flämmchen zischeln. Bei einer aufgelassenen oder durch den Streik lahmgelegten Fabrik hatten sie die Scheiben eingeschmissen, doch gab es in dem langen Gebäude eine kleine Buchhandlung, einige Treppenstufen unterm Gehsteig. Das Schaufenster steckte zur Hälfte in einem Schacht, und wir wären wohl vorbeigegangen, wenn da unten nicht eine Hand versucht hätte, das letzte Buch aus der Auslage zu nehmen: »Lebendige Zukunft. Reden für ein sozialistisches Europa«. Der internationale Bestseller von Moff!

Der Buchhändler erschrak über die eigene Ladenklingel. Ich erklärte ihm, dass ich mit dem Dichter, dessen Buch er hinter dem Rücken verbarg, persönlich bekannt sei, und erkundigte mich, wo wir eine Puppe kaufen könnten.

»Was wollen Sie kaufen?«

»Eine Prinzessin«, sagte Paula.

Der verängstigte Buchhändler war nicht bereit, auch nur eine einzige Auskunft zu erteilen, und Paula zog mich am Mantelärmel aus dem Laden. Hinter uns wurde die Tür verriegelt, das Licht gelöscht – Feierabend, wohl für immer.

Lieber als ein Puppengeschäft wäre mir eine Bäckerei

gewesen, aber wo noch irgendeine Ware angeboten wurde, hatte sich eine lange, eng stehende Schlange gebildet. Alle glotzten einander in den Nacken, was immerhin den Vorteil hatte, dass sich niemand über meine Gatsbyglocke wunderte. Auch gaben mir die Goldmünzen in der Hamstertasche des Tantenmantels eine gewisse Sicherheit – für hiesige Verhältnisse waren Paula und ich reiche Leute.

Auf einer Parkbank ruhten wir eine Weile aus. Eine stämmige Frau im Blaumann harkte Laub. In den kahlen Ästen hockten Krähen. Plötzlich begannen sie zu krächzen.

Paula sah konzentriert zu ihnen hoch, dann schlug sie das Händchen an die Stirn und rief: »Danke, Genossen! Daran hatte ich nicht gedacht!«

»Haben sie dir eine Adresse genannt?«

»Ja. Komm!«

»Wohin?«

»Zuerst müssen wir telefonieren. Die Frau dort kann uns sagen, wo es hier in der Gegend ein Telefon gibt.«

Sie eilte zur Stämmigen im Blaumann, die sich für einen Moment auf den Stiel der Harke stützte und mit dem kantigen Kinn stumm auf eine Eckkneipe wies.

Auf dem Weg dorthin erklärte Paula: »Wir werden die Puppe schießen.«

»Entschuldige, Darling … was werden wir?«

»Mensch, seid ihr im Kapitalismus alle so dämlich? Auf dem Rummel natürlich. Im Plänterwald.«

Die Eckkneipe war ein bläulich verrauchtes Lokal, und der Stammtisch befand sich ziemlich genau in der Mitte, so weit wie möglich von den wanzenbestückten Ecken entfernt. Graue Gesichter waren um den Tisch versammelt, Bierhumpen vor sich, Schnapsgläser, volle Aschenbecher. Keiner sagte ein Wort, und ich konnte nur staunen, wie die kleine Montag die gespannte Atmosphäre ignorierte, auf einen hölzernen Barhocker kletterte, den Telefonapparat verlangte. Er wurde vor sie hingestellt. Mit der Zungenspitze über die Lippen streichend, wählte sie eine Nummer; nach dem dritten Läuten stand die Verbindung.

»Nein, Dörte, nicht schon wieder!«, dröhnte die entrüstete Stimme von Oberst Kupferschmidt aus der Muschel. »Ich befinde mich an vorderster Front! Im Endkampf! Begreifst du denn nicht? Alles, was wir aufgebaut haben, alles, wofür wir gelebt und gelitten und gekämpft haben, alle unsere Leistungen, unsere Hoffnungen, unsere Zukunft – der ganze verdammte Sozialismus ist am Untergehen. Uns steht das Wasser bis zum Hals. Morgen stehen wir an der Wand oder hängen an den Laternen, und du fragst mich allen Ernstes, ob ich diese überkandidelte Aktivistin liebe?«

»Ich bin's, Paula Montag. Können Sie uns mit dem Trabi nach Treptow bringen?«

»Dörte?«

»Nein, Onkel Kupferschmidt, ich bin's, die kleine Montag.«

»Was für eine kleine Montag, verdammt nochmal, ich spreche mit Dörte!«

»Nein, eben nicht. Wir müssen dringend nach Treptow rüber.«

»Wer ...«

»Ich und Mamas neuer Freund.«

»So. Aha. Und was wollt ihr in Treptow?«

»Eine Puppe schießen.«

»Aufgelegt«, sagte Paula achselzuckend. »Mama hat völlig recht. Die NVA ist auch nicht mehr das, was sie mal war.«

Am Stammtisch wuchsen die grauen Köpfe zusammen.

»Tja«, sagte Paula, »hätte uns der Oberst abgeholt, hätte er das Telefonat bezahlen können. Jetzt haben wir ein Problem.«

Ich schüttelte den Kopf. Unter meiner Tarnkappe steckte immer noch der Sizilianer, und der wusste genau, wie man sich einen Kneipenwirt zur Brust nahm. Ich lenkte seinen Blick auf meine Hand, die flach auf dem Tresen lag und unter den Fingerspitzen einen goldenen Münzenrand aufblitzen ließ. Dem Wirt trat der Schweiß auf die Stirn.

Eine kurze Verhandlung, dann stand einer der hageren Stammtischler auf, und wir verließen durch den Hinterausgang die Kneipe. Im Hinterhof schob der Mann, Hotte genannt, ein altertümliches Krad, ein Militärmotorrad mit Seitenwagen, aus der schmalen Holzgarage. Dann suchte er im Gerümpel unsere Ausrüstung zusammen: für jeden einen Eierhelm, eine eng anliegende Brille und Lederhandschuhe. Da der Helm nicht über den Hut passte und ich auf keinen Fall die Narbe zeigen wollte, vertraute ich darauf, dass die Glocke trotz Fahrtwind am Schädel haften würde – sie war ja einmal für solche Abenteuer modelliert worden.

Hotte kickte den Motor an, und mit Donnerhall brausten wir los, quer durch die leere, graue, dem Untergang geweihte Halbstadt – Hotte über den Lenker gebeugt, die behelmte Paula und ich im Seitenwagen, beide mit Brillen. Am Bahnhof Ostkreuz hielten wir an.

Die Spree, verkündete der Fahrer kategorisch, überquere er nicht – für kein Gold der Welt. Sperrbezirk Treptow. Viel zu heiß. Immerhin erklärte er uns den Weg, und so ging ich wieder einmal über eine Brücke, an der Hand die fröhlich summende Paula – »Halt stand, rotes Madrid!«

Am Ende der Brücke bogen wir links ab und folgten der Spree nach Osten; sie war so platt und grau wie die Stahlwand eines vertäuten Zollboots. Von den Uferbäumen wirbelten rostige Blätter, und schon um diese Zeit, am mittleren Nachmittag, setzte die Dämmerung ein. Ich hatte gehofft, in einem Ausflugslokal etwas Essbares aufzutreiben, doch vergeblich. Es musste Jahre und Jahrzehnte her sein, dass in diesem Lokal schnauzbärtige Pickelhauben und dralle Dienstmädchen zu schmetternder Blasmusik die Tanzbeine geschwungen hatten. Im Kies faulte das Laub, Pilze klebten an den Holztischen, Türen und Fenster des Gasthauses waren mit Brettern vernagelt. Einzig ein rotes Spruchband, das quer über die abblätternde Fassade hing und die Umsetzung der Beschlüsse des soundsovielten Parteitags anmahnte, brachte etwas Farbe in die spätherbstliche Tristesse. Sofern Hottes Angaben stimmten, konnte der Plänterwald nicht mehr weit sein.

Um fünf Uhr nachmittags erreichten wir ihn.

Als wir vorsichtig ans Fenster ihres Häuschens pochten, wachte die Kassiererin nicht auf. Die Mütze war ihr auf die

Nase gerutscht, und der Handschuh hielt eine Zange, mit der sie – vermutlich vor hundert Jahren – die letzte Eintrittskarte gelocht hatte.

»Pst!«, machte Paula und zog mich hinein in den schlafenden Rummelplatz.

Die breiten Wege waren leer, es gab außer uns keine Besucher, niemand in all den Buden regte sich. Hinter dem Fahrkartenschalter einer Station im Western-Stil schlief ein Bahnbeamter; im Kohletender der kleinen Dampflok schlief der Lokomotivführer; es schlief der fette Schaffner, der im hintersten der leeren Waggons zwei Sitze einnahm, und der uniformierte Bahnhofsvorsteher, eine grüne Kelle unterm Armwinkel, schlief auf dem bretterbelegten Bahnsteig im Stehen. Es schliefen die Karussells und die Buden, es schliefen die leeren Boote der Schiffschaukel, es schliefen die Geister der Geisterbahnen. Und doch war Leben im toten Park. Aus den Zelten roch es nach Pferdepisse, und dass ich den Eindruck hatte, eine ähnliche Situation schon einmal erlebt zu haben, lag wohl an den gesattelten Ponys, die in einem seitlich offenen Zelt im Kreis trotteten, immer im Kreis – wie der Esel um den Ziehbrunnen der Villa Vittoria.

Paula kam atemlos hinter einem leuchtenden, jedoch stillstehenden Karussell hervorgerannt: »Die Prinzessin hat uns gesehen. Sie hat mir gewinkt. Komm!«

Die Bude, zu der sie mich lotste, bestand aus einem langen Tresen und aus einer in Stufen ansteigenden Rückwand, die alles versammelte, was kitschig und bunt und überflüssig war: Papierrosen Kristallvasen Plüschbären Kuckucksuhren Luftballons Kerzenständer und mittendrin, der Madonna gleich, der Hauptpreis: eine Puppe mit großen blauen Augen, langen gebogenen Wimpern und einem blitzenden Diadem.

Nachdem wir mehrmals Hallo gerufen hatten, trat auf der Seite eine junge Frau aus dem Zeltschlitz. Sie hatte ihr schwarzes Haar unter einem roten Kopftuch versteckt und ließ große runde Ohrringe blitzen. Ihre Sprache verstanden wir nicht, doch stemmte sie ein altertümliches Gewehr auf den Tresen, drückte drei Patronen hinein und lud durch. Als ich ihr eine Goldmünze hinschob, begriff sie, dass wir es auf die Puppe abgesehen hatten, und verlangte, indem sie den Daumen am Zeigefinger rieb, das Doppelte. Sie bedankte sich mit einem abschätzigen Blick, reichte Paula das Gewehr und setzte dann auf einem Regal unterhalb der Prinzessin einen Mechanismus in Gang, der flache Blechhasen aus einem Gebüsch hervorschnellen, über einen Graben fliegen und hinter einem Mäuerchen verschwinden ließ. Auf einer Tafel war erklärt, wie man den Hauptpreis gewann: Der Jäger musste neun Hasen mit neun Schüssen niederstrecken.

Paula zögerte keine Sekunde. Auf eine leere Bierkiste gestellt, legte sie an, zielte, schoss. Spielte es eine Rolle, ob sie jedes Mal ins Schwarze traf oder ob die schöne Zigeunerin dem Glück ein bisschen nachhalf? Aber nein. Die zweite Serie wurde ebenfalls ein voller Erfolg, und kaum zu glauben, trotz wachsender Nervosität erklang auch beim siebten, achten, neunten Schuss das helle Pling, das den Hasen im Sprung erwischte und vom Band klappen ließ. Geschafft! Neun Schüsse, neun Treffer. Eine Walzermelodie schepperte los, bunte Glühbirnen flackerten, und mit klappernden Augendeckeln schwebte die Prinzessin in die Arme der glücklichen Paula.

Die Zigeunerin und ich lächelten einander zu, und als hätte die dröhnende Walzermelodie den anderen Budenbesitzern mitgeteilt, dass Kundschaft aufgetaucht war, begannen Lichtergirlanden zu flirren, Geisterbahnen zu jaulen, Karussellorgeln zu schmettern; auf einem Kanal brachten Wellen Boote ins Gleiten; das Züglein ging bimmelnd auf seine Rundreise; ein weißer Wal drückte eine Fontäne aus dem Kopf; bemalte Holzpferde galoppierten, und müd, aber geduldig setzten die gesattelten Ponys ihr Trotten fort.

Nach längerem Suchen fanden wir eine Rummelbude, wo wir wenigstens etwas zu trinken ergattern konnten, eine Limonade für Paula, einen Grog für mich. Etwas zu essen? Der Budenbesitzer würdigte uns keiner Antwort, also opferte ich ein weiteres Goldstück, worauf er uns, auf einmal redselig geworden, ein Paar Würstchen servierte, angeblich das letzte. Danach zog er sich in den Hintergrund zurück, wo ein Schwarzweiß-Fernseher ein Fußballspiel übertrug. Paula unterhielt sich angeregt mit der Prinzessin, und ich, am schon abgekühlten Grog nippend, versank in meiner Melancholie. Was würde von mir bleiben? Mein Hauptwerk, der Papierpalast, war höchstwahrscheinlich in Flammen aufgegangen, und die Arbeit am neuen Lebenskatalog war in den Anfängen steckengeblieben. Ich war der verlorene Sohn par excellence. Was ich erhofft, was ich ersehnt, was ich schon zweimal vergeblich versucht hatte, würde mir niemals gelingen: heimzukehren in die Arme des Vaters und von ihm zu erfahren, wie die Unfallnacht geendet hatte – denn kein Zweifel, er wusste Bescheid. Auf dem Fensterbrett seines Schlafzimmers war das Fernglas jederzeit griffbereit. Er sah, was auf der Brücke geschah, außer wenn das Tal im Nebel lag oder wenn es schneite, aber nach dem Crash war es klar gewesen – ich hatte, rücklings auf der Brücke liegend, hoch oben am Himmelsgewölbe einen Punkt gesehen, ein Blinken, ein Zwinkern, einen Stern, einen Satelliten oder ein Flugzeug …

… und sei es, dass mir der Grog in die Birne stieg, sei es, dass die düsteren Gedanken von Paulas fröhlichem Gezwitscher verscheucht wurden: Auf einmal fand ich den verlotterten Park im Novembernebel schön. Leere Bankreihen einer Berg-und-Tal-Bahn glitten in weichen Wellen von Tunnel zu Tunnel; aus allen Himmelsrichtungen war das Bimmeln und Rattern und Rauschen und Rollen zu hören; ein Drache, unter dem ein kleiner Traktor steckte, kroch fauchend vorüber, und im gotischen Fenster eines spitzen hohen Turms saß Dornröschen. Paula winkte ihr mit dem Ärmchen der Prinzessin, und kaum zu glauben, aber wahr, aber wirklich: In diesem Augenblick erschien mir mein Leben wie ein Märchen, und ich war mit allem, was geschehen war, selbst mit dem Unfall, einverstanden. Was mir zufallen sollte, war mir zugefallen. Mit Mo und Paula hatte ich das Wunder der Liebe erlebt, und das war bedeutender als der gesamte Rest. Es rechtfertigte meine Existenz. Es machte mich glücklich.

»Woran denkst du?«, fragte Paula.

»An einen alten Freund. Quassi hat er geheißen. Er war ein Trinker und wie alle Trinker ein Wiederholungstäter. Wenn er besoffen war, hat er seinen Monolog stets mit dem gleichen Refrain beendet: Das Leben. Die Weiber. Ein dum-

mer Zufall. Hätte ich doch. Wäre ich nur. Eigentlich. Aber.
Vergiss es …«

Paula kicherte ins goldene Haar der Prinzessin hinein:
»Das Leben«, wiederholte sie. »Die Weiber. Ein dummer
Zufall. Hätte ich doch. Wäre ich nur. Eigentlich. Aber. Ver-
giss es …«

»Paula, ich muss kurz weg. Warte hier auf mich. Aber
nicht zu lang, hörst du? Sollten mich irgendwelche India-
ner oder Seeräuber schnappen, weißt du ja, wie du weiter-
kommst.«

»Keine Angst«, flüsterte sie mir ins Ohr. »Die Seeräuber
sind nicht echt.«

»Frag mal deine Prinzessin, die wird das anders sehen.«

Ich schob ihr die restlichen Goldmünzen hin: »Irgendwo
haben sie bestimmt ein Telefon. Der Oberst kann dich abholen oder mit Mama verbinden.«

»Das sind ja Sterntaler!«, rief Paula entzückt.

»Ja«, sagte ich, »Sterntaler«, und sah hinüber zum Rie-
senrad, dessen Gondeln im Nebel der Nacht verschwanden.

… und in diesem Moment kamen sie angerannt, alle in
heller Aufregung: Mo Montag, Oberst Kupferschmidt, der
Parteisekretär Kress, der Tanzgruppenleiter Matthias sowie,
den läutenden Ohrensessel auf dem Buckel, der Genosse
Peschke.

»Paula!«, schrie Mo, drückte sie an sich und begann
hemmungslos zu heulen. »Mein Kind, mein Kind, mein
Kind!«

Peschke schnaufte wie ein Walross, Kress streichelte etwas unbeholfen Paulas Kopf, und »unser Matthias«, der

wohl ihr Vater war, zog sich diskret zurück, um beim Buden-
wirt eine Runde Schnaps zu bestellen.

Der Oberst telefonierte wieder einmal mit seiner Gattin:
»Nein Dörte, heute ist mit einem Angriff nicht mehr zu
rechnen. Peschke wird mich gleich nach Hause bringen.
Die Genossen lassen grüßen. Ende.«

Nachdem Paulas Fehlen entdeckt worden war, hatten
die Kindergarten-Tanten alle Hebel in Bewegung gesetzt,
um Mo zu erreichen, was ihnen trotz Schwierigkeiten – die
Telefonzentrale im Funkwerk wurde nicht mehr bedient –
schließlich gelang. Mo kontaktierte via Ohrensessel den
Oberst, und im Trabi, der treue Peschke am Steuer, rasten
sie mit qualmendem Kühler quer durch die Oststadt, erst
zum Parteisekretär Kress, dann zum Tanzgruppenleiter
Matthias. Die Hoffnung, bei einem dieser Herren das Kind
zu finden, sollte sich nicht erfüllen, aber der Tanzgruppenleiter – als Musiker war er kombinatorisch begabt – hatte
keine Mühe, Paulas Telefonbotschaft an Kupferschmidt –
»Kannst du uns nach Treptow rüberbringen? Wir möchten
eine Puppe schießen!« – zu enträtseln: Rummelplatz. Plänterwald.

»Korrekte Zielangabe«, lachte der Oberst, »Tochter und
Mutter sind wieder vereint.«

Der Tanzgruppenleiter hatte sich vom laufenden Fernseher gelöst, aber, du heilige Scheiße, was war los mit dem
Mann? Verstörte ihn etwa mein Aufzug, der alte Tantenmantel und die Gatsbyglocke? Er war weiß im Gesicht, seine Kinnlade hing herunter, die Augen glotzten, und es zitterten auf dem Tablett die Gläser, dass die Schnapstropfen
hüpften. Selbst Mo, die immer noch Paula herzte, sah nun

auf. Etwas stimmte nicht. Etwas war passiert … ja, aber was? Mit letzter Kraft schob Matthias das Tablett auf den Tisch. Im Hintergrund drängten sich Leute um den Fernseher. Peschke war auf einmal verschwunden, wie vom Erdboden verschluckt, doch merkten wir das erst, als der Ohrensessel erneut zu schrillen begann. Der Oberst, ebenfalls verunsichert, holte den Hörer aus der Armlehne. Während er lauschte, wurde er weiß, so weiß wie der Genosse Matthias.

»Verstanden«, sagte Kupferschmidt leise. »Die Genossen lassen grüßen. Ende.« Und der Hörer entglitt seiner Hand.

Irgendwo im Park schrie jemand auf, und dann war es wieder so still, dass das verzweifelte Schluchzen von Dörte aus der Muschel floss. Der Oberst kippte schnell sämtliche Schnäpse, dann lagen im Sessel nur noch seine Uniformhose, das ordenbehängte Jackett und die Mütze; die Offiziersstiefel standen davor, blankgewichst, schwarzglänzend, leer. Auch Kress löste sich in Luft auf.

»Mo«, stammelte der Genosse Matthias, »an der Bornholmer Straße strömen die Massen in den Westen. Die Mauer ist offen.«

Der Mann im Kassenhäuschen des Riesenrads schien vom historischen Wandel noch nichts gemerkt zu haben. Ich hatte ihn geweckt, und bevor er mich zur Kenntnis nahm, stellte er fluchend fest, dass seine Zigarette zu Asche geworden war. Betont langsam streifte ich die Gatsbyglocke vom Kahlschädel – er sollte mich später identifizieren können. Aus der Filzrose zauberte ich meinen letzten Sterntaler hervor. Den Brauch, im Hut einen Notgroschen aufzubewahren, hatte ich aus Sizilien mitgebracht, und so wichtig mir meine in vierzig Gasthörersemestern erworbene Bildung war: Die nützlichsten Dinge hatte ich in Pollazzu gelernt, bei den Freunden der Freunde. Auch sie, genau wie Sophia Loren oder Marcello, mein treuer Soldat, und ganz besonders der gute liebe Kater Anonymus, hatten mein Leben reicher und schöner gemacht.

Der Riesenradmann erschrak über den Sterntaler fast noch mehr als vorhin die Genossen Matthias, Kupferschmidt und Kress über das Geschehen an der Bornholmer Straße.

Ich sagte: »Kannst du dein Rad etwas schneller laufen lassen?«

»Selbstverständlich, mein Herr. Für Ihr Gold können Sie kreisen, bis sie grün werden!«

An einem kleinen Stellpult drückte er drei Hebel nach unten, wodurch das Rad knirschend anhielt. Ich betrat eine Gondel, blieb aber stehen, den Rücken dem offenen Türchen zugewandt, denn ich wollte zusehen, wie ich abheben und aufsteigen würde in den Himmel, wo mich mein nächstes Leben erwartete – und vielleicht, ein schönes Vielleicht, die Erfüllung meiner Liebe. Hier unten hatte ich nichts mehr verloren, da war alles beendet, nun vertraute ich darauf, dass ich dort oben, kurz vor dem Zenit, den wahren Heimweg antreten konnte.

Nachdem der Riesenradmann das Türchen der Gondel geschlossen und den Riegel eingehakt hatte, kehrte er an sein Stellpult zurück, wo er sämtliche Hebel auf volle Kraft voraus schob. Die Gondel ruckte schwankend los, und während sich der Boden entfernte, während die Bäume kleiner, die Geräusche leiser, die Karussells zu glühenden Pilzen auf einer dunklen Insel wurden, erfasste mich ein Sausen und Brausen, das von den aufstrahlenden Sternen herabzuwehen schien.

»Wie schön!«, sagte eine vertraute Stimme.

Ich hörte ein Kichern – auf der Bank saßen lächelnd drei Prinzessinnen: Mo, Paula, die Puppe.

Paula grinste verschmitzt, die Prinzessin klapperte mit den Augendeckeln, und Mo rief, indem wir höher stiegen, über die Ränder der Weltinsel hinaus: »Heinrich, du lebst!«

Noch in der Nacht, da die Mauer fiel, hatten wir uns auf den Weg in den Westen gemacht. Bis zur Bornholmer Straße kamen wir gut voran, aber dort, an der nun offenen Grenze, gerieten wir in die Wirbel einer jubelnden Masse, und auf einmal – das Hupen der Trabis war ohrenbetäubend, das Schreien der Leute schrill – blendete mich der Scheinwerfer eines TV-Teams.

»Mo! Paula!«

Ich brüllte, ich boxte, und während ich mit der gewaltigen Strömung auf den Kontrollpunkt zutrieb, wurde das Rauschen um mich herum zur Brandung am Afrikanischen Meer. Damals war die schöne Schwimmerin nackt dem Schaum entstiegen, nur mit einem Glitzern bekleidet – nun kehrte sie zurück in die Gischt, an der Hand das Kind. Die Vision war stark – die Hoffnung, die beiden jetzt wiederzufinden, gering. Trotzdem trieb ich mich bis in die Morgenstunden am Übergang herum, und leuchtete irgendwo etwas Rötliches auf, stieß ich mich mit mächtigen Schwimmzügen durch die Menge, die ungläubig staunend zu begreifen versuchte, dass sie plötzlich auf der anderen Seite war, im Westen.

Irgendwann verließen mich die Kräfte. Ich fand die beiden nicht. Den Rest der Nacht verbrachte ich in einer düsteren Kaschemme. Anderntags reihte ich mich in die

Schlange der Rückkehrer ein, und es war etwa acht Uhr abends, als ich endlich die Schliemannstraße erreichte. Das Haus war zum Glück noch offen, so dass ich zu Mos Wohnung hochsteigen und an ihrer Tür meinen Namen flüstern konnte: »Mo, ich bin's. Seid ihr da?«

Stille. Leere. Fühlbare Abwesenheit.

Mir war bekannt, dass die Vorsitzende der Hausgemeinschaft eine sehr deutsche Biographie hatte: Nazisse unter Hitler, Stalinistin unter Ulbricht, danach moderater, jedoch stets im Dienst der Partei, eine fleißige Denunziantin. Als ich sie fragte, ob sie etwas von Mo wisse, warf sie einen Blick ins Treppenhaus. Dann bekam ich leis die Antwort, um die Tochter brauchte ich mir keine Sorgen zu machen, vermutlich sei sie ins Kinderheim gekommen.

»Falls die Montag zurückkehrt«, fügte sie noch hinzu: »Wen darf ich melden?«

Meine Bemühungen, Kress oder Kupferschmidt zu kontaktieren, schlugen fehl. Sofern sie überhaupt noch in der Stadt waren, hüteten sie sich vermutlich, auf ein Klingeln zu reagieren oder den Briefkasten zu leeren. Auch meine S-Bahn-Fahrten nach Köpenick endeten ohne Ergebnis. Die Vopos, die wie früher den Eingang zu den Funkwerken bewachten, hoben nur die breiten Schultern, und ich musste froh sein, dass mir wenigstens erlaubt wurde, einen Blick durch das Gittertor zu werfen. Dahinter führte eine Straße ins Innere der weitläufigen Fabrikanlage, gesäumt von roten Fahnen und Plakaten, auf denen »Unsere Besten« vorgestellt wurden. So konnte ich meine Liebste noch einmal sehen: »Mo Montag. Entwicklungsabteilung. Dreifacher Aktivist.«

Als ich an einem trüben Novembernachmittag zum dritten Mal vor dem Gitter erschien, waren die Plakate abgerissen und die Fahnenmasten leer. Ganz hinten, zur Spree hin, standen auf einem Betonplatz eine Reihe von Ohrensesseln im Nieselregen, die Armlehnen hochgeklappt, als würden sie den deutschen Gruß entbieten. Ich meinte ein vielfaches Klingeln zu vernehmen, aber das konnte ebenso gut aus dem dunklen Verwaltungsgebäude kommen, wo niemand mehr die Telefone abnahm. *Die Genossen lassen grüßen. Ende.*

Zum Glück hatte ich vor der Geliebten ein volles Geständnis abgelegt. Sie wusste, wer ich war, wie ich hieß, woher ich kam, und so bestand die Chance, dass Mo auf irgendeine Weise versuchen könnte, mich über die Gummifabrik ausfindig zu machen. In diesem Fall hätte sie sich wohl an die Zentrale gewandt, und natürlich wäre es das beste gewesen, mich unverzüglich mit der Guten in Verbindung zu setzen. Aber die Gute (siedend heiß fiel es mir ein) würde unsere Hilton-Nacht nicht vergessen haben, und offen sei's gestanden: Der Mut, mich bei ihr zu erkundigen, ob sich eine Mo Montag gemeldet habe, ging mir ab. Der Sizilianer begann auch innerlich zu verschwinden. Mein Charakter glich sich dem Outfit an. Ich vertuntete. Ich vertantete. Immerhin gelang es mir noch, in den Spelunken der Weststadt ein paar Pokerrunden zu spielen, und mit dem ersten Gewinn, den ich durch das Schielen auf die Gurgeln meiner Mitspieler einstrich, eilte ich zum Bahnhof Zoo, kaufte eine Fahrkarte und bestieg um acht Uhr abends den Interzonenzug Richtung Westdeutschland.

Regen und Graupelschauer peitschten gegen die zitternde Scheibe, und obwohl das Abteil überfüllt war, froren wir Passagiere jämmerlich. Eine alte Schlesierin, offenbar flucht- und reiseerfahren, stopfte uns Zeitungsseiten unter die Kleidung, und wie könnte es anders sein: Nachdem sie mich in den frühen Morgenstunden aus dem Zug geholt hatten, sollte ich einem bayerischen Grenzbeamten erklären, warum ich ein verdammtes Kommunistenblatt in den Westen schmuggeln wolle.

»Die Zeitung«, gab ich wahrheitsgemäß zu Protokoll, »ist mir inhaltlich unbekannt. Ich habe mich damit gegen die Kälte geschützt.«

Ein müdes Grinsen. Ab in den Arrest. Meine Befürchtung jedoch, ich könne zur Fahndung ausgeschrieben sein, erwies sich als falsch, und nach zwei Nächten in einer Zelle, die noch kälter war als das Eisenbahnabteil, durfte ich meine Reise fiebernd fortsetzen. War es jetzt wirklich die Heimkehr – und nicht nur die Heimkehr des verlorenen Sohns, auch die Heimkehr zur verlorenen Liebsten? Hatte Mo, von der stutenbissigen Guten am Telefon abgeschmettert, die einzig richtige Konsequenz gezogen und ihrerseits die Reise ins Fräcktal angetreten? War sie vielleicht schon eingetroffen? Saß sie an den Abenden mit dem Senior am Kamin und ließ sich von ihm erklären, wie er in seiner Person stets dem Allgemeinen gedient habe, der freien Marktwirtschaft, der Gummibranche, dem mittelständischen Unternehmertum, dem christlichen Abendland?

Ach, es war ein zähes Reisen, ein trauriges Wandern durch ein Deutschland, das mir in seiner Novemberstimmung vorkam wie ein kaltes Afrika. »Zonenrandgebiet« wurde die Gegend genannt, und tatsächlich hatte man in den trostlosen, meist leeren Dörfern oder auf den grauen, im Nebel absaufenden Feldern das Gefühl, sich einem Abgrund zu nähern, dem Rand der Welt. Zog ich überhaupt in die richtige Richtung? Stimmte der Kompass? Über eine weite Strecke folgte ich wie Sender Katz, mein jüdischer Urahn, einer Telefonleitung, und so war ich eigentlich sicher, von einem Gehöft zum nächsten voranzukommen. Aber die Gehöfte glichen sich. Sie glichen sich derart, dass sich mir immer wieder das gleiche Bild bot: In der Koppel stand eine abgemagerte Mähre; hinter dem Küchenfenster lauerte eine stumme Hexe; an der Stallwand hing ein verbeulter Wehrmachtshelm. Du lieber Himmel, führte mich mein Kompass im Kreis? Kam ich zum dritten Mal an derselben Mähre, derselben Hexe, demselben Helm vorbei? Oder hatten sie hier alle ihre Wehrmachtsuniform aufbewahrt? Warteten sie insgeheim auf den Befehl zur nächsten Mobilmachung und würden, wenn von den Rathäusern die Sirenen heulten, überall den Helm von der Stallwand nehmen und abmarschieren in den nächsten Untergang?

Trostlose Gasthöfe. In niederen Stuben verschlossene Mienen. Keine Chance, mit dem Pokern ein paar Mark zu ergattern. Sinkende Temperaturen – und ich bekam wieder Fieber. Ein Tippelbruder, der blutige Klumpen ausspuckte (wie meine Großmutter mütterlicherseits), brachte mir bei, wie man auf freier Wildbahn satt werden konnte. Man vertilgte Fallobst und trank dazu in der Toilette einer Tankstelle oder einer Bahnstation möglichst viel Wasser. »Lieber Bauchschmerzen als Hunger«, meinte der Tippelbruder und reichte mir seine Flasche: Kölnischwasser 4711 (schmeckte gar nicht schlecht und konnte in den Drogerien leichter entwendet werden als die eingegitterten Schnapsflaschen in den Supermärkten).

An der Haltestelle eines Überlandbusses kam ich mit einem Vertreter für Gummiwaren ins Fachsimpeln. Er öffnete seine beiden Musterkoffer, ließ mich Schlüpfer beschnuppern und Wärmflaschen befühlen, und gemeinsam sangen wir ein Loblied auf den guten alten Kautschuk, die schwarze Baumträne, die sich nun selber beweinen musste – an allen Fronten war das Plastic auf dem Vormarsch. Nachdem der Vertreter mit dem letzten Bus hinterm Horizont verschwunden war, packte mich die Verzweiflung. Wie weit war das Fräcktal entfernt … unerreichbar auch für Mo. Hatten wir uns für immer verloren?

Als auf Sizilien Piddus Mamma ihren kleinen Sohn am Straßenrand zurückgelassen hatte, war es wenigstens Sommer gewesen, die Abende erfüllt vom Tosen der Grillen, der Himmel voller Sterne, und natürlich würde hier, in diesem verlorenen Landstrich, nie eine Limousine heranschnurren und den Kofferraum aufklappen lassen. Aber im Geplauder hatte der Vertreter für Gummiwaren eine interessante Bemerkung fallenlassen, und so machte ich mich trotz Verzweiflung Erschöpfung Fieber an die Arbeit …

Vertreter, die jahraus jahrein über Land und von Tür zu Tür zogen, waren auf ein gepflegtes Äußeres angewiesen. Deshalb hinterlegten sie in ihren Schuhen, die sie nachts vor die Zimmertüren stellten, ein Trinkgeld für den Putzdienst. Im nächsten Dorf schlich ich an der Gaststube vorbei in den oberen Stock und wartete dann, in einem Besenschrank versteckt, bis die Vertreter in ihren Kammern zu schnarchen begannen. Dann machte ich mich auf die Sam-

meltour und schüttelte aus den Schuhen mit den schief-
gelaufenen Absätzen das deponierte Trinkgeld heraus, mal
fünfzig Pfennige, mal eine ganze Mark.

In einer Kleinstadt war die Kollekte so erfolgreich, dass
ich am nächsten Abend ein Zimmer buchen und die Übernachtung für meine Zwecke nutzen konnte. Fortan reiste
ich weniger hungrig, denn in der Regel waren die Küchen
in der Nacht nicht abgeschlossen. Gehörte ein Hund zum
Haus, teilte ich mit ihm die kalten Schnitzel, und es war
mir ein Vergnügen, wenn er mich frühmorgens schwanz-
wedelnd verabschiedete.

Eines Nachmittags fiel der erste Schnee, ich fror und
schwitzte, und gegen Abend packte mich das Fieber mit
einer Wucht wie seinerzeit in Afrika. Ich schleppte mich ins
nächste Dorf, wo ich im Gasthof Zum Goldenen Hirschen
ein Zimmer verlangte und sogleich zu Bett ging. Unter mir
wurde poltrig Bier gesoffen, und so konnte ich davon ausgehen, dass es mir ähnlich ergehen würde wie meinem Freund
Piddu mit dem trottenden Brunnenesel – war das Trappeln
der Hufe, das Ächzen der Zugvorrichtung, das Klirren der
Krüge einmal erstorben, hatte die Stille Piddu geweckt.

Mitten in der Nacht schreckte ich hoch, zog mich an und
reckte, nach links und nach rechts blickend, den Kopf in
den Korridor. Dann schlich ich, den Tantenmantel über die
Schulter gelegt, auf bloßen Socken von Tür zu Tür. Alle
hatten eine Nummer, an erster Stelle eine 4. War ich hier
schon einmal abgestiegen? Hatte ich erneut die Orientie-
rung verloren? War ich wieder im Kreis marschiert und in
der eigenen Vergangenheit gelandet?

Du lieber Himmel! Ich ging schneller, dann langsam, und dann, die Hand an mein klopfendes Herz gelegt, sank ich vor einem Paar weißer Plastestiefel wie ein Minnesänger auf mein linkes Knie. Weiße Plastestiefel! Sie war es, meine über alles geliebte Mo! Sie schlief hinter dieser Tür!

»Mo«, rief ich, »mach auf, ich bin's, Heinrich!«

Da kam ein langer dünner Schatten um die Ecke, einen Korb am Arm, und begann, die vor den Schwellen abgestellten Schuhe einzusammeln. In keinem klingelte es. Alle leer. Hier schien der Trinkgeldbrauch nicht zu gelten. Der Diener machte kehrt und verschwand mit dem gefüllten Korb in seinem Office. Der eingeprägten Nummer auf dem Stahlhoden meines Zimmerschlüssels konnte ich entnehmen, dass ich in der 43 logierte. Es war mein Zimmer, ich erkannte es am zerwühlten Bett. Ich schlüpfte unter die Decke, da näherten sich plötzlich Schritte, und jemand beugte sich über mich. »Signore«, flüsterte er, »sind Sie wohlauf?«

Schwarze Koteletten, gepuderte Wangen, die Lippen geschminkt – es war der Langhagere aus der Villa Vittoria mit den nicht ganz sauberen Clownshandschuhen. War ich wieder auf Sizilien, wieder in Pollazzu? Ängstlich zog ich die Decke unters Kinn.

»Ihre Narbe sagt uns, wer Sie sind«, bemerkte er voller Ehrfurcht. »Sie bieten Ihren Feinden die Stirn.«

»Was für Feinden?«, fragte ich entsetzt.

»Bravissimo!«, rief er und wandte sich Piddu zu, der ebenfalls hereingekommen war: »Siehst du, wie er das macht? Die Schweinehunde könnten ihn durch eine Olivenpresse drehen, er würde sich mit keinem Wort verraten.«

Piddu nahm meine Hand, berührte sie mit den Lippen: »Complimenti, Complimenti!«

»Wofür?«, fragte ich dumpf.

Bevor er antworten konnte, trat die schwarze Köchin an mein Bett. Sie war eine unglaubliche Tonne, aber, wie es im Hohen Lied heißt, nigra et formosa, schwarz und schön. Sie musterte meine Schläfe und sagte, ein Lächeln um die vollen Lippen: »Laila el qedr!«

»Das ist die Nacht der Nächte«, erklärte der Langhagere, »die Nacht, da die Engel herabsteigen und das Meerwasser trinkbar wird.«

Das Meerwasser? Was für ein Meerwasser? Etwa die schäumende Gischt, in der mein Engel am Grenzübergang Bornholmer Straße abgetaucht war?

Aus dem unteren Stock roch es nach frischem Kaffee, ich erwachte, und so ganz allmählich begriff ich: Mos weiße Plastestiefel, der Alte, Piddu und die Schwarze Madonna waren mir im Traum erschienen, in einem lodernden Fiebertraum. Er kam mir realistischer vor als mein Zimmer im Goldenen Hirschen. Verstört taumelte ich nach unten. Die Wirtin riet mir dringend, in der nächsten Stadt den Arzt aufzusuchen. Ich versprach es ihr. Ich war jetzt ernsthaft krank. In einer Apotheke erstand ich ein Fieberthermometer, und leider bestätigte sich meine Befürchtung. Gegen Abend kletterte die Temperatur auf 39 Grad. Meine Erschöpfung und Erkältung hatten die Malaria wieder ausbrechen lassen.

Da ich eine zusätzliche Zollkontrolle, die österreichische, vermeiden wollte, bewegte ich mich auf der deutschen Seite des Bodensees nach Westen. An einem Samstagnachmittag im frühen Dezember stand ich frierend und fiebernd an einer Straßenkreuzung, doch diesmal hatte ich Glück – ein kleiner Lastwagen hielt.

»Fahren Sie in die Schweiz?«

Der Chauffeur nickte gähnend; er hoffte wohl, dass ich ihn mit einer Plauderei wachhielt, und ließ mich einsteigen. »Wo kommst du her, Kumpel?«

»Aus Berlin.«

»Mann, da war was los! Wir haben vor dem Fernseher gesessen und geheult. Suchst du Arbeit, drüben in der Schweiz?«

Ich schüttelte den Kopf. Seine Fragerei ging mir auf die Nerven.

»Sie zahlen gut, die Schweizer«, meinte der Chauffeur und gähnte wieder, »aber froh wirst du nicht mit denen. Kein Humor, verstehst du? Nicht für fünf Rappen. Das wirst du gleich merken, am Zoll. An deiner Stelle würde ich das Hütchen abnehmen.«

Ich linste über den Rand der Sonnenbrille: »Du denkst wohl, dass ich eine verdammte Tunte bin, hm?«

Er fand das lustig. »Wie machst du's mit dem Schwanz?«, fragte er. »Klebst du ihn mit einem großen Heftpflaster zwischen die Beine?«

Jetzt lachten wir beide, und das war eine günstige Gelegenheit, seine Brieftasche, auf der ich gesessen hatte, in den Schlitz der rechten Hamstertasche gleiten zu lassen. Ich erzählte ihm von der Nacht, da die Mauer gefallen war, und im letzten Dorf vor der Grenze stieg ich aus. Seine Papiere gab ich in einem Gasthof ab, das Geld, mehr als fünfhundert Mark, hatte ich eingesteckt und war nun solvent genug, um die Serviererin, die sich furchtbar zu langweilen schien, mit einem Fünfziger zu ködern.

»Soll ich dir einen blasen?«, fragte sie und gähnte.

»Ich muss illegal über die Grenze.«

»Geh nicht durch den Wald«, sagte die Serviererin, »da könnte dich eine Patrouille schnappen. Bleib lieber auf der Straße. Bei Nacht sieht dich keiner. Vor dem Zoll gehst du rechts in die Wiese hinein, dann direkt an ihnen vorbei, schon bist du drüben.«

An einer Tankstelle auf Schweizer Seite tauschte ich meine D-Mark in Franken um, und es war kein großer Fehler, nur ein kleiner: Von einer Telefonkabine aus rief ich im Malatesta an und erkundigte mich nach Isidor Quassi. Quassi, erklärte mir Bruno, sei momentan nicht hier, doch gebe er mir gern dessen Telefonnummer. In seiner Freundlichkeit erschien mir der alte Ober wie ausgewechselt, und noch erstaunlicher fand ich es, dass der notorische Schnorrer Quassi auf einmal ein Telefon besaß.

Quassi reagierte pikiert, aber dann lud er mich ein, ihn am nächsten Tag zu besuchen. Ich durchschaute seine Absicht. Er wollte herausfinden, wer sich hinter dem Namen Übel verbarg – dass ich der echte sein könnte, hielt er offenbar nicht für möglich.

»Dann also bis morgen, Quassi.«

Am Sonntag stand ich um zwölf Uhr in Zürich vor seiner Tür, und kaum hatte ich den Finger vom Klingelknopf gelöst, wurde sie aufgerissen: Halbglatze, Goldrandbrille, lange fette Strähnen. Die Ärmel und Hosenbeine des schwarzen, vor Schäbigkeit glänzenden Anzugs zu kurz; schmutzige Füße, lottrige Sandalen. Er war's, kein anderer als Quassi, äußerlich hatte er sich nicht verändert, doch schien ihn der Besitz eines Telefons mit einer Selbstsicherheit ausgestattet zu haben, die zur abgerissenen Vogelscheuche nicht passen wollte.

»Erkennst du mich?«, fragte ich gezwungen lächelnd.

Im Hintergrund sah ich eine Matratze mit grauem, wohl seit Jahren ungewaschenem Bettzeug sowie einen kleinen Tisch, auf dem eine Schreibmaschine stand – meine Schreibmaschine! Weiße Konfetti umgaben sie wie Blüten einen Kirschbaum.

»Wer ist es?«, krächzte eine weibliche Stimme aus dem Bad. »Ist es der Verrückte, der gestern Nacht angerufen hat?«

»Wie ich merke, bist du sehr beschäftigt«, sagte ich.

Er nickte. »Mutter und ich erwarten einen Freund zum Frühstück. Als es geklingelt hat, nahmen wir an, er sei es.«

»Ich bin es, Bruder. Ich habe dich gestern angerufen, Bruno hat mir deine Nummer gegeben. Dieser Champagner« ... ich zauberte ihn aus der Hamstertasche ... »ist für dich. Ich dachte, wir sollten unser Wiedersehen ein bisschen feiern. Es ist schon länger her, dass wir uns gesehen haben. Auch habe ich das dringende Bedürfnis, gewisse Dinge zu klären, sehr wichtige Dinge ... Dinge, an die du dich bestimmt erinnerst. Du hast mir im letzten Februar deinen Chevy ausgeliehen, allerdings mit abgefahrenen Sommerreifen und einem fast leeren Tank. Ein gewisser Dill hat mir vor der Abfahrt zwanzig Franken gepumpt, sonst wäre ich unterwegs liegen geblieben.«

In einer Dampfwolke trat im obszön kurzen Frotteemantel und auf Gummilatschen (mit Zehenschlaufe) Mutter Gertrud aus dem Bad.

»Einen Augenblick, Mutter«, rief ihr Quassi zu, »dein Kaffee kommt gleich!«

»Ich halte dich nicht auf«, versprach ich hastig, »höchstens fünf Minuten! Und keine Angst, ich werfe dir nicht vor, dass die Gummis abgefahren waren. Schuld war das Glatteis. Blitzeis …« Ich tupfte mir den Schweiß von der Stirn. »Weißt du, mich interessiert nicht der Unfall, mich interessiert das Danach.«

»Was für ein Danach?«

»Richtig, Quassi, das ist der Punkt. Darum geht's. Ich habe noch zwei Löcher zu stopfen. Loch eins: meine Wiederbegegnung mit dem Senior. Loch zwei: das Ende jener Nacht.«

Ich drückte ihm den Champagner in die Hand, schwebte an ihm vorbei zu meiner Remington und nahm sie an mich. »Wurde dir der Wagen ersetzt?«

»Nicht zum Neuwert.«

»Neu war er nicht, dein Rosthaufen. Aber lassen wir das. Wir sind quitt. Du hast einen neuen Wagen bekommen, ich hole mir die Schreibmaschine zurück. Hast du mit meinem Senior verhandelt?«

»Mit der Guten. Sie hat mir ein Angebot unterbreitet. Von mir wird niemand etwas erfahren. Die Sache bleibt unter uns. Und jetzt verpiss dich. Mutter will frühstücken.«

Wie vor achtzehn Jahren schleppte ich an diesem Sonntag im Advent meine Remington durch das Niederdorf, und wie es damals genieselt hatte, nieselte es auch heute. Als ich den Hirschenplatz erreichte, wäre es mir beinah gelungen, den Blick auf die Litfaßsäule zu unterdrücken, doch das Plakat war stärker – es wollte angeschaut werden. Und es wurde angeschaut: riesengroß ein Weihnachtsmann! Buschige weiße Augenbrauen, der Rauschebart aus Watte, der rote Kapuzenmantel hermelingesäumt, im linken Stoffhandschuh der Bischofsstab, und mit dem rechten, gereckten, graphisch ins Phallische vergrößerten Zeigefinger, über den ein durchsichtiges Kondom gestülpt war, tat er uns kund, wie man es tun solle: *mit Doktor Übels Verhüterli!* Da wollte es der Zufall, sofern es Zufälle überhaupt gab, was ich mittlerweile bezweifelte, dass Bruno aus dem Malatesta trat und mit ihm die vergangene Nacht aus dem Schankraum dunstete. Bruno steckte sich hustend eine Zigarette an, und die aschgraue Serviette, die über der beschuppten Schulter hing, wirkte nicht gerade einladend. Ich hatte auch nicht vor, länger zu bleiben, doch wollte ich mich wenigstens für Quassis Telefonnummer bedanken und Bruno erklären, warum ich mit einer Schreibmaschine und einem auffälligen Kostüm durch mein altes Revier zog.

Ich zwinkerte ihm zu: »Nicht erschrecken, lieber Freund, wir kennen uns.«

Bruno hasste die Schweiz, seinen Beruf, seine Gäste und vor allem hasste er den Frühdienst, wenn die Alkoholiker, die er als letzte abgefertigt hatte, als erste wieder einliefen, auf den ausgetrockneten Zungen die gleichen Monologe wie am Abend zuvor. Aber auch hier schien es zu einer flagranten Veränderung gekommen zu sein, wie bei den Quassis. Die besaßen plötzlich einen Telefonapparat, und Bruno, der Garstige, war freundlich, sogar ausnehmend freundlich zu einem Gast am Sonntagmittag. Er stellte eine Flasche Grappa auf den Tisch.

»Ich liebe euch alle«, sagte er und goss uns ein.

»Seit wann?«

»Seit ich weiß, dass meine Tage gezählt sind. Im Abschiedslicht zeigt sich dir die Welt von ihrer schönsten Seite. Sogar an Quassi denke ich voller Zärtlichkeit.«

»Ist das dein Ernst? Hast du vergessen, wie der uns mit seinem ewig gleichen Monolog terrorisiert hat?«

»Ein lieber, wertvoller Mensch«, korrigierte mich Bruno, faltete die Hände und senkte die Lider, als würde er neuerdings zu einer Sekte gehören und sei schon hienieden der Erlösung teilhaftig geworden.

»Und wie ist er zu seinem plötzlichen Reichtum gekommen, der wertvolle Quassi? Wer bezahlt ihm das Telefon?«

»Der alte Übel hat ihm einen halbwegs neuen Chevy vor die Tür gestellt.« Bruno sah sich um, dann beugte er sich vor und flüsterte: »Und im Handschuhfach haben ein paar Tausender gesteckt.«

»Bist du sicher?«

»Absolut.«

»Wofür?«

»Quassi sollte die Schnauze halten. Der alte Übel wollte verhindern, dass der Unfall des Juniors in die Zeitung kommt. Seine Branche ist heikel. Sanitäre Hygiene.«

»Der alte Übel ist mein Vater.«

»Und du bist der Junior?«, fragte Bruno ungläubig. »Der Frosch, der Quassi Abend für Abend die Biere bezahlt hat?«

»Ja. Hast du ein Blatt Papier?«

410

Bruno trennte aus dem Schuldenbuch eine Seite heraus. Ich spannte sie in die Remington, tippte »Ober Bruno« und bewies mit den herausfliegenden Konfettis, dass ich der war, für den ich mich ausgab: der Besitzer der Schreibmaschine mit der kaputten O-Taste.

»Du bist es«, rief Bruno, »der Junior!«

»Junior« tippte ich und schoss ein weiteres Loch in die Seite.

In diesem Augenblick knallte die Tür auf, und herein taumelte der verkaterte Kunstkritiker des Tagesanzeigers. Er plumpste auf seinen Platz und bekannte stöhnend, eigentlich hätte seine Kritik schon gestern fertig sein müssen … Dann schloss er über den schwarzen Tränensäcken die Lider, legte den weißen Block vor sich hin, zückte den Stift und nickte verzweifelt.

»Was soll man über Ellen noch schreiben?! Es ist doch schon alles gesagt!«

»Hat Ellen eine neue Ausstellung?«, gab ich mich interessiert.

Er hievte die Lider hoch und richtete die feuchten, von rötlichen Äderchen durchzogenen Augenscheiben auf die Remington. Gut möglich, dass er sich im Delirium wähnte. Da trieb ihn seine Schreibblockade ins Malatesta, und was grinste ihn vom Nachbartisch an? Ein tippendes Gespenst. Ich hackte meinen Namen aufs Blatt, zog es heraus, hielt es ihm hin. Er las. Er überlegte. Er nickte, und dann fragte er: »Bist du immer noch auf der Suche nach deinem Unfall, Junior?«

»Im letzten Februar sollte ich meinen Vater besuchen«, sprudelte es aus mir heraus, »Quassi hat mir seinen Chevy ausgeliehen, und wie das Leben so spielt, zumindest meines: Ich habe mich unterwegs umziehen müssen. Zufällig oder dank einer gnädigen Vorsehung konnte ich mich aus Quassis mobiler Garderobe bedienen. Vielleicht habt ihr mal reingeschaut. Es gab da allerhand: Schwerter, Kronen, ein Brecht-Jackett und die komplette Ausrüstung für einen Weihnachtsmann. Kapuzenmantel, buschige Brauen, Rauschebart, Schelle mit Holzgriff, weiße Stoffhandschuhe, Bischofsstab. In dieser Kostümierung bin ich bei meinem Senior erschienen, und schaut mal, wer da draußen auf der Litfaßsäule prangt?«

»Der Weihnachtsmann«, sagten der Kunstkritiker und der Ober.

»Mein Vater«, fügte ich resigniert hinzu. »Im Fernglas hat er alles gesehen, damals. Er weiß, was aus mir geworden ist.«

»Erinnert ihr euch an Hilty-Hess?«, fragte der Kunstkritiker. »Er gehörte zum Gremium der Chefredaktion. Eines Tages brach er in einer Konferenz zusammen. Hirnschlag. Als er im Unispital lag, haben wir ihn alle besucht. Er lag in einem Meer von Blumen und Pralineés. Wir zeigten ihm einen Apfel, und er musste das richtige Wort sagen: Apfel. So halfen wir ihm, wieder sprechen zu lernen. Bald ging es ihm besser. Er konnte wieder fühlen, denken, reden. Nach einem halben Jahr war er imstande, mit Gabel und Messer zu essen, und wenn ich sein Zimmer betrat, erkannte er mich. Eines Tages war es soweit. Er kehrte zurück in die Redaktion, zwar am Stock, aber rüstig, braungebrannt, sportlich kostümiert. Wir standen im Flur Spalier und haben ihm applaudiert. Er nahm an seinem Schreibtisch

Platz. Er zog eine Akte hervor und studierte ein Dokument, das seine Unterschrift trug: Hilty-Hess. Dabei müssen ihm gewisse Zweifel gekommen sein, er schraubte den Füller auf und schrieb den Namen noch mal: Hilty-Hess. Dann verglich er seine beiden Unterschriften, die alte und die neue, schloss die Akte, stand auf und ging. Wir haben ihn nie mehr gesehen.«

Ich quartierte mich auf dem Dachboden des Zeisig-Hauses ein und verbrachte die nächsten Tage auf einem ausrangierten Diwan, von alten Klamotten und einem löchrigen Teppich zugedeckt. Hier wollte ich nach dem mühsamen Trip durch Deutschland zu Kräften kommen, dann heimkehren und, anders als Hilty-Hess, meine Geschichte zu einem guten Abschluss bringen. Es wurde höchste Zeit, schon in wenigen Wochen würde sich der Februartag wiederholen, da mich die Gute per Telefon nach Hause beordert hatte. Zu peinlich, ich war von meinem Ziel noch genauso weit entfernt wie an jenem Abend, da ich hier oben, auf dem Dachboden, die Blätter des Papierpalastes durchgesehen und dann mit Hilfe des Mieters Dill nach unten geschleppt hatte. Auch die meisten meiner Lebensläufe hatte ich damals mitgenommen, ein paar jedoch waren an der Wäscheleine hängengeblieben, mit Holzklammern festgesteckt, und lag ich in meiner Wolkenhöhle auf dem Diwan, erschienen sie mir als trostlose Wimpel einer misslungenen Existenz. Statt Mo zu suchen und heimzukehren, lag ich hier oben fest und gab mich dem Fieberschub hin, der mit schöner Pünktlichkeit eintraf. Ich mochte diese Pünktlichkeit, und es war mir, bevor ich zu schlottern, zu schwitzen und mit den

Zähnen zu klappern begann, jedes Mal eine Freude, vom Diwan aus zu beobachten, wie die sinkende Sonne einen Strahl durch die Dachluke stieß und damit die Rückseiten der aufgespannten Blätter bestrich. Aufgrund der defekten Remington waren sämtliche Os, ob groß oder klein, herausgeschossen, und so verwandelte der Zauberstab der Abendsonne die Lebensläufe in Sternkarten, worin die Löchlein wie Planeten erglühten.

Indes rückte das Fest immer näher, vor den Warenhäusern schwangen Weihnachtsmänner ihre Schellen, und auf seinen Plakaten trug der Herr der Gummifabrik den roten Umhang, eine rote Kapuze und einen weißen Rauschebart. Kam ich um die Ecke, war er immer schon da, häufig auf drei Plakaten nebeneinander, und natürlich war es kein erhebendes Gefühl, dauernd einem Erzeuger zu begegnen, der zur Verhütung aufrief, zur Verhinderung neuen Lebens.

Die Stadt wurde mir unheimlicher von Tag zu Tag. Also hielt ich mich meist unterm Dach auf, in meiner Wolkengrube, und dachte darüber nach, weshalb seinerzeit, nach meinem Rausschmiss aus der Fabrik, der Pächter einer abgeranzten Kneipe auf die Idee verfallen war, mich ausgerechnet zu Ellen Ypsi-Feuz zu schicken. Sie hatte mir dann prompt zu meiner Mansarde verholfen, und wenn mich nicht alles täuschte, war ich unter Ellens Regie mit Maureen verkuppelt worden. Kein Zweifel, die Ypsi-Feuz hatte sich mir gegenüber in der Rolle einer Wohltäterin gefallen. Sie nahm offensichtlich Anteil an meinem Schicksal, und, du lieber Himmel, wie würde diese zu theatralischen Hysterien neigende Künstlerin reagieren, wenn sie erführe, dass

414

aus dem einst so harmlosen netten Übel ein Täter geworden war, der Mörder ihrer Assistentin? Eine Erschütterung
durchliefe die Zürcher TV-, Kunst- und Psychoszene. Ellens
beste Freundinnen müssten sie vielhändig streicheln, Hully
Bloom wäre als Therapeut, Läuchli-Burger als Politiker ge-
fordert, und kein Zweifel, als Sohn meines Vaters würde ich
vom Feuilletonchef der NZZ – wenn nicht gar von Moff! –
in einem feinsinnigen Kommentar seziert.

Aber woher nahm ich eigentlich die Gewissheit, dass
Maureen tot war? Gab es irgendwelche Beweise? Ihre Verwesung war einzig und allein den Flaschen und dem verstopften Klo im Gästehaus des Wachregiments in Ostber-
lin entstiegen. Ein Klo- und Flaschengeist. Eine Furie aus
Wodka, Weinbrand, Krimsekt und dem ätzenden Leunapul-
ver. Eine Phantasieproduktion. Vorsätzliche Verblendung.
Beweis: An keiner Grenze, weder beim Abflug in Kloten
noch bei der Ankunft in Berlin, noch später am Check-
point Charlie, als ich in den Osten gegangen war, hatten sie
mich deswegen festgehalten. Mörder oder nicht? Die Frage
ließ sich einfach beantworten. Sollte Maureen noch leben,
hatte ich sie nicht umgebracht. Also begann ich sie zu suchen, wie ich seinerzeit Mimi gesucht hatte. Abends beobachtete ich die Fenster ihrer Wohnung in der Heliosstraße
und warf jeweils vor Mitternacht einen Blick ins Odeon,
wo wir früher oft gemeinsam am Tresen gesessen hatten.
Auch horchte ich ein bisschen herum, ließ hie und da ihren
Namen fallen, und eines Nachts, als ich dem Kunstkritiker
des Tagesanzeigers über den Weg lief (er war unterwegs zum
Galeriehaus) erfuhr ich nicht nur, dass man Bruno ins Unispital eingeliefert hatte, sondern auch, dass Maureen, die

Assistentin der Ypsi-Feuz, in der Psychiatrischen Universitätsklinik Burghölzli behandelt werden musste.

Die Psychiatrische Universitätsklinik Burghölzli war durch die Doktoren Bleuler und C. G. Jung zu Weltruhm gekommen. Bleuler hatte in der Burg die Schizophrenie entdeckt, zumindest war er der erste, der sie als psychische Krankheit beschrieb, als Morbus Bleuler, und schon in seiner Dissertation hatte C. G. Jung die Hypothese aufgestellt, in der Wahnfigur eines Schizophrenen könne sich möglicherweise eine archetypische Gestalt oder eine Figur aus einer früheren Existenz bemerkbar machen. So gesehen wäre die Schizophrenie eine Art Wiederkehr. War man etwa Napoleon gewesen, nahm einen die unbewältigte Gestalt wieder in Besitz, und gegen den Rest der Welt hatte der Schizophrene recht: Er war Napoleon.

Eine weltweit anerkannte Kapazität war auch der aktuelle Burgherr: Huldrich »Hully« Bloom. Das Publikum kannte ihn hauptsächlich seines Wollkäppis wegen, das in diversen TV-Sendungen den farblichen Mittelpunkt bildete. Bloom trug es in verschiedenen Farben, etwa lindgrün oder lila, und wie Besucher von Ellens Partys wussten, symbolisierte der rundumlaufende, meist dunkle Streifen, den Ring des Saturn. Eine sorgfältig gefönte Locke hing ihm in die Stirn, einer Geigenschnecke ähnlich und dazu geeignet, mit einer nachdenklich-flüchtigen Handbewegung berührt zu werden, als gelte es, eine Fliege oder einen Gedanken zu verscheuchen. Wer das Glück hatte, auf den Partys in seine Nähe vorzudringen, war überrascht, wie bescheiden sich der Große gab, wie gut er zuhörte, wie leis er sprach – wie ein Priester, der flüsternd die Messe las. Trotzdem pflegten sich Blooms Äußerungen, die ihm häufig zu Sentenzen gerieten, eilends durch alle Etagen von Ellens Galeriehaus zu verbreiten und bei ihr ein begeistertes Kreischen hervorzurufen: Nein, der Hully wieder! Er hat sein Käppi als »meinen Eierwärmer« bezeichnet!

Ja, nun wusste ich, wo ich Maureen finden würde, doch sah ich lieber davon ab, in meinem Aufzug in der Burg vorzusprechen. Ich hatte mich seit längerem nicht mehr rasieren können, und aus meinen Augen glühte das Malaria-Fieber. So war ich darauf angewiesen, sie außerhalb der Burgmauern zu treffen, auf den Uferwiesen am Zürichsee, wo die Psychogruppen jeden Vormittag ihre Reigen tanzten.

Als ich am nächsten Morgen hinging, tropfte noch der Regen der Nacht aus den Bäumen, und aus den Lautsprechern, die wie Vogelhäuschen in den Ästen hingen, winselten die Beatles. Einige der Psychos ließen mit dem sogenannten Bloomstab bunte Seidenbänder flattern, und natürlich war die Künstlerin, von der die Farbgestaltung stammte, keine andere als Ellen Ypsi-Feuz. Die Betreuer hatten mich registriert, und die Psychos wurden in ihren Hüpfbemühungen noch langsamer, noch lahmer – wie Roboter, denen die Batterie ausging. Die Stäbe sanken, die Seidenbänder erschlafften, sie glotzten mich an.

Ich zog mich rasch zurück, von einem der Pfleger durch das Fernglas beobachtet. Die Sache gefiel mir nicht. Vermutlich hatte ich meine Ex in einen traumatischen Zustand versetzt, so dass sie zu den schweren Fällen gehörte, die nicht auf die Weide gelassen wurden: geschlossene Abteilung, Plexiglasfenster, keine Besuche.

Leider wirkten sich die kalten Nächte aus. Ich fieberte wie seinerzeit in Afrika, und wie in Afrika machte ich auch jetzt, auf dem Dachboden des Zeisig-Hauses, die Erfahrung, dass man im Fieber zugleich verwirrt war und hellsichtig. Kam gegen Abend die Sonne aus den Wolken, stieß sie ihren Zauberstab durch die Luke und fuhr, allmählich schwächer werdend, über die aufgespannten Lebensläufe. Dann erglühten die Löchlein, die ich beim Tippen meiner Katalogartikel in die Blätter gehämmert hatte, und zähneklappernd wälzte ich die Frage, ob sie vielleicht eine Botschaft enthielten – wie der rundumlaufende Streifen auf den Saturnkäppis der Psychoanalytiker oder der hier oben residierende Kater, der sich gern zu einem Kreis einrollte, den Schweif um sein Schnäuzchen gelegt. Von Tag zu Tag wartete ich sehnsüchtiger und gespannter auf den Anbruch der Dämmerung, und irgendwie war ich im Tiefsten überzeugt, einen persönlichen Advent zu durchleben: Etwas bahnte sich an. Etwas kam näher, ja, aber was, aber was, aber was …

Von den Fieberanfällen geschwächt, konnte ich mich nur noch mit Mühe auf den Beinen halten, aber liegen bleiben durfte ich nicht, einmal täglich musste ich nach unten, um am Flintenrohr des Brunnens Wasser zu holen oder bei meinen Nachbarn etwas Nahrung zu erbetteln. Natürlich begegnete man mir mit Misstrauen, und oft kratzte ich vergeblich am Küchenfenster der Parterrewohnung – Sophia Loren riss es nur auf, um es mir vor der Nase zuzuschlagen. Von Ponti, ihrem Mann, erhielt ich mal ein Stück Salami, mal eine Flasche Bier, und Dill, der Ex-Sprüngli-Mann, drückte mir eine große Schachtel voller Schokoladen-Osterhasen an die Brust. Marcello ignorierte mich, und dass das Ehepaar Weideli davon absah, mich polizeilich entfernen zu lassen, verdankte ich einzig und allein dem nahenden Weihnachtsfest.

Am 21. Dezember, meinem Geburtstag – ich hatte zum Frühstück zwei Osterhasen vertilgt und dabei einer Drehorgel gelauscht, die im Hinterhof ein Weihnachtsrepertoire abspulte –, glaubte ich kräftig genug zu sein, um doch noch einmal die Psycho-Wiesen aufzusuchen. Vielleicht hatte sich Maureen inzwischen erholt. Wenn sie tanzte oder wenigstens ein bisschen im Kreis ginge, wäre das für mich das allerschönste Geburtstagsgeschenk.

Im Dunst verhockte eine schwache Sonne; zwei Schwäne klebten reglos an der Wasserfläche. Die rund geschnittenen Büsche sahen aus wie die Toupets der Rentner, die stumm ihren Pudeln folgten, peinlich darauf bedacht, ein allfälliges Würstchen mit einem Tütchen vom Boden zu pflücken und in die Tasche zu stecken. Wie stets zwitscherten die Beatles aus den Bäumen, auf der grauen Uferwiese tanzten die Psychogruppen, und selbstverständlich trugen die Betreuer ein gestricktes Saturnkäppi.

Ich bezog unter einem Baum meinen Beobachtungsposten. Der Stamm gab mir eine gewisse Deckung, und so hatte ich Zeit genug, um die Psychos in ihren durchsichtigen Pelerinen genau zu betrachten.

Da sah ich sie. Alles an ihr hing herunter: die Zöpfe, der Bloomstab, das Seidenband. Maureen, meine Ex. An ihrer Plateausohle hatte ich sie erkannt.

Was für ein Wiedersehen! Ich hatte aus tiefster Seele gehofft, kein Mörder zu sein, und was musste ich erkennen?

Was sprang mir sofort ins Auge? Maureen war am Leben, aber dennoch hatte ich sie umgebracht. Sie war nur noch ein Schatten ihrer selbst.

Auf die Gefahr hin, von einem Betreuer gestellt zu werden, ging ich auf sie zu. Auch ihre Augenlider hingen herunter, wohl eine Folge der Sedative, die sich auf die Muskeln und Sehnen auswirkten, und was immer ich sagte, ob ich sie am Arm ein wenig schüttelte oder ihre Wange tätschelte: Hinter den halben Scheiben ging kein Licht an, da war alles erloschen.

Ich ergriff die schlaffe Hand, drückte sie an mein Herz, und auf einmal kamen mir die Tränen. Ich hatte meine Gefühle nicht mehr unter Kontrolle. Ein Betreuer fragte mich, ob ich mit der Patientin bekannt sei, und natürlich war es ein Fehler, nicht nur zu nicken, sondern auch meinen Namen zu nennen.

Der Betreuer starrte mich ungläubig an. Dann zückte er ein Notizbuch und meinte: »Wie hast du dich genannt: Übel?«

»Ja. Übel, Übel junior. Der Sohn vom Verhüterli-Übel.«

»Der Weihnachtsmann auf den Plakaten?«

»Eine unmögliche Kampagne, da bin ich ganz Ihrer Meinung. Der Reklamechef müsste sofort entlassen werden.«

»Hä?«, machte der Betreuer.

Aber Maureen schien das Stichwort geholfen zu haben, jetzt war sie kurz davor, die Situation zu begreifen. Im Innern ihres Schädels schien etwas aufzuleuchten, ihre Erinnerung kehrte, wenn auch zögernd, zurück, und schließlich deutete ein Augenflackern an, dass sie wusste oder zumindest ahnte, wer ich war.

»Darling, ich bin Henry, dein Ex«, rief ich ihr zu.

Sie glotzte wieder, dann jedoch, als habe sie nun die Gegenwart erreicht, begann sie leis zu weinen: »Hilf mir«, flehte sie. »Ich will raus.«

Der Betreuer rannte zu einem Baum, an dem ein Telefon hing, und ich befürchtete, dass er in der Zentrale einen Wagen anforderte, um mich in die Burg schaffen zu lassen. Die Pudel witterten reglos in meine Richtung. In den Baumkronen war es auf einmal still. Von der Klinik her eine Sirene. Alarm. Ich musste weg. Sofort.

»Henry«, flüsterte Maureen, »bist du's wirklich?«

»Ja, Maureen. Was geschehen ist, kann ich nicht rückgängig machen. Ich kann dich nur bitten, mir zu verzeihen.«

Sie hatte das Lächeln einer Verklärten.

»Wir haben den Fall aufgearbeitet – in Hullys Wohlfühlgruppe.«

»Komisches Wort, Wohlfühlgruppe. Von wem ist es?«

»Von Hully. Hully ist so schrecklich begabt. Und so schön! Mit der Locke über der Stirn! Zum Verlieben. Es war eine klassische Ersatzhandlung. Ich war die Assistentin deiner Mutter. *Sie* hast du töten wollen.«

»Wie bitte? Wen habe ich töten wollen?«

»Deine Mutter.«

»Maureen, die haben dir in deiner Wohlfühlgruppe einen verdammten Mist erzählt. Meine Mutter hieß Mimi.«

»Ja, früher hat man sie Mimi genannt. Elena Rosa Maria Katz war ihr ganzer Name. Sie hat sehr jung geheiratet, als Gymnasiastin. Der Mann war wohl nicht der richtige, also ging sie nach drüben, in die Staaten, und heiratete einen Mister Ypsi.«

»Mister Ypsi«, wiederholte ich ohne Stimme.

»Den richtigen fand sie allerdings erst hier, als sie aus den Staaten zurückgekehrt war.«

»Verzeih, Maureen, aber …«

»Feuz! Das große Los.« Maureen kicherte wie ein junges Mädchen. »Feuz gehörte zu den ersten Aidsopfern, und damit war seine Witwe eine gemachte Frau. Mit Immobilienbesitz, Tresoren voller Schwarzgeld, dem Galeriehaus und vielen Freunden. Aber was ist denn, warum schielst du auf einmal? Henry, um Gotteswillen, ist dir nicht gut?«

… war ich eingeschlafen oder aufgewacht? Befand ich mich in einem Traum? Oder in einer Erinnerung? Nein, ich erlebte mich und meine Umgebung mit klaren Sinnen, bei klarem Verstand. Ich lag in einem Spitalbett, an allerlei Schläuche und Kabel angeschlossen. Eben waren sie zu zweit durch den Vorhang getreten, und als sie mir den Schweiß abgewischt und die Lippen befeuchtet hatten, war mir bewusst geworden, dass sie regelmäßig kamen, um an mir ein Ritual durchzuführen: Schweiß abwischen, Lippen befeuchten, Kissen wenden, Decke schütteln, die Regler der Infusionen kontrollieren. KT ISN USZ, las ich auf ihren Namensschildchen – neue Nahrung für meinen Hass auf Abkürzungen! KT könnte Kompetenzteam heißen, IS Intensivstation, N Notfall, USZ Universitätsspital Zürich. Die eine Kompetente war weiß, die andere schwarz. Klemmte sie den Mundschutz unter ihr Kinn, lachte sie mit weißen Zähnen zwischen schwellenden braunvioletten Lippen. Dann war ich wieder allein, allein in meinem weißen Zelt, und lauschte den Schritten, die sich durch einen langen Korridor entfernten. Wie dieser Korridor aussah, wo er begann, wo er endete, war mir unbekannt. Für mich gab es nur das Innen meines Zelts – wie es für einen Gefangenen nur das Innen seiner Zelle gab. Aber ich wusste genau, wer ich war, wie ich hieß, woher ich kam … und wo und wie alles begonnen hatte: beim Zwischenhalt in der Alten Post, vor fast einem Jahr – mit einem Fußtritt in den nackten Hintern. Scheiße quillt heraus, plumpst in die hinuntergestülpten Hosen und zwingt mich, der mobilen Garderobe des Schauspielers Quassi ein Notkostüm zu entleihen. Ich entscheide mich gegen Bertolt Brecht und für den Weihnachtsmann, und in der Hoffnung, mich bei Cala erneut umziehen zu können, steige ich bei der aufgelassenen Total-Tankstelle zum Wohnwagen hinab. Das Reptil hat mir später verraten, wer in jener Nacht Calas Freier war: Doktor Marder, der Werksarzt. Für ihn hatte Cala den Wodka bestellt, aber ohne die Flasche herauszurücken war ich zum Chevy zurückgekehrt, hatte mich im Kostüm wieder hinters Steuer geklemmt und auf der Brücke den Stausee überquert. Oben in der Villa waren wir dann zusammengeprallt, der verlorene Vater und der verlorene Sohn. Worum es dabei gegangen war, blieb bis jetzt ein Geheimnis, und es fiel mir auch deshalb schwer, den Schleier zu lüften, weil die Aussagen der Zeugen, wie lang das Treffen gedauert hatte, drastisch voneinander abwichen. Fünf Minuten, sagte die Gute, das Reptil meinte: eine Stunde. Hingegen waren sich beide einig, dass ich die Villa auch als Weihnachtsmann verlassen hatte, so dass ich wenig später, bei der zweiten Überquerung des Stausees, in meiner Verkleidung verunglückt war. Infolge Glatteis? Aufgrund eines Fahrfehlers? Oder hatte ich tatsächlich, wie die Gute glaubte, am Steuer einen Suizidversuch unternommen?

Die Dämmerung, dieser zarte Wechsel von Farben Tönen Stimmungen, schien auf dieser Station ein Verharren zu sein, ein Stillstand, ein endloses Zwischen. Eine Art Zwischen war auch ich. Kam der Atem aus der Lunge oder aus der Sauerstoffflasche? War mein Herz ein Ton, das Hirn ein Bildschirm, der Schlaf eine Folge der Morphium-Dosierung? Gewiss, noch war ich da und durchaus in der Lage, Unterscheidungen zu treffen. Noch wusste ich: Nirgends ist mehr Welt als innen. Doch wer garantierte mir, dass mein Innen wirklich innen, das Außen außen war? Ich fühlte mich nicht unwohl, und obgleich ich keine Ahnung hatte, ob ich schon länger hier lag oder erst seit kurzem, war es nicht unangenehm, keine festen Konturen zu haben, sondern verfließende Ränder, flüssige Finger, die in die Federn eines Flügels übergingen und dann zu Luft wurden. Eine Polymerisation! Bei gleichbleibender Substanz wurde alles anders. Löste ich mich allmählich auf? Oder flog ich durch die weiten Fieberräume zurück in meine Person?

Häufig war ich in meinen Träumen am Meer, das einen niedrigen Puls hatte und mit schlaffen Wellen in den schneeweißen Sand schäumte. Sie leckten meine Stapfen weg, fragmentierten meinen Gang, und dann, als hätte Platon unser Rendezvous vereinbart, kam eine Gestalt auf mich zu, mit roten Haaren, nur von einem Gleißen bekleidet, lachend, prustend: Die! Keine andere. Sie ist es. Sie war's. Meine Anima. Deshalb blieb mir keine Wahl, ich musste ihr nach Algier folgen und hatte mich dann, krank vor Liebe, in gärenden Urwäldern, wo ich das Fieber auflas, verloren. Es war ein böses Fieber, denn es kam und ging, und ging es, kehrte es wieder, so dass ich ahnte, ja spürte: Es würde mich nie mehr verlassen. Wir hatten uns aneinander gewöhnt. Wir waren eine Symbiose. Es war, als hinge ich fiebrig am Leben und als sei dieses Fieber mein Tod.

Bei der Rückkehr aus Berlin war es erneut ausgebrochen, heftiger als je, und die Räume, die es produzierte, konnten derart wirklich sein, dass ich mich in ihnen verlief. So war ich auch diesmal, wie schon im letzten August, in einem deplorablen Zustand in Zürich eingetrudelt, und statt sofort heimzureisen oder mich wenigstens bei der Guten zu erkundigen, ob sich eine gewisse Mo Montag gemeldet habe, hatte ich mich auf dem Dachstock des Zeisig-Hauses verkrochen und war, von alten Mänteln und Teppichen zugedeckt, ganz und gar dem afrikanischen Fieber verfallen. Hinausgewagt hatte ich mich nur noch selten, um zu trinken oder etwas Essbares aufzutreiben …

»Nennen Sie uns bitte Ihren Namen, den Vornamen, das Geburtsdatum, wenn möglich in dieser Reihenfolge.«

»Übel«, sagte ich grinsend, »Heinrich, junior, geboren am 21. Dezember. Wie lang liegt mein Geburtstag zurück?«

»Drei Tage«, sagte die Schwarze vom Kompetenzteam mit einem breiten Grinsen. »Herzlich willkommen unter den Lebenden, Weihnachtsmann!«

Im hohen weißen Saal ragten die Nasen meiner Mitpatienten wie die Flossen von Haifischen aus den Kissenwogen. Abends duckten sich dunkel verschleierte Frauen zwischen die Betten und aßen ihren Männern zuliebe auf, was diese nicht hinunterbrachten. In der Suppe schwamm grünlicher Eiter; Schafsfleisch roch nach Brandverletzungen; der Pudding mit seiner fahlroten Beere war eine amputierte Frauenbrust. Der einzige, der sich jeweils bemühte, etwas davon herunterzuwürgen, war ich – denn wer sollte für mich zum Löffel greifen? Maureen war in der Burg interniert, die Gute war in der Fabrik unabkömmlich, und Mo, meine Anima, war an der Bornholmer Straße zurückgekehrt in unergründliche Meertiefen, das Köpflein der schlafenden Paula auf der Schulter. Blieben noch Quassi und der Senior, aber Quassi war zu narzisstisch, um an einen anderen Menschen auch nur zu denken (es sei denn, er konnte ihn berauben), und der Senior verließ den Strudel seines ewig gleichen Tags höchstens zu offiziellen Anlässen, etwa zum Internationalen Gummikongress. Egal. Ich war das Alleinsein gewöhnt, ich hatte über vieles nachzudenken, und sobald ich Schreibzeug und einen Block oder ein Heft organisieren konnte, würde ich weiter am Katalog meines Lebens arbeiten.

Vermutlich war es ein Sonntag, die Stimmung im Saal noch eintöniger als üblich, die Verschleierten zwischen die Betten geduckt, betend, flüsternd oder stumm die Hand des Liegenden haltend. Auf einmal, es musste zwischen drei und vier sein, ging die Schleuse der Doppeltür auf und wehte einen Geruch herein, der mich sogleich in Alarmstimmung versetzte. Ich glaubte zu wissen, wer gekommen war: im bodenlangen roten Gummimantel, an dem die Zeit folgenlos herunterrann. Ich vernahm das Schnauben aus den großen Nüstern und war sicher, im nächsten Moment würde die feuchte Schnauze des Stiers meine Stirn berühren. Aber ich zögerte, die Erkenntnis meiner Nase mit meinen Augen zu überprüfen. Ich fürchtete, der unvermuteten Nähe nicht gewachsen zu sein, verbarg mich lieber im Schlaf … und erschrak. War der Stier tatsächlich hier gewesen? Oder hatte ich seinen Besuch geträumt?

Vor dem Bett stand niemand.

Hie und da legte eine verschleierte Besucherin eine Banane oder eine Aprikose auf meinen Nachttisch. Hie und da ergatterte ich einen Zwieback, und sobald ich das Bett verlassen konnte, machte ich mich im Betonschacht der Feuertreppe auf die Suche nach Kippen. Dabei begegnete ich eines Nachts einem alten Bekannten, allerdings identifizierte ich ihn erst auf den zweiten Blick: Ex-Ober Bruno, nach einer Strahlentherapie vollkommen kahl, ohne Augenbrauen, ohne Körperhaare, ein vergreistes Baby. Da seine Augen so tot blieben wie jene von Maureen, als wir uns auf der Psycho-Weide wiedergesehen hatten, lenkte ich das Gespräch auf die Gummibadekappe (»dreistreifig, zweifarbig, mit Ohrenflügelchen«), die er sich über den Schädel gestülpt hatte. Es half nichts. Weder von der Wohlfühlhose noch von Cala, unserem Gummi-Mannequin, schien er je etwas gehört zu haben. Bruno sah mich an, als wären wir uns noch nie begegnet. Also versuchte ich es mit dem Refrain von Quassis Monolog. »Das Leben«, sagte ich eindringlich. »Das Leben! Die Weiber! Ein dummer Zufall! Hätte ich doch. Wäre ich nur. Eigentlich …« Aber Bruno schüttelte nur müde das eikahle Haupt, dann schleppte ihn sein Infusionsständer durch die Flure davon.

Eines Morgens erschien in der weißen Stille unseres Saals eine Ärztekommission. Ich war gerade dabei, aus meinen gehamsterten Vorräten ein kleines Frühstück zusammenzustellen, und reagierte verwirrt auf die Fragen, die auf mich einprasselten. Um Gotteswillen, was wollten die von mir wissen? Was sollte ich ihnen antworten?

Nachdem die Weißkittel kopfschüttelnd abgegangen waren, schlich sich ein gnomenhafter Typ an mein Bett, Patient wie ich, mit einem zu großen Schädel und einem schmutzigen Turban. Er erinnerte mich an den kleinen Muck und gab sich als Prostatakrebs im letzten Stadium zu erkennen. Ich stellte mich als Malaria vor: »Meinen eigentlichen Namen werden Sie schon gehört haben, er hat in der Branche einen guten Ruf.«

Aber in diesem babylonischen Spitalturm, wo nachmittags Völkerscharen aus aller Welt durch die Gänge pilgerten, schien das Label Übel völlig unbekannt zu sein – sogar beim Pfleger, der mir an diesem Abend das Fieberthermometer unter die Achsel steckte. Ich wollte herausfinden, ob die Gummihandschuhe, die er trug, aus unserer Fabrik stammten, »allergengetestet, zum einmaligen Gebrauch«, und riss einen Witz, über den ich mich früher stets geärgert hatte.

Ich sagte: »Der Verbraucherschutz hat von uns verlangt, eine Warnung auf die Verhüterlipackung zu drucken: Nur zum einmaligen Gebrauch!« – Und wer lachte?

Ich. Dem Pfleger, einem Afrikaner aus Mali, waren Dr. Übels Verhüterli so fremd wie Monsieur Muck, dem Prostatakrebs.

Nachts kam es häufig vor, dass sie erst einen weißen Stoffparavent um ein Bett herumstellten und eine oder zwei Stunden später, wenn alles vorüber war, das Bett aus dem Saal schoben. Dabei rutschte hin und wieder eine Hand vom Bettrand und wackelte ein bisschen und flatterte, als würde sie sich verabschieden. Fuhr das Bett durch die

Schleuse, lauschte ich voller Wehmut dem Singen der Voll-
gummireifen – wurde man hier auf unseren Rädchen in die
Kühlkammer gerollt? Oder war es ein Konkurrenzprodukt?
Die Schleusen schlossen sich, und wieder hatte ich das
Gefühl, das Alpental mit seinem Stausee, der Brücke und
der Fabrik liege irgendwo draußen im All, auf einem fernen
Planeten. Ob sie mich dort noch immer erwarteten? Und
wo mochten jetzt meine Prinzessinnen sein? Im Berlin der
Pastoren – oder war es ihnen gelungen, sich ins Fräcktal
durchzuschlagen? Ach, und dann gab es da noch eine Möglichkeit: Sizilien. Ich konnte mir vorstellen, dass sich Mo
und Paula in den Süden abgesetzt hatten, ans blaue Meer,
zum kreisenden Esel und zum schönen Piddu …

Die dunklen Typen, die nachts wie ich herumlungerten,
sprachen arabisch – als wäre ich immer noch in Algier.
Doch brauchte mich das nicht weiter zu beunruhigen.
Die Zeit, da ein Ort durch die Sprache definiert wurde,
war vorbei, schon seit längerem. Die Italos, mit denen ich
meine Lehrlingsjahre absolviert hatte, waren von der jugoslawischen Einwanderungswelle weggespült worden, und
würde der Pförtner der Gummifabrik heute Ahmed heißen,
entspräche das dem Lauf der Welt, dem Gang der Dinge,
dem Wandel der Völker. Schade war nur, dass ich nie mit
jemandem reden konnte und mit meinen Überlegungen
vereinsamte. Ich drehte mich im Kreis, stellte mir immer
wieder die gleichen Fragen, gelangte stets zu den gleichen
Antworten.

Was hatte mich bei der Wiederbegegnung mit Maureen
dermaßen erschreckt, dass ich auf der Unfallstation des

USZ gelandet war? Immerhin lebte sie noch, und die Peinlichkeit, zur selben Zeit wie der Vater auf einem Plakat zu erscheinen – auf einem Fahndungsplakat! – war mir erspart geblieben. Auch hatte sich Maureen seit Jahr und Tag von einer Therapie in die nächste gehangelt und hatte nicht nur Nase und Haut, sondern auch ihre Psyche liften lassen, so dass ich mir keineswegs vorwerfen musste, ich sei die einzige Ursache für ihre Einlieferung in Blooms Burg. Quassi hatte dieser Frau Schlimmeres zugefügt als ich. Oder Ellen. Die ganz besonders. Nein, ein Freispruch erster Klasse war es nicht. Zu den Verpfuschern von Maureens Existenz gehörte auch ich. Aber diese Schuld akzeptierte ich, mein Gewissen war halbwegs rein (oder durchschnittlich schmutzig), und ich konnte mir beim besten Willen nicht vorstellen, warum sie mich weiterhin beschäftigte, ja belastete, gar als Furie durch meinen Schlaf wandelte.

Eine blaue Lampe tauchte die Köpfe in ein Nacht- und Meerlicht. Die meisten schliefen, und fast war man froh, dass ein schlafloser Infusionsständer zwischen den Bettreihen auf und ab rollte. Der wackelnde Tropf grüßte freundlich, die angeschlossene Marionette jedoch war nur noch ein tief gebeugter Schatten: Bruno, der bereits in anderen Gefilden den Corso mitmachte, im lauen Abend auf seiner Piazza, von allen freudig begrüßt, willkommen daheim. Bei unserer letzten Begegnung gab er mir zu verstehen, dass unter meinem Bett etwas liege. Meine Reisetasche war's, ich zog sie hervor – und hätte den alten Infusionsständer am liebsten umarmt. Was für eine Freude, was für ein glückliches Wiedersehen! Die Tasche enthielt das Heft mit den ersten Notizen zu meinem neuen Lebenskatalog.

Im bleichen Licht der Dämmerung las ich, was ich über Babaluna geschrieben hatte, dann strich ich die nächste Seite glatt und setzte die Arbeit fort –

Babylon. Nordtrakt II des USZ. Betonhochhaus mit Balkonen, auf denen nachts die Blumen der Patienten zwischengelagert wurden. Hier standen zwischen eins und vier Uhr früh die sterbenden Krebse, entweder allein oder gemeinsam mit ihrem Infusionsständer, sahen über die Lichter der Stadt und sogen an ihren Zigaretten. Standen sie zu zweit in den Blumen, konnten sie sich oft nicht verständigen, denn sie kamen aus verschiedenen Welten, sprachen verschiedene Sprachen – gemeinsam war ihnen nur der Krebs. Ob dort, wo sie demnächst hingingen, ebenfalls ein Sprachenwirrwarr herrschte? Oder könnte es sein, dass die Forschungen Jean Pauls zutrafen – wurde im Paradies deutsch gesprochen?

Bruno, Ober im Malatesta. Hatte seine Gäste als Frösche bezeichnet und eher schikaniert als bedient. Ein Griesgram, ein Grantler. Vom Heimweh nach Italien verzehrt. Pflegte nach der Polizeistunde regelmäßig das Galeriehaus aufzusuchen, meist gemeinsam mit dem Kunstkritiker des Tagesanzeigers, und war dort, wohl als einziger, durch ein treffendes Urteil über Ellens Seerosen-Gemälde aufgefallen: »Geschmier.« Als ich aus Berlin zurückkehrte, hätte ich ihn kaum wiedererkannt. Bereits vom Seitenwechsel gezeichnet, war in seinem Gesicht das blödsinnige Lächeln von Sektenheinis.

C, *Station im NT II des USZ*. In regelmäßigen Abständen glitt eine Pflegeperson an den Betten entlang, da einen Beutel ersetzend, dort einen Regler justierend, bei mir den Puls messend oder eine Spritze aufziehend. Can you hear me? Natürlich. Ich war ja nicht taub. Immer wieder jaulte aus der tiefer gelegenen Stadt eine Sirene herauf, und manchmal landete auf einem gegenüberliegenden Dach, vermutlich über der Notfallaufnahme, ein Helikopter.

Langweilig wurde es mir nie, denn mit meinen Ohren war ich ein kleiner Gott, der alles sah. Ich sah die Schleusen, die mit einem pneumatischen Geräusch auf und zu pufften; ich sah güterwaggongroße Liftkabinen, die in den Betontürmen mit Betten auf und nieder surrten; ich sah ganz unten die Bunker der Nuklearmedizin, wo sie Mumien in Backöfen schoben, und in der Gebärklinik sah ich einen brüllenden Wal, der seinen Jonas an den Strand warf. Das kleine hilflose Wesen tat mir leid, aber schon in wenigen Tagen würde es die Klinik verlassen, während ich keine Ahnung hatte, wie es mit mir weiterging.

Mitternacht. Wieder war aus der Tiefe des nächtlichen Landes ein Rettungshelikopter herangesurrt, blieb über dem Dach eine Weile in der Luft stehen und schob dann, zur Landung absinkend, den senkrechten Strahl seines Scheinwerfers wie ein Teleskop zusammen. In diesem Augenblick stand mein Entschluss fest: abhauen! Abhauen, und zwar so schnell wie möglich, noch in dieser Nacht und ohne jemandem Bescheid zu sagen. Heim zum Vater!

Aristoteles lehrt, dass auch das Unwahrscheinliche wahrscheinlich sei – sonst könnte es ja nie, auch nicht im unwahrscheinlichsten Fall, eintreffen. Hätten sie mich nach der Kollision auf der Brücke mit dem Rettungshelikopter nach Zürich geflogen und die Schädelverletzung im USZ zusammengeflickt, wäre das *wahrscheinlich* gewesen – und eigentlich war es absolut unwahrscheinlich, dass ich nicht hier, sondern in Pollazzu gelandet war. Aber wie sprach der Philosoph? Eben. Mit Aristoteles konnte ich sagen: Ich habe die unwahrscheinliche Variante gewählt und bin im sizilianischen Frühlingsrausch, wie vom Vater erwartet und erhofft, zum Doktor promoviert worden.

Um zwei Uhr früh machte ich mich auf die Suche nach meinen Sachen, fand in einem der Spinde den Tantenmantel und die Gatsbyglocke, entlieh dem Nachbarspind ein anständiges Paar Gummischuhe sowie einen Schal und kleidete mich an. Weg hier! Raus aus Babylon! Heimwärts.

Vor der Schleuse hielt ich kurz inne, und auf einmal schmerzte es mich, von diesen Leibern, die wie Tote in den Kissen lagen, Abschied nehmen zu müssen. Münder röchelten; aus fernen Reichen war ein leises Schluchzen zu hören. O ja, auch ich hatte hier oft geträumt: den schweren schönen Traum vom flüssigen Wanderstab. Dieser Stab bestand aus einem Wasserstrahl, und im Traum hatte ich gewusst, in der Hand sogar gefühlt, dass es das Wasser des Lebens war, an dem man eben doch hing, wie krank, wie gebeugt auch immer.

»Wo wollen Sie hin?«

Die beiden Kompetenten nahmen mich in die Mitte.

Na gut, dann blieb ich noch eine Weile auf der Station und arbeitete weiter an meinem neuen Katalog.

Champion. Wegen ungenügender Leistungen, vor allem im Rechnen, hatte Heinrich die Aufnahmeprüfung des Gymnasiums vergeigt und wurde damit verurteilt, als Lehrling einer von vielen zu werden – was gar nicht so einfach war, jedenfalls einiges schwieriger als das Lösen einer Gleichung. Denn alle wussten, wer sein Senior war, und leider hatte er weder das physische Format noch die Cleverness, um den Aversionen der Kameraden gewachsen zu sein. Am schlimmsten war es in den Nächten, da die Lehrlinge im Schlafsaal des Lehrlingsheims den Giro d'Italia fuhren. Eigentlich war es ein fairer Wettbewerb. Man lag mit weitgespreizten Beinen rücklings auf dem Bett, einer gab das Zeichen zum Start, und alle wichsten los. Wer als Erster abspritzte, wurde zum Etappensieger ausgerufen, und wer die meisten Etappen gewonnen hatte, erhielt den Titel eines Champions. Um wenigstens im hinteren Feld mitrollen zu können, musste Heinrich seine ganze Phantasie mobilisieren, aber kaum stellte er sich eine Nackte vor, eine mit Titten und Hüften, verwandelte sie sich in eine Tote ohne Haut, nur aus jenen Requisiten bestehend, die Mimi in der Badeanstalt zurückgelassen hatte: Hollywood-Sonnenbrille Kopftuch Unterarmtasche Stöckelschuhe. Mit fatalen Folgen. Die Vision bescherte dem imaginären Rennfahrer Heinrich einen Platten, und mit ratternden Gitterbetten sauste ihm das Feld der Italos davon. Zu einem Etappensieg reichte es ihm nie, kein einziges Mal, denn wenn die vierzig Betten rüttelten und quietschten, hatten die anderen Lehrlinge Cala vor Augen und strampelten ihr Heimweh weg, ihre Sehnsucht nach dem Süden. Wer als Erster durchs Ziel schoss, durfte den Namen seines Dorfs schreien: Volturino!

Spinazzola! Girifalco! – und insofern war Heinrich fast ein bisschen erleichtert, nie der Erste zu sein. Der Ausruf »Fräck-Fabrik« hätte nicht in den Giro d'Italia gepasst.

Don Pasquale Salgàri, Pate. Er lag damals wochenlang im Sterben, und sollte ich gemeint haben, es gehe auf dieser Insel nicht mit rechten Dingen zu, wurde ich vom Tod des Paten eines Besseren belehrt: Wo gestorben wurde, musste man sich auf der Seite des Lebens befinden.

Bei unserer ersten Begegnung hatte ich mich im labyrinthartigen Haus verlaufen und stand plötzlich in einem dunklen, mit Waren gefüllten Gewölbe. Wie ich später erfuhr, war es das Magazin. Kanister mit Petroleum, Körbe voller Rüben, Töpfe mit Honig, Peitschenschnüre Autoreifen Seemannskisten Ankerketten Weinflaschen Ölfässer und mitten drin ein Wesen mit einer Brille auf der Nasenspitze. Neugierig, eher klein, fast gnomenhaft, mit Bäuchlein und einer Lederschürze. Auf seinem Kopf saß eine runde schwarze Kappe, die ihm trotz ihrer Schmierigkeit eine priesterliche Aura verlieh. Ich stotterte eine Entschuldigung. Der Gnom würdigte mich keines Worts, und so bin ich erst hinterher, als ich erfuhr, wem ich da begegnet war, ein wenig erschrocken.

Die nächste Begegnung fand auf dem Balkon statt, und bis zum heutigen Tag vermag ich nicht zu erklären, weshalb mich Don Pasquale, der Pate, nicht nur anerkannt, sondern förmlich *gemacht* hat. Während er im Sterben lag, schenkte er mir ein neues Leben.

Erebos. Die Priester, Dichter und Philosophen früherer Zeiten waren sich einig, dass auch die Wesenlosen, Larvae oder

Inferi genannt, existieren. Uneinig waren sie sich nur in der Frage, wo dieses Leben stattfindet. Die einen behaupteten, der Erebos liege in einer unterirdischen Großhöhle, wie sie Odysseus oder Dante aufgesucht hatten. Andere wiederum haben eine Art Parallelexistenz propagiert, wonach die Wesenlosen unter den Wesen wandelten, als Tote unter den Sterblichen. Beide Theorien widersprechen sich, aber das könnte gerade ihre Wahrheit bezeugen. Die Physik sagt, dass das Licht, je nach dem Standpunkt der Betrachtung, entweder als Welle oder in Quanten fließt, und so könnte auch das Dunkel, je nach Betrachtung, eine Doppelnatur haben.

Fetisch. Der Fetisch, behauptet Freud, sei ein Gegenstand, der dem Fetischisten etwas Lebendiges ersetzen soll – das Zepter den Phallus, der Schuh den Fuß, der Strumpf das Bein, der Pelz das behaarte Geschlecht. Meine Beobachtungen hingegen ergaben ein anderes Resultat. Der wahre Fetischist hält das Tote für lebendig, also nicht den Phallus, sondern das Zepter, nicht den Fuß, sondern den Schuh, nicht das Bein, sondern den Strumpf oder die Strapse. Auch für den Stier schien Menschenhaut etwas Totes zu sein, während er einen Ganzkörper-Gummianzug oder das rote Gummi-Corselet, eine Spezialanfertigung für Mimi, als lebendig empfand. Tatsächlich kann der Fetisch bei höchster Qualität sogar ewiges Leben haben, von einer geringen Versprödung abgesehen. Die Haut der GdV dürfte mittlerweile alt und welk sein, doch bei einem Griff an ihre Hüften (ich habe es im Westberliner Hilton erfahren) berührte man Unvergängliches … und geschieht beim Berühren von Wörtern nicht etwas Ähnliches? Wörter sind tote Gegenstände: Buchstaben Zeilen Papier, doch verkörpern sie das Leben – bei höchster Qualität, von einer geringen Versprödung abgesehen, sogar das ewige Leben.

Gummimantel. Im Sommer 1944, da der Weltkrieg immer noch andauerte, liefen die Geschäfte des jungen Gummifabrikanten Heinrich Übel miserabel. An den Kautschuk aus den englischen Kolonien kam er nicht mehr heran; die deutschen Dornier-Werke, denen er Dichtungsringe für ihre Flugzeugmotoren geliefert hatte, sahen sich außerstande, die noch offenen Rechnungen zu begleichen, und der Heimmarkt für den weißwandigen Luftreifen war zu klein. Seine Fabrik, erst vor wenigen Jahren gegründet, drohte in den Konkurs zu kippen.

Die Versandhalle füllte sich. Die Löhne konnten nicht mehr bezahlt werden. Auch seine Vertretertour durchs Mittelland wurde mehr und mehr zum Flop, denn es gab kaum noch Sprit, und immer wieder musste er sein Krad von einem Pferdegespann zur nächsten Zapfsäule ziehen lassen, um die begehrten Verhüterli gegen drei Liter Benzin einzutauschen.

Als es zu dämmern begann, hatte er die Kuppe eines Hügels erreicht, wo er anhielt, um seine Lage zu überdenken. Bisher hatte er seine Spiele gewonnen, doch nun war er am Ende. Arm wie eine Kirchenmaus würde er aus den Trümmern seines Werks hervorkriechen. Am besten brach er die Tour sofort ab und nutzte den Benzinvorrat für die Rückfahrt ins Fräcktal. Um Sprit zu sparen, pfiff er im Leerlauf den Hang hinab und hinein in die menschenleeren Gassen eines hübschen Städtchens. Da, ein Schatten! Im letzten Moment gelang es ihm, die schwere Maschine herumzureißen. Die!, schoss es ihm durch den Kopf. Keine andere. Sie ist es.

Übel hob ein Notenheft auf, das der Frau, die er beinah überfahren hätte, im Schreck entfallen war, und seinem Motto gemäß – *nicht mit sich selber diskutieren, mit sich selber diskutieren macht schwach, zupacken, handeln!* – verlangte er auf dem Polizeiposten eine Liste der hiesigen Musiklehrer. Ein Wachtmeister verwies ihn an eine Mademoiselle Hux, ehedem eine geschätzte Konzertpianistin, und sofort eilte Übel zur angegebenen Adresse, wo er dann mehrmals am Klingelstab ziehen musste, bis oben eine in Wolltücher gehüllte Brille aus dem Fenster guckte. Selbstverständlich hatte der erfahrene Verkäufer keine Mühe, der fröstelnden Künstlerin mit einer Wärmflasche aus Naturkautschuk die nötigen Informationen abzuhandeln. Die Hux sollte ihm sagen, wo ihre Schülerin wohnte und er die Noten abliefern konnte. Sie gab bereitwillig Auskunft, auch über die Achtelauftakte, mit denen Schubert, wie sie erklärte, der Melodie Leben eingehaucht hätte.

Im Städtchen mit den geschlossenen Läden und den vorschriftsmäßig verdunkelten Fenstern war es um diese Zeit, um neun Uhr abends, so still, dass Übel nichts als das Sprudeln der Brunnen vernahm und von fern das Jaulen eines Hofhunds. Bald fiel ein zweiter, ein dritter, eine ganze Kette ein, und der geübte Jäger, der als Einziger durch die Gassen ging, wusste natürlich, was sich da, für Menschenohren noch unhörbar, ankündigte: alliierte Bomber. Er wartete, bis die schweren Maschinen genau über der Stadt waren, dann blendete er mit einer Kappe das Scheinwerferlicht des Krads ab, kickte den Motor an und knatterte im Lärmschatten des Bombergeschwaders zur Villa Katz hinaus.

Mimi stand in der offenen Fenstertür und hörte, wie ihr Papa in den oberen Stock ging. Mit den Augen zur Decke blickend, lauschte sie seinen müden Schritten. Ach, er war zu sonderbar geworden in letzter Zeit! Immer öfter kam er auf die vor Jahren erstickte Mama zu sprechen, und letzthin, als sie vergessen hatte, das Bad abzuschließen, war er in der offenen Tür einfach stehen geblieben und hatte ihr beim Wimperntuschen zugesehen. Mimi schüttelte den Kopf, seufzte ein wenig, kicherte. Dann warf sie einen letzten Blick in den Garten. Gottseidank, nachdem sie ums Haar überfahren worden wäre, schien der Tag doch noch in Dur auszuklingen. Mimi liebte es, nachts in den See zu springen und zu den Sternen hinauszuschwimmen. Die Sommernacht war herrlich, sie schlüpfte aus den Kleidern ... und erschrak. Zwischen Villa und Ufer, nur wenige Schritte von ihr entfernt, als wäre er an einem Fallschirm aus dem über Süddeutschland erglühenden Himmel herabgeschwebt, stand er reglos im Garten: der verrückte Motorradfahrer. Mimi rannte in den Musiksalon zurück, wollte die Fenster zustoßen, die beiden Klavierkerzen ausblasen, doch zu spät – der Motorradfahrer, ein Koloss von einem Mann, kam unerbittlich näher, schob die Brille mit den ovalen Gläsern auf die lederne Pilotenkappe, zog eine Rolle aus einer tiefen Tasche und fragte mit einer leisen, erstaunlich hohen Stimme: Sind das Ihre Klaviernoten, Mademoiselle Katz?

Der Mann roch scharf nach Benzin und dumpf nach Gummi. Seine schwarze Hand, die sie zuerst für eine Prothese gehalten hatte, blätterte das Heft durch, eine Seite um die andere, als wäre er mit der Sonate bestens vertraut. Göttlicher Schubert, bemerkte er, der Bursche hat es geschafft, einer Melodie mit dem Achtelauftakt Leben einzuhauchen!

Mimis Mutter, die geborene Singer, die zum Katholizismus konvertiert war, war vor den Augen ihrer vierjährigen Tochter ums Leben gekommen. Aus Mimis Gedächtnis war dieser Tod getilgt, aber trotzdem fühlte sie sich immer wieder von einem Keuchen und Hecheln und Blutspucken verfolgt, und so empfand sie die Aussage des Motorradfahrers wie eine Offenbarung: einer Melodie mit dem Achtelauftakt Leben einhauchen – nein, der Tochter einer qualvoll Erstickten konnte man nichts Schöneres sagen. Und gleich sollte es noch toller kommen. Der Fremde legte ihr das Badetuch um die Schultern und bat sie auf die Straße hinaus, wo er sein Krad abgestellt hatte. Hier löste er die Gummiplane vom Seitenwagen, holte mehrere Musterkoffer hervor und klappte einen nach dem andern auf. Darf ich fragen, woher Sie Ihren Hut haben?

Von Mama, sagte sie und zog ihn vom Haar, ein schon älteres Modell. Ob er rot sei? Ja, rot. Warum er frage? Nur so, sagte der Koloss und richtete den Strahl seiner Taschenlampe auf sein Warenlager. Bedienen Sie sich, Mademoiselle Katz!

Danke, versetzte sie kokett, was steckt in den kleinen Verpackungen?

Er: Gummis.

Sie: Radiergummis?

Er: Nein, Soldaten ziehen sie über ihre Gewehrläufe – damit es nicht reinregnet.

Sie: Ich bin erwachsen. Er: Dann empfehle ich Ihnen unser Standardmodell. Sie: Normgröße? Er: Preiswert, reißfest, gefühlsecht. Sie: Drei Stück. Er: Donnerwetter! Sie: Leider habe ich mein Portemonnaie nicht dabei. Er: Betrachten Sie es als Geschenk. Und sie, lächelnd: Bekommen Sie eine gute Provision, wenn Sie das Zeug verhökern? Er: Es ist das erste Mal, dass ich auf diese Weise unterwegs bin, gewissermaßen als mein eigenes Werbeschild. Vor Ihnen stehen die Fräcktaler Gummiwerke.

Sie: Ihr Mantel gefällt mir. Ebenfalls aus eigener Produktion? Er: Natürlich. Garantiert wasserdicht. Sehen Sie? Der nächtliche Tau perlt an mir ab wie an einem Blumenstengel.

Wenn ich Sie anspucke, sagte Mimi, würde es Ihnen nichts ausmachen?

Spucken Sie ruhig, Mademoiselle Katz!

Der!, sagte sie sich. Kein anderer. Er ist es.

Heirat. Im Mai 1945 wurde in der Fräcktaler Kirche geheiratet. Nun hatte Übel an seiner Seite eine blutjunge Gattin und in seinem Rücken einen jüdischen Schwiegervater, der ihm Kontakte *nach drüben* vermitteln konnte, zur General Tire and Rubber Company in Akron, Ohio. Mit einem Pneu nach neuester US-technology gewann er das Bergrennen am Klausenpass, rollte auf die Erfolgsstraße zurück und roch gerade noch rechtzeitig, dass ein mittelständisches Unternehmen gegen Trusts wie Goodyear und Michelin auf die Dauer keine Chance hatte. Kurz entschlossen verscherbelte er die Reifenproduktion an die Maloja AG (die an diesem Handel krepierte) und konzentrierte sein Sortiment auf diverse Artikel für den Heimmarkt, von der Wickeltischunterlage bis zum Leichensack. Mit seinen Ganzkörperanzügen war man gegen den Strahlentod gefeit (seit Hiroshima schwebte die Apokalypse über dem Planeten), und wer sich vorher noch ein wenig amüsieren wollte, tat das vernünftigerweise mit Übels Verhüterlis.

Aber eine ganze Reihe von Produkten, etwa die faltbare Gummiwanne, war nach dem Krieg aus dem Sortiment verschwunden. Mit dem Kautschuk ging es bergab. Moshe Katz, im Deuten von Menetekeln feinnerviger als sein Schwiegersohn, riet diesem dringend, dem veränderten Lebensstil Rechnung zu tragen. Sowohl für seine Herrenkonfektion wie für den Kautschuk sah Katz keine Zukunft mehr. Übel hingegen setzte auf Cala, sein kalabresisches Gummi-Mannequin, und war überzeugt, mit einem erweiterten Fetischangebot erste Verluste ausgleichen zu können. Dass er dem Gummi treu blieb, dürfte sich vor allem aus seinem Spitznamen ergeben haben. *Gummistier* wurde er genannt (hinter vorgehaltener Hand, versteht sich), und immer wieder kam es vor, dass ein später Heimkehrer aus der Gastwirtschaft Übels Vater, den versoffenen Gummisieder, über den künstlichen See wandeln sah, die Flinte auf dem Rücken, in den Mund die qualmende Tabakspfeife gehakt, an seiner Seite der treue, mit ihm ertrunkene Hassan – wie weiter oben, auf den Graten und Gipfeln, der Ur-Übel der Sage mit dem Grauen Hund. Das Wasser bedeckte zwar die Ruinen der abgefackelten Ställe, aber das Feuer, mit dem man die Übels in Verbindung brachte, löschte es nie ganz aus – und wie hätte das auch gehen sollen, da im Werk Tag und Nacht die Schlote rauchten, die Vulkanisationspressen liefen, die Altgummihalden schmorten?

Junior. Eines Tages erschien Mimi in der Zentrale: geschminkt, frisiert, mit der roten Baskenmütze und in einem eleganten, die filigrane Figur betonenden Hosenkostüm. Die Gute, die sie angemeldet hatte, zog sich mit schleichenden Schritten zurück; in Mimis Rücken schloss sich mit einem saugenden Geräusch die gummigepolsterte Tür. Hinter dem Pult lauerte der berühmte Unternehmer, scheinbar in eine Akte vertieft. Mimi schätzte es gar nicht, wie eine Angestellte stehengelassen zu werden, und klappte, ohne ihren Mann um Erlaubnis zu fragen, ihr silbernes Etui auf, das Geschenk ihres Vaters mit den eingravierten Initialen: MK – Moshe Katz, Mimi Katz. Den Zigarettenhalter aus Elfenbein hielt sie auf Schläfenhöhe und erwartete mit der Selbstsicherheit der Begehrten, dass der Stier ihr Feuer gab.

Er wiederum hoffte, sie würde einen Blick auf die Vitrinen werfen, worin er seine Produkte ausstellte: Dichtungsringe Verhüterli Babyschnuller sowie Zahnprothesen mit galvanisierten Gaumenplatten – das ganze Leben. Bitte, sagte er, ich höre.

Probeabzüge für den neuen Katalog lagen auf dem Glastisch. Mimi nahm sie auf und fragte schnippisch: Ist das euer Gummi-Mannequin?

Der Stier nickte stolz.

Wie nennt ihr sie – Cala?

In allen Knästen des Landes hängt sie in den Spinden.

Zu füllig, versetzte Mimi, vor allem am Tuches, aber bitte, das gefällt euch ja. Dieser Sizilianer, wie heißt er doch gleich, Palombi, ist ganz vernarrt in die kuhäugige Person.

Er, fassungslos: Du triffst dich mit Palombi?

Sie: Du hast deine Aphrodite, ich male mir meinen Hephaistos. Ein Sizilianer, irgendwie vulkanisch. Einmal in der Woche steht er mir Modell. Aber das weißt du doch, Darling, die Gute wird es dir bestimmt gesteckt haben.

Mimi wandte sich zum Gehen, und gegen ihren Abgang, die rasche Flucht, ihr Wegseinwollen, war der Stier machtlos. Wütend senkte er die Hörner, sah wieder in seine Akten, merkte jedoch, dass sie stehen geblieben war, und kaum zu glauben: Sie, die nie hinter sich sah, warf einen Blick über ihre Schulter: Darling, du wirst Vater.

Köpflein. Mimis Schwangerschaft, wurde später behauptet, sei ihre produktivste Phase gewesen. Stundenlang übte sie ihre Klavierstücke, mal allein, mal mit Marder, dem fast blinden Werksarzt, und wie in Trance warf sie eine Serie von Aquarellen hin, eines schöner als das andere, wasserwolkige Farbträume von weiten Meeren, dampfigen Inseln, sprühenden Sonnen. Zum ersten Mal interessierte sie sich für die Absatzzahlen der Fabrik, und als ihr Übel verschämt gestand, er lasse für sie eine Badeanstalt errichten, sagte sie: Übel, du bist zu lieb.

Zwar konnte mit dem Bau erst ein paar Jahre später begonnen werden (nachdem man weiter oben, im Steilhang, Lawinensperren eingezogen hatte), aber die fertige Anlage mit ihren Holzkabinen, der Liegewiese, dem Steg, dem Sprungturm sollte sie noch erleben – dort habe ich nach ihrem Verschwinden das Kopftuch, die Sonnenbrille, die hochhackigen Stöckelschuhe sowie den goldenen Schminkstift gefunden (und erfolgreich versteckt).

Das Jahr 1950 war ein annus sanctus, was für die überfromme Mimi bestimmt eine gewisse Bedeutung hatte. Wie ihre lungenkranke Mutter soll sie mit züchtig verschleiertem Haupt täglich die Messe besucht und auf ihrer Zunge, die sie zuvor mehrmals abgetupft hatte, speichelfrei die Hostie empfangen haben.

Der erste Schnee fiel schon im August, die Schwangere jedoch, die früher stets über den Frost gejammert hatte, blieb fröhlich, malte Aquarelle, strickte Babysachen und kroch in den von Stürmen durchheulten Herbstnächten zum Stier unter die Decke, um von seinem kolossalen Leib gewärmt zu werden. Da waren sie glücklich miteinander, zum ersten und zum letzten Mal. Mimi spielte mit seinen Brusthaaren, und er erläuterte ihr, wie er in seiner Person stets dem Allgemeinen diene, der freien Marktwirtschaft, der Gummibranche, dem mittelständischen Unternehmertum, dem christlichen Abendland. Unser Sohn, sprach er ins Dunkel hinein, wird das Szepter eines Tages übernehmen und unseren Namen auch in künftigen Zeiten leuchten lassen.

Im November wartete Mimi im bereits eingerichteten Kinderzimmer voller Ungeduld, bis sie am Adventskranz die erste Kerze anzünden durfte. Der Bauch am filigranen Körper wölbte sich, und immer öfter empfing sie den überforderten Werksarzt mit der Frage: Marder, sag bloß, was ist denn los da drinnen? Ich fühl mich wie ein Walfisch.

Marder sah durch dicke Brillengläser an ihr vorbei und

erwiderte: Frau Direktor, es ist alles in Ordnung. Es wird ein prachtvoller Bub.

Am Adventskranz brannte die zweite Kerze, und an den Abenden, die jetzt sehr früh hereinbrachen, war von unten, aus der Kantine, Gesang zu hören – der Werkschor probte für die Weihnachtsfeier, auf der Cala, die Katalog-Aphrodite, als gummigeflügelter Engel das Halleluja verkünden würde. Tagsüber saß Mimi oft am Fenster, klapperte mit Stricknadeln, sah hinaus in das lautlose Sinken der Flocken oder las die rot-blau gerandeten Luftpostbriefe ihres Vaters, der damals asiatische Meere bereiste und vom Ende der guten alten Welt berichtete, von eingezogenen Flaggen, verlassenen Handelsstationen, verwilderten Kautschukplantagen und von Passagieren, die vergessen hatten, wie man zum Dinner erschien (im maßgeschneiderten Smoking).

Eines Morgens, da Mimi wie üblich die abgetupfte Zunge zur Kommunion trug, drangen aus einer Rosette über dem Altar rötliche Strahlen ins Kirchenschiff – und plötzlich wurde sie von einem heftigen Ekel gepackt: als wäre der Ausfluss der Rosette voller Tuberkel, die sie und das werdende Kind gefährdeten.

Noch im Lauf des Vormittags wurde Mimi auf einer Bahre in den Sanitätsraum geschafft. Die weißen Kacheln erinnerten sie an eine Schlachthalle, doch war sie nun zu dick, viel zu sehr Walfisch, um ihrem Fluchtimpuls nachgeben zu können. Hier lag Ninive, hier konnte sie den kleinen Jonas, ihren gefräßigen Passagier, endlich an Land spucken. Ja, zu gern hätte sie ihn Jonas genannt, aber sein Name stand bereits fest, mit mannshohen Lettern in den Himmel über der Fabrik geschrieben – als wäre es nicht ihr Kind, sondern

einzig das Kind seines Erzeugers, die Garantie für den Fort-
bestand des Unternehmens: Heinrich Übel junior.

Auf einmal war der Raum erfüllt von brennenden Kerzen,
von wippenden Flügeln, von singenden Stimmen, und Mimi
sagte in Marders blinden Blick hinauf: Zu komisch, Doc, im
Himmel sieht es aus wie in der Fabrik meines Gatten.

Aber Frau Direktor, erwiderte Marder, Sie sind doch
nicht im Himmel! Die Engel gehören zum Werkschor, ihre
Flügel sind aus Gummi.

Das meine ich ja, Doc, sagte Mimi, hüben wie drüben
dieselbe Scheiße!

Ein paar Minuten später quoll aus dem Bauch des Wals
ein blutverschmiertes Köpflein. Alle Engel krähten »Stille
Nacht, heilige Nacht«, »O du Fröhliche, o du Selige«, und
Mimi, wahnsinnig vor Schmerzen, schrie: Doc, zu kurios, es
ist der Weihnachtsmann!

Lag ich im Sterben? Geräuschvoll war mit Gitarre und
Hebammentasche ein langer schlaksiger Mensch an mein
Bett getreten, stellte sich mit lauter Stimme als K. K. P. A.
Pütz vor und beteuerte, mich beim Übergang ins Unabänderliche zu begleiten. Seit meiner Katalogverfasserzeit in
der Werbeabteilung der Gummifabrik hasste ich Abkürzungen, und kein Zweifel, durch diesen K. K. P. A. Pütz
wurde mein Vorurteil bestätigt. K. K. = Konfessionskom-
petenter; P. A. = Pastoralassistent. Rötlicher Dreitagebart,
verwaschene Jeans, weiße Turnschuhe, bewaffnet mit einer
Gitarre und einer abgewetzten Aktenmappe, aus der er, unentwegt plappernd, eine schrill bemalte Dose, eine Brot-
büchse sowie eine violette Stola herausfischte.

Zugegeben, ich war an diesem Auftritt nicht schuldlos. Etwa um neun Uhr abends hatte ich eine serbische Pflegerin auf Italienisch um einen Bleistiftspitzer gebeten – mein Stift war so stumpf, dass ich damit nicht mehr schreiben konnte. Daraufhin hatte die Pflegerin Alarm geschlagen, worauf eine Ärztin an mein Bett geeilt war (aus Sri Lanka, wie sie mit einem sanften Lächeln hauchte). Die Sanfte hatte mir versichert, meine Wünsche weiterzuleiten, und sei es, dass man sie im babylonischen Sprachgewirr falsch verstanden hatte, sei es, dass durch den Alarm ein Automatismus in Gang gesetzt worden war: Nun hatte ich K. K. P. A. Pütz am Bett, und der schien wild entschlossen zu sein, mich mit den Sterbesakramenten zu versehen.

Eine delikate Situation. Pütz war seiner Sache absolut sicher, und dass er mal zu mir, mal zu meinem Nachbarn sprach, dessen Bett seit dem frühen Abend von weißen Stoffparavents umstellt war, ließ zwar die Vermutung zu, sie könnten den Versehpriester nicht für mich, sondern für den Mann hinterm Paravent bestellt haben. Aber dann sprach K. K. P. A. Pütz den Sterbenden, also den hinterm Paravent, als Bruder Heinrich an und mich, der Heinrich hieß, als Bruder Thomas. Klar, als Patient im babylonischen Turm war man an Verwechslungen gewöhnt, nicht immer traf die Spritze den richtigen, und der Küchenwagen, der im muslimisch dominierten Saal C das Essen anlieferte, roch meistens nach Schweinefleisch, aber beim Versehenwerden ging es ja nicht um eine Lappalie, es ging um Leben und Tod, und da es mir einfach nicht gelingen wollte, den Redefluss des K. K. P. A. Pütz zu unterbrechen, drückte ich die Klingel.

Niemand reagierte. Niemand kam. Auf der Station, die nachts unterbesetzt war, nahmen sie vermutlich an, dass ich beim Konfessionskompetenten bestens aufgehoben sei und schenkten sich den Einsatz. K. K. P. A. Pütz, nun wieder zum Paravent sprechend, hatte indes seine Gitarre ausgepackt und begleitete seine Preisung des »Unabänderlichen« mit gezupften Tönen.

»Das Unabänderliche«, krähte er in die Stille des nächtlichen Krankensaals hinaus, »bietet der Natur die Chance, immer perfektere Lebewesen hervorzubringen. Dies dürfen wir getrost eine Fitnessmaximierung der Schöpfung nennen, denn was das Unabänderliche abräumt, kann das Leben in den meisten Fällen besser ersetzen.«

K. K. P. A. Pützens Begeisterung für das Unabänderliche, sein Lieblingswort, wurde zunehmend glühender, allerdings schien ihn die eigene Rede, da sie sich an beide Betten richtete, mehr und mehr zu verwirren. Er sprach mich und den Nachbarn abwechselnd als Heinrich oder Thomas an, dann hießen wir beide Thomas, beide Heinrich, und plötzlich redete er von einer gewissen Vreni, seiner Partnerin, die er dafür lobte, dass sie sich Tag und Nacht um »unsere Asylanten« kümmere. »Und was ist der Dank?« rief K. K. P. A. Pütz entrüstet, »von gewissen Gliedern wird Vreni als Schizo-Vreni verhöhnt!«

»Von was für Gliedern?«, fragten wir verdutzt (wir, die beiden Thomasse, die beiden Heinriche).

»Von den Gliedern der Gemeinde«, versetzte K. K. P. A. Pütz. »Die Glieder werfen Vreni vor, die christliche Nächstenliebe zu wörtlich zu nehmen.«

Wir kicherten, und K. K. P. A. Pütz, offenbar überrascht,

450

dass er es mit deutschen Zungen zu tun hatte, also mit Sterbenden, die ihn verstanden, schwor, erste Akkorde klimpernd, wie sehr er seine Vreni schätze, beteuerte, wahres Christentum sei soziales Füreinander, bekannte, in den ostdeutschen Pastoren Schwestern und Brüder in Christo zu sehen, bedauerte, dass er leider nur wenig Zeit habe, in dieser Nacht sei ja einiges los, wobei er mit einem praktisch leeren Benzinfeuerzeug eine Kerze zu entfachen versuchte und lauthals betonte, das Licht ihrer Flamme gehöre allen Rassen, allen Völkern, allen Religionen. »Liebe Brüder«, sprach Pütz, jetzt stehend und die Akkorde so heftig schlagend, dass ich mir die Zeigefinger in die Ohren stopfte, »wenn ihr euch vor dem Unabänderlichen fürchtet, konzentriert ihr euch am besten auf die Füße. Oder auf die Waden. Oder auf die Knie. Hauptsache, weg vom Kopf. Es darf auch der Schwanz sein – alles, was unten ist. Bloß keine Wenn-dann-Sätze. Wenn-dann-Sätze schaffen Panik. Ist-Sätze beruhigen. Sagt doch einfach: Es ist alles in Ordnung. Morgen ist ein schöner Tag. Ich bin sehr gut drauf. Bald haben wir es geschafft. Okay?«

»Okay«, gab sich K. K. P. A. Pütz selber die Antwort, spannte eine Saite, zupfte wieder dran herum, beugte das Ohr zum Instrument, und während er den Saal und ganz speziell die Brüder Heinrich und Thomas aufforderte, gemeinsam mit ihm den Song von *Sister* Joan Baez anzustimmen, »We shall overcome«, schlüpfte ich unter der Decke hervor und glitt durch die Doppeltür der Schleuse hinaus.

Auf bloßen Füßen tappte ich davon und ließ K. K. P. A. Pütz und seine Akkorde rasch hinter mir. Im hell erleuchteten

451

Glaskubus des Stationszimmers zog der afrikanische Pfleger gerade eine Spritze auf, möglicherweise für sich selbst, so dass ich unbemerkt an ihm vorbeihuschen konnte. Nachdem ich an einer Korridorkreuzung abgebogen war, tönte das Gesinge nur noch von fern, und bald war es hinter den Türen so still wie in Grabkammern.

In eine der Kammern drang ich ein, ertastete den Kleiderspind und erwischte ein Paar Gummischuhe. Es war ein Zweibettzimmer; die beiden Patienten erwachten, und leider schaffte ich es nicht mehr, aus dem Spind auch den Bademantel oder ein Kleidungsstück zu entwenden. Klar, in meinem Spitalhemd würde ich nicht sehr weit kommen, aber solange K. K. P. A. Pütz seinen Sister-Joan-Song jodelte, glaubte man mich in seiner Obhut, und ich konnte mich weit genug von der Station C entfernen, um im babylonischen Turm nicht mehr gefunden zu werden.

In einem güterwagengroßen Bettenlift fuhr ich in die Tiefgarage.

Hier unten klapperten Entlüftungsanlagen, es stank nach Feuchtigkeit Felsen Eisen, Benzindünste waberten, Tropfen lösten sich von der rostzerfressenen Decke, und ängstlich fragte ich mich, ob das Kameraauge, das aus einer Betonsäule hervorstand, dem Kyklopen gehörte. Hatte es mich bereits erfasst? Waren sie schon ausgerückt, um mich einzufangen und auf die Station zurückzubringen? Hinter der Säule verborgen, vernahm ich in Abständen ein Surren – immer dann, wenn der Augenrüssel des Kyklopen seinen Radius bestrich. Aber noch schlimmer als die Angst, wieder nach oben geschafft und wieder von K. K. P. A. Pütz mit seinen Sakramenten versehen zu werden, war die Angst, in meinem Spitalhemd eine Lungenentzündung aufzulesen.

Ich schmiegte mich an ein warmes Heizungsrohr, und dann kam ich zum Glück auf die Idee, die hier geparkten Lieferwagen der Spitalküche zu untersuchen. Über eine Ladefläche war eine Plane gespannt; darunter fand ich Kartoffelsäcke, und mit viel Geduld gelang es mir, aus dem groben Leinenstoff eine Art Gewand zu schneidern. Um die Säcke aufzutrennen, benutzte ich die scharfe Kante einer Stoßstange, und mit den Fäden, die sich dabei lösten, band ich die Sackteile mir passend zusammen.

Um sechs Uhr früh kroch aus den untersten Bereichen der allmählich erwachenden Tiefgarage eine Kolonne mechanischer Schildkröten herauf: Leichenwagen mit den Toten der vergangenen Nacht. Ob vielleicht auch Bruno dabei war? Oder mein Bettnachbar hinterm Paravent?

Die Stahljalousie vor der Ausfahrt rasselte hoch. Bevor sie sich hinter der letzten Schildkröte wieder schloss, stieg ich über die steile Rampe in den frischen Morgen hinauf. Der Himmel war bereits hell, rosig, zart über den noch dunklen Türmen und Giebeln der Stadt. Winzige Schatten, die stumm eine Wasserlake durchhüpft hatten, begannen zu tschilpen. Die Hausfassaden hatten eine blaue Haut, auf den Straßen lag schwarze Nässe. Ich warf einen letzten Blick zurück. Irgendwo dort oben im babylonischen Betonturm würden sie bald ein leeres Bett vorfinden.

Seinerzeit, als ich meinen Engel in Algier verpasst hatte, war ich ebenfalls ohne Geld und Papiere gewesen, aber unter all den zerlumpten Bettlern war ich kaum aufgefallen. Auch in Westberlin wäre ich zur Not noch durchgegangen – viel schlimmer als die tonnenschweren Fresser an den Curry-wurstbuden mit ihren Pelzmützen aus Wehrmachtsbestän-den sah ich nicht aus. Hier jedoch, im protestantischen, stets und ständig von Regen gereinigten Zürich, wo jedes Gebiss genormt, jede Macke wegtherapiert, jeder Makel kaschiert wurde, war ich fehl am Platz. Es ging mir wie in Pollazzu, als mich aus dem Spiegel ein mir fremder Mensch angeglotzt hat: ein Kahlschädel mit einer Raupe an der Schläfe. Nun begegnete mir in den Schaufensterscheiben ein Wüstenheiliger in Sackleinen, und sein Lächeln glich dem Sektenlächeln von Ober Bruno im Abend- und Ab-schiedslicht. »Lang wirst du nicht mehr frei herumlaufen!«, ließ ich den Heiligen sagen, dann nickten wir beide, er in der Scheibe, ich davor.

Sollte ich mich wieder im Dachstock des Zeisig-Hauses verkriechen? Zu riskant. Wer immer mich ins USZ ein-geliefert hatte, würde auch ein zweites Mal zuschlagen. Blieben noch die Quassis. Aber beide soffen wie die Löcher und würden zu dieser frühen Morgenstunde selbst dann nicht erwachen, wenn ich ihr neues Telefon minutenlang klingeln ließe.

Die Aktion verlief dann rasch und schmerzlos. An meiner Seite hielt ein Wagen. Fahrschule. Polier Ponti zog mich auf den Rücksitz, sein Sohn Marcello saß am Steuer. Sie hatten mir offensichtlich aufgelauert, und das bedeutete, dass man ihnen meine Flucht aus dem USZ gemeldet hatte.

Ich durfte mich in der Parterrewohnung der gastfreundli-chen Italiener erholen, und es war rührend, wie sich die gesamte Hausgemeinschaft um mich sorgte. Sophia Loren schneiderte einen alten Anzug Pontis auf meine Maße um; täglich gab es Spaghetti; Mieter Dill lieferte relativ frische Schoko-Weihnachtsmänner; die Weidelis stifteten mir aus den Beständen des Dachbodens einen beigen Regenmantel. Am dritten Tag nach meiner Flucht aus dem babylonischen Turm verriet mir Marcello die Tageslosung der Fahrschulen (Einbahnstraße!), und eigentlich war es kein großer Fehler, nur ein kleiner, vor der Heimfahrt in die Berge kurz bei den Psycho-Wiesen vorbeizuschauen. Ich wollte Zürich nicht verlassen, ohne Maureen, meiner Ex, Adieu zu sagen.

Es war zehn Uhr vormittags, als ich mich den Wiesen näherte. Nur ein paar Pudel und ihre Rentner waren unterwegs, und in den Bäumen zwitscherten schon die Vögel und die Beatles. Die Psycho-Gruppen kamen wohl erst später, wenn es wärmer geworden war, aber auf einer Parkbank am Ufer saß im durchsonnten Dunst, der der Bucht etwas milchig Mildes gab, einsam eine Frau ... wie aquarelliert ... wässrig hingetupft.

Ich, wieder etwas fiebrig und an der kühlen Sonne fröstelnd, setzte mich zu ihr und bemerkte mit einem diskreten Seitenblick, wie ihre schmalen Hände in der Unterarmtasche wühlten. Mein Gedächtnis bewahrte einen ganzen Haufen von Dingen, die Mimi in ihrer Unterarmtasche mit sich herumgeschleppt hatte, und zu kurios, wie sie selbst gesagt hätte, was die Erinnerung enthielt, enthielt auch die Tasche auf dem Schoß der Einsamen: Tampons Tabletten Radiergummis Haarspangen Kohlestifte Nagelfeilen Büroklammern Fotos Kerzenstummel sowie eine Haarbürste mit silbernem Griff. Es war diese Bürste, die die Frau gesucht hatte, und als sie ihr langes schwarzes Haar in den Rücken schwang, um es dann mit geduldigen Strichen zu behandeln, war ich plötzlich in der Villa Vittoria, stand am Fenster meines Zimmers (43) und sah, wie im Hausflügel zur Rechten ein grüner Fensterladen aufgestoßen wurde und *la donna della finestra*, ihr Gesicht dem Frühlicht zugewandt, ihr Haar bürstete. Jetzt wollte ich mich diskret zurückziehen, aber stattdessen deutete ich eine Verneigung an, ein Lächeln und eine dezente Bitte um Verzeihung. Dann sagte ich nur ein einziges Wort, in höflicher Frageform: »Mimi?«

»Mimi«, antwortete die Frau und fuhr fort, ihr Haar zu kämmen, »existiert nicht mehr. Aber du hast dich trotzdem geirrt, Heinrich. Auch wenn Mimi nicht mehr existiert, wurde sie niemals zu Asche.«

»Ah ja, wirklich?«

Die Frau nickte: »Mimi ließ ihr Testament für ungültig erklären. Der Wunsch, über den warmen Wellen des Mittelmeers verstreut zu werden, kam ihr in späteren Jahren lächerlich vor.«

»Also stimmen sie, die Kantinen-Gerüchte?«

»Ja«, sagte sie mit einem koketten Augenaufschlag. »Dumm war nur, dass ich ein bisschen zu spät gekommen bin. Ich fürchte, ich komme immer zu spät. Größer als meine künstlerische Begabung ist mein Talent für Pannen. Niemand wollte mir in New York einen Auftrag geben, niemand wollte mich ausstellen – Aquarelle waren damals völlig out. Wie der Kautschuk. Also bin ich den Weg gegangen, den drüben alle gehen: nach Westen. Das übliche Pionierverhalten.«

»Ah ja wirklich?«

Wieder nickte sie mit dem unscheinbaren Lächeln. »Ich habe mich an die Leute in Akron, Ohio, gewandt. Mein Vater war dort in guter Erinnerung – er hat zwischen seinem Schwiegersohn und der Tire and Rubber Company ein für beide Seiten lukratives Geschäft vermittelt.«

»Ich weiß«, sagte ich. »Dein Vater hat den Fräcktaler Gummiwerken die Lizenz für unser berühmtestes Produkt gesichert, für die Weiterentwicklung des Luftreifens. Aus dem Kriegs-Modell wurde der P_{47}. War der Mann, bei dem du dich gemeldet hast, für die Lizenzverträge zuständig? Hat er dir einen Deal vorgeschlagen? Hat er gesagt: Wenn du ein braves Mädchen bist, erzählt er seinen Bossen, du würdest in New York als Geheimtipp gehandelt?«

»Wer hat dir das erzählt?«

Ich lachte höhnisch. »Weißt du, Mimi, ich bin ein Gummimann. Ich kann mir deinen Ypsi ziemlich gut vorstellen. Er wird einer dieser Typen gewesen sein, die eine viel zu große Kinnlade haben, ausgeleiert vom ewigen Kaugummikauen, und dir erzählen, dass sie gern in die Wälder gehen und Fische aus Flüssen zerren. Aber die Flüsse aus den Rockies sind verdammt kalt, da kann man sich trotz hüfthoher Gummistiefel leicht eine chronische Blasenentzündung einhandeln. Armer Mr. Ypsi. Er war gezwungen, einen weiteren Gummiartikel zu tragen: die Gummihose mit Windeleinlage, drüben als comfy pants bekannt.«

»Mir wurde gesagt, der Ausdruck sei von dir?«

»Ach so, ja. Könnte sein. Hast du Mister Ypsi verlassen, weil er dir doch nicht zu einem Auftrag verhelfen konnte? Hast du deine fulminante Karriere erst hier gestartet,

in Zürich, mit der großzügigen Unterstützung von Päuli ...
Pardon! *Pablo* Feuz?«

»Heinrich, ich fürchte, du machst dir ein falsches Bild
von mir.«

»In meinem Katalog, meinst du?«

»In deiner Erinnerung.«

»Dann meinen wir das gleiche. Ich habe jahrelang daran
gearbeitet, mein Leben in einem Katalog unterzubringen,
in Hunderten von Artikeln, alphabetisch geordnet. In der
ursprünglichen Fassung bist du ertrunken, im Stausee. Das
werde ich in der neuen ändern müssen.«

»Ich fürchte, du musst einiges ändern.«

»Zum Beispiel?«

»Dass ich nach dem Ertrinken wieder aus dem Wasser
gestiegen bin.«

»Nein. Das bist du nicht. Du hast mich hereingelegt.
Ich sollte im Liegestuhl deine Sachen finden und glauben,
dass du ertrunken bist. Aber in Wahrheit bis du abgehauen.
Deine Karriere war dir wichtiger.«

»Ah ja, wirklich?«

»Mimi, ich bin vor Sehnsucht nach dir fast gestorben!«

»Und ich hatte Sehnsucht nach euch.«

»Jetzt bloß keine Tränen, ja? Dein Verschwinden war das
Trauma meiner Kindheit.«

»Um die Kunst ging es mir nicht«, bemerkte sie müde.
»Ich musste nach meinem Rausschmiss irgendwie Geld ver-
dienen. Zeichnen war das einzige, was ich konnte.«

»Sagtest du Rausschmiss?«

»Ja, ich sagte Rausschmiss.«

Sie lächelte. Ich sah sie von der Seite an.

Ich fragte: »Was war der Grund für den Rausschmiss?«

»Das weißt du nicht?«

»Nein. Wie denn. Ich war ja nicht dabei.«

»O doch, Heinrich.«

Sie stopfte die Bürste in die Unterarmtasche. »Du warst es, der mich rausgeschmissen hat.«

Ich lachte auf. »Das meinst du nicht im Ernst.«

Sie durchsuchte ihre Handtasche und sagte: »Du denkst, du bist das Opfer deiner Eltern. Du denkst, dass sich dein Vater bereit erklärt hat, Mimi eine hohe Unterhaltsrente zu zahlen, allerdings unter der Bedingung, dass sie sich nie mehr blicken lässt. Ein einziger Besuch, ein kurzer Brief, ja nur eine anonyme Postkarte – und er hätte die Zahlungen eingestellt.«

»War es nicht so?«

»O nein, so war es nicht«, sagte sie. »Du hast mich glühend gehasst, mein lieber Heinrich.«

Am gegenüberliegenden Ufer läuteten Kirchenglocken. Die beiden Schwäne klebten an der Wasserfläche. Weißes Licht sickerte in den Dunst ein, und auf einmal waren wir wieder im Atelier, sie auf dem Diwan, riesig wie ein Walfisch, ich am vorderen Flügelbein, das mit einem körnigen honiggelben Vollgummirädchen in einem Zinntellerchen stand. Aber meine sinnlos kreisende Eisenbahn interessierte mich nicht mehr, und so sehnsüchtig wie Mimi wartete ich auf das Toc-toc-toc von Doktor Marders Blindenschirm an der großen Scheibe zum Tal. Kam er endlich, stöpselten wir uns beide die Gabelenden eines Stethoskops in die Ohren und drückten die Scheibe an Mimis weiße Bauchwölbung. Dann konnte ich Robinsons Insel, die der Walfisch barg, mit mei-

nen Ohren sehen. Es grollten die Donner, es rauschte die
Brandung, ich war Robinson und glücklich. Aber weil ich
mich schwertat mit dem Einmaleins, ließ sie mich nur an
sich ran, wenn ich die Reihen herunterleierte, vor allem die
Siebenerreihe, einmal sieben ist sieben, zweimal sieben ist
vierzehn, dreimal sieben ist einundzwanzig, und zugegeben,
damit war mir der Wal tüchtig auf die Nerven gegangen.
Eines Tages sah ich dann den Abdruck im feuchten Sand:
den Fuß eines fremden Menschen. Ein Mensch, erst noch
ein fremder, auf meiner Insel!

»Du hast mich an den Haaren gerissen, bis ich blutete«,
sagte Mimi ungerührt. »Du hast mich in den Bauch getreten und mit den Schläuchen des Stethoskops gepeitscht.
Eines Tages warst du plötzlich lieb. Du hast mir eine Kette
geschenkt, die du selber gebastelt hast, aus kleinen Muscheln. Du hast sie mir um den Hals gelegt … ach, was rede
ich. Es sind alte Geschichten. Bloom hilft mir, meine Mitte
wiederzufinden. Wir hatten vorhin ein wunderbares Gespräch – rein privat natürlich. Wir sind gute alte Freunde,
da kann er leider nicht mein Analytiker sein, zu schade …
Warum zitterst du?«

Ich starrte auf meine Hände, dann auf ihren Hals.

»Ich habe dich gewürgt …?«

»Ich wäre beinah erstickt.«

»Mimi, um Gotteswillen …«

»Es war nicht einmal das Schlimmste.« Sie gab etwas
Spucke in ein schwarzes rundes Döschen und pinselte die
Augenschminke an ihre langen gebogenen Wimpern. »Das
Schlimmste war: Eines Tages bin ich im Stausee ziemlich
weit hinausgeschwommen, es war einer der wenigen war-

men Tage, die ich im Fräcktal erlebt habe. Als ich aus dem Wasser stieg, waren meine Sachen weg, der Liegestuhl leer, und ich hörte dich jubeln: Sie ist tot! Mimi ist tot! Der See hat sie geholt!«

»Das ist nicht wahr …«

»Frag die Gute. Oder den Stier. Du warst außer dir vor Freude. Halbnackt bin ich in die Zentrale gerannt und vor ihm auf die Knie gesunken. Hilf mir, habe ich schluchzend gefleht, ich kann nicht mehr. Es ist zu schrecklich. Der Bub bringt mich um.«

»Was hat der Alte geantwortet?«

»Dass er dich liebt. Wie seinen Augapfel.«

»Wie seinen …«

Mir verschlug's die Sprache.

»Und dass er sich für dich entscheidet, was auch immer geschehen mag. Dann hat er mir zwei Finger unters Kinn gelegt. Heinrich, hat er gesagt, ist mein Fleisch, mein Blut. Wenn er dich nicht mehr sehen will, musst du gehen.«

Ellen Ypsi-Feuz stand auf. »Es braucht dir nicht leid zu tun«, sagte sie und lächelte wieder das Lächeln, das zwischen uns eine Wand einzog. »Mimi ist tot. Es tut ihr nicht mehr weh.«

Und sie ging – ohne sich umzusehen.

On ne revient jamais, hatte ich bei meiner Rückkehr aus Afrika gedacht, man blieb draußen, für immer. Ja, abreisen konnte man nur einmal, aber verabschieden konnte man sich immer wieder. Im Abschiedslicht lächelten die Köpfe, die aus den Fassaden ragten, freundlich zu einem herab, und sogar die beiden Weidelis bleckten im offenen Küchenfenster die neuen Gebisse zu einem netten Grinsen. Munter sprudelte das Brunnenwasser, und aus Dills Wohnung klimperte Buxtehude, hie und da von Fifis Kläffen unterbrochen. Hierher würde man gern zurückkehren, und doch: Heimkehren kann man nie mehr. On ne revient jamais.

Das schien auch Sophia Loren zu spüren, die ihre Kinderschar auf mich zugeschoben hatte, als wäre ich der Weihnachtsmann, und in gewisser Weise war ich es ja auch. Ein Mädchen nach dem andern knickste, und die Buben, den Kopf zwischen die Schultern gezogen, die Augen abgewendet, streckten mir mutig die Hand entgegen.

Marcello, eine Hand am Rücken, eine Serviette über dem Arm, servierte mir auf einem Nickeltablett einen italienischen Kaffee.

»Vielen Dank, Amico, eines Tages wirst du einen guten Kellner abgeben. Hol jetzt die Rosen!«

Ich rührte den Zucker um, hielt mir das Tässchen unter

die Nase, legte den Kopf in den Nacken, sah über dem Hof-schacht den grauen Himmel, schloss die Augen, atmete das Aroma ein, und ach, kurz war das Glück, rasch genossen, schon vorbei. Indes hatte mir Marcello den im Brunnen-trog aufbewahrten Strauß gereicht, ich wickelte das nasse Papier ab, hielt meinen Rüssel ins Bouquet und sprach: »Die Rose, verehrte Sophia, entfaltet ihre Süße aus einem fäkalischen Kern. Man könnte es eine Duft-Dialektik nen-nen. Man könnte in dieser Dialektik eine Metapher für die Schöpfung sehen. Man könnte sagen: Alles wunderbar, die Farben und das Aroma und die erotischen Formen einer Blüte – aber zuinnerst stinkt's nach Arschloch. Ich bedaure sehr, dass wir uns nicht mehr wiedersehen. Ich danke Ihnen für alles.«

»Ich habe zu danken«, sagte Sophia Loren und legte den Strauß wie ein Baby in ihren Arm. »Ich danke Ihnen für die wunderschönen Gedichte.«

Und gemeinsam rezitierten wir, flüsternd, mit Tränen: »Dein Atem riecht wie Frühlingswind … dein Leib wie Honig … schön bist du wie der Mond in der vierzehnten Nacht.«

So war ich im Nachhinein doch noch zum Rosenspender und zu dem Poeta geworden, der ich in meiner Mansarden-zeit für sie nicht gewesen war.

»Addio, Sophia!«

»Addio, Poeta!«

Ich nahm meine Schreibmaschine unter den Arm, und Marcello begleitete mich zum Theorielokal der Fahrschule, wo er das Codewort des Tages raunte: »Sackgasse!«

Die Blondierte, die an ihren Nägeln herumfeilte, verwies uns auf die Wartestühle.

»Geile Puppe«, flüsterte mir Marcello zu.

»Aber glaubst du, sie käme ein einziges Mal auf die Idee, dass sie mit ihrer ewigen Feilerei perfekt in die Unterwelt passt?«

»Meinen Sie, wie die Idiotinnen, die Wasser mit lecken Krügen schöpfen?«

»Donnerwetter, du hast ein gutes Gedächtnis.«

»Die Töchter des Danaos«, sagte Marcello, vor Stolz schier platzend.

»Ihr Wagen ist da«, sagte die Blonde, ohne von den Nägeln aufzusehen.

Sie feilte weiter, und sah man sich ihren Wiederholungszwang etwas genauer an, war sie nicht nur eine Cousine der Töchter des Danaos, sondern in einer einzigen Person sowohl Oknos, der das Seil knüpfte, als auch der Esel, der es wegfraß. Aber lebten nach diesem Muster nicht die meisten? Als Oknos hatte ich über Nacht Barthaare produziert, die ich heue Vormittag als Esel rasiert hatte. Als Oknos trat ich zum dritten Mal die Heimreise an, und selbstverständlich war ich auch der Esel, der sie wieder vermasseln würde.

Reihum legten die Kirchtürme ein schweres Läuten über die Dächer, und die in Schwarz gekleideten Witwen gingen gefasst und dieser Stadt würdig auf die sedierten Pastoren zu, die sie mit gehauchten, von ihren Bäffchen gedeckten Lügen zu trösten versuchten. Was hier als Ratschluss des Allmächtigen galt, war die saubere Arbeit serbischer Killerkommandos, und auch in diesen Fällen könnte man von einer Oknos-Esel-Kombination sprechen. Je fleißiger, je korrupter sie waren, all die Banker und Buchhalter in den unterirdischen Gewölben, desto größer war die Wahrscheinlichkeit ihrer Liquidierung.

Wenn ich mich nicht täuschte, hatte ich dem Michelin-Männchen der Esso-Tankstelle die Frage schon vor einem Jahr gestellt: »Ist die Straße zum Fräcktal offen?«

»Offen«, japste jetzt das von seinem Kassenkäfig umschlossene Männchen und knabberte einen Schokoriegel weg. »Sie sollten sich wärmer anziehen. Saukalt dort oben.«

Er kaute und schluckte, doch was er als Oknos vertilgte, vermochte er als Esel nicht mehr abzubauen – bei meinem nächsten Besuch würde er sein Aquarium als viereckiger Fettklumpen vollständig ausfüllen. Palombi, dem Pächter der Alten Post, drohte ein ähnliches Schicksal. Was er als Oknos in sich hineingoss, konnte er als Esel nicht mehr verkraften. Schon jetzt, um die Mittagszeit, war er derart hackevoll, dass er auf mein Klopfen und meine Rufe nicht reagierte.

Wie vor einem Jahr ging ich hinters Haus, jetzt allerdings aufrecht. Hier, bei den übervollen Abfalltonnen, hatte ich mir die herausgequollene Scheiße mit Papierservietten vom Hintern gestrichen. Vor der Schwelle stand ein Paar Gummistiefel, mindestens zwanzig Jahre alt, von mir damals mit einem erfolgreichen Namen versehen: Modell »Für Sie & Ihn, garantiert wasserdicht, mittelhoher Schaft, aus Kautschuk oder Latex, mit Innenfutter oder ohne; in den Größen 35–44; besonders geeignet für Spaziergänge in Herbstwäldern; rutschfestes Sohlenprofil.« An den Absätzen klumpte nasser Dreck, woraus ich schloss, dass der Säufer sein Loch hie und da verließ – wohl um den Schäferhund auszuführen. Ich war gewarnt.

Von der Decke hing an einem verkohlten Faden ein letztes geschwärztes Toast-Hawaii-Mobile. Auch das Aquarium gab es noch, doch ohne Fische, das seit Wochen abgestandene Wasser war milchig, eine stinkende Brühe, und da gerade die Turbinen des Kraftwerks rotierten, erzeugten die Gläser im Buffet ein leises Klirren. Palombis Schädel lag auf dem Tisch, der Mund offen, auch die Augen. Seine Hand, früher eine Pranke, krallte sich um die Flasche. Um ihn herum war die Gaststube verrußt, hier hatte es kürzlich gebrannt.

»He, Palombi, aufwachen!«

Ein Knurren, doch nicht von ihm – hinterm Tresen! Ein Hund! Tappte um die Ecke – und aus. Ich Gimpel war in die Falle gegangen. Ich hatte genau den Fehler begangen, den ich unter keinen Umständen hätte begehen sollen. Palombi würde die Gelegenheit am Schopf ergreifen und sich dafür rächen, dass ich ihn bei meinem letzten Besuch zum Trinken gezwungen hatte. Der Schäferhund hechelte so stark, dass er den Geifer in Fetzen verspritzte. Ich hatte keine Chance. Eine einzige Bewegung, und er würde mich zerfleischen.

Palombi sah mich von unten an. Er grinste mit schwarzen Stummelzähnen.

»Riechst du den Salzwind«, fragte er, »den Geruch nach Meer und Tang? Was für ein Abend, una serrata grande! Zieh den Hut, du ungehobelter Kerl, das ist Elisabetta, die Frau von Luparello! Und die dort, die mit dem Busen, ist

Julia, die Tochter von Bistretta, dem Fischhändler. Siehst du die drei Dicken? Es sind die Schwestern Schèmmari, hinter ihnen die Schwestern Jacomuzzi und die Cousinen Catalano. Warst du nie bei Keké? Sie ist auf die Zöglinge vom Istituto spezialisiert. Da kommen sie schon, die jungen Herren in ihren schwarzen Soutanen. Lauter bleiche Gesichter voll roter Pickel, wie seinerzeit unsere Lehrlinge. Schau, alle machen den Corso, niemand fehlt, sogar die Herren Notare und Thunfischfabrikanten sind dabei. Aber lass dich nicht täuschen …«

Ich knallte ihm eine – er sollte aus dem Delirium erwachen.

»Die dort, in ihren Maßanzügen, sind nur kleine Lichter. Die haben nichts zu sagen. Siehst du den Kleinen mit dem Strohhut? Merkst du, wie sie vor ihm abducken? Weißt du …«

Wieder schlug ich zu, härter diesmal, mit Schwung, so dass er vom Stuhl kippte. Der Hund knurrte. Palombi beruhigte ihn.

»… damals war ich wer. Damals galt ich was«, fuhr er fort, heiser, hustend, sich hochrappelnd, »Don Pasquale hat mir seinen Stock auf die Schulter gelegt – schwarzes Elfenbein, der Knauf ein silberner Katzenkopf, zwei Edelsteine als Augen!«

Mir wurde angst und bang. Seit unserem letzten Zusammentreffen musste dieser Mann ohne Unterbrechung weitergesoffen haben. Ein finales Versacken. Der Suff zum Tod. Und das Kuriose war, ich wusste genau, wo er sich in seinem Delirium befand: auf der Piazza am Fuß des Stadtfelsens von Pollazzu, an einem Abend im Frühling.

»Komm jetzt!«, befahl er, »bringen wir's hinter uns! Hier hab ich Mimis Asche. In dieser Zigarrenkiste. Wir werden hinausrudern, dann verstreue ich sie.«

»Mimi lebt«, sagte ich.

»Ah, nicht ertrunken!«, höhnte er.

»Nein«, sagte ich, mich von ihm abwendend. »Sie ist aus dem Wasser gestiegen und nach drüben verschwunden, in die Staaten.«

»Hat ein bisschen gedauert, bis du draufgekommen bist.«

»Tut mir leid für die Anrufe«, sagte ich. »Wird nicht mehr vorkommen.«

Mit einer Geste tat er die Sache ab.

»Trink!«, sagte er.

Ich trank.

Selbstgebrannter Schnaps – nur jetzt nicht in die Hose pissen. Oder kacken. Es wäre zu komisch.

»Trink!«

Ich trank.

Dann setzte ich mich ihm gegenüber, legte die Mütze auf den Tisch und hoffte, dass ihn meine Narbe davon abhielt, das Spiel zu wiederholen, das ich bei meinem letzten Besuch mit ihm gespielt hatte. Er nahm selber einen Schluck, dann fing er an zu lachen.

»Wie du aussiehst! Wie ich damals, anno '49, als ich in dieses verschissene Land gekommen bin. Ich habe einen ähnlichen Anzug getragen, eine ähnliche Mütze.«

»Warum bist du nie zurückgekehrt?«

»Nach Sizilien? Ja, warum, warum. Als die Serben kamen, hätte ich zurückgehen können. Wäre Cala mitgekommen, hätte ich es geschafft. Ich hätte zu Hause noch mal angefangen, nochmal von vorn.«

»Mit Cala …«

Er nickte.

»Habt ihr euch geliebt?«

»Ja. Sehr.« Lange Pause. Keuchen. Trinken. Grinsen. »Mimi war sogar ein bisschen eifersüchtig auf uns. Hast du noch einen Moment Zeit? In irgendeiner Schublade hab ich das Bild, das sie von mir gemalt hat.«

»Als Hephaistos, lateinisch Vulcanus.«

»Das hast du nicht vergessen?«

Er schob mir die Flasche hin – ich schob sie zurück.

»So wiederholen sich die Geschichten«, sagte ich, die Mütze aufsetzend. »Aphrodite war die schönste aller Göttinnen, und wen hat sie geliebt? Hephaistos.«

»Trotz seiner Missgestalt.«

Wir verstummten wieder, und es kam mir vor, als würde der zu Palombis Füßen hockende Schäferhund mit der langen roten geifernden Zunge einer Zeit hinterherhecheln, die für immer abgelaufen war. Einmal das Horn eines Überlandlasters, wehmütig verwehte der Doppelton, und einmal blitzten die Fensterreihen eines Schnellzugs durch den leeren Bahnhof. Schon jetzt, am frühen Nachmittag, begann es im Dorf unter der Autobahn zu dämmern.

Ich hielt es für sinnlos, Palombi Fragen nach meinem Unfall zu stellen. Was ihn zu seinem brutalen Tritt provoziert hatte, wusste ich ja, und inzwischen war mir klar, weshalb ihn meine Anrufe zur Weißglut gebracht hatten. Ich war stur bei meiner Behauptung geblieben, er habe

Mimis Asche über einer Lagune seiner Heimat verklappt – dabei machte die Tote fröhlich Karriere und trat als Ellen Ypsi-Feuz sogar im Fernsehen auf. Was dann bei meiner Weiterfahrt passiert war, meine Verwandlung in den Weihnachtsmann, das Anklopfen bei Cala, die Begegnung mit dem Vater und die Flucht in die Kollision, würde Palombi höchstens vom Hörensagen kennen, und da verließ ich mich lieber auf die Aussagen der direkt Beteiligten. Cala und der Vater würden die bestehenden Lücken füllen – ich war unterwegs zur Wahrheit.

»Hast du noch Kontakt zu Cala?«

Er schüttelte den Kopf.

»Ruft sie nicht mehr an?«

»Kann sie nicht«, sagte er mit einem entschuldigenden Grinsen. »Tote Leitung. Dir ist es ja ähnlich ergangen. Wer keine Knete hat, ist aus dem Spiel. Wenn du bei ihr vorbeischaust, lass sie grüßen.«

Ich nickte.

Er nickte auch.

»Du wolltest mir Mimis Aquarell zeigen. Du als Hephaistos.«

»Ach so, ja. Hab das Bild bestimmt irgendwo aufbewahrt. Müsste dringend mal aufräumen. Es sammelt sich so viel an im Lauf eines Lebens …«

In der Hand die geleerte Flasche, torkelte er hinter den Tresen und fiel der Länge nach in die schwarz verrußte Küche hinein, platt auf sein Gesicht. Der Hund tappte hinter ihm her, und geschwind huschte ich zum Ausgang, durch den ich vor einem Jahr geflogen war – verriegelt! Hier kam ich nicht raus. Palombi lag vor dem Herd und schien die rote Lache anzuglotzen, die aus seiner Nase floss. Aber es roch nicht nach Blut oder Brand – es duftete nach Salz, Fisch und Tang. Eben war die Fischerflotte ausgefahren, wie ein Ballon stieg der Mond aus dem Meer, und in seinem Silberlicht begann auf der Piazza das übliche Balz-Ballett. Zu zweien, zu dreien, zu vieren untergehakt, promenierten die Mädchen, und um sie herum vollführten die Burschen auf ihren Vespas tollkühne Loopings. Dann kletterte eine Schöne nach der andern auf eine Rollerkruppe und ließ sich, an den Rücken ihres Chevaliers geschmiegt, in die laue Frühlingsnacht hinaus entführen …

Wenigstens wusste ich, wie man hier wegkam. Ich schloss die Zufahrt zum Tobel, und der erste, der anhalten musste, erklärte sich bereit, mich mitzunehmen. Als die Schranke, vom Gegengewicht gezogen, in die Senkrechte knallte, erinnerte mich das Klirren an meinen fatalen Entschluss, die Fahrt ins Verrecktal fortzusetzen. Hier hatte ich damals den Punkt zur Umkehr überrollt. Statt mich nach Zürich zurückzuziehen, bei Bruno oder Quassi zu klingeln und unter der Dusche die Scheiße loswerden, war ich mit den bekannten Folgen in die Schlucht eingedrungen.

Jetzt huschte der Schatten des Wagens über die von Neonstrahlern beleuchtete Knastmauer, sackte weg, ins Dunkel, und dann führten die Kehren unter überhängendem, stark tropfendem Gefels so steil in die Höhe, dass der Fahrer, ein Jugo, dauernd zwischen dem zweiten und ersten Gang hin und her schalten musste. Auf dem Rücksitz lagen zwei Lederkoffer und die berühmte Metallbox, mit der auch ich, lang war es her, die Tour durch den Untergrund

471

des Landes gemacht hatte: in den Kondomautomaten die Münzbehälter leeren, die Fächer füllen.

An der Hintertür der Alten Post hatte ich meine im Spital geklauten Gummischuhe gegen die »Sie & Er«-Stiefel ausgetauscht. Sie waren ebenfalls eine Nummer zu groß, doch im tiefen Winter, in den wir uns durch die Kehren hinaufschraubten, würde mir das Sohlenprofil einen guten Halt geben.

Als wir das Sägewerk passierten, deutete der Jugo auf einen schmutzigen Schneehaufen, unter dem sich ein Lastauto abzeichnete: »Achse kaputt. Hat Palombi gehört.«

Palombi war wirklich am Ende. Seine Karre ließ er verrotten, seine Telefonleitung war gekappt, die Gaststube ausgebrannt.

Beim Staudamm erreichten wir das Hochtal. Der Kühler kochte, der Atem dampfte, die Kälte war eisig. Ich bedankte mich für den Lift, und während der Jugo zum Ufer abstieg, um eine Plasticflasche mit Wasser für den Motor zu füllen, machte ich mich mit meiner Remington auf den Weg zur Fabrik. Die Uferstraße war zu beiden Seiten von Schneemorast gesäumt, meine Last wurde schwerer mit jedem Schritt, und kurz bevor ich die aufgelassene Tankstelle erreichte, fuhr mit einem kurzen Hupsignal der Jugo an mir vorüber. Einen Moment bedauerte ich, nicht die Geduld aufgebracht zu haben, auf das Abkühlen des überhitzten Wagens zu warten, aber egal, noch vor dem Einnachten würde ich an der Pforte um Einlass bitten: Hallo Reptil, altes Haus, ich bin wieder da! Wenigstens fror ich nicht, denn vom Unterland flutete Wärme hoch und bildete über der Eisfläche des Sees einen blauen Abenddunst. Es neigte sich der Tag, und es neigte sich dieses lange Jahr meiner Heimreise, die mich nach Sizilien, Afrika und sogar hinter den Eisernen Vorhang geführt hatte. Dabei war es nur darum gegangen, den Hergang meines Unfalls zu klären, und, du lieber Himmel, jetzt hätte ich nicht mehr zu sagen vermocht, ob ich den Moment der Wahrheit sehnsüchtig oder mit Bangen erwartete. Wie auch immer, noch heute Nacht würden sich die Lücken schließen, die noch offenen Rätsel lösen, die letzten Fragen beantworten.

Major Philps. Blutjung, kaum sechzehn Jahre alt, hatte sich Cala in einem süditalienischen Lazarett in einen ihrer Patienten verliebt, in einen schwer verletzten britischen Major. Dieser Mann war ein Spieler, und zwar von der Sorte, die nicht gewinnen, sondern verlieren wollte. Wie er seine Schlachten verloren hatte, stürzte er nun beim Pokern ab und wurde von Gläubigern zum Rückzug nach Norden getrieben. Im Winter 48 tauchte das ungleiche Paar, die ehemalige Lazarettschwester und der am Stock humpelnde Major, in Gstaad auf, im Grandhotel Palace. Cala hatte von den dauernden Fluchten genug und verdingte sich als Zimmermädchen. Im Dekor der mondänen Hotelwelt kamen ihre schwarzen Locken, die vollen Lippen und vor allem die vom Schürzenlatz kaum gebändigten Brüste wundervoll zur Geltung – wer weiß, was für eine Zukunft der jungen Schönheit geblüht hätte, wäre ihr nicht im Korridor, durch den sie gerade einen Wäschewagen schob, ein Mann im bodenlangen roten Gummimantel über den Weg gerauscht. Übel lud sie ein, in seine Manteltaschen zu greifen, und bis zu den Ohren errötend, griff Cala eine Verhüterli-Packung.

Der findige Unternehmer hoffte, durch die hier residieren-
den britischen Offiziere an fernöstliche oder afrikanische
Kautschukplantagen heranzukommen, aber ob dann vom
Gstaader Palace aus tatsächlich eine Expedition britischer
Ex-Offiziere aufgebrochen war, um Rohmaterial für die
Fräcktaler Gummiwerke zu requirieren, erfuhr ich nie. Hin-
gegen habe ich oft und mit gierigen Ohren gelauscht, wenn
Cala erzählte, was in jener Nacht geschehen war ...

Major Philps lud Übel zu einer nächtlichen Partie Poker
ein. Zwei grundverschiedene Spielernaturen hatten sich
gefunden. Der eine wollte unbedingt gewinnen, der andere
unbedingt verlieren, und so konnten sich beide Strategien
durchsetzen. Als Philps alles verloren hatte, ließ er durch
einen Nachtkellner seine Geliebte holen, und während es
vor den hohen Fenstern rötlich zu tagen begann, lag sie, nur
mit einem seidenen Morgenrock bekleidet, in lasziver Pose
auf einem ziegeldicken Glastisch. Es kam, wie es kommen
musste. Übel gewann auch diese Runde. Hätte Philps nur
mit dem Mundwinkel gezuckt, Cala wäre für immer bei
ihm geblieben. Aber der Major verharrte in militärischer
Haltung, die Hand am Mützenschirm, Übel kickte sein
Krad an, und die schöne Cala, an seinen breiten Rücken
geschmiegt, donnerte mit flatternden Haaren durch das
spätsommerlich verdunstete Berner Oberland einem neuen
Leben entgegen ...

Nachtbar. Mein Gedächtnis hat die Bilder bewahrt: Cala,
wie sie den Zigarettenhalter aus Bernstein zwischen den
Fingern hält; Cala, wie sie Biere zapft, wie sie den Aschenbecher leert, wie sie mal dem einen Lehrling zulächelt, mal

dem andern und immer wieder, Sehnsucht in den Augen, Seufzer auf den Lippen, dem Bild an der Wand: Major Philps. Schlug es elf, sah kurz der Staudammwärter herein und trank seinen Schnaps. Dann kam Cala hinterm Tresen hervor und tippte in der Musicbox U 3, »A whiter shade of pale« von Procul Harum. Beugte sie sich über die Box, blieben wir Lehrlinge hocken, alle in einer Reihe vor dem Tresen, doch drehte einer nach dem andern den Kopf und starrte mit Stielaugen auf die Strapse, die im Schlitz von Calas rotem Abendkleid die Nylonstrümpfe in die Höhe zurrten. Ging sie wieder hinter den Tresen, um ihr berühmtes »Gentlemen, last orders please!« zu raunen, wollte jeder von uns das Spülen der Gläser übernehmen oder ihr wie ein kleiner wendiger Diener beim Aufräumen nützlich sein. Als Erster verabschiedete sich der Staudammwärter, und stand die Tür offen, konnten wir hören, wie er mit einem leiser werdenden Surren die Brücke überquerte. Um Mitternacht wurde die Nachtbar geschlossen, und stieg die Schöne auf hohen Absätzen zum Wohnwagen hinab, traten wir Lehrlinge an die Kante der Böschung, salutierend wie britische Offiziere.

Damals stand der Gummistier schon gehörig unter Druck – das Plastic war in allen Bereichen auf dem Vormarsch, und im Werk verdrängten die Jugos, die für billigere Löhne zu haben waren, die italienische Belegschaft. Ich verlor meine Kameraden, und dass das Italienische für mich wie eine Muttersprache war, ließ mich zum letzten Itaker werden, der in der Kantine mutterseelenallein sein Menü verzehrte. Die Nachtbar machte für immer dicht, Cala jedoch dachte auch jetzt nicht an Heimkehr, sondern blieb im Tal, und in den Föhnnächten, wenn die Wellen ans Ufer klatschten und der Mond groß und weiß und voller Narben über den schwarzen Zacken stand, versteckte ich mich, krank vor Sehnsucht, vor Geilheit, im ächzenden Schilf. Aber angeklopft hatte ich nie, nicht ein einziges Mal, und so kam es erst nach meinem Rausschmiss (»Mein lieber Abfall ...«) zu einem unverhofften Wiedersehen ...

Wie damals, als ich zu Fuß über die Brücke gekommen war, trug ich auch jetzt die Remington. Die Stufen zum Wohnwagen hinunter waren schmal und vereist, und ich musste, um nicht auszurutschen, mit den Sohlen der Gummistiefel vorsichtig die Kanten ertasten. Unten am Ufer entdeckte ich im Schneemorast eine Katzenspur. Sie war noch frisch und ließ mein Herz vor Freude hüpfen. Aber wo steckte er, mein Kater Namenlos? Warum zeigte er sich nicht? Würden wir uns wieder auf der Brücke treffen, wie bei meiner zweiten Heimkehr?

Das gefrorene Schilf knisterte, als würde es brennen, und die rote Laterne leuchtete. Ich stellte die Remington auf einem Gartentisch ab.

»Cala, ich bin's, Enrico!«

... und wie damals, vor bald zwanzig Jahren, bewegte eine schmale Hand den puppenstubigen Vorhang hinter dem Fenster. Dann trat sie in den Lichtblock der ovalen Tür, den Zigarettenhalter aus Bernstein zwischen den Fingern, die Nägel lackiert, um die geschminkten Lippen ein professionelles Lächeln.

»Bei meinem letzten Besuch war ich der Weihnachtsmann. Das vorletzte Mal liegt allerdings weiter zurück, fast zwanzig Jahre.« Ich zog die in der Alten Post entwendete Wodkaflasche aus der Manteltasche. »Hast du einen Augenblick Zeit? Oder erwartest du jemanden? Ich komme direkt von Palombi. Vielleicht sollten wir zuerst etwas trinken, was meinst du?«

An der abgerundeten Rückwand klebten Postkarten, Grüße von ehemaligen Champions, und auf einem Kommödchen, das zwischen Bett und Anrichte gequetscht war, stand ledergerahmt die Fotografie, die früher in der Nachtbar gehangen hatte: Major Philps, mit Foulard, Einstecktuch, Oxford-Krawattennadel und einem messerscharfen Schnurrbart.

Cala nahm das Bild in die Hand. »Die Frauen der Briten waren schrecklich«, sagte sie im Konversationston. »Solche Oberschenkel! Wie Elefanten. Rothäute mit Pferdegesichtern. Aber die Herren – o là là! Die meisten von denen hatten einiges hinter sich, die Wüste, die Tanks, die Krauts. Philps war dreimal vom Himmel geholt worden, zuletzt über dem Golf von Neapel. – Ey, was ist denn los mit dir? Gibst du mir keinen Kuss? Liebst du mich nicht mehr?«

In ihren Dessous, mit Büstenhalter, Miederhose und Nylons, lehnte sie an der Anrichte – nicht mehr drall, wie damals als Mannequin und Haushälterin meines Vaters, doch sah man ihr in der schummrigen Beleuchtung das harte Leben nicht an. Die Haut gebräunt, die Lippen geschminkt, die Perücke blond. In einer Kochnische stand ein Styroporkopf mit einer Ersatzperücke, und auf einem Bord waren all die Hilfsmittel aufgereiht, die ich vor Jahr und Tag für das Erotica-Kapitel meiner Gummikataloge textiert hatte:

Dildos Analsticks Penisse in diversen Größen. Dosen und Tuben mit Gleitcreme, eine Schachtel Kleenex sowie ein Körbchen voller Verhüterli waren von der Matratze aus bequem zu greifen. Im offenen Schrank hingen Peitschen und Ketten, eine Gasmaske und ein Ganzkörper-Gummianzug, und das Erstaunliche war, dass jedes Ding seinen Platz hatte, wie auf einem Kriegsschiff. Ich stieg aus dem Gummistiefeln und stellte sie auf eine Gummiablage unter der Anrichte, wo ich ein Schälchen mit Milchbrocken entdeckte. Den Regenmantel behielt ich an, nur die altmodische, von Ponti ausgeborgte Mütze legte ich ab. Als wäre ich ein neuer Freier, den es einzuschätzen galt, musterte Cala mich von Kopf bis Fuß und verbarg hinter einer freundlichen Miene, wie die Prüfung ausgefallen war. Die Matratze, die den halben Raum einnahm, duftete nach Sonnenöl, und ein Gasofen sorgte für eine angenehme Wärme. Ich staunte über mich selbst. Mein Wiedersehen mit der Ersatzmutter lief ohne Emotionen ab. Es berührte mich kaum. Ich blieb distanziert, irgendwie objektiv. Vielleicht lag es an Calas Professionalität.

»Zuerst das Finanzielle«, sagte sie und schlüpfte in einen roten Seidenmantel. »Willst du einen Tee? Du siehst müde aus.«

»Ich bin ein bisschen krank.«

»Leg dich hin.«

»Es geht schon, danke.«

Ohne mich anzusehen, knipste sie an der Gasplatte die Flamme an: »Du bist reich, Enrico.«

»Ah ja, wirklich?«

»Eigentlich solltest du das Geld erst nach meinem Tod

bekommen, aber wenn du möchtest, kannst du über dein Vermögen schon jetzt verfügen. Ich habe es auf deinen Namen eingezahlt.«

Erst jetzt bemerkte ich, dass sie eine fette Schicht Schminke aufgelegt hatte. Im Licht der Glühbirne über der Anrichte war sie eine alte Frau.

»Warum hast du das getan?«

»Frag mich nicht, Enrico. Ich war so etwas wie deine Mamma. Wir haben zusammen Lieder gesungen, und ich habe die Speisen gekocht, die du gern gegessen hast.«

Ich war zu perplex, um mich zu bedanken, und Cala, meine Verlegenheit spürend, löste eine Ansichtskarte von der Wand, hielt sie mir hin und sagte: »Ein Gruß von Philps. Aus Honkong. Nachdem mich dein Papa auf dem Motorrad entführt hat, ist der Major vollends seiner Spielsucht verfallen. Wenn ich recht informiert bin, kam er für ein paar Jahre in den Knast und hat dann bei der Peninsular-and-Oriental-Company angeheuert. – Schau, das war das berühmte Plakat! Mein absoluter Hit. Hing früher in allen Knästen, allen Kasernen. Schön, nicht? Als Aphrodite rolle ich auf dem Weißwandreifen durch das Sternenmeer. So jung, Enrico, so schrecklich jung!«

Sie legte mir ihre kühle Hand auf die Stirn: »Hast du Fieber?«

»Ich bin eine Zeitlang in Afrika herumgestolpert, dort hat es mich erwischt. Eigentlich war alles gut, aber vor Weihnachten hab ich eine Erkältung bekommen, und schon war das Fieber wieder da. Malaria. Nicht weiter schlimm. Man kann damit leben.«

Cala entzündete zwei Räucherstäbchen. Dann goss sie

Wasser über einen Teebeutel, stellte die Tasse auf das untere Bord und setzte sich zu mir auf die Matratze.

Ich fragte: »Warst du dabei, als man mich auf der Brücke gefunden hat?«

»Nein. Gefunden hat dich Palombi.«

»Ah ja, wirklich?«

Sie lachte: »Ein typischer Sizilianer. Raue Schale, weicher Kern. Nach dem Fußtritt hat er plötzlich Schiss bekommen, ist rausgegangen und entdeckt auf der Straße die Blutlache.«

»Es war Blut aus der Nase.«

»Das konnte er nicht wissen. Er ist dir mit seiner Lastkarre hinterhergefahren. In den Kehren über dem Sägewerk ist er gegen die Felswand gedonnert – Suff oder Glatteis. Hast du das Wrack nicht gesehen? Palombi hat versucht, die Karre wieder fahrbar zu machen, hat es aber nicht geschafft. Also ist er losmarschiert, das halbe Tobel hoch, teilweise im Schneetreiben, und dann hat ihn zum Glück einer mitgenommen, ein Knastaufseher, der nach beendeter Schicht ins Tal hochfuhr. Er war dein Schutzengel, Enrico. Er hat dafür Sorge getragen, dass dich Palombi gerade noch rechtzeitig gefunden hat. Du hast am Anfang der Brücke gesessen, ans Geländer gelehnt, mit einer Schelle in der Hand – als Weihnachtsmann.« Sie lächelte. »Glaubst du mir nicht?«

»Doch doch«, versetzte ich, »selbstverständlich glaube ich dir. Ich bin nur überrascht, dass es Palombi war. Er hat keinen Ton gesagt vorhin.«

»Der sizilianische Stolz.«

»War zu diesem Zeitpunkt der Doktor Marder noch bei dir im Wohnwagen?«

480

»Als dich Palombi aufgelesen hat, nicht mehr. Aber vorher. Marder kommt häufig vorbei. Nicht zum Ficken, zum Reden. Von ihm hab ich erfahren, dass der Stier den verlorenen Sohn nach Hause gerufen hat.«

»Hast du deshalb den Wodka bestellt? War er der Köder, der mich einfangen sollte?«

»Ja. Seit seinem Sturz war der Stier angeschlagen. Er hat wohl realisiert, dass seine Kräfte nachließen. Das wollte ich dir sagen. Ich glaube sogar, ich habe es dir gesagt …«

»An der Tür?«

»Sicher bin ich nicht. Ich war ja völlig durcheinander. Mir erging es wie nachher dem Stier. Dein Kostüm, verstehst du? Ein Weihnachtsmann, im Februar! Hätten wir miteinander reden können, hätte ich dir geraten, die Scherze zu lassen. Dein Papa hat seit Jahren auf den Moment gewartet, da du heimkehrst. Aber du hast mich weggestoßen, bist die Böschung hochgerannt und losgefahren – dummerweise mit der Flasche … Zucker?«

Ich nickte. Sie hielt mir die Tasse hin.

»Marder hat noch versucht, dich einzuholen. Wir wollten verhindern, dass du dich in deinem Fummel dem Vater präsentierst.«

»Ich kann mich an nichts erinnern, Cala. Bis auf wenige Fetzen ist das Geschehen ausradiert.«

»Der Stier ist beinah kollabiert. Vor Freude, Enrico! Das alte Herz hat das Wiedersehen mit dem verlorenen Sohn kaum verkraftet. Marder und die Gute mussten sich um ihn kümmern, deshalb haben sie den Knall nicht gehört.«

»Sagtest du Freude?«

»Freude! Glück! – nach fast zwanzig Jahren absolut verständlich!«

Ich nahm einen Schluck aus der Wodkaflasche.

»Cala, wenn es wirklich Freude war, Wiedersehensfreude – warum bin ich dann abgehauen?«

Sie hob die Schultern, schob die Unterlippe vor, murmelte: »Keine Ahnung. Dein Vater hat mit niemandem darüber gesprochen.«

»Geht er noch in den Frohsinn?«

Sie schüttelte den Kopf.

»Dann werden wir uns heute Abend sehen«, sagte ich. »Zu komisch, findest du nicht? Auch ich hätte mich doch freuen müssen, wenigstens ein bisschen.«

»Allerdings.«

»Weißt du, was ich glaube? Gefreut hat sich nur sein Herz – und sein Mund hat mir ein weiteres Mal erklärt, dass er aus dem steinigen Boden des Fräcktals ein gewaltiges Werk gestampft hat – als wäre ich niemals fortgewesen. Die Franzosen haben recht. On ne revient jamais. Man bleibt draußen. Man kehrt nie zurück.«

»Die letzten Male, als ich zu Hause war, stand ich vor leeren Häusern. Aus der Gasse wuchs Gras, die Kirche war geschlossen, der Friedhof verwildert. Ich nehme an, die meisten sind nach Amerika gegangen, genau wie früher.«

»Hast du schon geschlafen, als ich ins Geländer gerast bin?«

»Nein. Aber in diesen Nächten krachen die Eisschollen. Das Eis zerbricht. – Und stell dir vor, plötzlich steht Palombi vor der Tür, mit dir auf der Schulter. Du hast geblutet wie ein Schwein.«

»Um welche Zeit war das?«

»Gegen halb drei.«

»Wenn das stimmt, muss es kurz nach dem Crash gewesen sein.«

»Sag ich ja. Du hast Glück gehabt. Glück im Unglück.«

»Mein Gang über die Brücke kam mir ewig vor.«

»Zwanzig Minuten, mehr nicht. Sonst wärst du verblutet. Du warst sturzbetrunken, mein Lieber, und hast mir alles vollgekotzt. Wodka. Deshalb haben wir dich erst mal hierbehalten.«

»Wann haben sie den Chevi gefunden?«

»Zwischen vier und fünf Uhr morgens. Sie haben den verletzten Kater zu Marder gebracht. Marder hat ihn genäht und kam dabei auf die Idee, du könntest bei mir gelandet sein, im Wohnwagen. Als er deine Narbe geflickt hat, musste ich ihm assistieren. Blindflug! Marder hatte die große Lupe nicht dabei. Aber irgendwie ging wider Erwarten alles gut. Am nächsten Abend haben wir dich in Palombis Klamotten gesteckt und sind mit dir nach Zürich gefahren. Der Schlafwagen-Schaffner war ein Kalabrese. Er gab uns eine Kabine, und bis Reggio hast du brav geschlafen.«

»Cala, für mich hat diese Reise nicht stattgefunden. Leere, Lücke, Nichts.«

»Auch Pepe Cutò?«

»Wer ist Pepe Cutò?«

»Der Fischer.«

»Ich weiß nur, dass sie mich am Strand gefunden haben, draußen vor der Stadt. Jedenfalls vielen Dank. Ihr habt euch große Mühe gegeben …«

»Du musst dich bei Palombi bedanken. Und bei Marder,

auch bei Pepe Cutò. Als der Stier hörte, dass wir dich nach Sizilien verfrachtet haben, war er zuerst ein bisschen verschnupft, doch dann hat er nachgedacht … das heißt, die Gute hat ihm erklärt, dass es für ihn und die Fabrik besser ist, wenn man dich für eine Weile aus dem Verkehr zieht. Caro, ich habe kein Recht, dir Ratschläge zu erteilen. Ich bin eine alte Hure …«

»Du hast dich gut gehalten.«

»Danke.« Sie knipste ein Lächeln an. »Aber wenn du klug bist, dann gehst du jetzt nach drüben, lässt dich vom Stier umarmen und sagst: Papa, ich bin wieder da. Freu dich. Der verlorene Sohn ist heimgekehrt.«

Ich sagte: »Selbstverständlich glaube ich dir, dass ihr mich zu diesem Fischer gebracht habt …«

»Zu Pepe Cutò.«

»Irgendwann wurde mir wohl klar, dass die Narbe eitert und dass ich in seiner Kate nicht überlebe. Also habe ich mich auf die Socken gemacht …«

»Nachts, sagt Pepe Cutò, als er draußen war, auf dem Meer.«

»Hört sich plausibel an.«

»Frag Palombi, frag Marder! Vielleicht stimmt nicht jedes Detail, aber im großen Ganzen ist es so gelaufen.«

Gähnend, sich reckend und streckend war der Kater unter der Kommode hervorgekommen, setzte sich auf den Hintern, begann den Schweif zu lecken und meinte: »Hast du mir nichts mitgebracht, alter Knabe? Wieder mal eine Schnitte Lachs von Bianchi, das wäre was!«

»Scheiße, hab ich vergessen!«

»Wie bitte?«, fragte Cala, »was hast du vergessen?«

484

»Den Lachs«, maulte der Kater und putzte mit raschen Zungenstrichen sein Fell.

»Ich werde sehen, was ich tun kann«, versuchte ich seine Enttäuschung zu mildern. »So wie es aussieht, bin ich neuerdings ziemlich gut bei Kasse. Bianchi hat einen Hauslieferdienst, und wenn es nicht gerade schneit, werden uns die Burschen bestimmt eine schöne Ladung Lachs heraufbringen.«

»Wer?«, fragte Cala verständnislos.

»Bianchi«, sagte ich.

»Das Feinkostgeschäft«, sagte der Kater.

»Jetzt spiel nicht den Beleidigten, mein Lieber. Ich bin seit dem frühen Vormittag unterwegs und wollte es nicht riskieren, nach Fisch zu stinken. Schließlich bin ich nicht Lazarus, der seine Verwesung vertuschen muss.«

»Wer bist du nicht?«

»Lazarus.«

»Sag mal, Enrico, mit wem sprichst du?«

»Mit wem ich spreche? Fragst du das im Ernst? Ich denke, der Kater ist hier. Zu meinen Füßen.«

»Ich verstehe«, sagte sie. »Trink jetzt deinen Tee. Er wird kalt.«

»Und dieser Frau soll ich abnehmen, was sie über meinen Unfall verzapft!«, wandte ich mich wieder an den Kater.

»Menschen haben Augen, um zu sehen, und Ohren, um zu hören, bringen es aber fertig, die Wahrheit auszublenden.«

»Du«, meinte der Kater anerkennend, »hast dich in deiner Nacktheit geschaut.«

»Als Schwanz. Als Gott.«

»Ja«, bestätigte er. »Nun musst du nur noch deine Verkleidungen kennenlernen, dann vollendet sich dein Lauf.« Er wandte sich zur Tür. »Wir Kater hingegen tragen stets das gleiche Fell. Wir brauchen keine Spiegel, keine Namen, keine Geschichte. Sehen wir uns drüben?«

Ich öffnete ihm, und wie ein Schatten glitt der Kater hinaus.

Cala starrte mich an, die Lippen offen. Sprachlos. Fassungslos.

»Herzchen«, sagte ich und verschränkte meine Arme. »Es gibt ein paar Dinge, die ich geklärt haben möchte, bevor ich nach drüben gehe.«

»Zum Beispiel?«

»Zum Beispiel mein Hass auf Mimi.«

»Du warst ein Kind. Dich trifft keine Schuld. Eigentlich war niemand schuld. Weißt du, die meisten von uns, die damals in die Schweiz einwanderten, sind im Krieg aufgewachsen, Palombi an der Küste, zwischen Fischabfällen, ich im Elend der Mietskasernen. Als kleines Mädchen habe ich vor den Lazaretten die Kippen der amerikanischen Soldaten eingesammelt und an unsere Heimkehrer aus Stalingrad verhökert, fahle Gespenster in schwarzen Mänteln. Als Palombi in den Norden aufbrach, hatte er nichts als einen großen Kamm, um seine Flohstiche zu kratzen. Ich habe ihn trotzdem gemocht, in seinem Anzug von der Stange, mit der Mütze, nie sauber rasiert, immer eine Zigarette im Mundwinkel ...«

Sie sah mich lächelnd an.

»Du weichst mir aus.«

»Nein. Ich versuche dir zu erklären, weshalb wir deine Mamma nicht gemocht haben. Sie war jung, hübsch, intelligent, auch ein bisschen schnippisch, ein bisschen von oben herab, man merkte ihr an, dass sie in der Stadt aufgewachsen war. Natürlich war ich eifersüchtig auf sie, aber ihre schlimmste Feindin war ich nicht.«

»Das war die Gute.«

»Die fühlte sich als seine wahre Gattin. Ihr Hass auf Mimi war noch heftiger als ihre Liebe zum Stier. Ich sage es ungern, aber so war es – wir haben uns vom Hass der Guten anstecken lassen. Wir alle.«

»Ich auch …«

»Du warst ein kleiner Teufel, mein Junge.«

»Völlig unschuldig war sie nicht. Mindestens einmal pro Woche kam Marder ins Atelier, zum Vierhändigspielen!«

»Das hast du dir eingebildet.«

»Ich habe die verunglückten Melodien noch im Ohr.«

»Das ist nicht wahr.«

»Natürlich ist es wahr.«

»In deinem Hirn, du Idiot.«

»Cala, ich habe bäuchlings vor dem vorderen Flügelbein gelegen und musste erleben, was sie mit ihren Füßen gemacht haben! Und mit den Händen!«

»Marder hat vielleicht mal bei ihr am Flügel gesessen. Und bestimmt hat er sie berührt, er sieht ja mit seinen Händen, aber wie sollte er die Noten gesehen haben? Oder die Tasten? Schau in den Spiegel. Deine Narbe bezeugt es. Marder ist praktisch blind.«

Ich stand auf, trat ans Fenster, hielt vergeblich Ausschau

nach dem Kater – kein dunkler Punkt bewegte sich über die im Dunst noch helle Eisfläche. Hinter dem Fräckmont stieg die Nacht herauf; schon brannten an der Brücke die Lampen; fuhr ein Auto über den See, flackerte der Scheinwerferstrahl durchs Geländer.

»Ich habe sie wiedergesehen«, sagte ich nach einem längeren Schweigen. »Sie ist in die Staaten emigriert und hat drüben einen Mister Ypsi geheiratet. Sieht so aus, als wäre sie auch mit dem nicht glücklich geworden – er war ein Gummimann aus Akron, Ohio. Aber seinen Namen hat sie behalten. Anderer Name, anderes Schicksal, verstehst du? Eines Tages ist sie als Ellen Ypsi aus den Staaten zurückgekehrt und hat in Zürich einen Immobilienhai geheiratet. Seither heißt sie Ellen Ypsi-Feuz. – Cala«, sagte ich eindringlich, »meine letzten Jahre waren völlig umsonst. Ich wollte nicht wahrhaben, dass ich meine Mutter vertrieben habe, und erschuf auf Tausenden von Seiten ein neues Leben: mit einer toten, im Stausee ertrunkenen, in einer sizilianischen Lagune begrabenen Mimi.«

»Es soll ihr gut gehen, hört man.«

»Ja. Sie ist sehr erfolgreich.«

Eine Weile schweigen wir. Der Wind rüttelte am Wagen, als ginge auf der Matratze die Post ab.

»Cala, warum habe ich Mimi plötzlich geliebt?«

Ihr Lachen klang sachlich: »Weißt du, Caro, es gibt Leute, die lieben immer erst hinterher. Wenn alles vorbei ist. Und wenn ihnen klar wird, dass sie alles kaputt gemacht haben. Aber ich fürchte, von diesen Dingen versteht ihr nichts, ihr Männer.« Sie nahm mir die Tasse ab. »An deiner Stelle würde ich nicht über die Brücke gehen, nicht bei die-

488

sem Wetter, du bist viel zu leicht angezogen. Nimm lieber das Postauto. In wenigen Minuten kommt es von unten herauf.«

War es Einbildung – oder eine wahrheitsgetreue Erinnerung? Cala lag auf dem zerwühlten Bett, nackt, mit offenen Schenkeln, und aus dem dunklen Fleck der Scham rann ein dünnes Rinnsal, mein Samen ...

Sie schien meine Gedanken zu erraten. »Nimm's nicht tragisch«, sagte sie. »Wir waren betrunken.«

Schweigen. Die Eisfläche spannte sich wie ein Gewölbe über dem abgesunkenen Wasserspiegel, und es war zu befürchten, dass bald die ersten nassschweren Schollen einstürzten. Dann würde kein Mensch den Knall einer Kollision auf der Brücke bemerken – wie vor einem Jahr. Cala reichte mir die Mütze. Dann wand sie einen Wollschal um meinen Hals, den sie zum Knoten schlang.

»Enrico, du bist der einzige, den der Stier je geliebt hat.«

»Das hat Ellen auch gesagt.«

»Ellen?«

»Mimi. Er liebt dich wie seinen Augapfel, hat sie gesagt ...«

Sie tunkte den Finger in ein am Türrahmen hängendes Weihwasserschälchen und zeichnete mir mit dem Daumen ein Kreuz auf Stirn, Mund, Brust: »In nomine patris, et filii, et spiritus sancti, Amen«, sprach sie feierlich. »Schön, dass du heimgekehrt bist, Enrico. Lass ihn grüßen – sofern er sich noch an sein ehemaliges Mannequin erinnert. Aphrodite, musst du sagen, die junge Göttin, die auf seinem Weißwandreifen durchs Universum rollt.«

Ich wandte mich zum Gehen.

»Warte«, rief sie, »hast du gesehen, was im Schrank hängt?«

Tatsächlich, zwischen den Peitschen und dem Ganzkörper-Gummianzug glänzte die Klarsichthülle einer chemischen Reinigung, und darunter schimmerte der rote Kapuzenumhang – ich musste ihn vorher angestarrt, aber glatt übersehen haben.

»Der Weihnachtsmann beweist, dass du hier warst, bei mir. Also wird wohl auch der Rest der Geschichte stimmen – so wie ich sie dir erzählt habe. Dein Geld liegt auf der Bank. Du kannst es jederzeit abholen.«

Cala öffnete einen Spalt weit die Tür, und ich schlüpfte hinaus wie vorher der Kater.

Heimkehren. Ruhe finden. Eintauchen in ein Meer von Empfindungen Erinnerungen Träumen Sehnsüchten Schmerzen Namen … Das Gebirge im Winter, aufgebrandet über Millionen von Jahren, um über Millionen von Jahren wieder zu verebben, wieder Flut zu werden, Wüste, Staub. Die Wasserfälle in den Seitentälern vereist. Der künstliche See eine schlafende Nixe inmitten der bereits dunkelnden Berge – ihr Haupt ruhte am Fuß der Bergwand, und vorn, am Talausgang, verhinderte der Staudamm, dass sie mit ihrem Fischleib, auf dem noch ein schwaches Silbern glänzte, durch die Schlucht entglitt. Auf tuckerndem Moped entfernte sich der Staudammwärter, vom eilig tappenden Hund begleitet, und wieder: Stille. Stille, aus der am Brückengeländer ein leises Pfeifen entstand. Wie ein schwarzes Gummiband schloss sich die schwarze Piste um die Taille der Eisnixe, und drüben, am andern Ufer, glühte die rote Schrift: HEINRICH ÜBEL.

Aber wie fremd, wie anders war es, dieses Tal, nun, da ich nur wenige Meter von der Stelle entfernt stand, wo vor einem Jahr der Weihnachtsmann gehockt hatte, von den Flocken verzuckert, die Schelle in der erstarrten Hand. Auf dem Vorplatz der Total-Tankstelle lag der Schnee in schwärzlichen Haufen, und die Möwen, die mich von der Dachkante aus mit ihren Punktaugen fixierten, gaben mir das Gefühl, ein Revier betreten zu haben, in dem ich nichts verloren hatte. Überall tropfte es, doch würde die Kälte der Nacht den Talkessel, der jetzt unentschieden zwischen Starre und Weichheit, zwischen letzter Helle und ersten Sternen schwankte, wieder in den Hochwinter zurückziehen. Von drüben roch es nach den verschmorenden Gummihalden; im nahen Dorf lag der Rauch auf einzelnen Dächern wie Brei; das Silberne auf den Schuppen der Nixe erlosch, und weiter hinten, wo irgendwo die Übel-Alp gelegen haben musste, löste sich das fernere Gebirge in Schneenebeln auf.

Ich atmete durch, atmete durch, atmete so tief wie möglich durch. Ja, gewiss, Calas Version der Unfallnacht klang vernünftig. Palombi hatte mich von der Straße aufgelesen, Marder hatte meine Schläfenwunde geflickt, und natürlich gab es für die ungewöhnliche Spedition über die Grenze, die einer unbewussten Fahrerflucht gleichkam, einen handfesten Grund: Ich hatte eine halbe Flasche Wodka weggenuckelt, ausgerechnet jenen Wodka, mit dem mich die Stauseenutte angelockt hatte, um mir zu sagen, dass mein alter Herr hinüber sei, nicht mehr zurechnungsfähig ...

Kein Zweifel, jeder Richter würde diese Version, die ja auch mit der Aussage der Guten übereinstimmte, akzeptieren. Zwei ehemalige Angestellte hatten den Junior vor der Polizei und vor der Wut des Seniors, der sich durch mein Kostüm verarscht gefühlt hatte, in Sicherheit gebracht. Aber. Aber! Aber meine Erinnerung bestand auf einer anderen Version, und, verdammt nochmal, dort hatte er gehockt, der Weihnachtsmann, von Schneeflocken verzuckert, die Beine mit den Plasticstiefeln leicht gespreizt …

Die Seejungfrau begann sich unter ihrem Eispanzer zu regen und ich konnte nur hoffen, dass es der Kater ans andere Ufer schaffte, bevor das Gewölbe über dem Wasserspiegel einstürzte. Ich klappte den Mantelkragen hoch und eilte, von den Möwen argwöhnisch beobachtet, zur Haltebucht des Postautos. Sie befand sich direkt vor der Friedhofsmauer, das geschmiedete Gitter stand offen, und durch die Zypressenallee gingen zwei schwarze Gestalten auf die Abdankungskapelle zu. Langsam gingen sie, gebeugt von der Gicht, gebeugt von der Zeit, gerade noch auf den Beinen gehalten vom Pflichteifer, längst vergessener Gesichter zu gedenken. Hier, im Schatten des steil ansteigenden Bannwalds, waren die blattlosen Büsche im Raureif erstarrt, und die in den Vasen erfrorenen Sträuße sahen aus, als wären sie von unseren Wachsziehern, die die Formen der Gummiprodukte modellierten, gestaltet worden. Aber keine Trauer – Heiterkeit erfasste mich. Die Lateiner hatten das Sterben *ire ad plures* genannt, zu den Vielen gehen. Man konnte es förmlich riechen, aus der kalten Winterluft einsaugen: Zuletzt war es den Vielen nicht schwergefallen, ihre Namen und ihre Zeit auf den Grabsteinen zurückzulassen.

Sie hatten eingesehen, dass es auf dieser Welt eine Heimat nicht gab. Für niemanden. Selbst der Gummistier, der zeit seines Lebens im Tal geblieben war, würde sie nicht wiederfinden. Die Übel-Alp, von der wir stammten, hatte eine Lawine in die Tiefe gerissen, und die alte Gummisiederei war von den Wassermassen, von Schlamm und Schlick bedeckt. Die Schneiderdynastie Katz war dem galizischen Landozean entflohen, und sollten Verwandte von ihnen dortgeblieben sein, hätten sie die Herrschaft der Deutschen, der Russen, der Polen nicht überlebt. Wurzeln ausgerissen, die Friedhöfe zerstört, Namen von Gassen Straßen Plätzen längst ersetzt. Und ging es einem Palombi etwa besser? Oder einer Cala, den Ponti-Lorens oder Don Sturzo-Strässle, dem Zürcher Paten? Das Italien, in das sie gern zurückgekehrt wären, gab es nur noch in der Verklärung ihres Heimwehs.

Aber lag in der nach Winterwald schmeckenden, von immer mehr Sternen übersäten Unendlichkeit nicht doch eine tröstliche Verheißung? Offenbarte sich da, trotz aller Fremdheit, eine andere und ferne Heimat?

Gewiss, dafür brauchte man ein Einreise-Visum, das gar nicht so einfach zu beschaffen war. Namen und Daten, *wenn möglich in dieser Reihenfolge*, wurden an der unsichtbaren Grenze nicht anerkannt, und eigentlich war es völlig egal, ob die Angaben gefälscht waren oder echt, ob man seinen Doktor mit zwei Güterwaggons voller Verhüterli in Sarajewo gekauft oder in zahllosen Gasthörer-Semestern und mit einer vieltausendseitigen Dissertation (»Der Lebenskatalog Heinrich Übel juniors«) mehr oder weniger ehrlich erworben hatte. Es kam beim Senior nicht darauf an, und

493

es kam bei mir nicht darauf an, denn zuletzt würde man wie die Vielen übergehen in jene mythischen Gestalten, die niemals waren und niemals sein würden, aber immer sind. Ja: immer. Ewig. Wie dieser Friedhof mit roten Grablichtern in der Dämmerung lag, würde inmitten der Vergänglichkeit der Raum des ewig Gleichen liegen: mit dem Sternbild des Stiers und einem Sisyphos, der eine Remington-Schreibmaschine über die Milchstraßen schleppt...

Das Tuten des Postautos hallte als harmonischer Dreiklang von den Wänden, und ich hob an der Haltebucht die Hand, um den gelben Bus heranzuwinken. Dabei warf ich einen letzten Blick in die Weite und vernahm, von einem ersten Fieberschub durchschauert, was der Wind mir zuflüsterte. Geh nun deinen Heimweg zu Ende. Und geh leicht, sprach der Wind, leicht wie eine Welle verlöschenden Lichts, sacht wie ein Nebelschleier, heiter wie die Wahrheit.

»Fräck-Fabrik«, sagte ich zum Chauffeur, »einfache Fahrt!«

Als ich aus dem Postauto stieg, empfing mich eine serbische Folklorekapelle – Geige Klarinette Handharmonika – mit einem melancholischen Hirtentanz. Der Pförtner stand stramm, die Rechte an der Admiralsmütze, und zumindest er schien infolge seiner Reptilisierung im reißenden Strom der Zeit derselbe geblieben zu sein – mit den goldenen Kordeln auf der grauen Uniformbrust, den bürstengroßen Epauletten auf den Schultern und den weißen Stoffhandschuhen sah er immer noch aus wie ein polnischer Zirkustrompeter. Nachdem ich mich bei den Serben mit einem

Kopfnicken bedankt hatte, eilte das Reptil in seine Pforte, riss den mit einer Gummimanschette versehenen Bakelithörer vom Haken des Wandapparats und rief: »Der Herr Juniorchef, soeben eingetroffen … jawohl, werde ich ausrichten … verstanden, Ende!«

Auf dem Areal gingen die Flutstrahler an, HÜ-Fahnen standen knatternd im Wind, und die serbische Folklorekapelle folgte mir mit jaulenden Tönen und tanzenden Trachtenmädchen.

»Herr Juniorchef!«, rief das Reptil, aus der Pforte schnellend, mir hinterher spurtend. »Man erwartet Sie im Vorzimmer. Allseits große Freude! Willkommen zu Hause!«

»Freue mich ebenfalls.«

Das Reptil rannte zurück.

Ein paar Angestellte, darunter auch Schwarze, waren neugierig vor eine Halle getreten, und aus dem hinteren Teil des Areals, wo sich die Lagerhallen an den Hang lehnten, eilte in schweren Gummistiefeln ein triefend nasser Mann auf mich zu, den ich am Gang und am buschigen Räuberschnauz identifizierte. Als Marschall Tito, der Herrscher Jugoslawiens, den Eisernen Vorhang etwas angehoben hatte, waren die Jugos massenhaft in den Westen geflohen, und natürlich hatte der Gummistier die Chance, billigere Arbeiter einzustellen, genutzt – übrigens mit einer Methode aus der Hundezucht. Wenn er herausfinden wollte, ob ein Tier raubmündig war, pflegte er einen saftigen Knochen unter das hungrige Rudel zu werfen und dann in aller Ruhe zu beobachten, in der Linken die Zigarre, in der Rechten den Brandy, wie das blutige Getümmel ausging. Nach knapp einem Jahr hatten die Jugos die Italos ersetzt.

»Erinnern Sie sich an mich?«, fragte der Mann mit dem Räuberschnauz.

»Selbstverständlich, Branko. Was ist los?«

»Probleme im Lager, Chef. Wasser dringt ein.«

»Haben wir die Pumpen noch?«

»Kann sein, dass sie nicht mehr funktionieren. Damals, vor zehn Jahren, als die Lawine kam, waren sie zum letzten Mal im Einsatz ...«

»Veranlassen Sie das Nötige«, beschied ich Branko. »Komme nachher vorbei.«

»Jawohl, Chef.«

Er machte sich an die Arbeit.

Vor der Zentrale stand eine Limousine mit getönten Scheiben, und damit war klar, wer zum Empfangskomitee gehören würde: Don Sturzo-Strässle. Es überraschte mich nicht. Seitdem mich Vater und Sohn Ponti vor dem USZ abgefangen hatten, wusste ich, dass der Zürcher Pate an mir interessiert war – aus welchen Gründen auch immer. Doch bevor ich hochging, wollte ich mich vergewissern, ob es der Kater geschafft hatte, heil über den See zu kommen, und betrat die kleine Landzunge, auf der die werkseigene Badeanstalt lag.

Der Senior hatte sie vor gut vierzig Jahren errichten lassen, um Mimi, die es immer ein wenig fror, mit bunten Sonnenschirmen, ausgelegten Badetüchern und fröhlichen Jauchzern einen Sommer vorzugaukeln. Aber wie es der Wandel der Zeiten mit sich brachte, war von der ganzen Herrlichkeit nur eine Ruine übriggeblieben, mit einer Reihe von verwitterten Holzkabinen im Laubsäge-Stil, einem ins Eis hinauslaufenden Steg und einem etwas schiefen

Sprungturm, alles von den Möwen geweißelt. Ursprünglich hatte Palombi nebenher den Posten eines Bademeisters bekleidet, und jeweils im Herbst hatte ich ihm geholfen, die Anstalt winterfest zu machen. Dann hatten wir Desinfektionspulver in die Toiletten gestreut, hatten den Kahn an Land gezogen und waren in hüfthohen, olivgrünen Gummistiefeln (aus dem eigenen Sortiment) durch das Uferwasser gewatet, um die Forellenkadaver aus dem Schilf zu ziehen und in einen schaukelnden Bottich zu werfen. Indem mir diese Bilder durch den Kopf schwammen, stellte ich fest, dass die schaumigen Blasen in Palombis Kielwasser in der Erinnerung genauso wirklich waren wie die Dinge, die Mimi zurückgelassen hatte.

Ob phantasiert oder wirklich – der kleine Heinrich hatte erlebt, wie sie damals ertrunken war. In Panik war ich auf den Steg hinausgerannt, bis zur Eisentreppe, wo auf dem grünen Algenwasser ihre Gummilatschen schwammen, rosa, mit Zehenschlaufe, und dann hatte ich schluchzend vor dem Liegestuhl gestanden, worin sie nicht mehr lag – nur das, was ich später wie Reliquien verehrt hatte: ihr weißes Kopftuch, die schwarze Sonnenbrille, die längliche Unterarmtasche, die Stöckelschuhe …

Jahre danach hatte ich als Automatenfahrer und Assistent in der Werbeabteilung meine Suche nach Mimi fortgesetzt, hauptsächlich in den Zürcher Galerien, wo ich verstohlen nach ihren Aquarellen forschte, und es war für mich ein Freuden-, kein Trauertag, als ich endlich einsah, dass ich ein Phantom jagte. Mimi, die Aquarellistin, war ihrem Stil treu geblieben. Sie hatte sich in den warmen Fluten des Mittelmeers ins Wasserwolkige aufgelöst … dachte ich damals und brachte das Kunststück fertig, regelmäßig bei Ellen zu verkehren und auszublenden, dass sie meine Mutter war.

Ja, die sizilianische Commedia hat recht: Das Wesen des Menschen ist die Verblendung, und ich armer Tor hatte viele Wege und noch mehr Umwege gehen müssen, um endlich zu erkennen, dass mein auf Tausenden von Schreibmaschinenseiten abgehandeltes Leben Fiktion war.

Die serbische Folklorekapelle spielte immer noch, und die Trachtenmädchen, ihre Hände in die kräftigen Hüften gestützt, hörten nicht auf, ihre Pirouetten zu drehen. Doktor Marder bildete im Hintergrund mit dem Reklamechef und zwei Gummi-Ingenieuren ein Empfangskomitee, und jedes Mal, wenn ich über die Schulter blickte, grüßten sie mich von neuem. Realität? Oder Einbildung? Glühte mit dem abendlichen Fieber auch die Phantasie auf? War ich der Narr meiner Vorstellungen, meiner Ängste, meiner Wünsche? Oder war es wie in meiner ersten Zeit auf Sizilien, wo mir Don Pasquale, der sterbende Pate, schließlich klar gemacht hatte, dass der Respekt, der mir entgegenfloss, tatsächlich von meinem Kopf erzeugt wurde, allerdings nicht als Halluzination, sondern als Reaktion auf meine Narbe? Geschah hier etwas Ähnliches? Anders gefragt: Ging alles mit rechten Dingen zu? Stand es um den Senior dermaßen schlecht, dass ich, der Erbe, automatisch als Chef anerkannt wurde?

Ich schickte die Leute weg, doch hielt ich den Werksarzt zurück und bat ihn im Vertrauen, nach dem Kater Ausschau zu halten: »Sie, lieber Doc, sehen mit Ihren Ohren ja besser als ich mit den Augen. Bitte informieren Sie mich, wenn der alte Knabe von draußen hereinkommt.«

Die Folklorekapelle schob mit jaulender Klarinette, quietschender Handharmonika und einer heimwehtrunkenen Geige ab, die Mädchen weiterhin im Tanz, je zu zweien untergehakt, und mit der Ruhe, die die Badeanstalt in den Winter und die Schneestille zurückkehren ließ, landeten die aufgescheuchten Möwen wieder auf dem Sprungturm. Nur vorn, über dem Staudamm, lag noch ein Rest Abendrot. Die Brücke spannte die Lichtergirlande der Bogenlampen über die blaue Eisfläche, und drüben am andern Ufer brannte in der Dunkelheit Calas Pufflaterne.

»Herr Chef«, rief mir Doktor Marder zu, »hat der Kater einen Namen?«

Ich schüttelte den Kopf. Der gute Mann war Naturwissenschaftler, und hätte ich ihm erklärt, wie ich mit Freund Anonymus verkehrte, hätte er bestimmt an meinem Verstand gezweifelt. Dabei war es im Prinzip eine einfache Sache. Wenn er als Dada oder Mieze angesprochen wurde, glaubte der Kater, ein Mensch namens Dada oder Mieze teile den eigenen Namen mit, und ich war ziemlich sicher, dass auch jenes Wesen, das wir Gott nannten, unsere Anrufungen für eine permanente Selbstdarstellung der Menschen hielt.

Marder entfernte sich mit tastendem Blindenschirm, und als ich merkte, dass ich allein war, nutzte ich die Gelegenheit, einen kurzen Blick ins Innere der Badekabinen zu werfen – von niemandem beobachtet (außer von den namenlosen Göttern Katzen Vögeln).

Die Kabinen hatte man schon vor Jahren verriegelt, alles morsch und vermodert, der Umkleideraum jedoch war zum See hin offen.

Nach Mimis Verschwinden hatte ich als Kind ihre im Liegestuhl zurückgelassenen Accessoires in einem ausgetrockneten Spülkasten der Männertoilette versteckt. Ich wurde älter, machte meine kleine Karriere in der Fabrik, und in einer eisigen Februarnacht verfiel ich auf die Idee, heimlich in die Badeanstalt einzudringen, die versteckten Dinge aus dem Spülkasten hervorzuholen und mich mit dem weißen Kopftuch, der schwarzen Sonnenbrille, den Stöckelschuhen und der Unterarmtasche samt Schminkutensilien in meine ertrunkene Mama zu verwandeln. Denn es gab nirgendwo ein Foto von ihr, und es war meine einzige Absicht, mit Mimis schwarzer Augenschminke – in die ich etwas Speichel spuckte –, mit dem roten Lippenstift und meinen eigenen, von ihr geerbten Zügen ein Porträt zu erschaffen, das mir die Tote im Spiegel näherbringen sollte. Ihr vergessenes Gesicht wollte ich wiedersehen, und zwar lebendig, atmend, lächelnd, kokett eine Zigarette rauchend und etwas schnippisch »Hallo, Heinrich!« sagend, »wie geht's dir denn so? Kommst du mit dem Alten zurecht?«

Eine kuriose Begegnung, und sei's, dass ich mir eingebildet hatte, tatsächlich einer Wiedergängerin gegenüberzustehen, sei's, dass mich meine weiblichen Züge verstörten: Ich hatte in jener Nacht einen Fehler gemacht. Es war kein großer Fehler, nur ein kleiner, doch sollte er Folgen haben, bittere Folgen.

Meine nächtliche Aktion war entweder vom schlaflos über das Areal tickernden Marder, vom damals noch auf-

500

merksamen Reptil oder von den wölfisch jaulenden Mond-
hunden dem Senior gemeldet worden. Er begab sich unverzüglich zum Tatort, wo ich meine Laterne vergessen hatte,
und wie es bei uns die Regel war: Wir verpassten uns. Da
er mich nirgendwo fand, weder in den Kabinen noch am
Ufer, eilte er in sein Büro, um über die Intercom-Anlage die
Werksfeuerwehr zu alarmieren. Aber Branko schlief einen
steinschweren Schlaf, weshalb der Senior schnaubend vor
Wut zum Zwinger hochrannte, um die Suche nach mir mit
den Hunden fortzusetzen. Dabei war ihm eine Nachlässig-
keit unterlaufen, die jedem seiner Angestellten, selbst der
Guten, auf der Stelle die Kündigung eingebracht hätte: Im
Ärger und in der Eile ließ er sämtliche Schleusen offen –
und da ich, unterwegs zur Pforte, im Entree der Zentrale
Licht sah, nahm das Verhängnis seinen Lauf. Ich, als Mimi
verkleidet, die Unterarmtasche unterm Ellenbogen, rettete
mich nicht zum Reptil, sondern betrat das Allerheiligste
und merkte dort leider zu spät, was die Absätze von Mimis
Stöckelschuhen auf den frisch verlegten Matten des Sportbodens anrichteten …

In jener Nacht hatte ich direkt durchgehen können, an der
verhüllten Schreibmaschine der Guten vorbei in sein Büro,
jetzt jedoch, da der verlorene Sohn endlich heimkehrte,
war der Cerberus auf seinem Posten. Ich wurde geschäftsmäßig empfangen, als würde ich einen vereinbarten Termin wahrnehmen, und als ich, ebenso geschäftsmäßig, darum bat, ohne Anmeldung vorgelassen zu werden, rollte in
meinem Rücken eine sizilianische Duftlawine auf mich zu,
eine Mixtur aus Zitrone Zigarre Haar- und Sonnenöl, und

schon wurde ich mit Gewalt an eine tresorbreite Männerbrust gerissen.

»Mein Sohn!«, jubelte Don Sturzo-Strässle, der im Vorzimmer auf mich gewartet hatte, »mein Freund, mein Liebster!«

»Macht Charlie die Bar?«, erkundigte ich mich. »Ist für unsere Gäste gesorgt?«

Die Gute registrierte den distanzierenden Ton und wechselte sogleich zum Sie über: »Jawohl, Herr Doktor Übel, ich war so frei, Herrn Doktor Sturzo-Strässle in seinen Anweisungen zu unterstützen.«

»Wir haben die Tafel im Showroom aufgebaut«, fuhr dieser fort, vor Begeisterung übersprudelnd. »Das Orchester ist bereits eingetroffen, direkt aus Palermo. Die Heimkehr des verlorenen Sohns soll gefeiert werden, und meine Köche, um im biblischen Bild zu bleiben, werden das geschlachtete Kalb im Catering-Wagen heraufbringen.«

»Weiß mein Vater Bescheid?«

Sturzo-Strässle packte meinen Ellbogen und schob mich in eine Fensternische: »Damit das klar ist, mein Freund. Das Geschäftliche regeln wir unter uns, da soll uns niemand reinpfuschen. Die Verträge liegen der Guten vor, du brauchst nur noch zu unterschreiben.«

»Darf ich fragen, worum es geht?«

»Sizilien wird nicht mehr lang zu halten sein, Zürich auch nicht, und bevor die Serben ihre Positionen gefestigt haben, wird das arabische Afrika die Stadt für sich beanspruchen. Erinnerst du dich an den Salon der Salgàris in Pollazzu? Hast du das mächtige Buffet noch vor Augen? Seine Laden sind brechend voll – Dokumente Seekarten

Taufbücher Handschriften Verträge Wertschriften Katasterpläne et cetera, et cetera. Jedes Haus hat so ein Buffet, und jedes Buffet enthält einen wahren Schatz. Wir sind in Rückzügen nicht unerfahren ...«

»Griechen«, warf ich ein, »Karthager Römer Vandalen Goten Byzantiner Normannen Schwaben Spanier Franzosen, dann Mussolinis Schwarzhemden, die deutsche Wehrmacht und anno '43 die Amis.«

»Genau, Dutturi, exakt unsere Lage, das Paradies war schon immer gefährdet. Ich habe das nötige Kapital, ihr habt die leeren Hallen, und der junge Salgàri soll von Sizilien aus die Transporte organisieren. Ich denke, als du auf einer Bahre in die Villa Vittoria eingezogen bist, hat Don Pasquale sofort gewittert, was für ein Potential du mitbringst.«

»Soll das heißen, er hat mich mit neuen Klamotten versehen, um einen Fuß in unsere Tür zu bekommen?«

»Hast du dich nie gefragt, wer die Billetts für den Nachtzug nach Reggio bezahlt hat?«

Ich deutete auf das gummigepolsterte Portal: »Er?«

»Natürlich. Früher hat er Leichensäcke nach Sizilien geliefert. Man kannte sich. Aber versteh mich nicht falsch, Dutturi. Der Deal war nicht geplant, er hat sich aus den Umständen ergeben.«

Den Kopf in den Nacken legend, paffte Don Sturzo-Strässle mit seiner enormen Zigarre Rauchwolken zur Decke, und so ganz allmählich begriff ich, dass Cala und Palombi auf höheren Befehl gehandelt hatten.

»Will man nicht nur seine Haut retten, sondern auch die Biblioteca und das Tafelsilber«, hörte ich wie aus weiter

Ferne Don Sturzo-Strässle referieren, »tut man gut daran, die nötigen Maßnahmen zu einem möglichst frühen Zeitpunkt einzuleiten. Der Zeitpunkt …«, er klopfte mit seinem elfenbeinernen Stockknauf gegen meine Brust, »… kommt mir persönlich gelegen. Meine liebe Gattin hat sich auf der ganzen Linie durchgesetzt. Ich musste ihr in die Hand hinein versprechen, dass sich alles ändern wird. Keine blutigen Geschäfte mehr, vielmehr ein entschiedener Gang in die Legalität. Nicht wahr, Ruth?«

Der protestantische Zahnstocher gab ihm mit einem Seufzer recht. Sturzo-Strässle legte mir den Arm um die Schultern. »Ein kleines Konsortium, in dem auch eure Banken vertreten sind, wird uns unterstützen, und ich denke, lieber Dutturi, was euch am wichtigsten ist, können wir garantieren: Der Name Ubel bleibt. Dinner um neun? Oder lieber etwas später? Übrigens«, er senkte die Stimme, »Quassi wird dir nicht mehr lästig fallen. Die Gute hat ihn dummerweise angefüttert, aber die Tausender im Handschuhfach seines neuen Chevys waren die letzten, die er versoffen hat.«

Mir blieb die Luft weg. Isidor IQ Quassi hatte meinen Unfall nicht überlebt … Das Leben. Die Weiber. Ein dummer Zufall …

»Die Mappe mit den Verträgen bringen Sie mit«, wandte sich Don Sturzo-Strässle im Vorbeigehen an die Gute und führte seine Gattin am Arm die breite, von einem Gummiläufer bedeckte Treppe hinab, im Vorzimmer eine Rauchwolke hinterlassend wie ein tätiger Vulkan.

Der Guten gelang es schließlich, die Sprache wieder zu finden: »Wenn wir auf seine Bedingungen eingehen, sind wir saniert.«

»Was meint ER dazu?«

»Heinrich, *du* hast jetzt das Sagen.«

Ich öffnete das Fenster, um einen Blick auf den nacht-dunklen See zu werfen. Aus dem Showroom wehten Fetzen von Musik.

»Immerhin hatte Herr Dr. Sturzo-Strässle den Anstand«, sagte die Gute und trat an meine Seite, »mit keinem Wort zu erwähnen, dass die Gummizeit vorbei ist.«

Ich war am Ziel. Heimgekehrt.

Im ersten Moment bemerkte ich keine Veränderung. Die riesige Pultfläche aufgeräumt, die Schreibunterlage aus Gummi, die Intercom-Anlage mit blinkenden Leuchtknöp-fen. Tadellos, doch eher sommerlich gewandet, wie zu einer Tennispartie, saß der Gummistier auf dem Gummithron, ein Bein über das andere gelegt, ließ ein Räuspern verneh-men und brummte: »Hübscher Platz hier oben. Allerdings ziemlich viel Wasser ringsum. Könnte auf die Dauer viel-leicht etwas langweilig werden. Sollten Sie Lust zu einem Spiel haben, Sir, wäre dafür zu haben, Sir.«

Ich blieb stehen, wie gebannt.

»Sind wir uns schon begegnet, Sir? Sollten wir uns ken-nen?« Er schnippte mit den Fingern und sagte in den leeren Hintergrund seines mit Gummimatten tapezierten Dark-rooms: »Die Karten und zwei trockene Martinis!«

Im Hintergrund war niemand.

»Vater!«, schrie ich –

»Ja, dann wollen wir mal. Spiele immer um diese Zeit. Und immer mit Glück, müssen Sie wissen. Glück im Spiel, Pech in der Liebe, von Anfang an. Meiner Mutter war das

Wohlleben mit Geld, Geige und französischen Romanen wichtiger als ich, ihr einziges Kind. Und erst mein Vater! Im Dorf war er nicht geduldet. Der Sieder, haben sie gesagt, stinkt nach Rauch, nach Schwefel. Gemocht haben mich nur meine Hunde. Die sahen in meinen Hörnern die Krone. Die wussten, ich bin ein König, ein *König*, und wer mich als Brandstifter anschwärzt, den zerstampfe ich.«

»Vater, um Gotteswillen …«

Er blickte erschrocken hinter sich – niemand. Und unter Glas, silbern gerahmt, das berühmte Plakat: Cala schwebte als Aphrodite auf dem Weißwandigen durch das bestirnte All.

»Die Gute war früher eine Bolschewikin und Marder ein junger, allseits beliebter Pfaffe«, fuhr er fort. »Ein sauberes Paar! Sie haben die Bauern gegen den Damm aufgehetzt, und schau dir an, was aus ihnen geworden ist. Sie fressen mir aus den Händen. Das Dorf ist eine verschlammte Ruine, denn ich habe das Wasser über ihre Dächer gebracht, Massen von Wasser, und solltest du dir einbilden, du könntest es mit mir aufnehmen, hast du in den falschen Spiegel gegafft. Ich lasse mir mein Werk nicht zerstören. Von niemandem.«

»Dein Name leuchtet, Vater. Über der größten Produktionshalle ist er in den Himmel geschrieben, in die Nacht …«

»Seltsam«, sagte er und starrte mich an. »Senta scheint dich zu kennen.«

»Senta?«

»Ja, Senta, du Idiot. Wenn ich im Frohsinn war, hat sie stets unter dem Tisch gelegen, und stell dir vor, in all den

Jahren haben sie nicht gemerkt, dass ich meine Spiele dank Senta gewinne.«

Er stieß die Hand nach unten, tätschelte ein Fell, und ich begann zu begreifen, dass Senta jeweils gewittert hatte, wenn einer der Spieler zwischen den Oberschenkeln zu schwitzen begann. Dann knurrte oder hechelte sie, und der Gummistier konnte sich das Blatt seines Gegners ausrechnen. Der eine schwitzte, wenn er bluffte, ein anderer, wenn er gute Karten hatte.

»Italiener, Sir? Hab's mir beinah gedacht. Vorurteil natürlich. Im Geschäftlichen eher unzuverlässig, aber mit den Karten macht ihr unsereinem die Hölle heiß. Übrigens –«

»Ja, Sir?«

»Kommt mir vor, als hätte ich den Faden verloren.«

»Sie haben immer Glück gehabt, sagten Sie.«

»Ja, das ist wahr. Die Karten, die Würfel, die Hunde haben mich geliebt. Aber meine Frau hat mich früh verlassen. Hat sich nach drüben abgesetzt, in die Neue Welt. Sie wollte eine große Künstlerin werden, und glauben Sie mir, in einer anderen Zeit hätte sie es geschafft. Schöne Aquarelle!«

»Alles ins Wasserwolkige aufgelöst …«

»Keine Menschen, keine Dinge«, sagte er versonnen, »nur Farben, Formen, verschwimmendes Licht. Geht mir ähnlich, müssen Sie wissen.« Er griff nach meiner Hand. Er drückte sie, und für einen Moment waren wir uns so nah wie noch nie. »Mimi«, fuhr er fort, nun mit resigniert gebeugtem Haupt, »hat drüben nicht reüssiert. Als sie dort ankam, war die Malerei Schnee von gestern. Out. Wie der Kautschuk …«

Ohnmacht. Als ich vor zwanzig Jahren in tiefer Nacht hier eingedrungen war, frisiert, geschminkt, mit Kopftuch, Sonnenbrille, Unterarmtasche und den Stöckelschuhen meiner Mama, hatte ich plötzlich Schritte gehört. Der Stier betrat sein Büro, setzte sich an sein Pult, beugte sich über eine Akte, deutete auf den Sportboden und fragte: Siehst du die Löcher?

Ich betrachtete den Boden: Ich nehme an, das war eine Frau. Absätze von Stöckelschuhen.

Du weißt, setzte der Senior zu einer grundsätzlichen Bemerkung an, dass du die Anstellung in der Werbeabteilung einzig und allein der Fürsprache der Guten verdankst. Sie war der Meinung, unser Reklamechef würde einen Mann aus dir machen. Aber ich habe dich gewarnt, schnaubte er, als Captain kann ich es nicht dulden, dass unser vielgerühmter Dampfer auch nur auf einem einzigen Posten zweitklassig besetzt ist!

Der Stier kam langsam hinter dem Pult hervor: Wer war das?

Ich ging in die Hocke und strich mit den Fingern über die winzigen Löcher. Das waren Stöckelschuhe, sagte ich wieder, um einen fachmännischen Ton bemüht.

Dann sind wir einen Schritt weiter. Steh zu deiner … Abartigkeit, und ich will dir verzeihen.

Was meinst du mit *abartig*?

Der Stier schlug den Glasdeckel einer Vitrine auf und ergriff den Hartgummiball, den die Entwickler nach seinen Vorstellungen gestaltet hatten – Führungspersönlichkeiten konnten sich damit einen gefürchteten Händedruck antrainieren. Er nahm wieder Platz, und eine Zeitlang war nur das

Brummen der Maschinen zu hören, wie auf einem Dampfer, der dem Horizont entgegenlief. Ich ging vor dem Senior, der seine Wut kaum noch unterdrücken konnte und den Ball wie eine Zitrone quetschte, mit wiegenden Hüften auf und ab, linste über die dunklen Gläser, schürzte die roten Lippen und flötete: Wirklich gelungen, dieser Sportboden! Härte und Elastizität, eine gute Mischung. Sollte unbedingt in Produktion gehen, finde ich.

Nach einem längeren Schweigen sprach der Gummistier: Ich bitte dich zum letzten Mal, deinem Vater eine ehrliche Antwort zu geben. Was treibst du nachts in der Badeanstalt?

O, war ich in der Badeanstalt? Interessante Hypothese. Aber was sollte ich dort gesucht haben?

Raus!

Als ich stehen blieb, mich umwandte und mit feuchten Augen über die Schulter blickte, sagte der Alte, aufgelöst in Tränen: Mein lieber Abfall, du bist weit vom Stamm gefallen.

Ich griff in die Manteltasche, wo mein Talisman steckte, die zerknautschte, von mir bekritzelte Zigarettenpackung: *Laila. Pol.* Hatte ich sie endlich gefunden? War Laila ein Polymer von Heinrich Übel junior? Verlegen stand ich vor dem Vater; hilflos glotzte er vor sich hin.

»Mein Sohn ist tot«, hatte er auf der Holzbühne vor der Berliner Mauer gesagt, und jetzt verstand ich, wann und wo ich für ihn gestorben war: hier, in seinem Büro, als Wiedergänger meiner angeblich ertrunkenen Mama. Ja, auch jetzt noch, in seiner Demenz, wusste er mehr als alle anderen, und je rationaler ein Sturzo-Strässle, ein Palombi, eine Cala oder die Gute mein Untertauchen in Pollazzu darstellten, desto überzeugter war ich, dass der Senior den Crash mitbekommen und meinen Gang auf die andere Seite im Fernglas beobachtet hatte. Er kannte die Wahrheit – die Wahrheit über meine Mimi-Maskerade und über den Weihnachtsmann, der am Ende der Brücke hockt und von den fallenden Flocken allmählich eingeschneit wird …

Die Gute öffnete die Tür: »Kommst du mit ihm zurecht?«

»Wir spielen«, sagte ich.

»Wer gewinnt?«

»Unentschieden, würde ich sagen. Ich habe den Gurgeltrick, er hat den Hundetrick.«

»Ihr seid beide gleich verrückt«, sagte sie und lächelte traurig.

»Mit meinem Werk und meinen Produkten«, stieß der Stier plötzlich hervor und wirkte auf einmal wieder normal, »habe ich stets dem Allgemeinen gedient, der freien Marktwirtschaft, der Gummibranche, dem mittelständischen Unternehmertum, dem christlichen Abendland. Mir ging es nie um mich, mir ging es stets um den Fortschritt, um eine bessere Welt, und wenn ihr meint, auf den alten Übel verzichten zu können, werdet ihr sehen, wo ihr bleibt. Hätte euch ein prima Angebot unterbreitet. Keilriemen, Unterlagen für Wickeltische, rutschfeste Einlagen für Duschkabinen …«

Ich trat vor eine der beleuchteten Vitrinen, die die Sammlung seiner kleineren Erzeugnisse enthielten, und die Gute, ohne dass ich sie dazu aufgefordert hätte, erklärte mir, wie alles begonnen hatte.

»Er hat dich damals rausgeschmissen, weil du ihm den Sportboden versaut hast.«

»Als Tunte«, half ich ihr aus der Verlegenheit. »Mit Mimis Stöckelschuhen!«

»Ja. Aber das ist schrecklich lange her, Heinrich, ein halbes Menschenleben.«

»War er danach nicht mehr sauer auf mich?«

»Kein bisschen, im Gegenteil. Nachdem er vor einem Jahr hingefallen ist, ließ er die Matten aus dem Lager holen und erneut verlegen.«

»Da sah er meine Spur …«

»Er wollte sich bei dir entschuldigen. Deshalb sollte ich dich bitten, nach Hause zu kommen.«

Sie schwieg.

»Eigentlich lief alles bestens«, fuhr sie schließlich fort. »Er hat sich über deine Heimkehr sehr gefreut.«

»Du hast mir in Berlin erzählt, ich sei gleich wieder abgehauen.«

»Ja, nach wenigen Minuten.«

»Warum? Ich hätte mich doch genauso freuen müssen wie er. Was hat mich in die Flucht getrieben? Seine Wut über meine Kostümierung als Weihnachtsmann?«

»Anfänglich habt ihr euch freundlich unterhalten«, versetzte sie. »Du hast ihm versprochen, dass du demnächst promovierst. Und dass du ein paar Dinge mitgebracht hast, die ihm zeigen sollen, wie fleißig du warst in all den Jahren. Er war tief beeindruckt. Sobald du ein Herr Doktor bist, meinte er freudestrahlend, kannst du den Laden übernehmen.«

»Sie liegen richtig, Miss«, reagiert der Alte reflexhaft. »Doktor Übel mein Name. Fräcktaler Gummiwerke. Habe in meiner Person stets dem Allgemeinen gedient, der freien Marktwirtschaft, der Gummibranche, dem mittelständischen Unternehmertum, dem christlichen Abendland. Mir ging es stets um den Fortschritt ... um bessere Keilriemen ... Unterlagen für Wickeltische .... rutschfeste Einlagen für Badewannen ... Wohlfühlhosen ... Dr. Übels Verhüterli ... den perfekten Schutz vor der Seuche, vor Krankheit und Tod ...«

Während ich zusah, wie er wegdämmerte, wurde mir klar, dass ich an den eigentlichen Beginn meiner Unfallgeschichte zurückgekehrt war. Vor einem Jahr hatte er sich hier eine Beule geholt. Eine harmlose Angelegenheit, nicht weiter von Bedeutung, doch hatte er, um künftig weicher zu fallen, den von Mimis Spitzenabsätzen zerstochenen Sportboden und damit unsere gemeinsame Vergangenheit reanimiert. Beim Anblick der narbigen Fährte war er über sich selbst und seine Härte derart erschrocken, dass er der Guten den Befehl erteilt hatte, mich nach Hause zu rufen, in seine väterlichen Arme. Selbstverständlich hatte ich seinen Wunsch erfüllt. Ich habe mir von Quassi den Wagen geliehen, wurde von der geschlossenen Schranke zum Halt gezwungen, erhielt den Tritt in den Arsch, beschmutzte mich mit Kot, musste mich umziehen, verwandelte mich in den Weihnachtsmann, und zumindest der Anfang unseres Gesprächs war in Eintracht verlaufen, in gemeinsamer Wiedersehensfreude. Aber dann musste es zwischen uns gekracht haben, und jetzt wollte ich endlich erfahren, was den unseligen, so folgenreichen Streit verursacht hatte.

»Gute«, sagte ich, »schon in Berlin kam es mir vor, als würdest du mir an einem ganz bestimmten Punkt ausweichen. Was ist es?«

»Keine Ahnung«, log sie.

»Es hat mit meiner Geburt zu tun, hast du in Berlin gesagt.«

»Tatsächlich? Kann sein.« Sie änderte den Ton und versetzte kalt: »In deinen Aufzeichnungen bin nicht viel mehr als die GdV, die Gute des Vorzimmers, und sie, die unmögliche Person, hast du geliebt!«

»Haben der Vater und ich über Mimi geredet?«

Sie nickte: »Du hast ihm deine Maskerade zu erklären versucht.«

Ich betrachtete den alten, in seinem Thron versunkenen König. »Ich kann mir beim besten Willen nicht vorstellen, dass er mich verstanden hat.«

»Vielleicht besser, als du meinst. Dein Kostüm hat ihn daran erinnert, wie du auf die Welt gekommen bist. Dir selber scheint der Zusammenhang nicht bewusst gewesen zu sein, aber in deinen Papieren hast du die Geburt beschrieben.«

»Doc, es ist der Weihnachtsmann …«

»Ja. Bis zu diesem Moment habt ihr euch gut verstanden.«

»Du lieber Himmel, jetzt geht mir ein Licht auf!« Ich schlug mir die Hand an die Stirn. »Im letzten Dezember war ganz Zürich mit ihm zugepflastert, und hätte ich gewusst, dass ich es war, kein anderer als ich, der diese schauerliche Weihnachtsaktion erfunden hat, wäre ich vor Scham gestorben.«

»Er war dir jedenfalls dankbar, nicht etwa böse, und während er den Brandy in die Schwenker goss, hat er dich wie nebenbei gefragt, ob du inzwischen eingesehen hast, dass deine Maskerade unnötig war.«

Eine Weile schwiegen wir.

Dann fragte ich, den Blick in die Nacht gerichtet: »Ist der Name Ypsi-Feuz gefallen?«

Wieder nickte sie, und in diesem Moment wusste ich, weshalb es vor einem Jahr zwischen uns zu einer Auseinandersetzung gekommen war. Der Stier hatte eher beiläufig erwähnt, dass Mimi lebte. Du weißt, wie sie heute heißt?, hatte er gefragt. Nein, hatte ich gesagt. Ellen Ypsi-Feuz war die Antwort gewesen.

»Unten steht ein Rollstuhl«, sagte die Gute. »Wenn er dir Probleme macht, sag Bescheid. Du erreichst mich auf der Kommandobrücke. Der Dampfer muss auf Kurs bleiben.«

»Hübscher Platz hier oben«, brummte er auf einmal, wieder ganz der alte Kapitän seines Gummidampfers. »Allerdings eine ganze Menge Wasser ringsum. Könnte auf die Dauer etwas langweilig werden. Sollten Sie zufällig Karten dabeihaben, Sir, würde ich zu einem Spiel nicht Nein sagen. Ebenfalls unterwegs, Sir?«

»Captain, es wäre ziemlich unanständig von mir, würde ich Ihnen verheimlichen, dass wir alte Bekannte sind. Sie erinnern sich? Ihre Gattin pflegte Aquarelle zu malen. Mimi hieß sie, damals jedenfalls, zu unserer Zeit.«

In den Augen des Alten leuchtete sekundenkurz etwas auf. Dann blickte er auf seine Hand, aber er hatte wohl vergessen, dass zum Ehering ein altes Mädchen gehörte.

»Übrigens«, grinste er, »Übel mein Name.«

»Freut mich. Meiner auch.«

»Wäre mir angenehmer, Sie würden den Doktortitel bevorzugen.«

»Wie Sie wünschen, Herr Doktor. Wer gibt?«

»Überlasse es Ihnen. Ebenfalls promoviert?«

»Selbstverständlich. Mit einer vieltausendseitigen Dissertation, die irgendwo hier sein müsste, auf dem Werksgelände.«

»Thema?«

»Die menschliche Verblendung, würde ich sagen.«

Erst jetzt fiel mir auf, dass auf einer Ablage zwischen einer Reihe von Dildos und Penissen meine Schelle stand. Ich steckte sie ein und landete wenig später, als ich ihn im Rollstuhl auf die festlich erleuchtete Halle zuschob, einen Volltreffer. Unterwegs war er eingeschlummert, und bevor wir eintraten, wollte ich ihn wecken. Ich schwang die Schelle, und auf einmal starrte er mich an, zitternd, der Mund offen, aber mit aufstrahlenden Augen.

»Vater!«

Seine letzten Kräfte zusammennehmend, erhob er sich und fiel, erschlaffend, mit leblosen Beinen, in meine Arme, an meine Brust.

»Heinrich! Heinrich! Du bist wieder da!«

»Heimgekehrt.«

»Heimgekehrt …«

Er sackte in sich zusammen, und ich konnte ihm gerade noch dabei helfen, in den Stuhl zurückzusinken.

»Sie ist hier. Mir hast du es zu verdanken. Ich habe sie eingeladen«, sagte er.

»Von wem sprichst du?«

»Von deinem Mädchen«, sagte der Alte verschmitzt. »Hat vor ein paar Wochen mal angerufen. Hat dich gesucht. Sympathische Stimme. Ich habe ihr gesagt: Er wird kommen. Er hat seinen Vater nicht vergessen, und eines Tages wird er kommen …«

»Hat sie dir ihren Namen genannt?«

»Kann sein. Namen, weißt du …« Aber dann blitzte in seinen Augen etwas auf. »Freitag!«

»Ja«, sagte ich und musste lachen. »Frieda Freitag.«

»Nein«, rief er und lachte ebenfalls. »Mona Montag.«

»Vater, du hast gewonnen.«

»Klar. Gewinne immer. Was ist? Worauf warten wir? Ich denke, Sie bieten mir die Chance, endlich einmal zu verlieren. Wer gibt?«

»Immer der, der fragt, Herr Doktor.«

»Vernünftige Regel, Herr Doktor, sehr vernünftige Regel.«

Die sizilianische Kapelle spielte einen Tusch, und in der festlich geschmückten Halle sprangen alle auf, um uns mit einem warmen Applaus zu empfangen. Übel senior freute sich über die strahlend ihm zugeneigten Gesichter, und es zeugte von alter Schule, wie er, kaum die Hand bewegend, sich für die ihm entgegenbrandende Huldigung bedankte – der segnende Papst hätte es nicht besser gekonnt. Don Sturzo-Strässle flüsterte mir zu, er habe eben mit unserem Konsortium telefoniert: »Man sähe es gern, wenn Sie ein paar Begrüßungsworte sprechen würden.«

»Noch sind die Verträge nicht unterschrieben.«

»Es genügt, wenn Sie Ihren Angestellten mitteilen, dass Sie heimgekehrt sind und aus den Händen Ihres verehrten Herrn Vaters das Zepter übernommen haben. Vielleicht am besten, wenn Sie den Alten persönlich ansprechen – so was zieht immer.«

Der protestantische Zahnstocher nickte, und Don Sturzo-Strässle wischte sich prophylaktisch eine Träne ab.

Die Catering-Firma baute ein Buffet auf, natürlich mit lauter Spezialitäten von der Insel, das Orchester aus Palermo lieferte die Tafelmusik, immer mehr Leute drängten in die Halle, auch ehemalige Angestellte und neugierige Dörfler, und während der Lärmpegel wuchs, die gefüllten Gläser in die Höhe stiegen, die Umarmungen herzlicher wurden, entstand auf der Bühne, wo Mimis Flügel stand, das rhythmische Stampfen eines Nationaltanzes, vermutlich serbisch, jedoch von den sizilianischen Musikern begleitet.

Da sah ich sie.

Und ich war nicht einmal erstaunt, dass ich sie sah. Seit ich ihr am Afrikanischen Meer begegnet war, glaubte ich an Wunder. Die Scheinwerferstrahlen umgaben ihre Haarfülle mit einem Glanz, als würde sie einen Helm aus Kupfer tragen, und im roten Abendkleid und mit ihren hohen spitzen Absätzen erschien sie mir wie ein Standbild der überirdischen Schönheit. Die. Keine andere. Sie war's ... und hat's ein Davor gegeben, dachte ich wehmütig, muss es auch ein Danach geben. In Mo hatte sich mir das Ewige offenbart. Liebe ist angewandte Unendlichkeit.

Paula, ihre Tochter, war nicht zu sehen, doch nahm ich an, dass sie auf der Klavierbank saß, denn von dort griffen zwei Ärmchen herauf und ließen auf dem geschlossenen schwarzen Deckel die Prinzessin tanzen, Ihre Durchlaucht aus der Schießbude im Plänterwald.

Was ich gehofft hatte, war eingetreten. Mo hatte meinen Alten angerufen, und in einer hellen Minute hatte er sie dazu überredet, mich hier, in der Fabrik, zu erwarten. Natürlich drängte es mich, Mo und Paula in meine Arme zu schließen, aber dieser heilige Moment sollte durch nichts, schon gar nicht durch die Sorge um den Kater, getrübt sein, und so löste ich mich, nach allen Seiten Hände schüttelnd, Glückwünsche entgegennehmend, aus dem Gewühl. Zu meiner Überraschung hockte neben einem Seitenausgang im Rollstuhl der schlafende Vater, von niemandem mehr beachtet, von seiner Schöpfung bereits vergessen. Ich schwang wieder die Schelle, wieder erwachte er, wieder erkannte er mich, packte meine Hand, drückte sie heftig, und so verfolgten wir gemeinsam die von Don Sturzo-Strässle angekündigte Schlussnummer.

Während der ersten Takte der Tarantella war sie nur ein Punkt im Sphinxblau der Lagune, dann entstieg sie im roten Abendkleid und mit ausgebreiteten Armen dem milchigen Gebrodel und schritt in ihren hochhackigen Schuhen über die weiche Tapisserie aus Schlick, schwarzem Seegras und winzigen Muscheln auf mich und den Vater zu …

»Ist das alles wahr, Papa? Oder träume ich?«

»Es ist ein Traum«, antwortete er, »und trotzdem wahr. Aber vergiss nicht, Bub, das Wesen des Menschen ist die Verblendung. Wir sollten nicht merken, dass wir uns auf der anderen Seite befinden.«

»Auf der anderen Seite?«

»Ich fürchte, so ist es. Du bist als Weihnachtsmann auf die Welt gekommen, und ich habe im Fernglas beobachtet, wie du sie als Weihnachtsmann verlassen hast.«

»Ich bin auf der Brücke verblutet.«

»Verblutet und erfroren.«

»Ewige Wiederkehr des Gleichen, meinst du? Der Anfang als Beginn?«

»Könnte sein«, brummte er, »könnte sein.«

… und natürlich hatte er recht, ich ahnte es ja schon die ganze Zeit. Seit meiner Auferstehung am Afrikanischen Meer hatte sich mir eine andere Wirklichkeit offenbart, eine viel zu schöne, mir viel zu geneigte Welt. Wir waren quitt. Der Senior hatte meinen Tod durchschaut, ich den seinen. Im immer gleichen Tag, der kreisen sollte, nicht vergehen, hatte er zwar die Vergänglichkeit eliminiert, aber eliminierte Vergänglichkeit ist nicht das ewige Leben, sie ist der ewige Tod. Beide waren wir Sieger, beide Verlierer – beide am Leben, jedoch im Danach. Als Schatten in der Schattenwelt? Oder tummelten wir uns als Wiederkehrer in einem Diesseits, das von jenseitigen Wiederholungen nur so wimmelte? Die Mittelmeerantike ließ diese Frage offen, wen wundert's – im Zeitlosen verliert auch der Raum seinen Umriss.

Als ich ihn verließ, sah er nicht mehr auf. Ich betrat die kalte Nacht und bekam, kurz innehaltend, gerade noch mit, wie der Saal vor Mo, die sich gemeinsam mit Paula an der Rampe verbeugte, in eine Standing-Ovation ausbrach. In ihrem Abendkleid, erhitzt vom Tanz, sah sie wirklich fabelhaft aus.

»Haben Sie Nachricht vom Kater?«, herrschte ich das Reptil an. »Ist er endlich hereingekommen?«

Ungeduldig wartete ich auf eine Verbindung zum Werksarzt: »Ist er nicht im Saniraum?«

»Die Gute sagt, er ist zum Lager hochgegangen«, sprach das Reptil hinter der geschlossenen Scheibe in sein Tischmikrophon, so dass seine Worte aus dem rostigen Lautsprecher schepperten. »Im Lager wird es langsam kritisch. Immer mehr Wasser, Herr Doktor. Vielleicht sollten Sie sich die Sache mal ansehen.«

Es war natürlich ein Fehler gewesen, ausgerechnet den Doktor Marder auf den Kater anzusetzen – nachdem er beim Flicken der Bauchwunde beinah krepiert wäre, würde er die mardertypische Geruchsmischung aus Zigarre Rasierwasser Chloroform und das Tickern der noppenlosen Stahlspitze des Blindenschirms für Alarmsignale halten.

Nebel rauchte aus dem See, und schon von weitem vernahm ich das dumpfe Dröhnen von Motorpumpen. Dunkelhäutige Männer mit strohigen Robinsonhüten luden vom Anhänger eines Traktors zentnerschwere Sandsäcke ab. Damit sollte wohl eine Art Damm errichtet werden, aber Branko hatte sich abgesetzt, und so landeten die Säcke vor den offenen Toren auf einem sinnlosen Haufen. Die Pumpen dröhnten derart laut, dass man sein eigenes Wort nicht verstand; überall lagen Schläuche herum, und du heilige Scheiße, das Lager! Es stand vollständig unter Wasser, eine faulig stinkende, gurgelnde Brühe, worin allerlei ausrangierte oder niemals in Produktion gegangene Artikel schwammen: Gummilatschen Wärmeflaschen Kinderwagen Schnuller ... das Brecht-Toupet mit den Stirnfransen ... die Holzzigarre ... Leitz-Ordner, Kladden, Plastictüten und Schachteln voller Entwürfe Notizen Varianten! Nach dem Crash hatten sie die Überreste meines Lebenswerks in die Lagerhalle gebracht, und vermutlich war ich gerade noch rechtzeitig gekommen, um den Papierpalast untergehen zu sehen. Ich zog einen tropfenden Ordner aus dem schwarzen Wasser. Die Seiten waren aufgequollen, verpappt, nicht mehr lesbar. Mein erster Lebenskatalog befand sich in Auflösung, und der zweite, den ich in Mos Wohnung begonnen hatte, würde ein Fragment bleiben …

Ich stutzte. Da stand ja Quassis Chevi – sie hatten ihn repariert, mit neuen Gummireifen versehen, die kaputte Frontscheibe ersetzt. Und wer saß am Steuer?

Der Kater!

Es war kein großer Fehler, nur ein kleiner, aber ich war derart froh, meinen lieben Freund Anonymus gefunden zu haben, dass ich mich auf den Beifahrersitz schob.

»Hallo«, maulte er, »ging es nicht ein bisschen früher?«

»Woher sollte ich wissen, dass du auf mich wartest?«

»Ich dachte, wir wären verabredet.«

Er drehte die Zündung, und der Motor begann zu brodeln. Ich hatte nicht vor, mit dem Kater irgendwohin zu fahren, doch als ich ihm das mit aller Deutlichkeit mitteilen wollte, erkundigte er sich liebenswürdig, wie ich mit dem alten Herrn zurechtgekommen sei.

»Erstaunlich gut. Als ich mit der Schelle geläutet habe« … ich zog sie aus der Tasche … »hat er mich wiedererkannt.«

Mit seinem eleganten Lederstiefel gab er Gas, und leider merkte ich zu spät, erst im Nachhinein, dass wir an der Pforte vorbeigeschossen waren.

»Lass mich aussteigen, ich muss wieder in die Halle, alle warten auf mich!«

Er stieß, einen Joint im Mundwinkel, ein dreckiges Lachen aus und erhöhte das Tempo.

»Anhalten! Halt endlich an, du verrücktes Tier!«

Im Scheinwerferstrahl flitzten Urwaldbäume vorüber, dann ein hartes Gekatter über die Bohlen einer Brücke, Nebel, ein Fluss, Menschen – waren das Soldaten, hatten die Gewehre, schossen die auf uns? Je länger die Nachtfahrt dauerte, desto schwerer schwüler wässriger wurde die Luft und würgte mir trotz des pfeifenden Fahrtwinds den Atem ab. Ich krallte mich mit beiden Händen am Sitz fest, drückte immer wieder die Augen zu, konnte jedoch nicht verhindern, dass ich bei den Sprüngen spitze Schreie ausstieß – »anhalten, anhalten!« Vergeblich. Der bis unter die Hirnrinde bekiffte Kater dachte nicht daran, den Stiefel vom Gaspedal zu nehmen, gierig sog er am Joint, sein Blick wurde glasig, an der Scheibe zerspritzten Falter und Käfer und Fliegen, ein blutiges Schneegestöber, in das wir blind hineinschossen.

»Wo fliegen wir hin, alter Knabe?«

»Auf die andere Seite, Herr Doktor, vom Tod ins Leben!«

Jetzt ein Sprung und ein Schweben und Steigen und Fallen … und tief unten ein Punkt, ein Blinken, ein Zwinkern, ein Stern, ein Satellit oder ein Flugzeug …

Thomas Hürlimann
Das Gartenhaus
Novelle

Nach dem Tod des einzigen Sohnes beginnt ein stummer Kampf zwischen den Eltern. Der Vater hat sich einen Rosenstock für das Grab des Sohnes gewünscht, seine Frau lässt einen großen Granitfelsen setzen. Fortan begleitet er sie widerwillig auf den täglichen Gängen zum Friedhof. Als er hinter dem Grabstein eines Tages eine halbverhungerte Katze erblickt, sorgt er fortan für ihre Verpflegung. Eigensinnig verteidigt er vor seiner Frau sein Geheimnis mit immer neuen Ausreden. Als seine »Schande« eines Tages offenbar wird, gibt er die Friedhofsgänge auf, und von da an treffen sich die Eheleute im Gartenhaus, um ihren Erinnerungen an den Sohn nachzuhängen.

144 Seiten, broschiert

Weitere Informationen finden Sie auf
www.fischerverlage.de

AZ 596-14688/1

Thomas Hürlimann
Fräulein Stark
Novelle

Der Stiftsbibliothekar hat während eines langen Sommers seinen Neffen zu Besuch. Um den kostbaren Boden des barocken Büchersaals zu schützen, soll der Junge Filzpantoffeln an die Besucher austeilen. Der Junge merkt bald, dass sich ihm neue Welten öffnen – die Welt der Bücher und des anderen Geschlechts. Fasziniert beginnt er zu lesen und wagt es immer öfter, scheue Blicke unter die Röcke der Besucherinnen zu werfen.

»Ein geradezu hinreißendes Buch.«
Frankfurter Allgemeine Zeitung

192 Seiten, broschiert

Weitere Informationen finden Sie auf
www.fischerverlage.de

AZ 596-15548/1

Thomas Hürlimann
Vierzig Rosen
Roman

Als begabte Pianistin hat Marie eine große Zukunft vor sich. Doch mit den dreißiger Jahren bricht auch in der Schweiz eine dunkle Zeit an. Fluchtartig müssen Marie und ihr Vater das Familienanwesen verlassen. Um die Tochter zu schützen, schifft sich der Vater nach Afrika ein, und Marie geht in ein Kloster. Als der ehrgeizige Student Max Meier ihre Flucht aus der engen, katholischen Welt arrangiert, geht alles sehr schnell: Marie küsst ihn, sie heiraten, er geht in die Politik, sie wird schwanger. Nun muss Marie sich entscheiden zwischen dem geliebten Klavier und Max' Politikerkarriere, zwischen der Pianistin und der First Lady.

368 Seiten, broschiert

Weitere Informationen finden Sie auf
www.fischerverlage.de

AZ 596-17687/1